GW01606460

Tatiana de Rosnay

Se numea Sarah

Traducere din limba engleză și note
MONICA DINU

LITERA

Sarah's Key
Tatiana de Rosnay
Copyright © 2006 Éditions Héloïse d'Ormesson

Editura Litera
O.P. 53; C.P. 212, sector 4, București, România
tel.: 021 319 63 93; 0752 101 777

Ne puteți vizita pe

Se numea Sarah
Tatiana de Rosnay

Copyright © 2016 Litera
pentru versiunea în limba română
Toate drepturile rezervate

Editor: Vidrașcu și fiii
Redactor: Mona Apa
Corector: Cătălina Călinescu
Copertă: Flori Zahiu
Tehnoredactare şi prepress: Ofelia Coșman

Seria de ficțiune a Editurii Litera este coordonată
de Cristina Vidrașcu Sturza.

Descrierea CIP a Bibliotecii Naționale a României
DE ROSNAY, TATIANA
Se numea Sarah / Tatiana de Rosnay; trad.: Monica Dinu. –
București: Litera, 2016
ISBN 978-606-33-0773-7

I. Dinu, Monica (trad.)

821.111(73)-31=135.1

Pentru Stella, mama mea

Pentru frumoasa și rebela mea Charlotte

În amintirea Natașei, bunica mea (1914–2005)

Cuvânt-înainte

Personajele din acest roman sunt în întregime fictive. Dar câteva dintre evenimentele descrise sunt reale, în special cele petrecute în vara anului 1942 în Franța ocupată și mai ales marea razie de la Vélodrome d'Hiver, care a avut loc pe 16 iulie 1942, în inima Parisului.

Aceasta nu este o lucrare istorică și nici nu se pretinde a fi. Este tributul pe care îl aduc eu copiilor de la Vel' d'Hiv'. Copiilor care nu s-au mai întors niciodată.

Și celor care au supraviețuit ca să povestească.

T. de R.

Nota bene

La paginile 190 și 191 există extrase din cuvântarea prim-ministrului Jean-Pierre Raffarin, cu ocazia celei de-a șaizecea comemorări a raziei de la Vel' d'Hiv', la 21 iulie 2002.

„Dumnezeule! Ce-mi face țara asta?
Fiindcă m-a respins, s-o privim cu răceală,
s-o privim cum își pierde onoarea și viața.“

Irène Némirovsky,
Suita franceză, 1942

„Tigru, tigru care arzi
În ai nopții codri-nalți,
Cine-a pus a lui vecie
În temuta-ți simetrie?“

William Blake,
Tigrul (*Cântecele experienței*)[1]

---

1 Traducere de Cicerone Theodorescu, *Antologie de poezie engleză*, vol. II, Editura Minerva, București, 1981

Paris, iulie 1942

Fetița a fost prima care a auzit bătăile puternice în ușă. Camera ei se afla cel mai aproape de intrarea în apartament. La început, amețită de somn, a crezut că e tatăl ei, care urcase din ascunzătoarea din pivniță. Își uitase probabil cheile și își pierduse răbdarea din cauză că nimeni nu auzise prima lui ciocănitură timidă. Dar apoi se auziră vocile, puternice și brutale în tăcerea nopții. Nici vorbă să fie tatăl ei.

– Poliția! Deschideți! Acum!

Și bătăile răsunară din nou, mai puternice. Fratele ei mai mic, care dormea în patul de alături, tresări. Cât să fi fost ceasul? Aruncă o privire printre draperii. Afară era încă întuneric.

Îi era teamă. Își aminti de ultimele conversații, șoptite, pe care le surprinsese, târziu în noapte, când părinții ei o credeau adormită. Se strecurase până la ușa sufrageriei și ascultase, privind printr-o crăpătură mică în lemn. Glasul neliniștit al tatălui ei. Chipul îngrijorat al mamei. Vorbeau în limba maternă, pe care fetița o înțelegea, deși nu o vorbea la fel de fluent ca ei. Tatăl ei șoptise că îi așteptau vremuri grele. Că va trebui să fie curajoși și foarte atenți. Rostise cuvinte ciudate, necunoscute: lagăr, razie, o mare razie, arestări în zorii zilei, și fetița se întrebase ce însemnau toate acestea. Tatăl ei murmurase că numai bărbații erau în pericol, nu și femeile și copiii, și că el se va ascunde în beci în fiecare noapte.

Dimineața, îi explicase fetiței că pentru el era mai sigur să doarmă jos o vreme. Până când „lucrurile devin sigure". Ce „lucruri", mai precis? Și ce însemna „sigur"? Când o să fie lucrurile „sigure" din nou?

Voia să afle la ce se referise cu „lagăr“ și „razie“, dar se temea să spună că trăsese de câteva ori cu urechea la discuțiile dintre părinții ei. Așa că nu îndrăznise să-l întrebe.

– Deschideți! Poliția!

Oare poliția îl descoperise pe papà *în beci, se întrebase, de aceea se aflau aici, poliția venise să-l ducă pe* papà *în locurile pomenite de el în timpul acelor conversații șoptite, din miez de noapte: în „lagărele“ de departe, după ieșirea din oraș?*

Fetița se duse grăbită în camera mamei ei, aflată mai departe pe hol. Mama se trezi în clipa când simți o mână pe umărul ei.

– A venit poliția, maman, *șopti fetița, și bate la ușă.*

Mama își scoase picioarele de sub cearșaf și își dădu părul de pe față. Fetiței i se păru că arată obosită, îmbătrânită, mult mai bătrână decât cei treizeci de ani ai ei.

– Au venit să-l ia pe papà*? se tângui fetița, agățându-se cu mâinile de brațele mamei. Au venit după el?*

Mama nu răspunse. Din nou răsunară voci puternice pe coridor. Mama își puse repede un halat peste cămașa de noapte, apoi o luă pe fetiță de mână și se duse la ușă. Avea palma fierbinte și lipicioasă, ca a unui copil, se gândi fetița.

– Da? rosti mama, cu glas pierdut, fără să descuie zăvorul.

O voce de bărbat îi strigă numele.

– Da, Monsieur, *eu sunt, răspunse ea, iar accentul se simți puternic, aproape aspru.*

– Deschideți imediat! Poliția.

Mama își duse o mână la gât, iar fetița observă cât de palidă era. Părea stoarsă de puteri, înghețată, de parcă nu mai putea să facă nici o mișcare. Fetița n-o mai văzuse niciodată pe mama ei atât de înspăimântată și își simți gura uscată din pricina îngrijorării.

Bărbații bătură din nou în ușă. Mama o deschise, cu degete neîndemânatice, tremurătoare. Fetița se dădu înapoi, așteptându-se să vadă costumele verzi-cenușii.

Erau doi bărbați. Unul era polițist, îmbrăcat cu tunica albastră, lungă până la genunchi, și purtând pe cap cascheta rotundă și înaltă. Celălalt purta un balonzaid bej și avea o listă în mână. Rosti încă o dată numele mamei. Apoi, pe cel al tatălui. Vorbea o franceză impecabilă.

Înseamnă că suntem în siguranță, se gândise copila. Dacă sunt francezi, nu nemți, nu suntem în pericol. Dacă sunt francezi, n-o să ne facă rău.

Femeia o trase pe fetiță mai aproape de ea. Fetița îi simțea inima bătând prin halat. Voia să o împingă la o parte pe mama ei, voia ca aceasta să stea dreaptă și să-i privească pe bărbați plină de curaj, să nu mai tremure de frică, să-și împiedice inima să bată în felul acela, ca a unui animal înspăimântat. Voia ca mama ei să fie curajoasă.

– Soțul meu... nu este aici, se bâlbâi mama. Nu știu unde este. Nu știu.

Bărbatul cu balonzaid bej o împinse ca să intre în apartament.

– Grăbiți-vă, Madame. *Aveți zece minute. Împachetați niște haine, cât să vă ajungă pentru vreo două zile.*

Mama nu se mișca din loc. Îl privea țintă pe polițist. Acesta rămăsese pe palier, cu spatele la ușă. Părea indiferent, plictisit. Ea îi puse o mână pe mânecă.

– Monsieur, *vă rog... începu ea.*

Polițistul se întoarse, dându-i mâna la o parte. Avea în ochi o privire dură, goală.

– M-ați auzit. Veniți cu noi. Și fiica dumneavoastră. Faceți cum vi se spune.

Paris, mai 2002

Bertrand întârzia, ca de obicei. Încercam să nu mă las afectată de asta, dar eram. Zoë se rezema plictisită cu spatele de perete. Semăna atât de bine cu tatăl ei, încât uneori mă făcea să zâmbesc. Dar nu și astăzi. Am aruncat o privire spre clădirea înaltă, veche. Apartamentul lui Mamé. Vechiul apartament al bunicii lui Bertrand. Iar noi urma să locuim aici. Aveam să plecăm de pe Boulevard du Montparnasse, cu traficul lui zgomotos, cu ambulanțele care treceau neîncetat din cauza celor trei spitale din zonă, cu cafenelele și restaurantele sale, și să ne mutăm pe această stradă îngustă și liniștită de pe malul drept al Senei.

Marais nu era un cartier pe care să-l cunosc prea bine, deși îi admiram frumusețea străveche, decadentă. Mă bucura această mutare? Nu eram sigură. Iar Bertrand nici nu-mi ceruse sfatul. De fapt, nici nu discutaserăm mult pe tema asta. Cu elanul lui tipic, mersese înainte cu întreaga afacere. Fără mine.

– Uite-l, zise Zoë. A întârziat numai o jumătate de oră.

L-am privit cum venea agale pe stradă, cu mersul lui caracteristic, senzual. Zvelt, brunet, emanând sex-appeal, francezul tipic. Ca de obicei, vorbea la telefon. În urma lui venea partenerul său de afaceri, Antoine, un bărbat cu barbă și roz în obraji. Firma lor se afla pe Rue de l'Arcade, chiar în spatele lui Madeleine. Bertrand lucrase mult timp la o firmă de arhitectură, încă dinainte de căsătoria noastră, dar în urmă cu cinci ani își înființase propria afacere, împreună cu Antoine.

Bertrand ne făcu semn cu mâna, apoi arătă spre telefon, încruntându-se și privind supărat.

– De parcă nu poate scăpa de cel cu care vorbește, râse Zoë disprețuitor. Vezi să nu.

Zoë avea numai unsprezece ani, dar uneori dădea impresia că este deja adolescentă. Mai întâi, înălțimea, prin care le făcea pe toate prietenele ei să pară scunde – la fel și numărul la pantofi, adăuga ea înverșunată –, apoi o luciditate precoce, cu care mă lăsa deseori fără replică. Privirea solemnă a ochilor ei căprui semăna cu cea a unui adult, la fel și expresia îngândurată pe care o avea când își înălța bărbia. Întotdeauna fusese așa, chiar și când era micuță. Calmă, matură, uneori prea matură pentru vârsta ei.

Antoine veni să ne salute, în timp ce Bertrand își continua conversația, suficient de tare cât să audă toată strada, fluturându-și mâinile în aer, strâmbându-se și mai mult, întorcându-se din când în când ca să se asigure că îi ascultam fiecare cuvânt.

– O problemă cu un alt arhitect, explică Antoine, cu un zâmbet discret.

– Un competitor? întrebă Zoë.

– Da, un competitor, confirmă Antoine.

Zoë oftă.

– Asta înseamnă că am putea sta aici toată ziua.

Am avut o idee.

– Antoine, nu cumva ai cheia de la apartamentul lui *Madame* Tézac?

– O am, Julia, îmi zise el, radios.

Antoine îmi răspundea mereu în engleză când îi vorbeam în franceză. Bănuiesc că o făcea ca să fie prietenos, dar, în secret, asta mă deranja. Mă simțeam de parcă franceza mea nu ar fi fost suficient de bună, după ce locuisem aici toți anii aceștia.

Antoine flutură cheile. Am decis să urcăm toți trei. Zoë tastă cu îndemânare codul de la ușă, apoi am străbătut curtea răcoroasă și umbrită până la lift.

– Urăsc liftul ăsta, zise Zoë. *Papà* ar trebui să facă ceva în legătură cu asta.

– Iubito, el redecorează doar apartamentul bunicii tale, am subliniat. Nu întreaga clădire.

– Păi, ar trebui s-o facă, replică ea.

În timp ce așteptam liftul, telefonul meu mobil începu să cânte tema muzicală a lui Darth Vader. M-am uitat la numărul care clipea pe ecran. Era Joshua, șeful meu.

– Mda? am răspuns.

Ca de obicei, Joshua n-avea vreme de pierdut.

– Am nevoie să ajungi aici până în ora trei. Să încheiem planul pe iulie. Terminat, recepție.

– *Gee whiz*[1], am replicat eu cu obrăznicie.

Am auzit un chicotit la celălalt capăt al firului, înainte să închidă. Lui Joshua îi plăcea întotdeauna când ziceam „*gee whiz*". Poate că îi amintea de tinerețe. Antoine părea amuzat de americanismele mele de modă veche. Mi-l și imaginam cum le colecționa și încerca apoi să le repete cu accentul lui franțuzesc.

Liftul era una dintre mașinăriile acelea pariziene inimitabile, cu o cabină minusculă, un grilaj de metal, care se închidea cu mâna, și uși duble de lemn, care ți se închideau invariabil în față. Strivită între Zoë și Antoine – puțin cam sufocant cu parfumul lui *Vétiver* –, mi-am zărit fugitiv chipul în oglindă, în timp ce urcam. Arătam la fel de părăginită ca liftul acela care gemea din toate încheieturile. Ce se întâmplase cu fata frumoasă, cu chip proaspăt, din Boston, Massachussets? Femeia care mă privea din oglindă era la vârsta aceea cumplită între patruzeci și cinci și cincizeci de ani, o zonă-tampon a încovoierii, a adâncirii ridurilor și a apropierii furișe a menopauzei.

– Și eu urăsc liftul ăsta, am zis, cu un glas sumbru.

Zoë surâse cu subînțeles și mă ciupi de obraz.

– Mamă, și Gwyneth Paltrow ar arăta ca naiba în oglinda aia.

N-am putut să nu zâmbesc. Era o remarcă atât de tipică pentru Zoë.

1 Americanism care exprimă uimire sau surpriză, echivalent cu „Măi să fie!"

Mama începu să plângă cu suspine, la început mai încetișor, apoi mai tare. Fetița o privea uluită. Niciodată în cei zece ani ai ei nu-și văzuse mama plângând. Îngrozită, se uita cum lacrimile alunecau pe chipul ei alb, încrețit. Ar fi vrut să-i spună să nu mai plângă, căci nu putea îndura rușinea de a o vedea scâncind în fața acestor străini. Însă bărbații nu acordau nici o atenție lacrimilor femeii. Îi cerură, în schimb, să se grăbească. Nu era vreme de pierdut.

În dormitor, băiețelul continua să doarmă.

– Dar unde ne duceți? se tângui mama ei. Fiica mea e franțuzoaică, s-a născut la Paris, de ce trebuie să vină și ea? Unde ne duceți?

Bărbații nu mai rostiră nici un cuvânt. Stăteau lângă ea, amenințători, uriași. Ochii mamei erau albi de frică. Se duse în camera ei și se prăbuși pe pat. După câteva secunde se întoarse spre fetiță. Vocea îi era un șuier, chipul, o mască încordată.

– Trezește-l pe fratele tău. Îmbrăcați-vă, amândoi. Ia niște haine, pentru el și pentru tine. Repede! Grăbește-te, acum!

Fratele ei amuți de groază când se uită pe furiș și îi văzu pe cei doi bărbați. O privi pe mama lui, răvășită, suspinând, încercând să împacheteze. Își adună toate puterile pe care le avea în trupul lui de patru anișori și refuză să se miște. Fetița încercă să-l convingă, dar el rămase nemișcat, cu brațele lui micuțe încrucișate la piept.

Fetița își scoase cămașa de noapte și îmbrăcă o bluză de bumbac și o fustă. Își strecură picioarele în pantofi. Fratele ei o privea. O auzeau pe mama lor cum plângea în camera ei.

– Mă duc la locul nostru secret, șopti el.

– Nu! îl grăbi ea. Trebuie să vii cu noi.

Îl apucă de mână, dar el se smuci din strânsoarea ei și se strecură în dulapul lung și adânc, ascuns în peretele din camera lor. Locul unde se jucau de-a v-ați ascunselea. Se furișau acolo tot timpul, încuindu-se înăuntru, de parcă ar fi fost căsuța lor. Maman *și* papà *știau despre asta, dar se prefăceau mereu că nu știu. Îi strigau și întrebau cu glas tare, veseli: „Dar unde s-or fi dus copiii ăștia? Ce ciudat, erau aici acum un minut!" Iar ea și fratele ei chicoteau încântați.*

Aveau acolo o lanternă, câteva perne, jucării și cărți, chiar și un bidonaș cu apă, pe care maman *îl umplea în fiecare zi. Fratele ei nu știa încă să citească, așa că fetița îi citea cu glas tare* Un drăcușor simpatic. *Băiețelului îi plăcea la nebunie povestea orfanului Charles și a îngrozitoarei* Madame *Mac'miche și felul cum Charles se răzbunase pe ea pentru toate cruzimile ei. Fetița i-o recitea de nenumărate ori.*

Acum vedea chipul micuț al fratelui ei, care o privea din întuneric. Strângea la piept ursulețul de pluș preferat și nu mai era înspăimântat. Poate că o să fie în siguranță acolo. Avea apă și o lanternă. Și putea să se uite la pozele din cartea Contesei de Ségur, favorita lui fiind cea cu magnifica răzbunare a lui Charles. Poate că deocamdată ar trebui să-l lase acolo. Bărbații nu-l vor găsi niciodată. Ea o să se întoarcă după el mai târziu sau în timpul zilei, când vor fi lăsați să vină iar acasă. Și papà, *aflat încă în beci, va ști unde se ascunde băiețelul, dacă o să vină cumva sus.*

– Ți-e frică acolo? îl întrebă ea încet, în timp ce bărbații strigau după ele.

– Nu, răspunse el. Nu mi-e frică. Încuie-mă înăuntru. N-o să mă găsească.

Fetița închise ușa, ascunzând chipul micuț și alb, și întoarse cheia în broască. Apoi o strecură în buzunar. Încuietoarea era ascunsă de un dispozitiv pivotant, sub forma unui întrerupător fals. Era imposibil să vezi conturul dulapului în lambriurile de pe perete. Da, va fi în siguranță acolo. Era convinsă de asta.

Fetița îi murmură numele și își puse palma pe lambriul de lemn.

– O să mă întorc mai târziu după tine. Promit.

Am intrat în apartament și am început să bâjbâi după întrerupătoare, dar nu se întâmplă nimic. Antoine deschise câteva obloane, iar soarele pătrunse înăuntru. Camerele erau goale și pline de praf. Fără mobilă, sufrageria părea imensă. Razele aurii se strecurau prin ochiurile de geam lungi și murdare, punctând scândurile podelei de un maro-închis.

Am privit în jur rafturile goale, pătratele mai închise la culoare de pe pereți, unde atârnau odinioară tablouri minunate, șemineul de marmură unde îmi aminteam cum ardea focul, iar Mamé își întindea mâinile ei palide spre căldura flăcărilor.

M-am apropiat de una dintre ferestre și am privit în jos, la curtea liniștită și înverzită. Mă bucuram că Mamé plecase înainte să apuce să-și vadă apartamentul gol, căci ar fi întristat-o. Mă întrista și pe mine.

– Încă se simte parfumul lui Mamé, afirmă Zoë. Shalimar.

– Și mirosul acelei groaznice Minette, am completat, strâmbând din nas.

Minette fusese ultimul animal de companie al lui Mamé, o siameză care suferea de incontinență urinară.

Antoine mă privi surprins.

– Pisica, am explicat, vorbind în engleză de data asta.

Desigur, știam că *la chatte* era femininul pentru „pisică", dar mai însemna și „păsărică". Ultimul lucru pe care îl voiam era ca Antoine să râdă în hohote de sensul dublu al cuvântului.

Antoine evaluă locul cu ochi de expert.

– Sistemul electric e antic, remarcă el, arătând spre siguranțele demodate, de porțelan alb. La fel și încălzirea.

Caloriferele uriașe erau negre de murdărie, solzoase ca o reptilă.

– Stai să vezi bucătăria și dormitoarele, i-am zis.

– Cada de baie are gheare, explică Zoë. O să-mi fie dor de ea.

Antoine examină pereții, ciocănindu-i.

– Presupun că tu și Bertrand vreți să reamenajați totul? întrebă el, privindu-mă.

Am ridicat din umeri.

– Nu știu exact ce vrea să facă. A fost ideea lui să ne mutăm aici. Eu nu am fost foarte încântată, voiam ceva mai... practic. Ceva nou.

– Dar o să fie nou-nouț după ce îl terminăm, zise Antoine și-mi adresă un zâmbet cam strâmb.

– Poate. Dar pentru mine va fi mereu apartamentul lui Mamé.

Apartamentul purta încă amprenta lui Mamé, chiar dacă aceasta se mutase la un sanatoriu pentru vârstnici cu nouă luni în urmă. Bunica soțului meu locuise aici ani de zile. Mi-am amintit de prima noastră întâlnire, în urmă cu șaisprezece ani. Fusesem impresionată de tablourile vechilor maeștri, de șemineul de marmură, pe care erau etalate fotografii de familie cu rame de argint ornamentat, de o simplitate înșelătoare, de mobila elegantă, de numeroasele cărți din rafturile bibliotecii, de pianul cu coadă, drapat cu catifea roșie, bogată. Sufrageria însorită dădea înspre o curte interioară liniștită, cu iederă deasă, care se întindea pe peretele de vizavi. Exact aici o întâlnisem pentru prima oară, întinzându-i mâna, stânjenită, încă neobișnuită cu ceea ce sora mea Charla botezase drept „obiceiul pupăcios al francezilor".

Nu dădeai mâna cu o pariziancă, nici dacă o întâlneai pentru prima oară, ci o sărutai o dată pe fiecare obraz.

Dar pe-atunci nu știam încă asta.

Bărbatul cu balonzaid bej se uită încă o dată la listă.

– Stai, zise el. Lipsește un copil. Un băiat.

Rosti numele băiețelului.

Fetița simți că i se oprește inima în loc. Mama îi aruncă o privire. Fetița duse rapid degetul la buze. Mișcarea le scăpă celor doi bărbați.

– Unde este băiatul? întrebă bărbatul.

– Fratele meu nu este aici, Monsieur, *spuse fetița, cu franceza ei perfectă, franceza unui nativ. A plecat la începutul lunii, cu niște prieteni, la țară.*

Bărbatul în balonzaid o privi cu atenție, apoi făcu un gest rapid cu bărbia înspre polițist.

– Cercetează casa. Repede. Poate că și tatăl se ascunde.

Polițistul se deplasa greoi prin încăperi, deschizând cu stângăcie ușile, uitându-se pe sub paturi și în dulapuri.

În timp ce percheziționa zgomotos apartamentul, celălalt bărbat măsura încăperea cu pasul. Când se afla cu spatele la ele, fetița îi arătă rapid cheia mamei. Papà *o să vină să-l ia,* papà *va veni mai târziu, rosti ea fără cuvinte. Mama dădu din cap. În regulă, părea să spună, înțeleg unde e băiețelul. Apoi însă mama se încruntă, făcu un gest cu mâna sugerând o cheie, unde o să lași cheia pentru* papà, *cum o să știe unde se află? Bărbatul se întoarse brusc și se uită la ele. Mama îngheță. Fetița se cutremură de spaimă.*

Bărbatul le privi țintă un timp, apoi închise brusc fereastra.

– Vă rog, zise mama, e atât de cald aici.

Bărbatul zâmbi. Fetița își zise că nu văzuse niciodată un zâmbet mai urât.

– O s-o ținem închisă, Madame, *spuse el. Mai devreme, o doamnă și-a aruncat copilul pe fereastră, apoi a sărit și ea. Nu vrem să se repete așa ceva.*

Mama nu spuse nimic, înlemnită de groază. Fetița îl privi furioasă. Ura fiecare părticică din el. Detesta fața lui roșie, gura lui umedă. Privirea rece, moartă, din ochii lui. Felul cum stătea acolo, cu picioarele depărtate, cu pălăria de fetru înclinată în față și mâinile grase prinse la spate.

Îl ura din tot sufletul, așa cum nu urâse pe nimeni în viața ei, mai mult decât îl ura pe băiatul acela îngrozitor de la școală, Daniel, care îi șoptea lucruri oribile, cu voce joasă, lucruri oribile despre accentul mamei ei, despre accentul tatălui ei.

Ascultă cum polițistul își continua cercetarea stângace. Nu avea să-l găsească pe băiețel. Dulapul era prea bine ascuns. Băiețelul va fi în siguranță. Nu aveau să-l găsească. Niciodată.

Polițistul se întoarse, ridică din umeri, scutură din cap.

– Nu e nimeni aici, zise el.

Bărbatul în balonzaid o împinse pe mamă spre ușă și îi ceru cheile de la apartament. Ea i le întinse în tăcere. O luară în șir pe scări în jos, încetiniți de sacoșele și de legăturile pe care le căra mama. Fetița gândea cu rapiditate – cum ar fi putut să-i transmită cheia tatălui ei? Unde putea să o lase? La concierge[1]*? Oare era trează la ora aceea?*

Ciudat, dar concierge *se trezise deja și îi aștepta la ușa apartamentului ei. Fetița observă o expresie ciudată, de satisfacție, pe chipul femeii. Oare de ce arăta așa, se întrebă, de ce nu se uita la mama ei sau la ea, ci numai la bărbați, ca și cum n-ar fi vrut să o vadă pe ea sau pe mama ei, ca și cum nu le-ar fi văzut niciodată în viața ei. Și totuși, mama ei fusese mereu amabilă cu această femeie, din când în când avusese grijă de bebelușul ei, de micuța Suzanne, care de multe ori era agitată din pricina colicilor, și mama ei fusese atât de răbdătoare, îi cântase lui Suzanne în limba ei maternă, iarăși și iarăși, iar bebelușului îi plăcuse și adormise liniștit.*

---

1 Portăreasă (în limba franceză în original)

– Știi unde sunt tatăl și fiul? întrebă polițistul și îi dădu cheile de la apartament.

Femeia ridică din umeri, refuzând în continuare să le privească pe mamă și pe fetiță. Băgă cheile în buzunar cu o mișcare rapidă, flămândă, care nu îi plăcu deloc fetiței.

– Nu, îi răspunse polițistului. În ultima vreme nu l-am prea văzut pe soț. Poate s-a ascuns, împreună cu băiatul. Puteți căuta în beci sau în camerele de serviciu de la ultimul etaj. Vă arăt dacă doriți.

Bebelușul din micul loge *începu să scâncească, iar* concierge *îi aruncă o privire peste umăr.*

– Nu avem timp, zise bărbatul în balonzaid. Trebuie să plecăm. O să ne întoarcem dacă va fi nevoie.

Portăreasa se duse la copilul care plângea și îl strânse la piept. Spuse că mai erau și alte familii în clădirea alăturată. Le pronunță numele cu o expresie de dezgust, de parcă rostea un cuvânt urât, se gândi fetița, unul dintre acele cuvinte murdare pe care nu trebuie să le spui niciodată.

În cele din urmă, Bertrand își băgă telefonul în buzunar și își îndreptă atenția spre mine, aruncându-mi unul dintre zâmbetele lui largi, irezistibile. De ce am un soț atât de imposibil de atrăgător? m-am întrebat pentru a mia oară. Când îl cunoscusem, cu mulți ani în urmă, la schi în Courchevel, în Alpii francezi, fusese genul zvelt, ca un puști. Acum, la patruzeci și șapte de ani, era mai masiv, mai puternic, emana masculinitate, „franțuzism" și clasă. Era ca un vin bun, îmbătrânind cu grație și putere, în vreme ce eu eram sigură că-mi pierdusem tinerețea undeva între râul Charles și Sena și, cu siguranță, vârsta de mijloc nu mă făcea să înfloresc. Dacă părul argintiu și ridurile păreau să sublinieze frumusețea lui Bertrand, eram convinsă că, în cazul meu, nu făceau decât s-o diminueze.

– Ei, ce zici? mă întrebă el, apucându-mă de fund cu o mână nepăsătoare, posesivă, în ciuda faptului că ne priveau asociatul lui și fiica noastră. Ce zici, nu e grozav?

– Grozav, repetă Zoë ca un ecou. Antoine ne-a spus că totul trebuie refăcut. Ceea ce înseamnă că, probabil, nu ne vom muta până la anul.

Bertrand râse – avea un râs molipsitor, o combinație între o hienă și un saxofon. Asta era problema cu soțul meu: un farmec amețitor, pe care îi plăcea să-l exercite la maximum. Mă întrebam de unde îl moștenise. De la părinții lui, Colette și Édouard? Foarte inteligenți, rafinați, culți. Dar nu fermecători. Surorile lui, Cécile și Laure? Bine-crescute, foarte deștepte, cu maniere ireproșabile. Dar ele râdeau numai când se simțeau obligate. M-am gândit că probabil îl căpătase de la Mamé. Rebela, bătăioasa Mamé.

– Antoine este așa de pesimist, râse Bertrand. O să ne mutăm aici destul de curând. O să fie mult de muncă, dar o să aducem cele mai bune echipe.

L-am urmat pe holul lung, cu podele scârțâitoare, spre dormitoarele care dădeau către stradă.

– Peretele ăsta trebuie să dispară, declară Bertrand, indicând zidul, și Antoine dădu aprobator din cap. Trebuie să aducem bucătăria mai aproape, altfel *Miss* Jarmond n-o s-o considere „practică".

Rosti cuvântul în engleză și îmi făcu obraznic cu ochiul, în timp ce desena în aer mici ghilimele.

– E un apartament destul de mare, remarcă Antoine. Chiar grandios.

– Acum, da. Era însă mult mai mic pe vremuri, mult mai modest, afirmă Bertrand. Bunicii mei au trăit vremuri grele. Bunicul nu a făcut avere decât în anii șaizeci, apoi a cumpărat apartamentul de vizavi și le-a unit pe amândouă.

– Deci, în copilărie, *grand-père* a locuit în partea asta mică? întrebă Zoë.

– Exact, confirmă Bertrand. Partea asta de aici. Aceea era camera părinților lui, iar el dormea aici. Spațiul era mult mai mic.

Antoine ciocăni atent pereții.

– Da, știu la ce te gândești, zâmbi Bertrand. Vrei să unești camerele astea două, nu?

– Așa e! recunoscu Antoine.

– Nu-i o idee rea, deși trebuie bine gândită. Aici e o bucată de zid problematică, o să-ți arăt mai târziu. Are niște lambriuri groase, și prin el trec tot felul de țevi. Nu e așa de ușor cum pare.

M-am uitat la ceas: două și jumătate.

– Trebuie să plec. Mă întâlnesc cu Joshua.

– Ce facem cu Zoë? întrebă Bertrand.

Zoë își dădu ochii peste cap.

– Pot, de exemplu, să iau un autobuz înapoi în Montparnasse.

– Și școala? replică Bertrand.

Zoë își dădu iarăși ochii peste cap.

– *Papà!* E miercuri. Nu am ore miercuri după-amiaza, îți amintești?

Bertrand se scărpină în cap.

– Pe vremea mea...

– Era joia, nu se făcea școală joia, psalmodie Zoë.

– Sistemul școlar francez e ridicol, am oftat. Și în plus, ore sâmbătă dimineața!

Antoine era de acord cu mine. Fiii lui urmau o școală particulară unde nu se făceau ore sâmbătă dimineața. Dar Bertrand – la fel ca părinții lui – credea cu convingere în sistemul public francez. Eu dorisem să o dau pe Zoë la o școală bilingvă – existau câteva la Paris –, dar clanul Tézac nici nu voise să audă. Zoë era franțuzoaică, născută în Franța. Avea să urmeze o școală franceză. În prezent, urma *lycée* Montaigne, lângă Grădinile Luxembourg. Familia Tézac uita mereu că Zoë are o mamă americancă. Din fericire, engleza lui Zoë era perfectă. Nu vorbisem niciodată altceva cu ea, și mergea de suficiente ori la Boston în vizită la părinții mei. Își petrecea majoritatea verilor în Long Island, cu sora mea Charla și cu familia ei.

Bertrand se întoarse spre mine. În ochi avea acea sclipire, care mă neliniștea și îmi semnala că avea să fie ori foarte amuzant, ori foarte crud, ori amândouă. Evident că și Antoine cunoștea semnificația, având în vedere felul supus în care începu să-și studieze atent pantofii din piele, cu ciucuri.

– Da, într-adevăr, știm ce gândește *Miss* Jarmond despre școlile noastre, despre spitalele noastre, despre nesfârșitele noastre greve, despre vacanțele noastre, despre instalațiile noastre sanitare, despre serviciul nostru poștal, televiziunea noastră, politica noastră, rahatul nostru de câine de pe trotuare, rosti Bertrand, zâmbind spre mine cu dantura lui perfectă. Am auzit asta de atâtea ori, de atâtea ori, nu-i așa? Aș vrea să fiu în America, totul e atât de *curat* în America, toată lumea culege rahatul de câine în America!

– Termină, *papà*, ești atât de grosolan! zise Zoë și mă luă de mână.

Afară, fetița văzu un vecin îmbrăcat în pijama, sprijinit de fereastră. Era un bărbat amabil, profesor de muzică. Cânta la vioară și ei îi plăcea să-l asculte. Deseori, de dincolo de curte, le cânta ei și fratelui ei vechi cântece franțuzești, ca Sur le pont d'Avignon *și* À la claire fontaine, *precum și melodii din țara părinților ei, care îi făceau întotdeauna pe mama și pe tatăl ei să danseze veseli, iar papucii mamei pluteau pe scândurile podelei, în timp ce tatăl ei o învârtea iarăși și iarăși, până amețeau cu toții.*

– Ce faceți? Unde îi duceți? strigă el.

Vocea lui răsună în curte, acoperind țipetele bebelușului. Bărbatul în balonzaid nu-i răspunse.

– Nu puteți să faceți așa ceva, continuă vecinul. Sunt oameni buni și cinstiți! Nu puteți să faceți așa ceva!

La sunetul glasului său, obloanele începură să se deschidă și chipuri să privească din spatele perdelelor.

Dar fetița observă că nimeni nu se mișca, nimeni nu zicea nimic. Stăteau, pur și simplu, și se uitau.

Mama se opri din mers, zguduită de suspine. Bărbații o împinseră înainte.

Vecinii priveau în tăcere. Chiar și profesorul de muzică rămase tăcut.

Brusc, mama se întoarse și țipă din toate puterile; strigă numele soțului ei, de trei ori.

Bărbații o apucară de brațe, zgâlțâind-o cu brutalitate. Ea lăsă să cadă genţile şi boccelele. Fetița încercă să-i oprească, dar ei o împinseră la o parte.

În prag apăru un bărbat slab, cu haine mototolite, nebărbierit şi cu ochii roşii, obosiți; străbătu curtea, ținându-se drept. Când ajunse în dreptul bărbaților, le spuse cine era. Avea un accent pronunțat, la fel ca femeia.

– Luați-mă cu familia mea, spuse el.

Fetița îşi strecură mâna în cea a tatălui.

Era în siguranță acum, îşi zise ea. Era în siguranță, cu mama şi cu tatăl ei. Toate astea nu aveau să dureze mult. Doar era poliția franceză, nu nemții. Nimeni nu avea să le facă vreun rău.

Curând se vor întoarce la apartament, şi maman *le va pregăti micul dejun. Băiețelul va putea ieşi din ascunzătoare, iar* papà *se va duce la depozitul din josul străzii, unde lucra ca maistru şi făcea curele, genți şi portofele alături de colegii lui, şi totul va fi ca înainte. Curând, lucrurile vor fi din nou sigure.*

Afară se luminase de ziuă. Strada îngustă era pustie. Fetița privi înapoi spre clădirea ei, la chipurile tăcute de la ferestre şi la concierge, *care o ținea la piept pe micuța Suzanne.*

Profesorul de muzică îşi ridică încet mâna, într-un gest de rămas-bun.

Îi făcu şi ea cu mâna, zâmbind. Totul avea să fie bine. Urma să se întoarcă repede, toți aveau să se întoarcă în curând.

Dar bărbatul era extrem de trist.

Pe obraji îi curgeau lacrimi, lacrimi tăcute de neputință şi de ruşine, pe care ea nu le înțelegea.

– Grosolan? Mama ta adoră asta, chicoti Bertrand, făcându-i cu ochiul lui Antoine. Nu-i așa, iubito? Nu-i așa, *chérie*?

Se învârtea prin living, pocnind din degete pe melodia din *West Side Story*.

Mă simțeam prost față de Antoine. De ce-i plăcea lui Bertrand să mă facă să par americanca falsă, plină de idei preconcepute, mereu critică la adresa francezilor? Și de ce stăteam acolo și-i permiteam să-mi vorbească astfel? Cândva era amuzant. La începutul căsniciei noastre, asta fusese o glumă clasică și îi făcea pe prietenii noștri americani și francezi să râdă în hohote. La început.

Eu am zâmbit, ca de obicei. Dar astăzi, zâmbetul meu părea un pic forțat.

– Ai mai fost s-o vezi pe Mamé în ultima vreme? am întrebat.

Bertrand era deja ocupat să măsoare ceva.

– Poftim?

– Mamé, am repetat, răbdătoare. Cred că i-ar plăcea să te vadă. Să vorbiți despre apartament.

Privirea lui o întâlni pe a mea.

– N-am timp, *amour*. Tu te duci?

O privire rugătoare.

– Bertrand, eu mă duc în fiecare săptămână, știi asta.

El oftă.

– E bunica *ta*, am subliniat.

– Și te iubește *pe tine, l'Américaine,* rânji el. Și eu la fel, *bébé*.

Se apropie de mine și mă sărută ușor pe buze.

Americanca.

„Așadar, tu ești americanca“, afirmase Mamé, cu mulți ani în urmă, chiar în această încăpere, cercetându-mă cu ochii ei cenușii, gânditori. *L'Américaine.* Cât de americancă mă făcuse să mă simt, cu nenumăratele mele bucle, cu tenișii și zâmbetul larg. Și cât de pur franțuzoaică era această bătrână de șaptezeci de ani, cu spate drept, nas patrician, un coc impecabil și privire șireată. Și totuși, am plăcut-o pe Mamé de la bun început. Râsul ei uimitor, gutural. Umorul sec.

Chiar și azi, trebuia să recunosc că o plăceam mai mult decât pe părinții lui Bertrand, care încă mă făceau să mă simt „americancă“, deși locuiam la Paris de douăzeci de ani, eram măritată cu fiul lor de cincisprezece ani și le dăruisem prima nepoată, pe Zoë.

În timp ce coboram, confruntându-mă încă o dată cu reflexia neplăcută din oglinda liftului, mi-a trecut brusc prin minte că suportasem prea mult timp împunsăturile lui Bertrand, ridicând întotdeauna nepăsătoare din umeri.

Iar astăzi, dintr-un motiv oarecare, pentru prima dată, am simțit că mi-a ajuns.

Fetița se ținea aproape de părinții ei. Străbătură pe jos strada lor, în timp ce bărbatul în balonzaid bej le spunea să se grăbească. Oare unde se duceau? se întrebă. De ce trebuiau să se grăbească atât de tare? Li se spuse să intre într-un garaj mare. Fetița recunoscu drumul – nu era departe de casa în care locuiau și de locul unde lucra tatăl ei.

În garaj, bărbați îmbrăcați în salopete albastre, pătate de ulei, erau aplecați asupra motoarelor. Îi priveau, tăcuți. Nimeni nu zise nimic. Atunci, fetița văzu un grup mare de oameni, stând în garaj, cu genți și coșuri la picioare. Majoritatea erau femei și copii, observă ea. Pe unii îi cunoștea puțin. Dar nimeni nu îndrăznea să facă semn cu mâna sau să se salute. După un timp, apărură doi polițiști care începură să strige nume. Tatăl fetiței ridică mâna când auzi numele lor.

Fetița privi în jur. Văzu un băiat pe care îl cunoștea de la școală, Léon. Părea obosit și speriat. Ea îi zâmbi; ar fi vrut să-i spună că totul era în regulă, că în curând vor putea să meargă acasă. Toate astea nu aveau să dureze mult, curând o să fie trimiși înapoi. Dar Léon o privi de parcă era nebună. Ea își lăsă privirea în jos, cu obrajii în flăcări. Poate că pricepuse totul greșit. Inima îi bătea cu putere. Poate că lucrurile nu aveau să se întâmple așa cum crezuse ea. Se simțea foarte naivă, prostuță și tânără.

Tatăl ei se aplecă spre ea. Bărbia lui țepoasă îi gâdilă urechea. Îi rosti numele. Unde era fratele ei? Ea îi arătă cheia. Frățiorul ei era în siguranță, ascuns în dulapul lor secret, șopti ea, mândră de sine. O să fie în siguranță.

Tatăl ei o privi cu ochi mari, stranii, și o apucă strâns de mână. Dar totul e în regulă, insistă ea, o să fie bine. E un dulap adânc, are destul aer să respire. Și apă și o lanternă. O să fie bine, papà. *Nu înțelegi, zise tatăl, nu înțelegi. Și, spre disperarea ei, văzu cum ochii i se umpleau de lacrimi.*

Îl trase de mânecă. Nu suporta să-și vadă tatăl plângând.

– Papà, *spuse ea, o să ne întoarcem acasă, nu-i așa? O să ne întoarcem acasă după ce ne strigă numele?*

Tatăl își șterse lacrimile și o privi cu ochi îngrozitor de triști, în care ea nu suporta să privească.

– Nu, răspunse el, nu ne întoarcem. N-o să ne lase să ne întoarcem.

Fetița simți cum i se strecoară în trup ceva rece și oribil. Încă o dată își aminti ce auzise, chipurile părinților ei, întrezărite de cealaltă parte a ușii, teama lor, neliniștea lor în miez de noapte.

– Ce vrei să zici, papà? *Unde mergem? De ce nu ne întoarcem acasă? Spune-mi! Spune-mi!*

Aproape că țipă ultimele cuvinte.

Tatăl ei o privi. Îi rosti din nou numele, foarte încet. Ochii îi erau încă umezi, iar lacrimile îi atârnau de gene. Îi puse o mână pe ceafă.

– Fii curajoasă, iubita mea. Fii curajoasă, cât poți tu de curajoasă.

Nu putea să plângă. Frica ei era atât de mare încât părea să înghită totul în jur, părea să absoarbă orice altă emoție din sufletul ei, ca un vid monstruos, puternic.

– Dar i-am promis că o să mă întorc, papà. *I-am promis.*

Văzu că tatăl ei începuse din nou să plângă și că nu o mai asculta. Era învăluit în propria durere, în propria teamă.

Îi trimiseră pe toți afară. Strada era pustie, în afară de autobuzele aliniate lângă trotuare. Genul de autobuze normale, în care fetița obișnuia să se suie, împreună cu mama și cu fratele ei, ca să meargă în oraș: autobuze obișnuite, cu alb și verde, cu platformă în spate.

Li se ordonă să se suie și fură înghesuiți unii în alții. Fetița căuta iarăși uniformele verzi-cenușii, limba aspră, guturală, de care ajunsese să se teamă. Dar aceștia nu erau decât polițiști. Polițiști francezi.

Prin geamul prăfuit al autobuzului, îl recunoscu pe unul dintre ei, polițistul tânăr, roșcat, care o ajutase de multe ori să traverseze strada în drum spre casă, de la școală. Bătu în geam ca să-i atragă atenția.

Când ochii li se întâlniră, el își feri rapid privirea, părând stânjenit, aproape enervat. Fetița se întrebă de ce. În timp ce erau împinși în autobuze, un bărbat protestă și fu îmbrâncit cu violență. Un polițist urlă că o să împuște pe oricine va încerca să scape.

Apatică, fetița privi cum clădirile și copacii se perindă prin fața geamului. Nu se putea gândi decât la fratele ei aflat în dulap, în casa goală, așteptând-o. Nu se putea gândi decât la el. Traversară un pod și văzu apele Senei sclipind. Unde mergeau? Papà *nu știa. Nimeni nu știa. Toți erau înspăimântați.*

Un tunet brusc îi făcu pe toți să tresară. Ploaia porni să cadă cu atâta putere, încât autobuzul fu nevoit să oprească. Fetița asculta cum picăturile loveau acoperișul autobuzului. Nu dură mult și mașina își reluă drumul, cu roțile scrâșnind pe macadamul sclipitor. Soarele răsărise.

Autobuzul se opri și se dădură cu toții jos, încărcați cu boccele, valize, copii care plângeau. Fetița nu recunoștea strada. Nu fusese niciodată aici. La capătul drumului văzu indicatorul de metrou.

Îi conduseră spre o clădire mare, deschisă la culoare. Pe ea scria ceva cu litere mari și negre, dar nu reuși să deslușească ce anume. Văzu că întreaga stradă era plină de familii ca a ei, care coborau din autobuze, mânați de polițiști. Din nou, polițiști francezi.

În timp ce strângea cu putere mâna tatălui ei, se trezi împinsă și înghiontită într-o imensă arenă acoperită. Zeci de oameni erau adunați aici, în mijlocul arenei, precum și pe scaunele tari, de fier, ale tribunei. Câți oameni? Nu știa. Sute. Și tot veneau. Fetița se uită la imensul luminator albastru, sub formă de dom. Soarele necruțător strălucea prin el.

Tatăl ei le găsi un loc în care să se așeze. Fetița privi cum șirul constant de oameni îngroașă rândurile mulțimii. Zgomotul crescu tot mai mult, zumzetul continuu a mii de voci, copii scâncind, femei gemând. Căldura deveni de nesuportat, tot mai înăbușitoare pe măsură ce soarele urca pe cer. Era din ce în ce mai puțin loc și stăteau cu toții înghesuiți unii în alții. Se uita la bărbați, la femei, la copii, la chipurile lor chinuite, la ochii înspăimântați.

– Papà, *cât o să rămânem aici? întrebă ea.*

– Nu știu, iubito.

– Unde suntem?

Puse mâna pe steaua galbenă cusută pe bluza ei.

– E din cauza asta, nu-i așa? spuse ea. Toată lumea de aici are una.

Tatăl ei zâmbi – un zâmbet trist, patetic.

– Da, zise el. Din cauza asta.

Fetița se încruntă.

– Nu e corect, papà, *șopti ea. Nu e corect!*

El o îmbrățișă și îi rosti numele cu tandrețe.

– Da, draga mea, ai dreptate, nu e corect.

Ea se sprijini de el, cu obrazul lipit de steaua de pe haina lui.

În urmă cu aproape o lună, mama ei cususe stele pe toate hainele lor. Pe toate hainele familiei, cu excepția celor ale fratelui ei mai mic. Înainte de asta, cărțile lor de identitate primiseră ștampila de „evreu" sau „evreică". Și apoi începuseră brusc să apară lucruri pe care nu mai aveau voie să le facă. De exemplu, să se joace în parc. Să se plimbe cu bicicleta, să meargă la cinema, la teatru, la restaurant, la ștrand. Nu mai aveau voie nici să împrumute cărți de la bibliotecă.

Văzuse indicatoarele care păreau să fi fost puse pretutindeni: „Interzis evreilor". Și pe ușa depozitului unde lucra tatăl ei era un afiș mare, care anunța: „Firmă evreiască". Maman *trebuia să meargă la cumpărături după ora patru după-amiaza, când nu mai rămânea nimic în magazine, din cauza raționalizărilor. Erau nevoiți să meargă în ultimul vagon al metroului, să se întoarcă acasă înainte de stingere și să nu plece până dimineața. Ce mai aveau voie să facă? Nimic. Nimic, se gândi ea.*

Nedrept. Atât de nedrept. De ce? De ce ei? De ce toate astea? I se părea dintr-odată că nimeni nu ar fi putut să-i dea vreo explicație.

Joshua se afla deja în sala de conferințe și își bea cafeaua aceea slabă, care îi plăcea atât de mult. M-am grăbit să mă așez între Bamber, directorul de imagine, și Alessandra, *features editor*.

Încăperea dădea spre aglomerata rue Marbeuf, aflată la o aruncătură de băț de Champs-Élysées. Nu era zona mea preferată din Paris – prea ticsită de oameni, prea țipătoare –, dar eram obișnuită să vin zilnic aici și să parcurg bulevardul cu trotuare largi și prăfuite, înțesate de turiști în orice moment al zilei, indiferent de anotimp.

De șase ani de zile scriam la revista săptămânală americană *Seine Scenes*. Publicam o versiune pe hârtie și alta online. De obicei, eu relatam orice eveniment care ar fi putut prezenta interes pentru cititorii americani din Paris. „Culoarea locală" se întindea de la viața socială și culturală – spectacole, filme, restaurante, cărți – la apropiatele alegeri prezidențiale din Franța.

Era, de fapt, o muncă dificilă, cu termene strânse. Joshua era un adevărat tiran. Îmi plăcea de el, dar era un tiran. Genul ăla de șef care nu are nici un respect pentru viața personală, căsnicie și copii. Dacă o femeie rămânea însărcinată, devenea un nimeni. Dacă cineva avea un copil bolnav, era privit urât. Dar avea totodată un ochi perspicace, talent editorial extraordinar și un simț ieșit din comun al sincronizării perfecte. Cu toții ne scoteam pălăria în fața lui. Ne plângeam mereu de el pe la spate, dar suportam în continuare situația. La cei cincizeci de ani ai săi, Joshua, newyorkez născut și crescut acolo, dar care își petrecuse ultimii zece ani la Paris, părea înșelător de placid.

Avea o figură lungă și ochi căzuți. Dar în clipa când deschidea gura, el era șeful. Toată lumea îl asculta pe Joshua. Și nimeni nu-l întrerupea vreodată.

Bamber era din Londra și avea aproape treizeci de ani. Înalt de peste 1,80 m, purta ochelari cu lentile într-o nuanță de mov, avea diferite piercinguri pe trup și își vopsea părul în culoarea dulceții de portocale. Dădea dovadă de un nemaipomenit umor britanic, care mie mi se părea irezistibil, dar pe care Joshua nu prea îl înțelegea. Aveam o slăbiciune pentru Bamber. Era un coleg discret și eficient. De asemenea, era un ajutor minunat când Joshua avea o zi proastă și se dezlănțuia pe fiecare dintre noi. Bamber era un aliat prețios.

Alessandra era o tânără pe jumătate italiancă, cu pielea fină și teribil de ambițioasă. Era drăguță, avea părul buclat, negru și lucios, și genul de gură cu buze pline și umede, care îi înnebunește pe bărbați. Nu reușisem niciodată să mă decid dacă o plac sau nu. Avea jumătate din vârsta mea și deja primea același salariu ca mine, chiar dacă numele meu era trecut deasupra în caseta tehnică.

Joshua parcurse planurile privind următoarele subiecte. Se apropia un articol consistent despre alegerile prezidențiale, un subiect important având în vedere victoria controversată a lui Jean-Marie Le Pen din primul tur. Nu eram prea încântată să scriu despre așa ceva, așa că m-am bucurat în sinea mea că i-a fost repartizat Alessandrei.

– Julia, începu Joshua, privindu-mă pe deasupra ochelarilor, subiectul ăsta îți vine mănușă – a șaizecea comemorare a Vel' d'Hiv'.

Mi-am dres glasul. Ce spusese? Sunase ca „veldif“.

Nu mai știam nimic.

Alessandra mă privi cu superioritate.

– 16 iulie 1942? Nu-ți sună cunoscut?

Uneori mă scotea din sărite glasul nechezat de Domnișoara Știe-Tot. Ca acum, de exemplu.

– Marea razie de la Vélodrome d'Hiver, reluă Joshua. La asta se referă prescurtarea Vel' d'Hiv'. Un faimos stadion acoperit, unde aveau loc concursurile de ciclism. Mii de familii de evrei, închise acolo zile întregi, în condiții îngrozitoare. Apoi trimise la Auschwitz. Și gazate.

Îmi suna cunoscut. Doar vag însă.

– Bine, am zis hotărâtă, privindu-l pe Joshua. OK, ce am de făcut?

El ridică din umeri.

– Ai putea începe prin a găsi supraviețuitori sau martori de la Vel' d'Hiv'. Apoi să verifici cum se va desfășura mai precis comemorarea, cine o organizează, unde, când. În final, fapte. Ce s-a întâmplat, mai exact. Va fi o muncă delicată, să știi. Francezilor nu le place să vorbească despre Vichy, Pétain, chestii de genul ăsta. Nu e ceva de care să fie deosebit de mândri.

– Există cineva care te-ar putea ajuta, interveni Alessandra, cu un ton ceva mai puțin superior. Franck Lévy. A fondat una dintre cele mai mari asociații ca să-i ajute pe evrei să-și găsească familiile după Holocaust.

– Am auzit de el, am spus, în timp ce-mi notam numele.

Chiar auzisem. Franck Lévy era o figură publică. Ținea conferințe și scria articole despre bunurile evreiești furate și despre ororile deportării.

Joshua mai dădu pe gât o cafea.

– Nimic superficial, zise el. Fără sentimentalisme. Fapte. Mărturii. Și, adăugă aruncându-i o privire lui Bamber, fotografii bune, puternice. Căutați și materiale vechi. Nu mai sunt multe rămase, după cum o să descoperiți, dar poate tipul ăsta, Lévy, o să vă ajute.

– Eu o să încep prin a mă duce la Vel' d'Hiv', spuse Bamber. Să verific.

Joshua zâmbi strâmb.

– Vel' d'Hiv' nu mai există. A fost dărâmat în 1959.

– Unde era? am întrebat, bucuroasă că nu eram singura ignorantă.

Alessandra se grăbi din nou să răspundă:

– Rue Nélaton. În arondismentul 15.

– Am putea totuși să mergem până acolo, am spus, privindu-l pe Bamber. Poate că mai sunt locuitori din zonă care își amintesc ce s-a întâmplat.

Joshua ridică din umeri.

– Puteți încerca, zise el. Dar nu cred că veți găsi mulți oameni dornici să vorbească. După cum v-am spus, francezii sunt susceptibili, iar ăsta este un subiect extrem de sensibil. Nu uitați, poliția franceză i-a arestat pe oamenii aceia. Nu naziștii.

Ascultându-l pe Joshua, mi-am dat seama cât de puține știam despre cele întâmplate la Paris în iulie 1942. Nu învățasem despre asta la școală, la Boston. Și de când venisem la Paris, în urmă cu douăzeci și cinci de ani, nu citisem multe despre acest subiect. Era ca un secret. Ceva îngropat în trecut. Ceva despre care nimeni nu vorbea. Eram nerăbdătoare să mă așez în fața calculatorului și să încep să caut pe internet.

Cum s-a încheiat ședința, m-am dus la micul cubiculum care-mi servea drept birou și care dădea spre zgomotoasa rue Marbeuf. Spațiul nostru de lucru era înghesuit. Dar mă obișnuisem. Nu mă deranja. Acasă nu aveam unde să scriu. În noul apartament, Bertrand îmi promisese că o să am o cameră mare numai a mea. Propriul meu birou. În sfârșit. Părea prea frumos ca să fie adevărat. O să am nevoie de ceva timp până să mă obișnuiesc cu genul acesta de lux.

Am pornit computerul, m-am conectat la internet, apoi am intrat pe Google. Am tastat „*vélodrome d'hiver vel' d'hiv'*“. Link-urile erau numeroase, majoritatea în franceză și multe dintre ele foarte amănunțite.

Am citit toată după-amiaza. Nu am făcut altceva decât să citesc, să-mi notez informații și să caut cărți despre Ocupație și razii. Am observat că multe cărți erau epuizate. M-am întrebat de ce. Fiindcă nimeni nu mai voia să citească despre Vel' d'Hiv'? Fiindcă nimănui nu-i mai păsa? Am sunat la vreo două librării, dar mi s-a răspuns că o să fie dificil să fac rost de aceste cărți. „Vă rog să încercați“, am spus.

Când am închis computerul, m-am simțit teribil de obosită. Mă dureau ochii, iar capul și inima îmi erau grele de tot ceea ce citisem.

Fuseseră peste patru mii de copii evrei închiși la Vel' d'Hiv', cu vârste cuprinse între doi și doisprezece ani. Majoritatea erau francezi, născuți în Franța.

Nici unul nu se întorsese de la Auschwitz.

Ziua se târa, nesfârșită, insuportabilă. Ghemuită lângă mama ei, fetița privea cum familiile din jur își pierdeau încetul cu încetul mințile. Nu era nimic de băut, nimic de mâncare. Căldura era înăbușitoare. Aerul era plin de un praf fin și uscat, care îi înțepa ochii și gâtul.

Marile porți ale stadionului erau închise. De-a lungul fiecărui zid, polițiști cu chipuri sumbre îi amenințau în tăcere cu armele. Nu aveai unde să mergi și nici ce să faci. Doar să stai aici și să aștepți. Ce anume? Ce avea să li se întâmple, familiei ei, acestei mulțimi de oameni?

Împreună cu tatăl ei, încercaseră să găsească toaletele, în celălalt capăt al arenei. Îi izbise o duhoare insuportabilă. Erau prea puține toalete pentru o asemenea mulțime și, curând, deveniră nefuncționale. Fetița trebuise să se ghemuiască lângă perete ca să se ușureze, luptându-se cu nevoia copleșitoare de a vomita, astupându-și gura cu mâna. Oamenii își făceau nevoile pe unde apucau, rușinați, înfrânți, ghemuindu-se ca animalele pe podeaua mizerabilă. Fetița văzu o femeie în vârstă, respectabilă, ascunzându-se după haina soțului ei. O altă femeie icnea îngrozită, ținându-se cu mâinile de gură și de nas și clătinând din cap.

Fetița își urmă tatăl prin mulțime, înapoi la locul unde o lăsaseră pe mama ei, trebuind să-și facă loc prin gloată. Tribunele erau înțesate de boccele, bagaje, saltele, cărucioare, iar arena era neagră de oameni. Câți oameni erau aici? se întrebă. Copiii alergau pe culoare, murdari, transpirați, țipând după apă. O femeie gravidă, aproape leșinată din cauza căldurii și a setei, țipa din toate puterile că o să moară. Un bătrân se prăbuși brusc, pe solul prăfuit. Chipul lui albăstrui se contorsiona și tresărea. Nimeni nu se mișcă.

Fetița se așeză lângă mama ei. Femeia devenise tăcută. Aproape că nu mai vorbea. Fetița îi luă mâna și i-o strânse; mama nu îi răspunse. Tatăl se ridică și îi ceru unui polițist apă, pentru copilul și soția lui. Bărbatul îi replică scurt că deocamdată nu există apă. Tatăl afirmă că asta era abominabil, că nu puteau fi tratați ca niște animale. Polițistul îi întoarse spatele.

Fetița îl văzu din nou pe Léon, băiețelul pe care îl zărise în garaj. Umbla fără țintă prin mulțime, privind spre porțile mari. Observă că nu purta steaua galbenă. Îi fusese smulsă. Fetița se ridică și se duse la el. Chipul îi era murdar, avea o vânătaie pe obrazul stâng și alta pe claviculă. Se întrebă dacă și ea arăta la fel, obosită și lovită.

– Eu plec de aici, îi zise el, cu voce joasă. Părinții mei mi-au zis. Acum.

– Dar cum? întrebă ea. Poliția n-o să te lase să ieși.

Băiatul o privi. Era de vârsta ei, avea zece ani, dar părea mult mai mare. Nu mai păstra nimic copilăresc în înfățișare.

– Găsesc eu o metodă, răspunse el. Părinții mi-au zis să plec. Ei mi-au smuls steaua. E singura soluție. Altminteri, e sfârșitul. Sfârșitul pentru noi toți.

Din nou, simți că o străbate un fior rece. Sfârșitul? Era, într-adevăr, sfârșitul?

El se uită lung la ea, cu o privire ușor disprețuitoare.

– Nu mă crezi, nu-i așa? Ar trebui să vii cu mine. Scoate-ți steaua, vino cu mine acum. O să ne ascundem. O să am grijă de tine. Știu ce să fac.

Fetița se gândi la frățiorul ei care o aștepta, ascuns în dulap. Mângâie cheia șlefuită din buzunar. Ar putea să plece cu băiatul ăsta ager și isteț. Ar putea să-l salveze pe fratele ei și să se salveze pe sine.

Dar se simțea prea mică, prea vulnerabilă să facă așa ceva singură. Era prea înspăimântată. Iar părinții ei… Mama ei, tatăl ei… Ce se va întâmpla cu ei? Băiatul ăsta spunea adevărul? Putea să aibă încredere în el?

Simțindu-i nehotărârea, el îi puse o mână pe braț.

– Vino cu mine! o îndemnă.

– Nu știu, murmură ea.

El se dădu înapoi.

– Eu m-am hotărât. Plec. Rămâi cu bine.

Ea îl privi cum se îndreaptă spre intrare. Polițiștii lăsau oamenii să intre: bătrâni pe tărgi, în scaune rulante, grupuri nesfârșite de copii care scânceau, femei în lacrimi. Fetița îl privi pe Léon cum se strecoară prin mulțime, așteptând momentul potrivit.

La un moment dat, un polițist îl apucă de guler și îl aruncă înapoi. Sprinten și rapid, el se ridică, îndreptându-se din nou spre porți, ca un înotător care luptă cu abilitate împotriva curentului. Fetița îl privea, fascinată.

Un grup de mame se repezi spre intrare, cerând cu furie apă pentru copii. Polițiștii părură o clipă confuzi, neștiind ce să facă. Fetița îl văzu pe băiat cum se strecoară prin haosul creat, ușor, rapid ca un fulger. Apoi dispăru.

Se duse înapoi la părinții ei. Noaptea se lăsa încet și, odată cu ea, fetița simți că disperarea ei și a miilor de oameni închiși acolo se adâncește, devenind ceva monstruos, scăpat de sub control, o disperare pură, absolută, care o umplu de panică.

Încercă să-și închidă ochii, nasul, urechile, să blocheze mirosul, praful, căldura, urletele de disperare, imaginile adulților plângând, ale copiilor gemând, dar nu reuși.

Nu putea decât să privească, neputincioasă, în tăcere. De sus, din apropierea luminatorului, unde oamenii stăteau în grupuri mici, observă o mișcare bruscă. Un urlet care îți sfâșia inima, o agitație de haine aruncate peste balcon și un sunet înfundat pe solul tare al arenei. Apoi, un icnet din partea mulțimii.

– Papà, *ce-a fost asta? întrebă ea.*

Tatăl ei încercă s-o facă să-și întoarcă privirea.

– Nimic, draga mea, nimic. Doar niște haine care au căzut de sus.

Dar ea văzuse. Știa ce era. O tânără – de vârsta mamei ei – și un copilaș. Femeia sărise, ținându-și strâns în brațe copilul, de pe cea mai înaltă balustradă.

De unde stătea, fetița putea să vadă trupul dislocat al femeii, craniul însângerat al copilului, crăpat ca o roșie coaptă.

Fetița lăsă capul în jos și plânse.

Când eram copil și locuiam pe Hyslop Road nr. 49, în Brookline, Massachusetts, nu mi-aș fi imaginat niciodată că într-o zi o să mă mut în Franța și o să mă mărit cu un francez. Îmi imaginam că o să stau în America toată viața. La unsprezece ani mă îndrăgostisem de Evan Frost, băiatul din vecini. Un puști cu pistrui, al cărui câine, Inky, de-abia aștepta să tropăie pe frumoasele răzoare de flori ale tatălui meu.

Tata, Sean Jarmond, preda la Massachusetts Institute of Technology. Genul de „profesor trăsnit", cu bucle zburlite și ochelari rotunzi. Era popular, studenții îl plăceau. Mama, Heather Carter Jarmond, era o fostă campioană de tenis din Miami, genul de femeie sportivă, bronzată, zveltă, care nu pare să îmbătrânească niciodată. Era pasionată de yoga și de mâncarea sănătoasă.

Duminica, tata și vecinul lui, domnul Frost, aveau nesfârșite dispute peste gard, despre Inky, care distrugea lalelele tatălui meu, în timp ce, în bucătărie, mama făcea brioșe cu miere și tărâțe și ofta. Ura conflictele. Indiferentă la nebunia din jur, sora mea Charla se uita la *Gilligan's Island* sau la *Speed Racer* în camera cu televizorul, ingurgitând metri întregi de lemn-dulce. La etaj, prietena mea Katy Lacy se uita pe furiș de după perdele la minunatul Evan Frost, care se hârjonea cu obiectul furiei tatălui meu, un labrador negru ca tăciunele.

A fost o copilărie fericită, ferită de rele. Fără izbucniri, fără scene. Școala Runckle, mai jos pe stradă. Liniște de Ziua Recunoștinței. Crăciunuri în familie. Veri lungi și lenevoase la Nahant. Săptămâni calme care se transformau în luni calme. Singurul lucru care mă speriase de moarte fusese când profesoara mea din clasa a cincea, cu părul precum câlții, ne citise cu glas tare *Inima care-și spune taina* de Edgar Allan Poe. Mulțumită ei am avut coșmaruri ani de zile.

În timpul adolescenței am simțit pentru prima dată dorința de a merge în Franța – o fascinație insidioasă care a devenit din ce în ce mai puternică pe măsură ce trecea timpul. De ce Franța? De ce Parisul? Limba franceză mă atrăsese mereu. O găseam mai flexibilă, mai senzuală decât germana, spaniola sau italiana. Obișnuiam să-l imit la perfecție pe sconcsul francez din Looney Tunes, Pepe Le Pew. Dar în adâncul sufletului știam că ardoarea mea tot mai profundă pentru Paris nu avea nimic de-a face cu clișeele americane privind romantismul, sofisticarea și atracția sexuală. Era mai mult decât atât.

Când am descoperit pentru prima dată Parisul, am fost atrasă rapid de contrastele sale diferite; cartierele lui stridente și necizelate mă atrăgeau la fel de mult ca acelea maiestuoase, proiectate de Haussman. Tânjeam după paradoxurile, secretele și surprizele lui. Avusesem nevoie de douăzeci și cinci de ani ca să mă integrez, dar reușisem. Învățasem să suport chelnerii nerăbdători și taximetriștii bădărani. Învățasem să conduc prin Place de l'Étoile, indiferentă la insultele pe care mi le strigau șoferi de autobuz iritați și, mai surprinzător, blonde elegante, cu șuvițe, în Mini-uri negre și strălucitoare. Învățasem să îmblânzesc *concierges* aroganți, vânzătoare obraznice, operatoare telefonice blazate și doctori îngâmfați. Învățasem că parizienii se cred superiori restului lumii, mai ales tuturor celorlalți cetățeni francezi care locuiau între Nisa și Nancy, manifestând un dispreț deosebit față de locuitorii din suburbiile Orașului Luminilor. Învățasem că ceilalți francezi îi porecliseră pe parizieni „cap-de-câine" – „*Parisien Tête de Chien*" – și că nu îi apreciau prea tare. Nimeni nu iubea Parisul ca adevăratul parizian. Nimeni nu era mai mândru de orașul său ca adevăratul parizian. Nimeni nu era nici pe jumătate atât de arogant, cu nasul pe sus, atât de încrezut și totuși atât de irezistibil. De ce iubeam eu atât de mult Parisul? mă întrebam. Poate fiindcă niciodată nu îmi cedase. Plutea tentant de aproape, și totuși mă punea la punct. Americanca. Voi fi mereu americanca. *L'Américaine.*

Am știut că vreau să fiu ziaristă încă de când eram de vârsta lui Zoë. Mai întâi am început să scriu pentru ziarul liceului și nu m-am mai oprit de atunci. Am venit să locuiesc la Paris la puțin timp după ce am împlinit douăzeci de ani, după ce am absolvit Engleza la Boston University. Prima mea slujbă a fost ca asistent debutant la o revistă americană de modă pe care am abandonat-o în scurt timp. Căutam subiecte mai interesante decât lungimea fustelor sau culorile de primăvară.

Am acceptat prima slujbă care s-a ivit – să rescriu comunicate de presă pentru o rețea americană de televiziune. Salariul nu era nemaipomenit, dar era suficient cât să-mi asigure supraviețuirea. Locuiam în arondismentul 18, împărțind un apartament cu doi homosexuali francezi, Hervé și Christophe, care mi-au devenit buni prieteni.

În acea săptămână am luat masa cu ei pe rue Berthe, unde locuisem înainte să-l cunosc pe Bertrand. Bertrand mă însoțea rareori și uneori mă întrebam de ce dovedea atât de puțin interes față de Hervé și de Christophe. „Fiindcă dragul tău soțior, ca majoritatea domnilor burghezi și prosperi, preferă femeile homosexualilor, *cocotte!*“ Aproape că auzeam vocea languroasă a prietenei mele Isabelle, chicotitul ei viclean. Da, avea dreptate. Era evident că lui Bertrand îi plăceau femeile. „La greu“, cum ar fi spus Charla.

Hervé și Christophe locuiau încă în același apartament pe care îl împărțisem cu ei în trecut. Doar că micul meu dormitor era acum *dressing*. Christophe era un împătimit al modei și tare mândru de asta. Îmi plăcea să iau masa la ei; întotdeauna găseai acolo un amestec interesant de oameni: un model sau un cântăreț faimos, un scriitor controversat, un vecin simpatic și homosexual, un alt ziarist american sau canadian, vreun redactor tânăr, aflat la început de drum. Hervé lucra ca avocat la o firmă internațională, iar Christophe era profesor de yoga.

Ei erau prietenii mei buni și dragi. Aveam și alți prieteni aici, expați americani – Holly, Susannah și Jan – pe care îi cunoscusem prin intermediul revistei sau al colegiului american unde puneam de multe ori anunțuri pentru babysittere. Aveam chiar și vreo două prietene apropiate franțuzoaice, ca Isabelle, pe care le întâlnisem la orele de balet ale lui Zoë, la Salle Pleyel, dar Hervé și Christophe erau cei pe care îi chemasem la unu dimineața când Bertrand se comportase oribil. Cei care veniseră la spital când Zoë își scrântise glezna căzând de pe scuter. Cei care nu uitau niciodată de ziua mea. Cei care știau ce filme sunt de văzut, ce discuri de cumpărat. Mesele lor erau întotdeauna superbe, adevărate festine, la lumina lumânărilor.

Am adus cu mine o sticlă de șampanie rece. Christophe se afla încă la duș, mi-a explicat Hervé, întâmpinându-mă la ușă. La cei patruzeci și cinci de ani ai săi, Hervé era zvelt, purta mustață și avea o fire blândă. Fuma țigară de la țigară și era imposibil să-l faci să se lase. Așa că renunțaserăm cu toții la această încercare.

– Ai o jachetă drăguță, mă complimentă el, punând jos țigara ca să deschidă șampania.

Hervé și Christophe remarcau întotdeauna ce purtam, dacă aveam un parfum nou, un machiaj diferit, o coafură nouă. Când eram cu ei, nu mă simțeam niciodată acea *Américaine* care încerca din răsputeri să țină pasul cu așa-zisul *chic* parizian. Mă simțeam eu însămi. Și îi iubeam pentru asta.

– Albastrul ăla verzui ți se potrivește, se asortează sublim cu ochii tăi. De unde l-ai cumpărat?

– De la H&M, de pe rue de Rennes.

– Arăți superb. Și cum merg lucrurile cu apartamentul? mă întrebă și-mi înmână un pahar și niște pâine prăjită cu tarama roz.

– Sunt o mulțime de lucruri de făcut, am oftat. O să dureze luni de zile.

– Și îmi închipui că arhitectul soțului tău este încântat de toată povestea.

M-am strâmbat.

– Vrei să zici că e inepuizabil.

– Ah, făcu Hervé. Și, prin urmare, un cui în talpă pentru tine.

– Te-ai prins, am zis, sorbind din șampanie.

Hervé se uită cu atenție la mine prin ochelarii lui minusculi, fără rame. Avea ochii de un cenușiu-deschis și gene ridicol de lungi.

– Ia zi, Juju, ești bine? mă întrebă el.

Am zâmbit larg.

– Da, sunt bine.

Dar nu era nici pe departe aşa. Cele aflate de curând despre evenimentele din iulie 1942 treziseră în mine o vulnerabilitate, declanşaseră ceva profund, nespus, care mă urmărea, care mă ardea. Târâsem după mine acea povară întreaga săptămână, chiar din momentul în care începusem cercetările cu privire la razia de la Vel' d'Hiv'.

– Nu pari în apele tale, continuă Hervé, îngrijorat.

Se apropie de mine şi-şi puse mâna subţire, albă, pe genunchiul meu.

– Cunosc faţa asta, Julia. E faţa ta tristă. Hai, spune-mi ce se întâmplă.

Singura modalitate de a se izola de iadul din jur era să-și îngroape capul între genunchii ascuțiți și să-și acopere urechile cu mâinile. Se legăna înainte și înapoi, ascunzându-și fața între picioare. Gândește-te la lucruri frumoase, gândește-te la toate lucrurile care îți plac, la toate lucrurile care te fac fericită, la toate acele momente speciale, magice, pe care ți le amintești – când mama ei o dusese la coafor și toată lumea îi lăudase părul bogat, de culoarea mierii: o să fii mândră mai târziu de părul tău, ma petite*!*

Mâinile tatălui ei prelucrând pielea în depozit, cât erau de rapide și de puternice, și cât îi admira priceperea! Aniversarea împlinirii a zece ani și noul ceas, frumoasa cutie albastră, curelușa de piele pe care i-o făcuse tatăl său, aroma ei bogată, pătrunzătoare, și ticăitul discret al ceasului, care o fascinase. Fusese atât de mândră! Dar maman *îi spusese să nu-l poarte la școală. Putea să-l spargă sau să-l piardă. Numai prietena ei Armelle îl văzuse. Și fusese atât de geloasă!*

Unde era acum Armelle? Locuiau pe aceeași stradă, mergeau la aceeași școală. Dar Armelle plecase din oraș la începutul vacanței. Se dusese undeva cu părinții ei, undeva în sud. Primise o scrisoare și asta fusese tot. Armelle era micuță, roșcată și foarte deșteaptă. Știa pe dinafară toată tabla înmulțirii și stăpânea chiar și cele mai complicate probleme de gramatică.

Lui Armelle nu-i era niciodată frică, iar fetița admira acest lucru. Chiar și atunci când sirenele se declanșau în mijlocul orei, urlând ca niște lupi furioși, făcându-i pe toți să tresară, Armelle rămânea calmă, stăpână pe sine, o lua pe fetiță de mână și o conducea în beciul plin de mucegai al școlii, indiferentă la șoaptele înspăimântate ale celorlalți copii și la ordinele tremurătoare ale lui Mademoiselle *Dixsaut. Se ghemuiau una într-alta, umăr lângă umăr, în întunericul umed, iar lumina lumânărilor le tremura pe chipurile palide, ore întregi, parcă, și ascultau zumzetul avioanelor deasupra capetelor lor, în vreme ce* Mademoiselle *Dixsaut le citea din Jean de La Fontaine sau Molière și încerca să-și stăpânească tremurul mâinilor. Uită-te la mâinile ei, chicotea Armelle, îi e teamă, de-abia poate să citească, uită-te. Iar fetița o privea pe Armelle cu mirare și șoptea: Ție nu ți-e frică? Nici măcar puțin? Buclele roșcate și strălucitoare se scuturau cu dispreț. Nu, nu mi-e. Nu mi-e teamă. Și uneori, când vibrația bombelor se strecura prin podeaua mizeră, făcând vocea lui* Mademoiselle *Dixsaut să tremure și să se oprească, Armelle o apuca pe fetiță de mână și o ținea strâns.*

Îi era dor de Armelle, dorea ca Armelle să fi fost cu ea acum, s-o țină de mână și să-i spună să nu se teamă. Îi era dor de pistruii lui Armelle și de ochii ei verzi și poznași, de zâmbetul ei insolent. Gândește-te la lucrurile pe care le iubești, la lucrurile care te fac fericită.

Vara trecută – sau fusese cu două veri în urmă? nu-și mai amintea –, papà *le dusese să-și petreacă vreo două zile la țară, lângă un râu. Nu-și mai amintea numele lui. Dar apa fusese atât de mângâietoare și de plăcută pe pielea ei. Tatăl ei încercase să o învețe să înoate. După câteva zile, fetița izbutise un soi de înot câinesc, lipsit de grație, care făcuse pe toată lumea să râdă. Pe malul apei, fratele ei se dezlănțuise, bucuros și fericit. Pe atunci era micuț, doar un bebeluș. Ea își petrecuse întreaga zi alergând după el, în vreme ce el aluneca și chiuia pe malul noroios. Iar* maman *și* papà *arătau atât de liniștiți, de tineri și de îndrăgostiți, mama ei stând cu capul sprijinit pe umărul tatălui ei. Își aminti de micul hotel de lângă apă, unde mâncaseră feluri simple și delicioase lângă umbrarul răcoros și înfrunzit, și apoi* patronne *o rugase s-o ajute să servească, iar ea ducea cafeaua și se simțea foarte matură și mândră, până când scăpase cafeaua pe piciorul cuiva, dar* patronne *nu se supărase.*

Fetița își înălță capul și o văzu pe mama ei vorbind cu Eva, o tânără care locuia lângă ei. Eva avea patru copii mici, o ceată de băieți gălăgioși, pe care fetița nu îi plăcea în mod deosebit. Chipul Evei, la fel ca al mamei ei, părea tras și îmbătrânit. Cum de îmbătrâniseră așa, peste noapte? se întrebă ea. Eva era tot poloneză. Franceza ei, la fel ca a mamei, nu era prea bună. Ca și părinții fetiței, Eva avea familia în Polonia. Părinții ei, mătuși și unchi. Fetița își aminti de ziua fatidică – oare când fusese? nu cu multă vreme în urmă – în care Eva primise o scrisoare din Polonia și venise la ușa lor, cu chipul scăldat în lacrimi, și se prăbușise în brațele mamei ei. Mama încercase să o consoleze, dar fetița își dăduse seama că și ea era șocată. Nimeni nu dorise să-i spună fetiței ce anume se întâmplase, dar ea înțelesese, agățându-se de orice cuvânt idiș pe care reușea să-l deslușească printre suspine. Ceva îngrozitor – în Polonia, familii întregi fuseseră ucise, casele, arse, numai cenușă și ruine. Ea își întrebase tatăl dacă bunicii ei erau în siguranță. Părinții mamei, cei din fotografia alb-negru aflată pe polița căminului, din sufragerie. Tatăl îi răspunsese că nu știa. Din Polonia sosiseră vești foarte proaste. Dar nu voise să-i spună ce vești.

Privindu-le pe mama ei și pe Eva, fetița se întreba dacă părinții ei făcuseră bine că o protejaseră de toate, dacă procedaseră corect ferind-o de veștile rele, tulburătoare. Dacă făcuseră bine să nu-i explice atât de multe lucruri care se schimbaseră pentru ei, de la începutul războiului. Ca atunci când soțul Evei nu se mai întorsese. Dispăruse. Unde? Nimeni nu voise să-i spună. Nimeni nu voise să-i explice. Ura să fie tratată ca un bebeluș. Ura când vocile erau coborâte la intrarea ei în încăpere.

Dacă i-ar fi spus, dacă i-ar fi spus tot ce știau, oare n-ar fi fost mai ușoară ziua asta?

– Sunt bine, doar puţin obosită, asta-i tot. Deci, cine vine în seara asta?

Înainte ca Hervé să poată răspunde, Christophe intră în cameră, o adevărată imagine a şicului parizian, în tonuri de kaki şi crem, răspândind în jur un parfum bărbătesc scump. Christophe era puţin mai tânăr decât Hervé, bronzat tot timpul, slab, iar părul lung, grizonant, şi-l ţinea prins într-o coadă, *à la* Lagerfeld.

Aproape în acelaşi timp se auzi soneria.

– Aha, făcu Christophe, trimiţându-mi o bezea, ăsta trebuie să fie Guillaume.

Se grăbi apoi spre uşă.

– Guillaume? l-am întrebat pe Hervé.

– Noul nostru prieten. Se ocupă cu ceva în domeniul publicităţii. E divorţat. Un tip deştept. El e singurul nostru musafir. Toată lumea e plecată din oraş din cauza weekendului prelungit.

Bărbatul care intră în cameră era înalt, brunet, spre patruzeci de ani. Adusese trandafiri şi o lumânare parfumată împachetată.

– Julia Jarmond, mă prezentă Christophe. Draga noastră prietenă jurnalistă, din vremea când eram tineri.

– Adică abia ieri… murmură Guillaume, în maniera galantă, specific franţuzească.

Am încercat să-mi păstrez pe chip un zâmbet lejer, conştientă că privirea iscoditoare a lui Hervé se îndrepta din când în când în direcţia mea. Era ciudat, pentru că, în mod obişnuit, m-aş fi confesat lui

Hervé. I-aş fi spus cât de ciudat mă simţisem în ultima săptămână. Şi întâmplarea cu Bertrand. Întotdeauna suportasem umorul provocator, uneori de-a dreptul grosolan, al lui Bertrand. Nu mă afectase niciodată. Nu mă deranjase niciodată. Până acum. Obişnuiam să-i admir agerimea minţii, sarcasmul. Asta mă făcuse să-l iubesc chiar şi mai mult.

Oamenii râdeau la glumele lui. Chiar le era puţin teamă de el. În spatele râsului său irezistibil, sclipirii ochilor de un albastru-verzui, zâmbetului încântător, se afla un bărbat dur, pretenţios, care obţinea de obicei ceea ce voia. Îl suportasem fiindcă se revanşa de fiecare dată faţă de mine; ori de câte ori îşi dădea seama că m-a rănit, mă copleşea cu daruri, flori şi sex pasional. În pat era probabil singurul loc unde eu şi Bertrand comunicam cu adevărat, singurul loc unde nici unul nu îl domina pe celălalt. Îmi amintesc că, la un moment dat, Charla îmi spusese, după ce fusese martora unei tirade deosebit de acide a soţului meu: „Ticălosul ăsta e vreodată *drăguţ* cu tine?" Şi, văzând că încep să mă înroşesc: „Doamne! Înţeleg acum. Voi comunicaţi prin sex. Faptele vorbesc mai tare decât cuvintele". Apoi oftase şi mă bătuse uşor pe mână. De ce nu-mi deschisesem sufletul faţă de Hervé în seara asta? Ceva mă reţinuse. Ceva îmi pecetluise buzele.

După ce ne-am aşezat la masa octogonală de marmură, Guillaume m-a întrebat la ce ziar lucrez. Când i-am spus, pe chipul lui nu s-a înregistrat nici o reacţie. Nu am fost surprinsă. Francezii nu auziseră niciodată de *Seine Scenes*. Era citit îndeosebi de americanii care locuiau la Paris. Nu mă deranja; nu tânjisem niciodată după faimă. Eram mulţumită să am o slujbă bine plătită, care îmi oferea o relativă libertate, în ciuda despotismului ocazional al lui Joshua.

– Şi despre ce scrii acum? se interesă Guillaume politicos, în timp ce înfăşura pastele verzi în jurul furculiţei.

– Despre Vel' d'Hiv', am răspuns. Cea de-a şaizecea comemorare se apropie.

– Te referi la razia aceea din timpul războiului? întrebă Christophe, cu gura plină.

Eram gata să răspund, când am observat că furculiţa lui Guillaume se oprise la jumătatea drumului între farfurie şi gură.

– Da, marea razie de la Vélodrome d'Hiver, am zis.

– Nu a avut loc undeva în afara Parisului? întrebă Christophe, continuând să mestece.

Guillaume își puse furculița jos, tăcut. Cumva, privirea lui se fixase într-a mea. Avea ochi negri și o gură fină, sensibilă.

– Am impresia că naziștii au făcut-o, spuse Hervé, turnând Chardonnay. Nici unul nu părea să fi observat chipul încordat al lui Guillaume. Naziștii care i-au arestat pe evrei în timpul Ocupației.

– De fapt, nu au fost germanii…, am început eu.

– A fost poliția franceză, interveni Guillaume. Și s-a petrecut chiar în centrul Parisului. Pe un stadion unde aveau loc cele mai mari concursuri de ciclism.

– Serios? întrebă Hervé. Am crezut că au fost naziștii, în suburbii.

– Am făcut cercetări pe subiectul ăsta în ultima săptămână, am spus. Da, ordinele au venit de la nemți, dar poliția franceză a acționat. Nu ați învățat asta la școală?

– Nu-mi aduc aminte. Nu cred, recunoscu Christophe.

Ochii lui Guillaume, îndreptați din nou asupra mea, mă cercetau, voiau parcă să scoată ceva de la mine. M-am simțit tulburată.

– E chiar uimitor, spuse Guillaume, cu un zâmbet ironic, cât de mulți francezi încă nu știu ce s-a întâmplat. Dar americanii? Tu știai despre asta, Julia?

Nu mi-am ferit privirea.

– Nu, nu știam și nici la școală nu ni s-a spus nimic, la Boston, în anii șaptezeci. Dar acum știu mult mai multe. Și ceea ce am aflat m-a copleșit.

Hervé și Christophe rămaseră tăcuți. Păreau stânjeniți, neștiind ce să spună. În cele din urmă, Guillaume vorbi:

– În iulie 1995, Jacques Chirac a fost primul președinte care a atras vreodată atenția asupra rolului jucat de guvernul francez în timpul Ocupației. Și în special asupra acestei razii. Discursul său a trecut nebăgat de seamă. Vi-l amintiți?

Citisem cuvântarea lui Chirac în timpul cercetărilor mele recente. Cu siguranță, abordase o problemă sensibilă. Dar nu-mi aminteam de el, deși trebuie să-l fi auzit la știri în urmă cu șase ani. Și era clar că băieții – nu mă puteam obișnui să-i numesc altfel, așa le spusesem mereu – nu citiseră și nu-și aminteau de discursul lui Chirac. Se uitau la Guillaume, stânjeniţi. Hervé fuma ţigară de la ţigară, iar Christophe îşi rodea unghiile – un obicei care se manifesta mereu când se simţea nervos sau stânjenit.

Tăcerea ne cuprinse pe toţi; era ciudat să domnească tăcerea în această încăpere. Aici fuseseră atâtea petreceri vesele, zgomotoase, oameni care râdeau în hohote, glume nesfârşite, muzică dată tare. Atât de multe jocuri, toasturi de zile de naştere, dans până la orele mici ale dimineţii, în ciuda vecinilor iritaţi, care băteau de dedesubt cu câte o coadă de mătură.

Tăcerea care căzuse era grea şi dureroasă. Când Guillaume începu din nou să vorbească, vocea i se schimbase. La fel şi chipul. Era palid şi nu se mai putea uita la noi. Privea în jos, la pastele neatinse.

– Bunica mea avea cincisprezece ani în ziua raziei. I s-a spus că era liberă, fiindcă luau numai copii mici, între doi şi doisprezece ani, şi pe părinţii lor. Pe ea au lăsat-o. Şi i-au luat pe toţi ceilalţi. Fraţii ei mai mici, surioara ei, mama, tatăl, mătuşa, unchiul. Bunicii. A fost ultima oară când i-a văzut. Nici unul nu s-a mai întors. Nici măcar unul.

Ochii fetiței erau lucioși de la ororile nopții. În orele dimineții, femeia gravidă născuse prematur, un copil mort. Fetița fusese martoră la urlete, la lacrimi. Văzuse cum capul copilului, murdar de sânge, apare dintre picioarele femeii. Știa că ar fi trebuit să-și ferească privirea, dar nu putuse să se abțină, îngrozită, fascinată. Văzuse cum bebelușul mort, de un galben-cenușiu, ca o păpușă scofâlcită, este ascuns rapid într-un cearșaf murdar. Femeia gemea încontinuu. Nimeni nu putea s-o facă să tacă.

În zori, tatăl ei căutase în buzunarul fetiței cheia de la dulapul secret. O luă și se duse să stea de vorbă cu un polițist. Flutură cheia. Explică situația. Fetița își dădea seama că încerca să-și păstreze calmul, dar era pe punctul de a ceda. Trebuia să se ducă să-și ia fiul de patru ani, îi spunea bărbatului. Se va întoarce aici, promitea. Îl va lua pe fiul lui și va veni imediat înapoi. Dar polițistul îi râse în față și zise disprețuitor: „Ai impresia că o să te cred, amărâtule?" Tatăl îl rugă să vină cu el, să-l însoțească, se ducea doar să-și ia băiatul și venea imediat înapoi. Polițistul îi ordonă să se dea din drum. Tatăl se întorse la locul lui, adus de spate. Plângea.

Fetița luă cheia din mâna lui tremurândă și o puse înapoi în buzunar. Oare cât va supraviețui fratele ei? se întrebă. Probabil că încă o așteaptă. Avea încredere în ea; avea încredere în ea fără reținere.

Nu suporta gândul că frățiorul ei o aștepta în întuneric. Trebuie să fie înfometat, însetat. Probabil că i se terminase apa. La fel și bateria de la lanternă. Dar oriunde era mai bine ca aici, își zise. Orice era mai bine decât acest iad, duhoarea, căldura, praful, oameni care țipau, oameni care mureau.

Se uită la mama ei, care stătea ghemuită și nu scosese nici un sunet în ultimele ore. Se uită la tatăl ei, cu chipul supt, cu ochii goi. Se uită în jur, la Eva și la copiii ei istoviți și amărâți, la toate celelalte familii, la toți acei oameni necunoscuți care, la fel ca ea, aveau pe piept o stea galbenă. Se uită la miile de copii care alergau fără țintă, însetați, înfometați, la cei mici care nu puteau să înțeleagă, care credeau că este un soi de joc bizar prelungit prea mult, care doreau să se întoarcă acasă, în patul lor, la ursulețul lor de pluș.

Încercă să se odihnească, punându-și din nou bărbia ascuțită pe genunchi. Căldura reveni odată cu răsăritul. Nu știa cum ar fi putut să facă față unei noi zile aici. Se simțea slăbită, obosită. Gâtul îi era uscat ca iasca, iar stomacul o durea de foame.

După o vreme, adormi. Visa că era iar acasă, în camera ei care dădea spre stradă, înapoi în sufrageria unde soarele strălucea prin ferestre și desena modele pe șemineu și pe poza bunicii ei poloneze. Și îl asculta pe profesorul de vioară cum îi cânta de dincolo de curtea umbroasă. Sur le pont d'Avignon, on y danse, on y danse, sur le pont d'Avignon, on y danse tout en rond. *Mama ei pregătea cina, cântând și ea:* Les beaux messieurs font comme ça, et puis encore comme ça. *Fratele ei se juca pe hol cu trenulețul lui roșu, făcându-l să zdrăngăne pe scândurile închise la culoare ale podelei.* Les belles dames font comme ça, et puis encore comme ça. *Simțea mirosul casei ei, aroma liniștitoare a cerii de lumânare și a mirodeniilor, și a tuturor lucrurilor tentante care se pregăteau în bucătărie. Erau în siguranță. Erau fericiți.*

Simți pe frunte o mână rece. Ridică privirea și văzu o tânără, purtând un văl albastru, marcat cu o cruce.

Tânăra îi zâmbi și îi dădu o cană cu apă proaspătă, pe care fetița o bău cu aviditate. Apoi infirmiera îi dădu un biscuit subțire și niște pește din conservă.

– Trebuie să fii curajoasă, murmură tânăra infirmieră.

Dar fetița văzu că și ea, la fel ca tatăl ei, avea lacrimi în ochi.

– Vreau să plec, șopti fetița.

Voia să se întoarcă la visul ei, la pacea și la siguranța pe care le simțise.

Infirmiera dădu din cap și zâmbi – un zâmbet slab și trist.

– Știu. Nu pot să fac nimic. Îmi pare rău.

Se ridică și se îndreptă spre o altă familie. Fetița o opri, apucând-o de mânecă.

– Vă rog, când o să plecăm? întrebă ea.

Infirmiera clătină din cap și mângâie cu blândețe obrazul fetiței. Apoi se duse mai departe, la următoarea familie.

Simțea că înnebunește. Voia să țipe, să dea din picioare și să urle, voia să plece din acest loc îngrozitor, hidos. Voia să se întoarcă acasă, înapoi la viața pe care o avusese înainte de steaua galbenă, înainte ca bărbații aceia să le bată la ușă.

De ce i se întâmpla asta? Ce făcuse ea, sau părinții ei, ca să merite așa ceva? De ce era atât de îngrozitor să fii evreu? De ce erau evreii tratați în felul ăsta?

Își aminti de prima zi când purtase steaua la școală, de momentul când intrase în clasă și toate privirile se îndreptaseră spre ea. O stea galbenă, mare cât palma tatălui ei, pe pieptul ei micuț. Și apoi văzuse că mai erau și alte fete în clasă care aveau steaua. Armelle purta și ea una. Asta o făcuse să se simtă puțin mai bine.

În pauză, toate fetele cu stele se strângeau împreună. Erau arătate cu degetul de ceilalți elevi, de toți cei care obișnuiau să le fie prieteni. Mademoiselle *Dixsaut subliniase că stelele nu vor schimba nimic. Toți elevii aveau să fie tratați la fel, indiferent dacă purtau sau nu o stea.*

Dar discursul lui Mademoiselle *Dixsaut nu fusese de mare ajutor. Din acea zi, majoritatea fetelor nu mai vorbiseră cu cele care purtau stele. Sau, și mai rău, le priveau cu dispreț. Fetița nu suporta disprețul. Și acel băiat, Daniel, care le șoptise ei și lui Armelle, pe stradă, în fața școlii, cu gura strâmbată de cruzime: „Părinții voștri sunt niște jidani murdari, voi sunteți niște jidance murdare". De ce murdar? De ce era un lucru murdar să fii evreu? O făcuse să se simtă rușinată, tristă. Armelle nu zisese nimic, ci își mușcase buza până la sânge. Era prima dată când o vedea pe Armelle părând speriată.*

Fetița dorise să-și smulgă steaua și le spusese părinților că refuză să se mai ducă la școală purtând-o. Dar mama îi zisese că nu, că trebuia să fie mândră de ea, mândră de steaua ei. Fratele ei făcuse o criză fiindcă voia și el să aibă o stea. Dar avea sub șase ani, îi explicase mama lui cu răbdare. Trebuia să mai aştepte vreo doi ani. Băiatul plânsese toată după-amiaza.

Se gândi la fratele ei, închis în dulapul adânc, întunecat. Voia să ia în braţe trupul lui micuţ şi cald, să-i sărute buclele blonde, gâtul grăsuţ. Prinse cheia cu putere în buzunar.

– Nu-mi pasă ce zice lumea, rosti ea pentru sine. Am să găsesc o cale să mă întorc şi să-l salvez. Am să găsesc o cale.

După cină, Hervé ne-a oferit niște *limoncello*, un lichior italienesc, rece ca gheața, făcut din lămâie. Avea o minunată nuanță gălbuie. Guillaume sorbea încet din pahar. Nu prea vorbise în timpul mesei. Părea copleșit. Eu nu îndrăzneam să mai aduc în discuție subiectul Vel' d'Hiv'. Dar el a fost cel care s-a întors să-mi vorbească, pe când ceilalți ascultau.

– Bunica e bătrână acum, începu el, și nu mai vrea să vorbească despre asta. Dar mi-a spus tot ce am dorit să știu, mi-a povestit totul despre acea zi. Cred că cel mai rău lucru care i s-a întâmplat a fost că a trebuit să trăiască fără ceilalți. Că a fost nevoită să continue fără ei. Fără întreaga ei familie.

Nu găseam nimic potrivit de spus. Băieții rămăseseră și ei tăcuți.

– După război, bunica s-a dus în fiecare zi la hotelul Lutétia de pe boulevard Raspail, continuă Guillaume. Acolo trebuia să mergi ca să afli dacă s-a întors cineva din lagăr. Existau liste și organizații. S-a dus acolo zilnic și a așteptat. După o vreme, a renunțat. A început să audă vești despre lagăre și să înțeleagă că erau morți cu toții, că nici unul nu se va mai întoarce. Înainte, nimeni nu știa asta cu siguranță. Dar după o vreme, când supraviețuitorii au început să se întoarcă și să-și spună povestea, toată lumea a aflat.

Iar tăcere.

– Știți ce mi se pare cel mai șocant în legătură cu Vel' d'Hiv'? întrebă Guillaume. Numele de cod.

Mulțumită lecturilor mele aprofundate, știam răspunsul.

– Operațiunea Vânt de Primăvară, am murmurat.

– Un nume drăguț, nu-i așa, pentru ceva atât de oribil, zise el. Gestapoul ceruse poliției franceze să „livreze" un anumit număr de evrei cu vârste cuprinse între șaisprezece și cincizeci de ani. Însă poliția era atât de hotărâtă să deporteze cât mai mulți evrei, încât a hotărât să îmbunătățească ordinele, așa că i-a arestat pe toți acei copilași, cei născuți în Franța. Copii francezi.

– Gestapoul nu a cerut acei copii? am întrebat.

– Nu, răspunse el. Nu la început. Deportarea copiilor ar fi scos la lumină adevărul: ar fi devenit evident pentru toată lumea că evreii nu erau trimiși în lagăre de muncă, ci la moarte.

– Și atunci de ce au fost arestați copiii? am zis.

Guillaume sorbi din paharul de *limoncello*.

– Poliția a considerat, probabil, că acei copii evrei, chiar dacă se născuseră în Franța, tot evrei erau. În cele din urmă, Franța a trimis aproape opt mii de evrei în lagărele morții. Numai vreo două mii s-au mai întors. Și aproape nici un copil.

Pe drumul spre casă, nu mi-am putut scoate din minte ochii negri și triști ai lui Guillaume. Se oferise să-mi arate fotografii cu bunica lui și cu familia ei, iar eu îi dădusem numărul de telefon. Îmi promisese să mă sune în curând.

Când am sosit, Bertrand se uita la televizor, întins pe canapea, cu un braț sub cap.

– Și, ce fac băieții? mă întrebă el, de-abia desprinzându-și ochii de la ecran. S-au ridicat, ca de obicei, la înălțimea standardelor de rafinament?

Mi-am dat jos sandalele și m-am așezat pe canapea lângă el, privindu-i profilul fin, elegant.

– O masă perfectă. A mai fost un invitat interesant. Guillaume.

– Aha, zise Bertrand, uitându-se la mine amuzat. Homo?

– Nu, nu cred. Dar eu oricum nu-mi dau seama.

– Și ce era atât de interesant la tipul ăsta?

– Ne-a povestit despre bunica lui, care a scăpat de razia de la Vel' d'Hiv', din 1942.

– Hm, făcu el, schimbând posturile cu telecomanda.

– Bertrand, când erai la școală, ați învățat despre Vel' d'Hiv'?

– N-am idee, *chérie*.

– La asta lucrez acum pentru revistă. A șaizecea comemorare se apropie.

Bertrand îmi luă un picior și începu să-l maseze cu degete sigure, calde.

– Crezi că pe cititorii voștri o să-i intereseze Vel' d'Hiv'? E de domeniul trecutului. Majoritatea oamenilor n-ar vrea să citească despre așa ceva.

– Fiindcă francezilor le e rușine, vrei să zici? Așa că ar trebui să lăsăm trecutul îngropat și să mergem mai departe, ca ei?

Îmi dădu jos piciorul de pe genunchiul lui și în ochi îi apăru o sclipire. M-am pregătit pentru ce urma.

– Ia te uită, rosti el cu un rânjet răutăcios, încă o șansă să le arăți compatrioților tăi cât de necinstiți au fost franțujii, care au colaborat cu naziștii și au trimis acele biete familii nevinovate la moarte. Micuța Miss Nahant dezvăluie adevărul! Și ce-o să faci, *amour*, o să ne scoți ochii cu asta? Nimănui nu-i mai pasă. Nimeni nu-și mai amintește. Scrie despre altceva, ceva amuzant, drăguț. Cum știi tu. Spune-i lui Joshua că Vel' d'Hiv' este o greșeală. Nimeni n-o să citească. O să caște și o să treacă la rubrica următoare.

M-am ridicat, exasperată.

– Cred că te înșeli, am rostit, plină de furie. Cred că oamenii nu știu îndeajuns despre asta. Nici Christophe nu știa prea multe, și el e francez.

Bertrand pufni disprețuitor.

– Oh, Christophe de-abia știe să citească! Singurele cuvinte pe care le deslușește sunt Gucci și Prada.

Am ieșit în tăcere din cameră, m-am dus la baie și mi-am pregătit cada. De ce nu-i spusesem să se ducă la naiba? De ce-l suportam la nesfârșit? Fiindcă ești topită după el, nu-i așa? Încă de când l-ai cunoscut, chiar dacă e despotic, necioplit și egoist? E deștept, e frumos, poate fi foarte amuzant, e un amant atât de grozav, nu? Amintiri cu nopți senzuale, nesfârșite, sărutări și mângâieri, cearșafuri mototolite, trupul lui frumos, gura caldă, zâmbetul răutăcios. Bertrand. Atât de fermecător. Atât de irezistibil. Atât de pasional. De aceea îl suporți. Nu-i așa? Dar pentru câtă vreme? Mi-am amintit de o discuție avută de curând cu Isabelle. Julia, îl suporți pe Bertrand de teamă să nu-l pierzi? Stăteam într-o cafenea micuță, lângă Salle Pleyel, în timp ce fiicele noastre erau la ora de balet, și Isabelle își aprinsese una dintre nenumăratele ei țigări și mă privise drept în ochi. Nu, îi răspunsesem. Îl iubesc. Îl iubesc cu adevărat. Îl iubesc așa cum este. Ea fluierase, impresionată, dar ironică. Ei atunci, norocul lui. Dar, pentru numele lui Dumnezeu, când merge prea departe, spune-i. Spune-i pur și simplu.

Întinsă în cadă, mi-am amintit de prima oară când l-am întâlnit pe Bertrand. Într-o discotecă pitorească, în Courchevel. El era cu un grup de prieteni gălăgioși, amețiți de băutură. Eu eram cu prietenul meu de atunci, Henry, pe care îl cunoscusem cu vreo două luni înainte, la rețeaua TV la care lucram. Aveam o relație lejeră, fără mari implicații. Nici unul nu era foarte îndrăgostit de celălalt. Eram doar doi americani care trăiau în Franța.

Bertrand mă invitase la dans. Nu păruse deloc deranjat de faptul că eram cu un alt bărbat. Refuzasem, șocată. Dar el fusese foarte insistent. „Doar un dans, domnișoară. Un singur dans. Dar o să fie un dans minunat, vă promit." Eu aruncasem o privire spre Henry, care ridicase din umeri. „Du-te", spusese el, făcându-mi cu ochiul. Așa că mă ridicasem și dansasem cu francezul cel perseverent.

Eram o frumusețe la douăzeci și șapte de ani. Și da, chiar fusesem Miss Nahant la șaptesprezece ani. Încă mai am diadema de strasuri ascunsă pe undeva. Lui Zoë îi plăcea să se joace cu ea când era mică. Nu fusesem niciodată vanitoasă în ceea ce privește înfățișarea mea. Dar observasem că, de când locuiam la Paris, mi se acorda mai multă atenție decât dincolo de Atlantic. Descoperisem de asemenea că francezii erau mai îndrăzneți, mai deschiși, când era vorba să flirteze. Și mai înțelesesem că, în pofida faptului că nu aveam nimic din aerul sofisticat al pariziencelor – eram prea înaltă, prea blondă, prea dințoasă –, farmecul meu din Noua Anglie părea să fie la modă. În primele luni petrecute la Paris fusesem uimită de felul cum bărbații din Franța – și femeile, de altfel – se uită fățiș unii la alții. Se analizează în permanență. Se uită la siluetă, la haine, la accesorii. Mi-am amintit de prima primăvară petrecută la Paris, când mă plimbam pe boulevard Saint Michel cu Susannah, din Oregon, și Jan, din Virginia.

Nu eram nici măcar îmbrăcate pentru o ieşire în oraş, purtam blugi, tricouri şi papuci. Dar toate trei eram atletice, blonde şi cu o înfăţişare tipic americană. Bărbaţii ne abordau în permanenţă. *Bonjour Mesdemoiselles, vous êtes Américaines, Mesdemoiselles?* Tineri, maturi, studenţi, oameni de afaceri, nenumăraţi bărbaţi, care ne cereau numerele de telefon, ne invitau la masă, la un pahar, se rugau de noi, făceau glume, unii fermecători, alţii mai puţin. Asta nu se întâmpla acasă. Bărbaţii americani nu se ţineau după fete pe stradă ca să-şi mărturisească pasiunea. Eu, Jan şi Susannah nu ne mai opream din chicotit, flatate şi, în acelaşi timp, îngrozite.

Bertrand zice că s-a îndrăgostit de mine în timpul acelui prim dans, de la clubul de noapte din Courchevel. Chiar atunci, pe loc. Nu cred asta. Cred că, în cazul lui, s-a întâmplat puţin mai târziu. Poate a doua zi dimineaţă, când m-a dus la schi. *Merde alors,* franţuzoaicele nu schiază aşa, gâfâise el, uitându-se la mine cu o admiraţie nedisimulată. Cum aşa? l-am întrebat. Nu merg nici pe jumătate atât de repede, râsese el şi mă sărutase cu pasiune. Totuşi, *eu* mă îndrăgostisem de el pe loc. Atât de tare încât aproape că nici nu-i mai aruncasem bietului Henry o privire de rămas-bun când plecasem din discotecă la braţul lui Bertrand.

Bertrand adusese în discuţie căsătoria foarte rapid. Eu nu mă gândisem la asta atât de repede, eram destul de mulţumită să-i fiu prietenă o vreme. Dar el insistase şi fusese atât de fermecător, de plin de iubire, încât în cele din urmă acceptasem să mă mărit cu el. Cred că el simţise că aveam să fiu nevasta perfectă, mama perfectă. Eram deşteaptă, cultivată, educată (*summa cum laude* la Universitatea Boston) şi bine-crescută – „pentru o americancă", aproape că-l auzeam gândind. Eram sănătoasă, robustă şi puternică. Nu fumam, nu luam droguri, beam foarte rar şi credeam în Dumnezeu. Aşa că, la întoarcere, am făcut cunoştinţă cu familia Tézac. Cât de emoţionată fusesem în acea primă zi! Apartamentul lor impecabil, clasic, de pe rue de l'Université. Ochii de un albastru rece ai lui Édouard, zâmbetul lui sec. Colette şi machiajul ei îngrijit, hainele impecabile, încercând să fie prietenoasă şi oferindu-mi cafeaua şi zahărul cu degete elegante, manichiurate. Şi două surori. Una colţuroasă, blondă şi palidă: Laure. Cealaltă roşcată, bucălată, cu obraji roşii: Cécile. Era prezent și logodnicul lui Laure, Thierry, care de-abia îmi adresase câteva cuvinte. Amândouă surorile mă priviseră cu vădit interes, uimite de faptul că fratele lor, un adevărat Casanova, alesese o americancă nesofisticată, deși avea la picioare *le tout-Paris.*

Știam că Bertrand - la fel și familia lui - se aștepta să avem trei sau patru copii unul după altul. Dar complicațiile începuseră imediat după nuntă. Complicații nesfârșite, la care nu ne-am fi așteptat. O serie de avorturi spontane în primele luni de sarcină mă înnebuniseră de-a dreptul.

Am reușit să o am pe Zoë după șase ani dificili. Multă vreme, Bertrand sperase să mai avem un copil. La fel și eu. Dar acum nu mai vorbeam niciodată despre asta.

Și mai era și Amélie.

Dar nu aveam chef să mă gândesc la Amélie în seara asta. O făcusem destul în trecut.

Apa din cadă se răcise, așa că am ieșit, tremurând. Bertrand era tot în fața televizorului. De obicei, mă duceam la el, iar el întindea brațele, fredonând încet, și mă săruta, iar eu îi mărturiseam că fusese grosolan, dar îi spuneam asta cu o voce de fetiță alintată, și făcând un botic drăgălaș. Și apoi ne sărutam, iar el mă ducea în dormitor și făceam dragoste.

Dar în seara asta nu m-am dus la el. M-am strecurat în pat și am mai citit despre copiii de la Vel' d'Hiv'.

Și ultima imagine pe care am avut-o în fața ochilor înainte să sting lumina a fost chipul lui Guillaume când ne povestise despre bunica lui.

De câtă vreme era aici? Fetița nu-și mai aducea aminte. Se simțea lipsită de viață, amorțită. Zilele se amestecaseră cu nopțile. La un moment dat i se făcuse rău și vomitase bilă, gemând de durere. Simțise cum o alina mâna tatălui ei. Singurul lucru pe care îl avea în minte era fratele ei. Nu se putea opri să nu se gândească la el. Lua cheia din buzunar și o săruta cu ardoare, de parcă ar fi sărutat obrajii mici și durdulii și părul buclat.

În ultimele zile, câțiva oameni muriseră aici, și fetița văzuse tot. Văzuse femei și bărbați înnebunind în căldura înăbușitoare și plină de miasme, fiind apoi loviți până cădeau la pământ și erau legați de tărgi. Văzuse atacuri de cord și sinucideri, și trupuri cuprinse de febră. Fetița privise cum cadavrele erau cărate afară. Nu mai văzuse niciodată asemenea orori. Mama ei devenise un animal supus. Nu mai vorbea. Plângea în tăcere. Se ruga.

Într-o dimineață, prin megafoane răsunară ordine răstite. Trebuiau să-și ia bagajele și să se strângă lângă intrare. În tăcere. Fetița se ridică, amețită și slăbită. Își simțea picioarele moi, de-abia putea să meargă. Își ajută tatăl s-o ridice pe mama ei în picioare și își adunară bagajele. Mulțimea se târa încet către uși. Fetița observă că toți se mișcau greoi, dureros. Chiar și copiii șontâcăiau ca niște bătrâni, cu spatele încovoiat, cu capul în pământ. Se întreba unde se duceau. Ar fi vrut să-l întrebe pe tatăl ei, dar chipul lui slab, închis în sine, îi arăta că nu avea să primească nici un răspuns. Oare se duceau în sfârșit acasă? Acesta era sfârșitul? Se terminase? Va putea să meargă să-l elibereze pe fratele ei?

Străbătură strada îngustă, flancați de polițiști. Fetița zări străini privindu-i de la ferestre, balcoane, uși, de pe trotuar. Majoritatea aveau chipuri goale, lipsite de orice compasiune. Priveau, fără să scoată o vorbă. Nu le pasă, își zise fetița. Nu le pasă ce ni se întâmplă, unde ne duc. Un bărbat râse, arătându-i cu degetul. Ținea un copil de mână. Și copilul râdea. De ce, se întrebă fetița, de ce? Arătăm caraghios, cu hainele noastre împuțite, distruse? De asta râd? Ce e atât de amuzant? Cum pot să râdă, cum pot să fie atât de cruzi? Voia să-i scuipe, să urle la ei.

O femeie între două vârste traversă strada și îi îndesă repede ceva în mână. Era o pâinișoară moale. Un polițist o alungă și fetița abia dacă apucă să o vadă când se întorcea la locul ei, pe celălalt trotuar. Femeia spusese: „Biata fetiță. Dumnezeu să te aibă în pază". Ce face Dumnezeu? se întrebă fetița, fără vlagă. Îi abandonase oare? Îi pedepsea pentru ceva de care ea nu știa? Părinții ei nu erau niște oameni religioși, deși știa că ei credeau totuși în Dumnezeu. Nu o crescuseră în tradiția religioasă, cum făcuseră părinții cu Armelle, respectând toate ritualurile. Fetița se întrebă dacă asta nu era cumva pedeapsa lor. Pedeapsa pentru că nu își practicaseră religia îndeajuns.

Îi întinse pâinișoara tatălui ei, care îi spuse să o mănânce. Fetița o devoră, prea repede, aproape înecându-se.

Cu aceleași autobuze se îndreptară spre o gară de lângă râu. Nu știa ce gară era. Nu mai fusese niciodată aici. În cei zece ani câți avea, rareori părăsise Parisul, iar când văzu trenul, se simți copleșită de panică. Nu, nu putea să plece, trebuia să rămână, trebuia să rămână pentru fratele ei, promisese că se va întoarce să-l salveze. Îl trase de mânecă pe tatăl ei și rosti în șoaptă numele fratelui ei. Tatăl o privi.

– Nu mai putem face nimic, îi răspunse el cu un glas neputincios și grav. Nimic.

Fetița se gândi la băiatul isteț care scăpase, cel care evadase. O cuprinse mânia. De ce era tatăl ei atât de slab, de fricos? Nu-i păsa de fiul lui? Nu-i păsa de băiețelul lui? De ce nu avusese curajul să fugă? Cum putea să stea acolo, să se lase condus în tren, ca o oaie? Cum putea să stea acolo și să nu fugă, să alerge înapoi la apartament, la băiețel, spre libertate? De ce nu a luat cheia să fugă?

Tatăl o privi și ea știu că îi citește toate gândurile care îi treceau prin minte. Îi spuse cu o voce calmă că erau într-un pericol foarte mare. Nu știa unde erau duși. Nu știa ce o să li se întâmple. Dar știa că, dacă ar încerca să fugă acum, ar fi ucis. Împușcat pe loc, în fața ei, în fața mamei ei. Și, dacă se întâmpla asta, era sfârșitul. Ea și mama ei ar fi fost singure. El rămăsese cu ele, ca să le protejeze.

Fetița ascultă. Niciodată nu îi mai vorbise pe un astfel de ton. Era vocea pe care o auzise în timpul acelor conversații secrete, îngrijorătoare. Încercă să înțeleagă. Se strădui să nu lase suferința să i se zărească pe chip. Dar fratele ei... Era vina ei! Ea fusese cea care îi spusese să rămână în dulap. Era vina ei. Ar fi putut să fie acum cu ei. Ar fi putut să fie aici, ținând-o de mână.

Începu să plângă și lacrimile fierbinți îi ardeau ochii, obrajii.

– Nu am știut! suspină ea. Papà, *nu am știut, credeam că o să ne întoarcem, credeam că o să fie în siguranță.*

Apoi ridică privirea și, cu furie și durere în glas, îl lovi în piept cu pumnii ei micuți.

– Nu mi-ai spus niciodată, papà, *nu mi-ai explicat niciodată, nu mi-ai zis niciodată de vreun pericol, niciodată! De ce? Ai crezut că sunt prea mică să înțeleg, nu-i așa? Ai vrut să mă protejezi? Asta ai încercat să faci?*

Chipul tatălui ei. Nu mai suporta să-l privească. Se uita la ea cu atâta disperare, cu atâta tristețe. Lacrimile ei făcură să dispară chipul lui. Ea își îngropă fața în palme, însingurată. Tatăl ei nu o atinse. În acele minute îngrozitoare, de singurătate, fetița înțelese. Nu mai era o fetiță fericită de zece ani. Era cineva mult mai bătrân. Nimic nu va mai fi vreodată la fel. Pentru ea. Pentru familia ei. Pentru fratele ei.

Explodă, pentru ultima oară, trăgându-l pe tatăl ei de braț, cu o violență pe care nu o mai cunoscuse.

– O să moară! O să moară!

– Toți suntem în pericol, răspunse el în cele din urmă. Și tu, și eu, și mama ta, și fratele tău. Eva și fiii ei, toți acești oameni. Toți de aici. Sunt aici cu tine. Și suntem alături de fratele tău. E în inimile noastre, în rugăciunile noastre.

Înainte ca fetița să poată spune ceva, au fost cu toții împinși într-un tren, un tren care nu avea scaune, ci doar vagoane goale. Un tren pentru animale, acoperit. Mirosea a putred și a murdărie. Fetița stătea chiar lângă ușă și se uita la gara cenușie, prăfuită.

Pe un peron din apropiere, o familie aștepta un alt tren. Tatăl, mama și doi copii. Mama era drăguță, cu părul aranjat într-un coc cochet. Plecau, probabil, în vacanță. Era și o fetiță, chiar de vârsta ei, cu o rochie frumoasă, liliachie. Avea părul curat și pantofi lucioși.

Cele două fete se uitară una la cealaltă peste peron. Și mama drăguță, cu părul aranjat, privea. Fetița din tren știa că fața ei plină de lacrimi era neagră de murdărie, și părul, unsuros. Dar nu își plecă rușinată capul. Rămase dreaptă, cu bărbia ridicată. Își șterse lacrimile.

Și după ce ușile au fost trântite, iar trenul porni cu o zdruncinătură, zăngănind și gemând, fetița rămase să se uite printr-o crăpătură în metal. Nu-și luă privirea de la cealaltă fetiță și o privi până când silueta în rochie liliachie dispăru complet din vedere.

Nu îmi plăcuse niciodată în mod deosebit arondismentul 15. Probabil din pricina avalanșei monstruoase de clădiri moderne, înalte, care desfigurau malurile Senei, chiar până în apropiere de Turnul Eiffel, și nu reușisem niciodată să mă obișnuiesc cu ele, deși fuseseră construite la începutul anilor 1970, cu multă vreme înainte să ajung eu la Paris. Dar când am ajuns pe rue Nélaton împreună cu Bamber, acolo unde odinioară se aflase Vélodrome d'Hiver, mi-am zis că zona aceea a Parisului îmi plăcea chiar și mai puțin.

– Ce stradă oribilă, murmură Bamber și făcu vreo câteva poze.

Rue Nélaton era întunecată și tăcută. Era evident că nu se bucura niciodată de mult soare. Pe o parte, clădiri burgheze de piatră, construite la sfârșitul secolului al XIX-lea, pe cealaltă, unde se afla odată Vélodrome d'Hiver, se găsea acum o construcție mare, cafenie, tipică pentru începutul anilor șaizeci, hidoasă și prin proporții, și prin culoare. „Ministère de l'Intérieur", am citit pe inscripția de deasupra ușilor de sticlă.

– Ciudat loc pentru niște birouri guvernamentale, remarcă Bamber. Nu ți se pare?

Bamber găsise numai vreo două fotografii care mai rămăseseră cu Vel' d'Hiv'. Țineam în mână una dintre ele. Litere mari și negre pe o fațadă deschisă la culoare. O poartă imensă. Un grup de autobuze parcate lângă trotuar și creștetele oamenilor. Probabil că fusese făcută de la o fereastră, de peste stradă, în dimineața raziei.

M-am uitat după o *plaque*, după ceva care să amintească de ceea ce se întâmplase aici, dar nu am găsit așa ceva.

– Nu-mi vine să cred că nu e nimic, am zis.

Am găsit-o în cele din urmă pe boulevard Grenelle, chiar după colț. O placă micuță, chiar umilă. M-am întrebat dacă cineva îi arunca vreodată vreo privire.

„Pe 16 și 17 iulie 1942, 13 152 de evrei au fost arestați la Paris și în suburbii, deportați și asasinați la Auschwitz. La Vélodrome d'Hiver, care s-a aflat odată în acest loc, 1 129 de bărbați, 2 916 femei și 4 115 copii au fost strânși în condiții inumane de poliția guvernului de la Vichy, la ordinul ocupanților naziști. Mulțumiri celor care au încercat să-i salveze. Trecătorule, nu uita niciodată!"

– Interesant, medită Bamber. De ce atât de multe femei și copii și atât de puțini bărbați?

– Circulau zvonuri despre o mare razie, am explicat. Mai existaseră vreo două și înainte, mai ales în august 1941. Dar până atunci arestaseră numai bărbați. Și nici nu fuseseră de o asemenea amploare, atât de minuțios planificate ca aceasta. De aceea a fost atât de infamă. În noaptea de 16 iulie, majoritatea bărbaților s-au ascuns, gândindu-se că femeile și copiii vor fi în siguranță. În privința asta s-au înșelat.

– De câtă vreme fusese plănuită razia?

– Luni de zile, am răspuns. Guvernul francez lucrase asiduu la asta încă din aprilie 1942, ca să întocmească liste cu evreii care aveau să fie arestați. Peste șase mii de polițiști parizieni au fost convocați ca să pună planul în aplicare. La început, data aleasă a fost 14 iulie, dar aici era sărbătoare națională. Așa că a fost programată puțin mai târziu.

Am pornit spre stația de metrou. Era o stradă sumbră. Sumbră și tristă.

– Și apoi? întrebă Bamber. Unde au fost duse aceste familii?

– Au fost închise la Vel' d'Hiv' timp de două zile. În cele din urmă, un grup de doctori și de infirmiere a fost lăsat înăuntru. Toți au descris haosul și disperarea. Apoi familiile au fost duse la gara Austerlitz, după care în lagărele din jurul Parisului. Ulterior au fost trimise direct în Polonia.

Bamber ridică dintr-o sprânceană.

– Lagăre? Vrei să zici că erau lagăre de concentrare în Franța?

– Lagăre care sunt considerate anticamerele franceze pentru Auschwitz. Drancy – cel mai apropiat de Paris –, Pithiviers și Beaune-la-Rolande.

– Mă întreb cum arată azi aceste locuri, zise Bamber. Ar trebui să mergem să vedem.

– O să mergem, am spus.

Ne-am oprit pe rue Nélaton, chiar în capăt, să bem o cafea. Am aruncat o privire spre ceas. Promisesem să mă duc azi să o văd pe Mamé. Știam că nu o să ajung. Atunci mâine. Pentru mine, asta nu fusese niciodată o corvoadă. Era bunica pe care nu o avusesem niciodată. Ambele mele bunici muriseră când eram mică. Mi-aș fi dorit ca Bertrand să se străduiască mai mult, având în vedere cât îl iubea Mamé.

Bamber m-a adus înapoi cu gândurile la Vel' d'Hiv'.

– Asta mă face să fiu bucuros că nu sunt francez, zise el.

Apoi își aminti.

– Ups, scuze. Tu ești, nu-i așa?

– Da, am răspuns. Prin căsătorie. Am dublă cetățenie.

– Nu am vorbit serios, tuși el, cu un aer stânjenit.

– Stai liniștit, am zâmbit. Știi, chiar și după atâția ani, rudele mele prin alianță îmi spun „Americanca".

Bamber rânji.

– Nu te deranjează?

Am ridicat din umeri.

– Uneori. Mi-am petrecut mai bine de jumătate din viață în Franța și chiar simt că locul meu e aici.

– De câți ani ești măritată?

– Se fac curând șaisprezece ani. Dar locuiesc aici de douăzeci și cinci.

– Nunta ta a fost una dintre nunțile alea sofisticate franțuzești?

Am râs.

– Nu, a fost destul de simplă. În Burgundia, unde au socrii mei o casă, lângă Sens.

Mi-am amintit în fugă de acea zi. Sean și Heather Jarmon nu prea au avut multe de vorbit cu Édouard și Colette Tézac. Se părea că toată latura franceză a familiei își uitase subit engleza. Dar nu-mi păsase. Eram atât de fericită. Soarele strălucitor. Bisericuța liniștită de țară.

Rochia mea simplă, ivorie, pe gustul soacrei mele. Bertrand, uluitor în haina lui cenușie. Petrecerea de la casa familiei Tézac, pusă la punct până în cele mai mici detalii. Șampanie, lumânări și petale de trandafiri. Charla rostind un toast amuzant în franceza ei îngrozitoare, la care doar eu râsesem. Laure și Cécile, surâzând afectate. Mama, în costumul ei de un fucsia palid, șoapta ei la urechea mea: Sper să fii fericită, îngerașul meu. Tata valsând cu Colette cea țeapănă. Părea atât de demult.

– Îți e dor de America? mă întrebă Bamber.

– Nu. Mi-e dor de sora mea. Dar nu de America.

Un chelner tânăr ne aduse cafelele. Aruncă o privire spre părul de culoarea focului al lui Bamber și surâse superior. Apoi văzu grămada impresionantă de camere și de obiective.

– Voi turiști? Faceți poze drăguțe la Paris?

– Nu suntem turiști. Facem poze drăguțe cu ce-a rămas din Vel' d'Hiv', replică Bamber în franceză, cu accentul lui moale, britanic.

Chelnerul păru șocat.

– Nimeni nu mai întreabă prea multe de Vel' d'Hiv'. Turnul Eiffel, da, dar nu Vel' d'Hiv'.

– Suntem ziariști, am spus. Lucrăm pentru o revistă americană.

– Uneori, mai vin aici familii de evrei, își aminti tânărul. După vreun discurs aniversar la monumentul de lângă râu.

Mi-a venit o idee.

– Nu cunoști pe cineva, vreun vecin de pe stradă, care să știe ceva despre razie și care ar vrea să stea de vorbă cu noi? am întrebat.

Deja stătuserăm de vorbă cu câțiva supraviețuitori: majoritatea scriseseră cărți despre experiența lor, dar aveam nevoie de martori. Parizieni care să fi văzut cum se petrecuseră lucrurile.

Apoi m-am simțit prost: la urma urmelor, tânărul de-abia dacă avea douăzeci de ani. Probabil că nici tatăl lui nu era născut în 1942.

– Ba da, știu, a răspuns el, spre surprinderea mea. Dacă mergeți înapoi pe stradă, o să vedeți pe stânga un chioșc de ziare. Bărbatul care se ocupă de el, Xavier, o să vă spună. Mama lui știe, a trăit aici toată viața.

I-am lăsat un bacșiș generos.

Urmase un drum nesfârșit, plin de praf, de la mica gară, printr-un oraș micuț, unde alți oameni se uitau la ei și arătau cu degetul. Ce o să se întâmple cu ei? Erau departe de Paris? Călătoria cu trenul fusese rapidă, durase nici două ore. Ca întotdeauna, fetița se gândea la fratele ei. Inima îi era tot mai grea cu fiecare kilometru parcurs. I se făcea rău când se gândea că el probabil își imagina că surioara lui îl uitase. Asta credea, încuiat în dulap. Se gândea că îl abandonase, că nu-i păsa, că nu-l iubea. Că îl abandonase.

Unde erau? Nu avusese timp să se uite la numele gării când trenul ajunsese acolo. Dar observase primele lucruri care îi sar în ochi unui copil: peisajul bogat, pajiștile verzi, câmpurile aurii. Mirosul îmbătător de vară și de aer curat. Zumzăitul unui bondar. Păsările pe cer. Nori albi, pufoși. După duhoarea și zăpușeala ultimelor zile, simțea că aici era minunat. Poate că, la urma urmelor, nu avea să fie așa de rău.

Își urmă părinții prin porțile cu sârmă ghimpată, de lângă care îi priveau gardieni înarmați și cu înfățișări aspre. Apoi zări șirurile de barăci lungi și întunecate, aspectul neîndurător al locului, și simți că i se strânge inima. Se ghemui lângă mama ei. Polițiștii începură să strige ordine. Femeile și copiii trebuiau să se ducă la barăcile din dreapta, bărbații, la stânga. Neajutorată, ținându-și mama de mână, privi cum tatăl ei este împins cu un grup de bărbați. Îi era teamă fără el alături. Dar nu avea ce face. Armele o îngrozeau. Mama ei nu se mișcă. Avea ochii apatici, morți. Chipul îi era alb, bolnav.

Fetița o luă pe mama ei de mână, în timp ce erau îmbrâncite către barăci. Înăuntru era gol și murdar. Scânduri și paie. Duhoare și mizerie. Latrinele erau afară, scânduri în jurul unei găuri. Li se ordonă să stea acolo, să-și facă nevoile în văzul tuturor, ca niște animale. Fetița se simți revoltată, nu putea să se ducă acolo, să facă asta. Se uită cum mama ei se așază deasupra unei găuri și își pleacă rușinată capul. Dar în cele din urmă se supuse, făcându-se cât mai mică și sperând că nu se uita nimeni la ea.

Chiar deasupra sârmei ghimpate, putea să zărească satul. Vârful negru al unei clopotnițe de biserică. Un turn de apă. Acoperișuri și hornuri. Copaci. Acolo, își zise, în casele acelea atât de apropiate, oamenii aveau paturi, cearșafuri, pături, mâncare și apă. Erau curați. Aveau haine curate. Nimeni nu țipa la ei. Nimeni nu-i trata ca pe niște vite. Și erau acolo, chiar de cealaltă parte a gardului. În satul curat, de unde se auzea bătând clopotul bisericii.

Acolo erau copii în vacanță, se gândi. Copii care mergeau la picnicuri, copii care se jucau de-a v-ați ascunselea. Copii fericiți, chiar dacă era război și mai puțină mâncare decât de obicei și poate că tatăl lor plecase la luptă. Copii fericiți, iubiți, îngrijiți. Nu-și putea imagina de ce exista o asemenea diferență între acei copii și ea. Nu-și putea imagina de ce ea și toți acești oameni aflați aici cu ea trebuiau să fie tratați în felul acesta. Cine hotărâse asta și de ce?

Li se dădu să mănânce ciorbă de varză aproape rece, subțire și nisipoasă. Nimic altceva. Apoi fetița privi cum șiruri întregi de femei se dezbracă în pielea goală și se străduiesc să-și spele trupurile murdare la un firicel de apă de la chiuvetele de fier ruginite. Fetița gândi că arată urât, grotesc. Le ura pe cele grase, slabe, bătrâne, tinere; ura să fie nevoită să le privească goliciunea. Nu voia să se uite la ele. Ura să trebuiască să le vadă.

Se ghemui lângă trupul cald al mamei și încercă să nu se gândească la fratele ei. Simți că o mănâncă pielea, scalpul. Voia să facă o baie, să fie în patul ei, să fie alături de fratele ei. Mâncare. Se întrebă dacă poate fi ceva mai rău decât ceea ce i se întâmplase în ultimele câteva zile. Se gândi la prietenele ei, la celelalte fetițe de la școală, care purtaseră și ele steaua. Dominique, Sophie, Agnès. Ce se întâmplase cu ele? Reușise vreuna să scape? Era vreuna dintre ele în siguranță, adăpostită pe undeva? Oare Armelle se ascundea cu familia ei? O s-o mai vadă vreodată, o să-și mai vadă celelalte prietene? O să se întoarcă la școală în septembrie?

În acea noapte nu reuși să adoarmă; avea nevoie de atingerea încurajatoare a tatălui ei. O durea stomacul, simțea că i se contractă chinuitor. Știa că nu aveau voie să părăsească baraca în timpul nopții. Strânse din dinți și își înconjură pântecul cu brațele. Dar durerea se accentuă. Se ridică încet, păși pe vârfuri printre șirurile de femei și de copii adormiți, spre latrinele de afară.

Reflectoarele orbitoare măturau lagărul în timp ce fetița se ghemui deasupra scândurilor. Uitându-se în jos, zări viermi grași și albi zvârcolindu-se în grămezile întunecate de fecale. Se temea că vreun polițist din turnurile de pază o să-i vadă fundul și își trase mai jos poalele fustei. Apoi se îndreptă rapid înapoi spre baracă.

Înăuntru, aerul era înăbușitor și duhnea. Câțiva copii gemeau în somn. Auzi o femeie suspinând. Se întoarse la mama ei și-i privi chipul tras și palid.

Dispăruse femeia fericită și iubitoare. Dispăruse mama care obișnuia să o ia în brațe și să-i șoptească vorbe drăgăstoase și cuvinte de alint în idiș. Femeia cu bucle lucioase, de culoarea mierii, și siluetă voluptoasă, cea pe care toți vecinii și toți vânzătorii o știau după nume. Cea care avea miros cald, liniștitor de mamă: de mâncare delicioasă, săpun proaspăt, haine curate. Cea cu zâmbet molipsitor. Cea care spunea că, indiferent dacă e război, ei o să reușească, fiindcă erau o familie bună, puternică, o familie plină de iubire.

Acea femeie dispăruse puțin câte puțin. Se emaciase, era palidă, nu zâmbea și nici nu mai râdea vreodată. Avea un miros rânced, amar. Părul îi era uscat și fragil, vârstat cu cenușiu.

Fetița simțea că mama ei era deja moartă.

Bătrâna se uita la mine și la Bamber cu ochi translucizi, umezi. Cred că merge pe o sută de ani, mi-am zis. Avea un zâmbet complet știrb, ca de bebeluș. Mamé era o adolescentă prin comparație. Locuia chiar deasupra magazinului pe care-l deținea fiul ei, negustorul de pe rue Nélaton. Un apartament mizerabil, plin cu mobile prăfuite, covoare mâncate de molii și plante ofilite. Bătrâna stătea într-un fotoliu desfundat, lângă fereastră. Ne privi intrând și prezentându-ne și părea încântată să primească niște musafiri neașteptați.

– Deci, ziariști americani, rosti cu glas tremurător, cântărindu-ne din priviri.

– Americancă și britanic, o corectă Bamber.

– Ziariști interesați de Vel' d'Hiv'? întrebă ea.

Mi-am scos carnețelul și un pix și mi le-am pus pe genunchi.

– Vă mai amintiți ceva despre razie, *Madame*? am început. Ne-ați putea spune ceva, un amănunt cât de mic?

Bătrâna chicoti.

– Crezi că nu-mi amintesc, tânără doamnă? Crezi că poate am uitat?

– Păi a trecut ceva timp, am spus.

– Câți ani ai? m-a întrebat ea direct.

Am simțit că roșesc. Bamber își ascunse un zâmbet în spatele aparatului de fotografiat.

– Patruzeci și cinci, am răspuns.

– Eu o să împlinesc nouăzeci și cinci, replică ea, dezvelindu-și gingiile putrede. Pe 16 iulie 1942 aveam treizeci și cinci de ani. Cu zece mai puțin decât ai dumneata acum. Și îmi amintesc. Îmi amintesc totul.

Făcu o pauză, iar privirea ei slăbită poposi afară, pe stradă.

– Îmi amintesc că m-a trezit foarte devreme zgomotul autobuzelor, chiar lângă fereastra mea. M-am uitat afară și am văzut cum soseau. Din ce în ce mai multe. Autobuzele noastre, din transportul în comun, pe care le foloseam zi de zi. Verde cu alb. Atât de multe. M-am întrebat ce naiba căutau aici. Apoi am văzut oamenii ieșind. Și toți copiii. Atât de mulți copii. Vezi dumneata, e greu să-i uiți pe copii.

Eu scriam încontinuu, în timp ce Bamber făcea poze.

– După un timp, m-am îmbrăcat și am coborât cu băieții mei, care erau mici la vremea aceea. Voiam să aflăm ce se întâmplă, eram curioși. Au venit și vecinii noștri și *concierge*. Apoi am văzut stelele galbene și am înțeles. Evreii. Îi adunau pe evrei.

– Aveați idee ce urma să se întâmple cu acești oameni? am întrebat.

Ridică din umerii ei bătrâni.

– Nu, răspunse, n-am știut nimic. De unde să fi știut? De-abia după război am aflat. Ne-am gândit că erau trimiși la muncă undeva. N-am crezut că se petrece ceva rău. Îmi amintesc că cineva a zis: „E poliția franceză, nimeni nu o să le facă nici un rău". Așa că nu ne-am făcut griji. Iar a doua zi, chiar dacă asta se petrecuse în mijlocul Parisului, în ziare și la radio nu s-a spus nimic. Nimeni nu părea îngrijorat. Așa că nici noi n-am fost. Până când i-am văzut pe copii.

Făcu o pauză.

– Copiii? am repetat.

– Câteva zile mai târziu, evreii au fost luați iar cu autobuzele, continuă ea. Eu stăteam pe trotuar și am văzut familiile ieșind de pe velodrom, cu toți copiii aceia murdari, plângând. Păreau înspăimântați, suferinzi. Am fost îngrozită. Mi-am dat seama că pe velodrom nu avuseseră mai nimic de mâncat sau de băut. M-am simțit furioasă și neajutorată. Am încercat să le arunc pâine și fructe, dar polițiștii nu m-au lăsat.

Se opri din nou, de data asta pentru o perioadă mai lungă. Brusc, părea obosită, epuizată. Bamber lăsă camera deoparte în tăcere.

Am așteptat, fără să facem nici o mișcare. M-am întrebat dacă avea să mai spună ceva.

– După toți acești ani, rosti ea în cele din urmă, cu o voce scăzută, șoptită, după toți acești ani, încă îi văd pe copii. Îi văd urcați în autobuze și luați de aici. Nu știam unde îi duc, dar am avut această senzație, un sentiment oribil. Mulți din jurul meu erau indiferenți, considerau că e ceva normal. Pentru ei era ceva normal ca evreii să fie luați.

– De ce credeți că simțeau asta? am întrebat.

Un alt chicotit.

– Pentru că nouă, francezilor, ni se spusese ani de-a rândul că evreii erau dușmanii țării noastre, de asta! În '41 sau '42 a fost o expoziție, la *Palais* Berlitz, dacă-mi amintesc eu bine, pe boulevard des Italiens, intitulată *Evreii și Franța*. Nemții au avut grijă să fie deschisă luni de zile. A avut un mare succes în rândul populației franceze. Și ce era? O manifestare șocantă de antisemitism.

Își netezi fusta cu degetele ei noduroase.

– Mi-i amintesc pe polițiști. Pe bunii noștri polițiști parizieni. Pe propriii noștri *gendarmes*, cumsecade și cinstiți. Cum îi împingeau pe copii în autobuze. Țipând. Folosindu-și *leurs batons*.

Își lăsă bărbia în piept și murmură ceva ce nu am reușit să înțeleg. Mi s-a părut totuși că a spus: „Rușine să ne fie la toți că nu i-am oprit".

– Nu ați știut, am rostit eu încet, mișcată de ochii ei brusc umeziți. Ce ați fi putut să faceți?

– Nimeni nu-și amintește de copiii de la Vel' d'Hiv'. Nimănui nu-i pasă.

– Poate că anul ăsta o s-o facă, am spus. Poate că anul ăsta va fi altfel.

Ea își strânse buzele încrețite.

– Nu. O să vezi. Nimic nu s-a schimbat. Nimeni nu-și amintește. De ce ar face-o? Au fost cele mai negre zile din istoria țării noastre.

Fetița se întreba unde era tatăl ei. Undeva în același lagăr, într-una dintre barăci, desigur, dar nu îl văzuse decât o dată sau de două ori. Nu-și dădea seama cum treceau zilele. Singurul lucru care o bântuia era gândul la fratele ei. Se trezea noaptea, tremurând, cu gândul că-l lăsase închis în dulap. Lua cheia și se uita la ea cu durere și spaimă. Poate că până acum murise. Poate că murise de sete, de foame. Încerca să-și dea seama cât trecuse de la joia aceea neagră când bărbații veniseră să-i ia. O săptămână? Zece zile? Nu știa. Se simțea pierdută, confuză. Fusese un vârtej de teroare, înfometare și moarte. Mai mulți copii muriseră în lagăr. Trupurile lor micuțe fuseseră luate printre lacrimi și țipete.

Într-o dimineață, observă mai multe femei discutând cu aprindere. Păreau îngrijorate, supărate. O întrebă pe mama ei ce se întâmplă, dar aceasta nu știa. Fetița nu se dădu bătută și o întrebă pe o femeie care avea un băiețel de vârsta fratelui ei și care dormise alături de ele în ultimele zile. Chipul femeii era împurpurat, de parcă ar fi avut febră. Îi zise că umblau zvonuri prin lagăr cum că părinții aveau să fie trimiși în est, la muncă. Urmau să pregătească sosirea copiilor, care veneau mai târziu, peste vreo două zile. Fetița asculta, șocată. Îi relată discuția mamei ei. Ochii femeii părură să se trezească la viață. Scutură puternic din cap. Nu, asta nu se putea întâmpla. Nu puteau să facă asta. Nu puteau să-i despartă pe copii de părinții lor.

În acea viață tihnită, blândă, care părea atât de îndepărtată, fetița ar fi crezut-o pe mama ei. Pe vremuri credea tot ce-i spunea mama ei.

Dar în această lume nouă și aspră, fetița simțea că se maturizase. Se simțea mai bătrână decât mama ei. Știa că celelalte femei spuneau adevărul. Știa că zvonurile erau adevărate. Nu știa însă cum să-i explice asta mamei ei. Mama ei devenise ca un copil.

Când bărbații intrară în baracă, ea nu se simți înspăimântată. Se simți întărită. Simțea că un zid gros se ridicase în jurul ei. O luă pe mama ei de mână și o ținu strâns. Voia ca mama ei să fie curajoasă, să fie puternică. Li se ordonă să iasă și să stea la rând în fața unei alte barăci, în grupuri mici. Așteptă liniștită la coadă, împreună cu mama ei. Se tot uita în jur, ca să-l zărească pe tatăl ei, dar în zadar.

Când le veni rândul să intre în clădire, fetița văzu doi polițiști stând la o masă. Alături erau două femei, îmbrăcate cu haine obișnuite. Niște sătence, care se uitau la oamenii de la coadă, cu chipuri reci și dure. Le auzi cum îi ordonau bătrânei din fața ei să predea banii și bijuteriile. Fetița o privi cum se chinuiește să-și scoată verigheta și ceasul. Alături de bătrână se afla o copilă de vreo șase sau șapte ani, care tremura de frică. Un polițist arătă spre cerculețele de aur pe care fetița le purta în urechi. Copila era însă prea înspăimântată ca să și le scoată singură, așa că bunica se aplecă să le desfacă. Polițistul oftă exasperat. Se mișcau prea încet. În ritmul ăsta, aveau să stea aici toată noaptea.

Una dintre sătence se aplecă deasupra copilei și, cu un gest rapid, îi smulse cerceii din urechi, sfâșiindu-i lobii micuți. Fetița urlă, ducându-și mâinile spre gâtul plin de sânge. Bătrâna țipa și ea. Un polițist o lovi peste față și amândouă fură trase afară din rând. Un murmur de frică străbătu rândul de oameni. Polițiștii își agitară armele și tăcerea coborî asupra tuturor.

Fetița și mama ei nu aveau nimic de predat. Doar verigheta mamei. O săteancă roșie la față sfâșie rochia mamei de la claviculă la buric, lăsând la iveală pielea palidă și lenjeria decolorată. Mâinile femeii pipăiră cutele rochiei, lenjeria, zonele intime ale mamei ei. Aceasta tresări, dar nu zise nimic. Fetița privea, iar teama creștea tot mai mult în sufletul ei. Ura felul în care bărbații priveau trupul mamei ei, ura felul în care o atingea săteanca, de parcă ar fi fost o bucată de carne. O să-i facă și ei asta? se întrebă. Oare o să-i rupă și ei hainele? Poate că o să-i ia cheia. O strânse în buzunar, cu toată puterea. Nu, nu puteau să i-o ia. Nu-i va lăsa să ia cheia de la dulapul secret. Niciodată.

Dar polițistul nu era interesat de ce avea ea prin buzunare. Înainte ca ea și mama ei să meargă mai departe, fetița aruncă o ultimă privire spre grămada tot mai mare de pe birou: lănțișoare, brățări, broșe, inele, ceasuri, bani. Oare ce vor face cu toate astea? se întrebă. Le vor vinde? Le vor folosi? Pentru ce aveau nevoie de toate aceste lucruri?

Afară, au fost din nou așezate în rând. Era o zi fierbinte și prăfoasă. Fetiței îi era sete și simțea că gâtul uscat o înțepa. Rămaseră o vreme pe loc, sub privirile aspre și tăcute ale polițiștilor. De ce stăteau acolo? Fetița auzea șoaptele neîncetate din spatele ei. Nimeni nu știa. Nimeni nu putea să răspundă. Doar ea știa. Simțea. Și când s-a întâmplat, ea se aștepta deja.

Polițiștii se repeziră asupra lor ca un stol de păsări mari, negre. Le traseră pe femei într-o latură a lagărului, pe copii, în cealaltă. Până și cei mai mici au fost separați de mamele lor. Fetița privea totul, de parcă ar fi fost în altă lume. Auzi țipetele, urletele, văzu femeile aruncându-se la pământ, trăgând de hainele și de părul copiilor lor. Văzu cum polițiștii ridică bastoanele și le lovesc pe femei peste cap, peste față. Văzu cum o femeie se prăbușește la pământ, iar nasul îi era o masă de carne vie.

Mama ei rămase lângă ea, paralizată. Fetița o auzea cum respiră scurt, gâfâit. O ținea pe mama ei de mâna rece. Simți cum polițistul le desparte cu o smucitură, auzi urletul ascuțit al mamei ei și o văzu apoi cum se repede înapoi spre ea, cu rochia sfâșiată, cu părul vâlvoi, cu gura contorsionată, țipând numele fiicei ei. Fetița încercă să o prindă de mână, dar bărbații o îmbrânciră la o parte și ea căzu în genunchi. Mama ei se luptă ca ieșită din minți, dominându-l câteva secunde pe polițist și, în acea clipă precisă, fetița o văzu apărând pe adevărata ei mamă, femeia plină de putere și de pasiune, pe care o admira și de care îi era dor. Simți brațele mamei cuprinzând-o încă o dată, îi simți părul des și aspru mângâindu-i fața. Brusc, un torent de apă rece o orbi. În timp ce scuipa apa și gâfâia ca să-și recapete răsuflarea, deschise ochii și îi văzu pe bărbați trăgând-o pe mama ei de gulerul rochiei ude.

I se păru că totul durează ore întregi. Copii pierduți, cu ochii plini de lacrimi. Găleți de apă aruncate în fața lor. Femei sfârșite, zbătându-se. Sunetele înfundate ale loviturilor. Dar știa că se întâmplase foarte repede.

Tăcere. Se terminase. În cele din urmă, mulțimea de copii stătea într-o parte, femeile, în cealaltă. Între ele, un șir gros de polițiști. Polițiștii le repetau întruna că mamele și copiii de peste doisprezece ani aveau să plece înaintea celorlalți, că cei mici urmau să vină după ei, o săptămână mai târziu. Tații plecaseră deja, li se spuse. Toată lumea trebuia să coopereze și să se supună.

O văzu pe mama ei lângă celelalte femei. Își privea fiica cu un zâmbet mic, curajos. Părea să spună: „Vezi, iubito, o să fie bine, poliția așa zice. Nu te îngrijora, iubito".

Fetița se uită în jur la mulțimea de copii. Atât de mulți copii. Se uită la cei mici, cu chipurile strâmbate de durere și de frică. O văzu pe fetița aceea cu urechile sfâșiate cum întindea palmele spre bunica ei. Ce avea să se întâmple cu toți acești copii, cu ea? Unde erau duși părinții lor?

Femeile ieșeau pe porțile lagărului. Văzu capul mamei ei îndepărtându-se în dreapta și pornind spre drumul lung care ducea prin sat, spre gară. Chipul mamei se întoarse spre ea pentru ultima dată.

Apoi dispăru.

– Astăzi avem una dintre zilele noastre „bune“, *Madame* Tézac, spuse Véronique și-mi zâmbi radioasă în timp ce intram în camera albă, însorită.

Făcea parte din personalul care avea grijă de Mamé la complexul pentru bătrâni, curat și vesel, din arondismentul 17, în apropiere de Parc Monceau.

– Nu-i zice *Madame* Tézac, lătră bunica lui Bertrand. Nu-i place. Spune-i *Miss* Jarmond.

Nu m-am putut abține să nu zâmbesc. Véronique păru întristată.

– Și oricum, *Madame* Tézac sunt *eu*, rosti bătrâna, cu o undă de îngâmfare și de dispreț vizavi de cealaltă *Madame* Tézac, nora ei Colette, mama lui Bertrand.

Atât de tipic pentru Mamé, mi-am zis. Să fie atât de plină de îndrăzneală, chiar și la vârsta ei. Prenumele ei era Marcelle. Îl detesta. Nimeni nu îi zicea vreodată Marcelle.

– Îmi pare rău, rosti Véronique, umilă.

I-am pus o mână pe braț.

– Te rog, nu-ți face probleme, am spus. Nu folosesc numele de femeie măritată.

– E o chestie de-a americanilor, zise Mamé. *Miss* Jarmond este americancă.

– Da, am observat asta, răspunse Véronique, pe un ton mai vesel.

„Ce ai observat“, îmi venea să întreb. „Accentul, hainele, pantofii?“

– Deci ai avut o zi bună, Mamé?

M-am așezat lângă ea și mi-am pus mâna peste a ei.

În comparație cu bătrâna de pe rue Nélaton, chipul lui Mamé era proaspăt. Avea doar câteva riduri. Dar bătrâna de pe rue Nélaton, în ciuda aspectului ei decrepit, își păstra mintea limpede, pe când Mamé, la optzeci și cinci de ani, suferea de Alzheimer. În unele zile, pur și simplu nu-și amintea cine e.

Părinții lui Bertrand deciseseră să o mute la un complex sanatorial pentru bătrâni când își dăduseră seama că nu era în stare să locuiască singură. Deschidea aragazul și îl lăsa să ardă toată ziua. Lăsa apa să curgă încontinuu în cadă până se inunda totul. Sau se încuia cu regularitate pe dinafară și era găsită hoinărind pe rue de Saintonge în halat. Desigur, Mamé se opusese ideii. Nu dorise deloc să meargă la complexul pentru bătrâni. Dar se acomodase destul de bine, în ciuda izbucnirilor ocazionale de furie.

– Am o zi „bună", rânji ea, după ce Véronique ne lăsă singure.

– A, înțeleg, am spus, terorizezi pe toată lumea, ca de obicei?

– Ca de obicei, zise ea.

Apoi se întoarse spre mine și-mi cercetă chipul, cu ochii ei cenușii, afectuoși.

– Unde e neisprăvitul ăla de soț al tău? Știi, niciodată nu vine. Și nu-mi servi povestea cu „e prea ocupat".

Am oftat.

– Ei, măcar tu ești aici, rosti ea, țâfnoasă. Pari obosită. Totul e în regulă?

– E bine, am spus.

Știam că arăt obosită. Nu prea aveam ce face în privința asta. Să plec într-o vacanță, probabil. Dar nu era planificată până la vară.

– Și apartamentul?

Tocmai fusesem să văd cum înaintau lucrările înainte să vin la sanatoriu. Muncitorii roiau. Bertrand superviza totul cu energia lui obișnuită. Antoine părea epuizat.

– O să fie minunat, am spus. Când o să fie gata.

– Mi-e dor de el, zise Mamé. Mi-e dor să locuiesc acolo.

– Îmi închipui.

Mamé ridică din umeri.

– Ajungi să te atașezi de locuri. Ca și de oameni, bănuiesc. Mă întreb dacă lui André îi lipsește vreodată.

André era soțul ei, care murise. Eu nu-l cunoscusem. Decedase când Bertrand era adolescent. Mă obișnuisem ca Mamé să vorbească despre el la timpul prezent. Nu o corectam, nu-i aminteam niciodată că murise cu mulți ani în urmă de cancer la plămâni. Îi plăcea să vorbească despre el. Când o întâlnisem pentru prima oară, cu mult înainte să înceapă să-și piardă memoria, obișnuia să-mi arate albume cu fotografii de fiecare dată când veneam în vizită pe rue de Saintonge. Aveam impresia că știu pe dinafară chipul lui André Tézac. Aceiași ochi de un albastru-cenușiu, pe care îi avea și Édouard. Un nas mai rotunjit. Un zâmbet mai cald, poate.

Mamé îmi vorbise mult despre cum se cunoscuseră, cum se îndrăgostiseră, cât de greu le fusese în timpul războiului. Familia Tézac era originară din Burgundia, dar când André moștenise afacerea cu vinuri a familiei de la tatăl său, nu reușise să se descurce. Așa că se mutase la Paris și deschisese un mic magazin de antichități pe rue de Turenne, în apropiere de Place des Vosges. Îi trebuise un timp ca să-și facă un renume și afacerea să înflorească. Édouard preluase frâiele după moartea tatălui său și mutase magazinul pe rue du Bac, în arondismentul 7, unde se găseau cele mai renumite magazine de antichități din Paris. Acum îl conducea Cécile, sora mai mică a lui Bertrand, și o făcea foarte bine.

Doctorul lui Mamé – un anume *docteur* Roche, trist, dar eficient – îmi zisese odată că era o terapie excelentă să o întreb pe Mamé despre trecut. După spusele lui, probabil că avea o percepție mai bună asupra celor petrecute cu treizeci de ani în urmă decât a întâmplărilor din acea dimineață.

Era ca un mic joc. În timpul fiecărei vizite, eu îi puneam întrebări. Firesc, fără să fac mare caz din asta. Ea își dădea foarte bine seama ce urmăream, dar se prefăcea că nu știe.

Fusese distractiv să-l descopăr pe Bertrand ca băiat. Mamé venise cu cele mai amuzante informații. Fusese un adolescent stângaci, și nu tipul *cool* de care auzisem. Fusese un elev mediocru, și nu strălucitor, așa cum îl lăudau părinții. La paisprezece ani avusese loc o ceartă memorabilă cu tatăl lui, cauza fiind fiica vecinului, o blondă vopsită și promiscuă, care fuma marijuana.

Dar nu întotdeauna era amuzant să explorezi memoria nesigură a lui Mamé. Deseori, existau goluri lungi, sumbre. Iar atunci nu-și mai amintea nimic. În zilele „proaste", se închidea în sine ca o scoică. Se uita la televizor, cu buzele strânse și bărbia scoasă în afară.

Într-o dimineață, nu-și mai dăduse seama cine e Zoë. Tot întreba: „Cine e copilul ăsta? Ce face aici?" Ca de obicei, Zoë se purtase cu maturitate. Dar mai târziu, noaptea, în pat, o auzisem plângând. Când o întrebasem cu blândețe ce se întâmplase, recunoscuse că nu suportase să vadă că străbunica ei îmbătrânise.

– Mamé, am întrebat-o, când v-ați mutat tu și André în apartamentul din rue de Saintonge?

Mă așteptam să-și încrețească fața, ca o maimuță bătrână și înțeleaptă, și să răspundă cu un „A, nu-mi amintesc deloc..."

Dar răspunsul veni ca o lovitură de bici.

– În iulie 1942.

Mi-am îndreptat spatele și am privit-o țintă.

– În iulie 1942? am repetat.

– Așa e.

– Și cum ați găsit apartamentul? Era război. Trebuie să fi fost dificil.

– Deloc, replică ea, nepăsătoare. Fusese eliberat. Am auzit de el de la *concierge*, *Madame* Royer, care era prietenă cu fosta noastră *concierge*. Locuiam pe rue de Turenne, chiar lângă magazinul lui André, într-un apartament înghesuit și mizer, cu un singur dormitor. Așa că ne-am mutat, când Édouard avea numai zece sau doisprezece ani. Am fost încântați să avem o locuință mai mare. Și îmi amintesc că și chiria a fost mică. Pe-atunci, acel *quartier* nu era nici pe jumătate la fel de modern ca acum.

Am privit-o cu atenție și mi-am dres glasul.

– Mamé, îți amintești dacă era la începutul lui iulie? Sau la sfârșit?

Ea zâmbi, încântată că se descurca atât de bine.

– Îmi amintesc perfect. Era spre sfârșitul lui iulie.

– Și îți amintești de ce a fost eliberat apartamentul atât de brusc?

Un alt zâmbet radios.

– Sigur că da. Avusese loc o razie de proporții. Oamenii au fost arestați și, brusc, o mulțime de locuri au devenit vacante.

Am privit-o țintă, iar privirea ei a susținut-o pe a mea. Ochii i se înnegurară când văzu expresia de pe chipul meu.

– Dar cum s-a întâmplat? Cum v-ați mutat?

Bătrâna se prefăcu a fi preocupată de mâneci, strâmbând din buze.

– *Madame* Royer i-a spus fostei noastre *concierge* că pe rue Saintonge era un apartament cu trei camere liber. Așa s-a întâmplat. Asta-i tot.

Tăcere. Mișcarea mâinilor ei se potoli și ea și le împreună în poală.

– Dar, Mamé, am șoptit, nu te-ai gândit niciodată că oamenii aceia s-ar fi putut întoarce?

Chipul îi devenise serios și buzele aveau o expresie rigidă, îndurerată.

– Nu am știut nimic, a rostit ea în cele din urmă. Absolut nimic.

Începu să-și privească mâinile și nu mai rosti nici un cuvânt.

Aceasta era cea mai rea noapte. Cea mai rea dintre toate, pentru toți copiii și pentru ea, se gândi fetița. Barăcile fuseseră complet golite. Nu mai rămăsese nimic, nici haine, nici pături, nimic. Pilotele fuseseră sfâșiate, și pene albe acopereau podeaua, ca o zăpadă artificială.

Copii plângând, copii urlând, copii sughițând de groază. Cei mici nu puteau să înțeleagă, gemeau încontinuu și-și chemau mamele. Făceau pe ei, se tăvăleau pe jos, țipau cu disperare. Cei mai mari, ca ea, stăteau pe podeaua murdară, cu capul între mâini.

Nimeni nu se uita la ei. Nimeni nu avea grijă de ei. Rareori li se dădea să mănânce. Erau atât de înfometați, încât mâncau iarbă uscată, fire de paie. Nimeni nu îi liniștea. Fetița se întrebă: polițiștii aceștia... ei nu aveau familii? Nu aveau copii? Copii la care să se întoarcă acasă? Cum puteau să se poarte așa cu niște copii? Li se spusese să facă asta sau procedau așa în mod firesc? Erau în realitate niște roboți, nu ființe umane? Îi privi cu atenție. Păreau să fie făcuți din carne și oase. Erau oameni. Nu putea să înțeleagă.

A doua zi, fetița observă o mână de oameni care îi priveau prin sârma ghimpată. Încercau să strecoare mâncare prin gard. Dar polițiștii le ordonară să plece. De atunci nu mai veni nimeni să se uite la ei.

Fetița se simțea de parcă ar fi devenit altcineva. Cineva dur și necioplit și sălbatic. Uneori se lupta cu ceilalți copii, cei care încercau să-i ia bucata veche de pâine pe care o găsise. Îi înjura, îi lovea. Se simțea periculoasă, sălbatică.

La început, nu se uitase la copiii mai mici. Îi aminteau prea mult de fratele ei. Dar acum simțea că trebuie să-i ajute. Erau mici, vulnerabili. Atât de demni de milă. Atât de murdari. Mulți dintre ei aveau diaree și hainele pline de fecale întărite. Nu avea cine să-i spele, cine să-i hrănească.

Încetul cu încetul ajunsese să le cunoască numele, vârsta, dar câțiva erau atât de mici încât nici nu puteau să-i răspundă. Erau recunoscători pentru o voce blândă, un zâmbet sau un sărut și o urmau prin tot lagărul, cu zecile, ca niște vrăbii murdare.

Obișnuia să le spună poveștile pe care i le spunea fratelui ei, înainte de culcare. Noaptea, întinsă pe paiele pline de păduchi, unde foșgăiau șobolanii, le spunea în șoaptă povești, făcându-le chiar și mai lungi decât erau de obicei. Și copiii mai mari se strângeau în jurul ei. Unii se prefăceau că nu ascultă, dar ea știa că nu era așa.

Era o fată de unsprezece ani, o făptură înaltă, cu părul negru, pe nume Rachel, care o privea deseori cu o urmă de dispreț. Dar noapte de noapte asculta poveștile, trăgându-se tot mai aproape de ea, ca să nu scape nici un cuvânt. Și o dată, când aproape toți copiii erau adormiți, îi vorbi fetei. Rosti cu o voce adâncă, răgușită:

– Trebuie să plecăm. Trebuie să evadăm.

Fetița clătină din cap.

– Nu se poate. Polițiștii au arme. N-avem cum.

Rachel ridică din umerii ei osoși.

– Eu o s-o fac.

– Și mama ta? O să te aștepte în celălalt lagăr, ca mama mea.

Rachel zâmbi.

– Ai crezut toate astea? Crezi ce au spus?

Fetița ura zâmbetul atotștiutor al lui Rachel.

– Nu, răspunse ea, hotărâtă. Nu i-am crezut. Nu mai cred nimic.

– Nici eu, zise Rachel. Am văzut ce au făcut. Nici măcar nu au scris cum trebuie numele copiilor mici. Au legat etichetele alea care s-au amestecat când majoritatea copiilor și le-au scos. Nu le pasă. Ne-au mințit pe toți. Pe noi și pe mamele noastre.

Și, spre surprinderea fetiței, Rachel se întinse și o luă de mână, strângând-o cu putere, cum făcea Armelle. Apoi se ridică în picioare și dispăru.

În zori, polițiștii intrară în barăci și-i înghiontiră cu bastoanele. Copiii mai mici, de-abia treziți, începură să țipe. Fetița încercă să-i liniștească pe cei din apropierea ei, dar erau îngroziți. Au fost conduși într-o baracă. Fetița ținea de mână doi copilași mici. Văzu un polițist care avea un instrument cu o formă ciudată. Fetița nu știa ce era. Copilașilor li se tăie răsuflarea de frică și se dădură înapoi. Polițiștii îi pălmuiră și-i loviră cu piciorul, apoi îi târâră spre bărbatul cu instrumentul. Fetița privi îngrozită. Apoi înțelese. Li se rădea părul. Toți copiii urmau să fie rași în cap.

Văzu părul negru și bogat al lui Rachel căzând la pământ. Țeasta ei rasă era albă și ascuțită, ca un ou. Rachel îi privi pe bărbați cu ură și dispreț și scuipă la picioarele ei. Unul dintre jandarmi o lovi cu brutalitate, dând-o la o parte.

Cei mici erau înnebuniți de frică și a fost nevoie de doi sau trei oameni ca să-i țină. Când îi veni rândul, fetița nu se zbătu și își plecă fără un cuvânt capul. Simți apăsarea rece a mașinii și închise ochii, neputând să îndure să vadă cum șuvițele lungi, aurii, îi cad la picioare. Părul ei. Părul ei frumos, pe care toată lumea îl admira. Simți cum suspinele i se ridică în gât, dar se strădui să nu plângă. Niciodată să nu plângă în fața acestor oameni. Niciodată să nu plângă. Niciodată. E doar niște păr, atâta tot. Părul va crește la loc.

Aproape se terminase. Deschise din nou ochii. Polițistul care o ținea avea mâini grase și trandafirii. Ridică privirea spre el pe când celălalt îi rădea ultimele bucle.

Era polițistul roșcat și prietenos din cartierul ei. Cel cu care mama ei obișnuia să mai schimbe câte o vorbă. Cel care îi făcea întotdeauna cu ochiul în drum spre școală. Cel căruia ea îi făcuse cu mâna în ziua raziei, cel care își ferise atunci privirea. Acum era prea aproape ca să nu o privească.

Fetița îi susținu privirea, fără să-și lase ochii în jos nici măcar o dată. Irișii lui aveau o culoare ciudată, gălbuie, ca aurul. Chipul îi era roșu de rușine și ei i se păru că îl simte cum tremură. Nu spuse nimic, privindu-l cu tot disprețul pe care reuși să-l adune.

El nu putu decât să o privească, nemișcat. Fetița zâmbi, un zâmbet amar pentru un copil de zece ani, și îi dădu la o parte mâinile grele.

Am plecat ameţită de la complexul sanatorial. Trebuia să mă duc la birou, unde mă aştepta Bamber, dar m-am trezit îndreptându-mă din nou spre rue de Saintonge. În minte mi se învârteau atât de multe întrebări încât mă simţeam copleşită. Spunea Mamé adevărul sau mintea îi era tulburată, confuză, din cauza bolii? Oare chiar existase o familie de evrei care locuise aici? Cum era posibil ca familia Tézac să se fi mutat fără să ştie nimic, aşa cum afirmase Mamé?

Am străbătut încet curtea. Locuinţa portăresei ar fi fost aici, se gândi. Fusese transformată cu ani în urmă într-un mic apartament. Un şir de cutii poştale se găsea de-a lungul holului, şi nu mai exista nici un *concierge* care să aducă zilnic poşta la fiecare uşă. Mamé spusese că o chema *Madame* Royer. Citisem mult despre aceşti *concierges* şi despre rolul pe care îl jucaseră în timpul arestărilor. Majoritatea se supuseseră ordinelor poliţiei, iar câţiva merseseră chiar mai departe şi arătaseră poliţiei unde se ascundeau anumite familii de evrei. Alţii prădaseră apartamentele rămase goale şi luaseră bunurile imediat după razie. Numai câţiva, citisem, protejaseră familiile de evrei cât de bine putuseră.

M-am întrebat ce rol jucase *Madame* Royer. M-am gândit în trecere la portăreasa mea de pe boulevard du Montparnasse: era o portugheză cam de vârsta mea şi nu cunoscuse războiul.

Am ignorat liftul şi am urcat cele patru şiruri de trepte. Lucrătorii erau în pauza de masă. Clădirea era cufundată în tăcere. Când am deschis uşa din faţă, m-am simţit înconjurată de ceva ciudat, o senzaţie necunoscută de gol și de disperare. M-am îndreptat spre partea mai veche a apartamentului, zona pe care ne-o arătase Bertrand cu o zi în urmă. Aici se întâmplase. Aici, bărbații veniseră să bată la ușă, în acea dimineață fierbinte de iulie, chiar înainte de ivirea zorilor.

Mi se părea că tot ce citisem în ultimele săptămâni, tot ce aflasem despre Vel' d'Hiv', ajunsese într-un punct critic aici, chiar în locul unde mă pregăteam să locuiesc. Toate mărturiile pe care le analizasem, toate cărțile pe care le studiasem, toți supraviețuitorii și martorii pe care îi intervievasem mă făcuseră să înțeleg, mă făcuseră să văd, cu o limpezime aproape ireală, ce se întâmplase între pereții pe care acum îi atingeam.

Articolul pe care începusem să-l scriu cu vreo două zile în urmă era acum aproape încheiat. Termenul-limită se apropia. Mai aveam încă de vizitat lagărele Loiret, de lângă Paris, și Drancy și aveam programată o întâlnire cu Franck Lévy, a cărui asociație organiza majoritatea festivităților pentru cea de-a șaizecea comemorare a raziei. Curând, investigația mea se va încheia și voi scrie despre altceva.

Dar acum că știam ce se întâmplase aici, atât de aproape de mine, atât de profund legat de mine, de viața mea, simțeam că trebuie să aflu mai multe. Căutarea mea nu se sfârșise. Simțeam că trebuie să știu tot. Ce se întâmplase cu familia de evrei care locuise aici? Cum îi chema? Fuseseră și copii? Se întorsese cineva din lagărele morții? Sau murise toată lumea?

M-am plimbat prin apartamentul gol. Într-o cameră, un perete era dărâmat. Îngropată în moloz, am observat o deschizătură lungă și adâncă, ascunsă cu îndemânare în spatele unui panou. Acum fusese dată la iveală. Ar fi fost o ascunzătoare bună. Dacă pereții aceștia ar fi putut să vorbească... Dar nu aveam nevoie de așa ceva. Știam ce se întâmplase aici. Parcă și vedeam. Supraviețuitorii îmi spuseseră despre noaptea fierbinte, liniștită, despre loviturile în ușă, despre ordinele scurte, despre călătoria prin Paris cu autobuzele. Îmi spuseseră totul despre iadul de la Vel' d'Hiv'. Cei cu care vorbisem fuseseră cei care supraviețuiseră. Cei care scăpaseră. Cei care își smulseseră stelele și evadaseră.

Brusc, m-am întrebat dacă puteam suporta ceea ce aflam, dacă aș fi putut locui aici știind că, în apartamentul meu, o familie fusese arestată și trimisă probabil la moarte. Cum putuse trăi familia Tézac știind asta? m-am întrebat.

Mi-am scos celularul și l-am sunat pe Bertrand. Când a văzut numărul meu, a mormăit: „Ședință". Acesta era codul nostru pentru „Sunt ocupat".

– E urgent, am spus.

L-am auzit murmurând ceva, apoi vocea lui a răsunat clar:

– Ce e, *amour*? Dar spune repede, că mă așteaptă cineva.

Am inspirat adânc.

– Bertrand, am început, știi cum au obținut bunicii tăi apartamentul din rue de Saintonge?

– Nu, mi-a zis. De ce?

– Tocmai m-am întors de la Mamé. Mi-a spus că s-au mutat în iulie 1942 și că locuința se eliberase după ce o familie de evrei fusese arestată în timpul raziei de la Vel' d'Hiv'.

Tăcere.

– Și? replică Bertrand într-un târziu.

Am simțit că-mi iau foc obrajii. Vocea mea răsună cu putere în apartamentul gol.

– Dar nu te deranjează că familia ta s-a mutat aici știind că niște evrei fuseseră arestați? Ți-au vorbit vreodată despre asta?

Aproape că l-am auzit cum ridica din umeri, cu gestul acela tipic franțuzesc, i-am văzut colțurile gurii răsucite în jos, sprâncenele arcuite.

– Nu, nu mă deranjează. Nu am știut, nu mi-au spus niciodată, dar tot nu mă deranjează. Sunt sigur că o mulțime de parizieni s-au mutat în apartamente goale în iulie 1942, după razie. Asta nu face din familia mea niște colaboraționiști, nu?

Râsul lui îmi zgârie auzul.

– N-am spus așa ceva, Bertrand.

– Te agiți prea mult cu toată povestea asta, Julia, rosti el pe un ton mai blând. S-a întâmplat cu șaizeci de ani în urmă. Adu-ți aminte că era război. Vremuri grele pentru toată lumea.

Am oftat.

– Vreau doar să aflu cum s-a întâmplat. Pur și simplu nu înțeleg.

– E simplu, *mon ange*. Bunicii mei au trecut prin multe greutăți în timpul războiului. Magazinul de antichități nu mergea bine. Probabil că s-au simțit ușurați să se mute într-un loc mai mare, mai bun. În definitiv, aveau un copil. Erau tineri. Bucuroși să aibă un acoperiș deasupra capului. Probabil că nu s-au gândit de două ori la familia de evrei.

– Oh, Bertrand, am șoptit. Cum au putut să *nu* se gândească la familia aceea? Cum au putut?

El îmi trimise bezele prin telefon.

– Bănuiesc că nu au știut. Trebuie să plec, *amour*. Ne vedem diseară.

Și închise.

Am rămas în apartament o vreme, m-am plimbat pe coridorul lung, am stat în sufrageria goală, mi-am trecut palma peste polița netedă de marmură a căminului, încercând să înțeleg, încercând să nu mă las copleșită de emoții.

Împreună cu Rachel, se decisese. Aveau să evadeze, să plece de aici. Ori făceau asta, ori mureau. Știa prea bine. Știa că dacă rămâneau cu ceilalți copii, va fi sfârșitul. Mulți erau bolnavi. Vreo șase deja muriseră. O dată, văzuse o infirmieră, ca aceea de pe stadion, o femeie cu văl albastru. O infirmieră pentru atâția copii bolnavi, înfometați.

Evadarea era secretul lor. Nu spuseseră nimic nici unui copil. Nimeni nu trebuia să bănuiască nimic. Urmau să evadeze în plină zi. Observaseră că în timpul zilei, de cele mai multe ori, polițiștii nici nu îi băgau în seamă. Putea să meargă repede și ușor. În jos, pe după barăci, către turnul de apă, unde femeile din sat încercaseră să împingă mâncare prin sârma ghimpată, găsiseră o mică spărtură în sulurile de sârmă. Mică, dar poate suficient de mare pentru ca un copil să se poată târî afară.

Unii copii deja părăsiseră lagărul, înconjurați de polițiști. Ea îi privise plecând, creaturi fragile și subțiri, cu capetele rase și hainele ferfenițite. Unde erau duși? Departe? La mamele și la tații lor? Nu credea asta. Nici Rachel. Dacă urmau să fie duși cu toții în același loc, de ce îi separaseră polițiștii pe copii de părinți? De ce atâta durere, atâta suferință? se gândi fetița. „Fiindcă ne urăsc", îi spusese Rachel, cu vocea ei profundă, răgușită. „Îi urăsc pe evrei." Atâta ură, își zise fetița. De ce atâta ură? Ea nu urâse niciodată pe nimeni în viața ei, poate doar o dată pe o profesoară. O profesoară care o pedepsise cu asprime fiindcă nu-și învățase lecția. Oare îi dorise moartea? se întrebă ea. Da, i-o dorise. Sau poate că așa funcționează. Așa se întâmplaseră toate astea. Să-i urăști pe oameni atât de tare încât să vrei să-i omori. Să-i urăști fiindcă poartă o stea galbenă. Gândul acesta o făcu să se cutremure. Simți că parcă tot răul, toată ura din lume erau concentrate chiar aici, adunate peste tot în jurul ei, în chipurile dure ale polițiștilor, în indiferența lor, în disprețul lor. Și în afara lagărului, toată lumea îi ura pe evrei? Așa va fi viața ei de acum înainte?

Își aminti cum, în iunie anul trecut, auzise niște vecine pe scară în timp ce se întorcea de la școală. Voci de femei, coborâte într-o șoaptă. Fetița se oprise, cu urechile ciulite ca un cățeluș. „Și știi, i s-a deschis haina și am văzut-o – steaua! N-aș fi zis niciodată că e evreu." Auzise exclamația de mirare a celeilalte femei. „El, evreu! Un domn atât de respectabil! Ce surpriză!"

O întrebase pe mama ei de ce unii vecini nu-i suportă pe evrei. Mama ei ridicase din umeri, oftase și-și plecase capul peste haina pe care o călca. Dar nu îi dăduse nici un răspuns. Așa că fetița se dusese la tatăl ei. De ce era rău să fii evreu? De ce unii oameni îi urau pe evrei? Tatăl ei se scărpinase în cap și se uitase la ea cu un zâmbet enigmatic. Apoi îi răspunsese, nesigur: „Fiindcă ei cred că suntem diferiți. Așa că le e teamă de noi". Dar ce era diferit? se gândi fetița. Ce era atât de diferit?

Mama ei. Tatăl ei. Fratele ei. Îi era atât de dor de ei încât suferea de un rău fizic. Se simțea de parcă ar fi căzut într-o gaură fără fund. Evadarea ar fi fost singurul mod de a-și lua cumva în stăpânire viața, această viață nouă pe care nu putea s-o înțeleagă. Poate că și părinții ei reușiseră să scape? Poate că reușeau cu toții să se întoarcă acasă? Poate... poate...

Se gândi la apartamentul gol, la paturile nefăcute, la mâncarea care se strica încet în frigider. Și la fratele ei, în tăcerea aceea. În tăcerea de moarte a locului.

Rachel îi atinse brațul și o făcu să tresară.

– Acum, șopti ea. Hai să încercăm, acum.

Lagărul era cufundat în tăcere, aproape pustiu. Cum adulții fuseseră luați, observaseră că erau mai puțini polițiști. Și aceștia nici nu vorbeau cu copiii. Îi lăsau în pace.

Căldura lovea barăcile, neîndurătoare. Înăuntru, copii bolnavi, slăbiți zăceau întinși pe paiele umede. Mai departe, fetele auzeau râsete și voci de bărbați. Probabil că aceștia se aflau într-una dintre barăci, adăpostindu-se de soare.

Singurul polițist care se zărea stătea la umbră, cu pușca la picioare. Se sprijinea cu capul de peretele din spate și părea să doarmă profund, cu gura deschisă. Fetele se târâră spre garduri, ca niște mici animale rapide. Zăreau câmpurile și pajiștile verzi întinzându-se în fața lor.

Tăcere, nemișcare. Căldură și tăcere. Le văzuse cineva? Se ghemuiră în iarbă, iar inimile le băteau cu putere. Priviră pe furiș peste umăr. Nici o mișcare. Nici un sunet. Se putea să fie atât de simplu? se întrebă fetița. Nu, nu se putea. Nimic nu mai era simplu.

Rachel strângea în brațe o legătură cu haine. O îndemnă pe fetiță să și le pună, explicându-i că straturile suplimentare le vor ajuta să-și protejeze pielea de sârma ghimpată. Fetița se cutremură când se chinui să-și pună pe ea un pulover murdar și zdrențuit și o pereche strâmtă de pantaloni la fel de nenorociți. Oare cui aparținuseră aceste haine, se întrebă ea, vreunui biet copil mort, a cărui mamă plecase și care fusese lăsat aici să moară singur?

Tot ghemuite, se apropiară de mica spărtură din colacul de sârmă. Ceva mai departe se afla un polițist. Nu-i zăreau trăsăturile, numai conturul distinct al caschetei înalte și rotunde. Rachel arătă spre deschizătură. Trebuiau să se grăbească acum. Nu mai era vreme de pierdut. Se lăsară pe burtă și începură să se târască spre gaură. Părea atât de mică, se gândi fetița. Cum puteau să se strecoare fără să se taie în sârma ghimpată, chiar și cu stratul suplimentar de haine? Cum de le trecuse prin minte că ar putea reuși? Că nimeni nu o să le vadă? Că o să scape? Erau nebune, își zise. Nebune.

Iarba o gâdilă la nas. Mirosea delicios. Ar fi vrut să-și îngroape fața în ea și să inspire mirosul verde, pătrunzător. Văzu că Rachel deja ajunsese la spărtură și își băga cu atenție capul prin ea.

Brusc, fetița auzi niște pași apăsați prin iarbă. Simți că îi stă inima-n loc. Ridică privirea spre forma uriașă care se înălța deasupra ei. Un polițist. Acesta o ridică în picioare de gulerul zdrențuit al bluzei și o scutură. Simți că i se înmoaie picioarele de groază.

– Ce naiba crezi că faci? îi șuieră vocea lui în ureche.

Rachel se afla la jumătatea sulului de sârmă. Pe când încă o ținea pe fetiță de ceafă, polițistul se aplecă și o apucă pe Rachel de gleznă.

Fata se luptă, lovind din picior, dar bărbatul era prea puternic și o trase înapoi prin sârma ghimpată, rănindu-i mâinile și fața.

Rămaseră în fața lui, Rachel suspinând, fetița stând cu spatele drept, cu bărbia ridicată. În sinea ei tremura, dar se hotărâse să nu-și arate teama. Cel puțin, avea să încerce.

Apoi ridică privirea și simți că i se taie răsuflarea.

Era polițistul roșcat. Și el o recunoscu instantaneu. Îi văzu mărul lui Adam săltând și simți cum mâna de pe gulerul ei tremura.

– Nu puteți scăpa, rosti el, morocănos. Trebuie să rămâneți aici, ați înțeles?

Era tânăr, abia dacă trecuse de douăzeci de ani, masiv și cu pielea trandafirie. Fetița observă că transpira pe sub uniforma groasă și neagră. Fruntea îi lucea umedă, la fel și buza de sus. Clipi și își mută greutatea de pe un picior pe celălalt.

Fetița își dădu seama că nu-i era frică de el. Simți un soi de milă ciudată pentru el, care o nedumeri. Își puse mâna pe brațul lui. El o privi cu surprindere și stânjeneală.

– Vă amintiți de mine, nu-i așa, îi spuse ea.

Nu era o întrebare. Era o afirmație.

El dădu aprobator din cap, ștergându-și broboanele de sudoare de sub nas. Fetița scoase cheia din buzunar și i-o arătă. Mâna nu îi tremura.

– Vă amintiți de frățiorul meu, băiețelul blond, cu păr buclat? întrebă ea.

El dădu din nou din cap.

– Trebuie să mă lăsați să plec, Monsieur. *Frățiorul meu,* Monsieur. *E la Paris. Singur. L-am încuiat în dulap fiindcă am crezut...*

Vocea i se frânse.

– Am crezut că o să fie în siguranță acolo! Trebuie să mă întorc. Lăsați-mă să ies prin spărtura aceea. Puteți să vă prefaceți că nu m-ați văzut niciodată, Monsieur.

Bărbatul privi rapid peste umăr, înapoi spre barăci, de parcă s-ar fi temut să nu vină cineva, să nu-i vadă sau să-i audă careva.

Își duse un deget la buze și se uită la fetiță. Se strâmbă și clătină din cap.

– Nu pot să fac asta, rosti el pe un ton scăzut. Am ordine.

Fetița își apăsă mâna pe pieptul lui.

– Vă rog, domnule, spuse ea, încet.

Alături, Rachel își trase nasul, cu fața murdară de sânge și de lacrimi. Bărbatul mai aruncă o privire peste umăr. Părea foarte tulburat. Din nou, fetița observă expresia ciudată de pe chipul lui, cea pe care o zărise și în ziua raziei. Un amestec de milă, rușine și furie.

Fetița simți cum trec minutele, grele, ca de plumb. Nesfârșite. Simți cum cresc din nou în ea suspinele, lacrimile, panica. Ce o să facă dacă o să le trimită pe ea și pe Rachel înapoi la barăci? Cum avea să continue? Cum? Va încerca să scape din nou, își zise, apoi încă o dată și încă o dată. Iarăși și iarăși, la nesfârșit.

Brusc, el îi spuse pe nume și o luă de mână. Palma lui era fierbinte și lipicioasă.

– Du-te! șuieră el printre dinții încleștați, iar sudoarea îi șiroia de-o parte și de alta a chipului păstos. Du-te, acum! Repede!

Uimită, ridică privirea spre ochii aceia aurii. El o împinse spre deschizătură, aplecându-i capul cu mâna. Ridică sârma ghimpată și o împinse cu violență. Sârma îi înțepă fruntea. După care totul se termină. Fetița se ridică în picioare, nesigură. Era liberă, de cealaltă parte a gardului.

Rachel privea, nemișcată.

– Vreau și eu să plec, zise ea.

Polițistul o apucă de ceafă cu o mână.

– Nu, tu rămâi, spuse el.

Rachel începu să se vaite:

– Nu-i corect! De ce ea da, și eu nu? De ce?

El o făcu să tacă, ridicându-și cealaltă mână. În spatele gardului, fetița rămase țintuită locului. De ce nu putea veni și Rachel cu ea? De ce Rachel trebuia să rămână?

– Vă rog, lăsați-o să vină, zise fetița. Vă rog, Monsieur.

Avea o voce calmă, liniștită – vocea unei tinere femei.

Bărbatul părea stânjenit, fără astâmpăr. Dar nu ezită prea mult.

– Du-te, atunci, zise el, împingând-o pe Rachel. Repede.

Ținu sârma cât timp Rachel se târî prin ea. Se ridică apoi în picioare lângă fetiță, cu răsuflarea întretăiată.

Bărbatul scotoci prin buzunare, scoase ceva și îi dădu fetiței prin gard.

– Ia asta, îi ordonă el.

Fetița se uită la sulul gros de bani din mână, după care îl puse în buzunar, lângă cheie.

Bărbatul privi încă o dată spre barăci, încruntat.

– Pentru numele lui Dumnezeu, fugiți! Fugiți acum, amândouă! Dacă vă văd… Scoateți-vă stelele. Încercați să găsiți ajutor. Aveți grijă! Noroc!

Fetița ar fi vrut să-i mulțumească pentru ajutor, pentru bani, să-i întindă mâna, dar Rachel o apucă de braț și o luară la fugă, cât de repede puteau, prin grâul auriu și înalt, drept înainte, cu plămânii arzându-le, cu brațele și picioarele schițând mișcări haotice, departe de lagăr, cât mai departe cu putință.

Când am ajuns acasă, mi-am dat seama că în ultimele două zile nu mă simțisem bine. Nu îmi făcusem griji, prinsă în cercetările pentru articolul despre Vel' d'Hiv'. Apoi, săptămâna trecută, fusese și dezvăluirea privind apartamentul lui Mamé. Însă durerea și sensibilitatea pe care le sesizam la nivelul sânilor mă făcuseră până la urmă să acord atenție pentru prima dată senzației de greață. M-am dus la o farmacie de pe bulevard și mi-am cumpărat un test de sarcină. Ca să fiu sigură.

Și iată. O mică dungă albastră. Eram însărcinată. Însărcinată. Nu-mi venea să cred.

Ultima sarcină, în urmă cu cinci ani, după două avorturi spontane, fusese un coșmar. Începuse cu durere și sângerări, apoi descoperisem că oul se dezvolta în afara uterului, într-una din trompe. Urmase o operație dificilă. Și consecințele fuseseră cumplite, atât fizic, cât și mental. Îmi trebuise mult timp să-mi revin. Unul dintre ovare îmi fusese scos. Chirurgul își exprimase îndoiala că o să mai existe o altă sarcină. Și atunci aveam deja patruzeci de ani. Dezamăgirea, tristețea de pe chipul lui Bertrand. Nu spusese nimic despre asta, dar eu simțisem. Știam. Faptul că nu voia niciodată să vorbească despre sentimentele lui înrăutățea lucrurile. Și le ținea închise, ferite de mine. Cuvintele nerostite crescuseră ca o ființă tangibilă între noi. Eu vorbeam despre asta numai cu psihiatrul. Sau cu prietenii foarte apropiați.

Mi-am amintit de un weekend petrecut nu de mult în Burgundia, când îi invitaserăm pe Isabelle, pe soțul și pe copiii ei la noi. Fiica lor,

Mathilde, era de vârsta lui Zoë și îl mai aveau și pe micul Matthieu. Și felul în care Bertrand se uitase la acel băiețel, un puști încântător de patru sau cinci ani. Cum îl privea, cum se juca cu el, cum îl purta pe umeri, zâmbind, dar cu un aer trist și melancolic. Mi se păruse insuportabil. Isabelle mă găsise plângând singură în bucătărie, pe când ceilalți își terminau afară porțiile de *quiche Lorraine*. Mă îmbrățișase cu putere, apoi îmi turnase o porție zdravănă de vin și dăduse drumul la CD-player, asurzindu-mă cu vechile hituri ale Dianei Ross. „Nu e vina ta, *ma cocotte*, nu e vina ta. Nu uita asta."

Multă vreme mă simțisem incapabilă. Familia Tézac fusese înțelegătoare și discretă în legătură cu această situație, dar eu tot simțeam că nu fusesem în stare să-i ofer lui Bertrand ceea ce își dorea cel mai mult: un al doilea copil. Și, mai important, un fiu. Bertrand avea două surori și nici un frate. Numele lor avea să piară în lipsa unui moștenitor care să-l poarte mai departe. Nu îmi dădusem seama cât de important era acest aspect pentru ei.

Când afirmasem răspicat că, în ciuda faptului că eram nevasta lui Bertrand, urma să mă cheme tot Julia Jarmond, fusesem întâmpinată cu o tăcere surprinsă. Soacra mea, Colette, îmi explicase cu un zâmbet țeapăn că, în Franța, genul acesta de atitudine era considerat modern. Prea modern. O poziție feministă care nu era foarte apreciată aici. O franțuzoaică trebuia să fie cunoscută după numele soțului ei. Eu urma să fiu pentru tot restul vieții *Madame* Bertrand Tézac. Îmi amintesc că îi zâmbisem larg, cu dinții mei mari și albi, și îi replicasem fără ezitare că aveam să rămân Jarmond. Nu zisese nimic și, de atunci înainte, ea și Édouard, socrul meu, mă prezentau întotdeauna drept „soția lui Bertrand".

M-am uitat la liniuța albastră. Un copil. Un copil! M-a cuprins un sentiment de bucurie, de fericire deplină. Urma să am un copil. M-am uitat în jur la bucătăria atât de familiară. M-am dus la fereastră și am privit spre curtea întunecată, sumbră, spre care dădea bucătăria. Fată sau băiat, nu avea importanță. Știam că Bertrand spera să aibă un băiat. Dar eram convinsă că ar fi fost încântat și de o fetiță. Un al doilea copil. Copilul pe care îl așteptaserăm atâta timp. Cel pe care nu mai speram să-l avem. O soră sau un frate de care Zoë renunțase să mai pomenească. În legătură cu care Mamé încetase să-și mai manifeste curiozitatea.

Cum aveam să-i spun lui Bertrand? Nu puteam să-l sun pur și simplu și să-i zic la telefon. Trebuia să fim față în față, doar noi doi. Era nevoie de intimitate. Și trebuia să avem grijă după asta, să nu spunem nimănui până când sarcina nu avea măcar trei luni. Simțeam nevoia să-i sun pe Hervé și pe Christophe, pe Isabelle, pe sora mea, pe părinții mei, dar m-am stăpânit. Soțul meu avea să afle primul. Apoi fiica mea. Mi-a venit o idee.

Am luat telefonul și am sunat-o pe Elsa, babysitterul, și am întrebat-o dacă era liberă în acea seară, ca să aibă grijă de Zoë. Era. Apoi am făcut o rezervare la restaurantul nostru favorit, o braserie de pe rue Saint Dominique, la care mergeam regulat încă de la începutul căsniciei. În cele din urmă l-am sunat pe Bertrand, a intrat căsuța vocală și i-am transmis să ne întâlnim la Thoumieux, la ora nouă fix.

Am auzit cheia lui Zoë în ușa din față. Ușa se trânti, apoi Zoë intră în bucătărie, cu ghiozdanul greu în mână.

– Bună, mamă, mi-a spus. Ai avut o zi bună?

Am zâmbit. Ca întotdeauna când mă uitam la Zoë, am fost uimită de frumusețea ei, de silueta zveltă, de ochii căprui, strălucitori.

– Vino aici, i-am spus și am îmbrățișat-o cu putere.

Ea se trase înapoi și mă privi.

– Chiar a fost o zi bună, nu-i așa? zise. Se simte în îmbrățișarea asta.

– Ai dreptate, am încuviințat și-mi doream din suflet să-i spun. A fost o zi foarte bună.

Ea mă privi.

– Mă bucur. În ultima vreme, te-ai purtat ciudat. Am crezut că din cauza puștilor.

– Care puști? am întrebat, dându-i la o parte de pe față părul castaniu și lucios.

– Știi, copiii, zise ea. Copiii de la Vel' d'Hiv'. Cei care nu s-au mai întors acasă.

– Ai dreptate, am spus. M-a întristat. Și încă mă întristează.

Zoë mă luă de mână și-mi răsuci verigheta pe deget, un gest pe care îl făcea încă de mică.

– Apoi te-am auzit vorbind la telefon săptămâna trecută, continuă ea, fără să mă privească.

– Și?

– Credeai că dorm.

– Ah, am făcut.

– Nu dormeam. Era târziu. Vorbeai cu Hervé, cred. Despre ceea ce îți spusese Mamé.

– Despre apartament? am întrebat.

– Da, răspunse ea, privindu-mă în cele din urmă. Despre familia care a locuit acolo. Și ce s-a întâmplat cu acea familie. Și cum Mamé a locuit acolo în toți acei ani, fără să pară foarte deranjată.

– Ai auzit tot, am zis.

Dădu afirmativ din cap.

– Știi ceva despre acea familie, mamă? Știi unde sunt? Ce s-a întâmplat?

Am clătinat din cap.

– Nu, iubito, nu știu.

– E adevărat că lui Mamé nu i-a păsat?

Trebuia să fiu atentă.

– Iubito, sunt sigură că i-a păsat. Cred că nu a știut cu adevărat ce s-a petrecut.

Zoë îmi răsuci din nou verigheta, mai repede de data asta.

– Mamă, ai de gând să îi găsești?

Am prins degetele nervoase care trăgeau de inel.

– Da, Zoë. Exact asta am să fac, i-am spus.

– Lui *papà* n-o să-i placă. L-am auzit pe *papà* când ți-a zis să nu te mai gândești la asta. Să nu-ți mai bați capul. Părea furios.

Am tras-o mai aproape și mi-am sprijinit obrazul de umărul ei. M-am gândit la secretul minunat pe care îl purtam. M-am gândit la seara asta, la Thoumieux. La chipul neîncrezător al lui Bertrand, la exclamația lui de bucurie.

– Iubito, *papà* n-o să se supere. Îți promit.

Epuizate, copilele se opriră în cele din urmă din fugă și se adăpostiră după un tufiș stufos. Erau însetate, cu respirația tăiată. Fetița simțea o durere ascuțită într-o parte a corpului. Dacă ar fi avut măcar niște apă să bea! Să se odihnească puțin și să-și recapete puterile. Dar știa că nu putea să rămână aici. Trebuia să plece mai departe, să se întoarcă la Paris. Cumva.

„Scoateți-vă steaua", le spusese bărbatul. Își smulseseră hainele pe care și le puseseră deasupra, acum sfâșiate și rupte de sârma ghimpată. Fetița privi în jos. Iată, steaua, pe bluză. Trase de ea. Rachel, urmărindu-i privirea, trase de propria stea cu unghiile. Steaua ei se desprinse cu ușurință, dar a fetiței era bine cusută. Își scoase bluza și ridică steaua în dreptul ochilor. Cusături mici, perfecte. Își aminti de mama ei, aplecată asupra lucrului, cosând cu răbdare fiecare stea, una după alta. Amintirea îi aduse lacrimi în ochi. Plânse cu fața îngropată în bluză, cu o disperare pe care nu o mai simțise până atunci.

Simți brațele lui Rachel în jurul ei, mâinile însângerate ale fetei mângâind-o, ținând-o strâns.

– E adevărat ce-ai zis despre frățiorul tău? Chiar e încuiat în dulap? o întrebă Rachel.

Fetița încuviință din cap. Rachel o strânse și mai tare și o mângâie stângaci pe cap. Oare unde era mama ei acum? se întrebă fetița. Și tatăl ei. Unde fuseseră duși? Erau împreună? Erau în siguranță? Dacă ar fi văzut-o în clipa asta… Dacă ar vedea-o cum plânge în spatele tufișului, murdară, pierdută, înfometată…

Își îndreptă spatele, străduindu-se să-i zâmbească lui Rachel și s-o privească printre genele ude. Da, murdară, pierdută, înfometată, poate, dar nu speriată. Își șterse lacrimile cu degete soioase. Se maturizase prea mult ca să-i mai fie frică. Nu mai era un copilaș. Părinții ei ar fi mândri de ea. Așa ar fi vrut ea să fie. Mândri că scăpase din lagăr. Mândri că se ducea la Paris, ca să-l salveze pe fratele ei. Mândri că nu îi era teamă.

Se repezi asupra stelei cu dinții, trăgând de cusăturile mărunte făcute de mama ei. În cele din urmă, bucata de material galben se desprinse de pe bluză. Fetița se uită la ea. Litere mari, negre: EVREU. O strânse în pumn.

– Nu pare dintr-odată mai mică? îi spuse ea lui Rachel.

– Ce o să facem cu ele? întrebă Rachel. Dacă le ținem în buzunar și suntem controlate, dăm de bucluc.

Se hotărâră să le îngroape în spatele tufișului, împreună cu hainele pe care le folosiseră la evadare. Pământul era moale și uscat. Rachel săpă o groapă, puseră stelele și hainele înăuntru, apoi acoperiră totul cu pământul cafeniu.

– Uite, zise ea, bucuroasă, îngrop stelele. Au murit. Sunt în mormânt. O dată pentru totdeauna.

Fetița râse împreună cu Rachel, dar apoi se simți rușinată. Mama ei îi spusese să fie mândră de steaua ei. Mândră că e evreică.

Însă acum nu voia să se gândească la toate astea. Lucrurile se schimbaseră. Totul se schimbase. Trebuiau să găsească apă, hrană și un adăpost, apoi să ajungă acasă. Cum? Nu știa. Nu știa nici măcar unde se aflau. Dar avea bani. Banii bărbatului. Până la urmă, polițistul acela nu fusese un om atât de rău. Poate că asta însemna că mai existau și alți oameni buni care aveau să le ajute. Oameni care nu le urau. Oameni care nu considerau că sunt „diferite".

Nu erau departe de sat. Din spatele tufișului vedeau un indicator.

– Beaune-la-Rolande, citi Rachel cu glas tare.

Instinctul le spuse să nu se ducă în sat, căci nu aveau să găsească ajutor acolo. Sătenii știau de lagăr, și totuși nimeni nu venise să-i ajute, în afară de acele femei, o singură dată. Și, în plus, satul era prea aproape de lagăr. Ar fi putut chiar să dea nas în nas cu cineva care să le trimită imediat înapoi. Întoarseră spatele satului Beaune-la-Rolande și se îndepărtară, ținându-se aproape de iarba înaltă de pe marginea drumului. Măcar de-ar putea să bea ceva, își zise fetița. Simțea că o să leșine de foame și de sete.

Merseră multă vreme, oprindu-se să se ascundă când auzeau trecând câte o mașină sau vreun fermier care își ducea acasă vacile. Oare mergeau în direcția cea bună? Spre Paris? Nu știa. Dar cel puțin știa că se îndepărtează tot mai mult de lagăr. Își privi pantofii. Erau aproape rupți. Și totuși, fusese aproape cea mai bună pereche, cea pentru ocazii speciale, cum ar fi mersul la zile de naștere, la cinematograf sau în vizită la prieteni. Îi cumpărase anul trecut, împreună cu mama ei, în apropiere de Place de la République. Părea un moment atât de îndepărtat, parcă dintr-o altă viață. Acum pantofii îi rămăseseră mici și o strângeau la degete.

Spre sfârșitul după-amiezii ajunseră la o pădure, o fâșie lungă și răcoroasă de frunziș verde. Mirosea a dulce și umed. Părăsiră drumul, sperând să găsească afine sau mure. După un timp, ajunseră la un adevărat desiș de fructe. Rachel scoase o exclamație de încântare. Se așezară și începură să înfulece înfometate. Fetița își aminti cum culegea fructe cu tatăl ei, când petrecuseră acele zile minunate lângă râu, cu atât de multă vreme în urmă.

Stomacul ei, neobișnuit cu un asemenea ospăț, se revoltă. Râgâi, ținându-se cu mâna de burtă, și vomită fructele nedigerate. Avea un gust amar în gură. Îi spuse lui Rachel că trebuiau să găsească apă. Se forță să se ridice în picioare și se adânciră în pădure – o lume misterioasă de smarald, punctată de lumina aurie a soarelui. Văzu o căprioară care alerga sprințară printre ferigi și i se tăie respirația de uimire. Nu era obișnuită cu natura, era un adevărat copil de la oraș.

Ajunseră la un heleșteu mic, limpede, în inima pădurii. Era rece și proaspăt. Fetița bău mult, își clăti gura, se spălă de petele de afine, apoi intră cu picioarele în apa liniștită. Nu mai înotase de la acea escapadă la râu și nu îndrăznea să se lase cu totul în apa heleșteului. Rachel știa să înoate și o îndemnă să intre, că o s-o țină ea. Fetița alunecă în apă, ținându-se de umerii lui Rachel. Rachel o ținea cu o mână sub stomac și cu alta sub bărbie, așa cum făcea și tatăl ei. Apa era minunată pe pielea ei, o mângâiere liniștitoare, de catifea. Își udă capul ras, pe care părul începuse să-i crească din nou, un puf auriu, aspru ca barba nerasă de pe fața tatălui ei.

Brusc, fetița se simți sleită de puteri. Voia numai să se întindă pe mușchiul moale și verde, și să doarmă. Doar puțin. Să se odihnească numai puțin. Rachel era de acord. Aveau să se odihnească un pic. Aici erau în siguranță.

Se cuibăriră una lângă alta, desfătându-se cu mirosul de mușchi proaspăt, atât de diferit de duhoarea paielor din baracă.

Fetița adormi imediat. Era un somn profund și liniștit, așa cum nu mai avusese de multă vreme.

Era masa noastră obişnuită - cea din colţ, în dreapta, cum intri, după barul de modă veche din zinc, cu oglinzi în spate. Bancheta tapiţată cu catifea roşie avea forma literei L. M-am aşezat şi m-am uitat la chelnerii ocupaţi, îmbrăcaţi cu şorţurile lor lungi. Unul dintre ei mi-a adus un Kir Royal. Era o seară aglomerată. Bertrand mă adusese aici la prima întâlnire, cu ani în urmă. Nu se schimbase prea mult de atunci. Acelaşi tavan jos, pereţi ivorii, lumini în globuri palide şi feţe de masă apretate. Aceeaşi mâncare copioasă de la Corrèze şi Gascoigne, favoriţii lui Bertrand. Când l-am cunoscut, Bertrand locuia în apropiere de rue Malar, într-un apartament pitoresc de la mansardă, care mi se părea insuportabil pe timpul verii. Ca americancă obişnuită cu aerul condiţionat folosit în permanenţă, mă întrebasem cum putea să suporte. În acel moment, eu locuiam tot pe rue Berthe, împreună cu băieţii, şi cămăruţa mea întunecată şi răcoroasă mi se părea un adevărat rai în timpul verilor pariziene înăbuşitoare. Bertrand şi surorile lui crescuseră în această zonă rafinată şi aristocrată din Paris, care era arondismentul 7, unde părinţii lui locuiseră ani de-a rândul pe rue de l'Université şi unde magazinul de antichităţi prosperase pe rue du Bac.

Masa noastră obişnuită. Aici stăteam când Bertrand m-a cerut de soţie. Aici i-am spus că eram însărcinată cu Zoë. Aici i-am spus că aflasem despre Amélie.

Amélie.

Nu în seara asta. Nu acum. Amélie era de domeniul trecutului. Dar oare așa să fi fost, într-adevăr? Trebuia să recunosc că nu eram sigură. Dar, deocamdată, nici nu voiam să aflu. Nu voiam să văd. Urma să avem un alt copil. Amélie nu putea concura cu asta. Am zâmbit, un pic amar, și am închis ochii. Oare nu aceea era atitudinea tipic franțuzească – „să închizi ochii" la rătăcirile soțului tău? M-am întrebat dacă eram în stare să fac asta.

Luptasem cu atâta încrâncenare când descoperisem pentru prima oară că mă înșela, cu zece ani în urmă. M-am gândit cum stăteam chiar aici. Și mă decisesem să-i spun, chiar atunci și acolo. Nu negase nimic. Rămăsese calm, stăpânit, și mă ascultase cu degetele încrucișate sub bărbie. Chitanțe de la cărți de credit. Hôtel de la Perle, pe rue des Canettes. Hôtel Lenox, pe rue Delambre. Le Relais Christine, pe rue Christine. O chitanță de hotel după alta.

Nu fusese deosebit de atent. Nici cu chitanțele, nici cu parfumul ei, care îi rămânea pe trup, pe haine, pe păr, pe centura de la scaunul pasagerului din Audi-ul lui și care fusese primul indiciu, primul semn pentru mine. *L'Heure Bleue.* Cel mai greu, mai puternic și mai dulce parfum de la Guerlain. Nu fusese greu să aflu cine era. De fapt, o cunoșteam. El ne făcuse cunoștință, imediat după nuntă.

Divorțată. Trei copii adolescenți. În jur de patruzeci de ani, cu păr castaniu-argintiu. Imaginea perfecțiunii pariziene. Minionă, subțire, îmbrăcată perfect. Geanta potrivită la pantofii potriviți. O slujbă excelentă. Un apartament spațios care dădea spre Trocadéro. Un nume vechi, magnific, care suna ca un vin faimos. Un inel cu sigiliu pe mâna dreaptă.

Amélie. Fosta prietenă a lui Bertrand din *lycée* Victor Duruy, cu mulți ani în urmă. Cea cu care nu încetase niciodată să se întâlnească. Cea cu care nu încetase niciodată să facă dragoste, în ciuda căsniciilor, a copiilor, a tuturor anilor care trecuseră. „Acum suntem prieteni", îmi promisese. „Doar prieteni. Prieteni buni."

După masă, în mașină, mă transformasem într-o leoaică, cu colții dezveliți, cu ghearele scoase. Bănuiesc că se simțise flatat. Îmi promisese, îmi jurase. Eram eu, numai eu. Ea nu avea nici o importanță, era doar o *passade*, ceva trecător. Pentru multă vreme, chiar îl crezusem.

Dar, de curând, începusem să-mi pun întrebări. Îndoieli ciudate, trecătoare. Nimic concret, doar îndoieli.

„Ești nebună să-l crezi“, îmi ziceau Hervé și Christophe. „Poate ar trebui să-l întrebi direct“, mă sfătuise Isabelle. „Ți-ai pierdut mințile dacă îl crezi“, îmi spuneau Charla, mama, Holly, Susannah și Jan.

Dar fără Amélie în seara asta, m-am hotărât. Doar eu și Bertrand, și vestea cea minunată. Îmi savuram băutura. Chelnerii îmi zâmbeau. Mă simțeam bine. Mă simțeam puternică. S-o ia naiba pe Amélie! Bertrand era soțul *meu*. Purtam în pântece copilul *lui*.

Restaurantul era plin. M-am uitat în jur, la mesele ocupate. Un cuplu în vârstă, mâncând unul lângă altul, fiecare având în față un pahar de vin, aplecați cu râvnă asupra farfuriilor. Un grup de femei tinere, în jur de treizeci de ani, chicotind nestăpânite, în timp ce o femeie cu înfățișare severă, aflată în apropierea lor și care cina singură, le arunca priviri încruntate. Oameni de afaceri în costume cenușii, aprinzându-și trabucuri. Turiști americani, încercând să descifreze meniul. O familie cu copii adolescenți. Restaurantul era plin de zgomot. Și de fum. Dar nu mă deranja. Eram obișnuită.

Bertrand avea să întârzie, ca de obicei. Nu conta. Avusesem timp să mă schimb, să-mi fac părul. Eram îmbrăcată cu pantalonii ciocolatii, care știam că îi plac, și cu o bluză strâmtă, simplă, de un maroniu-roșcat. Cercei cu perle de la Agatha și ceasul Hermès. Am aruncat o privire spre oglinda din stânga. Ochii mei păreau mai mari, mai albaștri ca de obicei, și pielea îmi strălucea. Arătam al naibii de bine pentru o femeie însărcinată, de vârstă mijlocie, mi-am zis. Și felul cum îmi zâmbeau chelnerii mă făcea să cred că și ei aveau aceeași impresie.

Mi-am scos agenda din geantă. Mâine-dimineață, la prima oră, trebuia să-mi sun medicul ginecolog. Trebuia să-mi fac rapid o programare. Probabil că urma să fac niște teste; o amniocenteză, fără îndoială. Nu mai eram o mamă „tânără“. Ziua în care se născuse Zoë părea foarte îndepărtată.

Brusc, am fost cuprinsă de panică. Oare aveam să fiu în stare să trec prin toate astea, după unsprezece ani? Sarcină, naștere, nopți nedormite, biberoane, plâns, scutece? Dar bineînțeles că eram, m-am luat eu singură peste picior. Îmi dorisem asta mai mult de un deceniu. Evident că eram pregătită. Și la fel era și Bertrand.

Dar în timp ce îl așteptam, neliniștea mea creștea. Am încercat să nu o bag în seamă. Mi-am deschis carnețelul și am citit ultimele însemnări despre Vel' d'Hiv', pe care le făcusem mai devreme. Curând, m-am cufundat în muncă. Nu mai auzeam zumzetul din jurul meu, oamenii râdeau, chelnerii se strecurau rapid printre mese, picioarele scaunelor scrâșneau pe podea.

Mi-am ridicat privirea și l-am văzut pe soțul meu cum stătea în fața mea și mă studia.

– Hei, de când ești aici? l-am întrebat.

El mi-a zâmbit și mi-a cuprins mâna cu palma lui.

– De ceva vreme. Arăți minunat.

Purta sacoul bleumarin din catifea reiată și o cămașă albă, impecabilă.

– *Tu* arăți minunat, i-am răspuns.

Îmi stătea pe limbă să-i dau vestea chiar atunci, pe loc. Dar nu, era prea curând. Prea repede. M-am stăpânit cu greu. Chelnerul i-a adus și lui un Kir Royal.

– Deci? zise el. De ce suntem aici, *amour*? O ocazie specială? O surpriză?

– Da, i-am spus și am ridicat paharul. O surpriză foarte specială. Bea! Pentru surpriză.

Am ciocnit.

– Trebuie să ghicesc despre ce e vorba? mă întrebă el.

M-am simțit poznașă, ca o fetiță.

– N-ai să ghicești în veci! Niciodată.

El râse, amuzat.

– Parcă ai fi Zoë! Ea știe despre ce surpriză specială e vorba?

Am clătinat din cap, simțindu-mă din ce în ce mai încântată.

– Nu. Nimeni nu știe. Nimeni... în afară de mine.

M-am întins și i-am luat mâna cu piele fină, bronzată.

– Bertrand..., am început.

Chelnerul zăbovea în preajma noastră. Ne-am hotărât să comandăm. Am făcut-o într-un minut: *confit de canard*[1] pentru mine și *cassoulet*[2] pentru Bertrand. La aperitiv, sparanghel.

M-am uitat după chelnerul care se îndrepta spre bucătărie și apoi i-am zis. Foarte repede.

– Sunt însărcinată.

I-am cercetat chipul, așteptând să i se înalțe colțurile gurii, să facă ochii mari de încântare. Dar toți mușchii îi rămăseseră neclintiți, ca o mască. Privirea îi licărea.

– Un copil? repetă ca un ecou.

L-am strâns de mână.

– Nu e minunat? Bertrand, nu e minunat?

Nu zicea nimic. Nu puteam să înțeleg.

– Cât de avansată e sarcina? rosti el, în cele din urmă.

– De-abia am aflat, am murmurat, uluită de împietrirea lui.

Se frecă la ochi – gest tipic, pe care îl făcea mereu când era obosit sau supărat. Nu spuse nimic – și nici eu.

Tăcerea se întinse între noi ca o ceață. Mi se părea că pot chiar să o ating cu degetele.

Chelnerul ne aduse primul fel, dar nici unul dintre noi nu se atinse de sparanghel.

– Ce s-a întâmplat? am întrebat, nemaiputând să suport tăcerea.

El oftă, clătină din cap și își frecă din nou ochii.

– Am crezut că o să fii fericit... extaziat..., am reluat eu, cu ochii în lacrimi.

El își sprijini bărbia în palmă și se uită la mine.

– Julia, renunțasem.

– La fel și eu! Renunțasem complet.

Ochii lui erau plini de gravitate. Nu-mi plăcea finalitatea pe care o zăream în ei.

---

1 Preparat culinar alcătuit din pulpă de rață conservată în propria grăsime rezultată din prăjirea ei

2 Mâncare tradițională franțuzească pe bază de fasole, cârnați, carne de porc, carne de rață sau de gâscă. Numele provine de la *cassole*, vasul de ceramică folosit la prepararea ei.

– Ce vrei să spui, am continuat, doar fiindcă ai renunțat, nu mai poți să...?

– Julia. În mai puțin de trei ani o să împlinesc cincizeci de ani.

– Și ce dacă? am replicat, cu obrajii în flăcări.

– Nu vreau să fiu un tată bătrân, rosti el liniștit.

– Oh, pentru Dumnezeu! am exclamat.

Tăcere.

– Nu putem păstra copilul ăsta, Julia, zise el cu blândețe. Acum avem o altă viață. În curând, Zoë o să fie adolescentă. Tu ai patruzeci și cinci de ani. Viața noastră nu mai e la fel. Un bebeluș nu și-ar mai avea locul în viața noastră.

Lacrimile începură să-mi curgă pe obraji, căzând în farfurie.

– Vrei să-mi spui, am rostit înecându-mă, vrei să-mi spui că trebuie să fac avort?

Familia de la masa de alături ne privea fără să se ascundă. Nici că-mi păsa.

Ca de obicei, în momentele de criză, revenisem la limba maternă. Într-un astfel de moment nu puteam să vorbesc în franceză.

– Un avort, după ce am pierdut trei sarcini? am continuat, tremurând.

Chipul lui era plin de tristețe. Blând și trist. Voiam să-l pălmuiesc, să-l lovesc.

Dar nu puteam. Nu puteam decât să plâng în șervet. El mă mângâia pe păr și-mi șoptea întruna că mă iubește.

Am refuzat să-i mai aud glasul.

Când se treziră copilele, se înnoptase deja. Pădurea nu mai era locul umbros și liniștit prin care merseseră în acea după-amiază. Era mare, întunecată, plină de zgomote ciudate. Încet, ținându-se de mână, își croiră drum printre ferigi, oprindu-se la fiecare sunet. Li se părea că noaptea devenea din ce în ce mai neagră. Continuau să se afunde tot mai mult în pădure. Fetiței i se părea că va cădea la pământ de oboseală. Dar mâna caldă a lui Rachel o încuraja.

În cele din urmă, ajunseră la o cărare lată care unduia de-a lungul unei pajiști întinse. Pădurea se continua amenințătoare, mai departe. Ridicară privirea spre un cer sumbru, fără lună.

– Uite, zise Rachel, arătând drept înainte. O mașină.

Văzură farurile lucind în noapte, vopsite în negru și lăsând să se zărească numai o fâșie de lumină. Auziră zgomotul de motor cum se apropie.

– Ce să facem? întrebă Rachel. Să facem semn?

Fetița văzu altă pereche de faruri camuflate, apoi alta. Era un șir lung de mașini care se apropiau.

– La pământ! șopti ea și o trase pe Rachel de fustă. Repede!

Nu mai existau tufișuri în care să se ascundă. Se întinse pe burtă, cu obrazul lipit de pământ.

– De ce? Ce faci? o întrebă Rachel.

Apoi înțelese și ea.

Soldați. Soldați germani. Care patrulau în noapte.

Rachel se aruncă în grabă lângă fetiță.

Mașinile se apropiară, cu motoarele puternice huruind. În lumina difuză a farurilor, copilele puteau să distingă căștile rotunde ale bărbaților. O să ne vadă, își zise fetița. Nu ne putem ascunde. Nu avem unde să ne ascundem, o să ne vadă.

Primul jeep trecu pe drum, urmat de altele. Un praf gros și alb înțepă ochii copilelor. Încercară să nu tușească, să nu se miște. Fetița rămase cu obrazul lipit de pământ și-și acoperi urechile cu mâinile. Șirul de mașini părea să nu se mai sfârșească. Oare bărbații aveau să le vadă siluetele întunecate de la marginea drumului neasfaltat? Se pregăti să audă strigăte, zgomote de mașini care se opresc, uși trântite, pași grăbiți și mâini butucănoase care să le apuce de umeri.

Dar se îndepărtă și ultima mașină, uruind în noapte. Tăcerea se așternu din nou. Copilele ridicară privirea - drumul neasfaltat era pustiu, în afară de norii învolburați de praf alb. Așteptară o clipă, apoi se strecurară pe lângă cărare, în direcția opusă. Zăriră o lumină sclipind printre copaci, o lumină albă, care parcă le chema. Se apropiară, mergând pe marginea drumului. Deschiseră o poartă și se strecurară spre casă. Semăna cu o fermă, își zise fetița. Prin geamul deschis văzură o femeie care citea, așezată lângă cămin. Un miros bogat de mâncare le gâdilă nările.

Fără să ezite, Rachel bătu la ușă. O femeie cu o față lungă, osoasă, dădu deoparte perdeaua de bumbac și le privi printr-un ochi de geam. Se uită la copile și lăsă perdeaua să cadă la loc, fără să deschidă ușa. Rachel bătu din nou.

- Vă rog, Madame, *vrem ceva de mâncare, niște apă...*

Perdeaua nu se clinti. Copilele se așezară în fața ferestrei deschise. Un bărbat care fuma pipă se ridică de pe scaun.

- Plecați, le spuse el, cu o voce joasă și amenințătoare. Plecați de aici!

În spatele lui, femeia cu fața osoasă le privea, tăcută.

- Vă rog, niște apă..., zise fetița.

Fereasta fu trântită în fața lor.

Fetiței îi veni să plângă. Cum puteau fermierii ăștia să fie atât de cruzi? Era pâine pe masă, văzuse asta. Și o carafă cu apă. Rachel o târî de acolo. Se întoarseră la poteca de pământ. Mai erau și alte ferme.

De fiecare dată, se întâmplă același lucru – erau alungate. De fiecare dată, fugiră.

Se făcuse târziu. Erau obosite, înfometate și de-abia mai puteau să meargă. Ajunseră la o casă veche, mare, puțin mai departe de drum, luminată de un felinar înalt. Fațada era acoperită cu iederă. Însă nu îndrăzniră să ciocănească. În fața casei, observară un coteț de câine gol. Se strecurară înăuntru. Era curat și cald și se simțea un miros liniștitor, de animal. Văzură un os vechi și un bol cu apă. Băură apa, una după alta. Fetiței îi era teamă să nu vină câinele înapoi și să le muște și îi mărturisi în șoaptă lui Rachel temerile ei. Dar Rachel adormise deja, încolăcită ca un animal mic. Fetița se uită la chipul ei obosit, la obrajii supți, la ochii adânciți în orbite. Rachel semăna cu o bătrână.

Fetița dormi agitată, sprijinindu-se de Rachel, și avu un vis ciudat și oribil. Îl visă pe fratele ei, mort în dulap. Îi visă pe părinții lor, loviți de polițiști, și gemu în somn.

O treziră niște lătrături furioase. O sculă pe Rachel, lovind-o puternic cu cotul. Auziră vocea unui bărbat apropiindu-se, pietrișul scrâșnind sub tălpi. Era prea târziu să se strecoare afară. Nu putură decât să se strângă în brațe, disperate. Le sunase ceasul, își zise fetița. Aveau să fie ucise.

Câinele era ținut în lesă de stăpânul lui. Fetița simți o mână bâjbâind înăuntru, apucând-o de braț, apucând-o pe Rachel de braț. Se strecurară afară.

Bărbatul era mic, sfrijit, chel și cu o mustață argintie.

– Ce avem aici? murmură el, uitându-se cu atenție la ele în lumina puternică a felinarului.

Fetița o simți pe Rachel că se încordează și bănui că avea să fugă, rapid, ca un iepure.

– V-ați pierdut? le întrebă bătrânul, cu o voce care vădea îngrijorare.

Copilele erau uimite. Se așteptaseră la amenințări, la lovituri, la orice, numai la bunătate, nu.

– Vă rog, domnule, ne este foarte foame, zise Rachel.

Bărbatul dădu din cap.

– Îmi dau seama.

Se aplecă să liniștească animalul care scheuna, apoi zise:

– Haideți, copii. Urmați-mă.

Nici una dintre fete nu se mișcă. Puteau să aibă încredere în bătrânul acesta?

– Nimeni nu o să vă facă rău aici, adăugă el.

Copilele se ghemuiră una într-alta, încă temătoare.

Bărbatul zâmbi – un zâmbet blând și cald.

– Geneviève! strigă el, în timp ce se întorcea spre casă.

O femeie în vârstă, îmbrăcată cu un capot albastru, apăru în cadrul ușii largi.

– Acum de ce mai latră idiotul ăla de câine, Jules? întrebă ea, enervată.

Apoi le văzu pe copile și își duse mâinile la obraji.

– Sfinți din ceruri, murmură femeia.

Se apropie. Avea un chip rotund, blajin, și părul alb împletit într-o coadă groasă. Le privi pe copile cu milă și mâhnire.

Fetița simți că-i sare inima. Bătrâna semăna cu poza bunicii ei din Polonia. Aceiași ochi deschiși la culoare, părul alb, aceleași forme plinuțe, liniștitoare.

– Jules, șopti bătrâna, sunt...

Bătrânul încuviință din cap.

– Da, cred că da.

– Trebuie să intre în casă, rosti bătrâna, hotărâtă. Trebuie să le ascundem, imediat.

Se duse cu mersul ei legănat spre poteca de pământ și se uită în ambele direcții.

– Repede, copii, haideți, zise ea, întinzându-și mâinile. Aici sunteți în siguranță. Sunteți în siguranță cu noi.

Fusese o noapte îngrozitoare. M-am trezit cu fața umflată din cauza lipsei de somn. Mă bucuram că Zoë plecase deja la școală. N-aș fi vrut absolut deloc să mă vadă acum. Bertrand fusese bun, tandru. Spusese că trebuia să mai vorbim despre asta. Puteam s-o facem diseară, după ce adormea Zoë. Rostise toate astea cu un calm desăvârșit, plin de blândețe. Îmi dădeam seama că se hotărâse. Nimic sau nimeni nu avea să-l facă să vrea să aveam acest copil.

Încă nu mă puteam hotărî să le mărturisesc prietenilor sau surorii mele. Alegerea lui Bertrand mă tulburase în asemenea măsură încât preferam să nu spun nimic nimănui, cel puțin pentru moment.

Îmi venea greu să mă scol din pat în dimineața asta. Tot ce făceam mi se părea că necesită o acțiune laborioasă. Fiecare mișcare era un efort. Tot îmi veneau în minte frânturi din seara trecută. Din ce spusese el. Nu mai exista altă soluție decât să mă cufund în muncă. În acea după-amiază, urma să mă întâlnesc cu Franck Lévy, în biroul acestuia. Brusc, Vel' d'Hiv' părea atât de îndepărtat… Simțeam că îmbătrânisem peste noapte. Nimic nu mai părea să conteze, nimic cu excepția copilului pe care îl purtam în pântece și a faptului că soțul meu nu îl dorea.

În drum spre birou, mi-a sunat telefonul. Era Guillaume. Găsise la bunica lui vreo două dintre acele cărți vechi de care aveam nevoie, referitoare la Vel' d'Hiv'. Mi le putea împrumuta. Aveam timp să mă întâlnesc cu el mai târziu, în acea seară, să bem ceva? Vocea lui părea veselă, prietenoasă. Am acceptat imediat. Ne-am înțeles să ne întâlnim la ora șase, la Select, pe boulevard du Montparnasse, la două minute depărtare de casă. Ne-am luat rămas-bun, apoi telefonul a sunat din nou.

De data asta era socrul meu. Am fost surprinsă. Édouard mă suna rareori. Am discutat în maniera aceea politicoasă, tipic franțuzească. Amândoi excelam la conversația de complezență. Dar niciodată nu mă simțisem cu adevărat în largul meu. Aveam mereu impresia că ascundea ceva, că nu-și arăta niciodată cu adevărat sentimentele, nici față de mine, nici față de alții, de fapt.

Era genul de om pe care ceilalți îl ascultau și îl respectau. Nu mi-l puteam imagina arătând altă emoție în afară de furie, mândrie și mulțumire de sine. Nu-l văzusem niciodată pe Édouard purtând blugi, nici chiar în acele weekenduri din Burgundia, când stătea în grădină, sub stejar, citindu-l pe Rousseau. Nu cred că-l văzusem vreodată nici fără cravată. Îmi amintesc de prima oară când îl întâlnisem. Nu se schimbase mult în ultimii șaptesprezece ani. Socrului meu îi plăcea să gătească și întotdeauna o gonea pe Colette din bucătărie. Făcea mâncăruri simple și delicioase: *pot au feau*[1], supă de ceapă, un *ratatouille* savuros sau omletă cu trufe. Singura persoană pe care o lăsa cu el în bucătărie era Zoë. Avea o slăbiciune pentru Zoë, deși Cécile și Laure făcuseră băieți amândouă, pe Arnaud și pe Louis. O adora pe fiica mea. Niciodată nu aflam ce se întâmpla în timpul sesiunilor lor culinare. În spatele ușilor închise, o auzeam pe Zoë cum râdea, apa care fierbea, grăsimea care sfârâia în tigaie și, uneori, chicotitul adânc al lui Édouard.

Édouard întrebă ce face Zoë, cum mai merg lucrurile la apartament. Apoi trecu la subiect. Ieri fusese să o vadă pe Mamé. Fusese o zi „proastă", adăugase el. Mamé era într-una dintre dispozițiile ei morocănoase. Édouard avusese de gând să o lase bosumflată în fața televizorului, când, din senin, spusese ceva despre mine.

– Ce anume? am întrebat, curioasă.

Édouard își drese glasul.

– Mama a zis că i-ai pus tot felul de întrebări despre apartamentul din rue de Saintonge.

---

1 Tocană de vită

Am inspirat adânc.

– Păi, e adevărat, am recunoscut.

Mă întrebam unde voia să ajungă.

Tăcere.

– Julia, aş prefera să nu o mai întrebi nimic pe Mamé despre rue de Saintonge.

O dăduse brusc pe engleză, de parcă ar fi vrut să se asigure că înţelegeam perfect.

Înţepată, i-am răspuns tot în engleză.

– Îmi pare rău, Édouard. Doar că în perioada asta fac cercetări despre razia de la Vel' d'Hiv' pentru revistă. M-a surprins coincidenţa.

Din nou, tăcere.

– Coincidenţa? repetă el, trecând din nou pe franceză.

– Păi da, am zis, legată de familia de evrei care a locuit acolo chiar înainte ca familia voastră să se mute şi care a fost arestată în timpul raziei. Cred că Mamé era supărată când mi-a zis de asta. Aşa că nu am mai întrebat-o nimic.

– Mulţumesc, Julia, spuse el, apoi făcu o pauză. Chiar o supără pe Mamé. Te rog să nu-i mai pomeneşti de asta.

M-am oprit în mijlocul străzii.

– OK, n-o s-o mai fac, am zis, dar n-am fost rău intenţionată, am vrut doar să ştiu cum a ajuns familia voastră în acel apartament şi dacă Mamé ştia ceva despre familia de evrei. Tu ştii, Édouard? Ştii ceva?

– Îmi pare rău, legătura e proastă, replică el pe un ton calm. Trebuie să închid acum. La revedere, Julia.

Convorbirea se întrerupse.

Mă lăsase atât de uimită încât, pentru o clipă, am uitat de Bertrand şi de seara trecută. Se plânsese într-adevăr Mamé lui Édouard despre faptul că o chestionasem? Îmi amintesc că în acea zi refuzase să-mi mai răspundă la întrebări. Tăcuse brusc, fără să mai deschidă gura nici măcar o dată, până când plecasem, uluită. De ce fusese Mamé atât de supărată? De ce erau Mamé şi Édouard atât de dornici să nu mai pun întrebări despre apartament? Ce nu voiau să aflu?

Bertrand şi copilul îmi revenirǎ în minte, apăsându-mă pe umeri ca o greutate. Am simţit deodată că nu sunt în stare să mă duc la birou. Privirea curioasă a Alessandrei. Mă va cerceta, ca de obicei, îmi va pune întrebări. Va încerca să fie prietenoasă, fără să reușească însă. Bamber și Joshua aruncând priviri spre fața mea umflată. Ca un adevărat gentleman, Bamber nu va spune nimic, dar mă va strânge ușor de umăr. Și Joshua. Cu el ar fi cel mai rău. „Hei, plăcințică, acum ce s-a mai întâmplat? Iarăși soțiorul francez?" Aproape că puteam să-i văd zâmbetul sardonic în timp ce-mi întindea o ceașcă de cafea. Îmi era imposibil să mă duc la birou în dimineața asta.

Am luat-o înapoi spre Arc de Triomphe, făcându-mi loc nerăbdătoare, dar cu abilitate, printre hoardele de turiști care se plimbau cu pași leneși, căscând gura la Arc și oprindu-se să facă poze. Mi-am scos carnețelul de adrese și am sunat la asociația lui Franck Lévy. Am întrebat dacă puteam veni acum, nu după-amiază, și mi s-a spus că nu era nici o problemă. Un moment foarte potrivit. Nu eram departe, chiar lângă boulevard Hoche. Îmi luă numai zece minute să ajung acolo. Odată ce am părăsit aglomeratul Champs-Élysées, celelalte străzi care se desprindeau din Place de l'Étoile erau surprinzător de goale.

Franck Lévy avea în jur de șaizeci și cinci de ani, după cum îmi dădeam seama. Era ceva profund, nobil și obosit pe chipul lui. Am intrat în biroul lui, o încăpere cu tavan înalt, plină de cărți, fișete, computere, fotografii. Mi-am lăsat privirea să zăbovească pe imaginile alb-negru prinse pe pereți. Bebeluși. Copii mici. Copii care purtau steaua pe haine.

– Mulți dintre aceștia sunt copii de la Vel' d'Hiv', zise el, urmărindu-mi privirea. Dar mai sunt și alții. Toți fac parte din cei 11 000 de copii deportați din Franța.

Ne-am așezat la biroul lui. Îi trimisesem prin e-mail vreo două întrebări înainte de interviu.

– Vă interesau lagărele din Loiret? întrebă el.

– Da, am răspuns. Beaune-la-Rolande și Pithiviers. Există mult mai multe informații disponibile despre Drancy, care se află mai aproape de Paris, dar mult mai puține despre celelalte două.

Franck Lévy oftă.

– Aveți dreptate. Sunt puține lucruri de descoperit despre lagărele din Loiret, în comparație cu Drancy. Și o să vedeți, când o să ajungeți acolo, că nu există multe lucruri care să explice exact ce s-a întâmplat.

Nici oamenii din zonă nu-și mai amintesc. Sau nu vor să vorbească. În plus, au existat puțini supraviețuitori.

M-am uitat din nou la fotografii, la șirurile de chipuri mici și lipsite de apărare.

– Ce au fost aceste lagăre la început? am întrebat.

– Erau tabere militare standard, construite în 1939 pentru prizonierii germani. Dar în timpul regimului de la Vichy, începând cu 1941, acolo au fost trimiși evreii. În 1942, primele trenuri directe spre Auschwitz au plecat din Beaune și Pithiviers.

– De ce nu au fost trimise familiile de la Vel' d'Hiv' la Drancy, în suburbiile Parisului?

Franck Lévy îmi aruncă un zâmbet trist.

– Evreii fără copii au fost trimiși la Drancy după razie. Drancy este mai aproape de Paris. Celelalte lagăre erau la o distanță mai mare de o oră, pierdute în mijlocul zonei rurale din Loiret. Și acolo, cu discreție, poliția franceză i-a despărțit pe copii de părinții lor. La Paris n-ar fi putut s-o facă atât de ușor. Bănuiesc că ați citit despre brutalitățile comise.

– Nu sunt prea multe de citit.

Zâmbetul trist se stinse.

– Aveți dreptate, nu sunt prea multe de citit. Dar știm ce s-a întâmplat. Am vreo două cărți pe care vi le împrumut bucuros. Copiii au fost smulși de lângă mamele lor. Loviți cu bâte, bătuți, stropiți cu apă rece.

Ochii mi se îndreptară încă o dată spre chipurile micuțe din poze. M-am gândit la Zoë, singură, smulsă de lângă mine și Bertrand. Singură, și înfometată, și murdară. M-am cutremurat.

– Cei patru mii de copii de la Vel' d'Hiv' reprezentau o bătaie de cap pentru autoritățile franceze, reluă Franck Lévy. Naziștii ceruseră ca adulții să fie deportați imediat. Nu copiii. Programarea strictă a trenurilor nu trebuia modificată. De aici separarea brutală a copiilor de mame, la începutul lui august.

– Și apoi ce s-a întâmplat cu acei copii? am întrebat.

– Părinții lor au fost deportați din lagărele din Loiret direct la Auschwitz. Copiii au fost lăsați practic de capul lor în niște condiții sanitare oribile. La mijlocul lui august a venit și decizia de la Berlin.

Copiii trebuiau şi ei deportaţi. Totuşi, ca să se evite suspiciunile, copiii urmau să fie trimişi la Drancy, apoi în Polonia, amestecaţi cu adulţi necunoscuţi din lagărul de la Drancy, pentru ca opinia publică să aibă impresia că acei copii nu erau singuri, ci călătoreau spre est cu familiile lor, spre o tabără de muncă evreiască.

Franck Lévy făcu o pauză şi se uită şi el la pozele prinse pe perete.

– Când acei copii au ajuns la Auschwitz, nu a existat o „selecţie". Nu au fost puşi în rând cu bărbaţii şi cu femeile, să se vadă cine era puternic, cine era slab, cine putea să muncească şi cine nu. Au fost trimişi direct la camerele de gazare.

– De guvernul francez, în autobuze franţuzeşti, în trenuri franţuzeşti, am adăugat.

Poate fiindcă eram însărcinată şi hormonii mei o luaseră razna ori din cauză că nu dormisem, brusc m-am simţit devastată.

Am rămas cu privirea aţintită asupra fotografiilor, cuprinsă de durere.

Franck Lévy mă privi în tăcere; apoi se ridică şi îmi puse o mână pe umăr.

Fetița se repezi asupra mâncării puse înaintea ei, îndesând-o în gură cu niște plescăieli care ar fi dezgustat-o pe mama ei. Era raiul pe pământ. I se părea că nu mai mâncase niciodată o supă atât de gustoasă. O pâine atât de proaspătă și de moale. Brânză Brie cremoasă, grasă. Piersici suculente, catifelate. Rachel mânca mai încet. Aruncându-i o privire, fetița văzu că Rachel era palidă. Mâinile îi tremurau, ochii îi ardeau.

Cuplul în vârstă se agita prin bucătărie, aducând și mai multă supă, umplând paharele cu apă proaspătă. Fetița le auzea întrebările blânde, dar nu era în stare să răspundă. Abia mai târziu, când Geneviève le luă pe ea și pe Rachel sus, să facă o baie, începu să vorbească. Îi povesti despre terenul acela mare unde fuseseră duși cu toții și închiși zile de-a rândul fără apă și mâncare, apoi despre călătoria cu trenul prin zona rurală, despre lagăr și despărțirea oribilă de părinți. Și, în cele din urmă, despre evadare.

Bătrâna asculta, dând aprobator din cap, în timp ce o dezbrăca cu îndemânare pe Rachel, care avea o privire sticloasă. Fetița privi trupul osos care ieșea la iveală, acoperit cu pustule roșii, inflamate. Bătrâna clătină din cap, îngrozită.

– Ce ți-au făcut..., murmură ea.

Rachel avea o privire fixă. Bătrâna o ajută să se așeze în apa caldă, cu săpun, și o spălă așa cum mama fetiței obișnuia să-l spele pe frățiorul ei.

Apoi Rachel fu învelită într-un prosop mare și dusă în patul de alături.

– Acum e rândul tău, zise Geneviève, schimbând apa din cadă. Cum te cheamă, micuţo? Nu mi-ai spus până acum.

– Sirka, răspunse fetiţa.

– Ce nume frumos! exclamă Geneviève și-i dădu săpunul și un burete curat.

Observă că fetiţa se jena să se dezbrace în faţa ei, așa că se întoarse cu spatele ca s-o lase să-și scoată hainele și să se bage în apă. Fetiţa se spălă cu grijă, bucurându-se de apa fierbinte, apoi ieși amorţită din cadă și se înveli cu un prosop moale, care mirosea minunat a lavandă.

Geneviève se apucase să spele hainele mizerabile ale fetiţei în lavoarul mare de email. Fetiţa o privi o vreme, apoi puse o mână timidă pe braţul rotund, grăsuţ, al femeii.

– Madame, *mă puteţi ajuta să ajung la Paris?*

Uimită, bătrâna se întoarse să o privească.

– Vrei să te întorci la Paris, petite*?*

Fetiţa începu să tremure din toate încheieturile. Bătrâna o privea îngrijorată. Lăsă hainele în chiuvetă și își șterse mâinile cu un prosop.

– Ce este, Sirka?

Buzele fetiţei începură să freamăte.

– Frăţiorul meu, Michel. E încă în apartament. La Paris. Încuiat într-un dulap, în ascunzătoarea noastră secretă. E acolo de când a venit poliţia să ne ia. Am crezut că o să fie în siguranţă. Am promis că o să mă întorc să-l salvez.

Geneviève o privi cu îngrijorare și încercă să o susţină punându-și mâinile pe umerii ei mici și osoși.

– Sirka, de când e în dulap frăţiorul tău?

– Nu știu, șopti fetiţa încet. Nu-mi aduc aminte. Nu-mi aduc aminte!

Brusc, orice fărâmă de speranţă rămasă se risipi. În ochii bătrânei citi adevărul de care se temea cel mai mult. Michel era mort. Mort în dulap. Știa. Era prea târziu. Ea așteptase prea mult. El nu supravieţuise. Nu putuse să reziste. Murise acolo, singur, în întuneric, fără mâncare, fără apă, doar cu ursuleţul și cartea de povești, și el avusese încredere în ea, o așteptase, probabil că o chemase, îi strigase numele iarăși și iarăși: Sirka, Sirka, unde ești? Unde ești? Era mort, Michel era mort.

Avea patru ani și era mort, din cauza ei. Dacă nu l-ar fi încuiat în ziua aceea, ar fi putut să fie aici, chiar acum, iar ea ar fi putut să-i facă baie, în clipa asta. Ar fi trebuit să aibă grijă de el, ar fi trebuit să-l aducă aici, unde ar fi fost în siguranță. Era vina ei. Doar vina ei.

Fetița se prăbuși la pământ, distrusă. Valuri de disperare se abăteau asupra ei. Nicicând în scurta ei viață nu cunoscuse o durere atât de profundă. Simți cum Geneviève o strânge la piept, îi mângâie capul ras, îi murmură vorbe de alint. Fetița cedă, se lăsă cu totul în brațele bătrâne și blânde care o cuprindeau. Apoi simți senzația dulce a saltelei moi și a cearșafurilor curate care o învăluiau. Se cufundă într-un somn ciudat, neliniștit.

Se trezi devreme, simțindu-se pierdută, confuză. Nu-și putea aminti unde se afla. Fusese straniu să doarmă într-un pat adevărat după toate acele nopți petrecute în barăci. Se duse la fereastră. Obloanele erau întredeschise, lăsând să se vadă o grădină mare, care mirosea minunat. Pe pajiște rătăceau niște găini, urmărite de un câine jucăuș. Pe o bancă din fier forjat, o pisică roșcată și dolofană își lingea labele. Fetița auzi ciripit de păsări și cântecul unui cocoș. În apropiere, o vacă mugi. Era o dimineață proaspătă, însorită. Fetița își zise că nu văzuse niciodată un loc mai încântător și mai liniștit. Războiul, ura și oroarea păreau îndepărtate. Grădina, florile, copacii și toate animalele, nimic din toate astea nu putea fi pângărit de răul la care fusese martoră în ultimele săptămâni.

Cercetă cu ce era îmbrăcată. O cămașă de noapte albă, puțin prea lungă pentru ea. Se întrebă cui aparținuse. Poate cuplul în vârstă avea copii sau nepoți. Privi în jur prin încăperea spațioasă. Era simplă, dar confortabilă. Lângă ușă se găsea un raft cu cărți. Văzu autorii ei favoriți: Jules Verne, Contesa de Ségur. Pe paginile albe de la început, un scris tineresc, școlăresc: Nicolas Dufaure. Fetița se întrebă cine era.

Coborî scările de lemn, care scârțâiau, și urmă murmurul vocilor pe care le auzea din bucătărie. Casa era liniștită și primitoare, într-un fel simplu, neceremonios. Tălpile îi alunecau ușor pe dalele pătrate, de culoarea vinului. Se uită în sufrageria însorită, care mirosea a ceară de albine și a lavandă. O pendulă înaltă ticăia solemn.

Se apropie tiptil de bucătărie și aruncă o privire înăuntru. Acolo îi zări pe cei doi bătrâni care stăteau la o masă lungă și beau din niște boluri rotunde, albastre. Păreau preocupați.

– Mă îngrijorează Rachel, spunea Geneviève. Are febră mare și nu scade deloc. Și urticaria pe care o are... Nu arată bine. Nu, nu arată deloc bine.

Oftă adânc.

– Starea în care erau copilele astea, Jules... Una dintre ele avea păduchi chiar și prin gene.

Fetița intră tiptil în bucătărie.

– Mă întrebam..., începu ea.

Cei doi bătrâni ridicară privirea spre ea și zâmbiră.

– Ia te uită, rosti bătrânul. Ești cu totul alta în dimineața asta, domnișoară. Chiar ai și ceva bujori în obraji.

– Era ceva în buzunarele mele..., continuă fetița.

Geneviève se ridică și arătă spre un raft.

– O cheie și niște bani. Uite aici.

Fetița se duse să ia obiectele și le strânse la piept.

– Asta e cheia de la dulap, zise ea cu voce joasă. De la dulapul unde se află Michel. Ascunzătoarea noastră secretă.

Jules și Geneviève se uitară unul la altul.

– Știu. Credeți că e mort, spuse fetița, ezitând. Dar vreau să mă întorc acolo. Trebuie să știu. Poate a reușit să-l ajute cineva, cum m-ați ajutat dumneavoastră pe mine! Poate că mă așteaptă. Trebuie să știu, trebuie să aflu! Am să folosesc banii pe care mi i-a dat polițistul.

– Dar cum o să ajungi la Paris, petite? *o întrebă Jules.*

– O să iau trenul. Cu siguranță, Parisul nu e departe de aici.

Un alt schimb de priviri.

– Sirka, noi locuim la sud de Orléans. Tu și Rachel ați mers pe jos un drum foarte lung. Dar v-ați îndepărtat de Paris.

Fetița își îndreptă spatele. Se va duce la Paris, se va întoarce la Michel, să vadă ce s-a întâmplat, indiferent ce o aștepta.

– Trebuie să plec, întări ea. Sunt trenuri de la Orléans la Paris, sunt sigură. O să plec, chiar azi.

Geneviève se apropie de ea și îi luă mâinile într-ale sale.

– Sirka, aici eșii în siguranță. Poți să stai cu noi o vreme. Cum suntem la o fermă, avem lapte, carne și ouă, și nu avem nevoie de tichete pentru rații. Poți să te odihnești, să mănânci, să te întremezi.

– Mulțumesc, spuse fetița, dar deja mă simt mai bine. Trebuie să mă întorc la Paris. Nu e nevoie să veniți cu mine. Mă descurc singură. Spuneți-mi doar cum să ajung la gară.

Înainte ca bătrâna să răspundă, de la etaj se auzi un urlet prelung. Rachel. Cu toții se repeziră pe scări, spre camera ei. Rachel se zvârcolea și se chircea de durere. Cearșafurile erau îmbibate de ceva întunecat la culoare și urât mirositor.

– De asta mă temeam, șopti Geneviève. Dizenterie. Are nevoie de un doctor. Rapid.

Jules coborî în fugă scările.

– Mă duc în sat, să văd dacă-l găsesc pe docteur *Thévenin, strigă el peste umăr.*

Se întoarse după o oră, gâfâind, pe bicicletă. Fetița îl privea de la fereastra bucătăriei.

– Bătrânul a dispărut, îi zise el nevestei. Casa e goală. Nimeni n-a știut să-mi spună nimic. Așa că m-am dus mai departe, spre Orléans. Am găsit un doctor mai tinerel, l-am convins să vină, dar era cam arogant și a zis că întâi are niște treburi mai urgente de rezolvat.

Geneviève își mușcă buza.

– Sper să vină. Curând.

Doctorul nu apăru decât târziu, după-amiază. Fetița nu mai îndrăzni să pomenească nimic de Paris. Își dădea seama că Rachel era foarte bolnavă. Jules și Geneviève erau prea îngrijorați în legătură cu Rachel ca să-și mai bată capul cu ea.

Când îl auziră pe doctor, anunțat de lătratul câinelui, Geneviève se întoarse spre fetiță și îi ceru să se ascundă, rapid, în beci. Nu-l cunoșteau pe doctorul acesta, îi explică ea grăbită, nu era doctorul lor obișnuit. Trebuiau să fie precauți.

Fetița se strecură prin trapa din podea. Rămase în întuneric și ascultă fiece cuvânt rostit sus. Nu putea să vadă chipul doctorului, dar nu-i plăcea deloc vocea lui; era stridentă, nazală. Întreba întruna de unde era Rachel. Unde o găsiseră? Era insistent, încăpățânat. Vocea lui

Jules rămase calmă. Copila era fiica unui vecin plecat la Paris pentru câteva zile.

Dar fetița își dădea seama după tonul doctorului că acesta nu credea o iotă din ce-i spunea Jules. Avea un râs neplăcut. Tot vorbea despre lege și ordine. Despre le Maréchal *Pétain și noua viziune asupra Franței. Despre ce ar zice* kommandantur *la vederea acestei copile slabe și negricioase.*

În cele din urmă, fetița auzi ușa din față trântindu-se, apoi, din nou, vocea lui Jules. Părea îngrozită.

– Geneviève, spuse el. Ce-am făcut?

– Voiam să vă întreb ceva, *Monsieur* Lévy. Ceva ce nu are nimic de-a face cu articolul meu.

El ridică privirea și se așeză din nou pe scaun.

– Desigur. Spuneți, vă rog.

M-am aplecat peste masă.

– Dacă vă dau o adresă exactă, ați putea să mă ajutați să dau de urma unei familii? O familie care a fost arestată la Paris pe 16 iulie 1942?

– O familie de la Vel' d'Hiv'?

– Da, am răspuns. E important.

El se uită la fața mea obosită, la ochii umflați. M-am simțit de parcă putea să mă citească, de parcă intuia noua durere pe care o purtam, tot ceea ce știam despre apartament. Intuia tot ce eram în acea dimineață, așa cum stăteam în fața lui.

– În ultimii patruzeci de ani, *Miss* Jarmond, am urmărit fiecare evreu deportat din această țară între 1941 și 1944. Un proces lung și dureros. Dar un proces necesar. Da, vă pot spune numele acelei familii. Totul se află în acest computer, chiar aici. Putem obține acel nume în două secunde. Dar ați vrea să-mi spuneți de ce țineți să aflați despre această familie anume? Este doar o simplă curiozitate de jurnalist sau mai e ceva?

Am simțit cum mă înroșesc.

– Este personal, am spus. Nu e ușor de explicat.

– Încercați, m-a îndemnat el.

Mai întâi nesigură, am început să-i povestesc despre apartamentul de pe rue de Saintonge. Despre ceea ce aflasem de la Mamé. Despre ceea ce spusese socrul meu. În final, cu mai multă elocință, i-am spus că nu mă puteam opri să nu mă gândesc la acea familie de evrei: cine erau, ce se întâmplase cu ei. El mă asculta, dând aprobator din cap din când în când. Apoi rosti:

– Uneori, *Miss* Jarmond, nu este ușor să scoți la lumină trecutul. Există surprize neplăcute. Adevărul e mai greu de suportat decât ignoranța.

Am încuviințat din cap.

– Îmi dau seama. Dar trebuie să știu.

– O să vă dau numele. Numai pentru dumneavoastră, să nu mai afle și altcineva. Nu pentru revistă. Îmi dați cuvântul că așa va fi?

– Da, am replicat, uimită de solemnitatea lui.

El se întoarse spre computer.

– Adresa, vă rog.

M-am supus.

Degetele lui zburară pe tastatură și computerul scoase un pârâit scurt. Inima îmi bătea să-mi sară din piept. Apoi imprimanta fâșâi și scuipă o foaie albă de hârtie. Franck Lévy mi-o întinse fără nici un cuvânt. Am citit:

Rue de Saintonge, nr. 26, 75003, Paris
STARZYNSKI

- Wladyslaw, născut la Varșovia, 1910. Arestat pe 16 iulie 1942. Garajul de pe rue de Bretagne. Vel' d'Hiv'. Beaune-la-Rolande. Convoi nr. 15, 5 august 1942.
- Rywka, născută Okuniew, 1912. Arestată pe 16 iulie 1942. Garajul de pe rue de Bretagne. Vel' d'Hiv'. Beaune-la-Rolande. Convoi nr. 15, 5 august 1942.
- Sarah, născută la Paris, arondismentul 12, 1932. Garajul de pe rue de Bretagne. Vel' d'Hiv'. Beaune-la-Rolande.

Imprimanta fâșâi din nou.

– O fotografie, zise Franck Lévy.

Se uită la ea înainte să mi-o dea.

Era o fetiță de zece ani. Am citit explicația. Iunie 1942. Făcută la școala de pe rue des Blancs-Manteaux. Chiar lângă rue de Saintonge. Fetița avea ochi migdalați, deschiși la culoare. Probabil albaștri sau verzi, mi-am zis. Un păr blond, până la umeri, cu o fundă care stătea ușor strâmbă. Un zâmbet frumos, timid. Fața în formă de inimă. Stătea la pupitru, cu o carte deschisă în față. Pe piept, steaua. Sarah Starzynski. Cu un an mai mică decât Zoë.

M-am uitat din nou la lista de nume. Nu era nevoie să-l întreb pe Franck Lévy unde plecase convoiul cu numărul 15 din Beaune-la-Rolande. Știam că la Auschwitz.

– Dar ce e cu garajul de pe rue de Bretagne? am întrebat.

– Acolo au fost strânși majoritatea evreilor care locuiau în arondismentul 3 înainte să fie duși pe rue Nélaton și la Vélodrome.

Am observat că după numele lui Sarah nu exista nici o mențiune a unui convoi. I-am arătat asta lui Franck Lévy.

– Asta înseamnă că nu s-a aflat în nici unul dintre trenurile care au plecat spre Polonia. Din câte știm noi.

– Este posibil să fi scăpat? am întrebat.

– E greu de spus. Câțiva copii au evadat de la Beaune-la-Rolande și au fost salvați de fermierii francezi care locuiau în apropiere. Alți copii, mult mai mici decât Sarah, au fost deportați fără ca identitatea lor să fie clară. În acest caz, erau listați de exemplu ca: „Un băiat, Pithiviers". Din păcate, nu vă pot spune ce s-a întâmplat cu Sarah Starzynski, *Miss* Jarmond. Tot ce pot să vă zic este că, din câte se pare, nu a ajuns la Drancy împreună cu ceilalți copii de la Beaune-la-Rolande și Pithiviers. Nu figurează în documentele de la Drancy.

M-am uitat din nou la chipul frumos și inocent.

– Ce s-o fi întâmplat cu ea? am murmurat.

– Ultima urmă pe care o avem este la Beaune. Se poate să fi fost salvată de o familie din apropiere și să fi rămas ascunsă în timpul războiului, sub alt nume.

– Asta s-a întâmplat des?

– Da. Un mare număr de copii evrei au supraviețuit, grație ajutorului și generozității familiilor de francezi sau instituțiilor religioase.

M-am uitat la el.

– Credeți că Sarah Starzynski a fost salvată? Că a supraviețuit?

El privi imaginea acelui copil dulce, zâmbitor.

– Sper că da. Oricum, ați aflat ceea ce doreați. Acum știți cine a locuit în apartament.

– Da, am zis. Da, vă mulțumesc. Dar tot mă întreb cum a putut locui acolo familia soțului meu, după arestarea familiei Starzynski. Asta nu pot să înțeleg.

– Nu trebuie să-i judecați prea aspru, mă avertiză Franck Lévy. Într-adevăr, a existat multă indiferență din partea parizienilor, dar nu uitați că Parisul era ocupat. Oamenii se temeau pentru viețile lor. Acelea erau vremuri foarte diferite.

După ce am plecat din biroul lui Franck Lévy, m-am simțit dintr-odată fragilă, și abia mi-am putut stăpâni lacrimile. Fusese o zi epuizantă, solicitantă. Lumea întreagă părea că se strânsese în jurul meu, apăsându-mă din toate părțile. Bertrand. Copilul. Decizia imposibilă pe care trebuia să o iau. Discuția pe care urma să o am cu soțul meu în acea seară.

Și apoi, misterul care înconjura apartamentul din rue de Saintonge. Familia Tézac, care se mutase acolo atât de repede după ce familia Starzynski fusese arestată. Mamé și Édouard, care nu voiau să discute despre asta. De ce? Ce se întâmplase? Ce nu voiau să aflu?

În timp ce mă îndreptam spre rue Marbeuf, mă simțeam copleșită de ceva enorm, ceva ce nu puteam să înfrunt.

Mai târziu în acea seară m-am întâlnit cu Guillaume la Select. Ne-am așezat la bar, departe de terasa zgomotoasă. El adusese două cărți. Am fost încântată. Erau exact cele de care nu reușisem să fac rost. Mai ales cea referitoare la lagărele din Loiret. I-am mulțumit cu căldură.

Nu avusesem de gând să spun nimic despre ceea ce descoperisem în acea după-amiază, dar cuvintele mi-au ieșit fără să vreau. Guillaume mă asculta cu mare atenție. După ce am terminat, mi-a zis că bunica lui îi povestise despre apartamentele evreilor, care fuseseră prădate imediat după razie. Pe ușa altora, poliția pusese sigilii, care fuseseră rupte după câteva luni, când devenise evident că nimeni nu avea să se mai întoarcă. După spusele bunicii lui Guillaume, de multe ori, poliția colaborase îndeaproape cu *concierges*, care puteau să găsească rapid noi chiriași doar răspândind zvonul. Probabil că așa se întâmplase și cu rudele mele.

– De ce este asta atât de important pentru tine, Julia? mă întrebă Guillaume, în cele din urmă.

– Vreau să aflu ce s-a întâmplat cu fetița aceea.

El mă privi cu ochii lui negri, scrutători.

– Înțeleg. Dar ai grijă ce întrebări pui familiei soțului tău.

– Știu că îmi ascund ceva. Vreau să aflu ce anume.

– Ai grijă, Julia, repetă el.

Zâmbi, dar ochii îi rămaseră serioși.

– Ții în mână cutia Pandorei. Uneori, e mai bine să n-o deschizi. Uneori, e mai bine să nu știi.

De dimineață, Franck Lévy spusese exact același lucru.

Vreme de zece minute, Jules și Geneviève se agitaseră prin casă ca niște animale înnebunite, fără să vorbească, frângându-și mâinile. Păreau în agonie. Încercară să o mute pe Rachel, să o ducă la parter, dar era prea slăbită. În cele din urmă, o lăsaseră în pat. Jules se străduia din răsputeri să o calmeze pe Geneviève, însă nu izbuti; bătrâna se prăbușea pe orice canapea sau scaun îi ieșea în cale și izbucnea în lacrimi.

Fetița se ținea după ei ca un cățeluș speriat. Bătrânii nu voiau să-i răspundă la nici o întrebare. Observă că Jules se tot uita spre intrare și arunca priviri furișe pe fereastră, înspre porți. Fetița simți cum teama îi străpunge inima.

La căderea întunericului, Jules și Geneviève rămaseră față în față lângă foc. Păreau să-și mai fi revenit, erau calmi și stăpâniți. Dar fetița observă că lui Geneviève îi tremurau mâinile. Amândoi erau palizi și priveau neîncetat spre ceas.

La un moment dat, Jules se întoarse spre fetiță și i se adresă cu o voce joasă. Îi ceru să se ducă în beci. Acolo erau niște saci mari cu cartofi. Ea trebuia să se bage într-unul și să se ascundă cât putea de bine. Înțelegea asta? Era foarte important. Dacă venea cineva în beci, ea trebuia să fie invizibilă.

Fetița îngheță și rosti:

– Vin nemții!

Înainte ca Jules și Geneviève să apuce să scoată vreo vorbă, câinele lătră și tresăriră cu toții. Jules îi făcu semn fetiței, arătând spre trapa din podea. Fetița se supuse imediat, strecurându-se în pivnița întunecată și umedă. Nu vedea nimic în jur, dar reuși să găsească sacii cu cartofi, mai în fundul încăperii, pipăind materialul aspru cu palmele. Erau mai mulți, puși unii peste alții. Îi trase repede la o parte și se strecură printre ei. Unul însă se desfăcu, și cartofii căzură peste ea, cu o serie de bufnituri rapide și zgomotoase. Fetița îi adună în grabă în jurul și deasupra ei.

Apoi auzi pașii, lungi și ritmici. Mai auzise și înainte acei pași, la Paris, noaptea târziu, după stingere. Știa ce însemnau. Se uitase pe furiș pe fereastră și îi văzuse pe bărbați mărșăluind de-a lungul străzii slab luminate, cu căștile rotunde pe cap și mișcările lor precise.

Bărbați mărșăluind. Mărșăluind drept spre casă. Pașii unei duzini de oameni. O voce de bărbat, înăbușită, dar totuși clară, îi ajunse la urechi. Vorbea în germană.

Nemții erau aici. Nemții veniseră să le ia pe ea și pe Rachel. Simți că se scapă pe ea de frică.

Pași chiar deasupra capului ei. Murmurul unei conversații pe care nu reuși să o distingă. Apoi glasul lui Jules:

– Da, domnule locotenent, avem un copil bolnav aici.

– Un copil arian? se auzi vocea străină, guturală.

– Un copil care este bolnav, domnule locotenent.

– Unde este copilul?

– Sus.

Vocea lui Jules, îngrijorată acum.

Fetița auzi pașii grei, care zguduiau tavanul. Apoi strigătul subțire al lui Rachel, tot drumul de la etaj până jos. Rachel, smulsă din pat de nemți. Gemetele lui Rachel, prea slăbită să se lupte.

Fetița își acoperi urechile cu mâinile. Nu voia să audă. Nu putea să audă. Se simțea protejată de tăcerea bruscă pe care o crease în jurul ei.

Așezată sub cartofi, văzu o rază slabă de lumină străpungând întunericul. Cineva deschisese trapa. Cineva cobora scările în pivniță. Își luă mâinile de pe urechi.

– Nu e nimeni acolo, îl auzi ea pe Jules. Copila era singură. Am găsit-o în cușcă la câine.

Fetița o auzi pe Geneviève cum își suflă nasul. Apoi vocea ei, înlăcrimată, obosită.

– Vă rog, nu o luați! E prea bolnavă.

Răspunsul gutural era ironic.

– Madame, *copilul e evreu. Probabil c-a evadat dintr-un lagăr din apropiere. Nu există nici un motiv să fie în casa voastră.*

Fetița privi cum sclipirea portocalie a unei lanterne se strecura de-a lungul zidurilor pivniței de piatră, apropiindu-se tot mai mult, apoi, îngrozită, zări umbra neagră, supradimensionată, a unui soldat, decupată ca un desen animat. Venea după ea. Avea s-o găsească. Încercă să se facă mică de tot și își opri răsuflarea. Simțea că inima îi stătuse în loc.

Nu, nu avea să o găsească! Ar fi o nedreptate prea hidoasă, prea oribilă, să o găsească. Deja puseseră mâna pe biata Rachel. Nu era de-ajuns? Unde o duseseră pe Rachel? Era afară, într-un camion, cu soldații? Leșinase? Unde o duceau, se întreba, la un spital? Sau înapoi în lagăr? Monștrii ăștia însetați de sânge. Monștri! Îi ura. Voia să-i vadă morți pe toți. Nenorociții! Folosi toate cuvintele jignitoare pe care le știa, toate cuvintele pe care mama ei îi interzisese să le folosească. Nenorociți mizerabili și ticăloși! Urlă cuvintele jignitoare în gând, cât de tare putea, închizându-și strâns ochii, departe de punctul portocaliu de lumină care se apropia, trecând pe deasupra sacilor sub care se ascundea. Nu o s-o găsească. Niciodată. Ticăloșii, ticăloși mizerabili.

Din nou, glasul lui Jules.

– Nu e nimeni acolo jos, domnule locotenent. Copila era singură. De-abia se ținea pe picioare. A trebuit să avem grijă de ea.

Fetița auzi vocea locotenentului:

– Doar verificăm. O să cercetăm pivnița, apoi o să veniți cu noi la Kommandantur.

Fetița se strădui să nu facă nici o mișcare, să nu ofteze, să nu respire, în timp ce lanterna umbla de colo-colo pe deasupra capului ei.

– Să venim?

Glasul lui Jules părea înspăimântat.

– Dar de ce?

Un râset scurt:

– Aveați un evreu în casă și mai întrebi de ce?

Apoi răsună vocea lui Geneviève, surprinzător de calmă; părea că se oprise din plâns.

– Ați văzut doar că nu o ascundeam, domnule locotenent. O ajutam să se facă bine. Asta-i tot. Nici n-am știut cum o cheamă. Nu putea să vorbească.

– Da, continuă vocea lui Jules, chiar am chemat un doctor. Nu o ascundeam absolut deloc.

– Asta ne-a zis și Guillemin. Nu o ascundeați pe fată. A zis și bunul Herr Doktor, *într-adevăr.*

Fetița simți cartofii cum se mișcau deasupra capului ei și rămase nemișcată ca o statuie, ținându-și răsuflarea. O gâdila nasul și îi venea să strănute.

Auzi din nou vocea lui Geneviève, calmă, veselă, aproape dură, un ton pe care fetița nu o mai auzise niciodată folosindu-l.

– Domnilor, nu doriți niște vin?

Cartofii încetară să se miște în jurul ei.

Sus, locotenentul scoase un hohot de râs:

– Niște vin? Jawohl!

– Și poate niște pâté*? adăugă Geneviève, cu aceeași voce veselă.*

Pașii urcară din nou treptele, și trapa se închise cu zgomot. Fetița simți că leșină de ușurare. Se cuprinse cu brațele, iar lacrimile îi curgeau pe obraji. Oare cât rămăseseră acolo sus, cât continuaseră clinchetele de pahare, târșâitul de picioare, râsetele? Părea că nu se mai sfârșește. I se părea că râsul ca un muget al locotenentului răsună din ce în ce mai vesel. Fetița auzi chiar și un râgâit scârbos. Pe Jules și pe Geneviève nu-i auzea. Oare mai erau acolo? Ce se întâmpla? Dorea din tot sufletul să afle. Dar știa că trebuia să rămână acolo până când venea s-o ia Jules sau Geneviève. Amorțise, dar nu îndrăznea să se miște.

În cele din urmă, casa se cufundă în tăcere. Câinele mai lătră o dată, după care se așternu liniștea. Fetița ascultă. Oare nemții îi luaseră cu ei pe Jules și pe Geneviève? Era singură în casă? Auzi sunetul înăbușit al unor suspine. Trapa se deschise cu un geamăt, iar vocea lui Jules pluti până la ea.

– Sirka! Sirka!

Când ieși, picioarele o dureau, ochii îi erau roșii de la praf, avea obrajii umezi și murdari; o văzu pe Geneviève prăbușită, cu fața în mâini. Jules încerca s-o aline. Fetița stătea și privea, neputincioasă.

Bătrâna ridică privirea. Chipul ei îmbătrânise, se surpase. Fetița se înspăimântă.

– Copila aceea, șopti ea, dusă la pieire. Nu știu unde sau cum, dar știu că va muri. Nu au vrut să asculte. Am încercat să-i facem să bea, dar și-au păstrat mintea limpede. Pe noi ne-au lăsat în pace, dar au luat-o pe Rachel.

Lacrimile lui Geneviève curgeau pe obrajii ei ridați. Își scutură capul, disperată, și apucă strâns mâna lui Jules.

– Doamne, încotro se îndreaptă țara noastră?

Geneviève îi făcu semn fetiței să se apropie și îi prinse mâna mică în palma ei bătrână. M-au salvat, gândea fetița. M-au salvat. Mi-au salvat viața. Poate că cineva ca ei l-a salvat și pe Michel, i-a salvat pe papà *și pe* maman. Poate mai există speranță.

– Micuță Sirka, oftă Geneviève și-i strânse degetele. Ai fost atât de curajoasă acolo!

Fetița zâmbi. Un zâmbet frumos și curajos, care îi impresionă profund pe cei doi bătrâni.

– Vă rog, zise ea cu glas tare, nu-mi mai spuneți Sirka. Asta era numele meu de bebeluș.

– Dar cum să-ți spunem? o întrebă Jules.

Fetița își îndreptă spatele și-și înălță bărbia.

– Numele meu este Sarah Starzyinski.

În drum de la apartament, unde verificasem stadiul lucrărilor împreună cu Antoine, m-am oprit pe rue de Bretagne. Garajul era încă acolo. Exista și o *plaque*, pentru a le aminti trecătorilor că aici fuseseră adunate familiile de evrei din arondismentul 3, în dimineața zilei de 16 iulie 1942, înainte să fie duse la Vel' d'Hiv' și deportate spre lagărele morții. Aici începuse odiseea lui Sarah, mi-am zis. Dar unde se sfârșise?

În timp ce stăteam acolo, fără să bag de seamă traficul, mi se părea c-o văd pe Sarah venind pe rue de Saintonge în acea dimineață fierbinte de iulie, împreună cu mama, cu tatăl ei și cu polițiștii. Da, puteam să văd totul, îi vedeam cum sunt împinși în garaj, chiar aici, unde mă aflam. Vedeam chipul dulce, în formă de inimă, neînțelegerea care se citea pe el, teama. Părul drept prins la spate cu o fundă, ochii migdalați, turcoaz. Sarah Starzynski. Mai trăia oare? Acum ar avea șaptezeci de ani, m-am gândit. Nu, nu putea să mai fie în viață. Dispăruse de pe fața pământului, împreună cu restul copiilor de la Vel' d'Hiv'. Nu se mai întorsese de la Auschwitz. Era un pumn de țărână.

Am plecat de pe rue de Bretagne și m-am întors la mașină. În stilul tipic american, nu fusesem niciodată în stare să conduc un vehicul cu cutie de viteze manuală. Aveam un model japonez de mic litraj, cu transmisie automată, de care Bertrand își bătea joc. Nu conduceam niciodată prin Paris. Sistemul de transport în comun, atât cel de suprafață, cât și metroul, era excelent. Nu simțeam că aș avea nevoie de o mașină ca să merg prin oraș. Bertrand disprețuia și lucrul ăsta.

Eu și Bamber urma să vizităm după-amiază Beaune-la-Rolande, care se afla la o oră distanță de Paris. Fusesem la Drancy în acea dimineață, împreună cu Guillaume. Era foarte aproape de Paris, înghesuit între suburbiile cenușii și sărăcăcioase Bobigny și Pantin. Peste șaizeci de trenuri plecaseră în timpul războiului din Drancy, aflat exact în inima sistemului feroviar franțuzesc, spre Polonia. Nu-mi dădusem seama când am trecut pe lângă o sculptură mare, modernă, care comemora locul, acel lagăr care acum era evident populat. Femei plimbau bebeluși cu cărucioare și câini, copii alergau și strigau, perdelele fluturau în vânt, la ferestre creșteau flori. Eram uimită. Cum putea cineva să trăiască între aceste ziduri? L-am întrebat pe Guillaume dacă știa de asta. Dădu aprobator din cap. Îmi dădeam seama după chipul lui că era mișcat. Toată familia lui fusese deportată. Nu îi era deloc ușor să vină aici. Dar dorise să mă însoțească, insistase să o facă.

Curatorul de la Muzeul Memorial Drancy era un bărbat de vârstă mijlocie, cu o înfățișare obosită, pe nume Menetzky. Ne aștepta în fața muzeului micuț, care se deschidea doar dacă telefonai în prealabil și-ți făceai programare. Am vizitat camera mică și simplă, uitându-ne la fotografii, articole și hărți. Se găseau acolo și câteva stele galbene, puse în spatele unui panou de sticlă. Era pentru prima dată când vedeam una în realitate. M-am simțit impresionată, dar și scârbită.

Lagărul nu se schimbase mult în ultimii șaizeci de ani. Construcția uriașă de beton, în formă de U, ridicată la sfârșitul anilor '30 ca un proiect rezidențial inovator și rechiziționată în 1941 de guvernul de la Vichy pentru deportarea evreilor, adăpostea acum patru sute de familii în apartamente minuscule, și asta se întâmpla încă din 1947. Drancy avea cele mai mici chirii din zonă.

L-am întrebat pe domnul Menetzky dacă locuitorii din Cité de la Muette – numele locului, care însemna, în mod ciudat, „Orașul celei Mute" – aveau idee unde locuiau. El clătină din cap. Majoritatea celor de aici erau tineri. Nu știau și nici nu le păsa, după spusele lui. Apoi l-am întrebat dacă veneau mulți vizitatori la acest memorial. Erau trimiși elevi de la școli, și uneori mai veneau și turiști, răspunse el. Am răsfoit cartea de oaspeți. „Lui Paulette, mama mea. Te iubesc și nu o să te uit niciodată. Voi veni aici în fiecare an ca să mă gândesc la tine. De aici ai plecat spre Auschwitz în 1944 și nu te-ai mai întors niciodată. Fiica ta, Danielle." Am simțit că îmi dau lacrimile.

Apoi am fost conduși spre unicul vagon de animale aflat în mijlocul pajiștii, chiar lângă muzeu. Era încuiat, dar curatorul avea cheia. Guillaume m-a ajutat și am rămas amândoi în spațiul mic și gol. Am încercat să-mi închipui vagonul plin cu zeci de oameni, striviți unii în alții, copii mici, bunici, părinți de vârstă mijlocie, în drumul lor spre moarte. Chipul lui Guillaume era alb ca varul. Mai târziu mi-a zis că nu intrase niciodată în vagon. Nu îndrăznise niciodată. L-am întrebat dacă se simțea bine. A dat din cap, dar îmi dădeam seama cât de tulburat era.

În timp ce ne îndepărtam de clădire, cu un teanc de pliante și de cărți sub braț, pe care mi le dăduse curatorul, nu puteam să nu mă gândesc la ce știam despre Drancy. Cât de inuman fusese în anii aceia de teroare. Trenuri nenumărate cu evrei trimiși direct în Polonia.

Nu puteam să nu mă gândesc la descrierile sfâșietoare pe care le citisem despre cei patru mii de copii de la Vel' d'Hiv', care sosiseră aici la sfârșitul verii lui 1942, fără părinți, murdari, bolnavi și înfometați. Se numărase și Sarah printre ei? Plecase de la Drancy la Auschwitz, îngrozită și singură, într-un vagon pentru vite, plin de străini?

Bamber mă aștepta în fața biroului. Își strecură silueta deșirată pe locul pasagerului, după ce își puse pe bancheta din spate aparatura foto. Apoi mă privi. Îmi dădeam seama că era îngrijorat. Își așeză cu blândețe mâna pe antebrațul meu.

– Hm, Julia, ești bine?

Ochelarii negri nu-mi erau de ajutor, probabil. Noaptea nenorocită de care avusesem parte lăsase urme pe chipul meu. Discuția cu Bertrand până la orele mici ale dimineții. Cu cât vorbeam mai mult, cu atât devenea mai hotărât. Nu, nu voia acest copil. Pentru el nici măcar nu exista un copil în acest moment. Era o mică sământă. Nu era nimic. Nu-l voia. Nu putea să facă față la așa ceva. Era prea mult pentru el. Spre uluirea mea, vocea i se frânsese. Chipul îi părea răvășit, îmbătrânit. Unde era soțul meu atât de nonșalant, de sigur pe el, de obraznic? Mă uitasem la el mută de uimire. Iar dacă mă decideam să nu-i respect dorința, rostise el cu glas răgușit, acesta era sfârșitul. Ce sfârșit? Îl privisem țintă, îngrozită. Sfârșitul nostru, zisese, cu acel glas spart, îngrozitor, pe care nu-l recunoșteam. Sfârșitul căsniciei noastre. Rămăseserăm tăcuți, față în față, la masa din bucătărie. Îl întrebasem de ce nașterea unui copil îl îngrozea în asemenea măsură. Își întorsese capul, oftase, se frecase la ochi. Îmbătrânea, îmi spusese. Se apropia de cincizeci de ani. Numai asta și era ceva hidos. Să îmbătrânească. Presiunea de la serviciu pentru a ține pasul cu lupii tineri. Competiția cu ei zi de zi. Și apoi să vadă cum farmecul i se ofilește. Chipul din oglindă cu care îi venea atât de greu să se obișnuiască. Nu mai avusesem niciodată o astfel de discuție cu Bertrand. Nu-mi trecuse niciodată prin minte că pentru el fusese o asemenea problemă să îmbătrânească. „Nu vreau să am șaptezeci de ani când acest copil o să aibă douăzeci", repeta el, cu glasul stins. „Nu pot. Nu vreau. Julia, trebuie să pricepi asta. Dacă păstrezi copilul, o să mă ucidă. Auzi? O să mă ucidă."

Am inspirat adânc. Ce puteam să-i zic lui Bamber? Cum aș putea să încep măcar? Ce ar fi reușit să înțeleagă? Era atât de tânăr, atât de diferit. Și totuși îi apreciam compasiunea, îngrijorarea. Mi-am îndreptat umerii.

– Ei bine, nu o să mă ascund de tine, Bamber, i-am zis, fără să-l privesc și cu mâinile încleștate pe volan. Am avut o noapte oribilă.

– Soțul tău?

– Soțul meu, într-adevăr, am rostit pe un ton sarcastic.

El dădu din cap, apoi se întoarse spre mine.

– Dacă vrei să vorbești despre asta, Julia, sunt aici, spuse el, pe tonul grav și ferm pe care Churchill rostise: „*Niciodată* nu o să cedăm".

N-am putut să nu zâmbesc.

– Mulțumesc, Bamber. Ești cel mai tare.

El rânji.

– Hm, cum a fost la Drancy?

Am gemut.

– Oh, Doamne, groaznic. Cel mai deprimant loc pe care l-ai văzut vreodată. Și în clădire locuiesc oameni, îți vine să crezi una ca asta? M-am dus cu un prieten a cărui familie a fost deportată de acolo.

N-o să-ți placă să faci fotografii la Drancy, crede-mă. E de zece ori mai rău decât pe rue Nélaton.

Am ieșit din Paris și am luat-o pe A6. Din fericire, nu erau prea multe mașini pe autostradă, la acea oră. Ne-am continuat drumul în tăcere. Mi-am dat seama că trebuia să vorbesc cu cineva, curând, despre ceea ce se petrecea. Despre copil. Nu puteam să mai țin totul în mine. Charla. Era prea devreme să o sun. Nu era nici șase dimineața la New York, deși ziua ei de lucru, ca avocat dur și de succes, trebuia să înceapă. Avea doi copii mici care erau bucățică ruptă din fostul ei soț, Ben. Iar acum exista un soț nou, Barry, un tip încântător, specialist în computere, pe care încă nu-l cunoșteam prea bine.

Mi-era dor de glasul Charlei, de felul moale și cald cum rostea: „Hei!" la telefon când îmi recunoștea vocea. Charla nu se înțelesese niciodată bine cu Bertrand. Mai degrabă se suportaseră, și asta încă de la început. Știam ce credea el despre ea: frumoasă, deșteaptă, arogantă, o feministă americancă. Iar ea despre el: un franțuz șovin, superb și vanitos. Îmi era dor de Charla. De spiritul ei, de râsul ei, de felul ei direct de-a fi. Când plecasem din Boston spre Paris, cu mulți ani în urmă, era încă adolescentă. La început, nu-i simțisem prea mult lipsa. Era doar sora mea mai mică. Acum însă îmi lipsea. Mi-era groaznic de dor de ea.

– Hm, se auzi vocea moale a lui Bamber, nu pe aici trebuia să ieșim?

Așa era.

– La dracu'! am exclamat.

– Nu contează, spuse el, foșnind harta. Poți să ieși pe următoarea.

– Scuze, am murmurat. Sunt cam obosită.

El zâmbi înțelegător. Dar nu zise nimic. Îmi plăcea asta la Bamber.

Ne apropiam de Beaune-la-Rolande, un orășel sumbru, pierdut în mijlocul lanurilor de grâu. Am parcat în centru, lângă biserică și primărie. Ne-am plimbat primprejur, și Bamber a făcut câteva poze. Am remarcat că erau puțini oameni. Era un loc trist, pustiu.

Citisem că lagărul era situat în zona de nord-est și că în anii '60 fusese construită acolo o școală tehnică. Lagărul se aflase la vreo trei kilometri de gară, exact în capătul opus al localității, ceea ce însemna că familiile deportate trebuiseră să străbată chiar centrul orașului.

Trebuie să fie aici oameni care-şi amintesc, i-am zis lui Bamber. Oameni care văzuseră de la ferestre sau din pragul uşilor grupurile nesfârşite de oameni care-şi târau obosiţi picioarele.

Gara nu mai era în uz. Fusese renovată şi transformată în grădiniţă. Era ceva ironic în asta, mi-am zis, uitându-mă pe ferestre la desenele colorate şi la animalele de pluş. Un grup de copilaşi se jucau într-o zonă închisă din dreapta clădirii.

O femeie de vreo treizeci de ani, cu un copil mic în braţe, veni la mine să mă întrebe dacă aveam nevoie de ceva. I-am răspuns că eram ziaristă şi căutam informaţii despre vechiul lagăr de concentrare care existase aici în anii '40. Ea nu auzise niciodată de vreun lagăr în zonă. I-am arătat plăcuţa prinsă chiar deasupra uşii grădiniţei.

> „În memoria miilor de copii, femei şi bărbaţi evrei care au trecut prin această gară şi prin lagărul de concentrare de la Beaune-la-Rolande, între mai 1941 şi august 1943, înainte să fie deportaţi în lagărul de exterminare de la Auschwitz, unde au fost ucişi. Să nu uităm niciodată."

Ea ridică din umeri şi zâmbi în chip de scuză. Nu ştiuse. Oricum, era prea tânără. Asta se petrecuse cu mult înainte de vremea ei. Am întrebat-o dacă oamenii veneau la gară să se uite la plăcuţă. Mi-a răspuns că, de când începuse să lucreze aici, cu un an în urmă, nu observase pe nimeni.

Bamber continua să facă poze în timp ce eu înconjuram clădirea albă şi joasă. Numele oraşului era gravat cu litere negre pe fiecare latură a gării. Am aruncat o privire peste gard.

Vechile şine erau acoperite de buruieni şi de iarbă, dar încă la locul lor, cu traversele vechi de lemn şi oţelul ruginit. Pe acele şine abandonate, câteva trenuri plecaseră direct spre Auschwitz. Am simţit că mi se strânge inima în timp ce priveam acele traverse. Dintr-odată, aerul devenise irespirabil.

Convoiul cu numărul 15, din data de 5 august 1942, îi dusese pe părinţii lui Sarah Starzynski direct la moarte.

Sarah dormi prost în acea noapte. În minte îi răsunau strigătele lui Rachel, iarăşi şi iarăşi. Oare unde se afla acum? Era bine? Avea grijă cineva de ea ca să se însănătoşească? Unde fuseseră duse toate familiile acelea de evrei? Mama, tatăl ei? Şi copiii din lagărul de la Beaune?

Sarah stătea în pat, întinsă pe spate, şi asculta tăcerea bătrânei case. Atât de multe întrebări. Şi nici un răspuns. Tatăl ei obişnuia să-i lămurească toate nedumeririle. De ce este cerul albastru, din ce sunt făcuţi norii şi cum vin bebeluşii pe lume. De ce are marea flux şi reflux, cum cresc florile şi de ce se îndrăgostesc oamenii. Întotdeauna îşi făcea timp să-i răspundă, răbdător, calm, prin gesturi şi cuvinte simple. Nu-i spusese niciodată că e prea ocupat. Îl încântau veşnicele ei întrebări. Obişnuia să-i spună că e o fetiţă atât de deşteaptă.

Dar îşi aminti că, în ultima vreme, tatăl ei nu-i mai răspundea la întrebări aşa cum făcea altădată. La întrebările ei despre steaua galbenă, despre faptul că nu mai puteau să meargă la cinema sau la ştrand. Despre interdicţia de a ieşi din casă. Despre acel om din Germania care îi ura pe evrei şi al cărui nume o făcea să se cutremure. Nu, nu-i răspunsese clar la întrebări. Rămăsese vag, tăcut. Şi când îl întrebase din nou, pentru a doua sau a treia oară, chiar cu puţin timp înainte ca bărbaţii să vină după ei în acea joi neagră, despre motivul pentru care erau urâţi pentru că erau evrei – doar nu din cauză că le era frică de evrei fiindcă aceştia erau „diferiţi" –, el îşi ferise privirea, de parcă nu ar fi auzit-o. Dar ea ştia că o auzise.

Nu voia să se gândească la tatăl ei. Era prea dureros. Nu putea nici măcar să-și aducă aminte când îl văzuse ultima oară. În lagăr... Dar când, mai precis? Nu știa. În cazul mamei, ultima dată fusese când îi văzuse chipul întorcându-se spre ea, în timp ce se îndepărta cu celelalte femei care plângeau, pe acel drum lung și prăfuit înspre gară. Avea o imagine clar întipărită în minte, ca o fotografie. Chipul palid al mamei ei, albastrul uimitor al ochilor ei. Umbra unui zâmbet.

Dar nu existase o ultimă dată cu tatăl ei. Nici o ultimă imagine de care să se agațe, pe care s-o poată evoca. Încercă să și-l amintească, să rememoreze chipul slab și întunecat, ochii hăituiți. Dinții albi pe fața smeadă. Auzise mereu că ea seamănă cu mama ei, la fel și Michel. Aveau pielea albă, slavă, pomeți înalți și largi, ochi migdalați. Tatăl ei obișnuia să se plângă că nici unul dintre copii nu îi semăna. Fetița izgoni din minte zâmbetul tatălui ei. Era prea dureros. Prea profund.

A doua zi trebuia să ajungă la Paris. Trebuia să se ducă acasă, să descopere ce se întâmplase cu Michel. Poate că și el era în siguranță, așa cum era și ea acum. Poate că niște oameni buni și generoși reușiseră să deschidă ușa ascunzătorii și să-l elibereze. Dar cine, se întrebă ea? Cine ar fi putut să-l ajute? Fetița nu avusese niciodată încredere în Madame *Royer, portăreasa. Ochi vicleni, zâmbet subțire. Nu, ea nu. Poate amabilul profesor de vioară, cel care strigase în dimineața acelei joi negre: „Unde îi duceți, sunt oameni buni, nu puteți face asta!" Da, poate că el reușise să-l salveze pe Michel, poate că Michel era în siguranță în casa acelui bărbat care îi cânta melodii poloneze la vioară. Râsul lui Michel, obrajii lui roz, Michel bătând din palme și dansând, rotindu-se, poate că Michel o aștepta, poate că îi spunea în fiecare dimineață profesorului de vioară: vine Sirka azi? Când vine Sirka? A promis că se întoarce să mă ia, mi-a promis!*

Când se trezi dimineața, la cântatul unui cocoș, își dădu seama că perna îi era udă de lacrimi. Se îmbrăcă repede, cu hainele pe care i le pregătise Geneviève. Hainele unui băiat voinic, demodate, dar curate. Fetița se întrebă cui îi aparțineau. Lui Nicolas Dufaure, care își scrisese chinuit numele în toate cărțile acelea? Își puse cheia și banii în buzunar.

Jos, la parter, bucătăria răcoroasă era goală. Era încă devreme. Pisica dormea, ghemuită pe un scaun. Fetița ciuguli dintr-o pâine moale și bău niște lapte. Pipăi în buzunar banii și cheia, ca să se asigure că erau în siguranță.

Era o dimineață fierbinte, cenușie. Știa că seara urmau să vină furtuni violente. Acele furtuni puternice și înspăimântătoare care îl speriau atât de tare pe Michel. Se întrebă cum avea să ajungă la gară. Era departe de Orléans? Nu avea nici cea mai vagă idee. Cum se va descurca? Cum va nimeri drumul? Am ajuns până aici, își repeta mereu, am ajuns până aici, așa că nu pot renunța acum, o să mă descurc, o să găsesc o cale. Și nu putea să plece fără să-și ia rămas-bun de la Jules și de la Geneviève. Așa că așteptă, aruncând din pragul casei firimituri la găini și la pui.

Geneviève coborî o jumătate de oră mai târziu. Pe chipul ei încă se zăreau urmele crizei de noaptea trecută. Câteva minute mai târziu apăru și Jules, depunând un sărut afectuos pe părul tuns scurt al lui Sarah. Fetița îi privi cum pregăteau micul dejun, cu gesturi încete și atente. Se atașase de ei, își zise. Mai mult de atât. Cum avea să le spună că urma să plece astăzi? Dar nu avea de ales. Trebuia să se întoarcă la Paris.

Când le spuse, își terminaseră micul dejun și făceau curat.

– Ah, dar nu poți să faci asta, gemu bătrâna, aproape scăpând ceașca pe care o ștergea. Sunt patrule pe drumuri, iar trenurile sunt supravegheate. Nu ai nici măcar un act de identitate. Vei fi oprită și trimisă înapoi în lagăr.

– Am bani, replică Sarah.

– Dar asta nu o să-i împiedice pe nemți să...

Jules o întrerupse pe soția sa ridicând o mână. Încercă să o convingă pe Sarah să mai rămână puțin. Îi vorbi cu calm și hotărâre, așa cum obișnuia să facă tatăl ei, își zise fetița. Ascultă, dând absentă din cap. Dar trebuia să-i facă să înțeleagă. Cum putea să le explice nevoia de a ajunge acasă? Cum putea să rămână la fel de calmă și de hotărâtă ca Jules?

Cuvintele își luau zborul, în devălmășie, de pe buzele ei. Se săturase să încerce să fie adult. Bătu nervoasă din picior.

– Dacă încercați să mă opriți, rosti ea sumbru, dacă mă opriți, o să fug.

Se ridică și se îndreptă spre ușă. Bătrânii nu făcură nici o mișcare, se uitau la ea, împietriți.

- Stai! rosti Jules, în cele din urmă. Stai o clipă.

- Nu. Nu mai stau. Mă duc la gară, zise Sarah, cu mâna pe clanță.

- Nici măcar nu știi unde e gara, replică Jules.

- O s-o găsesc. O să-mi găsesc drumul.

Trase zăvorul de la ușă.

- La revedere, le spuse ea celor doi bătrâni. La revedere și vă mulțumesc.

Se întoarse și porni spre porți. Fusese ușor. Simplu. Dar când trecu de porți și se aplecă să mângâie capul câinelui, își dădu brusc seama ce făcuse. Acum era pe cont propriu. Complet singură. Își aminti de țipătul ascuțit al lui Rachel. Pașii sonori, în marș. Râsul înfricoșător al locotenentului. Curajul începu să i se risipească. Fără să vrea, își întoarse capul și se uită spre casă.

Jules și Geneviève o priveau încă de la fereastră, înmărmuriți. Când se mișcară, o făcură amândoi odată. Jules își luă șapca și Geneviève, geanta. Ieșiră grăbiți afară, încuiară ușa din față, iar când ajunseră lângă fetiță, Jules își puse o mână pe umărul ei.

- Vă rog, nu mă opriți, murmură Sarah și se înroși la față.

Era și fericită, dar și supărată că o urmaseră.

- Să te oprim? zâmbi Jules. Nu te oprim, încăpățânată mică. Mergem cu tine.

Ne-am croit drum spre cimitir, sub un soare fierbinte și uscat. Brusc, am simțit că mi se face rău. Trebuia să mă opresc și să respir. Bamber își făcea griji. I-am spus să nu se neliniștească, era doar din cauză că nu dormisem. Încă o dată, pe chipul lui se citea neîncrederea, dar nu făcu nici un comentariu.

Cimitirul era mic, dar ne-a luat mult timp până să găsim ceva. Aproape că ne dăduserăm bătuți, când Bamber observă pietricele pe unul dintre morminte. O tradiție evreiască. Ne-am apropiat. Pe piatra albă și plată am citit:

> „Veteranii evrei deportați au ridicat acest monument la zece ani după internarea lor în lagăr, pentru a perpetua amintirea martirilor lor, victime ale barbariei hitleriste. Mai 1941 – mai 1951“

– Barbaria hitleristă! remarcă sec Bamber. Face să pară că francezii nu au avut nimic de-a face cu toată afacerea asta.

Pe o latură a pietrei funerare erau câteva nume și date. M-am aplecat să mă uit mai îndeaproape. Copii. De maximum doi sau trei ani. Copii care muriseră în lagăr, în iulie și august 1942. Copii de la Vel' d'Hiv'.

Fusesem conștientă că tot ce citisem despre razie era adevărat. Și, totuși, în această dimineață fierbinte de primăvară, în timp ce priveam mormântul, am trăit un șoc. Întreaga realitate a acelui eveniment m-a izbit din plin.

Și am știut că nu voi mai avea odihnă, nu voi putea să-mi găsesc liniștea până când nu voi afla cu precizie ce se întâmplase cu Sarah Starzynski. Și ce anume știa familia Tézac și refuza să-mi spună.

Pe drumul de înapoiere spre centrul orășelului, am văzut un bătrân târșâindu-și picioarele, cu un coș cu legume în mână. Părea să aibă peste optzeci de ani, un chip rotund și roșu și părul alb. L-am întrebat dacă știa unde se afla fostul lagăr evreiesc. Ne-a privit cu suspiciune.

– Lagărul? ne întrebă el. Vreți să știți unde era lagărul?

Am dat afirmativ din cap.

– Nimeni nu întreabă de lagăr, murmură el, jucându-se cu prazul din coș și evitându-ne privirea.

– Știți unde se află? am insistat.

El tuși.

– Sigur că știu. Am trăit aici toată viața. Când eram copil, nu știam ce-i cu el. Nimeni nu vorbea despre asta. Ne purtam de parcă nici n-ar fi fost aici. Știam că avea de-a face cu evreii, dar nu întrebam. Ne era prea teamă. Așa că ne-am văzut de treburile noastre.

– Vă amintiți ceva anume despre lagăr? am întrebat.

– Aveam cam cincisprezece ani, răspunse el. Îmi amintesc de vara lui '42, de mulțimile de evrei care veneau dinspre gară și treceau chiar pe strada asta. Chiar aici.

Degetul lui strâmb arătă spre strada mare pe care ne aflam.

– Avenue de la Gare. Zeci de evrei. Și într-o zi s-a auzit un zgomot. Un zgomot îngrozitor. Deși părinții mei locuiau la oarecare distanță de lagăr. Dar tot am auzit. Un vuiet a străbătut tot orașul. A continuat întreaga zi. I-am auzit pe părinții mei vorbind cu vecinii. Spuneau că mamele erau separate de copii, acolo, în lagăr. De ce? Nu știam. Am văzut un grup de evreice mergând spre gară. Nu, nu mergeau. Se poticneau pe drum și plângeau, împinse de polițiști.

Ochii lui priviră din nou spre stradă, pe când își amintea. Apoi își ridică de jos coșul, cu un icnet.

– Într-o zi, reluă el, lagărul era gol. Mi-am zis: „Evreii au plecat". Nu știam unde. Și am încetat să mă gândesc la asta. Cu toții am făcut același lucru. Nu vorbim despre asta. Nu vrem să ne amintim. Unii oameni de aici nici măcar nu știu.

Se întoarse şi se îndepărtă. Eu am notat totul, simţind că îmi vine iarăşi rău. Dar de data asta nu eram sigură dacă greţurile matinale erau de vină sau ceea ce citisem în ochii bătrânului, indiferenţa, dispreţul lui.

Am mers cu maşina pe rue Roland din Place du Marché şi am parcat în faţa şcolii. Bamber îmi arătă că strada se numea „rue des Déportés", Drumul Deportaţilor. M-am simţit recunoscătoare pentru asta. Nu cred că aş fi suportat să se numească „avenue de la République".

Şcoala tehnică era o clădire sumbră, modernă, cu un turn de apă ridicându-se deasupra. Era greu de imaginat lagărul care se aflase aici, sub cimentul gros şi locurile de parcare. Studenţii stăteau lângă intrare şi fumau. Era pauza de prânz. Pe un petic de iarbă neîngrijită, în faţa şcolii, am remarcat nişte sculpturi ciudate, curbe, cu cifre sculptate. Pe una dintre ele am citit: „Trebuie să acţioneze împreună cu şi pentru celălalt, în spiritul fraternităţii". Nimic mai mult. Eu şi Bamber ne-am uitat unul la altul, nedumeriţi.

L-am întrebat pe unul dintre studenţi dacă sculpturile aveau vreo legătură cu lagărul. „Ce lagăr?" întrebă el. Colega lui chicoti. I-am explicat natura lagărului. Asta păru să-l facă ceva mai serios. Apoi studenta zise că exista un fel de *plaque*, puţin mai departe pe drumul care ducea spre sat. Nu o observasem când veniserăm aici cu maşina. Am întrebat-o pe tânără dacă era un memorial. Ea aşa credea.

Monumentul era din marmură neagră, cu litere aurii, şterse. Fusese ridicat în 1965 de primarul din Beaune-la-Rolande. O stea a lui David, din aur, era sculptată în vârf. Şi erau nume. O listă nesfârşită. Am observat două nume care deveniseră dureros de familiare: „Starzynski, Wladyslaw. Starzynski, Rywka".

În partea de jos a monumentului de marmură am observat o urnă mică şi pătrată. „Aici este depusă cenuşa martirilor noştri de la Auschwitz-Birkenau." Ceva mai sus, sub lista de nume, am citit o altă frază: „Pentru cei 3 500 de copii evrei smulşi de lângă părinţii lor, închişi la Beaune-la-Rolande şi Pithiviers, deportaţi şi exterminaţi la Auschwitz". Apoi Bamber citi cu glas tare, cu accentul lui britanic, cultivat: „Victime ale naziştilor, îngropate în cimitirul de la Beaune-la-Rolande". Mai jos am descoperit aceleaşi nume gravate și pe mormântul din cimitir. Copiii de la Vel' d'Hiv' care muriseră în lagăr.

– Din nou „victime ale naziștilor", murmură Bamber. Mie mi se pare un caz evident de răzbunare.

Am rămas amândoi privind în tăcere. Bamber făcuse câteva poze, dar acum aparatul era în husă. Pe marmura neagră nu se preciza nicăieri că numai poliția franceză fusese responsabilă pentru conducerea lagărului și pentru ceea ce se petrecuse în spatele sârmei ghimpate.

Am privit înapoi spre sat, la clopotnița sinistră și întunecată a bisericii din stânga mea.

Sarah Starzynski mersese chiar pe acel drum. Trecuse pe lângă locul unde mă aflam acum și o luase la stânga, spre lagăr. Câteva zile mai târziu, părinții ei ieșiseră din nou, ca să fie duși la gară și de-acolo, spre moarte. Copiii fuseseră lăsați singuri săptămâni întregi, apoi trimiși la Drancy. Și spre morțile lor solitare, după lungul drum spre Polonia.

Ce se întâmplase cu Sarah? Murise aici? Nu existase nici o urmă a numelui ei în cimitir, pe monument. Scăpase? Am privit dincolo de turnul de apă aflat la marginea satului, spre nord. Era încă în viață?

Telefonul meu celular sună și ne făcu pe amândoi să tresărim. Era sora mea, Charla.

– Ești bine? mă întrebă, iar vocea ei răsună surprinzător de clar.

Părea să se afle chiar lângă mine, nu la mii de kilometri depărtare, dincolo de Atlantic.

– Azi-dimineață mi-ai lăsat un mesaj trist.

Gândurile mele se smulseră de la Sarah Starzynski și se îndreptară spre copilul pe care îl purtam în pântece. Spre ceea ce îmi spusese Bertrand cu o seară în urmă: „Sfârșitul nostru".

Încă o dată, am simțit toată greutatea lumii apăsându-mă.

Gara din Orléans era aglomerată și zgomotoasă, un mușuroi de uniforme cenușii. Sarah se strânse lângă cuplul de bătrâni. Nu voia să-și arate teama. Dacă ajunsese până aici, asta însemna că exista speranță. Speranța de a ajunge înapoi la Paris. Trebuia să fie curajoasă, să fie puternică.

– Dacă te întreabă cineva, șopti Jules, în timp ce așteptau la coadă să-și cumpere bilete spre Paris, ești nepoata noastră, Stéphanie Dufaure. Ai părul ras din cauză că ai luat păduchi la școală.

Geneviève îndreptă gulerul lui Sarah.

– Așa, zise ea și zâmbi. Arăți îngrijită și curată. Și drăguță. Exact ca nepoata noastră!

– Chiar aveți o nepoată? întrebă Sarah. Și astea sunt hainele ei?

Geneviève râse.

– Nu avem decât niște nepoți zvăpăiați, pe Gaspard și pe Nicolas. Și un fiu, pe Alain. Are vreo patruzeci de ani. Locuiește la Orléans cu Henriette, nevasta lui. Astea sunt hainele lui Nicolas, e puțin mai mare ca tine. Și o mare pușlama!

Sarah admiră felul în care cei doi bătrâni se prefăceau a fi în largul lor, purtându-se de parcă era o dimineață perfect normală, o călătorie perfect normală la Paris. Dar observă cum privirile lor zvâcneau permanent în jur, mereu la pândă, mereu în mișcare. Neliniștea ei crescu atunci când văzu că soldații îi controlează pe toți călătorii care se urcau în trenuri. Își lungi gâtul să-i observe. Nemți? Nu, francezi. Soldați francezi. Ea nu avea nici un act de identitate asupra ei. Nimic.

Nimic în afară de cheie și de bani. În tăcere, discret, îi strecură lui Jules teancul gros de bani. Bătrânul o privi surprins. Fetița arătă cu bărbia către soldații care barau accesul înspre trenuri.

– Ce vrei să fac cu asta, Sarah? îi șopti el, uimit.

– O să ceară actul meu de identitate. Nu am așa ceva. Asta poate fi de ajutor.

Jules se uită la șirul de bărbați aflați în fața trenului și deveni agitat. Geneviève îi dădu un ghiont cu cotul.

– Jules! șuieră ea. Ar putea să meargă. Trebuie să încercăm. N-avem altă soluție.

Bătrânul își îndreptă ținuta și dădu din cap înspre nevasta lui. Părea să-și fi recăpătat stăpânirea de sine. Cumpărară biletele, apoi se îndreptară spre tren.

Peronul era ticsit. Pasagerii se înghesuiau în jurul lor din toate părțile, femei cu copii care urlau, bătrâni cu chipuri rigide, oameni de afaceri grăbiți, îmbrăcați la costum. Sarah știa ce are de făcut. Își aminti de băiatul care scăpase din stadionul închis, cel care se strecurase afară când era agitație. Asta trebuia să facă acum. Să profite la maximum de înghesuială și de ciorovăieli, de soldații care strigau tot felul de ordine, de mulțimea care se împingea.

Dădu drumul mâinii lui Jules și se lăsă în jos cât putu de mult. Era ca și cum ar fi mers pe sub apă, își zise. O masă compactă de fuste și pantaloni, pantofi și glezne. Se strecură cu greu, făcându-și loc cu pumnii, și trenul apăru chiar în fața ei.

În timp ce se urca în tren, o mână o apucă de umăr. Cât ai clipi, fetița își compuse o expresie adecvată, adoptând un zâmbet cât se poate de firesc. Zâmbetul unei fetițe normale. O fetiță normală, care lua trenul spre Paris. O fetiță normală, ca aceea în rochie liliachie, pe care o văzuse pe peron când fuseseră duși în lagăr, în ziua aceea care părea atât de îndepărtată.

– Sunt cu buni, zise ea, aruncând un zâmbet nevinovat și arătând spre vagon.

Soldatul dădu aprobator din cap și o lăsă să treacă. Fără suflare, fetița își croi drum prin tren, uitându-se pe fereastră. Inima îi bătea să-i spargă pieptul. Iată-i pe Jules și pe Geneviève cum ieșeau din mulțime și ridicau spre ea priviri uimite. Le făcu triumfătoare cu mâna.

Se simțea mândră de ea. Se suise în tren singură, iar soldații nici măcar nu o opriseră.

Zâmbetul i se evaporă însă când văzu numărul mare de ofițeri germani care se suiră în tren. Vocile lor răsunau zgomotoase și aspre în timp ce-și croiau drum pe coridorul aglomerat. Oamenii își întorceau fața, priveau în jos, se făceau cât mai mici cu putință.

Sarah stătea într-un colț al vagonului, pe jumătate ascunsă de Jules și de Geneviève. Nu i se vedea decât fața, privind pe furiș printre umerii bătrânilor. Observă apropierea nemților și îi privi fascinată. Nu-și putea lua ochii de la ei. Jules îi șopti să nu se mai uite la ei. Dar nu reușea.

Era un bărbat anume care îi provoca repulsie, înalt, slab, cu fața albă și colțuroasă. Ochii lui aveau o nuanță de albastru spălăcit care părea transparent sub pleoapele roz, grele. Când grupul de ofițeri trecu pe lângă ei, bărbatul înalt și slab întinse o mână lungă, îmbrăcată în haină cenușie, și o ciupi pe Sarah de ureche. Ea se cutremură de spaimă.

– Hei, băiete, chicoti ofițerul, nu trebuie să-ți fie teamă de mine. Într-o zi o să fii și tu soldat, nu-i așa?

Jules și Geneviève aveau un zâmbet țeapăn, pictat pe chipuri, care nu se clintea. O țineau firesc pe Sarah, dar fetița le simțea tremurul mâinilor.

– Aveți un nepot arătos, rânji ofițerul, frecând cu palma lui imensă părul tuns scurt al lui Sarah. Ochi albaștri, păr blond, la fel ca toți copiii de acasă, nu?

O cântări pentru ultima oară, rapid, cu ochii lui șterși, cu pleoape grele, apoi se întoarse și urmă grupul de bărbați. Crezuse că e băiat, își zise Sarah. Și nu își dăduse seama că era evreică. A fi evreu era ceva care se observa imediat? Nu era sigură. Odată o întrebase pe Armelle. Armelle îi zisese că ea nu arăta a evreică datorită părului blond și ochilor albaștri. Așadar, ochii și părul m-au salvat azi, își zise.

Își petrecu cea mai mare parte a călătoriei cuibărită lângă trupurile calde și moi ale bătrânilor. Nimeni nu vorbi cu ei, nimeni nu-i întrebă nimic. Privind pe fereastră, fetița se gândi la Parisul care se apropia cu fiecare minut, aducând-o mai aproape de Michel. Privi norii joși și cenușii care se adunau, și primele picături grele de ploaie se izbiră de sticlă și alunecară, turtite de vânt.

Trenul opri în stația Austerlitz. Stația din care plecase cu părinții în acea zi fierbinte și prăfoasă. Urmându-i pe bătrâni, fetița coborî din tren și o luară pe peron înspre metrou.

Pașii lui Jules deveneau șovăielnici. Ridicară privirea. Drept în față, văzură șirurile de polițiști în uniforme bleumarin, care îi opreau pe călători și le cereau actele la control. Geneviève nu zise nimic și îi împinse ușor să-și continue drumul. Pășea apăsat, înălțându-și bărbia rotundă. Jules o urmă, ținând-o strâns de mână pe Sarah.

În timp ce stătea la coadă, Sarah studie chipul polițistului. Un bărbat de vreo patruzeci de ani, cu o verighetă groasă de aur. Părea nepăsător. Dar ea observă că privirea lui se mișca rapid de la hârtiile din mâinile lui spre chipul persoanei care se afla în fața lui. Își făcea datoria cu atenție.

Sarah își alungă toate gândurile din minte. Nu voia să-și imagineze ce se putea întâmpla. Nu se simțea destul de puternică să vizualizeze acea imagine. Își lăsă gândurile să zboare. Se gândi la pisica pe care o avuseseră odată și care o făcea să strănute. Oare cum o chema? Nu-și putea aduce aminte. Ceva caraghios, ca Bonbon sau Réglisse. O dăduseră fiindcă din cauza ei o gâdila nasul și ochii i se înroșeau și i se umflau. Fusese tristă, iar Michel plânsese toată ziua. Michel zisese că era numai vina ei.

Bărbatul întinse o mână blazată. Jules îi dădu actele lor într-un plic. Bărbatul le răsfoi, privirea lui se ridică spre Jules, apoi spre Geneviève. Apoi zise:

– Fetița?

Jules arătă spre acte.

– Actele copilului sunt acolo, Monsieur. *Cu ale noastre.*

Bărbatul deschise mai larg plicul, cu un gest abil. La fundul plicului apăru o bancnotă mare, împăturită. Bărbatul nici nu tresări.

Se uită din nou la bani, apoi la chipul lui Sarah. Fetița îl privi. Nu se chirci și nici nu se rugă. Pur și simplu se uită la el.

Clipa păru să se prelungească la nesfârșit, ca acel minut interminabil când polițistul o lăsase, în cele din urmă, să scape din lagăr.

Bărbatul dădu scurt din cap. Îi înmână actele lui Jules și băgă plicul în buzunar, cu un gest fluid. Apoi se dădu la o parte ca să-i lase să treacă.

– Mulțumesc, Monsieur, *zise el. Următorul, vă rog.*

Vocea Charlei îmi răsună în ureche.

– Julia, tu vorbești serios? Nu se poate să fi spus una ca asta. Nu te poate pune într-o asemenea situație. Nu are nici un drept!

Era vocea avocatului pe care o auzeam acum, avocata dură și tupeistă din Manhattan, căreia nu-i era frică de nimeni și de nimic.

– Chiar a spus-o, am replicat eu apatică. A zis că va fi *sfârșitul nostru*. Că mă va părăsi dacă păstrez copilul. Spune că se simte bătrân, că nu poate face față unui alt copil, că pur și simplu nu vrea să fie un tată bătrân.

Urmă o pauză.

– Asta are vreo legătură cu femeia aia cu care a avut o aventură? întrebă Charla. Nu-mi amintesc numele ei.

– Nu. Bertrand nu a pomenit nimic de ea.

– Nu-l lăsa să te forțeze să faci ceva, Julia. Este și copilul tău. Nu uita asta, draga mea.

Întreaga zi, afirmația surorii mele îmi răsună în minte. „Este și copilul tău." Vorbisem cu doctorița mea. Nu fusese surprinsă de decizia lui Bertrand. Îmi sugerase că poate trecea prin criza vârstei de mijloc. Că responsabilitatea unui alt copil era prea greu de suportat pentru el. Că era fragil. Se întâmpla multor bărbați care se apropiau de cincizeci de ani.

Chiar trecea Bertrand printr-o criză? Dacă așa stăteau lucrurile, nu îmi dădusem seama că se apropiase. Cum fusese posibil? Pur și simplu crezusem că era egoist, că se gândea numai la el, ca de obicei.

Îi spusesem asta în timpul discuției noastre. Îi spusesem tot ce gândeam. Cum putea să-mi ceară să fac un avort după numeroasele sarcini pierdute, după atâta durere, speranțe spulberate, disperare? Chiar mă iubea? îl întrebasem, disperată. Chiar mă iubea cu adevărat? El mă privise, clătinând din cap. Desigur că mă iubea. Cum puteam să pun asemenea întrebări prostești. Mă iubea. Și îmi reveni în minte vocea lui frântă, felul afectat cum își recunoscuse teama că îmbătrânea. Criza vârstei de mijloc. Poate că doctorița avea dreptate, la urma urmelor. Și poate că eu nu-mi dădusem seama de asta fiindcă avusesem atât de multe lucruri pe cap în ultimele câteva luni. Mă simțeam cu totul pierdută. Incapabilă să mă ocup de Bertrand și de neliniștile lui.

Doctorița mă informase că nu aveam prea mult timp la dispoziție ca să mă decid. Sarcina avea deja șase săptămâni. Dacă voiam să avortez, trebuia s-o fac în următoarele două săptămâni. Trebuiau efectuate teste, găsită o clinică. Ea îmi sugerase să vorbim, eu și Bertrand, cu un consilier marital. Trebuia să discutăm despre asta, să aducem totul la suprafață. „Dacă întrerupi sarcina împotriva voinței tale", îmi subliniase doctorița, „nu o să-l ierți niciodată. Iar dacă nu o faci, el deja ți-a mărturisit cât de intolerabilă este această situație pentru el. Totul trebuie lămurit, și încă repede."

Avea dreptate. Dar nu mă puteam îndemna să grăbesc lucrurile. Cu fiecare minut, câștigam șaizeci de secunde de viață pentru acest copil. Un copil pe care deja îl iubeam. Nu era mai mare decât o boabă de fasole și deja îl iubeam la fel de mult ca pe Zoë.

M-am dus acasă la Isabelle. Locuia într-un duplex micuț și colorat, pe rue de Tolbiac. Simțeam că nu mă puteam duce acasă de la birou, să aștept întoarcerea soțului meu. Nu puteam să fac față la asta. Am sunat-o pe Elsa, babysitterul, și am rugat-o să vină. Isabelle mi-a făcut niște pâine prăjită cu *crottin de chavignol*[1] și a încropit rapid o salată ușoară. Soțul ei era plecat într-o călătorie de afaceri.

– OK, *cocotte*, zise ea, așezându-se în fața mea și suflând fumul departe de mine, încearcă să vizualizezi viața fără Bertrand. Să ți-o

1 Cel mai faimos sortiment de brânză de capră dintre cele produse pe Valea Loarei

imaginezi. Divorțul. Avocații. După aceea. Ce ar însemna asta pentru Zoë. Cum va fi viața voastră. Case separate. Existențe separate. Zoë făcând naveta de la tine la el. De la el la tine. Să nu mai fiți o familie adevărată. Să nu mai luați împreună micul dejun, să nu vă mai petreceți Crăciunul împreună, vacanțele împreună. Poți să faci asta? Îți poți imagina așa ceva?

M-am uitat țintă la ea. Părea de neconceput. Imposibil. Și totuși, se întâmpla de atâtea ori. Zoë era practic singurul copil din clasă cu părinți căsătoriți de cincisprezece ani. I-am spus lui Isabelle că nu mai puteam să vorbesc despre asta. Ea mi-a oferit niște spumă de ciocolată și ne-am uitat la *Domnișoarele din Rochefort* la DVD-player. Când am ajuns acasă, Bertrand era la duș, iar Zoë, în țara lui Moș Ene. M-am strecurat în pat. Soțul meu se dusese să se uite la televizor în living. Până să vină în pat, eu dormeam dusă.

Astăzi era ziua de „vizită la Mamé". Pentru prima dată, aproape că am telefonat să anulez. Mă simțeam sfârșită. Voiam să stau în pat și să dorm toată dimineața. Dar știam că mă așteaptă. Știam că va fi îmbrăcată în cea mai bună rochie, cenușiu cu mov, își va da pe buze cu rujul roșu și se va parfuma cu Shalimar. Nu puteam s-o dezamăgesc. Când am ajuns acolo, chiar înainte de amiază, am observat Mercedesul argintiu al socrului meu parcat în curtea căminului. Asta m-a speriat.

Se afla aici fiindcă voia să mă vadă. Nu venea niciodată în vizită la mama lui în același timp cu mine. Fiecare avea programul lui. Laure și Cécile veneau în weekend, Colette, lunea după-amiază, Édouard, marțea și vinerea, iar eu, de obicei, miercurea după-amiază cu Zoë și singură, joia la prânz. Și fiecare dintre noi își respecta programul.

Și iată-l, stând foarte bățos, în timp ce o asculta pe mama sa. Mamé tocmai își terminase prânzul, servit mereu ridicol de devreme. Brusc, m-am simțit neliniștită, ca o școlăriță vinovată. Ce voia de la mine? Nu putea să ia telefonul și să mă sune, dacă dorea să mă vadă? De ce să aștepte până acum?

Mi-am ascuns însă toate resentimentele în spatele unui zâmbet cald, l-am sărutat pe ambii obraji și m-am așezat lângă Mamé, luând-o de mână, așa cum făceam mereu. Mă așteptam oarecum ca el să plece, dar a rămas, privindu-ne cu o expresie amabilă. Nu mă simțeam în largul meu, de parcă îmi fusese invadată intimitatea și fiecare cuvânt pe care îl adresam lui Mamé era ascultat și judecat.

După o jumătate de oră se ridică și se uită la ceas. Îmi aruncă un zâmbet ciudat.

– Julia, trebuie să vorbesc cu tine, te rog, murmură el, coborându-și glasul astfel încât urechile bătrâne ale lui Mamé să nu poată auzi.

Am observat că deodată părea neliniștit, își târșâia picioarele și mă privea cu nerăbdare. Așa că am sărutat-o pe Mamé de rămas-bun și l-am urmat spre mașină. El mi-a făcut semn să urc. Se așeză lângă mine, se jucă apoi cu cheile, dar nu porni mașina. Am așteptat, surprinsă de mișcarea nervoasă a degetelor lui. Tăcerea se prelungi, deplină și gravă. Am privit în jur, la curtea pavată, uitându-mă la infirmierele care împingeau în și din clădire cărucioarele bătrânilor neputincioși.

În cele din urmă, vorbi:

– Ce mai faci? mă întrebă, cu același zâmbet forțat.

– Bine, am răspuns. Tu?

– Sunt bine. La fel și Colette.

Din nou, tăcere.

– Am vorbit cu Zoë aseară, când tu erai plecată, reluă, fără să mă privească.

I-am studiat profilul, nasul imperial, bărbia regală.

– Și? am zis, precaută.

– Mi-a spus că faci cercetări...

Se opri și se juca cu cheile.

– Faci cercetări despre apartament, reluă în cele din urmă și întoarse privirea spre mine.

Am dat aprobator din cap.

– Da, am descoperit cine a locuit acolo înainte să vă mutați. Probabil că Zoë ți-a spus asta.

El oftă și-și lăsă bărbia în piept, astfel încât mici pliuri de piele îi acopereau acum gulerul.

– Julia, te-am avertizat, ții minte?

Am simțit că sângele începe să-mi alerge mai repede prin vene.

– Mi-ai spus să nu-i mai pun întrebări lui Mamé, am replicat, fără menajamente. Și asta am și făcut.

– Atunci de ce a trebuit să te mai interesezi de trecut? întrebă el.

Chipul i se făcuse cenușiu și respira greoi, de parcă l-ar fi durut.

Așadar, asta era. Acum știam de ce dorise să vorbească astăzi cu mine.

– Am descoperit cine a locuit acolo, am continuat cu aprindere, și asta-i tot. Trebuia să știu cine erau. Nu știu altceva. Nu știu ce a avut de-a face familia voastră cu întreaga afacere...

– Nimic! mă întrerupse el, strigând aproape. Nu am avut nimic de-a face cu arestarea acelei familii.

Îl priveam în tăcere. Tremura, dar nu-mi dădeam seama dacă de furie sau din alt motiv.

– Nu am avut nimic de-a face cu arestarea acelei familii, repetă el cu convingere. Au fost luați în timpul raziei de la Vel' d'Hiv'. Nu i-am turnat noi, nu am făcut nimic de genul ăsta, înțelegi?

M-am uitat la el, șocată.

– Édouard, dar niciodată nu mi-am închipuit una ca asta. Niciodată!

El își frecă fruntea cu degete nervoase, încercând să-și recapete stăpânirea de sine.

– Ai pus prea multe întrebări, Julia. Ai fost foarte curioasă. Lasă-mă să-ți spun cum s-a întâmplat. Ascultă-mă. A fost acea *concierge*, *Madame* Royer. Era prietenă cu portăreasa noastră în vremea când locuiam pe rue de Turenne, nu departe de rue de Saintonge. *Madame* Royer o plăcea pe Mamé. Mamé era amabilă cu ea. Ea a fost prima care le-a spus părinților mei că apartamentul e liber. Chiria era bună, mică. Apartamentul era mai mare decât cel de pe rue de Turenne. Asta s-a întâmplat. Așa ne-am mutat acolo. Asta-i tot!

Am continuat să-l privesc țintă, în timp ce el tremura în continuare. Nu-l văzusem niciodată atât de tulburat, de pierdut. L-am atins ușor pe mânecă.

– Te simți bine, Édouard?

L-am simțit cum tremură. Mă întrebam dacă îi era rău.

– Da, sunt bine, răspunse el, dar vocea îi era răgușită.

Nu puteam să înțeleg de ce părea atât de agitat, de livid.

– Mamé nu știe, continuă el și-și coborî glasul. Nimeni nu știe. Înțelegi? Nu trebuie să afle. Nu trebuie să afle vreodată.

Eram uimită.

– Ce să afle? am întrebat. Despre ce vorbești, Édouard?

– Julia, spuse el și mă privi pătrunzător, știi cine era familia, ai văzut numele.

– Nu înțeleg, am murmurat.

– Le-ai văzut numele, nu-i așa? se răsti el, făcându-mă să tresar. Știi ce s-a întâmplat. Nu?

Trebuie să fi părut complet pierdută, căci el oftă și-și îngropă fața în mâini.

Am rămas acolo, fără cuvinte. Despre ce naiba vorbea? Ce se întâmplase de nu știa nimeni?

– Fetița..., rosti el în cele din urmă, ridicând privirea, cu vocea atât de scăzută încât abia puteam să-l aud. Ce ai aflat despre fetiță?

– Ce vrei să spui? am întrebat, împietrită.

În glasul lui, în privirea lui era ceva care mă înspăimânta.

– Fetița, repetă el, cu o voce înăbușită și ciudată, s-a întors. La vreo două săptămâni după ce ne-am mutat. A venit înapoi pe rue de Saintonge. Eu aveam doisprezece ani. N-am să uit niciodată. N-am s-o uit niciodată pe Sarah Starzynski.

Spre groaza mea, chipul i se boți și lacrimile începură să-i curgă pe obraji. Nu puteam să rostesc nici o vorbă. Nu puteam decât să stau și să ascult. Nu mai era nici urmă din socrul meu arogant.

Era altcineva. Cineva cu un secret pe care îl purtase prea mult timp. Vreme de șaizeci de ani.

Călătoria cu metroul spre rue de Saintonge fusese rapidă, numai vreo două stații și o schimbare la Bastille. Când intrară pe rue de Bretagne, inima lui Sarah începu să bată mai repede. Se ducea acasă. În câteva minute va ajunge acasă. Poate, cât timp fusese ea plecată, mama și tatăl ei reușiseră să se întoarcă și poate că o așteptau și pe ea, în apartament, împreună cu Michel. Era nebună să creadă una ca asta? Își ieșise din minți? Nu putea să spere, nu avea voie? Avea zece ani și voia să spere, să creadă, mai mult decât orice, mai mult decât viața însăși.

În vreme ce îl trăgea pe Jules de mână, grăbindu-l, simți cum speranța îi crește în suflet, ca o plantă sălbatică pe care nu o mai putea stăpâni. O voce calmă și gravă din mintea ei spunea: Sarah, nu spera, nu crede, încearcă să te pregătești, încearcă să-ți imaginezi că nimeni nu te așteaptă, că papà și maman *nu sunt acolo, că apartamentul este prăfuit și murdar și că Michel... Michel...*

Numărul 26 le apăru înaintea ochilor. Nimic nu se schimbase pe stradă, remarcă ea. Era același drum îngust și liniștit pe care îl știa dintotdeauna. Cum era posibil ca vieți întregi să se schimbe, să fie distruse, iar străzile și clădirile să rămână la fel? se întreba Sarah.

Jules împinse ușa grea. Curtea era exact la fel, cu frunzișul verde, cu mirosul vechi de praf, de umiditate. În timp ce străbăteau curtea, Madame *Royer deschise ușa apartamentului ei și își scoase capul afară. Sarah dădu drumul mâinii lui Jules și se repezi spre scări. Repede acum, trebuia să se grăbească, era acasă, în sfârșit, nu mai avea timp de pierdut.*

Auzi întrebarea curioasă a portăresei: „Căutați pe cineva?" când ajunsese la primul etaj, gâfâind deja. Glasul lui Jules o urmă pe scări:

– Căutăm familia Starzynski.

Sarah surprinse râsul lui Madame *Royer, un sunet neplăcut, care îi zgârie auzul.*

– Au plecat, Monsieur*! Au dispărut! N-o să-i mai găsiți aici, asta-i sigur.*

Sarah se opri pe palierul de la etajul doi și se uită în curte. O vedea de acolo pe Madame *Royer, cu șorțul ei de un albastru murdar și cu micuța Suzanne agățată de un umăr. Au plecat... au dispărut... Ce voia să spună* concierge*? Unde au dispărut? Când?*

Nu avea vreme de pierdut, nu avea timp să se gândească acum la asta, își zise fetița, care se afla acum la două șiruri de trepte distanță de casă.

– Au venit polițiștii și i-au luat, Monsieur. *Au venit după toți evreii din zonă. I-au luat în niște autobuze mari. Acu'-s o mulțime de camere goale p-aici,* Monsieur. *Căutați ceva de închiriat? Apartamentul familiei Starzynski a fost luat, dar s-ar putea să vă fiu de folos... La etajul doi este un loc foarte drăguț, dacă vă interesează. Pot să vă arăt!*

Cu răsuflarea întretăiată, Sarah ajunse la etajul patru. De-abia mai putea să respire, așa că trebui să se sprijine de perete și să-și apese pumnul de partea laterală a corpului, care o durea.

Bătu cu putere, cu palmele, în ușa apartamentului părinților ei, cu lovituri rapide și sonore. Nici un răspuns. Bătu din nou, mai tare, cu pumnii.

Atunci, auzi pași în spatele ușii. Aceasta se deschise.

În cadrul ușii se ivi un băiat de vreo doisprezece–treisprezece ani.

– Da? făcu el.

Cine era? Ce făcea în casa ei?

– Am venit să-l iau pe fratele meu, se bâlbâi ea. Cine ești? Unde e Michel?

– Fratele tău? repetă băiatul, încet. Aici nu-i nici un Michel.

Fetița îl împinse cu brutalitate la o parte, aproape fără să bage de seamă noile tablouri de pe peretele de la intrare, rafturile străine, un covor necunoscut, cu roșu și verde. Uluit, băiatul strigă la ea, dar fata nu se opri, alergă de-a lungul holului familiar și o luă la stânga, spre dormitorul ei. Nu observă tapetul cel nou, patul cel nou, cărțile, obiectele care nu aveau nimic de-a face cu ea.

Băiatul își strigă tatăl și se auzi un zgomot de pași surprinși în camera de alături.

Sarah scoase cheia din buzunar, apăsă dispozitivul cu palma. Zăvorul ascuns apăru la vedere.

Auzi clinchetul soneriei de la ușă și un murmur de voci alarmate care se apropiau. Vocea lui Jules, a lui Geneviève și a unui bărbat necunoscut.

Repede acum, trebuia să se grăbească. Murmura încontinuu: Michel, Michel, Michel, sunt eu, Sirka... Degetele îi tremurau atât de tare, încât scăpă cheia din mână.

Băiatul sosi în fugă în spatele ei, cu răsuflarea întretăiată.

– Ce faci? zise el gâfâind. Ce faci în camera mea?

Ea nu îl băgă în seamă, ridică cheia și bâjbâi cu încuietoarea. Era prea nervoasă, prea nerăbdătoare. Îi luă o clipă până să reușească. În cele din urmă, se auzi clinchetul încuietorii și fetița deschise ușa secretă.

O duhoare de putreziciune o lovi ca un pumn. Se dădu înapoi. Băiatul aflat alături de ea se trase la o parte, înspăimântat. Sarah căzu în genunchi.

Un bărbat înalt, cu părul cărunt, intră grăbit în încăpere, urmat de Jules și de Geneviève.

Sarah nu putea să vorbească, tremura doar, acoperindu-și ochii și nasul, ca să se ferească de miros.

Jules se apropie de ea, îi puse o mână pe umăr, aruncă o privire în dulap. Fetița îl simți învăluind-o cu brațele și încercând să o tragă de acolo.

– Haide, Sarah, vino cu mine..., îi șoptea la ureche.

Ea se împotrivi cu toată puterea, zgâriind, mușcând și lovind cu picioarele, și reuși să se târască înapoi spre ușa deschisă a dulapului.

În fundul dulapului zări un ghemotoc mic și nemișcat, un trup încovrigat, apoi chipul micuț și iubit, acum înnegrit, de nerecunoscut.

Se prăbuși din nou în genunchi și începu să urle din toate puterile, urlă după mama ei, după tatăl ei, după Michel.

Édouard Tézac strânse cu putere volanul, până când încheieturile i se albiră. M-am uitat la el, ca hipnotizată.

– Și-acum parcă-i aud urletul, șopti el. N-am să pot să-l uit. Niciodată.

M-am simțit șocată de cele aflate. Sarah Starzynski scăpase de la Beaune-la-Rolande. Se întorsese în rue de Saintonge. Făcuse oribila descoperire.

Nu puteam să vorbesc. Nu puteam decât să mă uit la socrul meu. Acesta vorbi în continuare, cu o voce joasă, răgușită.

– A fost un moment îngrozitor, când tata s-a uitat în dulap. Am încercat și eu să mă uit. El m-a împins la o parte. Nu puteam să înțeleg ce se întâmplă. Și mai era și mirosul... Miros de ceva putrezit, descompus. Apoi tata a scos încet trupul unui băiat. Un copil, nu mai mare de trei sau patru ani. Până atunci nu mai văzusem niciodată un cadavru. A fost o priveliște cumplită. Băiețelul avea părul blond, ondulat. Era țeapăn, ghemuit, cu fața așezată pe mâini. Avea o culoare oribilă, verzuie.

Se opri, nu mai putea continua. Aveam impresia că o să-i vină rău. I-am atins brațul, încercând să-i transmit compasiunea și căldura mea. Era o situație ireală – eu încercând să-l consolez pe socrul meu mândru și trufaș, acum un bătrân tremurând, cu ochii înlăcrimați. Își șterse lacrimile cu degete nesigure. Apoi continuă:

– Am rămas acolo cu toții, îngroziți. Fetița leșinase, prăbușită la podea. Tata a ridicat-o și a dus-o în patul meu. Și-a revenit, l-a văzut, s-a tras înapoi și a început să țipe. Aflam ce se petrecuse, din spusele tatălui meu și ale cuplului care venise cu ea. Băiețelul mort era fratele ei mai mic. Apartamentul nostru fusese al lor. Pe băiat îl ascunsese acolo în ziua raziei de la Vel' d'Hiv', pe 16 iulie. Fetița crezuse că avea să se întoarcă să-l elibereze, dar fusese dusă în lagăr, în afara Parisului.

Urmă o pauză care mi se păru fără sfârșit.

– Și apoi? Ce s-a întâmplat apoi? am întrebat, regăsindu-mi, în cele din urmă, vocea.

– Cei doi bătrâni veneau de la Orléans. Fetița scăpase dintr-un lagăr din apropiere și ajunsese pe proprietatea lor. Ei se hotărâseră s-o ajute, s-o aducă înapoi la Paris, acasă. Tata le-a spus că familia noastră se mutase la sfârșitul lui iulie. Nu știuse de dulapul din camera care era acum a mea. Nici unul dintre noi nu știuse. Eu simțisem un miros puternic, neplăcut, dar tata crezuse că era ceva defect la scurgere și așteptam instalatorul să vină chiar în acea săptămână.

– Ce a făcut tatăl tău cu... băiețelul?

– Nu știu. Îmi amintesc când a spus că voia să aibă el grijă de tot. Era șocat, teribil de nefericit. Cred că bătrânii au luat trupul. Nu sunt sigur. Nu-mi amintesc.

– Și apoi ce s-a întâmplat? am întrebat repede.

El mă privi sardonic.

– Și apoi ce s-a întâmplat? Și apoi ce s-a întâmplat...!

Un râs amar.

– Julia, îți poți imagina cum ne-am simțit după plecarea fetiței? Felul cum ne-a privit. Ne ura. Ne detesta. În ochii ei, noi eram responsabili. Noi eram criminalii. Criminali de cel mai rău soi. Ne mutaserăm în casa ei. Îl lăsasem să moară pe fratele ei. Ochii ei... Atâta ură, durere, disperare. Ochii unei femei pe chipul unei fetițe de zece ani.

Puteam să văd și eu acei ochi. M-am cutremurat.

Édouard oftă și își frecă fața obosită și ofilită.

– După ce au plecat, tata s-a așezat și și-a prins capul în mâini. A plâns. Mult timp. Nu-l văzusem niciodată plângând și nu l-am mai văzut niciodată plângând de atunci. Mi se spunea că bărbații Tézac nu plâng niciodată. Că nu-și arată niciodată emoțiile. A fost un moment cumplit. Mi-a zis că s-a întâmplat ceva monstruos. Ceva de care ne vom aminti toată viața. Apoi a început să-mi spună lucruri de care nu vorbise niciodată. A zis că eram destul de mare ca să le aflu. A spus că nu o întrebase pe *Madame* Royer cine locuise în apartament înainte să ne mutăm. Știa că fusese o familie de evrei și că fuseseră arestați în timpul raziei. Dar închisese ochii. Închisese ochii ca atât de mulți parizieni, în timpul acelui an îngrozitor 1942. Închisese ochii în ziua raziei, când îi văzuse pe toți acei oameni ridicați, înghesuiți în autobuze, duși Dumnezeu știe unde. Nici măcar nu întrebase de ce era gol apartamentul, ce se întâmplase cu bunurile familiei. Se purtase la fel ca orice altă familie de parizieni, nerăbdătoare să se mute într-un apartament mai mare, mai bun. Închisese ochii. Iar acum se întâmplase asta. Fetița se întorsese, iar băiețelul era mort. Probabil că era deja mort când ne mutaserăm noi. Tata a zis că nu vom uita niciodată. Niciodată. Și a avut dreptate, Julia. A fost acolo, cu noi. Și a fost cu mine, în ultimii șaizeci de ani.

Se opri, cu bărbia încă în piept. Am încercat să-mi imaginez cum trebuie să fi fost pentru el să poarte acest secret pentru atâta vreme.

– Și Mamé? am întrebat, hotărâtă să-l fac pe Édouard să continue, să scot de la el întreaga poveste.

El clătină încet din cap.

– Mamé nu era acolo în acea după-amiază. Tata nu a vrut ca ea să afle ce s-a întâmplat. Se simțea copleșit de remușcări, considera că era vina lui, chiar dacă, evident, nu era. Nu suporta ideea ca ea să știe. Și poate să-l judece. Mi-a zis că eram destul de mare ca să păstrez un secret. Ea nu trebuie să afle niciodată, așa a zis. Părea atât de disperat, de trist. Așa că am fost de acord să păstrez taina.

– Și nici acum nu știe? am șoptit.

El oftă din nou, adânc.

– Nu sunt sigur, Julia. Știa despre razie. Toți știam despre razie, se întâmplase chiar sub ochii noștri. Când s-a întors în acea seară, eu și tata ne purtam ciudat, straniu, și ea a sesizat că se întâmplase ceva. În acea noapte și multe nopți după aceea, l-am văzut încontinuu pe băiețelul mort. Aveam coșmaruri care au durat până după vârsta de douăzeci de ani. Am fost ușurat când ne-am mutat din acel apartament. Cred că poate mama știa. Cred că poate știa prin ce trecea tata, cum trebuie să se fi simțit. Poate că până la urmă i-a spus, fiindcă era prea mare povara. Dar nu a vorbit niciodată cu mine despre asta.

– Și Bertrand? Și fiicele tale? Și Colette?

– Nu știu nimic.

– De ce nu? l-am întrebat.

Și-a pus mâna pe încheietura mea. Era înghețată și am simțit cum răceala atingerii lui mi se strecura prin piele ca gheața.

– Fiindcă i-am promis tatălui meu, pe patul de moarte, că nu o să le spun copiilor sau soției mele. El și-a purtat singur vina pentru tot restul vieții. Nu a putut să o împărtășească. Nu a putut să vorbească cu nimeni despre asta. Iar eu am respectat acest lucru. Înțelegi?

Am dat din cap.

– Desigur.

Am făcut o pauză.

– Édouard, ce s-a întâmplat cu Sarah?

El clătină din cap.

– Între 1942 și momentul morții sale, tata nu i-a rostit niciodată numele. Sarah a devenit un secret. Un secret la care nu am încetat nici o clipă să mă gândesc. Nu cred că tata și-a dat vreodată seama cât de mult mă gândeam la ea. Cât de mult mă făcea să sufăr tăcerea lui. Tânjeam să aflu ce făcea, unde era, ce se întâmplase cu ea. Dar de fiecare dată când încercam să-l întreb, mă reducea la tăcere. Nu puteam să cred că nu îi mai păsa, că întorsese definitiv acea pagină, că ea nu mai însemna nimic pentru el. Se părea că dorise să îngroape totul în trecut.

– Ai fost supărat pe el pentru asta?

El aprobă din cap.

– Da, am fost. Am fost supărat. Mi-am pierdut pentru totdeauna admirația pentru el. Dar nu am putut să i-o spun. Nu am făcut-o niciodată.

Am rămas în tăcere o clipă. Probabil că infirmierele începeau să se întrebe de ce *Monsieur* Tézac și nora lui stăteau atâta timp în mașină.

– Édouard, nu vrei să afli ce s-a întâmplat cu Sarah Starzynski?

Pentru prima dată, socrul meu zâmbi.

– Dar nu aș ști de unde să încep, zise el.

Am zâmbit și eu.

– Dar asta e treaba mea. Te pot ajuta.

Chipul lui părea acum mai puțin tras, mai puțin cenușiu. Dintr-odată, ochii îi erau luminoși, plini de o strălucire nouă.

– Julia, mai e ceva. Când a murit tata, cu aproape treizeci de ani în urmă, avocatul lui mi-a spus că avea în seif mai multe hârtii confidențiale.

– Le-ai citit? am întrebat și am simțit cum mi se accelerează pulsul.

El privi în jos.

– M-am uitat prin ele, rapid, chiar după moartea tatei.

– Și? am zis, ținându-mi răsuflarea.

– Erau doar hârtii despre magazin, acte privind tablouri, mobilă, argintărie.

– Asta-i tot?

El zâmbi, văzându-mi dezamăgirea fățișă.

– Cred că da.

– Ce vrei să spui? am întrebat, uimită.

– Nu m-am mai uitat de atunci. Am parcurs teancul foarte repede și îmi amintesc că am fost foarte furios că nu era nimic despre Sarah. Am fost și mai mânios pe el pentru asta.

Mi-am mușcat buza.

– Nu ești sigur, deci, că nu e nimic acolo.

– Nu. Și nici nu am mai verificat de atunci.

– De ce?

El își strânse buzele.

– Fiindcă nu am vrut să fiu sigur.

– Și să ai și mai multe resentimente față de tatăl tău pentru asta.

– Da, recunoscu el.

– Așadar, nu știi sigur ce e acolo. Și nu ai știut vreme de treizeci de ani.

– Nu, spuse el.

Privirile ni s-au întâlnit și ne-am uitat unul la celălalt câteva secunde.

Apoi Édouard porni mașina și se îndreptă glonț spre locul unde presupuneam că era banca lui. Nu-l văzusem niciodată pe Édouard conducând atât de repede. Ceilalți șoferi își fluturau furioși pumnii. Pietonii săreau la o parte îngroziți. Nu am rostit nici o vorbă în timp ce goneam pe străzi, dar tăcerea noastră era una caldă, nerăbdătoare. Împărtășeam asta. Împărtășeam ceva pentru prima dată. Ne uitam unul la celălalt și zâmbeam.

Dar când am ajuns pe avenue Bosquet și ne-am grăbit spre bancă, era închisă pentru pauza de prânz – alt obicei tipic franțuzesc, care mă enerva, mai cu seamă astăzi. Eram atât de dezamăgită încât îmi venea să plâng.

Édouard mă sărută pe ambii obraji și mă împinse ușor.

– Du-te, Julia. O să mă întorc la ora două, când se deschide. O să te sun dacă găsesc ceva.

Am străbătut pe jos bulevardul și am prins autobuzul 92 care mă ducea direct la birou, dincolo de Sena.

În timp ce autobuzul se îndepărta, m-am întors și l-am văzut pe Édouard așteptând în fața băncii, o siluetă solitară, țeapănă, în haina lui verde-închis.

M-am întrebat cum se va simți dacă în seif nu va găsi nimic legat de Sarah, ci numai teancuri de hârtii despre tablouri ale vechilor maeștri și porțelanuri.

Și am simțit că mi se rupe inima pentru el.

– Sunteți sigură de asta, *Miss* Jarmond? mă întrebă doctorița, privindu-mă pe deasupra ochelarilor ei înguști.

– Nu, am răspuns sincer. Dar deocamdată trebuie să fac programările acelea.

Doctorița parcurse cu privirea fișa mea medicală.

– Vi le fac cu plăcere, dar mă îndoiesc că sunteți împăcată cu ceea ce ați hotărât.

Gândurile mi se îndreptară din nou spre seara trecută. Bertrand fusese extraordinar de tandru, de atent. Toată noaptea mă ținuse în brațe, îmi repetase de nenumărate ori că mă iubește, că avea nevoie de mine, dar că nu putea face față perspectivei de a avea un copil atât de târziu. Simțea că bătrânețea ne va apropia, că vom putea să călătorim mai des, pe măsură ce Zoë va deveni tot mai independentă. Își închipuise perioada de după cincizeci de ani ca o a doua lună de miere pentru noi.

Îl ascultasem, cu lacrimile curgându-mi în întuneric pe obraji. Ce ironie! Spunea tot ce trebuia, până la ultimul cuvânt, tot ce visasem mereu să-l aud zicând. Nu lipsea nimic – blândețea, angajamentele, generozitatea. Dar problema era că purtam un copil pe care nu-l dorea. Ultima mea șansă de a mai fi mamă. Mă gândeam întruna la ce îmi spusese Charla: „Este și copilul tău".

Ani de-a rândul, tânjisem să-i pot dărui lui Bertrand un alt copil. Pentru a-mi demonstra valoarea. Pentru a fi nevasta perfectă pe care și-o dorea familia Tézac, pe care s-o prețuiască. Dar acum îmi dădeam seama că îmi dorisem acest copil pentru mine. Copilașul meu. Ultimul meu copil. Tânjeam să-l simt în brațe. Tânjeam după mirosul dulce, de lapte, al pielii lui. Copilașul meu. Da, Bertrand era tatăl, dar acesta era copilul meu. Carnea mea. Sângele meu. Voiam să dau naștere, tânjeam după senzația aceea a capului copilului care-și croia drum prin mine, după sentimentul inconfundabil, pur, dureros al aducerii unui copil pe lume, indiferent de durere, indiferent de lacrimi. Tânjeam după acele lacrimi, după acea durere. Nu voiam durerea vidului, lacrimile unui pântece gol, plin de cicatrice.

Am plecat din cabinetul doctoriței și m-am îndreptat spre Saint-Germain, unde urma să mă întâlnesc cu Hervé și cu Christophe să bem ceva la Café Flore. Nu avusesem de gând să le spun nimic, dar ei aruncaseră doar o privire spre chipul meu și își manifestaseră îngrijorarea. Așa că le-am mărturisit adevărul. Ca de obicei, aveau păreri opuse. Hervé credea că ar trebui să fac un avort, că mariajul meu era cel mai important. Christophe insista că bebelușul era elementul esențial. Nu se putea să nu păstrez copilul. Aveam să regret pentru tot restul vieții.

Disputa a devenit aprinsă, așa că au uitat de prezența mea și au început să se certe. Nu mai suportam. I-am oprit lovind cu pumnul strâns în masă și făcând paharele să zdrăngăne. S-au uitat la mine surprinși. Nu-mi stătea în fire. M-am scuzat, am spus că eram prea obosită să continui discuția pe această temă și am plecat. Ei au rămas privindu-mă cu gura căscată, șocați. Nu contează, mi-am zis, o să mă revanșez cu altă ocazie. Erau cei mai vechi prieteni ai mei. Aveau să înțeleagă.

M-am îndreptat spre casă prin grădina Luxembourg. Nu primisem nici o veste de la Édouard de ieri. Asta însemna că cercetase seiful tatălui său și nu găsise nimic despre Sarah? Îmi puteam imagina cum toate resentimentele, toată amărăciunea ieșeau din nou la suprafață. Și dezamăgirea. Mă simțeam vinovată, ca și cum ar fi fost vina mea. Ca și cum răsucisem cuțitul în rană.

M-am plimbat încet pe cărările întortocheate, pline de flori, ferindu-mă de cei care făceau jogging, de cărucioare, bătrâni, grădinari, turiști, îndrăgostiți, pasionați de tai-chi, jucători de *pétanque*, adolescenți, cititori, oameni care făceau plajă. Mulțimea obișnuită din grădina Luxembourg. Și atât de mulți bebeluși. Și, desigur, fiecare bebeluș pe care îl vedeam mă făcea să mă gândesc la ființa minusculă pe care o purtam în mine.

Mai devreme în acea zi, înainte de programarea la doctor, vorbisem cu Isabelle. Ca de obicei, mă susținuse. Alegerea era a mea, subliniase, indiferent cu câți psihiatri sau prieteni aș fi vorbit, indiferent din al cui punct de vedere priveam lucrurile, a cui părere o cercetam. Era alegerea mea la final și din cauza asta era cu atât mai dureros.

Știam însă un lucru: Zoë nu trebuia să fie implicată în toate astea, cu orice preț. Peste vreo două zile urma să intre în vacanță, gata să-și petreacă o parte din vară cu copiii Charlei, Cooper și Alex, în Long Island, apoi cu părinții mei, în Nahant. Într-un fel, mă simțeam ușurată. Asta însemna că avortul urma să aibă loc cât timp ea va fi plecată. Asta dacă mă hotăram totuși să fac avort.

Când am ajuns acasă, pe birou mă aștepta un plic mare, bej. Zoë, care vorbea la telefon cu o prietenă, îmi strigă din camera ei că portăreasa de-abia îl adusese.

Nici o adresă, numai inițialele mele mâzgălite cu cerneală albastră. L-am deschis și am scos un dosar roșu, decolorat.

Numele „Sarah" îmi sări în ochi.

Am știut imediat ce era. Mulțumesc, Édouard, mi-am spus cu fervoare, mulțumesc, mulțumesc, mulțumesc.

În dosar era o duzină de scrisori, datate din septembrie 1942 până în aprilie 1952. Hârtie subțire, albastră. Un scris rotunjit, ordonat. Le-am citit cu atenție. Toate erau de la un anume Jules Dufaure, care locuia lângă Orléans. Fiecare scrisoare succintă era despre Sarah. Despre evoluția ei. Educația ei. Sănătatea ei. Propoziții scurte, politicoase. „Sarah e bine. Anul ăsta învață latină. Primăvara trecută a avut pojar." „Sarah s-a dus vara asta în Bretania cu nepoții mei și a vizitat Mont Saint Michel."

Am presupus că Jules Dufaure era domnul în vârstă care o ascunsese pe Sarah după ce scăpase de la Beaune și care o dusese la Paris în ziua oribilei descoperiri. Dar de ce îi scria Jules Dufaure lui André Tézac despre Sarah? Nu puteam să înțeleg. Îi ceruse André să facă asta?

Apoi am găsit explicația. Un extras bancar; în fiecare lună, André Tézac trimisese bani familiei Dufaure pentru Sarah. O sumă generoasă, după cum am observat. Totul durase zece ani.

Timp de zece ani, tatăl lui Édouard încercase să o ajute pe Sarah, în felul lui. Nu am putut să nu mă gândesc cât de ușurat se simțise Édouard când descoperise toate acestea încuiate în seif. Mi l-am imaginat citind aceste scrisori, făcând această descoperire. Aici era izbăvirea îndelung așteptată a tatălui său.

Am observat că scrisorile de la Jules Dufaure nu erau trimise în rue de Saintonge, ci la vechiul magazin al lui André, pe rue de Turenne. M-am întrebat de ce. Probabil din cauza lui Mamé, am presupus. André nu dorise ca ea să afle. Și nu dorise nici ca Sarah să știe că el îi dădea acești bani în mod regulat. Cu scrisul lui îngrijit, Jules Dufaure spunea: „Așa cum ați cerut, donațiile dumneavoastră nu au fost dezvăluite lui Sarah".

La finalul dosarului am dat peste un plic mare, maroniu, din care am scos două fotografii. Ochii migdalați, care-mi erau deja familiari. Părul blond. Cum se schimbase față de acel portret din iunie 1942. Sarah era învăluită într-o tristețe palpabilă. Bucuria îi dispăruse de pe chip. Nu mai era un copil, ci o tânără zveltă de vreo optsprezece ani. Aceiași ochi triști, în ciuda zâmbetului. Doi tineri de vârsta ei îi erau alături pe o plajă. Am întors fotografia. Scrisul ordonat al lui Jules explica: „1950, Trouville. Sarah cu Gaspard și Nicolas Dufaure".

M-am gândit la tot ce pătimise. Vel' d'Hiv'. Beaune-la-Rolande. Părinții ei. Fratele ei. Prea mult de îndurat pentru un copil.

Eram atât de adâncită în povestea lui Sarah Starzynski încât nu am simțit mâna lui Zoë așezându-se ușor pe umărul meu.

– Mamă, cine e fata aceea?

Am acoperit grăbită fotografiile cu plicul, murmurând ceva despre un termen-limită strâns.

– Ei, cine e? întrebă ea.

– Nu o cunoști, iubito, am zis repede, în timp ce mă prefăceam că fac curat pe birou.

Ea oftă, apoi rosti cu voce matură, distinctă:

– Te porți ciudat, mamă. Crezi că nu știu, crezi că nu văd. Dar văd tot.

Se întoarse și se îndepărtă. M-am simțit cuprinsă de remușcări. M-am ridicat și am urmat-o în dormitorul ei.

– Ai dreptate, Zoë, mă port ciudat. Îmi pare rău. Nu meriți asta.

M-am așezat pe pat, incapabilă să înfrunt privirea ei înțeleaptă, calmă.

– Mamă, de ce nu vorbești cu mine? Spune-mi pur și simplu ce se întâmplă.

Am simțit că mă ia o durere de cap. Una dintre acele migrene puternice.

– Crezi că n-o să înțeleg, fiindcă am numai unsprezece ani, nu-i așa?

Am dat aprobator din cap.

Ea ridică din umeri.

– Nu ai încredere în mine, nu?

– Sigur că am încredere în tine. Dar sunt lucruri pe care nu pot să ți le spun fiindcă sunt prea triste, prea dificile. Nu vreau să fii rănită de lucrurile astea așa cum am fost eu.

Ea îmi atinse obrazul, cu blândețe, iar ochii îi sclipeau de lacrimi.

– Nu vreau să fiu rănită. Ai dreptate, nu-mi spune. N-o să mai dorm dacă o să știu. Dar promite-mi că o să fii bine curând.

Am luat-o în brațe și am ținut-o strâns. Fata mea frumoasă și curajoasă. Fiica mea frumoasă. Eram norocoasă să o am. Atât de norocoasă. În ciuda atacului migrenei, gândurile mi s-au întors spre bebeluș. Sora sau fratele lui Zoë. Ea nu știa nimic. Nimic din chinul prin care treceam. Mi-am mușcat buza și m-am chinuit să-mi rețin lacrimile. După un timp, m-a împins ușor la o parte și s-a uitat la mine.

– Spune-mi cine e fata aceea. Din pozele alb-negru. Cele pe care încercai să le ascunzi de mine.

– Bine, am zis. Dar e secret, da? Nu poți să spui nimănui. Îmi promiți?

Ea încuviință din cap.

– Îți promit. Pe cuvânt și toate cele.

– Îți aduci aminte când ți-am spus că am descoperit cine a locuit în apartamentul de pe rue de Saintonge înainte ca Mamé să se mute acolo?

Ea dădu din nou din cap.

– Ai spus că era o familie de polonezi. Cu o fată de vârsta mea.

– Numele ei este Sarah Starzynski. Acelea sunt pozele ei.

Zoë își îngustă privirea.

– Dar care-i secretul? Nu înțeleg.

– E un secret de familie. O întâmplare tristă. Bunicul tău nu vrea să vorbească despre ea. Iar tatăl tău nu știe nimic despre asta.

– S-a întâmplat ceva cu Sarah? întrebă ea, prudentă.

– Da, am replicat încet. Ceva foarte trist.

– O să încerci s-o găsești? se interesă, tonul meu făcând-o să devină serioasă.

– Da.

– De ce?

– Vreau să-i spun că familia noastră nu e cum crede. Vreau să-i explic ce s-a întâmplat. Nu cred că știe că străbunicul tău a încercat s-o ajute. Vreme de zece ani.

– Cum a ajutat-o?

– I-a trimis bani, în fiecare lună. Dar a cerut să nu i se spună.

Zoë rămase tăcută pentru o vreme.

– Cum o s-o găsești?

Am oftat.

– Nu știu, iubito. Sper să reușesc. După 1952 nu mai există nici o urmă a ei în tot acest dosar. Nici o altă scrisoare, nici o altă poză. Nici o adresă.

Zoë se așeză pe genunchii mei, apăsându-și spatele subțire de mine. I-am mirosit părul bogat, strălucitor, mirosul familiar de zahăr, care îmi amintea mereu de vremea când era mică, și i-am mângâiat cu palma câteva șuvițe zburlite.

M-am gândit la Sarah Starzynski, care era de vârsta lui Zoë când oroarea pătrunsese în viața ei.

Am închis ochii. Dar tot mai vedeam momentul când polițiștii îi smulseseră pe copii de lângă mamele lor la Beaune-la-Rolande. Nu-mi puteam scoate imaginea din minte.

Am strâns-o pe Zoë aproape, atât de tare încât scăpă un geamăt.

Ciudat cum se potrivesc datele. Aproape ironic. Marți, 16 iulie 2002. Comemorarea Vel' d'Hiv'. Și exact data avortului. Urma să aibă loc într-o clinică unde nu mai fusesem niciodată, undeva în arondismentul 17, aproape de căminul lui Mamé. Cerusem să fiu programată în altă zi, simțind că 16 iulie era mult prea plină de semnificații, dar nu fusese posibil.

Zoë, care de-abia termina școala, urma să plece în Long Island, prin New York, cu nașa ei, Alison, una dintre cele mai vechi prietene ale mele din Boston, care zbura deseori între Manhattan și Paris. Eu urma să mă alătur fiicei mele și familiei Charlei pe 27. Bertrand nu-și lua concediu până în august. De obicei, petreceam două săptămâni în Burgundia, în vechea casă a familiei Tézac. Nu mă bucurasem niciodată pe deplin de verile petrecute acolo. Socrii mei erau oricum, numai relaxați nu. Mesele trebuiau luate la oră fixă, conversațiile, ținute în frâu, iar copiii nu trebuiau văzuți sau auziți. Mă întrebam de ce insista mereu Bertrand să ne petrecem timpul acolo în loc să mergem într-o vacanță doar noi trei. Din fericire, Zoë se înțelegea bine cu băieții lui Laure și Cécile, iar Bertrand juca nesfârșite meciuri de tenis cu cumnații lui. Iar eu mă simțeam exclusă, ca de obicei. Laure și Cécile păstrau distanța, an după an. Le invitau pe prietenele lor divorțate și petreceau ore întregi la piscină, unde se bronzau metodic. Ideea era să ai sâni cafenii. Nici chiar după cincisprezece ani nu mă puteam obișnui cu asta. Niciodată nu făceam topless. Și simțeam că râdeau de mine pe la spate fiindcă eram *la prude Américaine.*

Așa că îmi petreceam zilele plimbându-mă prin pădure cu Zoë, mergând în epuizante excursii cu bicicleta până când simțeam că știu zona pe dinafară și făcând paradă cu stilul meu impecabil de înot fluture, în timp ce restul doamnelor fumau languros și se bronzau în minusculele costumele de baie Erès, care nu erau atinse niciodată de apa din piscină.

„Nu sunt decât niște vaci franțuzoaice geloase. Arăți mult prea bine în bikini", spunea disprețuitor Christophe, ori de câte ori mă plângeam de acele veri neplăcute. „Ar vorbi cu tine dacă ai fi plină de celulită și ai avea varice." Mă făcea să râd în hohote, dar tot nu puteam să cred în totalitate ce-mi spunea. Iubeam însă frumusețea acelui loc, casa veche și tăcută care era mereu răcoroasă, chiar și în timpul celor mai cumplite veri, grădina întinsă, plină de stejari bătrâni, cu vedere spre meandrele râului Yonne. Și pădurea din apropiere, unde eu și Zoë făceam plimbări îndelungate și unde, în copilărie, Zoë fusese vrăjită de trilul unei păsări, de o crenguță cu o formă ciudată sau de sclipirea sinistră a unei mlaștini ascunse.

După spusele lui Bertrand și Antoine, apartamentul din rue de Saintonge avea să fie gata în septembrie. Bertrand și echipa lui făcuseră o treabă grozavă. Dar încă nu mă vedeam locuind acolo, acum că știam ce se întâmplase. Peretele fusese dat jos, dar îmi aminteam de dulapul adânc, ascuns. Dulapul unde micuțul Michel o așteptase pe sora lui să se întoarcă. În zadar.

Povestea mă bântuia fără încetare. Trebuia să recunosc că nu eram câtuși de puțin nerăbdătoare să locuiesc în apartament. Mi-era groază de nopțile pe care aveam să le petrec acolo. Îmi era groază să reînviu trecutul și nu aveam nici cea mai vagă idee cum să mă împiedic să o fac.

Mi-era greu și să nu pot să vorbesc cu Bertrand despre asta. Aveam nevoie de abordarea lui realistă, tânjeam să-l aud spunând că, în ciuda grozăviei, o să mergem mai departe, o să găsim o cale. Nu puteam să-i spun. Îi promisesem socrului meu. Ce ar crede Bertrand despre toată povestea asta, m-am întrebat. Și surorile lui? Am încercat să-mi imaginez reacția lor. Și a lui Mamé. Era imposibil. Francezii erau închiși, ca niște scoici. Nimic nu trebuie arătat. Nimic nu trebuie revelat. Totul trebuie să rămână nederanjat, netulburat.

Așa stăteau lucrurile. Așa fusese mereu. Iar mie mi se părea din ce în ce mai greu să trăiesc astfel.

Cu Zoë plecată în America, locuința părea pustie. Petreceam mai mult timp la birou, lucrând la un articol inteligent pentru numărul din septembrie, despre tinerii scriitori francezi și scena literară franceză. Interesant și consumator de timp. În fiecare seară, îmi venea tot mai greu să plec de la birou, deloc atrasă de perspectiva camerelor goale care mă așteptau. O luam pe drumul cel mai lung, bucurându-mă de ceea ce Zoë numea „scurtăturile lungi ale mamei", de frumusețea sălbatică a orașului la apus. Parisul începuse să capete acea înfățișare delicioasă, abandonată, pe care o avea de pe la mijlocul lunii iulie. Magazinele își traseseră obloanele și afișau anunțuri de genul: „Concediu de odihnă, magazinul se redeschide pe 1 septembrie". Trebuia să străbat distanțe mari ca să găsesc deschisă vreo farmacie, băcănie, *boulangerie* sau spălătorie. Parizienii fugeau în vacanța de vară, abandonându-și orașul în seama turiștilor neobosiți. În timp ce mergeam pe jos în acele seri de iulie înmiresmate, din Champs-Élysées spre Montparnasse, simțeam că Parisul fără parizieni îmi aparținea, în sfârșit, mie.

Da, iubeam Parisul dintotdeauna, dar în vreme ce mă plimbam seara de-a lungul podului Alexandre III, cu auriul Dom al Invalizilor sclipind ca o nestemată uriașă, îmi era dor de State cu o asemenea intensitate încât simțeam că durerea îmi sfâșie măruntaiele. Îmi era dor de casă - ceea ce numeam casă, chiar dacă trăisem în Franța mai mult de jumătate din viață. Îmi lipseau nepăsarea, libertatea, spațiul, ușurința, limba, simplitatea cu care puteai tutui pe oricine, în locul complicatelor „*vous*" și „*tu*" pe care nu reușisem niciodată să le stăpânesc și care încă mă nedumereau. Trebuia să recunosc. Îmi era dor de sora mea, de părinți, de America. Îmi era dor cum nu-mi mai fusese vreodată.

În timp ce mă apropiam de cartierul nostru, chemată de înălțimea sumbră și cafenie a Turnului Montparnasse, pe care parizienii adorau să-l urască (dar care mie îmi plăcea fiindcă mă ajuta să-mi găsesc drumul spre casă din orice arondisment), m-am întrebat dintr-odată cum fusese Parisul în timpul Ocupației. Parisul lui Sarah. Uniforme gri-cenușii și căști rotunde. Implacabila stingere și *ausweis*[1]. Indicatoarele germane cu litere gotice. Svastici uriașe prinse de clădirile nobile din piatră.

Și copii care purtau steaua galbenă.

1 Document de identitate (în limba germană în original)

Clinica era un loc confortabil, pentru oameni bogați, cu asistente surâzătoare, recepționere lingușitoare și aranjamente florale atent alcătuite. Întreruperea de sarcină urma să aibă loc a doua zi dimineață, la ora șapte. Mi se ceruse să mă internez cu o seară înainte, pe 15 iulie. Bertrand se dusese la Bruxelles, ca să încheie o afacere importantă. Nu insistasem să-mi fie alături. Cumva mă simțeam mai bine fără el în preajmă. Era mai simplu să mă instalez singură în rezerva elegantă, cu pereți de culoarea caisei. În alt moment, m-aș fi întrebat de ce prezența lui Bertrand îmi părea inutilă. Surprinzător, având în vedere că era o parte importantă a vieții mele de zi cu zi. Și totuși iată-mă traversând cea mai gravă criză din viața mea fără el și fiind ușurată de absența lui.

Mă mișcam ca un robot – mi-am împăturit mecanic hainele, mi-am pus periuța de dinți pe etajera de deasupra chiuvetei, am privit pe fereastră la fațadele burgheze de pe strada liniștită. Ce naiba faci? îmi șoptea o voce interioară pe care încercasem toată ziua să o ignor. Ai înnebunit, chiar ai de gând să mergi până la capăt cu asta? Nu spusesem nimănui despre decizia mea finală. Nimănui, în afară de Bertrand. Nu voiam să mă gândesc la zâmbetul lui fericit când îl anunțasem că o s-o fac, la felul cum mă îmbrățișase, sărutându-mă pe creștetul capului cu o ardoare nereținută.

M-am așezat pe patul îngust și am scos din geantă dosarul lui Sarah. Ea era singura persoană la care suportam să mă gândesc în acele momente. Găsirea ei era pentru mine ca o misiune sacră, singura modalitate de a-mi păstra capul sus, de a risipi tristețea în care se cufundase viața mea. Găsirea ei, da, dar cum? În cartea de telefon nu exista nici o Sarah Starzynski sau Sarah Dufaure. Ar fi fost prea ușor. Adresa din scrisorile lui Jules Dufaure nu mai era de actualitate. Așa că m-am decis să dau de urma copiilor sau a nepoților, a celor doi tineri din fotografia de la Trouville: Gaspard și Nicolas Dufaure, care acum ar trebui să aibă în jur de șaizeci și cinci – șaptezeci de ani, bănuiam.

Din nefericire, Dufaure era un nume comun. Erau sute în zona Orléans. Asta însemna să telefonez fiecăruia în parte. În ultima săptămână lucrasem din greu la asta, petrecusem ore întregi pe internet, cercetasem cărți de telefon, dădusem nenumărate telefoane, pentru a mă trezi în niște fundături dezamăgitoare.

Și apoi, chiar în acea dimineață, vorbisem cu o Nathalie Dufaure, al cărei număr era înregistrat în Paris. O voce tânără și veselă îmi răspunsese. Am adoptat rutina obișnuită, repetând ceea ce le spusesem de nenumărate ori străinilor de la celălalt capăt al firului: „Numele meu este Julia Jarmond, sunt ziaristă, încerc să o găsesc pe Sarah Dufaure, născută în 1932, singurele nume pe care le am sunt Gaspard și Nicolas Dufaure..." Ea mă întrerupsese: da, Gaspard Dufaure era bunicul ei. Locuia în Aschères-le-Marché, chiar lângă Orléans. Numărul lui era la secret. Am strâns receptorul, cu răsuflarea tăiată. Am întrebat-o dacă și-o amintea pe Sarah Dufaure. Tânăra râsese. Avea un râs plăcut. Îmi explicase că era născută în 1982 și nu știa prea multe despre copilăria bunicului ei. Nu, nu auzise de Sarah Dufaure. Sau oricum nu-și amintea ceva anume. Putea să-i dea un telefon bunicului ei, dacă voiam. Era un bărbat morocănos, nu-i plăcea telefonul, dar putea s-o facă și apoi să mă sune pe mine. Îmi ceru numărul și apoi zise: „Sunteți americancă? Îmi place accentul dumneavoastră".

Așteptasem întreaga zi telefonul ei. Nimic. Îmi tot verificam mobilul, ca să mă asigur că bateria era încărcată, și aparatul, deschis. Încă nimic. Poate că Gaspard Dufaure nu era interesat să vorbească despre Sarah cu un ziarist. Poate că nu fusesem destul de convingătoare. Poate că n-ar fi trebuit să spun că eram ziaristă. Ar fi trebuit să spun că sunt o prietenă de familie. Ba nu, nu puteam să spun asta. Nu era adevărat. Nu puteam să mint. Nu voiam s-o fac.

Aschères-le-Marché. Mă uitasem pe o hartă unde vine. Un sătuc la jumătatea distanței între Orléans și Pithiviers, lagărul înfrățit cu Beaune-la-Rolande, aflat, de altfel, la mică distanță. Nu era vechea adresă a lui Jules și Geneviève. Așadar, nu acolo își petrecuse Sarah zece ani din viață.

Am devenit nerăbdătoare. Ar trebui s-o sun din nou pe Nathalie Dufaure? În timp ce cochetam cu ideea asta, mi-a sunat mobilul. L-am apucat în grabă și am zis „*Allô?*". Era soțul meu, care mă suna de la Bruxelles. Am simțit împunsătura dezamăgirii.

Mi-am dat seama că nu voiam să stau de vorbă cu Bertrand. Ce puteam să-i spun?

Noaptea a fost scurtă și neliniștită. În zori apăru o asistentă masivă, cu un halat de hârtie albastră împăturit. Urma să am nevoie de el pentru „operație", zâmbi ea. Mai adusese și o bonetă de hârtie albastră și pantofi din același material. Avea să se întoarcă în jumătate de oră și urma să fiu dusă direct în sala de operație. Mi-a amintit, cu același zâmbet deschis, că nu aveam voie să beau sau să mănânc nimic din cauza anesteziei. Apoi plecă, închizând ușor ușa. M-am întrebat câte femei avea să trezească în dimineața respectivă cu acel zâmbet, câte femei gravide pregătite să li se curețe un bebeluș din uter. Așa ca mine.

Mi-am pus docilă halatul. Hârtia îmi irita pielea. Nu aveam nimic de făcut decât să aștept. Am deschis televizorul, am parcurs programele până la LCI, canalul de știri non-stop. Am privit fără să mă concentrez. Mintea îmi era amorțită. Goală. După vreo oră, totul se va termina. Eram pregătită pentru asta? Puteam să fac față? Eram destul de puternică? Mă simțeam incapabilă să răspund acestor întrebări. Nu puteam decât să stau acolo întinsă, în halatul de hârtie, cu boneta de hârtie pe cap, și să aștept. Să aștept să fiu dusă în sala de operație. Nu voiam să mă gândesc la acțiunile precise pe care doctorul urma să le facă în mine, între coapsele mele desfăcute. Am blocat acest gând, rapid, concentrată asupra blondei zvelte, ale cărei mâini, cu manichiură impecabilă, schițau mișcări largi, profesionale, deasupra unei hărți a Franței punctate de fețe rotunde și însorite.

Mi-am amintit de ultima ședință la terapeut, cu o săptămână în urmă. Mâna lui Bertrand pe genunchiul meu. „Nu, nu dorim acest copil. Amândoi am căzut de acord." Eu rămăsesem tăcută. Terapeutul se uitase la mine. Încuviințasem din cap? Nu-mi aminteam. Îmi aduc aminte că mă simțeam sedată, hipnotizată. Apoi Bertrand, în mașină: „Am făcut ce trebuia, *amour*. O să vezi. O să se termine curând". Și felul cum mă sărutase, pasional, înfocat.

Blonda dispăru. În locul ei apăru un prezentator și se auzi fragmentul sonor familiar pentru grupajul de știri. „Astăzi, 16 iulie 2002, marchează a șaizecea comemorare a raziei de la Vélodrome d'Hiver, în care mii de familii de evrei au fost arestate de poliția franceză. Un moment întunecat în trecutul Franței."

Am dat imediat sonorul mai tare. În timp ce camera filma de aproape rue Nélaton, m-am gândit la Sarah, oriunde se afla acum. Astăzi își va aminti. Nu avea nevoie să i se reamintească. Niciodată. Pentru ea, pentru toate acele familii care îi pierduseră pe cei dragi, 16 iulie nu avea cum să fie uitată, iar în această dimineață, mai mult decât în toate celelalte, vor deschide pleoapele grele de durere. Voiam să îi spun, să le spun, să le spun tuturor acestor oameni - cum? m-am gândit, simțindu-mă neajutorată, inutilă –, voiam să strig, să strig la ea, la ei, că eu știam, că eu îmi aminteam și că nu puteam să uit.

Câțiva supraviețuitori - cu unii dintre ei mă întâlnisem și stătusem de vorbă - erau prezentați în fața plăcuței de la Vel' d'Hiv'. Mi-am dat seama că încă nu văzusem numărul din această săptămână din *Seine Scenes*, în care se afla articolul meu. Astăzi apărea. M-am hotărât să-i las un mesaj lui Bamber pe mobil și să-i cer să-mi trimită un exemplar la clinică. Mi-am deschis telefonul, cu ochii țintă la televizor. Chipul grav al lui Franck Lévy se ivi pe ecran. Vorbea despre comemorare. Urma să fie mai importantă decât în anii anteriori, sublinie el. Telefonul scoase un bip, anunțându-mă că aveam mesaje vocale. Un mesaj era de la Bertrand, târziu seara trecută, ca să-mi spună că mă iubește.

Următorul era de la Nathalie Dufaure. Se scuza că mă suna atât de târziu, nu putuse să telefoneze mai devreme. Avea vești bune: bunicul ei voia să mă întâlnească, spusese că putea să-mi povestească tot despre Sarah Dufaure. Păruse atât de entuziasmat încât îi trezise curiozitatea lui Nathalie. Vocea ei animată acoperi tonul jos al lui Franck Lévy: „Dacă vreți, vă pot duce la Aschères mâine, marți, v-aș putea duce cu mașina, nu-i nici o problemă. Chiar vreau să aud ce are de zis bunicul. Vă rog să mă sunați, ca să ne întâlnim undeva".

Inima îmi bătea repede, aproape dureros. Crainicul revenise pe ecran, prezentând un alt subiect. Era prea devreme să o sun acum pe Nathalie Dufaure. Trebuia să mai aștept vreo două ore. Picioarele îmi dansau de nerăbdare în papucii de hârtie. „...să povestească tot despre Sarah Dufaure." Ce avea de spus Gaspard Dufaure? Ce urma să aflu?

Un ciocănit în ușă mă făcu să tresar. Zâmbetul vesel al asistentei mă aduse înapoi cu picioarele pe pământ.

– E timpul să mergem, *Madame*, zise ea rapid, dezvelindu-și dinții și gingiile.

Am auzit roțile de cauciuc ale scaunului cu rotile scârțâind lângă ușă.

Brusc, totul mi-a devenit limpede precum cristalul. Niciodată nu fusese atât de clar, de ușor.

M-am ridicat și am privit-o.

– Îmi pare rău, am zis, calmă. M-am răzgândit.

Mi-am scos boneta de hârtie. Asistenta mă privi, fără să clipească.

– Dar, *Madame*..., începu ea.

Mi-am scos halatul de hârtie. Asistenta își feri privirea, șocată de nuditatea mea expusă atât de brusc.

– Dar doctorii așteaptă, spuse ea.

– Nu-mi pasă, am replicat, hotărâtă. Nu o să fac asta. Vreau să păstrez copilul.

Buzele îi tremurau de indignare.

– O să-l trimit imediat pe domnul doctor la dumneavoastră.

Se întoarse și se îndepărtă. Am auzit bocănitul sandalelor ei pe linoleum, un sunet ascuțit, dezaprobator. Mi-am tras rochia de denim peste cap, m-am încălțat, mi-am luat geanta și am plecat din cameră. În timp ce coboram grăbită scările, pe lângă infirmierele uimite, care duceau tăvile cu micul dejun, mi-am dat seama că îmi lăsasem în baie periuța de dinți, prosoapele, șamponul, săpunul, deodorantul, trusa de machiaj și crema de față. Și ce dacă, mi-am zis, grăbindu-mă să ies pe intrarea pretențioasă și dichisită, și ce dacă! Și ce dacă!

Strada era pustie și avea acea înfățișare proaspătă și strălucitoare cu care trotuarele pariziene se mândresc în fiecare dimineață. Am oprit un taxi și m-am dus acasă.

16 iulie 2002.

Copilul meu. Copilul meu era în siguranță înăuntrul meu. Îmi venea să râd și să plâng. Și chiar am făcut-o. Șoferul de taxi mă privi de câteva ori în oglinda retrovizoare, dar nu-mi păsa. Eram hotărâtă să am acest copil.

După o estimare aproximativă, am apreciat că sunt peste două mii de oameni adunați lângă Sena, pe podul Bir-Hakeim. Supraviețuitori. Familii. Copii, nepoți. Rabini. Primarul orașului. Prim-ministrul. Ministrul Apărării. Numeroși politicieni. Ziariști. Fotografi. Franck Lévy. Mii de flori, un cort înalt, o platformă albă. O adunare impresionantă. Guillaume stătea alături de mine, cu chipul solemn, cu privirea în pământ.

Mi-am amintit în treacăt de bătrâna de pe rue Nélaton. Ce spusese? „Nimeni nu-și amintește. De ce ar face-o? Au fost cele mai negre zile din istoria țării noastre."

Brusc mi-am dorit să poată fi aici acum, să privească sutele de fețe emoționate, tăcute din jurul meu. De pe podium, o femeie frumoasă, de vârstă mijlocie, cu păr des și arămiu, cânta. Glasul ei limpede se ridică deasupra vuietului traficului din apropiere. Apoi prim-ministrul își începu discursul.

– În urmă cu șaizeci de ani, chiar aici, în Paris, dar și în întreaga Franță, a început o tragedie înfiorătoare. Marșul spre oroare prindea avânt. Deja umbra holocaustului se întindea asupra oamenilor nevinovați, mânați spre Vélodrome d'Hiver. Anul acesta, ca în fiecare an, ne-am adunat aici ca să ne aducem aminte. Astfel încât să nu uităm nimic din persecuțiile, vânătoarea și destinele sfărâmate ale atât de multor evrei francezi.

Un bătrân din stânga mea scoase din buzunar o batistă și începu să plângă în tăcere. Inima mi se frânse pentru el. Oare pentru cine plângea? Pe cine pierduse? În timp ce prim-ministrul continua, privirea mea se mută asupra mulțimii. Exista aici cineva care să-și amintească de Sarah Starzynski? Oare era chiar ea aici? Chiar aici, în acest moment? Era aici cu un soț, un copil, un nepot? În spatele meu, în fața mea? Am ales cu atenție din priviri femeile în jur de șaptezeci de ani și le-am cercetat chipurile solemne, ridate, în căutarea ochilor verzi, migdalați. Dar nu mă simțeam în largul meu căscând ochii la acești străini îndurerați. Mi-am coborât privirea. Vocea prim-ministrului părea să capete putere și claritate, bubuind deasupra noastră.

– Da, Vel' d'Hiv', Drancy și toate lagărele de tranzit, acele anticamere ale morții, au fost organizate, conduse și păzite de francezi. Da, primul act al holocaustului a avut loc chiar aici, cu complicitatea statului francez.

Multe chipuri din jurul meu păreau senine, în timp ce-l ascultau pe premier. Le-am privit în timp ce el continua cu același glas puternic. Dar fiecare chip purta amprenta durerii. O durere care nu va putea fi ștearsă niciodată. Discursul premierului a fost îndelung aplaudat. Am observat cum oamenii plângeau, se îmbrățișau.

Însoțită de Guillaume, m-am dus să vorbesc cu Franck Lévy, care avea sub braț un exemplar din *Seine Scenes.* Mă întâmpină cu căldură și ne prezentă doi jurnaliști. Câteva momente mai târziu, am plecat. I-am spus lui Guillaume că am descoperit cine locuise în apartamentul familiei Tézac, că asta mă apropiase cumva de socrul meu, care ascunsese un secret întunecat vreme de mai bine de șaizeci de ani. Și că încercam să o găsesc pe Sarah, fetița care scăpase de la Beaune-la-Rolande.

O jumătate de oră mai târziu mă întâlneam cu Nathalie Dufaure în fața stației de metrou Pasteur. Urma să mă conducă la Orléans, la bunicul ei. Guillaume m-a sărutat, m-a îmbrățișat cu căldură și mi-a urat succes.

În timp ce traversam bulevardul aglomerat, mi-am atins ușor pântecele. Dacă nu aș fi plecat azi-dimineață din clinică, acum mi-aș fi recăpătat cunoștința în rezerva confortabilă, de culoarea caisei, supravegheată de infirmiera surâzătoare. După un mic dejun rafinat - *croissant*, marmeladă de portocale și *café au lait* –, aș fi plecat de acolo după-amiaza, neînsoțită, un pic nesigură, cu un tampon între picioare și o durere surdă în josul abdomenului. Și un gol în minte și în suflet.

Nu primisem nici o veste de la Bertrand. Oare cei de la clinică îl sunaseră ca să-l informeze că plecasem înainte de întreruperea de sarcină? Nu știam. Era încă la Bruxelles și urma să se întoarcă diseară.

Mă întrebam cum aveam să-i spun. Cum avea să reacționeze.

În timp ce mergem pe avenue Émile Zola, nerăbdătoare să nu întârzii la întâlnirea cu Nathalie Dufaure, m-am întrebat dacă îmi mai păsa de ce gândea Bertrand, de ce simțea Bertrand. Gândul acesta neliniștitor mă înspăimântă.

Când m-am întors de la Orléans, la începutul serii, apartamentul era fierbinte și înăbușitor. M-am dus să deschid o fereastră și m-am aplecat spre zgomotosul boulevard du Montparnasse. Era ciudat să-mi închipui că în curând aveam să-l părăsim pentru liniștita rue de Santonge. Petrecuserăm aici doisprezece ani. Zoë nu locuise niciodată în altă parte. Avea să fie ultima noastră vară aici, mi-a trecut rapid prin minte. Ajunsesem să țin la acest apartament, unde soarele pătrundea în fiecare după-amiază în livingul spațios, cu grădina Luxembourg aflată chiar lângă rue Vavin, mă obișnuisem cu comoditatea de a locui într-unul dintre cele mai active arondismente din Paris, într-unul dintre locurile unde chiar simțeai pulsul orașului, ritmul lui rapid, incitant.

Mi-am aruncat sandalele din picioare și m-am întins pe canapeaua moale, bej. Ziua plină pe care o avusesem mă apăsa ca plumbul. Am închis ochii, dar am fost adusă brusc la realitate de sunetul telefonului. Era sora mea, care mă suna din biroul ei ce dădea spre Central Park. Mi-am imaginat-o în spatele biroului imens, cu ochelarii de citit cocoțați pe vârful nasului.

În câteva cuvinte, i-am spus că nu făcusem întreruperea de sarcină.

– Oh, Doamne, spuse Charla, cu răsuflarea aproape tăiată. Nu ai făcut-o.

– Nu am putut, am zis. Mi-a fost imposibil.

Aproape că-i vedeam zâmbetul la telefon, acel zâmbet larg, irezistibil.

– Fata mea minunată și curajoasă! Sunt mândră de tine, iubito.

– Bertrand încă nu știe, i-am spus. Se întoarce târziu în seara asta. Probabil își închipuie că am făcut-o.

O pauză transatlantică.

– O să-i spui, nu?

– Sigur că da. Va trebui, la un moment dat.

După conversația cu sora mea, am rămas întinsă mult timp pe canapea, cu mâna pe pântece, ca un scut de protecție. Încet, încet am simțit că îmi recapăt puterile.

Ca întotdeauna, m-am gândit la Sarah Starzynski și la ce știam acum. Nu fusese nevoie să-l înregistrez pe Gaspard Dufaure. Nici să-mi notez ceva. Totul era scris înăuntrul meu.

O casă mică și curată, în suburbiile orașului Orléans. Răzoare îngrijite. Un câine bătrân și apatic, cu vederea slabă. O bătrânică micuță de statură, care tăia legume la chiuvetă și care m-a salutat cu o înclinare din cap când am intrat.

Vocea morocănoasă a lui Gaspard Dufaure. Mâna lui cu vene albăstrii mângâind capul bătrânului câine. Și ce spusese:

– Eu și fratele meu știam că fuseseră probleme în timpul războiului. Dar cum pe-atunci eram mici, nu ne mai aminteam ce se întâmplase. De-abia după moartea bunicilor mei am aflat de la tata că pe Sarah Dufaure o chema de fapt Starzynski și că era evreică. Bunicii mei o ascunseseră în toți acei ani. Sarah era o fată tristă, lipsită de bucurie, cu o fire închisă. Era greu să ajungi la ea. Ni se spusese că fusese adoptată de bunicii mei din cauză că părinții ei muriseră în timpul războiului. Asta era tot ce știam. Dar ne dădeam seama că era diferită. Când ne însoțea la biserică, buzele ei nu rosteau niciodată cuvintele din *Tatăl nostru*. Nu se ruga niciodată. Nu a primit niciodată împărtășania. Se uita țintă înainte, cu o expresie înghețată, care mă înspăimânta. Bunicii mei ne spuneau să o lăsăm în pace. Părinții, la fel. Încetul cu încetul, Sarah a devenit parte din viața noastră, sora mai mare pe care nu am avut-o niciodată. Și s-a transformat într-o tânără încântătoare, melancolică. Era foarte serioasă și matură pentru vârsta ei. Uneori, după război, ne duceam la Paris cu părinții mei, dar ea nu voia niciodată să vină. Spunea că urăște Parisul. Spunea că nu mai vrea să se întoarcă acolo niciodată.

– Vorbea vreodată despre fratele ei? Despre părinții ei? am întrebat.

Gaspard clătină din cap.

– Niciodată. Am aflat de la tata despre fratele ei și despre ce s-a întâmplat, acum patruzeci de ani. Cât a locuit cu noi, nu am știut nimic.

Glasul subțire al lui Nathalie Dufaure interveni:

– Ce s-a întâmplat cu fratele ei?

Gaspard Dufaure se uită la nepoata lui, care aștepta fascinată, sorbindu-i fiecare cuvânt. Apoi se uită la soția lui, care nu rostise nici o vorbă în timpul acestei discuții, dar care avea aceeași privire blândă.

– O să-ți povestesc altă dată, Natou. E o poveste foarte tristă.

Urmă o pauză lungă.

– *Monsieur* Dufaure, am zis, trebuie să știu unde este acum Sarah Starzynski. De aceea am venit să vă văd. Mă puteți ajuta?

Gaspard Dufaure se scărpină în cap și îmi aruncă o privire întrebătoare.

– Ceea ce trebuie *eu* să știu, *Mademoiselle* Jarmond, zise el, cu un zâmbet ironic, este de ce acest lucru înseamnă atât de mult pentru dumneata.

Telefonul sună din nou. Era Zoë din Long Island. Se distra de minune, vremea era frumoasă, se bronzase, avea o bicicletă nouă, vărul ei Cooper era „ca lumea“, dar îi era dor de mine. I-am spus că și mie îmi era dor de ea, că ne vom întâlni în mai puțin de zece zile. Apoi ea își coborî vocea și mă întrebă dacă am făcut vreun progres în găsirea lui Sarah Starzynski. Tonul ei serios m-a făcut să zâmbesc. I-am spus că, de fapt, chiar făcusem progrese și că aveam să-i povestesc despre asta foarte curând.

– Ah, mamă, ce progrese? rosti ea, nerăbdătoare. Trebuie să-mi spui acum! Acum!

– Bine, am cedat eu în fața entuziasmului ei. Astăzi m-am întâlnit cu un bărbat care a cunoscut-o în copilărie. El mi-a zis că Sarah a părăsit Franța în 1952 și a plecat la New York, ca să fie guvernantă într-o familie de americani.

Zoë scoase o exclamație de surpriză.

– Vrei să spui că e în State?

– Cred că da.

O scurtă tăcere.

– Cum o s-o găsești în State, mamă? mă întrebă ea, cu o voce evident mai lipsită de entuziasm. America e mult mai mare ca Franța.

– Dumnezeu știe, iubito, am oftat.

I-am transmis prin telefon sărutări și toată dragostea mea, după care am închis.

„Ceea ce trebuie eu să știu, *Mademoiselle* Jarmond, este de ce acest lucru înseamnă atât de mult pentru dumneata.“ Sub impulsul momentului mă hotărâsem să-i spun lui Gaspard Dufaure adevărul. Cum apăruse Sarah Starzynski în viața mea. Cum îi descoperisem secretul teribil. Și cum era legată de rudele mele. Cum astăzi, când știam despre evenimentele petrecute în vara lui 1942 (atât despre cele publice - Vel' d'Hiv', Beaune-la-Rolande -, cât și despre cele particulare - moartea micului Michel Starzynski în apartamentul familiei Tézac), găsirea lui Sarah devenise un scop important, ceva ce îmi doream din toata inima să reușesc.

Gaspard Dufaure fusese surprins de încăpățânarea mea. De ce s-o găsesc, pentru ce, mă întrebase, clătinând din capul lui cărunt. Îi răspunsesem: ca să-i spun că nouă ne pasă, să-i spun că noi nu am uitat. „Noi“, zâmbise el, cine erau acei „noi“: rudele mele, poporul francez? Și apoi replicasem, ușor iritată de rânjetul lui: nu, eu, eu, eu voiam să-i spun că regret, voiam să-i spun că nu puteam să uit de razie, de lagăr, de moartea lui Michel și de trenul direct spre Auschwitz, care îi dusese pentru totdeauna pe părinții ei. Regret pentru ce, replicase la rândul lui, de ce eu, o americancă, aveam regrete, oare nu compatrioții mei eliberaseră Franța în iunie 1944, eu nu aveam ce să regret, râsese el.

Îl privisem drept în ochi.

– Îmi pare rău că nu am știut. Îmi pare rău că am ajuns la patruzeci și cinci de ani fără să știu.

Sarah părăsise Franța la sfârșitul anului 1952. Plecase în America.

– De ce acolo? am întrebat.

– Ne-a spus că trebuia să plece într-un loc care nu fusese atins direct de holocaust, așa cum era Franța. Toți am fost triști. Mai ales bunicii mei. O iubeau ca pe nepoata pe care nu o avuseseră niciodată. Dar ea nu s-a lăsat înduplecată. A plecat. Și nu s-a mai întors niciodată. Cel puțin, eu nu știu s-o fi făcut.

– Apoi ce s-a întâmplat cu ea? am întrebat, de parcă eram Nathalie, cu aceeași fervoare, cu aceeași nerăbdare.

Gaspard Dufaure ridică din umeri și oftă adânc. Se ridică, urmat de câinele orb. Soția lui îmi făcuse încă o ceașcă de cafea tare, aspră. Nepoata lor rămase tăcută, ghemuită în fotoliu, uitându-se când la mine, când la el, cu luare-aminte. Își va aminti de asta, mi-am zis. Își va aminti tot.

Bunicul ei se așeză din nou, cu un geamăt, și îmi dădu cafeaua. Se uită prin încăperea micuță, la fotografiile șterse de pe pereți, la mobila învechită. Se scărpină în cap și oftă. Am așteptat, la fel și Nathalie. În cele din urmă, bătrânul vorbi.

Nu mai primiseră nici o veste de la Sarah după 1955.

– Le-a scris bunicilor mei două scrisori. Un an mai târziu, ne-a trimis o vedere în care spunea că urma să se mărite. Îmi amintesc când tata ne-a zis că Sarah se mărită cu un yankeu.

Gaspard zâmbi.

– Am fost încântați pentru ea. Dar după asta nu a mai urmat nici un telefon, nici o scrisoare. Niciodată. Bunicii mei au încercat să-i dea de urmă. Au făcut tot posibilul să o găsească, au sunat la New York, au scris scrisori, au trimis telegrame. Au încercat să-l găsească pe soțul ei. Nimic. Sarah dispăruse. A fost îngrozitor pentru ei. Au așteptat și au așteptat, an după an, un semn, un telefon, o vedere. Nu a venit nimic. Bunicul a murit la începutul anilor ’60, urmat, câțiva ani mai târziu, de bunica. Cred că au murit de inimă rea.

– Știți că bunicii dumneavoastră ar putea fi declarați „drepți între popoare“? am spus.

– Și ce înseamnă asta? întrebă el, nedumerit.

– Institutul Yad Vashem din Ierusalim conferă medalii non-evreilor care au salvat evrei în timpul războiului. Distincția poate fi obținută și post-mortem.

El își drese glasul, ferindu-și privirea.

– Găsește-o doar. Te rog, găsește-o, *Mademoiselle* Jarmond. Spune-i că îmi e dor de ea. Și fratelui meu, Nicolas. Spune-i că îi transmitem toată dragostea noastră.

Înainte să plec, mi-a dat o scrisoare.

– Bunica i-a scris-o lui tata, după război. Poate te interesează să-ți arunci o privire. Poți să i-o înapoiezi lui Nathalie, după ce o citești.

Mai târziu, acasă, singură, am descifrat scrisul demodat. Citeam și plângeam. Am reușit să-mi recapăt calmul, mi-am șters lacrimile, mi-am suflat nasul.

Apoi l-am sunat pe Édouard și i-am citit-o la telefon. Părea că plânge, dar încerca din răsputeri să mă facă să cred că nu era așa. Apoi mi-a mulțumit cu o voce gâtuită și a închis.

8 septembrie 1946

Alain, dragul meu fiu,

Când Sarah s-a întors săptămâna trecută din vacanța de vară petrecută cu tine și cu Henriette, avea bujori în obraji... și un zâmbet pe buze. Eu și Jules am fost uimiți și încântați. O să vă scrie chiar ea să vă mulțumească, dar am vrut să-ți spun personal cât de recunoscătoare sunt pentru ajutorul și ospitalitatea voastră. După cum știi, au fost patru ani sumbri. Patru ani de captivitate, de teamă, de privațiuni. Pentru noi toți, pentru țara noastră. Patru ani care și-au pus pecetea asupra mea și a lui Jules, dar mai ales asupra lui Sarah. Nu cred că și-a revenit vreodată după cele întâmplate în vara anului 1942, când am dus-o înapoi în apartamentul familiei ei din Marais. În acea zi, ceva s-a frânt în ea. Ceva s-a prăbușit.

Ne-a fost greu, iar sprijinul vostru a fost neprețuit. S-o ascundem pe Sarah și s-o ținem în siguranță, din acea vară îndepărtată până la armistițiu, a fost o sarcină cumplită. Dar Sarah are acum o familie. Noi suntem familia ei. Fiii tăi, Gaspard și Nicolas, sunt frații ei. Ea este o Dufaure. Poartă numele nostru.

Știu că nu o să uite niciodată. În spatele acelor obraji trandafirii și al zâmbetului, există o asprime. Nu va fi niciodată un copil normal de paisprezece ani. E ca o femeie, o femeie plină de amărăciune. Uneori mi se pare că e mai bătrână ca mine. Niciodată nu vorbește despre familia ei, despre fratele ei. Dar știu că îi poartă în permanență cu ea. Știu că merge în fiecare săptămână la cimitir, uneori și mai des, la mormântul fratelui ei. Vrea să meargă singură. Refuză să o însoțesc. Uneori o urmăresc, doar ca să mă asigur că e bine. Stă în fața micii pietre funerare și rămâne nemișcată. Poate sta acolo ore întregi, ținând în mână cheia de alamă pe care o poartă întotdeauna cu ea. Cheia de la dulapul unde a murit sărmanul băiețel. Când se întoarce acasă, chipul îi este închis și rece. E greu pentru ea să vorbească, să se deschidă în fața mea. Încerc să-i ofer toată dragostea, fiindcă este fiica pe care nu am avut-o.

Nu vorbește niciodată despre Beaune-la-Rolande. Dacă ne apropiem de sat, se albește la față. Își întoarce capul și închide ochii. Mă întreb dacă, într-o zi, lumea o să afle. Dacă totul o să iasă la iveală, tot ce s-a întâmplat aici. Sau va rămâne mereu un secret, îngropat într-un trecut întunecat și tulbure.

În anul care a trecut de la încheierea războiului, Jules a fost de multe ori la Lutétia, uneori cu Sarah, ca să afle cine se mai întoarce din lagăre. Sperând, sperând mereu. Toți am sperat, din toată inima. Dar acum știm. Părinții ei nu se vor întoarce niciodată. Au fost uciși la Auschwitz, în timpul acelei veri oribile din 1942.

Uneori mă întreb câți copii, ca ea, au trăit în iad și au supraviețuit, iar acum trebuie să meargă mai departe, fără cei dragi. Atâta suferință, atâta durere. Sarah a trebuit să renunțe la tot ce avea: familie, nume, religie. Nu vorbim niciodată despre asta, dar știu cât de adânc este golul, cât de crudă este pierderea ei. Sarah vorbește despre plecarea din țară, despre o nouă viață, în altă parte, departe de tot ce a știut, de tot ce a trăit. E prea mică acum, prea fragilă ca să plece de la fermă, dar ziua aceea va veni. Eu și Jules va trebui să o lăsăm să plece.

Da, războiul s-a terminat, în cele din urmă, dar pentru mine și pentru tatăl tău, nimic nu mai e la fel. Nimic nu va mai fi la fel. Pacea are un gust amar. Iar viitorul pare sumbru. Evenimentele care au avut loc au schimbat fața lumii. Și a Franței. Franța încă își revine după cei mai întunecați ani. Își va reveni vreodată cu adevărat, mă întreb? Aceasta nu mai este Franța pe care am cunoscut-o când eram mică. Este o altă Franță, pe care nu o recunosc. Acum sunt bătrână, și zilele îmi sunt numărate. Dar Sarah, Gaspard, Nicolas sunt încă mici. Ei vor trebui să trăiască în această Franță nouă. Mi-e milă de ei și mi-e teamă de ce-i așteaptă.

Dragul meu băiat, n-am vrut să fie o scrisoare tristă, dar, vai, iată că așa a ieșit și îmi pare tare rău. Grădina trebuie îngrijită, și puii – hrăniți, așa că închei. Dă-mi voie să vă mulțumesc încă o dată pentru tot ce ați făcut pentru Sarah. Domnul să vă aibă pe amândoi în pază, pentru generozitatea și credința voastră, și Domnul să-i binecuvânteze pe băieții voștri.

Mama ta iubitoare,

Geneviève

Un alt apel telefonic. Celularul. Ar fi trebuit să-l închid. Era Joshua. Am fost surprinsă să-l aud. De obicei, nu suna atât de târziu.

– Tocmai te-am văzut la știri, iubito, rosti el tărăgănat. Arătai frumoasă ca o cadră. Un pic palidă, dar foarte *glamour*.

– La știri? am zis eu, uimită. Ce știri?

– Am dat drumul la televizor, la știrile de la ora 20 pe TF1, și iat-o pe Julia mea, chiar mai jos de premier.

– Ah, am făcut, ceremonia de la Vel' d'Hiv'.

– Frumos discurs, nu crezi?

– Foarte frumos.

O pauză. Am auzit clinchetul brichetei în timp ce își aprindea un Marlboro *mild,* din cele în pachet argintiu, pe care le cumperi numai din State. Mă întrebam ce are să-mi spună. De obicei, era direct. Prea direct.

– Ce este, Joshua? l-am întrebat, precaută.

– Nimic, de fapt. Te-am sunat doar ca să-ți spun că ai făcut o treabă bună. Începe să se vorbească de articolul ăsta al tău despre Vel' d'Hiv'. Voiam doar să-ți spun asta. Și pozele lui Bamber sunt minunate. Ați făcut o treabă grozavă.

– Oh, mulțumesc.

Dar îl cunoșteam prea bine.

– Altceva? am adăugat cu prudență.

– E ceva ce mă deranjează.

– Spune, l-am îndemnat.

– După părerea mea, lipsește ceva. Ai vorbit cu supraviețuitori, cu martori, cu bătrânul ăla de la Beaune etc., totul e grozav. Chiar grozav. Dar ai uitat ceva. Polițiștii. Polițiștii francezi.

– Da? am întrebat, începând să simt că mă cuprinde exasperarea. Ce-i cu polițiștii francezi?

– Ar fi fost perfect dacă ai fi putut să-i faci să vorbească pe polițiștii care au participat la razie. Dacă ai fi reușit să găsești vreo doi, doar ca să auzi și partea lor de poveste. Chiar dacă acum sunt bătrâni. Ce le-au spus tipii ăștia copiilor lor? Familiile lor au aflat vreodată?

Avea dreptate, desigur. Nici nu-mi trecuse prin minte. Exasperarea începu să se risipească. Nu am zis nimic, rușinată.

– Hei, Julia, nu-i nici o problemă, chicoti Joshua. Ai făcut o treabă grozavă. Poate că polițiștii ăia nici nu ar fi vorbit. Probabil că nu ai citit multe despre ei în documentarea ta, nu?

– Nu, am răspuns. Dacă stau să mă gândesc, nu era nimic despre ce au simțit polițiștii francezi. Își făceau numai datoria.

– Da, datoria, repetă Joshua, ca un ecou. Dar mi-ar fi plăcut să știu cum au trăit cu ce au făcut. Și, dacă stau să mă gândesc, la fel și tipii ăia care au condus nenumăratele trenuri de la Drancy la Auschwitz. Știau ce transportă? Chiar credeau că erau animale? Știau unde îi duc pe acei oameni, ce urma să se întâmple cu ei? Și toți șoferii de autobuz? Au știut ceva?

Desigur, avea din nou dreptate. Am rămas tăcută. Un ziarist bun ar fi săpat mai adânc în acele tabuuri. Poliția franceză, căile ferate franceze, sistemul francez de transport în comun.

Dar eu fusesem obsedată de copiii de la Vel' d'Hiv'. De un copil, în mod deosebit.

– Ești bine, Julia? se auzi glasul lui.

– Minunat, am mințit.

– Ai nevoie de un concediu, declară el. E vremea să te sui în avion și să te duci acasă.

– Exact asta aveam de gând.

Ultimul apel telefonic din acea seară a venit de la Nathalie Dufaure. Părea extatică. Mi-am imaginat fața aceea de copil pribeag, luminată de entuziasm, cu ochii căprui sclipind.

– Julia! M-am uitat prin toate hârtiile bunicului și am găsit. Am găsit vederea de la Sarah!

– Vederea de la Sarah? am repetat, pierdută.

– Vederea pe care a trimis-o și-n care anunța că se mărită. Ultima vedere. Scrie numele soțului ei.

Am apucat un pix, am scotocit zadarnic după o bucată de hârtie. Nici una. Am pus vârful pixului pe dosul palmei.

– Și numele este…?

– A scris că se mărită cu Richard J. Rainsferd.

Îmi dictă numele pe litere.

– Vederea poartă data de 15 martie 1955. Nici o adresă. Nimic altceva. Doar asta.

– Richard J. Rainsferd, am repetat și am început să scriu cu litere de tipar direct pe piele.

I-am mulțumit apoi lui Nathalie, i-am promis să o țin la curent cu progresele mele, apoi am format numărul Charlei în Manhattan. A răspuns asistenta ei, Tina, care m-a pus să aștept o vreme. Apoi Charla a venit la telefon.

– Iarăși tu, dulceață?

Am trecut direct la subiect.

– Cum găsești pe cineva din State? De unde-l iei?

– Din cartea de telefon, zise ea.

– Așa ușor?

– Mai sunt și alte moduri, răspunse ea criptic.

– Dar o persoană care a dispărut în 1955?

– Ai un număr de asigurare socială, un număr de înmatriculare sau măcar o adresă?

– Nu. Nimic.

Ea fluieră printre dinți.

– O să fie dificil. S-ar putea să nu meargă. Dar o să încerc, am vreo doi amici care m-ar putea ajuta. Dă-mi numele.

În acel moment am auzit ușa de la intrare trântindu-se și clinchetul cheilor aruncate pe masă.

Soțul meu, întors de la Bruxelles.

– Te sun eu înapoi, i-am zis în șoaptă surorii mele și am închis.

Bertrand intră în cameră. Părea încordat, palid, tras la față. Veni spre mine și mă luă în brațe. I-am simțit obrazul cum i se odihnea pe creștet.

Am simțit că trebuia să vorbesc cât mai repede.

– N-am făcut-o, am spus.

El aproape că nici nu se mișcă.

– Știu, îmi răspunse. Doctorul m-a sunat.

M-am tras din îmbrățișare.

– Nu am putut, Bertrand.

El zâmbi – un zâmbet ciudat, disperat. Se duse spre tava de lângă fereastră, unde țineam sticlele cu băutură, și își turnă coniac într-un pahar. Am observat cât de repede l-a băut, dându-l dintr-odată peste cap. Era un gest urât, care m-a tulburat.

– Și acum? zise el și puse jos paharul. Ce facem acum?

Am încercat să zâmbesc, dar simțeam că este un zâmbet fals, lipsit de veselie. Bertrand se așeză pe canapea, își lărgi cravata și își deschise primii doi nasturi de la cămașă.

– Nu pot să accept ideea acestui copil, Julia, zise el. Am încercat să-ți spun. N-ai vrut să m-asculți.

Ceva din vocea lui m-a făcut să-l privesc mai îndeaproape. Părea vulnerabil, epuizat. Pentru o fracțiune de secundă am văzut chipul obosit al lui Édouard Tézac, expresia pe care o avusese în mașină, când îmi spusese că Sarah se întorsese.

– Nu te pot împiedica să ai acest copil. Dar trebuie să știi că eu nu pot accepta ideea. Nașterea acestui copil o să mă distrugă.

Am vrut să-mi exprim mila – părea pierdut, lipsit de apărare –, dar, în schimb, am fost copleșită de un resentiment neașteptat.

– Să te distrugă? am repetat.

Bertrand se ridică și își mai turnă un pahar. M-am uitat în altă parte când l-a dat pe gât.

– Ai auzit vreodată de criza vârstei de mijloc, *amour*? Vouă, americanilor, vă place la nebunie expresia asta. Ai fost preocupată numai de slujba ta, de prietenii tăi, de fiica ta, și nici măcar nu ai observat prin ce treceam eu. Ca să fim sinceri, nu-ți pasă. Îți pasă?

Îl fixam cu privirea, uimită.

El se întinse pe canapea, încet, cu grijă, cu ochii în tavan. Gesturi lente, precaute, pe care nu le observasem la el înainte. Pielea feței îi părea ridată; dintr-odată, mă uitam la un soț care îmbătrânea. Tânărul Bertrand dispăruse. Bertrand, care fusese mereu triumfător de tânăr, vibrant, energic. Genul de persoană care nu stă niciodată locului, mereu în mișcare, efervescent, rapid, nerăbdător. Bărbatul la care mă uitam era ca o umbră a celui pe care-l cunoșteam eu. Când se întâmplase asta? Cum de nu observasem? Bertrand și râsul lui formidabil. Glumele lui. Încăpățânarea lui. Acela este soțul tău? obișnuiau oamenii să șoptească uimiți, fermecați. Bertrand la petreceri, monopolizând conversațiile, dar nimănui nu-i păsa, într-atât era de electrizant. Felul în care Bertrand se uita la tine, sclipirea plină de forță a ochilor albaștri, zâmbetul răutăcios.

În seara asta nu era nimic încordat, nimic tensionat în trupul lui. Parcă se dăduse bătut. Stătea acolo apatic, moale. Ochii îi erau triști, pleoapele, căzute.

– Nu ai observat deloc prin ce treceam, nu-i așa?

Glasul lui era plat, lipsit de tonalitate. M-am așezat lângă el și l-am mângâiat pe mână. Cum aș putea să recunosc vreodată că avea dreptate? Cum aș putea să explic vreodată cât de vinovată mă simțeam?

– De ce nu mi-ai spus, Bertrand?

Colțurile gurii i se răsuciră în jos.

– Am încercat. N-am reușit.

– De ce?

Chipul i se crispă. Lăsă să-i scape un râs scurt, sec.

– Tu nu mă asculți, Julia.

Și am știut că avea dreptate. În noaptea aceea, când vocea îi devenise deodată răgușită. Când își exprimase cea mai mare temere a lui, aceea de a îmbătrâni. Când mi-am dat seama că era fragil. Mult mai fragil decât îmi imaginasem vreodată. Și îmi ferisem privirea. Mă tulburase. Mă dezgustase. Și el simțise asta. Și nu îndrăznise să-mi spună cât de prost îl făcuse să se simtă.

Nu am zis nimic, ci am rămas lângă el, ținându-l de mână. Am devenit conștientă de ironia situației. Un soț deprimat. O căsnicie pe cale să se destrame. Un copil pe drum.

– Hai să mergem să mâncăm în oraș, la Select sau la Rotonde, i-am zis cu blândețe. Putem să stăm de vorbă.

Se ridică cu greu.

– Poate altă dată. Acum sunt obosit.

Mi-a trecut prin minte că în ultimele luni fusese deseori obosit. Prea obosit să meargă la film, prea obosit să facă jogging în grădina Luxembourg, prea obosit să o ducă pe Zoë la Versailles într-o duminică după-amiază. Prea obosit să facem dragoste. Să facem dragoste... Oare când se întâmplase ultima dată? Cu săptămâni în urmă. L-am privit străbătând agale încăperea, cu pași greoi. Se îngrășase. Nu observasem până acum. Bertrand era atât de grijuliu cu înfățișarea lui. „Ai fost preocupată numai de slujba ta, de prietenii tăi, de fiica ta și nici măcar nu ai observat. Tu nu mă asculți, Julia." M-am simțit cuprinsă de rușine. Oare nu trebuia să înfrunt adevărul? În ultimele săptămâni, Bertrand nu făcuse parte din viața mea, chiar dacă împărțeam același pat și trăiam sub același acoperiș. Nu îi spusesem despre Sarah Starzynski. Despre noua mea relație cu Édouard. Oare nu-l exclusesem pe Bertrand din tot ce era important pentru mine? Îl scosesem din viața mea, iar ironia era că îi purtam copilul.

Am auzit frigiderul deschizându-se în bucătărie, apoi foșnetul foliei de aluminiu. Bertrand se întoarse în living, cu un copan în mână și folia în cealaltă.

– Încă ceva, Julia.

– Da?

– Când ți-am zis că nu pot accepta acest copil, am vorbit serios. Tu te-ai hotărât. Foarte bine. Acum este decizia mea. Am nevoie de timp pentru mine. Am nevoie de distanță. Tu și cu Zoë o să vă mutați la sfârșitul verii în apartamentul din rue de Saintonge. Eu o să găsesc un alt loc unde să stau, în apropiere. Apoi o să vedem cum evoluează lucrurile. Poate până atunci o să accept ideea. Dacă nu, o să divorțăm.

Nu era o surpriză. Mă așteptasem la asta. M-am ridicat și mi-am netezit cutele rochiei. Apoi am zis, calmă:

– Tot ce contează acum e Zoë. Orice s-ar întâmpla, va trebui să vorbim cu ea, amândoi. Va trebui s-o pregătim. Și trebuie s-o facem așa cum se cuvine.

El puse înapoi în folie copanul de pui.

– De ce ești atât de dură, Julia? mă întrebă.

Nu se simțea deloc sarcasm în tonul lui. Numai amărăciune.

– Semeni cu sora ta.

Nu am zis nimic și am ieșit din cameră. M-am dus la baie și am dat drumul la apă. Apoi mi-am dat seama: oare nu mă decisesem? Alesesem copilul în defavoarea lui Bertrand. Nu mă impresionaseră punctul lui de vedere, temerile lui interioare, nu fusesem speriată de faptul că se muta de acasă pentru câteva luni sau pentru totdeauna. Bertrand nu putea să dispară. Era tatăl fiicei mele, al copilului pe care îl purtam. Nu putea să iasă cu totul din viața noastră.

Dar în timp ce mă uitam în oglindă, aburul începea să umple încet baia, ștergându-mi reflexia cu răsuflarea lui cețoasă. Am simțit că totul se schimbase dramatic. Îl mai iubeam pe Bertrand? Mai aveam nevoie de el? Cum era posibil să vreau copilul lui, dar nu și pe el?

Voiam să plâng, dar lacrimile nu veneau.

Eram încă în cadă, când Bertrand intră, ținând în mână dosarul roșu al lui Sarah, pe care îl lăsasem în geantă.

– Ce e asta? mă întrebă și flutură dosarul.

M-am mișcat brusc, surprinsă, făcând apa să dea peste marginea căzii. Chipul lui era confuz, îmbujorat. Se așeză imediat pe capacul de toaletă. Altădată aș fi râs de această poziție caraghioasă.

– Lasă-mă să-ți explic..., am început.

El ridică o mână.

– Nu poți să te abții, nu-i așa? Pur și simplu, nu poți să lași trecutul în pace.

Se uită prin dosar, răsfoi scrisorile trimise de Jules Dufaure lui André Tézac, cercetă pozele lui Sarah.

– Ce sunt toate astea? Cine ți le-a dat?

– Tatăl tău, am răspuns încet.

El mă privi țintă.

– Ce are tata de-a face cu astea?

Am ieșit din cadă, am luat un prosop, m-am întors cu spatele la el și m-am șters. Cumva, nu-i doream privirea pe trupul meu gol.

– E o poveste lungă, Bertrand.

– De ce a trebuit să scoți toate astea la lumină? S-au petrecut acum șaizeci de ani! Sunt lucruri îngropate și uitate de mult.

M-am întors rapid spre el.

– Nu, nu-i așa. Acum șaizeci de ani, familiei tale i s-a întâmplat ceva. Ceva ce tu nu știi. Tu și surorile tale nu știți nimic. Și nici Mamé.

Rămase cu gura căscată. Părea șocat.

– Ce s-a întâmplat? Spune-mi! îmi ceru el.

I-am smuls dosarul din mână și l-am strâns la piept.

– *Tu* să-mi spui ce ai căutat în geanta mea.

Păream doi copii care se ceartă în pauză. El își dădu ochii peste cap.

– Am văzut dosarul în geanta ta și m-am întrebat ce-i cu el. Atâta tot.

– De atâtea ori am avut dosare în geantă și niciodată nu te-ai uitat la ele.

– Nu asta e problema. Spune-mi despre ce e vorba. Spune-mi acum.

Am clătinat din cap.

– Bertrand, sună-l pe tatăl tău. Spune-i că ai găsit dosarul. Întreabă-l.

– N-ai încredere în mine, nu-i așa?

Chipul îi părea obosit și brusc am simțit că mi-e milă de el. Părea rănit, parcă nu-i venea să creadă.

– Tatăl tău m-a rugat să nu-ți spun, am rostit cu blândețe.

Bertrand se ridică greoi de pe capacul de toaletă și întinse mâna spre clanță. Părea înfrânt, epuizat.

Făcu un pas înapoi și mă mângâie ușor pe obraz. Îi simțeam degetele calde pe fața mea.

– Julia, ce s-a întâmplat cu noi? Unde a dispărut totul?

Apoi plecă.

Și lacrimile au venit, iar eu le-am lăsat să mi se prelingă pe obraji. El m-a auzit suspinând, dar nu s-a întors.

În vara anului 2002, știind că Sarah Starzynski părăsise cu cincizeci de ani în urmă Parisul, cu destinația New York, m-am simțit propulsată înapoi peste Atlantic ca o bucată de metal atrasă de un magnet puternic. Abia așteptam să plec din oraș. Abia așteptam să o văd pe Zoë și să-l caut pe Richard J. Rainsferd. Abia așteptam să mă urc în avion.

Mă întrebam dacă Bertrand îl sunase pe tatăl lui ca să afle ce se întâmplase în rue de Saintonge în urmă cu toți acei ani. Cu mine rămăsese cordial, dar rece. Simțeam că și el era nerăbdător să plec. Ca să se gândească la relația noastră? Să se întâlnească cu Amélie? Nu știam. Nu-mi păsa. Mi-am spus că nu îmi pasă.

Cu vreo două ore înainte să plec spre New York, l-am sunat pe socrul meu ca să-mi iau rămas-bun. El nu pomeni nimic de vreo conversație cu Bertrand și nici eu nu l-am întrebat.

– De ce nu le-a mai scris Sarah celor din familia Dufaure? mă întrebase Édouard. Ce crezi că s-a întâmplat, Julia?

– Nu știu, Édouard. Dar o să fac tot posibilul să aflu.

Aceleași întrebări mă urmăreau și pe mine, zi și noapte. Când m-am suit în avion, câteva ore mai târziu, încă mă întrebam asta.

Oare Sarah Starzynski mai trăia?

Sora mea. Părul ei castaniu, lucios, pistruii, frumoșii ei ochi albaștri. Trupul ei atletic, puternic, atât de asemănător cu al mamei. *Les soeurs* Jarmond. Mult mai înalte decât toate celelalte femei Tézac. Zâmbetele uimite, strălucitoare. O urmă de invidie. De ce sunteți voi, *les Américaines*, atât de înalte, are legătură cu mâncarea, cu vitaminele, cu hormonii? Charla era chiar mai înaltă decât mine. Cele două sarcini nu adăugaseră deloc pernuțe siluetei ei puternice, zvelte.

Din clipa în care mi-a zărit chipul pe aeroport, Charla a știut că mă preocupa ceva, ceva ce nu avea nimic de-a face cu copilul pe care mă hotărâsem să-l păstrez sau cu problemele din căsnicia mea. În timp ce mergeam cu mașina spre oraș, telefonul îi sună încontinuu. Asistenta ei, șeful ei, clienții ei, copiii ei, babysitterul, Ben, fostul ei soț din Long Island, Barry, actualul soț aflat într-o delegație în Atlanta – apelurile păreau să nu mai contenească. Eram atât de bucuroasă s-o văd încât nici nu-mi păsa. Doar să fiu lângă ea, umăr lângă umăr, mă făcea fericită.

Odată rămase singure în casa ei îngustă și elegantă de pe East 81rst Street, în bucătăria cromată, de o curățenie impecabilă, și după ce turnă un pahar de vin alb pentru ea și unul de suc de mere pentru mine (din cauza sarcinii), i-am spus întreaga poveste. Charla cunoștea puține lucruri despre Franța. Nu știa prea bine franceza, spaniola fiind singura limbă străină pe care o vorbea fluent. Franța sub Ocupație nu însemna mare lucru pentru ea. Rămase tăcută în timp ce eu îi explicam despre razie, lagăre, trenurile spre Polonia.

Parisul în iulie 1942. Apartamentul din rue de Saintonge. Sarah. Michel, fratele ei.

Am văzut cum chipul ei încântător pălește de groază. Paharul cu vin rămase neatins. Își apăsă degetele cu putere peste buze și clătină din cap. Am sărit direct la sfârșitul poveștii, la ultima vedere de la Sarah, datată 1955, expediată din New York.

– Oh, Dumnezeule! spuse ea și înghiți repede o gură de vin. Ai venit aici pentru ea, nu-i așa?

Am dat aprobator din cap.

– Și cum ai de gând să începi?

– Îți amintești de numele acela pentru care te-am sunat? Richard J. Rainsferd. Este numele soțului ei.

– Rainsferd?

I l-am spus pe litere.

Charla se ridică rapid și luă telefonul fără fir.

– Ce faci? am întrebat-o.

Ridică mâna, făcându-mi semn să tac.

– Bună ziua, caut un anume Richard J. Rainsferd. Statul New York. Da, R-A-I-N-S-F-E-R-D. Nimic? OK, puteți verifica în New Jersey, vă rog? Nimic... Connecticut? Grozav. Da, mulțumesc. O clipă, vă rog.

Notă ceva pe o bucată de hârtie. Apoi mi-o întinse, cu un gest extravagant.

– Am găsit-o, zise ea, triumfătoare.

Am citit, neîncrezătoare, numărul și adresa.

„Domnul și doamna R.J. Rainsferd, Shepaug Dive nr. 2299, Roxbury, Connecticut."

– Nu se poate să fie ei, am murmurat. E imposibil să meargă atât de ușor.

– Roxbury, medită Charla. Nu e în districtul Litchfield? Am avut un iubit acolo. Tu erai deja plecată. Greg Tanner. Un tip tare drăguț. Tatăl lui era doctor. E un loc plăcut, Roxbury. Cam la o sută șaizeci de kilometri de Manhattan.

Am rămas așezată pe scaunul înalt de bar, uluită. Pur și simplu nu-mi venea să cred că o găsisem atât de ușor, atât de rapid pe Sarah Starzynski. De-abia aterizasem. Nici măcar nu vorbisem cu fiica mea.

Și deja o localizasem pe Sarah. Era încă în viață. Mi se părea imposibil, ireal.

– Ascultă, i-am zis, cum știm sigur că ea e?

Charla se așeză la masă și își deschise rapid laptopul. Își pescui din geantă ochelarii și și-i puse pe nas.

– O să aflăm imediat.

Am venit în spatele ei în timp ce degetele îi zburau cu dexteritate pe taste.

– Ce faci acum? am întrebat-o, năucită.

– Nu te agita, replică ea scurt și tastă în continuare.

Peste umărul ei, am văzut că deja intrase pe internet.

Pe ecran apăru:

„Bine ați venit la Roxbury, Connecticut. Evenimente, întruniri sociale, persoane, proprietăți."

– Perfect. Exact ce ne trebuie, zise Charla, privind cu atenție ecranul.

Apoi îmi luă ușurel bucățica de hârtie dintre degete, ridică din nou telefonul și formă numărul de pe hârtie.

Totul se petrecea prea repede. Simțeam că îmi pierd suflul.

– Charla! Stai! Ce naiba faci, pentru numele lui Dumnezeu!

Charla acoperi receptorul cu mâna și îmi aruncă o privire indignată peste marginea ochelarilor.

– Ai încredere în mine, nu?

Folosise tonul avocatului. Puternic, stăpân pe situație. Nu am putut decât să dau afirmativ din cap. Mă simțeam neputincioasă, panicată. M-am ridicat în picioare și am început să mă plimb prin bucătărie, atingând aparatele electrocasnice, suprafețele fine.

Când am ridicat privirea spre ea, Charla rânjea.

– Poate că ar trebui totuși să bei un pahar de vin. Și nu-ți face probleme în legătură cu identificarea apelantului. Nu apare prefixul.

Ridică brusc un deget și arătă spre telefon.

– Da, bună seara, sunteți... ăăă... doamna Rainsferd?

Nu m-am putut abține să nu zâmbesc la auzul glasului ei prefăcut nazal. Se pricepuse mereu să-și schimbe vocea.

– A, îmi pare rău... E plecată în oraș?

„Doamna Rainsferd“ era plecată în oraş. Aşadar, chiar exista o doamnă Rainsferd. Am ascultat mai departe conversaţia. Nu-mi venea să cred.

– Da... ăăă... sunt Sharon Burstall de la biblioteca Minor Memorial de pe South Street. Voiam să vă întreb dacă v-ar interesa să participaţi la prima noastră întrunire de vară, programată pe 2 august... A, înţeleg. Oh, îmi pare rău, doamnă. Hm. Da. Mă scuzaţi de deranj, doamnă. Mulţumesc, la revedere.

Puse telefonul jos şi îmi aruncă un zâmbet de satisfacţie.

– Ei bine? am întrebat, nerăbdătoare.

– Femeia cu care am vorbit este infirmiera lui Richard Rainsferd. E un bătrân bolnav, ţintuit la pat. Are nevoie de tratament intensiv. Vine în fiecare după-amiază.

– Şi doamna Rainsferd?

– O aştepta să se întoarcă din clipă-n clipă.

M-am uitat la Charla, cu o privire pierdută.

– Şi acum ce fac? am zis. Mă duc, pur şi simplu, acolo?

Sora mea izbucni în râs.

– Ai altă idee?

Iată. Shepaug Drive nr. 2299. Am oprit motorul și am rămas în mașină, cu palmele umede așezate pe genunchi.

De unde mă aflam, puteam să văd casa, dincolo de stâlpii gemeni, în piatră cenușie, de la poartă. Era o construcție pătrățoasă, în stil colonial, ridicată, după estimările mele, la sfârșitul anilor '30, mai puțin impresionantă decât proprietățile întinse, de un milion de dolari, pe care le zărisem pe drum, dar totuși armonioasă și de bun gust.

În timp ce străbăteam Route 67, fusesem uimită de frumusețea rurală nealterată a districtului Litchfield: dealuri unduitoare, râuri sclipitoare, vegetație bogată, chiar și sub arșița verii. Uitasem cât de cald poate fi în New England. În pofida aerului condiționat puternic, transpiram. Îmi părea rău că nu îmi luasem o sticlă cu apă minerală. Îmi simțeam gâtul uscat ca iasca.

Charla îmi spusese că locuitorii din Roxbury erau bogați. Îmi explicase că Roxbury era unul dintre acele locuri speciale de altădată, la modă, artistice, de care nimeni nu se plictisea. Artiști, scriitori, staruri de cinema: se pare că mulți locuiau aici. M-am întrebat cu ce se ocupa Richard Rainsferd. Avusese mereu o casă aici? Ori el și Sarah locuiseră în Manhattan și se retrăseseră aici la pensie? Și copiii? Oare câți copii aveau? M-am uitat prin parbriz la fațada de piatră și am numărat ferestrele. Casa trebuie că avea două sau trei dormitoare, dacă nu cumva în spate era mai mare decât îmi imaginam. Copii care probabil că erau de vârsta mea. Și nepoți. Mi-am lungit gâtul să văd dacă erau mașini parcate în fața casei. Nu am reușit să văd decât un garaj anexat, cu ușile închise.

M-am uitat la ceas. Abia trecuse de ora două. Îmi luase numai vreo două ore să ajung cu mașina din oraș. Charla îmi împrumutase Volvo-ul ei. Era impecabil, la fel ca bucătăria ei. Brusc, mi-am dorit să fi fost cu mine azi. Dar nu putuse să-și anuleze întâlnirile. „O să te descurci, surioară", îmi zisese, aruncându-mi cheile de la mașină. „Ține-mă la curent, bine?"

Am rămas în Volvo, simțind cum neliniștea se ridică în mine precum căldura înăbușitoare. Ce naiba aveam să-i zic lui Sarah Starzyinski? Nici măcar nu puteam să-i spun așa. Nici Dufaure. Acum era doamna Rainsferd și fusese doamna Rainsferd în ultimii cincizeci de ani. Mi se părea imposibil să cobor din mașină și să sun la soneria de alamă pe care o zăream în dreapta ușii de la intrare. „Da, bună ziua, doamnă Rainsferd, nu mă cunoașteți, numele meu este Julia Jarmond, dar voiam să vorbesc cu dumneavoastră despre rue de Saintonge și ce s-a întâmplat atunci, și familia Tézac, și..."

Suna jalnic, artificial. Ce căutam aici? De ce bătusem atâta drum? Ar fi trebuit să-i scriu o scrisoare, să aștept să-mi răspundă. Vizita mea era ridicolă. O idee ridicolă. Și, în definitiv, ce sperasem? Să mă întâmpine cu brațele deschise, să-mi ofere o ceașcă de ceai și să murmure: „Desigur că îi iert pe cei din familia Tézac". Ce nebunie. Suprarealist. Venisem degeaba aici. Ar trebui să plec chiar acum.

Tocmai mă pregăteam să dau înapoi și să plec când o voce mă făcu să tresar.

– Căutați pe cineva?

M-am răsucit în scaunul umed și am văzut o femeie bronzată, de vreo treizeci și cinci de ani. Avea părul tuns scurt, negru, era scundă și îndesată.

– O caut pe doamna Rainsferd, dar nu sunt sigură că am nimerit unde trebuie...

Femeia zâmbi.

– Ați nimerit unde trebuie. Dar mama e plecată la cumpărături. O să se întoarcă însă în vreo douăzeci de minute. Eu sunt Ornella Harris. Locuiesc alături.

O aveam înaintea ochilor pe fiica lui Sarah. Fiica lui Sarah Starzyinski.

Am încercat să-mi păstrez calmul și am reușit să afișez un zâmbet politicos.

– Sunt Julia Jarmond.

– Mă bucur să vă cunosc, zise ea. Vă pot ajuta cu ceva?

Mi-am stors creierii să răspund ceva.

– Păi, speram să o întâlnesc pe mama dumneavoastră. Ar fi trebuit să telefonez înainte, dar cum treceam prin Roxbury, m-am gândit să mă opresc...

– Sunteți prietenă cu mama? se interesă ea.

– Nu chiar. De curând l-am cunoscut pe unul dintre verii ei și mi-a spus că locuiește aici.

Chipul Ornellei se lumină.

– A, probabil, l-ați cunoscut pe Lorenzo! Unde, în Europa?

Am încercat să nu par pierdută. Cine naiba era Lorenzo?

– De fapt, da, la Paris.

Ornella chicoti.

– Da, e o figură, unchiul Lorenzo. Mama îl adoră. Nu prea vine să ne viziteze, dar sună des.

Își înclină capul spre mine.

– Hei, nu vreți să intrați să beți un ceai cu gheață sau altceva? E al naibii de cald aici. Și s-o așteptați înăuntru pe mama? O să-i auzim mașina când vine.

– Nu vreau să vă deranjez...

– Copiii mei sunt cu tatăl lor, cu barca pe lacul Lillinonah, așa că vă rog, intrați.

Am ieșit din mașină, simțindu-mă din ce în ce mai agitată, și am urmat-o pe Ornella în curtea interioară a unei case alăturate, construită în același stil ca locuința familiei Rainsferd. Peluza era plină de jucării de plastic, discuri Frisbee, păpuși Barbie fără cap și piese de lego. În timp ce mă așezam în umbra răcoroasă, m-am întrebat de câte ori Sarah Starzyinski venise să-și privească nepoții cum se jucau. Cum locuia alături, probabil că venea în fiecare zi.

Ornella îmi oferi un pahar mare de ceai cu gheață, pe care l-am acceptat recunoscătoare. Am băut în tăcere.

– Locuiți aici? mă întrebă, în cele din urmă.

– Nu, locuiesc în Franța. La Paris. Sunt măritată cu un francez.

– Paris, uau! exclamă ea. E frumos, nu?

– Mda, dar mă bucur că sunt acasă. Sora mea locuiește în Manhattan, iar părinții mei, la Boston. Am venit să-mi petrec vara cu ei.

Se auzi telefonul, și Ornella se duse să răspundă. Murmură câteva cuvinte în surdină și se întoarse în grădină.

– Era Mildred, explică ea.

– Mildred? am întrebat, nedumerită.

– Infirmiera tatălui meu.

Femeia cu care vorbise Charla cu o zi înainte. Care pomenise de un bătrân țintuit la pat.

– Tatăl dumneavoastră e... mai bine? am întrebat pe un ton ezitant.

Ornella clătină din cap.

– Nu, nu e. Cancerul e într-un stadiu prea avansat. N-o să supraviețuiască. Nici nu mai poate să vorbească, e inconștient.

– Îmi pare tare rău, am murmurat.

– Slavă Domnului că mama este atât de puternică. Ea mă ajută să trec prin asta, în loc să fie invers. E minunată. Ca și soțul meu, Eric. Nu știu ce m-aș fi făcut fără ei.

Am dat din cap. Apoi am auzit scrâșnetul roților pe pietriș.

– E mama! anunță Ornella.

Am auzit portiera unei mașini închizându-se și zgomotul pașilor pe pietriș. Apoi o voce răsună peste gardul viu, pe o tonalitate înaltă și dulce:

– Nella! Nella!

Avea un ton străin, melodios.

– Vin, mamă.

Inima îmi zvâcnea cu putere. A trebuit să-mi duc mâna la piept ca să mă liniștesc. În timp ce urmam șoldurile pătrate ale Ornellei de-a lungul peluzei, simțeam că o să leșin de emoție și agitație.

Aveam să o întâlnesc pe Sarah Starzyinski. Să o văd cu ochii mei. Numai Dumnezeu știa ce aveam să-i spun.

Deși se afla chiar lângă mine, am auzit glasul Ornellei parcă de la mare depărtare.

– Mamă, ea e Julia Jarmond, o prietenă a unchiului Lorenzo. Vine de la Paris şi cum trecea prin Roxbury...

Femeia zâmbitoare care se apropia de mine purta o rochie roşie care îi ajungea până la glezne. Avea înspre şaizeci de ani şi era scundă şi îndesată, ca şi fiica ei: umeri rotunzi, coapse pline şi braţe groase, generoase. Părul negru, încărunţit, era prins într-un coc, avea pielea bronzată şi ochi negri ca tăciunele.

Ochi negri.

Femeia aceasta nu era Sarah Starzyinski. Măcar atâta lucru ştiam.

– Ah, sunteți prietenă cu Lorenzo, *si*? Mă bucur să vă cunosc!

Accentul era pur italian, fără nici o îndoială. Totul în legătură cu femeia aceasta era italian.

M-am dat înapoi și am început să mă bâlbâi îngrozitor.

– Îmi pare rău, foarte rău…

Ornella și mama ei mă priveau țintă. Zâmbetele le zăboviră pe buze, apoi dispărură.

– Cred că am nimerit o altă doamnă Rainsferd.

– O altă doamnă Rainsferd? repetă Ornella.

– Eu o caut pe o Sarah Starzynski, am explicat. Am făcut o greșeală.

Mama Ornellei oftă și mă bătu ușor pe braț.

– Vă rog, nu vă faceți probleme. Se mai întâmplă.

– O să plec acum, am murmurat, cu obrajii în flăcări. Îmi pare rău că v-am făcut să vă pierdeți timpul.

M-am întors și m-am îndreptat înspre mașină, tremurând de rușine și de dezamăgire.

– Stați! se auzi vocea clară a doamnei Rainsferd. Domnișoară, stați!

M-am oprit. Ea se apropie de mine și își puse mâna grăsuță pe umărul meu.

– Uitați, nu faceți nici o greșeală, domnișoară.

M-am încruntat.

– Ce vreți să spuneți?

– Fata franțuzoaică, Sarah, ea prima nevastă la soțul meu.

Am rămas cu privirea ațintită asupra ei.

– Știți unde se află? am întrebat cu glas întretăiat.

Mâna grăsuță mă bătu din nou ușor. Ochii negri păreau triști.

– Iubito, e moartă. A murit în 1972. Îmi pare rău să zic asta.

Trecură parcă secole întregi până să pricep cuvintele ei. Capul îmi vâjâia. Poate că de vină era și căldura, soarele care mă asalta fără milă.

– Nella! Adu niște apă!

Doamna Rainsferd mă luă de braț, mă conduse din nou spre verandă și mă puse să mă așez pe o bancă de lemn, tapițată. Îmi dădu niște apă. Am băut, cu dinții clănțănindu-mi pe marginea paharului, apoi i l-am dat înapoi după ce am terminat.

– Îmi pare rău să-ți dau așa vești, crede-mă.

– Cum a murit? am întrebat eu, cu un glas spart.

– Accident de mașină. Ea și Richard locuiau în Roxbury de la început de ani șaizeci. Mașina lui Sarah a alunecat pe polei. S-a izbit în copac. Drumurile foarte periculoase aici iarna, știi. Ea murit pe loc.

Nu puteam să vorbesc. Mă simțeam complet distrusă.

– Ești supărată, biata de tine, acum, șopti ea și-mi mângâie obrazul cu un gest profund matern.

Am clătinat din cap și-am murmurat ceva. Mă simțeam epuizată, stoarsă de puteri. O carapace goală. Ideea drumului lung înapoi la New York mă făcea să vreau să urlu. Și după asta... Ce aveam să le spun lui Édouard, lui Gaspard? Cum? Că era moartă? Pur și simplu? Că nu se mai putea face nimic?

Era moartă. Murise la patruzeci de ani. Era dispărută. Moartă. Dispărută.

Sarah era moartă. Nu o să pot niciodată să vorbesc cu ea. Nu o să pot niciodată să-i spun că-mi pare rău, să-i transmit regretele lui Édouard, să-i spun cât de mult contase pentru familia Tézac. Nu o să pot niciodată să-i spun că Gaspard și Nicolas Dufaure îi simțeau lipsa, că îi trimiteau dragostea lor. Întârziasem. Întârziasem treizeci de ani.

– Știi, eu n-am cunoscut la ea niciodată, spunea doamna Rainsferd. Am întâlnit pe Richard cam doi ani mai târziu. El om trist. Și băiatul...

Am ridicat deodată capul, atentă.

– Băiatul?

– Da, William. Știi pe William?

– Fiul lui Sarah?

– Da, băiatul lui Sarah.

– Fratele meu vitreg, explică Ornella.

Am simțit că îmi renasc speranțele.

– Nu, nu-l cunosc. Vorbiți-mi despre el.

– Bietul *bambino*, avea numai doisprezece ani când mama lui a murit. Un băiat tare trist. Am crescut ca pe al meu. Am dat iubirea Italiei. S-a însurat cu o fată din Italia, de la mine din sat.

Radia de mândrie.

– Locuiește în Roxbury? am întrebat-o.

Ea zâmbi și mă mângâie iar pe obraz.

– *Mammamia*, nu, William locuiește în Italia. Plecat din Roxbury în 1980, la douăzeci de ani. S-a însurat cu Francesca în 1985. Are două fetițe minunate. Din când în când vine să vadă pe tatăl lui, și pe mine și Nella, dar nu foarte des. Nu-i place aici. Îi aduce aminte de moartea mamei lui.

Brusc, m-am simțit mult mai bine. Părea mai puțin cald, mai puțin înăbușitor. Am simțit că puteam să respir mai ușor.

– Doamnă Rainsferd…, am început.

– Te rog, spune-mi Mara, zise ea.

– Mara, am repetat, ascultătoare. Trebuie să vorbesc cu William. Trebuie să-l întâlnesc. E foarte important. Poți să-mi dai adresa lui din Italia?

Legătura era slabă și abia îl auzeam pe Joshua.

– Ai nevoie de un avans? mă întrebă el. În miezul verii?

– Da! am strigat, speriată brusc de tonul lui mirat.

– Cât?

I-am spus.

– Hei, Julia, ce se întâmplă? Banditul ăla de soț al tău a devenit strâns la pungă sau ce?

Am oftat, nerăbdătoare.

– Joshua, poți să-mi dai sau nu? E important.

– Sigur că îți dau, mă repezi el. E prima dată în ani de zile când îmi ceri bani. Sper că n-ai probleme, nu?

– Nu am nici o problemă. Însă am de făcut o călătorie. Asta-i tot. Și cât mai repede.

– Oh, zise el și am simțit că i-a fost stârnită curiozitatea. Și unde te duci?

– O duc pe fiica mea în Toscana. O să-ți explic altă dată.

Tonul meu era plat și categoric. Probabil că Joshua își dădu seama că nu are rost să încerce să mai smulgă ceva de la mine. I-am simțit iritarea pulsând pe firul telefonic de la Paris. Avansul urma să intre în contul meu în acea după-amiază, îmi spuse scurt. I-am mulțumit și am închis.

Apoi mi-am pus mâinile sub bărbie și am început să mă gândesc. Dacă îi spuneam lui Bertrand ce aveam de gând, va face o scenă. Va complica lucrurile, va face totul dificil. Puteam să-i spun lui

Édouard... Nu, era prea devreme. Prea curând. Trebuia să vorbesc mai întâi cu William Rainsferd. Acum aveam adresa lui și va fi ușor să-l găsesc. Să-i vorbesc era o cu totul altă problemă.

Apoi mai era și Zoë. Ce părere o să aibă să-i întrerup distracția din Long Island? Și să nu mergem în Nahant, la bunicii ei? Asta m-a îngrijorat la început. Totuși, cumva știam că nu o să se supere. Nu mai fusese niciodată în Italia. Și puteam să-i împărtășesc secretul. Puteam să-i spun adevărul, să-i destăinuiesc că urma să-l întâlnim pe fiul lui Sarah Starzynski.

Și mai erau și părinții mei. Ce puteam să le spun? De unde să încep? Și ei mă așteptau la Nahant, după șederea în Long Island. Ce naiba aveam să le zic?

– Mda, făcu Charla mai târziu, după ce i-am explicat toate astea, mda, sigur, o să fugi în Toscana cu Zoë, o să-l găsești pe tipul ăsta și o să-i spui așa, din senin, că-ți pare rău, șaizeci de ani mai târziu?

Ironia din glasul ei mă făcu să tresar.

– Păi de ce naiba nu? am replicat.

Ea oftă. Ne aflam în camera spațioasă din față, de la etajul unu al casei ei, pe care ea o folosea drept birou. Soțul ei urma să ajungă mai târziu în acea seară. Cina aștepta în bucătărie; o pregătisem amândouă mai devreme. Charlei îi plăceau culorile vii, la fel ca lui Zoë. Camera asta era un creuzet de verde-fistic, roșu-rubiniu și portocaliu-luminos. Prima dată când o văzusem, simțisem că mă ia durerea de cap, dar mă obișnuisem cu ea și în sinea mea o găseam extrem de exotică. Eu tindeam mereu spre culorile neutre, calme, ca maro, bej, alb sau gri, chiar și în codul vestimentar. Charla și Zoë preferau o supradoză din tot ce era strălucitor, dar ambele știau să poarte astfel de culori. Le invidiam pe amândouă și le admiram îndrăzneala.

– Nu mai face pe sora cea mare care le știe pe toate. Ești însărcinată, nu uita. Nu sunt sigură că toate drumurile astea sunt ceea ce îți trebuie acum.

Nu am zis nimic. Avea dreptate. Se ridică și se duse să pună un disc cu Carly Simon. *You're so vain*, cu Mick Jagger care se tânguia ca acompaniament vocal.

Apoi se întoarse și mă privi furioasă.

– Trebuie neapărat să-l găsești pe omul ăsta chiar acum, în clipa asta? Adică, toată chestia asta nu mai poate să aștepte?

Din nou, avea dreptate.

Am privit-o la rândul meu.

– Charla, nu e așa de simplu. Și nu, nu poate să aștepte. Nu, nu am cum să-ți explic. E prea important. E cel mai important lucru din viața mea de acum. În afară de copil.

Ea oftă din nou.

– Cântecul ăsta de Carly Simon îmi amintește întotdeauna de soțul tău.

Am chicotit ironic.

– Și părinților ce o să le spui? mă întrebă. De ce nu te duci la Nahant? Și despre copil?

– Dumnezeu știe.

– Atunci, gândește-te bine. Gândește-te cu mare atenție.

– Mă gândesc. M-am gândit.

Veni în spatele meu și îmi masă umerii.

– Asta înseamnă că ai organizat totul? Deja?

– Da.

– Nu pierzi vremea.

Îmi plăcea senzația mâinilor ei pe umerii mei, mă moleșea și mă încălzea. M-am uitat în jur la biroul colorat al Charlei, la masa de lucru acoperită cu dosare și cărți, la perdelele de un rubiniu-deschis, care fluturau ușor în vânt. Casa era tăcută fără copiii ei.

– Și unde locuiește tipul ăsta? mă întrebă.

– Are un nume. William Rainsferd. Locuiește în Lucca.

– Unde-i asta?

– E un orășel între Florența și Pisa.

– Și cu ce se ocupă?

– M-am uitat pe internet, dar mama lui vitregă mi-a spus oricum. Este critic culinar. Soția lui este sculptoriță. Au doi copii.

– Și câți ani are William Rainsferd?

– Parcă ai fi de la poliție. S-a născut în 1959.

– Și tu ai de gând să intri în pași de dans în viața lui și să deschizi cutia Pandorei.

I-am împins la o parte mâinile, exasperată.

– Sigur că nu! Vreau doar să știe și varianta noastră. Vreau să mă asigur că știe că nimeni nu a uitat ce s-a întâmplat.

Un rânjet strâmb.

– Probabil că nici el. Mama lui a purtat povara asta toată viața ei... Poate că el nu vrea să i se readucă aminte.

Se auzi sunetul unei uși închise la parter.

– E cineva acasă? Doamna cea frumoasă și sora ei de la Parri?

Zgomot de pași urcând scările.

Barry, cumnatul meu. Chipul Charlei se lumină. Atât de îndrăgostită, m-am gândit. M-am simțit fericită pentru ea. După un divorț dureros și dificil, era din nou cu adevărat fericită.

Privindu-i cum se sărută, m-am gândit la Bertrand. Ce o să se întâmple cu căsnicia mea? Pe ce drum o s-o apuce? O să se rezolve ceva? Am împins gândurile astea la o parte în timp ce îi urmam pe Charla și pe Barry la parter.

Mai târziu, când stăteam întinsă în pat, vorbele Charlei despre William Rainsferd îmi reveniră în minte. „Poate că el nu vrea să i se readucă aminte.“ M-am sucit și m-am răsucit aproape toată noaptea. A doua zi dimineață mi-am zis că urma să descopăr curând dacă William Rainsferd avea o problemă în a discuta despre mama lui și despre trecutul ei. Aveam de gând să mă întâlnesc cu el. Urma să-i vorbesc. Două zile mai târziu, eu și Zoë plecam spre Paris de pe aeroportul JFK, apoi spre Florența.

William Rainsferd își petrecea întotdeauna vacanța de vară în Lucca, îmi spusese Mara când îmi dăduse adresa. Și Mara îi telefonase ca să-i spună că o să-l caut.

William Rainsferd știa că o anume Julia Jarmond avea să-l sune. Asta era tot ce știa.

Căldura toscană nu se asemăna deloc cu cea din New England. Era extrem de uscată, lipsită de orice umiditate. În timp ce ieşeam de pe aeroportul Peretola din Florenţa, cu Zoë după mine, căldura devenea atât de devastatoare încât am avut impresia că o să mă topesc pe loc, deshidratată. Tot dădeam vina pe sarcină, mă consolam şi îmi spuneam că de obicei nu mă simţeam atât de stoarsă, de pârjolită. Diferenţa de fus orar nu ajuta nici ea prea mult. Soarele părea să mă muşte, să-mi ardă pielea şi ochii, în ciuda pălăriei de paie şi a ochelarilor negri.

Închiriasem o maşină, un Fiat cu aspect modest, care ne aştepta în mijlocul parcării pârjolite de soare. Aerul condiţionat era mai mult decât slab. În timp ce dădeam cu spatele, m-am întrebat dintr-odată dacă o să rezist cele patruzeci de minute cât dura drumul până la Lucca. Tânjeam după o cameră umbrită şi răcoroasă, unde să adorm între nişte cearşafuri moi şi uşoare. Vitalitatea lui Zoë reuşi să mă mai învioreze. Vorbea încontinuu, când despre culoarea cerului – un albastru profund, fără pată –, când despre chiparoşii care mărgineau autostrada, când despre măslinii plantaţi în şiruri mici, când despre casele vechi şi părăginite care se zăreau în depărtare, cocoţate pe coama dealurilor.

– Aici e Montecatini, ciripi ea cu voce de cunoscător, citind dintr-un ghid. Faimos pentru vinul şi spa-ul de lux.

În timp ce eu conduceam, Zoë citea cu glas tare despre Lucca. Era unul dintre puţinele oraşele toscane care păstrase faimosul zid de apărare medieval ce înconjura centrul vechi nealterat, pe unde puţine maşini erau lăsate să treacă.

– Ar fi multe de văzut, continuă Zoë, catedrala, biserica San Michele, turnul Guinigui, Muzeul Puccini, Palazzo Mansi...

I-am zâmbit, amuzată de buna ei dispoziţie. Ea îmi aruncă o privire.

– Bănuiesc că nu o să ne rămână prea mult timp de vizitat..., rânji ea. Avem de lucru, nu-i aşa, mamă?

– Sigur că avem, am fost de acord.

Zoë găsise deja adresa lui William Rainsferd pe harta orăşelului Lucca. Nu era departe de via Fillungo, artera principală a oraşului, o stradă pietonală largă, unde închiriasem o cameră într-o pensiune: Casa Giovanna.

În timp ce ne apropiam de Lucca, cu ameţitorul său labirint de străzi, am descoperit că trebuia să mă concentrez asupra mersului haotic al maşinilor din jurul meu, care ieşeau din trafic, se opreau sau întorceau fără nici un fel de avertisment. Era mult mai rău ca la Paris, am decis, începând să mă simt agitată şi nervoasă. La asta se adăuga şi o frământare vagă la baza abdomenului, care nu-mi plăcea şi care semăna în mod ciudat cu începutul menstruaţiei. Să fi fost de la ceva ce mâncasem în avion şi nu-mi căzuse bine? Sau mai rău? M-am simţit cuprinsă de nelinişte.

Charla avea dreptate. Era o nebunie să vin aici în starea în care mă aflam, cu o sarcină de nici măcar trei luni. Călătoria asta ar fi putut să mai aştepte. William Rainsferd ar fi putut să mai aştepte şase luni pentru vizita mea.

Dar apoi m-am uitat la chipul lui Zoë. Era frumos, luminat de bucurie şi de nerăbdare. Nu ştia nimic despre faptul că eu şi Bertrand ne separam. Fusese cruţată, neştiind ce planuri aveam. Asta urma să fie o vară pe care nu o va uita niciodată.

În timp ce duceam Fiatul spre unul dintre locurile de parcare libere de lângă zidurile oraşului, ştiam că voiam să fac această perioadă cât mai frumoasă cu putinţă pentru ea.

I-am spus lui Zoë că simțeam nevoia să stau puțin întinsă. În timp ce ea discuta pe hol cu amabila Giovanna, o doamnă durdulie, cu o voce aprigă, eu am făcut un duș răcoros și m-am întins pe pat. Durerea din partea de jos a abdomenului a început, încetul cu încetul, să se risipească.

Camerele noastre alăturate erau mici, în partea de sus a unei clădiri înalte și vechi, dar foarte confortabile. Mă tot gândeam la vocea mamei, când o sunasem de la Charla ca să-i spun că nu veneam la Nahant, că o luam pe Zoë înapoi în Europa. Mi-am dat seama, din scurtele pauze din discuție și din modul cum își dregea glasul, că era îngrijorată. În cele din urmă mă întrebase dacă totul era în regulă. Am răspuns veselă că totul era bine, că aveam ocazia să vizitez Florența împreună cu Zoë, și că mă voi întoarce mai târziu în State ca să îi vizitez pe ea și pe tata.

„Dar de-abia ai ajuns! Și de ce să pleci când ai stat cu Charla doar două zile? protestase ea. Și să întrerupi vacanța lui Zoë aici? Pur și simplu nu înțeleg. Și spuneai cât de dor îți era de America. Totul e atât de precipitat..."

Mă simțisem vinovată. Dar cum puteam să le relatez ei și tatei întreaga poveste la telefon? Va veni și ziua aceea, mi-am zis. Nu acum. Încă mă simțeam vinovată, stând întinsă pe cuvertura roz-deschis, care mirosea vag a lavandă. Nu-i spusesem mamei nici măcar despre sarcină. Și nici lui Zoë. Tânjeam să le împărtășesc secretul, la fel și tatălui meu. Dar ceva mă reținea. O superstiție bizară, o neliniște adânc înrădăcinată, pe care nu o mai simţisem până acum. În ultimele câteva luni, în viaţa mea păreau să se fi produs schimbări subtile. Să fi avut de-a face cu Sarah, cu rue de Saintonge? Sau era doar o maturizare târzie? Nu-mi dădeam seama. Ştiam doar că mă simţeam de parcă ieşisem dintr-o ceaţă protectoare, suavă, care mă înconjurase multă vreme. Acum, simţurile mele erau ascuţite, în alertă. Nu mai exista nici o negură. Erau numai fapte. Să-l găsesc pe acest bărbat. Să-i spun că mama lui nu fusese niciodată uitată de familia Tézac, de familia Dufaure.

Eram nerăbdătoare să-l văd. Se afla chiar aici, în acest oraş; poate că se plimba pe aglomerata via Fillungo acum, chiar în acest moment. Cumva, în timp ce stăteam întinsă în patul din camera mea micuţă, sunetele vocilor şi râsetele care se înălţau din strada îngustă prin fereastra deschisă, însoţite de vuietul ocazional al unei motociclete Vespa sau de clinchetul ascuţit al unei sonerii de bicicletă, m-am simţit apropiată de Sarah, mai aproape decât fusesem vreodată, fiindcă urma să-l cunosc pe fiul ei, carne din carnea ei şi sânge din sângele ei. Mai aproape de-atât nu voi fi niciodată de fetiţa cu steaua galbenă.

„Haide, întinde doar mâna, ridică receptorul ăla şi sună-l. Simplu. Uşor." Totuşi, eram incapabilă s-o fac. M-am uitat lung la telefonul vechi, negru, simţindu-mă neajutorată, şi am oftat de disperare şi de iritare. Stăteam întinsă şi mă simţeam prost, aproape ruşinată. Mi-am dat seama că eram atât de obsedată de fiul lui Sarah încât nici măcar nu observasem oraşul, farmecul şi frumuseţea lui. Îmi târşâisem picioarele înspre pensiune ca un somnambul, mergând în urma lui Zoë, care părea să plutească prin încâlceala vechilor străduţe întortocheate, de parcă locuise aici toată viaţa. Eu nu văzusem nimic din oraş. Nimic nu conta pentru mine în afară de William Rainsferd. Şi nu eram în stare nici măcar să-l sun.

Zoë intră şi se aşeză pe marginea patului.

– Cum te simţi?

– M-am odihnit bine, am răspuns.

Ea mă cercetă atentă, cu ochii ei căprui.

– Cred că ar trebui să te mai odihneşti puţin, mamă.

M-am încruntat.

– Par chiar atât de obosită?

Ea încuviință din cap.

– Odihnește-te, mamă. Giovanna mi-a dat ceva să mănânc. Nu-ți face griji în privința mea. Totul e în ordine.

Nu mi-am putut stăpâni un zâmbet când am văzut cât de serioasă e. Din ușă, se întoarse spre mine.

– Mamă...

– Da, iubito.

– Tata știe că suntem aici?

Încă nu-i spusesem lui Bertrand că aveam de gând s-o aduc pe Zoë la Lucca. Fără îndoială că avea să explodeze la aflarea veștii.

– Nu, nu știe, draga mea.

Ea se jucă cu clanța.

– Tu și tata v-ați certat?

Nu avea sens să mint ochii aceia limpezi, solemni.

– Da, iubito. Tata nu e de acord cu mine că încerc să aflu mai multe despre Sarah. Nu s-ar bucura deloc dacă ar afla.

– *Grand-père* știe.

M-am ridicat în capul oaselor, uimită.

– Ai vorbit cu bunicul despre asta?

Ea dădu din cap.

– Da. Chiar îl interesează Sarah, să știi. L-am sunat din Long Island și i-am spus că venim amândouă aici să ne întâlnim cu fiul ei. Știam că aveai să-l suni la un moment dat, dar eram atât de nerăbdătoare, încât a trebuit să-i spun.

– Și ce a zis? am întrebat, uimită de franchețea fiicei mele.

– A zis c-am făcut bine să venim aici. Și că o să-i spună lui *papà,* dacă *papà* o să înceapă să se agite. A mai spus că ești o persoană minunată.

– A zis Édouard una ca asta?

– Da.

Am clătinat din cap, uimită și impresionată deopotrivă.

– *Grand-père* a mai spus și altceva. Că trebuie s-o iei ușor. Mi-a zis să mă asigur că nu te obosești prea tare.

Deci, Édouard știa. Știa că sunt însărcinată. Vorbise cu Bertrand. Probabil că fusese o discuție lungă tată-fiu. Și Bertrand aflase acum tot ce se petrecuse în apartamentul din rue de Saintonge în vara lui 1942.

Vocea lui Zoë îmi îndepărtă gândurile de la Édouard.

– De ce nu-l suni pur și simplu pe William, mamă? Să stabilești o întâlnire?

M-am ridicat din nou.

– Ai dreptate, iubito.

Am luat bucățica de hârtie cu numărul lui William scris de Mara și am format numărul la telefonul vechi. Inima îmi bătea să-mi spargă pieptul. Era suprarealist, mi-am zis. Iată-mă sunându-l pe fiul lui Sarah.

Am auzit telefonul sunând neregulat de vreo două ori, apoi uruitul unui robot telefonic. O voce de femeie vorbea rapid în italiană. Am închis în grabă, jenată.

– Asta chiar a fost o prostie, remarcă Zoë. Nu închide niciodată când răspunde robotul. Mi-ai zis asta de o mie de ori.

Am format din nou, zâmbind la vederea exasperării atât de mature a lui Zoë față de comportamentul meu. De data asta am așteptat să aud semnalul sonor. Și când am vorbit, cuvintele mi-au ieșit minunat, de parcă aș fi repetat zile întregi textul.

– Bună ziua, sunt Julia Jarmond și sun în numele doamnei Mara Rainsferd. Eu și fiica mea suntem în Lucca, stăm la Casa Giovanna, pe via Fillungo. Stăm aici vreo două zile. Sper să ne dați de veste. Mulțumesc, la revedere.

Am pus receptorul la loc în furca neagră, ușurată și dezamăgită în același timp.

– Bine, zise Zoë. Acum odihnește-te în continuare. Ne vedem mai târziu.

Mă sărută pe frunte și ieși din cameră.

Am luat masa într-un restaurant mic și pitoresc din spatele hotelului, lângă *anfiteatro*, un cerc larg de case vechi, care, cu secole în urmă, găzduia jocuri medievale. Mă simțeam refăcută acum, după ce mă odihnisem, și admiram parada colorată de turiști, localnici, vânzători ambulanți, copii, porumbei. Am descoperit că italienii iubeau copiii. Chelnerii și vânzătorii îi spuneau *principessa* lui Zoë, se gudurau pe lângă ea, îi zâmbeau, o ciupeau de urechi, de nas, o mângâiau pe păr. La început, lucrul ăsta m-a neliniștit, dar ei îi făcea plăcere atenția și se străduia cu ardoare să-și folosească italiana rudimentară: *Sono Francese e Americana, mi chiama Zoë.* Căldura se domolise, lăsând în urmă valuri de răcoare. Totuși, știam că o să fie cald și înăbușitor în cămăruțele noastre, sus, deasupra străzii. Italienilor, ca și francezilor, nu le plăcea aerul condiționat. În seara asta nu m-ar fi deranjat suflul înghețat al unui aparat.

Când am ajuns înapoi la Casa Giovanna, amețită de decalajul de fus orar, pe ușa noastră era prins un bilet. „*Per favore telefonare* William Rainsferd."

Am rămas pe loc, uluită. Zoë scoase o exclamație de bucurie.

– Acum? am zis.

– Păi, e numai nouă fără un sfert, zise Zoë.

– OK, am răspuns, în timp ce deschideam ușa cu degete tremurătoare.

Mi-am lipit de ureche receptorul negru și am format numărul pentru a treia oară în acea zi. „Robotul", am mimat către Zoë. „Vorbește", mi-a răspuns ea, în același fel. După un bip, mi-am murmurat numele, am ezitat și tocmai mă pregăteam să închid când o voce masculină a zis:

– Alo?

Accent american. El era.

– Bună, am zis, sunt Julia Jarmond.

– Bună, răspunse el, tocmai eram la masă...

– Ah, scuză-mă...

– Nu-i nici o problemă. Vrei să ne întâlnim mâine înainte de prânz?

– Sigur, am zis.

– E o cafenea micuță pe ziduri, chiar după Palazzo Mansi. Putem să ne întâlnim acolo la amiază?

– Bine, am spus. Hm... cum ne găsim unul pe celălalt?

El râse.

– Nu-ți face probleme. Lucca este un loc micuț. O să te găsesc.

O pauză.

– La revedere, spuse el și închise.

A doua zi dimineață, durerea din abdomen revenise. Nimic puternic, dar mă deranja cu o persistență discretă. M-am decis s-o ignor. Dacă până la prânz nu dispărea, aveam să o întreb pe Giovanna de adresa unui doctor. În timp ce mă îndreptam spre cafenea, m-am întrebat cum urma să abordez subiectul cu William. Amânasem să mă gândesc la asta și mi-am dat seama acum că nu ar fi trebuit s-o fac. Urma să tulbur amintiri dureroase, triste. Poate că nu voia să vorbească deloc despre mama lui. Poate că era ceva ce lăsase în urmă. Aici avea viața lui, departe de Roxbury, departe de rue de Saintonge. O viață bucolică, liniștită. Și iată-mă aducând înapoi trecutul. Morții.

Eu și Zoë am descoperit că se putea merge pe zidurile medievale groase care înconjurau micuțul oraș. Erau înalte și late, cu o alee largă pe creastă, mărginită de un șir des de castani. Ne amestecam cu un șir nesfârșit de oameni care făceau jogging, se plimbau, mergeau cu bicicleta, cu rolele, mame cu copii, bătrâni care vorbeau tare, adolescenți cu scutere, turiști.

Cafeneaua era puțin mai departe, la umbra unor pomi înverziți. În timp ce mă apropiam cu Zoë, mă simțeam ciudat de amețită, aproape amorțită. Terasa era goală, în afară de un cuplu de vârstă mijlocie, care mânca înghețată, și de niște turiști nemți, care studiau o hartă. Mi-am tras pălăria pe ochi și mi-am netezit fusta șifonată.

Când mi-a rostit numele, eu tocmai îi citeam meniul lui Zoë.

– Julia Jarmond.

Am ridicat privirea spre un bărbat înalt, bine făcut, de vreo patruzeci și cinci de ani. Se așeză în fața mea și a lui Zoë.

– Bună, îl salută Zoë.

Eu am descoperit că îmi pierdusem glasul. Nu puteam decât să mă uit la el. Avea părul blond-închis, vârstat cu cenușiu. Un ușor început de chelie. Bărbie pătrată. Un nas frumos arcuit.

– Bună, îi răspunse el. Ia tiramisu. O să-ți placă.

Apoi își ridică ochelarii de soare și și-i puse pe cap. Ochii mamei lui. Turcoaz și migdalați. Zâmbi.

– Ești ziaristă, să înțeleg. Stai la Paris? Te-am căutat pe internet.

Am tușit, jucându-mă nervoasă cu ceasul de la mână.

– Și eu te-am căutat, să știi. Ultima ta carte a fost grozavă. *Tuscan Feasts.*

William Rainsferd oftă și se bătu ușor peste burtă.

– Ah, cartea asta a avut o frumoasă contribuție la cele cinci kilograme suplimentare de care n-am mai reușit să scap.

Am zâmbit larg. Urma să fie dificil să trecem de la conversația asta plăcută și ușoară la ceea ce știam că va urma. Zoë mă privi semnificativ.

– E foarte amabil din partea ta că ai venit să te întâlnești cu noi aici... Apreciez asta...

Glasul meu părea jalnic, pierdut.

– Nici o problemă, zâmbi el și pocni din degete ca să atragă atenția chelnerului.

Am comandat tiramisu și o cola pentru Zoë, și două cappuccino.

– Sunteți pentru prima dată la Lucca? întrebă.

Am dat din cap afirmativ. Chelnerul se întoarse cu comanda. William Rainsferd i se adresă într-o italiană rapidă și fluentă. Amândoi râseră.

– Vin de multe ori la cafeneaua asta, explică el. Îmi place să pierd vremea pe-aici. Chiar și în zilele fierbinți ca asta.

Zoë își începu prăjitura, iar lingurița scotea clinchete când se lovea de bolul de sticlă. O tăcere bruscă se lăsă asupra noastră.

– Cu ce te pot ajuta? întrebă el, vesel. Mara a pomenit ceva de mama.

În sinea mea am lăudat-o pe Mara. Se pare că ușurase lucrurile.

– Nu am știut că mama ta a murit, am zis. Îmi pare rău.

– E în regulă, zise el și ridică din umeri, punându-și în cafea un cub de zahăr. S-a întâmplat cu multă vreme în urmă. Eram copil. Ai cunoscut-o? Ești cam tânără pentru asta.

Am clătinat din cap.

– Nu, nu am întâlnit-o niciodată. S-a întâmplat să mă mut în apartamentul unde a locuit, în timpul războiului. Rue de Saintonge, la Paris. Și îi cunosc pe oamenii care i-au fost apropiați. De asta sunt aici. De aceea am venit să te văd.

El puse ceașca jos și mă privi în tăcere. Ochii lui limpezi mă priveau gânditori, calmi.

Pe sub masă, Zoë își puse o mână lipicioasă pe genunchiul meu gol. Am privit doi cicliști care treceau pe alee. Căldura ne copleșea din nou. Am inspirat adânc.

– Nu sunt foarte sigură de unde să încep, am ezitat. Și știu că trebuie să fie dificil pentru tine să te gândești din nou la asta, dar am simțit că trebuie s-o fac. Rudele mele, familia Tézac, au cunoscut-o pe mama ta în rue de Saintonge, în 1942.

Am crezut că numele de Tézac avea să-i provoace o reacție, dar William rămăsese nemișcat. Nici rue de Saintonge nu-i spunea nimic.

– După cele întâmplate, mă refer la evenimentele tragice din iulie 1942 și la moartea unchiului tău, voiam doar să te asigur că familia Tézac nu a putut niciodată s-o uite pe mama ta. Socrul meu, în special, se gândește la ea în fiecare zi.

Tăcerea se prelungi. Ochii lui William Rainsferd părură să se îngusteze.

– Îmi pare rău, am adăugat rapid, știu că toate astea vor fi dureroase pentru tine, îmi pare rău.

Când vorbi în cele din urmă, glasul lui sună ciudat, aproape înăbușit.

– Ce vrei să spui prin „evenimente tragice“?

– Păi, razia de la Vel' d'Hiv'..., m-am bâlbâit. Familiile de evrei arestate la Paris, în iulie 1942...

– Continuă, zise el.

– Și lagărele... Familiile trimise de la Drancy la Auschwitz...

William Rainsferd își întinse palmele deschise și clătină din cap.

– Îmi pare rău, dar nu înțeleg ce au toate astea de-a face cu mama.

Eu și Zoë am schimbat o privire.

Un minut lung se târî în tăcere. Mă simțeam teribil de stânjenită.

– Ai pomenit de moartea unui unchi? rosti el, în cele din urmă.

– Da... Michel. Fratele mai mic al mamei tale. În rue de Saintonge.

Tăcere.

– Michel?

William părea uimit.

– Mama nu a avut niciodată un frate pe nume Michel. Și n-am auzit niciodată de rue de Saintonge. Știi, cred că nu vorbim de aceeași persoană.

– Dar pe mama ta o chema Sarah, nu? am murmurat, confuză.

El dădu din cap.

– Așa e. Sarah Dufaure.

– Da, Sarah Dufaure, despre ea e vorba, am zis, nerăbdătoare. Sau, mai corect, Sarah Starzynski.

Mă așteptam să se lumineze la față.

– Pardon? făcu el și se încruntă. Sarah și mai cum?

– Starzynski. Numele de fată al mamei tale.

William Rainsferd mă privi țintă, ridicându-și bărbia.

– Numele de fată al mamei mele a fost Dufaure.

Un clopoțel de alarmă se declanșă în mintea mea. Ceva nu era în regulă. Nu știa.

Încă mai aveam timp să plec, să dispar înainte să fac țăndări liniștea vieții acestui om.

Mi-am lipit un zâmbet vesel, am murmurat ceva despre o greșeală și mi-am dat scaunul înapoi câțiva centimetri, grăbind-o ușor pe Zoë să-și lase desertul neterminat. Nu aveam să-l fac să-și piardă timpul, îmi părea rău. M-am ridicat de pe scaun. La fel și el.

– Cred că e vorba despre altă Sarah, zise el zâmbitor. Nu contează, bucură-te de șederea în Lucca. Oricum, îmi pare bine că ne-am cunoscut.

Înainte să pot scoate o vorbă, Zoë băgă mâna în geanta mea și îi dădu ceva.

William Rainsferd se uită la fotografia fetiței cu steaua galbenă.

– Este mama ta? întrebă Zoë, cu glas slab.

Părea că în jurul nostru totul se cufundase în tăcere. Nu se mai auzea nici un zgomot dinspre aleea aglomerată. Chiar și păsările păreau să nu mai ciripească. Nu rămăsese decât căldura. Și tăcerea.

– Iisuse, făcu el.

Și apoi se lăsă din nou pe scaun, cu greutate.

Fotografia stătea între noi pe masă. William Rainsferd se uita când la ea, când la mine, iarăși și iarăși. Citi inscripția de pe spate de câteva ori, cu o expresie de uimire și neîncredere.

– Arată exact ca mama când era copil, zise el, în cele din urmă. Nu pot să neg.

Eu și Zoë nu am spus nimic.

– Nu înțeleg. Nu se poate. E imposibil.

Își freca mâinile, agitat. Am observat că purta o verighetă de argint. Avea degete lungi și subțiri.

– Steaua…

Clătina încontinuu din cap.

– Steaua de pe piept…

Era posibil ca acest om să nu știe adevărul despre trecutul mamei lui? Despre religia ei? Era posibil ca Sarah să nu fi spus nimic familiei Rainsferd?

În timp ce îi priveam chipul uluit, neliniștea, am simțit că știam răspunsul. Nu, nu le spusese. Nu-și dezvăluise copilăria, originile, religia. Se rupsese cu totul de trecutul ei îngrozitor.

Îmi doream să fiu undeva, departe. Departe de orașul ăsta, de țara asta, de ignoranța acestui om. Cum am putut să fiu atât de oarbă? Cum de nu îmi dădusem seama de realitate? Nici măcar o dată nu mă gândisem că era posibil ca Sarah să fi ținut totul secret. Suferința ei fusese prea mare. De aceea nu mai scrisese niciodată familiei Dufaure.

De aceea nu-i spusese niciodată fiului ei cine era în realitate. În America, dorise să înceapă o viață nouă.

Și iată-mă pe mine, o străină, dezvăluindu-i acestui om adevărul gol-goluț, aducându-i cu stângăcie niște vești teribile.

William Rainsferd împinse poza înspre mine, cu buzele strânse.

– De ce ai venit aici? șopti el.

Mi-am simțit gâtul uscat ca iasca.

– Să-mi spui că pe mama o chema altfel? Că a fost implicată într-o tragedie? De aceea ești aici?

Îmi simțeam picioarele tremurând pe sub masă. Nu asta îmi imaginasem. Îmi imaginasem durere, regret, dar nu asta. Nu furie.

– Am crezut că știi, am îndrăznit. Am venit fiindcă familia mea își amintește prin ce a trecut ea, în 1942. De aceea sunt aici.

El clătină din nou din cap, își trecu agitat degetele prin păr. Ochelarii de soare căzură cu un zăngănit pe masă.

– Nu, zise el cu glas șoptit. Nu. Nu, nu. Este o nebunie. Mama era franțuzoaică. Se numea Dufaure. S-a născut în Orléans. Și-a pierdut părinții în timpul războiului. Nu a avut frați. Nu a avut nici o altă familie. Nu a locuit niciodată la Paris, pe acea rue de Saintonge. Această fetiță evreică nu poate fi ea. Ai încurcat lucrurile.

– Te rog, am spus cu blândețe, dă-mi voie să-ți spun toată povestea...

El își ridică palmele înspre mine, de parcă ar fi vrut să mă împingă la o parte.

– Nu vreau să știu. Ține-ți „toată povestea" pentru tine.

Am simțit din nou împunsătura familiară de durere înăuntrul meu, săgetându-mi uterul cu o înțepătură abilă.

– Te rog, am zis, cu glas pierit. Te rog, ascultă-mă.

William Rainsferd se ridicase în picioare, un gest rapid și suplu pentru un bărbat atât de mare. Se uită în jos la mine, cu chipul întunecat.

– O să fiu foarte clar. Nu vreau să te mai văd. Nu vreau să mai vorbesc niciodată despre asta. Te rog să nu mă suni.

Și dispăru.

Eu și Zoë am rămas uitându-ne după el. Toate astea, pentru nimic. Toată călătoria, toate eforturile, pentru așa ceva. Pentru această fundătură. Nu-mi venea să cred că povestea lui Sarah se putea încheia aici, atât de rapid. Nu putea să dispară așa.

Am rămas tăcute o vreme. Apoi, tremurând în ciuda căldurii, am plătit nota. Zoë nu zicea nimic. Părea uluită.

M-am ridicat în picioare, dar oboseala îmi încetinea fiecare mișcare. Și acum? Unde să mergem? Înapoi la Paris? Înapoi la Charla?

Am continuat să merg, cu picioarele grele ca de plumb. O auzeam pe Zoë cum mă strigă, dar nu am vrut să mă întorc. Voiam să ajung rapid înapoi la hotel. Să mă gândesc. Să pun lucrurile în mișcare. Să o sun pe sora mea. Și pe Édouard. Și pe Gaspard.

Glasul lui Zoë era acum puternic, plin de neliniște. Ce voia? De ce plângea? Am observat că trecătorii se uită la mine. M-am răsucit spre fiica mea, exasperată, să-i spun să se grăbească.

Ea veni în grabă alături de mine și mă apucă de mână. Avea chipul palid.

– Mamă..., șopti ea, cu o voce încordată și subțire.

– Ce? Ce e? am izbucnit.

Ea arătă spre picioarele mele. Apoi începu să scâncească, precum un cățeluș.

Am privit în jos. Fusta mea albă era plină de sânge. M-am uitat înapoi spre scaun, pe care era imprimată o semilună purpurie. Pârâiașe groase și roșii mi se scurgeau pe coapse.

– Ești rănită, mamă? gâfâi Zoë.

M-am prins de burtă.

– Copilul, am zis, îngrozită.

Zoë mă privi țintă.

– Copilul? țipă ea și-și înfipse degetele în brațul meu. Mamă, ce copil? Despre ce vorbești?

Chipul ei ascuțit se îndepărta de mine. Picioarele îmi cedară. Am căzut cu bărbia pe aleea fierbinte și uscată.

Apoi tăcere. Și întuneric.

Am deschis ochii și am zărit chipul lui Zoë, la câțiva centimetri de al meu. Simțeam în jurul meu mirosul inconfundabil de spital. O cameră mică și verde. O perfuzie în antebraț. O femeie îmbrăcată în bluză albă mâzgălea ceva pe o fișă medicală.

– Mamă, șopti Zoë și mă strânse de mână. Mamă, totul e în regulă, nu-ți face griji.

Tânăra veni pe o latură a patului, zâmbi și o mângâie ușor pe cap pe Zoë.

– O să fiți bine, *signora*, zise ea, într-o engleză surprinzător de bună. Ați pierdut sânge, și încă mult, dar acum sunteți bine.

Vocea mi se auzi ca un geamăt.

– Și copilul?

– Și copilul e bine. Am făcut o ecografie. A fost o problemă cu placenta. Acum trebuie să vă odihniți. Nu trebuie să vă ridicați din pat o vreme.

Plecă din cameră și închise încet ușa în urma ei.

– M-ai speriat ca dracu', îmi spuse Zoë. Și pot să spun „dracu'" azi. Nu cred c-o să mă certi.

Am tras-o aproape și am strâns-o la piept cu toată puterea, în ciuda perfuziei.

– Mamă, de ce nu mi-ai spus de copil?

– Aveam de gând, iubito.

Mă privi cu atenție.

– Din cauza copilului aveți tu și *papà* probleme?

– Da.

– Tu vrei copilul, și *papà* nu, așa-i?

– Ceva de genul ăsta.

Mă mângâie ușor pe mână.

– *Papà* vine încoace.

– Oh, Doamne, am zis.

Bertrand aici. Bertrand după toate astea.

– I-am telefonat, explică Zoë. O să ajungă aici în vreo două ore.

Ochii mi s-au umplut de lacrimi, care au început să-mi curgă încet pe obraji.

– Mamă, nu plânge, mă rugă Zoë, care-mi ștergea agitată fața. E bine, totul e bine acum.

Am zâmbit obosită, dând din cap ca s-o liniștesc. Dar universul meu părea gol, pustiit. Nu mă gândeam decât la felul cum William Rainsferd plecase. „Nu vreau să te mai văd. Nu vreau să mai vorbesc niciodată despre asta. Te rog să nu mă suni." Umerii lui aplecați, căzuți. Încordarea buzelor.

Zilele, săptămânile, lunile care aveau să vină se întindeau înaintea mea, sumbre și cenușii. Niciodată nu mă simțisem atât de deznădăjduită, de pierdută. Parcă însăși esența mea dispăruse. Ce mă mai aștepta? Un copil pe care viitorul meu fost soț nu-l dorea și pe care voi fi nevoită să-l cresc singură. O fiică în curând adolescentă, care s-ar putea să nu mai rămână fetița minunată de acum.

Bertrand sosi, calm, eficient, tandru. M-am lăsat în mâinile lui, l-am ascultat vorbind cu doctorul, l-am privit liniștind-o din când în când pe Zoë cu câte o privire caldă. Se ocupă de toate detaliile. Urma să rămân în spital până când sângerarea se oprea complet. Apoi aveam să zbor înapoi la Paris și să o iau ușor până în toamnă, când urma să fiu în luna a cincea de sarcină. M-am retras într-o tăcere plăcută. Nu voiam să vorbesc despre Sarah.

Am început să mă simt ca o bătrânică, dusă de colo până colo, așa cum i se întâmpla lui Mamé, între granițele familiare ale „casei" ei, primind aceleași zâmbete placide, aceeași bunăvoință banală. Era ușor să lași pe altcineva să-ți controleze viața. Oricum, nu aveam prea multe pentru care să lupt. În afară de acest copil.

Copilul de care Bertrand nu pomenise nici măcar o dată.

Când am aterizat la Paris, câteva săptămâni mai târziu, parcă trecuse un an întreg. Încă mă simțeam obosită și tristă. Mă gândeam zilnic la William Rainsferd. De câteva ori, am luat telefonul sau hârtie și pix, având de gând să vorbesc cu el, să-i scriu, să-i explic, să spun ceva, să îmi cer scuze, dar nu am îndrăznit niciodată.

Am lăsat zilele să treacă, vara să se îndrepte spre toamnă. Stăteam în pat și citeam, scriam articole pe laptop, vorbeam la telefon cu Joshua, cu Bamber, cu Alessandra, cu familia și prietenii. Lucram din dormitor. Totul păruse complicat la început, dar mă descurcasem. Prietenele mele, Isabelle, Holly sau Susan, veneau cu rândul să-mi pregătească prânzul. O dată pe săptămână, una dintre cumnatele mele se ducea cu Zoë la cumpărături în apropiere, la Inno sau Franprix. Cécile cea durdulie și senzuală făcea *crêpes* pufoase, pline de unt, iar Laure cea estetică și ascuțită pregătea salate exotice, cu puține calorii, care erau surprinzător de savuroase. Soacra mea venea mai rar, dar o trimitea pe menajera ei, o oarecare *Madame* Leclère, dinamică și transpirată, care dădea cu aspiratorul cu o asemenea energie încât mă făcea să am contracții. Părinții mei veniseră să stea o săptămână la micuțul lor hotel favorit de pe rue Delambre, extaziați de ideea de a deveni din nou bunici.

Édouard sosea în vizită în fiecare vineri, cu un buchet de trandafiri roz. Stătea pe fotoliu lângă pat și îmi cerea iar și iar să-i relatez conversația care avusese loc între mine și William, în Lucca. Clătina din cap și ofta. Spunea de fiecare dată că el ar fi trebuit să anticipeze reacţia lui William, că nici el, nici eu nu ne-am imaginat că William nu ştia nimic, că Sarah nu scosese o vorbă. Sau spunea, cu o privire plină de speranţă: „N-aş putea să-i telefonez eu şi să-i explic?" Apoi se uita la mine şi murmura: „Nu, sigur că nu, nu pot să fac asta, ce prostie din partea mea. Ce ridicol să mă gândesc la asta!"

Am întrebat-o pe doctoriţă dacă aş putea găzdui o mică întrunire, stând întinsă pe canapeaua din living. Ea a fost de acord, dar m-a pus să promit că nu o să car nimic greu şi că o să rămân la orizontală, *à la récamier*. Într-o seară, la sfârşitul verii, Gaspard şi Nicolas Dufaure au venit să-l cunoască pe Édouard. Nathalie Dufaure era şi ea prezentă. Îl invitasem şi pe Guillaume. A fost un moment mişcător, magic. Trei bătrâni care aveau în comun o fetiţă pe care nu o putuseră uita. I-am privit cum studiau cu atenţie vechile poze cu Sarah, scrisorile ei. Gaspard şi Nicolas ne-au întrebat despre William, iar Nathalie era numai urechi, ajutând-o în acelaşi timp pe Zoë să servească mâncarea şi băuturile.

Nicolas, o versiune uşor mai tânără a lui Gaspard, cu aceeaşi faţă rotundă şi păr alb şi subţire, ne vorbi despre relaţia lui specială cu Sarah, cum obişnuia s-o necăjească fiindcă tăcerea ei îl îndurera atât de tare şi cum orice reacţie, în afară de o ridicare din umeri, o insultă sau un şut, reprezenta un triumf, fiindcă, pentru o clipă, Sarah ieşea din izolarea ei, din lumea ei secretă. Ne povesti despre prima dată când Sarah făcuse baie în mare, la Trouville, la începutul anilor '50. Se uitase ţintă la ocean, cu o mirare absolută, apoi îşi întinsese braţele, strigase de bucurie şi alergase spre apă cu picioarele ei slabe şi sprintene, aruncându-se în valurile albastre şi reci, cu ţipete vesele. Iar ei o urmaseră, chiuind la fel de tare, vrăjiţi de noua Sarah, pe care nu o mai văzuseră niciodată.

– Era frumoasă, îşi aminti Nicolas, o adolescentă frumoasă, de optsprezece ani, debordând de viaţă şi de energie, şi am simţit în acea zi, pentru prima dată, că mai exista fericire în ea, că mai exista speranţă pentru ea în viitor.

Iar după doi ani, m-am gândit, Sarah ieşea pentru totdeauna din viaţa familiei Dufaure, ducând în America secretul trecutului. Şi douăzeci de ani mai târziu era moartă. Cum fuseseră acei douăzeci de ani în America, m-am întrebat. Căsătoria, naşterea fiului ei.

Fusese fericită la Roxbury? Numai William avea aceste răspunsuri, mi-am zis. Numai William ne putea spune. Ochii mei i-au întâlnit pe ai lui Édouard și mi-am dat seama că se gândea la același lucru.

Am auzit cheia lui Bertrand în ușă, și soțul meu apăru, bronzat, frumos, parfumat cu *Habit Rouge*, zâmbind însuflețit și dând mâna firesc cu invitații mei și n-am putut să nu-mi aduc aminte de cântecul lui Carly Simon, care îi amintea Charlei de Bertrand: „Vii la petrecere de parcă ai urca la bordul unui iaht“.

Bertrand se decisese să amâne mutarea în rue de Saintonge din cauza problemelor cu sarcina mea. În acest nou și ciudat mod de viață cu care nu mă puteam obișnui, Bertrand era prezent fizic, într-un mod prietenesc, util, dar fără să-mi fie propriu-zis alături. Călătorea mai des ca de obicei, venea acasă târziu, pleca devreme. Împărțeam încă același pat, dar nu mai era un pat matrimonial. În mijlocul lui răsărise Zidul Berlinului.

Zoë părea să ia toate astea cu calm. Deseori vorbea despre copil, cât de mult însemna pentru ea, cât de emoționată era. Fusese cu mama la cumpărături, în timpul vizitei părinților mei în Paris, și se dezlănțuiseră de-a dreptul la Bonpoint, magazinul cu hăinuțe pentru bebeluși, splendide, dar revoltător de scumpe, de pe rue de l'Université.

Majoritatea oamenilor reacționau ca fiica mea, ca părinții și sora mea sau ca rudele mele prin alianță și Mamé: erau încântați de venirea bebelușului. Chiar și Joshua, cunoscut pentru disprețul cu care privea bebelușii și concediile de boală, părea interesat. „Nu știam că poți să ai copii la vârsta a doua", afirmase el ironic. Nimeni nu pomenea de criza prin care trecea căsnicia mea. Nimeni nu părea să observe. Oare cu toții credeau în secret că, după nașterea copilului, Bertrand avea să-și vină în fire? Că o să-l primească cu brațele deschise?

Mi-am dat seama că atât eu, cât și Bertrand ne închiseserăm într-o stare de amorțeală – nu vorbeam, nu discutam nimic despre asta. Amândoi așteptam să se nască bebelușul. Apoi rămânea de văzut. Atunci va trebui să mergem mai departe. Atunci vor trebui luate deciziile.

Într-o dimineață, am simțit că bebelușul începe să miște, să dea acele mici lovituri care pot fi confundate cu gazele. Voiam să nasc copilul, să-l țin în brațe. Uram starea asta de letargie tăcută, așteptarea. Mă simțeam prinsă în capcană. Voiam să vină odată iarna, începutul anului viitor, nașterea.

Uram sfârșitul de vară care zăbovea, căldura care se atenua, praful, minutele tainice care treceau cu viteza melcului. Uram cuvântul francez pentru începutul de septembrie, întoarcerea la școală și noul început după vacanța de vară: „*la rentrée*", repetat obsedant la radio, la televizor, în ziare. Mă enerva când oamenii mă întrebau cum îl va chema pe bebeluș. Amniocenteza dezvăluise sexul, dar nu am vrut să aflu. Bebelușul încă nu avea un nume. Ceea ce nu însemna că nu îl așteptam.

Tăiam fiecare zi din calendar. Septembrie se transformă în octombrie. Burtica mi se rotunjea frumușel. Acum puteam să mă ridic din pat, să mă duc la birou, să o iau pe Zoë de la școală, să merg la film cu Isabelle, să mă întâlnesc cu Guillaume la Select, ca să luăm prânzul.

Dar, deși zilele păreau mai pline, mai ocupate, golul, durerea rămăseseră.

William Rainsferd. Chipul lui, ochii lui. Expresia lui când se uitase la fetița cu steaua galbenă. „Iisuse!" Vocea lui când spusese asta.

Cum era viața lui acum? Își ștersese totul din minte în momentul când ne întorsese spatele mie și lui Zoë? Deja uitase de îndată ce ajunsese acasă?

Sau lucrurile stăteau cu totul altfel? Era un adevărat iad pentru el din cauză că nu se putea opri să nu se gândească la ceea ce îi spusesem, din cauză că revelațiile mele îi schimbaseră întreaga viață? Mama lui devenise o străină. Cineva cu un trecut despre care el nu știa nimic.

Mă întrebam dacă le dezvăluise ceva soției lui, fiicelor lui. Ceva despre americanca aceea care apăruse în Lucca cu un copil, îi arătase o poză, îi spusese că mama lui era evreică și că fusese arestată în timpul războiului, că suferise, că își pierduse fratele și părinții, despre care el nu auzise niciodată.

M-am întrebat dacă făcuse cercetări referitoare la Vel' d'Hiv', dacă citise articole, cărți despre ceea ce se întâmplase în iulie 1942, în inima Parisului.

M-am întrebat dacă stătea treaz noaptea în pat și se gândea la mama lui, la trecutul ei, la adevărul despre el, la ce rămăsese secret, nespus, învăluit în întuneric.

Apartamentul din rue de Saintonge era aproape gata. Bertrand aranjase ca eu și Zoë să ne mutăm imediat după nașterea bebelușului, în februarie. Arăta minunat, diferit. Echipa lui făcuse o treabă excelentă. Nu mai purta amprenta lui Mamé și îmi închipuiam că trebuie să fie foarte diferit de cum îl știa Sarah.

Dar în timp ce mă plimbam prin camerele goale, proaspăt zugrăvite, prin noua bucătărie și biroul propriu, mă întrebam dacă puteam suporta să trăiesc aici. În acest loc, unde murise fratele mai mic al lui Sarah. Dulapul ascuns nu mai exista, de când două camere fuseseră unite într-una singură, dar, cumva, asta nu schimba nimic pentru mine.

Aici se întâmplase și nu puteam să-mi scot asta din minte. Nu-i spusesem fiicei mele nimic despre tragedia care se petrecuse aici. Dar ea simțise, în felul ei special, empatic.

Într-o dimineață ploioasă de noiembrie, m-am dus la apartament ca să încep să mă ocup de perdele, tapet, covoare. Isabelle îmi fusese de mare ajutor și mă însoțise prin tot felul de magazine. Spre încântarea lui Zoë, decisesem să ignor tonurile liniștite și placide la care apelasem în trecut și să mă dezlănțui în culori noi și îndrăznețe. Bertrand fluturase nepăsător din mână: „Tu și Zoë hotărâți, e casa voastră, la urma urmelor". Zoë alesese pentru dormitorul ei verde-lime și mov-deschis. Îmi amintea atât de mult de gusturile Charlei, încât n-am putut să-mi rețin un zâmbet.

Un teanc de cataloage mă aștepta pe podelele goale, lustruite. Le răsfoiam cu atenție când mi-a sunat celularul. Am recunoscut numărul: era de la azilul lui Mamé. Mamé se simțise obosită în ultimul timp, devenise iritabilă, uneori chiar de nesuportat. Era dificil s-o mai faci să zâmbească, chiar și lui Zoë îi fusese greu să reușească. Nu avea răbdare cu nimeni. Vizitele la ea deveniseră aproape o corvoadă în ultima vreme.

– *Mademoiselle* Jarmond? Sunt Véronique, de la sanatoriu. Mi-e teamă că nu am vești prea bune. *Madame* Tézac nu se simte bine, a suferit un atac cerebral.

M-am ridicat, resimțind șocul în tot corpul.

– Un atac cerebral?

– Acum e ceva mai bine, doctorul Roche e cu dânsa, dar trebuie să veniți. L-am contactat și pe socrul dumneavoastră, dar nu reușim să dăm de soțul dumneavoastră.

Am închis. Mă simțeam agitată, panicată. Auzeam ploaia cum bate în geam. Unde era Bertrand? Am format numărul lui și a intrat căsuța vocală. La biroul de lângă Madeleine, nimeni nu părea să știe unde este, nici măcar Antoine. I-am spus lui Antoine că eram în rue de Saintonge și l-am rugat să-i transmită lui Bertrand să mă sune urgent. Am subliniat că e foarte urgent.

– *Mon Dieu*, copilul? se bâlbâi el.

– Nu, Antoine, nu *bébé*, *grand-mère*, am replicat și am închis.

Am aruncat o privire afară. Ploaia era deasă acum, o cortină cenușie, sclipitoare. O să mă ud. Asta e, mi-am zis. Cui îi pasă? Mamé. Minunata, draga de Mamé. Mamé a mea. Nu, era imposibil ca Mamé să moară acum, aveam nevoie de ea. Era prea curând, nu eram pregătită. Dar cum aș putea fi pregătită vreodată pentru moartea ei, m-am gândit. Am privit în jur, în living, amintindu-mi că exact în acest loc o întâlnisem pentru prima oară. Și încă o dată m-am simțit copleșită de toate evenimentele care avuseseră loc aici și care păreau să se întoarcă să mă bântuie.

M-am hotărât să le sun pe Cécile și pe Laure ca să mă asigur că știau și că veneau și ele. Laure îmi vorbi concis, profesional, era deja în mașină. Ne întâlnim acolo, mi-a zis. Cécile păru mai emoționată, fragilă, lacrimile i se simțeau în glas.

– Oh, Julia, nu pot să mă gândesc că Mamé... Știi... E mult prea îngrozitor.

I-am spus că nu reușeam să dau de Bertrand. Păru surprinsă.
– Dar tocmai am vorbit cu el, spuse ea.
– L-ai găsit la telefon?
– Nu, răspunse ea pe un ton ezitant.
– Atunci la birou?
– Trebuie să vină din clipă în clipă să mă ia. Mă duce el la sanatoriu.
– Eu nu am putut să iau legătura cu el.
– Ah, făcu ea precaută. Înțeleg.
Atunci am priceput. M-am simțit cuprinsă de un val de furie.
– Era la Amélie, nu?
– La Amélie? repetă ea mecanic.
Am bătut nerăbdătoare din picior.
– Oh, haide, Cécile. Știi foarte bine despre cine vorbesc.
– Se aude soneria, e Bertrand, se grăbi ea să spună.
Și închise. Am rămas în mijlocul încăperii goale, cu telefonul mobil strâns în mână, ca o armă. Mi-am apăsat fruntea de un ochi rece de geam. Simțeam nevoia să-l lovesc pe Bertrand. Nu mă mai enerva aventura nesfârșită cu Amélie, ci faptul că surorile lui aveau numărul acelei femei și știau unde să-l găsească într-un caz de urgență ca acesta. Eu nu știam. Faptul că nici acum, când căsnicia noastră era pe moarte, el tot nu avea curajul să-mi spună că încă se întâlnea cu femeia asta. Ca de obicei, eu eram ultima care afla. Eterna, *vaudevillesque*, nevastă înșelată.

Am rămas acolo multă vreme, nemișcată. Simțeam copilul mișcându-se în mine. Nu știam dacă să râd sau să plâng.

Mai țineam la Bertrand, de aceea încă mă durea? Sau era doar o chestiune de orgoliu rănit? Amélie, cu strălucirea și perfecțiunea ei pariziană, cu apartamentul ei îndrăzneț de modern, cu vedere spre Trocadéro, cu copiii ei bine-crescuți – *Bonjour, Madame* – și cu parfumul ei tare, care rămânea pe hainele și în părul lui Bertrand. Dacă o iubea pe ea, și nu pe mine, de ce îi era teamă să-mi spună? Ca să nu mă rănească? Să nu o rănească pe Zoë? Ce îl înspăimânta în asemenea măsură? Când o să-și dea seama că nu infidelitatea lui era greu de suportat, ci lașitatea?

M-am dus în bucătărie. Îmi simțeam gura uscată. Am dat drumul la apă și am băut direct de la robinet, presându-mi pântecul imens de chiuvetă. M-am uitat din nou pe geam. Ploaia părea să se mai fi domolit. Mi-am luat haina de ploaie, geanta şi m-am îndreptat spre ieşire.

Chiar atunci cineva bătu la uşă – trei lovituri scurte.

Bertrand, m-am gândit, înverşunată. Antoine sau Cécile probabil îi spusese să sune sau să vină aici.

Mi-am imaginat-o pe Cécile aşteptând jos, în maşină. Stânjeneala ei. Tăcerea încordată, nervoasă, care va urma de îndată ce mă voi urca în Audi.

Ei, las' că le arăt eu lor. O să le zic ce-am pe suflet. Nu o s-o fac pe nevasta franţuzoaică, timidă şi drăguţă. O să-i cer lui Bertrand să-mi spună adevărul de acum încolo.

Am deschis cu un gest larg uşa.

Dar bărbatul care mă aştepta în prag nu era Bertrand.

Am recunoscut imediat statura, umerii laţi. Părul blond-cenuşiu, întunecat de ploaie şi lipit de cap.

William Rainsferd.

M-am dat un pas înapoi, uimită.

– E un moment nepotrivit? mă întrebă.

– Nu, am îngăimat.

Ce Dumnezeu căuta aici? Ce voia?

Ne-am uitat ţintă unul la celălalt. Ceva de pe chipul lui se schimbase de ultima oară când îl văzusem. Părea tras la faţă, hăituit. Nu mai era gurmandul vesel şi bronzat.

– Trebuie să vorbesc cu tine, continuă el. E urgent. Îmi pare rău, nu am găsit numărul de telefon. Aşa că am venit aici. Nu erai acasă aseară, aşa că m-am gândit să revin de dimineaţă.

– De unde ai adresa asta? l-am întrebat, nedumerită. Încă nu figurează în cartea de telefon, nu ne-am mutat aici deocamdată.

El scoase un plic din buzunarul de la haină.

– Adresa era aici. Aceeaşi stradă pe care ai pomenit-o în Lucca. Rue de Saintonge.

Am clătinat din cap.

– Nu înţeleg.

Îmi dădu plicul. Era vechi, rupt la colţuri. Pe el nu scria nimic.

– Deschide-l.

Am scos dinăuntru un carnețel subțire, zdrențuit, un desen decolorat și o cheie de alamă lungă, care căzu cu un clinchet pe podea. El se aplecă să o ridice și o ținu în palma întinsă, ca să o văd.

– Ce sunt astea? am întrebat, precaută.

– După ce ai plecat din Lucca, eu am rămas într-o stare de șoc. Nu puteam să-mi scot din minte poza aceea. Nu puteam să nu mă gândesc la ea.

– Da, am zis, iar inima-mi bătea cu putere.

– Am luat avionul spre Roxbury, să-l văd pe tata. E foarte bolnav, după cum cred că știi. Are cancer. Nu mai poate să vorbească. Am căutat prin casă și am găsit plicul ăsta în biroul lui. Îl păstrase, după toți anii ăștia. Nu mi-l arătase niciodată.

– De ce ai venit? am șoptit.

În ochii lui se citea durere. Durere și teamă.

– Fiindcă vreau să-mi spui ce s-a întâmplat. Ce i s-a întâmplat mamei în copilărie. Trebuie să știu tot. Ești singura persoană care mă poate ajuta.

M-am uitat la cheia din mâna lui. Apoi la desen. O schiță neîndemânatică a unui băiețel cu păr blond, ondulat. Părea să stea într-un dulap mic, cu o carte pe genunchi și un ursuleț de jucărie alături. Pe spate, un scris decolorat: „Michel, rue de Saintonge, nr. 26". Am răsfoit carnețelul. Nici o dată. Propoziții scurte, scrise ca o poezie, în franceză, dificil de înțeles. Câteva cuvinte îmi săriră în ochi: *„le camp"*, *„la clef"*, *„ne jamais oublier"*, *„mourir"*.

– Ai citit asta? l-am întrebat.

– Am încercat. Franceza mea nu e prea grozavă. Am înțeles numai anumite pasaje.

Telefonul îmi sună în buzunar, făcându-ne să tresărim. Am scotocit după el. Era Édouard.

– Unde ești, Julia? mă întrebă cu blândețe. Nu se simte bine. Vrea să te vadă.

– Vin, am răspuns.

William Rainsferd se uită la mine.

– Trebuie să pleci?

– Da. O urgență în familie. Bunica soțului meu a suferit un atac cerebral.

– Îmi pare rău.

Ezită, apoi îmi puse o mână pe umăr.

– Când pot să te mai văd? Să vorbim?

Am deschis ușa, m-am întors spre el și am privit mâna de pe umărul meu. Era ciudat, tulburător, să-l văd în pragul acelui apartament, chiar locul care îi provocase mamei lui atâta durere, atâtea regrete, și să mă gândesc că încă nu știe, că încă nu știe ce s-a petrecut aici, nici ce consecințe au avut cele întâmplate asupra familiei lui, bunicilor lui, unchiului lui.

– Vii cu mine, am zis. Vreau să cunoști pe cineva.

Chipul obosit, palid al lui Mamé. Părea să doarmă. I-am vorbit, dar nu eram sigură că mă aude. Apoi i-am simțit degetele cum îmi prind încheietura mâinii și mă strâng. Știa că sunt acolo.

În spatele meu, familia Tézac stătea în jurul patului. Bertrand. Mama lui, Colette. Édouard. Laure și Cécile. În spatele lor, pe hol, stătea, cu un aer încurcat, William Rainsferd. Bertrand îl privise cu coada ochiului o dată sau de două ori, nedumerit. Probabil își închipuia că e noul meu iubit. În alte împrejurări, aș fi râs. Édouard se uitase la el de câteva ori, curios, cu privirea mijită, apoi la mine, insistent.

Abia mai târziu, când plecam de la sanatoriu, l-am luat de braț pe socrul meu. Doctorul Roche tocmai ne spusese că starea lui Mamé se stabilizase. Dar era slăbită. Nu se putea spune ce urma. Trebuia să fim pregătiți, ne zisese. Trebuia să ne convingem că acesta era, probabil, sfârșitul.

– Îmi pare atât de rău, Édouard, am murmurat.

El mă mângâie pe obraz.

– Mama te iubește, Julia. Te iubește foarte mult.

Bertrand apăru cu chipul sumbru. I-am aruncat o privire și m-am gândit în treacăt la Amélie, cochetând cu ideea de a-i zice ceva care să-l rănească, să-l înțepe, însă, în cele din urmă, am lăsat-o baltă. În fond, aveam destul timp să discutăm despre asta. Acum nu conta. Acum conta numai Mamé și silueta înaltă care mă aștepta pe hol.

– Julia, zise Édouard și aruncă o privire peste umăr, cine e bărbatul acela?

– Fiul lui Sarah.

Uluit, Édouard se uită lung, vreme de vreo două minute, la bărbatul înalt.

– L-ai sunat?

– Nu. De curând a descoperit niște hârtii pe care tatăl lui le ascunsese în tot acest timp. Ceva scris de Sarah. E aici fiindcă vrea să afle întreaga poveste. A venit azi.

– Aș vrea să-i vorbesc, spuse Édouard.

M-am dus să-l aduc pe William, i-am spus că socrul meu dorea să-l cunoască. Mă urmă, făcându-i pe toți – pe Bertrand și pe Édouard, pe Colette și pe fiicele ei – să pară niște pitici.

Édouard Tézac ridică privirea spre el. Era calm, stăpânit, dar ochii îi erau umezi.

Îi întinse mâna și William i-o luă. Era un moment plin de forță, tăcut. Nimeni nu zicea nimic

– Fiul lui Sarah Starzynski, murmură Édouard.

Am aruncat o privire spre Colette, Cécile și Laure, care priveau întreaga scenă cu o curiozitate politicoasă. Nu puteau pricepe ce se petrecea. Numai Bertrand înțelegea, numai el știa întreaga poveste, deși nu discutase niciodată cu mine despre asta, din seara în care descoperise dosarul roșu al lui Sarah. Nici măcar nu mai adusese vorba despre asta după întâlnirea din apartamentul nostru cu familia Dufaure, în urmă cu două luni.

Édouard își drese glasul. Mâinile lor erau încă unite. I se adresă în engleză, o engleză bună, cu un puternic accent franțuzesc.

– Sunt Édouard Tézac. Ne întâlnim într-un moment dificil pentru mine. Mama e pe moarte.

– Da. Îmi pare rău, zise William.

– Julia îți va spune întreaga poveste. Dar mama ta, Sarah...

Édouard făcu o pauză. Glasul i se frânse. Soția și fiicele lui îl priviră surprinse.

– Ce se întâmplă? murmură Colette, îngrijorată. Cine e Sarah?

– Este vorba despre ceva ce s-a întâmplat cu șaizeci de ani în urmă, explică Édouard, străduindu-se să-și recapete vocea.

Mi-am stăpânit impulsul de a mă duce să-l cuprind cu brațul pe după umeri. Édouard inspiră adânc și culoarea începu să-i revină în obraji. Îi zâmbi lui William - un zâmbet mic, timid, cum nu mai văzusem să aibă vreodată.

– Niciodată n-am s-o uit pe mama dumitale. Niciodată.

Mușchii feței îi tresăriră, zâmbetul îi dispăru și am văzut durerea, tristețea care-l sufocau, ca în ziua când îmi mărturisise întreaga poveste.

Tăcerea se așternu grea, insuportabilă; femeile continuau să se uite nedumerite.

– Sunt aproape ușurat că pot să-ți spun asta astăzi, după toți acești ani.

William Rainsferd dădu din cap.

– Vă mulțumesc, domnule, rosti, cu voce joasă.

Am observat că și el era palid la față.

– Nu știu multe, am venit aici ca să înțeleg. Cred că mama a suferit. Și trebuie să știu de ce.

– Am făcut ce am putut pentru ea, zise Édouard. Asta pot să ți-o spun. Julia îți va povesti. Îți va explica. Îți va spune povestea mamei tale, ce a făcut tatăl meu pentru mama dumitale. La revedere.

Se retrase apoi. Părea deodată un om bătrân, împuținat și palid. Privirea lui Bertrand îl urmărea, curioasă, detașată. Probabil că nu-l văzuse niciodată pe tatăl lui atât de mișcat. M-am întrebat ce efect a avut întâlnirea asta asupra lui, ce a însemnat pentru el.

Édouard se îndepărtă, urmat de soția și de fiicele lui, care îl bombardau cu întrebări. Fiul lui îi urmă, cu mâinile în buzunare, tăcut. M-am întrebat dacă Édouard avea să le spună adevărul lui Colette și fiicelor lui. Probabil că da, m-am gândit. Și mi-am imaginat șocul lor.

Eu și William Rainsferd stăteam singuri în holul sanatoriului. Afară, pe rue de Courcelles, încă ploua.

– Vrei să bem o cafea? mă întrebă el.

Avea un zâmbet frumos.

Am mers prin burniță până la cea mai apropiată cafenea. Ne-am așezat și am comandat două espresso. Pentru o clipă, am rămas în tăcere.

Apoi el mă întrebă:

– Ești apropiată de doamna aceea în vârstă?

– Da, am răspuns. Foarte apropiată.

– Văd că aștepți un copil.

Mi-am mângâiat pântecul rotunjit.

– Se va naște în februarie.

În cele din urmă, el rosti încet:

– Spune-mi povestea mamei.

– Nu o să fie ușor, am zis.

– Da. Dar trebuie să o aud. Te rog, Julia.

Încet, am început să vorbesc, cu o voce joasă și măsurată, aruncându-i doar câte o privire, din când în când. În timp ce vorbeam, gândurile mele se îndreptau spre Édouard, aflat probabil în livingul său elegant, de culoarea somonului, din rue de l'Université, spunându-le exact aceeași poveste soției, fiicelor și fiului său. Razia. Vel' d'Hiv'. Lagărul. Fuga. Fetița care se întorsese. Copilul mort în dulap. Două familii, unite prin moarte, și un secret. Două familii unite prin durere. O parte din mine voia ca acest bărbat să știe tot adevărul. O alta dorea să-l protejeze, să-l ferească de realitatea crudă. De imaginea îngrozitoare a fetiței și de suferința ei. Durerea ei, pierderea ei. Durerea lui, pierderea lui. Cu cât vorbeam mai mult, cu cât dădeam mai multe detalii, cu cât răspundeam la mai multe întrebări, cu atât simțeam mai mult că vorbele mele îl pătrundeau ca niște lame și îl răneau.

După ce am terminat, am ridicat privirea spre el. Avea fața și buzele palide. Scoase carnețelul din plic și mi-l dădu în tăcere. Cheia de alamă stătea pe masă între noi.

Țineam carnețelul între palme, în timp ce-l priveam fix pe William. Ochii lui mă îndemnau să continui.

Am deschis carnețelul și am citit în gând prima propoziție. Apoi am citit cu glas tare, traducând din franceză direct în limba noastră maternă. Era un proces lent; scrisul, subțire și înclinat, se descifra greu.

Unde ești, micul meu Michel? Frumosul meu Michel.
Unde ești acum?
Îți vei aminti de mine?
Michel.
Eu, Sarah, sora ta.
Cea care nu s-a mai întors. Cea care te-a lăsat în dulap. Cea care a crezut că vei fi în siguranță.

Michel.
Anii au trecut, dar eu încă am cheia.
Cheia ascunzătorii noastre secrete.
Știi, am păstrat-o, zi după zi, am atins-o și mi-am amintit de tine.
A fost mereu cu mine încă din ziua de 16 iulie 1942.
Nimeni de aici nu știe. Nimeni de aici nu știe de cheie, de tine.
De tine în dulap.
De mama, de tata.
De lagăr.
De vara lui 1942.
De cine sunt cu adevărat.

Michel.

Nu trece nici o zi fără să mă gândesc la tine.

Fără să-mi amintesc de rue de Saintonge nr. 26.

Port povara morţii tale aşa cum aş purta un copil în pântece.

Am să o port până voi muri.

Uneori, vreau să mor.

Nu pot îndura povara morţii tale.

A morţii mamei, a morţii tatălui.

Imaginea trenului de vite care îi duce spre pierzanie.

Aud în minte trenul, în ultimii treizeci de ani l-am auzit de nenumărate ori.

Nu pot îndura povara trecutului meu.

Şi totuşi nu pot arunca cheia de la dulapul tău.

Este singurul lucru concret care mă leagă de tine, în afară de mormântul tău.

Michel.

Cum pot să mă prefac că sunt altcineva.

Cum pot să-i fac să creadă că sunt o altă femeie.

Nu, nu pot să uit.

Velodromul.

Lagărul.

Trenul.

Jules şi Geneviève.

Alain şi Henriette.

Nicolas şi Gaspard.

Copilul meu nu mă poate face să uit. Îl iubesc. E fiul meu.

Soţul meu nu ştie cine sunt.

Nu-mi ştie povestea.

Dar eu nu pot să uit.

A fost o greşeală îngrozitoare să vin aici.

Credeam că mă pot schimba. Credeam că pot să las totul în urmă.

Dar nu pot.

S-au dus la Auschwitz. Au fost uciși.
Fratele meu. A murit în dulap.
Nu mi-a mai rămas nimic.
Credeam că a mai rămas, dar m-am înșelat.
Un copil și un soț nu sunt de ajuns.
Ei nu știu nimic.
Ei nu știu cine sunt.
Nu vor ști niciodată.

Michel.
În vise, vii și mă iei.
Mă iei de mână și mă duci departe,
Viața asta este prea greu de suportat pentru mine.
Mă uit la cheie și mi-e dor de tine și de trecut.
De zilele simple, nevinovate, de dinainte de război.
Știu că rănile mele nu se vor vindeca niciodată.
Sper că fiul meu mă va ierta.
El nu va ști niciodată.
Nimeni nu va ști niciodată.

Zakhor. Al Tichkah.
Amintește-ți. Nu uita niciodată.

Cafeneaua era zgomotoasă, însuflețită, și totuși, în jurul meu și al lui William, se crease o tăcere deplină.

Am lăsat jos carnețelul, devastată de tot ceea ce știam acum.

– S-a sinucis, rosti William sec. Nu a fost nici un accident. A intrat cu mașina direct în copac.

Nu am spus nimic. Nu puteam să vorbesc. Nu știam ce să spun.

Voiam să-l iau de mână, dar ceva mă reținea. Am inspirat adânc. Dar cuvintele nu veneau.

Cheia de alamă stătea pe masă între noi, martor tăcut al trecutului, al morții lui Michel. L-am simțit pe William închizându-se în sine, cum o făcuse mai înainte în Lucca, atunci când își ridicase palmele, ca să mă împingă parcă la o parte. Nu se mișcă, dar l-am simțit cu claritate retrăgându-se. Încă o dată m-am împotrivit impulsului puternic, de nestăpânit, de a-l reține. De ce simțeam că erau atât de multe lucruri pe care le puteam împărtăși cu acest bărbat? Cumva, nu-mi era străin și, chiar și mai ciudat, mă simțeam și mai puțin străină pentru el. Ce ne adusese împreună? Căutarea mea, setea de adevăr, compasiunea mea pentru mama lui? El nu știa nimic despre mine, nimic despre mariajul meu pe cale să se destrăme, despre faptul că în Lucca era cât pe ce să pierd copilul, despre slujba mea, despre viața mea. Ce știam eu despre el, despre soția lui, despre copiii lui, despre cariera lui? Prezentul lui era un mister. Dar trecutul lui, trecutul mamei lui, fusese marcat pentru mine asemenea unui drum întunecat, luminat de torțe aprinse. Și tânjeam să-i arăt acestui bărbat că îmi pasă, că tot ce i se întâmplase mamei lui îmi schimbase viața.

– Mulțumesc, zise el, în cele din urmă. Mulțumesc pentru că mi-ai spus toate astea.

Vocea lui părea ciudată, artificială. Mi-am dat seama că voiam să cedeze, să plângă, să-mi arate vreo formă de emoție. De ce? Fără îndoială fiindcă simțeam nevoia să mă eliberez, aveam nevoie de lacrimi care să spele durerea, regretul, golul, aveam nevoie să-mi împărtășesc sentimentele cu el, într-o comuniune particulară, intimă.

Se pregătea de plecare. Se ridică și-și adună de pe masă cheia și carnețelul. Nu suportam ideea că o să plece atât de curând. Dacă pleca acum, eram sigură că nu o să-l mai văd niciodată. Nu va mai dori să mă vadă sau să stea de vorbă cu mine. Voi pierde ultima legătură cu Sarah. Îl voi pierde. Și, dintr-un motiv obscur, necunoscut, William Rainsferd era singura persoană cu care voiam să fiu în acele clipe.

El trebuie să fi citit ceva pe chipul meu fiindcă ezita, în picioare, lângă masă.

– O să mă duc în locurile acelea, zise el. Beaune-la-Rolande și rue Nélaton.

– Aș putea să vin cu tine, dacă vrei.

Privirea lui zăbovi asupra mea. Din nou, am sesizat sentimentele contradictorii pe care i le inspiram, un amestec complex de resentimente și recunoștință.

– Nu, prefer să mă duc singur. Dar aș aprecia dacă mi-ai da adresele fraților Dufaure. Aș vrea să-i vizitez.

– Sigur, am replicat.

M-am uitat în agendă și am notat adresele pe o bucată de hârtie.

Se așeză apoi brusc, greoi.

– Știi, aș avea nevoie de o băutură, zise el.

– Bine. Desigur, am zis și i-am făcut semn chelnerului.

Am comandat vin.

În timp ce beam tăcuți, mi-am dat seama cât de confortabil mă simțeam în prezența lui. Doi americani care savurau în tăcere o băutură. Cumva, nu aveam nevoie să vorbim. Și nu mă simțeam stânjenită. Dar știam că, de îndată ce va termina paharul de vin, va pleca.

Și momentul acesta sosi.

– Mulțumesc, Julia, mulțumesc pentru tot.

Nu a zis „hai să păstrăm legătura, să ne trimitem e-mailuri, să vorbim din când în când la telefon". Nu, nu a zis nimic. Dar știam ce spunea tăcerea lui, clar și răspicat. „Nu mă suna. Nu mă contacta, te rog. Trebuie să-mi clarific viața. Am nevoie de timp, de tăcere și de pace. Trebuie să aflu cine sunt."

L-am privit cum se îndepărta prin ploaie, până când silueta lui înaltă s-a pierdut pe strada aglomerată.

Mi-am pus palmele pe pântecul rotund și am lăsat singurătatea să mă învăluie.

Când am ajuns acasă seara, toată familia Tézac mă aştepta. Stăteau cu Bertrand şi cu Zoë în living. Am remarcat imediat atmosfera încordată.

Se părea că se împărţiseră în două tabere: Édouard, Zoë şi Cécile, care erau „de partea mea", fiind de acord cu ceea ce făcusem, şi Colette şi Laure, care mă dezaprobau.

Bertrand nu zicea nimic, rămânând ciudat de tăcut. Avea un chip trist, cu colţurile gurii lăsate. Nu se uita la mine.

Cum am putut să fac aşa ceva, explodă Colette. Să dau de urma acelei familii, să-l contactez pe acel bărbat, care nici măcar nu ştia nimic despre trecutul mamei lui.

– Bietul om, se auzi şi cumnata mea, profund şocată. Imaginează-ţi, acum află cine e cu adevărat, află că mama lui era evreică şi că întreaga lui familie a fost ucisă în Polonia, că unchiul lui a murit de foame. Julia, trebuia să-i fi lăsat în pace.

Édouard se ridică brusc şi îşi aruncă mâinile în aer.

– Dumnezeule! izbucni el. Ce s-a întâmplat cu familia asta!

Zoë se adăposti sub braţul meu.

– Julia a făcut un gest plin de curaj, generos, continuă el, tremurând de furie. A vrut să se asigure că familia fetiţei ştia. Ştia că ne pasă. Ştia că tatălui meu îi păsa îndeajuns ca să se asigure că Sarah Starzynski era îngrijită de o familie adoptivă, că era iubită.

– Ah, tată, te rog, îl întrerupse Laure. Ce a făcut Julia a fost patetic. Să dezgropi trecutul nu e niciodată o idee bună, mai ales când vorbim de ce s-a întâmplat în război. Nimeni nu vrea să i se aducă aminte, nimeni nu vrea să se gândească la asta.

Nu se uita la mine, dar am simțit întreaga forță a antipatiei ei. Îi citeam cu ușurință gândurile. Este exact genul de lucru pe care l-ar face un american. Fără nici un fel de respect pentru trecut. Fără să știe ce înseamnă un secret de familie. Fără maniere. Fără sensibilitate. Americanul necioplit și needucat: *l'Américaine avec ses gros sabots*.

– Nu sunt de acord! zise Cécile, cu o voce ascuțită. Eu mă bucur că mi-ai spus ce s-a întâmplat, *père*. E o poveste oribilă, bietul băiețel care a murit în apartament, fetița care s-a întors. Cred că Julia a avut dreptate să ia legătura cu familia aceea. La urma urmelor, nu am făcut nimic de care să ne fie rușine.

– Poate, zise Colette, cu buzele strânse, dar dacă Julia nu ar fi fost atât de băgăcioasă, Édouard nu ar fi pomenit niciodată de asta. Nu-i așa?

Édouard se uită la soția lui. Chipul lui era rece, la fel și vocea.

– Colette, tata m-a pus să promit că n-o să dezvălui niciodată ce s-a întâmplat. I-am respectat dorința, cu greutate, vreme de șaizeci de ani. Dar acum mă bucur că știți. Acum pot împărtăși asta cu voi, chiar dacă pe unii dintre voi se pare că îi deranjează.

– Slavă Domnului că Mamé nu știe nimic, oftă Colette, în timp ce-și aranja părul blond-cenușiu.

– Oh, dar Mamé știe, se auzi glasul lui Zoë.

Obrajii i se făcuseră roșii ca focul, dar ne înfruntă curajoasă.

– Mi-a spus ce s-a întâmplat. Nu știam de băiețel, cred că mama n-a vrut să aflu partea asta. Dar Mamé mi-a zis tot. Știa despre asta de când s-a întâmplat, continuă Zoë, portăreasa i-a zis că Sarah s-a întors. Și a zis că *grand-père* avea coșmarurile astea despre un copilaș mort în camera lui. Mi-a spus că a fost oribil, să știe și să nu poată vorbi niciodată despre asta cu soțul ei, cu fiul ei și, mai târziu, cu familia. A spus că asta l-a schimbat pe străbunicul, că i-a făcut ceva, ceva despre care nu putea să vorbească nici măcar cu ea.

M-am uitat la socrul meu. El o privea țintă pe fiica mea, nevenindu-i să creadă.

– Zoë, știa? A știut în toți acești ani?

Zoë dădu afirmativ din cap.

– Mamé a spus că a fost un secret îngrozitor pe care l-a purtat, că s-a gândit tot timpul la fetiță, a spus că era bucuroasă că acum știu. Spunea că ar fi trebuit să vorbească despre asta mult mai devreme, că ar fi trebuit să facem ce a făcut mama, că nu ar fi trebuit să așteptăm. Ar fi trebuit să găsim familia fetiței. Am greșit păstrând totul ascuns. Asta mi-a spus. Chiar înainte de atacul cerebral.

Urmă o tăcere lungă, dureroasă.

Zoë își îndreptă spatele, apoi se uită la Colette, la Édouard, la mătușile ei, la tatăl ei. La mine.

– Mai vreau să vă spun ceva, adăugă ea, trecând ușor de la franceză la engleză și subliniindu-și accentul american. Nu-mi pasă ce cred unii dintre voi. Nu-mi pasă dacă voi credeți că mama a greșit, că a făcut ceva prostesc. Eu sunt foarte mândră de ceea ce a făcut. Cum l-a găsit pe William, cum i-a spus. Nu aveți idee ce a însemnat asta pentru ea, cât de greu i-a fost. Ce înseamnă pentru mine. Și probabil ce înseamnă pentru el. Și știți ceva? Când o să cresc, vreau să fiu ca ea. Vreau să fiu o mamă de care copiii mei să fie mândri. *Bonne nuit.*

Făcu o plecăciune caraghioasă, ieși din încăpere și închise în liniște ușa.

Am rămas tăcuți multă vreme. Am văzut cum chipul lui Colette se înăsprește, devenind aproape rigid. Laure își verifica machiajul într-o oglinjoară. Cécile părea împietrită.

Bertrand nu rostise nici o vorbă. Se uita pe fereastră, cu mâinile la spate. Nu mă privise nici măcar o dată. Pe nici unul dintre noi, de altfel.

Édouard se ridică, mă mângâie pe cap cu un gest tandru, patern. Ochii lui de un albastru-palid sclipiră înspre mine. Murmură ceva în franceză, lângă urechea mea.

– Ai făcut ce trebuia. Ai procedat corect.

Dar mai târziu în acea seară, în timp ce stăteam întinsă în patul meu solitar, incapabilă să citesc, să mă gândesc, să fac orice altceva decât să contemplu tavanul, m-am întrebat.

M-am gândit la William, oriunde s-ar fi aflat, încercând să potrivească la loc noile piese ale vieții lui.

M-am gândit la familia Tézac, obligată pentru prima oară să iasă din carapace, să fie nevoită să comunice, la tristul secret întunecat, acum dezvăluit. M-am gândit la Bertrand, cum mi-a întors spatele.

Tu as fait ce qu'il fallait. Tu as bien fait.

Avea dreptate Édouard? Nu știam. Încă mă întrebam asta.

Zoë deschise ușa, se strecură în patul meu ca un cățeluș lung și tăcut și se ghemui lângă mine. Mă luă de mână, mi-o sărută încet și își odihni capul pe umărul meu.

Ascultam vuietul înăbușit al traficului de pe boulevard du Montparnasse. Se făcea târziu. Bertrand era cu Amélie, fără îndoială. Era atât de îndepărtat de mine, ca un străin. Ca o persoană pe care de-abia o cunoșteam.

Două familii, pe care le adusesem împreună, doar pentru o zi. Două familii care nu vor mai fi niciodată la fel.

Făcusem ce trebuia?

Nu știam ce să gândesc. Nu știam ce să cred.

Zoë adormi lângă mine, iar respirația ei rară îmi gâdila obrazul. M-am gândit la copilul care avea să vină și m-am simțit cuprinsă de un soi de pace. Un sentiment liniștitor, care mă calmă o vreme.

Dar durerea, tristețea rămaseră.

New York, 2005

– Zoë! am țipat. Pentru Dumnezeu, ține-o pe sora ta de mână! O să cadă de acolo și-o să-și frângă gâtul!

Fiica mea cu picioare lungi mă privi urât.

– Ești o adevărată mamă paranoică!

Apucă brațul grăsuț al copilașului și îl împinse înapoi pe tricicletă. Piciorușele ei se mișcau cu rapiditate pe alee, iar Zoë o urma îndeaproape. Micuța chicotea de încântare, întinzându-și gâtul înapoi ca să se asigure că o vedeam, cu mândria excesivă a unui copilaș de doi ani.

Central Park și prima promisiune ademenitoare a primăverii. Mi-am întins picioarele și mi-am îndreptat fața spre soare.

Bărbatul aflat alături de mine mă mângâie pe obraz.

Neil. Prietenul meu. Un pic mai în vârstă ca mine. Avocat. Divorțat. Locuia în cartierul Flat Iron, împreună cu fiii lui adolescenți. Prezentat de sora mea. Îmi plăcea. Nu-l iubeam, dar îmi făcea plăcere compania lui. Era un bărbat inteligent, cultivat. Nu avea de gând să se însoare cu mine, slavă Domnului, și le suporta din când în când pe fiicele mele.

De când venisem să locuiesc aici existaseră vreo doi prieteni. Nimic serios. Nimic important. Zoë îi numea pretendenți, Charla, amorezi, în stilul Scarlett. Înainte de Neil, ultimul pretendent, pe nume Peter, avea o galerie de artă, o chelie la ceafă – motiv de suferință pentru el – și un apartament în TriBeCa[1] în care era mereu curent. Erau bărbați de vârstă mijlocie, americani get-beget, decenți, ușor cam plicticoși. Politicoși, corecți și meticuloși. Aveau slujbe bune, erau bine educați, cultivați și în general divorțați. Veneau să mă ia de acasă, mă conduceau înapoi, îmi ofereau brațul și umbrela. Mă duceau la masă, la operă, la Muzeul de Artă Modernă, la balet, la spectacole pe Broadway, la cină și uneori în pat. Suportam asta. Sexul era ceva ce făceam acum fiindcă simțeam că trebuie. Era mecanic și plictisitor. Și în privința asta dispăruse ceva. Pasiunea. Emoția. Căldura. Toate dispăruseră.

Simțeam că cineva – eu? – derulase înainte filmul vieții mele și acolo apăream ca un personaj Charlie Chaplin, țeapăn, făcând totul într-un mod grăbit și neîndemânatic, de parcă nu aveam de ales, cu un rânjet înțepenit pe chip, prefăcându-mă că sunt mulțumită de noua mea viață. Uneori, Charla furișa câte o privire spre mine și spunea: „Hei, ești bine?“ Îmi dădea un ghiont și eu murmuram: „Da, sigur, sunt bine“. Ea nu părea convinsă, dar pe moment mă lăsa în pace. La fel și mama, mă cerceta cu privirea și își strângea buzele, îngrijorată. „Totul e în regulă, iubito?“

Dădeam din umeri la îngrijorarea ei și îi zâmbeam senin.

---

1 Prescurtare de la Triangle Below Canal Street, cartier în sudul Manhattanului, New York

O zi minunată, proaspătă, în New York. Genul de zi pe care nu o vezi niciodată la Paris. Aer proaspăt și curat. Cer albastru, fără pată. Conturul orașului profilat deasupra copacilor. Clădirea Dakota, gălbuie și masivă, în fața noastră. Mirosul de hotdog și de covrigi, care plutește adus de vântul ușor.

Am întins mâna și am mângâiat genunchiul lui Neil, cu ochii încă închiși înspre soarele tot mai fierbinte. New York și vremea sa aprigă, contrastantă. Veri fierbinți. Ierni albe, teribil de reci. Și lumina care cădea peste oraș, o lumină argintie, dură și strălucitoare, pe care ajunsesem să o iubesc. Parisul, cu burnița lui umedă și cenușie, părea să vină dintr-o altă lume.

Am deschis ochii și le-am privit pe fiicele mele, cum săreau și se jucau. Peste noapte – sau așa mi se părea –, Zoë se transformase într-o adolescentă superbă, mai înaltă ca mine, cu membre puternice și suple. Semăna cu Charla și cu Bertrand, le moștenise clasa și alura, farmecul, acea combinație puternică și îndrăzneață de Jarmond și Tézac, care mă încânta.

Micuța era cu totul altfel. Mai moale, mai rotundă, mai fragilă. Avea nevoie să fie alintată, sărutată, să i se acorde mai multă atenție decât primise Zoë la vârsta ei. Oare din cauză că tatăl ei nu era prin preajmă? Din cauză că eu, Zoë și copilul plecaserăm din Franța, la New York, la scurt timp după naștere? Nu știam. Nu îmi puneam prea multe întrebări pe tema asta.

Fusese ciudat să mă întorc să trăiesc în America după atâția ani în care locuisem la Paris. Încă mă simțeam ciudat uneori. Încă nu mă simțeam ca acasă. Mă întrebam cât timp o să mai dureze. Dar se întâmplase. Nu fusese o decizie ușor de luat.

Copilul s-a născut prematur, motiv de panică și de durere, imediat după Crăciun, cu două luni înainte de termen. Suportasem o operație de cezariană îngrozitor de lungă în camera de urgență a spitalului Saint-Vincent de Paul. Bertrand fusese acolo, ciudat de încordat, emoționat fără să vrea. O fetiță micuță, perfectă. Oare fusese dezamăgit, m-am întrebat? Eu nu eram. Copilul însemna atât de mult pentru mine. Mă luptasem pentru ea. Nu cedasem. Ea era victoria mea.

La scurt timp după naștere, chiar înainte să ne mutăm în rue de Saintonge, Bertrand își adunase curajul să-mi spună că o iubea pe Amélie, că voia să trăiască de acum încolo cu ea, că dorea să se mute cu ea în apartamentul de pe Trocadéro, că nu mai putea să mă mintă pe mine, pe Zoë, că trebuia să aibă loc un divorț, dar că va merge rapid și ușor. Atunci, în timp ce îl priveam făcându-și confesiunea lungă și complicată și măsurând încăperea cu pasul, cu mâinile la spate, cu privirea plecată, mi-a trecut prima oară prin minte ideea de a mă muta în America. L-am ascultat pe Bertrand până la sfârșit. Părea epuizat, distrus, dar o făcuse. Fusese cinstit cu mine, în sfârșit. Și cinstit cu sine însuși. Și mă uitasem la soțul meu frumos, senzual, și îi mulțumisem. Păruse surprins. Recunoscuse că se așteptase la o reacție mai vehementă, un pic mai amară. Strigăte, insulte, agitație. În brațele mele, bebelușul scâncea și-și agita pumnii micuți prin aer.

– Fără agitație, spusesem. Fără strigăte, fără insulte. Bine?

– Bine, zisese și ne sărutase, pe mine și pe copil.

Deja părea că ieșise din viața mea. Că plecase deja.

În acea noapte, de câte ori mă trezeam să hrănesc bebelușul înfometat, mă gândeam la State. Boston? Nu, uram ideea de a mă întoarce în trecut, în orașul copilăriei.

Și apoi mi-am dat seama.

New York. Eu, Zoë și copilul ne puteam duce la New York. Charla era acolo, părinții, nu departe. New York. De ce nu? Nu știam orașul atât de bine, nu locuisem multă vreme acolo, în afară de vizitele anuale la sora mea.

New York. Poate singurul oraș care rivaliza cu Parisul, tocmai datorită diferențelor totale și depline. Cu cât mă gândeam mai mult la asta, cu atât ideea mă atrăgea, în secret, mai mult. Nu am discutat despre asta cu prietenii mei. Știam că Hervé, Christophe, Guillaume, Susannah, Holly, Jan și Isabelle vor fi supărați la ideea plecării mele. Dar știam că, totodată, o vor înțelege și accepta.

Apoi a murit Mamé. Rezistase după atacul cerebral din noiembrie, fără să mai poată vorbi, deși își recăpătase cunoștința. Fusese mutată la terapie intensivă, la spitalul Cochin. Mă așteptam să moară, încercam să fiu pregătită, dar tot a fost un șoc.

După înmormântarea din Burgundia, în micuțul cimitir trist, Zoë mă întrebase:

– Mamă, trebuie să mergem să locuim în rue de Saintonge?

– Cred că tatăl tău așa se așteaptă.

– Dar *tu* vrei asta?

– Nu, am recunoscut cu sinceritate. De când am aflat ce s-a întâmplat acolo, nu mai vreau.

– Nici eu nu vreau.

Apoi adăugase:

– Dar unde ne-am putea muta, mamă?

Și eu îi răspunsesem, pe un ton lejer, glumeț, așteptându-mă să pufnească dezaprobator:

– Ei, atunci ce zici de New York?

Atât de ușor mersese cu Zoë. Bertrand nu fusese deloc încântat de decizia noastră. Nu dorea ca fiica lui să se mute atât de departe. Dar Zoë fusese fermă în hotărârea ei de a pleca. Spusese că se va întoarce la fiecare două luni, iar Bertrand putea veni și el în vizită, să o vadă pe ea și pe copil. I-am explicat lui Bertrand că nu era nimic stabilit, nimic definitiv în legătură cu mutatul. Nu era pentru totdeauna. Era doar pentru vreo doi ani. Să o las pe Zoë să-și cunoască „latura" americană. Să mă ajute să merg mai departe. Să încep ceva nou. El era acum cu Amélie. Formau un cuplu, unul oficial. Copiii lui Amélie erau aproape adulți. Nu mai locuiau acasă și își petreceau timpul și cu tatăl lor. Să fi fost Bertrand tentat de ideea unei vieți noi, fără responsabilitățile zilnice presupuse de creșterea copiilor – ai lui, ai ei? Poate. În cele din urmă, fusese de acord. Și apoi am pus lucrurile în mișcare.

După ce la început am locuit la ea, Charla mă ajutase să-mi găsesc un loc unde să stau, un apartament simplu, alb, cu două dormitoare, cu o „priveliște deschisă asupra orașului" și portar, pe West 86th Street, între Amsterdam și Columbus. Îl subînchiriasem de la una dintre prietenele ei care se mutase în L.A. Clădirea era plină de familii și de părinți divorțați, un stup gălăgios de bebeluși, copii, biciclete, cărucioare, scutere. Era o locuință confortabilă, plăcută, dar și acolo ceva lipsea. Ce? Nu puteam să-mi dau seama.

Mulțumită lui Joshua, fusesem angajată corespondent la New York pentru un site francez la modă. Lucram de acasă și încă îl foloseam pe Bamber ca fotograf când aveam nevoie de poze de la Paris.

Zoë se ducea la o școală nouă, Trinity College, la vreo două străzi distanță.

– Mamă, n-o să mă integrez niciodată, acum îmi zic „franțuzoaica", se plânsese ea, și eu nu reușisem să-mi rețin un zâmbet.

Era fascinant să-i privești pe newyorkezi, mersul lor hotărât, glumele, modul prietenos de a fi. Vecinii mă salutau în lift, ne oferiseră flori și bomboane când ne mutaserăm acolo și glumeau cu portarul. Uitasem de toate astea. Eram atât de obișnuită cu felul ursuz de-a fi al parizienilor, obișnuită ca oamenii care locuiau pe același palier de-abia să se salute, cu o înclinare scurtă din cap, când se întâlneau pe scări.

Poate că cel mai ironic lucru dintre toate era că, în ciuda vârtejului palpitant care devenise viața mea acum, îmi lipsea Parisul. Îmi lipsea Turnul Eiffel care se lumina la oră fixă, în fiecare seară, ca o seducătoare strălucitoare și plină de podoabe. Îmi lipseau sirenele care răsunau în oraș, în prima miercuri din lună, la prânz, pentru exercițiul lunar. Îmi lipsea piața volantă de duminică, de pe boulevard Edgar Quinet, unde vânzătorul de legume îmi spunea *ma p'tite dame*, deși eram probabil cea mai înaltă clientă. La fel ca Zoë, și eu simțeam că sunt franțuzoaică, în pofida faptului că eram americancă.

Să plec din Paris nu fusese așa de ușor cum anticipasem. New Yorkul și energia lui, norii de aburi care se ridicau din canale, întinderea lui, podurile, clădirile, blocajele rutiere încă nu reprezentau „acasă". Îmi lipseau prietenii de la Paris, chiar dacă și aici îmi făcusem niște amici grozavi. Îmi lipsea Édouard, care îmi devenise apropiat și care îmi scria în fiecare lună. Îmi lipsea în special felul în care francezii le priveau pe femei, ceea ce Holly numea privirea lor „dezbrăcată". Mă obișnuisem cu ea acolo, dar acum, în Manhattan, numai şoferii de autobuz strigau veseli „Hei, slăbuţo!“ după Zoë şi „Hei, blondino!“ după mine. Mă simţeam de parcă devenisem invizibilă. De ce viaţa mi se părea atât de goală, mă întrebam. De parcă fusese lovită de un uragan. De parcă nu mai avea nici o bază.

Şi nopţile.

Nopţile erau însingurate, chiar şi cele petrecute la Neil. Întinsă în pat şi ascultând sunetele marelui oraş care vibra, lăsam imaginile să ajungă din nou la mine, precum fluxul care cuprinde o plajă.

Sarah.

Nu mă părăsise niciodată. Mă schimbase, pentru totdeauna. Povestea ei, suferința ei o purtam în mine. Mă simțeam de parcă aș fi cunoscut-o. O știam cum era copil. Adolescentă. O gospodină de patruzeci de ani, care intrase cu mașina într-un copac, pe un drum înghețat din New England. Puteam să-i văd perfect chipul. Ochii verzi, migdalați. Forma capului. Postura. Mâinile. Zâmbetul care se înfiripa rareori. O cunoșteam. Aș fi putut s-o opresc pe stradă, dacă ar mai fi trăit.

Zoë era o fată isteață. M-a prins asupra faptului.

Când îl căutam pe William Rainsferd pe Google.

Nu îmi dădusem seama că se întorsese de la școală. Într-o după-amiază de iarnă, se strecurase în casă fără ca eu să o aud.

– De cât timp faci asta? mă întrebă, ca o mamă care o prinde pe fiica ei adolescentă fumând „iarbă".

Îmbujorată, am recunoscut că în ultimul an îl căutasem cu regularitate.

– Și?

– Ei bine, se pare că a plecat din Lucca, am mărturisit.

– Oh. Și unde e, atunci?

– S-a întors în State, e aici de vreo două luni.

Nu mai puteam să-i suport privirea, așa că m-am dus la fereastră să privesc aglomerata arteră Amsterdam Avenue.

– E în New York, mamă?

Vocea ei era mai blândă acum, mai puțin aspră. Veni în spatele meu și își puse mâna frumoasă pe umărul meu.

Am dat afirmativ din cap. Nu puteam să îi spun cât de emoționată fusesem când descoperisem că și el era aici. Cât de încântată, de uimită mă simțisem că ajunseserăm amândoi în același oraș, după doi ani de la ultima noastră întâlnire. Mi-am adus aminte că tatăl lui era newyorkez. Probabil că-și petrecuse copilăria aici.

Era trecut în cartea de telefon. În West Village. La numai un sfert de oră cu metroul de aici. Și zile întregi, săptămâni, îmi pusesem chinuitoarea întrebare dacă să-l sun sau nu. El nu încercase niciodată să mă contacteze după întâlnirea de la Paris. Nu mai primisem nici o veste de la el de atunci.

După o vreme, entuziasmul s-a mai domolit. Nu am avut curaj să-l sun. Dar am continuat să mă gândesc la el, noapte de noapte. Zi de zi. În secret, în tăcere. M-am întrebat cum ar fi să ne întâlnim întâmplător într-o zi, în parc, în vreun magazin, bar, restaurant. Era aici cu soția și cu fetele lui? De ce se întorsese în State, cum făcusem și eu? Ce se întâmplase?

– L-ai contactat? mă întrebă Zoë.

– Nu.

– O s-o faci?

– Nu știu, Zoë.

Am început să plâng, în tăcere.

– Oh, mamă, te rog, oftă ea.

Mi-am șters lacrimile, furioasă. Mă simțeam ridicol.

– Mamă, el știe că acum locuiești aici. Sunt sigură că știe. Și el te-a căutat pe net. Știe ce faci aici, știe unde locuiești.

Gândul ăsta nu-mi trecuse niciodată prin minte. William să mă caute *pe mine* pe Google. William să caute adresa *mea*. Oare Zoë avea dreptate? Știa că locuiesc și eu în New York, în Upper West Side? Se gândea vreodată la mine? Ce simțea, mai exact, când o făcea?

– Trebuie să uiți, mamă. Trebuie să lași în urmă trecutul. Sună-l pe Neil, întâlnește-te mai des cu el, dar continuă-ți viața.

M-am întors spre ea, iar vocea mea a răsunat aspră.

– Nu pot, Zoë. Trebuie să știu dacă l-am ajutat prin ceea ce am făcut. Trebuie să știu asta. Cer prea mult? Este un lucru atât de imposibil?

Fetița începu să plângă în camera cealaltă. Îi tulburasem somnul. Zoë se duse s-o aducă și veni înapoi cu surioara ei bucălată, care acum sughița.

Zoë mă mângâie pe păr, pe deasupra capului buclat al copilului.

– Nu cred că o să afli asta vreodată, mamă. Nu cred că el o să fie pregătit vreodată să-ți spună. I-ai schimbat viața. I-ai dat-o peste cap cu totul, nu uita asta. Probabil că nu vrea să te mai vadă niciodată.

I-am luat copilul din brațe și l-am strâns cu putere la piept, bucurându-mă de căldura trupului ei micuț și dolofan. Zoë avea dreptate. Trebuia să întorc o nouă pagină, să-mi văd de viață.

Cum, asta era o altă chestiune.

Îmi umpleam timpul în permanență. Nu aveam nici un minut pentru mine, ocupată fiind cu Zoë, cu sora ei, cu Neil, cu părinții mei, cu nepoții, cu slujba și cu nesfârșitele petreceri la care Charla și soțul ei Barry mă invitau și la care eu mergeam neobosită. În doi ani am cunoscut mai mulți oameni decât o făcusem în întreaga perioadă cât stătusem la Paris, un melanj cosmopolit, pe care îl savuram din plin.

Da, plecasem din Paris pentru totdeauna, dar ori de câte ori mă întorceam fiindcă aveam de lucru acolo sau ca să-mi revăd prietenii ori pe Édouard, întotdeauna ajungeam în Marais, atrasă de fiecare dată ca un magnet, de parcă pașii mei nu se puteau stăpâni să nu mă ducă acolo. Rue des Rosiers, rue du Roi de Sicile, rue des Écouffes, rue de Saintonge, rue de Bretagne – le vedeam acum cu alți ochi, ochi care își aminteau ce se întâmplase acolo în 1942, chiar dacă totul se petrecuse cu mult timp înainte ca eu să mă nasc.

Mă întrebam cine locuia acum în apartamentul din rue de Saintonge, cine stătea la fereastra care dădea spre curtea umbrită, cine își trecea palma peste polița de marmură a șemineului. Mă întrebam dacă noii chiriași știau ceva despre băiețelul care murise în acel apartament și despre faptul că viața unei fetițe se schimbase în acea zi o dată pentru totdeauna.

Și în visele mele, mă întorceam în Marais. În visele mele, uneori, ororile trecutului, pe care nu le trăisem în realitate, îmi apăreau cu o asemenea claritate încât trebuia să aprind lumina ca să alung coșmarul.

În timpul acelor nopți albe, goale, când stăteam întinsă în pat, istovită de conversații sociale, cu gura uscată după un pahar de vin pe care nu ar fi trebuit să-l mai beau, acea veche durere revenea să mă bântuie.

Ochii lui. Fața lui când îi citisem cu glas tare scrisoarea lui Sarah. Toate amănuntele acestea îmi reveneau în minte și îmi alungau somnul, săpând, parcă, în mine.

Vocea lui Zoë mă trase înapoi în Central Park, la ziua frumoasă de primăvară și la mâna lui Neil pe coapsa mea.

– Mamă, monstrulețul ăsta vrea înghețată pe băț.

– Nici vorbă, am replicat. Nici o înghețată.

Fetița se aruncă pe burtă în iarbă și începu să urle.

– E o figură, nu? zise Neil, cu un aer gânditor.

Luna ianuarie 2005 m-a adus din nou, iarăși și iarăși, la Sarah și la William. Cea de-a șaizecea comemorare a eliberării de la Auschwitz reprezentase știrea de primă pagină în ziarele din întreaga lume. Mi se părea că niciodată până acum cuvântul „holocaust“ nu fusese pronunțat atât de des.

Și, de câte ori îl auzeam, gândurile îmi zburau cu durere la el, la ea. Și mă întrebam, în timp ce priveam la televizor ceremonia desfășurată la memorialul de la Auschwitz, dacă William se gândea și el la mine când auzea acest cuvânt, când vedea monstruoasele imagini alb-negru din trecut clipind pe ecran, trupurile scheletice, lipsite de viață, puse grămadă unul peste altul, crematoriile, cenușa, oroarea tuturor celor întâmplate.

Familia lui murise în acel loc oribil. Părinții mamei lui. Cum ar putea să nu se gândească, am cugetat. Cu Zoë și Charla alături, priveam cum fulgii de nea cădeau deasupra fostului lagăr, a sârmei ghimpate, a turnului de veghe pătrat. Mulțimea, vorbitorii, cei care se rugau, lumânările. Soldații ruși și marșul lor specific, săltat.

Și, la final, imaginea de neuitat a înserării, șinele de tren în flăcări, strălucind în întuneric, într-un amestec puternic de durere și de amintire.

Apelul veni într-o după-amiază de mai, când mă aşteptam cel mai puţin.

Eram la birou, luptându-mă cu toanele computerului. Am ridicat receptorul şi „da"-ul rostit mi-a sunat dur chiar şi mie.

– Bună. William Rainsferd la telefon.

M-am îndreptat brusc de spate. Inima îmi bătea năvalnic, dar încercam să rămân calmă.

William Rainsferd.

Nu am zis nimic, uluită, dar mâinile mi s-au încleştat pe receptor.

– Eşti acolo, Julia?

Am înghiţit în sec.

– Da, am nişte probleme cu calculatorul. Ce mai faci, William?

– Bine.

O tăcere scurtă. Dar nu se simţea nici urmă de încordare sau de stânjeneală.

– A trecut ceva vreme, am zis eu, pe un ton neconvingător.

– Da, aşa e.

Altă tăcere.

– Văd că eşti newyorkeză acum, rosti el, în cele din urmă. Te-am căutat.

Aşadar, Zoë avusese dreptate.

– Ce-ai zice să ne vedem?

– Azi? am replicat.

– Dacă ai timp.

M-am gândit la copilul care dormea în camera de alături. De dimineață fusese la creșă, dar puteam s-o iau cu mine, deși nu avea să-i placă prea mult că îi întrerupeam somnul.

– Am.

– Grozav. O să vin eu în zona ta. Ai vreo idee unde ne-am putea întâlni?

– Știi Café Mozart? La colțul West 70th Street și Broadway?

– Știu. Ne vedem acolo în jumătate de oră?

Am închis. Inima îmi bătea atât de tare încât de-abia mai puteam să respir. M-am dus să trezesc copilul, i-am ignorat protestele, am îmbrăcat-o, am desfăcut căruciorul și am plecat.

Când am ajuns, el era deja acolo. La început i-am zărit spatele, umerii puternici şi părul, argintiu şi des, acum fără urme de blond. Citea un ziar, dar s-a răsucit când m-am apropiat, de parcă mi-ar fi simţit privirea. Apoi se ridică în picioare şi urmă un moment amuzant şi stânjenitor când nu am ştiut dacă să ne strângem mâinile sau să ne sărutăm. El a râs, la fel şi eu, şi în cele din urmă m-a îmbrăţişat – o îmbrăţişare ca de urs, prin care mi-a lipit obrazul de clavicula lui şi m-a bătut uşor pe spate, apoi s-a aplecat s-o admire pe fiica mea.

– Ce fetiţă drăguţă, rosti el încet, pe un glas cântat.

Ea îi întinse, cu un aer solemn, girafa de cauciuc favorită.

– Şi cum te cheamă? o întrebă el.

– Lucy, sâsâi ea.

– Ăsta e numele girafei..., am început, dar William deja începuse să se joace cu girafa, făcând-o să scoată sunete ascuţite, care îmi acopereau vocea şi o făceau pe fetiţă să chiuie de bucurie.

Am găsit o masă şi ne-am aşezat, cu copilul în cărucior. El aruncă o privire pe meniu.

– Ai luat vreodată prăjitură cu brânză Amadeus? mă întrebă, ridicând din sprânceană.

– Da, am răspuns, este de-a dreptul diabolică.

El rânji.

– Hei, arăţi fabulos, Julia. New Yorkul îţi prieşte, fără îndoială.

Am roșit ca o adolescentă. Mi-o și imaginam pe Zoë privind scena și dându-și ochii peste cap.

Atunci îi sună mobilul. El răspunse și mi-am dat seama după expresia lui că era o femeie. M-am întrebat cine să fie. Soția lui? Una dintre fiice? Conversația se prelungea. El părea jenat. M-am aplecat spre copil, jucându-mă cu girafa.

– Scuză-mă, îmi zise el și puse deoparte telefonul. Era prietena mea.

– Oh.

Trebuie să fi părut nedumerită, căci el izbucni în râs.

– Acum sunt divorțat, Julia.

Se uită la mine și chipul lui căpătă o expresie serioasă.

– Știi, după ce mi-ai spus povestea, totul s-a schimbat.

În sfârșit. În sfârșit îmi spunea ce voiam să știu. Mi-era teamă că, dacă mai scoteam o vorbă, o să se oprească. Îmi ocupam mâinile cu fiica mea, dându-i sticla cu apă, asigurându-mă că nu o vărsa pe ea, agitându-mă cu șervețelul.

Chelnerița se apropie de masa noastră ca să ne ia comanda. Două prăjituri cu brânză Amadeus, două cafele și o clătită pentru copil.

– Totul s-a dus de râpă, continuă el. A fost un adevărat iad. Un an îngrozitor.

Timp de vreo două minute, nici unul dintre noi nu a mai zis nimic, uitându-ne în jur la mesele ocupate. Cafeneaua era un loc zgomotos, luminos, cu muzică clasică răsunând din boxele ascunse. Copilul gângurea vesel, zâmbind când la mine, când la William și fluturându-și jucăria. Chelnerița ne aduse comanda.

– Acum ești bine? l-am întrebat ezitant.

– Da, replică el rapid. Da, sunt. Mi-a luat un timp să mă obișnuiesc cu această parte nouă a vieții mele. Să înțeleg și să accept trecutul mamei. Să fac față durerii. Încă nu reușesc întotdeauna. Dar mă străduiesc din răsputeri. Am făcut câteva lucruri necesare.

– Cum ar fi? l-am întrebat, dând copilului să mănânce bucățele lipicioase de clătită.

– Mi-am dat seama că nu mai puteam duce povara asta singur. Mă simțeam izolat, distrus. Soția mea nu a putut să înțeleagă prin ce treceam. Iar eu nu am reușit să-i explic, comunicarea dintre noi era inexistentă. Anul trecut le-am luat pe fete cu mine la Auschwitz, înainte de cea de-a șaizecea aniversare a eliberării. Trebuia să le spun ce se întâmplase cu străbunicii lor și nu mi-a fost ușor, dar asta era singura metodă. Să le arăt. A fost o călătorie mișcătoare, plină de lacrimi, dar mi-am regăsit pacea în cele din urmă și am simțit că fiicele mele au înțeles.

Chipul lui era trist, gânditor. Nu am zis nimic, l-am lăsat pe el să vorbească. Am șters-o pe fetiță pe față și i-am mai dat niște apă.

– În ianuarie, am mai făcut ceva. M-am dus înapoi la Paris. În Marais există un nou memorial închinat holocaustului, poate știi asta.

Am dat din cap aprobator. Auzisem despre asta și aveam de gând să mă duc acolo cu ocazia următoarei călătorii la Paris.

– Chirac l-a inaugurat la sfârșitul lui ianuarie. Există un zid plin de nume, chiar la intrare. Un perete uriaș, de gresie, pe care sunt gravate 76 000 de nume. Toți evreii deportați din Franța.

I-am privit degetele cum se plimbă pe marginea ceștii de cafea. Nu puteam să-l privesc direct în față.

– M-am dus acolo să le caut numele. Și le-am găsit. Wlasysaw și Rywka Starzynski. Bunicii mei. Am simțit aceeași pace ca la Auschwitz. Aceeași durere. M-am simțit recunoscător că nu fuseseră uitați, că francezii și-i aminteau și îi onorau în felul ăsta. Erau oameni care plângeau în fața acelui zid, Julia. Bătrâni, tineri, oameni de vârsta mea, care atingeau zidul cu mâinile și plângeau.

Se opri și răsuflă adânc. Eu am rămas cu privirea asupra ceștii, a degetelor lui. Girafa scoase un sunet ascuțit, dar nu am băgat-o de seamă.

– Chirac a ținut un discurs. Nu l-am înțeles, desigur. Mai târziu m-am uitat pe internet și am citit traducerea. A fost un discurs frumos. Îi îndemna pe oameni să-și aducă aminte de responsabilitatea Franței în timpul raziei de la Vel' d'Hiv' și a celor întâmplate după aceea. Chirac a pronunțat aceleași cuvinte pe care mama le scrisese la sfârșitul scrisorii ei. *Zakhor, Al Tichkah.* Amintește-ți. Nu uita niciodată. În ebraică.

Se aplecă și scoase un plic mare, maro, din rucsacul aflat la picioarele lui, și mi-l întinse.

– Astea sunt fotografiile pe care le am cu ea și am vrut să ți le arăt. Mi-am dat brusc seama că nu am știut cine e mama, Julia. Adică, știam cum arată, îi știam chipul, zâmbetul, dar nimic despre viața ei interioară.

Mi-am șters degetele de siropul de arțar ca să mă uit pe poze. Sarah în ziua nunții. Înaltă, zveltă, zâmbetul ei mic, ochii ei tainici. Sarah, cu William, bebeluș, în brațe. Sarah, cu el copilaș, ținându-l de mână. Sarah, la treizeci de ani, îmbrăcată într-o rochie de bal, verde. Și Sarah, chiar înainte de moarte, într-un prim-plan color, mare. Părul îi încărunțise, am observat. Un cenușiu prematur, dar care, ciudat, i se potrivea. Ca acum, părul lui.

– Îmi amintesc că era tăcută, înaltă, subțire și tăcută, zise William, în timp ce eu mă uitam la fiecare fotografie cu o emoție crescândă. Nu râdea prea mult, dar era o persoană intensă, o mamă iubitoare. Însă nimeni nu a pomenit de sinucidere după moartea ei. Niciodată. Nici măcar tata. Bănuiesc că tata nu a citit niciodată carnețelul. Nimeni nu a făcut-o. Poate că l-a găsit la mult timp după moartea ei. Toți am crezut că a fost un accident. Nimeni nu a știut cine a fost mama, Julia. Nici măcar eu. Și asta mi se pare încă atât de greu de suportat. Ce a dus-o la moarte, în acea zi rece și înzăpezită. Cum a luat hotărârea. De ce nu am știut niciodată nimic despre trecutul ei. De ce a preferat să nu-i spună tatălui meu. De ce a ținut toată suferința, toată durerea pentru sine.

– Sunt niște poze frumoase, am zis, în cele din urmă. Mulțumesc că le-ai adus.

Am făcut o pauză.

– Trebuie să te întreb ceva, am reluat, punând pozele deoparte și adunându-mi într-un sfârșit curajul să-l privesc.

– Dă-i drumul.

– Nu îmi porți resentimente? am întrebat, cu un zâmbet slab. Simt că ți-am distrus viața.

El zâmbi amar.

– Nu am resentimente, Julia. Pur și simplu a trebuit să mă gândesc. Să înțeleg. Să pun toate piesele la loc. Mi-a luat o vreme. De aceea nu ai mai auzit de mine în tot acest timp.

M-am simțit cuprinsă de un val de ușurare.

– Dar am știut tot timpul unde ești, zâmbi el. Am petrecut ceva timp urmărindu-te.

„Mamă, el știe că acum locuiești aici. Și el te-a căutat pe net. Știe ce faci aici, știe unde locuiești."

– Când te-ai mutat mai exact la New York? mă întrebă.

– La scurt timp după ce s-a născut copilul. În primăvara lui 2003.

– De ce ai plecat din Paris? Dacă nu te deranjează să-mi spui...

I-am aruncat un zâmbet trist.

– Căsnicia mea se destrămase. Tocmai născusem copilul. Nu puteam să locuiesc în apartamentul din rue de Saintonge după tot ce se întâmplase acolo. Am simțit nevoia să mă mut înapoi în State.

– Și cum ai făcut-o?

– O vreme am stat la sora mea, în Upper East Side, apoi ea mi-a găsit un apartament de subînchiriat de la una dintre prietenele ei. Iar fostul meu șef mi-a găsit o slujbă grozavă. Dar tu?

– Aceeași poveste. Viața în Lucca nu mai părea posibilă. Iar eu și soția mea...

Vocea i se frânse. Făcu un gest din degete ca și cum ar fi zis la revedere.

– Am locuit aici în copilărie, înainte de Roxbury. Și ideea îmi trecea prin minte, de o vreme. Așa că, în cele din urmă, m-am hotărât. La început am stat la unul dintre prietenii mei vechi, în Brooklyn, apoi am găsit un loc în Village. Aici am aceeași slujbă. Critic culinar.

Telefonul lui William sună din nou. Iarăși prietena. M-am întors, încercând să-i ofer intimitatea de care avea nevoie. În cele din urmă, termină convorbirea.

– E cam posesivă, explică el, oarecum rușinat. Cred că o să-l închid.

Umblă la tastele telefonului.

– De cât timp sunteți împreună?

– De vreo două luni.

Mă privi atent.

– Dar tu? Ai pe cineva?

– Da.

M-am gândit la zâmbetul politicos, amabil al lui Neil. La gesturile lui grijulii. La sexul de rutină. Aproape că am adăugat că nu era ceva important, că era vorba numai de companie, căci nu suportam să fiu singură și că în fiecare noapte mă gândeam la el, la William, și la mama lui, în fiecare noapte din ultimii doi ani și jumătate, dar m-am abținut. Am zis numai:

– E drăguț. Divorțat. Avocat.

William mai comandă cafea. În timp ce îmi turna în ceașcă, am remarcat încă o dată mâinile lui frumoase, degetele lungi, subțiri.

– La vreo șase luni după întâlnirea noastră, zise el, m-am întors în rue de Saintonge. Trebuia să te văd. Să-ți vorbesc. Nu știam cum să dau de tine, nu aveam nici un număr de telefon și nu reușeam să-mi amintesc numele soțului tău, așa că nu puteam nici măcar să te caut în cartea de telefon. Am crezut că locuiai acolo. Nu știam că te mutaseși.

Făcu o pauză și își trecu degetele prin părul des, argintiu.

– Am citit totul despre razia de la Vel' d'Hiv', am fost la Beaune-la-Rolande și pe strada unde fusese stadionul. Am fost să-i văd pe Gaspard și pe Nicolas Dufaure. M-au dus la mormântul unchiului meu, în cimitirul din Orléans. Niște oameni atât de amabili. Dar a fost dificil să fac toate astea. Și mi-aș fi dorit să fii acolo cu mine; nu ar fi trebuit să trec prin toate astea singur, ar fi trebuit să accept când mi-ai propus să mă însoțești.

– Poate că ar fi trebuit să insist, am zis.

– Ar fi trebuit să te ascult. A fost prea mult de îndurat de unul singur. Și apoi, când am revenit în cele din urmă în rue de Saintonge și oamenii aceia necunoscuți mi-au deschis ușa, am simțit că m-ai abandonat.

Își coborî privirea. Eu mi-am așezat ceașca pe farfurioară, simțind cum mă străbate un val de resentimente. Cum putea, mi-am zis, după tot ce am făcut pentru el, după tot acest timp, efort, durere, pustiu.

El trebuie să fi descifrat ceva în expresia mea fiindcă își puse rapid o mână pe mâneca mea.

– Îmi pare rău că am zis asta, murmură el.

– Nu te-am abandonat niciodată, William.

Vocea mea părea încordată.

– Știu, Julia, îmi pare rău.

Glasul lui era profund, vibrant.

M-am relaxat și am reușit să zâmbesc. Am sorbit cafeaua în tăcere. Uneori, genunchii ni se atingeau pe sub masă, dar părea firesc să fiu cu el. De parcă făceam asta de ani întregi. De parcă nu era doar a treia oară în viață când ne vedeam.

– Fostul tău soț este de acord să locuiești aici cu copiii? mă întrebă.

Am ridicat din umeri. M-am uitat la copilul care adormise în cărucior.

– Nu a fost ușor. Dar s-a îndrăgostit de altcineva. Și dura de ceva vreme. Asta a fost de ajutor. Totuși nu le vede prea des pe fete. Vine pe aici din când în când, și Zoë își petrece vacanțele în Franța.

– Același lucru e valabil cu fosta mea soție. Acum are un copil mic. Un băiețel. Merg la Lucca să-mi văd fetele cât de des pot. Sau vin ele aici, dar mai rar. Acum sunt destul de mari.

– Câți ani au?

– Stefania are douăzeci și unu, iar Giustina, nouăsprezece.

Am fluierat.

– Dar știu că le-ai avut devreme.

– Poate prea devreme.

– Știu și eu..., am zis. Uneori mă simt ciudat cu copilul. Îmi doresc s-o fi avut mai repede. E o diferență atât de mare între ea și Zoë.

– E un copilaș dulce, spuse el și luă o înghițitură mare de prăjitură.

– Da, e. Lumina ochilor mamei ei grijulii.

Am chicotit amândoi.

– Nu-ți pare rău că nu ai avut un băiat? mă întrebă.

– Nu. Ție?

– Nu. Le iubesc pe fete. Poate că totuși o să aibă băieți. O cheamă Lucy, deci?

I-am aruncat o privire. Apoi m-am uitat la fetiță.

– Nu, așa se numește girafa, am răspuns.

Urmă o pauză scurtă.

– O cheamă Sarah, am rostit încet.

William se opri din mestecat și puse furculița jos. Privirea i se schimbă. Mă privi, după aceea se uită la copilul adormit, însă nu spuse nimic.

Apoi își îngropă fața în palme și rămase așa minute întregi. Nu știam ce să fac. L-am atins pe umăr.

Tăcere.

M-am simţit din nou vinovată, de parcă făcusem ceva de neiertat. Dar ştiusem tot timpul că acest copil se va numi Sarah. De îndată ce aflasem că era fetiță, din clipa în care se născuse, îi știusem numele. Nu exista alt nume pentru fetița mea. Era Sarah. Sarah a mea. Un ecou al celeilalte, cealaltă Sarah, fetița cu steaua galbenă care îmi schimbase viața.

În cele din urmă, William își luă mâinile de pe față și i-am văzut chipul îndurerat, frumos. Tristețea profundă, emoția din priviri. Nu îi era teamă să mă lase să le văd. Nu se strădui să-și ascundă lacrimile. Mi se părea că vrea să văd tot, frumusețea și durerea din viața lui, voia să-i văd recunoştinţa, mulţumirile, durerea.

I-am luat mâna şi am strâns-o cu putere. Nu suportam să-l mai privesc, aşa că am închis ochii şi mi-am pus obrazul în palma lui. Am plâns împreună cu el. I-am simţit degetele udându-se de lacrimile mele, dar nu i-am dat drumul la mână.

Am rămas acolo multă vreme, până când mulţimea din jurul nostru s-a micşorat, până când soarele şi-a schimbat poziţia şi lumina s-a schimbat. Până când ochii noştri s-au putut întâlni, fără lacrimi.

Mulțumesc:
Nicolas, Louis și Charlotte
Andrea Stuart, Hugh Thomas, Peter Viertel

Mulțumesc, de asemenea:
Valérie Bertoni, Charla Carter-Halabi, Valérie Colin-Simard, Holly Dando, Cécile David-Weill, Pascale Frey, Violaine et Paul Gradvohl, Julia Harris-Voss, Sarah Hirsch, Jean de la Hosseraye, Tara Kaufman, Laetitia Lachman, Hélène Le Beau, Agnès Michaux, Emma Parry, Laure du Pavillon, Jan Pfeiffer, Catherine Rambaud, Pascaline Ryan-Schreiber, Susanna Salk, Ariel et Karine Toledano

În final, dar cu siguranță nu în cele din urmă:
Heloïse d'Ormesson și Gilles Cohen-Solal

T. de R.
Lucca, Italia, iulie 2002 – Paris, Franța, mai 2006

Bibliografie

- *Le Mémorial des enfants juifs de France,* Serge Klarsfeld, Fayard
- *Vichy-Auschwitz,* Serge Klarsfeld, Fayard
- Le Calendrier de la persécution des Juifs de France, Serge Klarsfeld, Fayard
- *Je veux revoir maman,* Alain Vincenot, Éditions des Syrtes
- *Paris, 1942, Chroniques d'un survivant,* Maurice Rajfus, Éditions Noesis
- *La Rafle du Vel' d'Hiv',* Maurice Rajfus, Que sais-je? Presses Universitaires de France
- *Journal d'un petit Parisien, 1941–1945,* Dominique Jamet, Éditions J'ai Lu
- *Les Juifs pendant l'Occupation,* André Kaspi, Points/Seuil
- *Paroles d'Étoiles, Mémoire d'enfants cachés, 1939–1945,* Librio
- *La Petite Fille du Vel' d'Hiv',* Annette Muller, Denoël
- *Les Guichets du Louvre,* Roger Boussinot, Gaia Éditions
- *Voyage à Pitchipoi,* Jean-Claude Moscovici, École des Loisirs
- *Lettres de Drancy, un été 42,* Éditions Taillandier
- *Sans oublier les enfants (Les camps de Pithiviers et Beaune-la-Rolande),* Eric Conan, Livre de Poche
- *Beaune-la-Rolande,* Cécile Wajsbrot, Éditions Zulma
- *Opération Vent Printanier, La rafle du Vel' d'Hiv',* Blanche Finger, William Karel, Éditions La Découverte
- *La rafle du Vel' d'Hiv',* Le cinéma de l'Histoire, cassette vidéo, Passeport Productions/Éditions Montparnasse/la Marche du Siècle

- *La Grande Rafle du Vel' d'Hiv'*, Claude Lévy et Paul Tillard, Éditions Robert Laffont
- *Les Juifs en France pendant la Seconde Guerre Mondiale,* Renée Poznanski, Hachette Littératures
- *Les convois de la honte,* Raphaël Delpard, Éditions Michel Lafon
- *Nous n'irons pas à Pitchipoi,* Janet Thorpe, Éditions de Fallois
- *J'ai pas pleuré,* Ida Grinspan, Éditions Robert Laffont
- *Les français sous l'Occupation,* Pierre Vaillaud, Éditions Pygmalion/ France Loisirs
- *Carnets de Mémoire,* Michèle Rotman, Éditions Ramsay
- *Convoi Numéro 6,* Éditions le Cherche-Midi

Blue MOON este noua colecție pe care Editura Litera o dedică cititoarelor sale, care include cele mai frumoase povești de dragoste ale literaturii contemporane, cele mai apreciate titluri ale momentului, romane aflate în topurile internaționale, premiate, ecranizate sau în curs de ecranizare, traduse în zeci de limbi, cărți ale unor autoare care s-au bucurat de succes în ultimii ani, dar și volume noi ale unor scriitoare consacrate.

În colecția Blue MOON au apărut:

Jojo Moyes, *Ultima scrisoare de dragoste*

Danielle Steel, *Învingătorii*

Elin Hilderbrand, *Zvonul*

Jacqueline Susann, *Valea păpușilor*

Tatiana de Rosnay, *Se numea Sarah*

Jojo Moyes, *Înainte să te cunosc*

Nora Roberts, *Obsesia*

Danielle Steel, *Daruri de preț*

Danielle Steel, *Sub acoperire*

Kristin Hannah, *Privighetoarea*

Jojo Moyes, *După ce te-am pierdut*

Danielle Steel, *O viață perfectă*

Danielle Steel, *Jocuri de putere*

Dandelion

10 €

GW01606450

El paciente inglés

Michael Ondaatje

El paciente inglés

Traducción de
Carlos Manzano

Círculo de Lectores

En memoria de
Skip y Mary Dickinson.

Para Quintin y Griffin.

Y para Louise Dennys,
con mi agradecimiento.

«La mayoría de ustedes recordarán –estoy seguro– las trágicas circunstancias de la muerte de Geoffrey Clifton en Gilf Kebir, a la que siguió, en 1939, la desaparición de su esposa, Katharine Clifton, durante la expedición por el desierto en busca de Zerzura.

»No puedo por menos de comenzar la reunión de esta noche expresando mi condolencia por aquellos trágicos sucesos.

»La conferencia de esta noche...»

(Acta de la reunión celebrada en noviembre de 194... por la Sociedad Geográfica de Londres.)

I. LA VILLA

Se puso de pie en el jardín en el que había estado trabajando y miró a lo lejos. Había notado un cambio en el tiempo. Se había vuelto a levantar viento, voluta sonora en el aire, y los altos cipreses oscilaban. Se volvió y subió la cuesta hacia la casa, trepó una pared baja y sintió las primeras gotas de lluvia en sus desnudos brazos. Cruzó el pórtico y entró rápida en la casa.

No se detuvo en la cocina, sino que la cruzó y subió la escalera, a obscuras, y después continuó por el largo pasillo, a cuyo final se proyectaba la luz que pasaba por una puerta abierta.

Giró y entró en la habitación, otro jardín, de árboles y parras esta vez, pintado en sus paredes y techo. El hombre yacía en la cama con el cuerpo expuesto a la brisa y, al oírla entrar, volvió ligeramente la cabeza hacia ella.

Cada cuatro días le lavaba su negro cuerpo, comenzando por los destrozados pies. Mojaba una manopla y, manteniéndola en el aire, la estrujaba para que el agua le cayera en los tobillos. Al oírlo murmurar, alzó la vista y vio su sonrisa. Por encima de las espinillas, las quemaduras eran más graves, más que violáceas, hasta el hueso.

Llevaba meses cuidándolo y conocía el cuerpo bien: el pene, dormido como un hipocampo; las caderas, estrechas y duras. Los huesos de Cristo, pensó. Era su santo desesperado. Yacía boca arriba, sin almohadón, mirando el follaje pintado en el techo, su baldaquín de ramas y, encima, cielo azul.

Le puso tiras de calamina en el pecho, en los puntos en que estaba menos quemado, en que podía tocarlo. Le gustaba la cavidad bajo la última vértebra, su farallón de piel. Al llegar a los hombros, le soplaba aire fresco en el cuello y él murmuraba algo.

¿Qué?, preguntó ella, tras perder la concentración.

Cuando él giró su obscura cara de ojos grises hacia ella, se metió la mano en el bolsillo. Peló la ciruela con los dientes, sacó el hueso y le introdujo la pulpa en la boca.

Él volvió a murmurar y atrajo el atento corazón de la joven enfermera, que estaba a su lado, hasta sus pensamientos, hasta el pozo de recuerdos en el que no había cesado de sumergirse durante los meses anteriores a su muerte.

El hombre recitaba con voz queda historias que pasaban de un plano a otro del cuarto como un halcón. Se despertaba en el cenador pintado que lo envolvía con su profusión de flores inclinadas, brazos de grandes árboles. Recordaba giras, recordaba a una mujer que besaba partes de su cuerpo ahora quemadas y de color berenjena.

He pasado semanas en el desierto sin acordarme de mirar la luna, como un hombre casado puede pasar días sin mirar la cara de su esposa. No es que peque por omisión, sino que está absorto en otra cosa.

Sus ojos se clavaron en el rostro de la joven. Si ésta apartaba la cabeza, la mirada de él se proyectaba ante ella en la pared. La joven se inclinó. ¿Cómo te quemaste?

Estaba avanzada la tarde. Sus manos jugaban con la sábana, la acariciaban con el dorso de los dedos.

Caí en el desierto, envuelto en llamas.

Encontraron mi cuerpo, me hicieron una balsa con ramitas y me arrastraron por el desierto. Estábamos en el mar de Arena y de vez en cuando cruzábamos lechos de ríos secos. Nómadas, verdad, beduinos. Caí al suelo y la propia arena ardió. Me vieron salir desnudo del aparato, con el casco puesto y en llamas. Me ataron a un soporte, una armadura como de barca, y oía los pesados pasos de los que me llevaban corriendo. Había perturbado la parsimonia del desierto.

Los beduinos conocían el fuego. Conocían los aviones que desde 1939 caían del cielo. Algunos de sus utensilios y herramientas estaban hechos con el metal de aviones estrellados y tanques despedazados. Era la época de la guerra en el cielo. Sabían reconocer el zumbido de un avión tocado, sabían abrirse paso entre semejantes restos de naufragio. Un pequeño perno de cabina se convertía en una joya. Tal vez fuera yo el primero que salió vivo de un aparato en llamas. Un hombre con la cabeza ardiendo. No sabían cómo me llamaba y yo no conocía su tribu.

¿Quién eres?

No lo sé. No dejas de preguntármelo.

Dijiste que eras inglés.

Por la noche nunca estaba lo bastante cansado para dormir. Ella le leía pasajes de cualquier libro que encontrara en la biblioteca del piso inferior. La vela parpadeaba en la página y en el rostro de la joven enfermera y apenas dejaba ver los árboles y el panorama que decoraba las paredes. Él la escuchaba y absorbía sus palabras, como si fueran agua.

Si hacía frío, se metía con cuidado en la cama y se tumbaba a su lado. No podía descansar peso alguno sobre él, ni siquiera su fina muñeca, sin hacerle daño.

A veces, a las dos de la madrugada, aún estaba despierto y mantenía los ojos abiertos en la obscuridad.

Había olido el oasis antes de verlo: la humedad en el aire. Los murmurios de cosas: las palmeras y las bridas. Los ruidos de latas cuya intensidad revelaba que iban llenas de agua.

Vertieron aceite en grandes trozos de tela suave y se los colocaron encima. Estaba ungido.

Sentía la presencia del hombre que permanecía siempre junto a él y en silencio, el olor de su aliento, cuando, cada veinticuatro horas, se inclinaba, a la caída de la noche, para quitarle las telas y examinar su piel en la obscuridad.

Sin las telas, volvía a ser el hombre desnudo junto al aeroplano en llamas. Lo cubrían con capas de fieltro gris. ¿A qué gran nación pertenecerían quienes lo habían encontrado? ¿Qué país era el que había dado con dátiles tan blandos para que el hombre que tenía a su lado los mascase y después los pasara de su boca a la suya? Durante el tiempo que vivió con ellos no consiguió recordar de dónde era. Igual podría haber sido el enemigo contra el que había estado combatiendo desde el aire.

Más adelante, en el hospital de Pisa, le pareció ver junto a él el rostro que había acudido todas las noches a mascar y ablandar los dátiles e introducírselos en la boca.

Aquellas noches carecían de color, de palabras o canciones. Cuando permanecía despierto, los beduinos guardaban silencio. Estaba en un altar en forma de hamaca y con vanidad se imaginaba a centenares de ellos en torno a él, pero podían haber sido sólo dos los que lo habían encontrado y le habían quitado de la cabeza el casco con llamas en forma de astas. A esos dos sólo los conocía por el sabor de la saliva que acompañaba el dátil o por el sonido de sus pies al correr.

Ella se sentaba y leía del libro bajo la luz parpadeante. De vez en cuando echaba un vistazo al pasillo de la villa, que había sido un hospital de guerra y en la que había vivido con otras enfermeras hasta que se habían ido trasladando todas, al avanzar la guerra, ya casi acabada, hacia el norte.

Fue la época de su vida en que se volcó en los libros como única vía de salvación. Pasaron a ser media vida para ella. Se sentaba, encorvada, ante la mesilla de noche y leía la historia del muchacho que en la India aprendió a memorizar diversas joyas y otros objetos de una bandeja, que pasó de un maestro a otro: unos le enseñaron el dialecto, otros a ejercitar la memoria, otros a evitar la hipnosis.

El libro descansaba sobre su regazo. Se dio cuenta de que llevaba más de cinco minutos mirando la porosidad del papel, el pliegue en la esquina de la página 17, que alguien había dejado como marca. Acarició la piel de la encuadernación. Una idea corrió por su cabeza como un ratón por el techo, una polilla en la ventana de noche. Miró el pasillo, aunque en la Villa San Girolamo ya no vivía nadie, excepto el paciente inglés y ella. En el huerto, situado más arriba de la casa y cubierto de cráteres, tenía plantadas suficientes hortalizas para que pudiesen sobrevivir y de vez en cuando acudía desde la ciudad un hombre con el que intercambiaba jabón, sábanas y cosas que quedaran en ese hospital de guerra por otros productos de primera necesidad: unas habas, algo de carne. Ese hombre le había llevado dos botellas de vino y todas las noches, después de permanecer tumbada con el inglés hasta que se quedaba dormido, se servía, ceremoniosa, una jarrita y se la llevaba hasta la mesilla de noche, junto a la puerta entornada, y, mientras se sumía otra vez en el libro que estuviera leyendo, saboreaba el vino.

Conque, para el inglés, ya escuchara atento o no, los libros presentaban saltos en la trama, como trozos de carretera arrancados por las tormentas, episodios perdidos como la sección de un tapiz comido por langostas, como el yeso reblandecido por los bombardeos y caído de un mural por la noche.

La villa en que ahora vivían el inglés y ella era algo bastante parecido. Los escombros impedían el paso a algunas habitaciones. El cráter causado por una bomba dejaba pasar la luz de la luna y la lluvia en la biblioteca del piso inferior, en uno de cuyos ángulos había un sillón permanentemente empapado.

No le importaba que el inglés se perdiera esos episodios. No le hacía un resumen de los capítulos que faltaban. Se limitaba a sacar el libro y decir «página 96» o «página 111». Ésa era la única referencia. Se llevaba las manos del inglés a la cara y las olía: seguían impregnadas del olor a enfermedad.

Se te están volviendo ásperas las manos, decía él.

De las hierbas y los cardos y de cavar.

Ten cuidado. Ya te avisé sobre los peligros.

Ya lo sé.

Entonces se ponía a leer.

Su padre le había enseñado a conocer las manos y también las patas de los perros. Siempre que su padre estaba solo con un perro en una casa, se agachaba y le olía la piel en la base de la pata. ¡Éste, decía, como si procediera de una copa de coñac, es el mejor olor del mundo! ¡Un aroma exquisito! ¡Resonancias profundas de viajes! Ella fingía sentir asco, pero la pata del perro era, en efecto, una maravilla: su olor nunca recordaba a la suciedad. ¡Es una catedral!, había dicho su padre, el jardín de Fulano, ese campo de hierba, un paseo por entre ciclaminos, los indicios concentrados de todos los senderos que el animal ha seguido durante el día.

Una carrerita como de ratón en el techo y volvía a alzar la vista del libro.

Le quitaron la mascarilla de hierbas de la cara. El día del eclipse. Lo estaban esperando. ¿Dónde se encontraría? ¿Qué civilización sería aquélla, que entendía las predicciones del tiempo y la luz? El Ahmar o El Abyadd, porque debían de ser de una de las tribus del desierto noroccidental, de las que podían recoger a un hombre caído del cielo, las que se cubrían la cara con una mascarilla de cañas de oasis trenzadas. Ahora tenía un lecho de hierba. Su jardín favorito del mundo había sido el que formaba el césped en Kew con tan delicados y diversos colores, como los diferentes niveles de fresnos en una colina.

Contempló el paisaje bajo el eclipse. Ya le habían enseñado a alzar los brazos para atraer a su cuerpo la fuerza del universo, como el desierto abatía aviones. Lo transportaban en un palanquín de fieltro y ramas. Veía cruzar por su campo de visión las vetas de color de los flamencos en la penumbra del sol cubierto.

Siempre tenía ungüentos, u obscuridad, sobre la piel. Una noche oyó un sonido como de campanillas agitadas por el viento en el aire y, cuando, al cabo de un rato, cesó, se quedó dormido con el anhelo de oír ese sonido, como el –apagado– de la garganta de un ave, tal vez un flamenco, o de un zorro del desierto que uno de los hombres llevaba en un bolsillo –medio cerrado por una costura– de su albornoz.

El día siguiente, oyó retazos de aquel sonido cristalino, mientras yacía una vez más cubierto con tela, un sonido procedente de la obscuridad. Al atardecer, le quitaron el fieltro y vio la cabeza de un hombre por encima de una mesa que avanzaba hacia él y después comprendió que el hombre cargaba con un yugo gigantesco del que colgaban centenares de botellitas de diferentes tamaños y sujetas con cuerdas y alambres. Se movía como si formara parte de una cortina de cristal, con el cuerpo en el centro de esa esfera.

La figura se parecía enteramente a los dibujos de arcángeles que había intentado copiar en la escuela, sin lograr entender nunca cómo podía un cuerpo dar cabida a los músculos de semejantes alas. El hombre daba lentas zancadas, tan ágiles, que las botellitas apenas se inclinaban. Una ola de cristal, un arcángel, todos los ungüentos de las botellas iban caldeándose al sol, por lo que, cuando tocaban la piel, parecían calentados a propósito para aplicarlos a una herida. Tras él, aparecía una luz tamizada: azules y otros colores que titilaban en la neblina y la arena. El tenue sonido del cristal, los diversos colores, el majestuoso paso y su rostro parecido a un cañón fino y obscuro.

De cerca, el cristal era basto y estaba rayado por la arena, un cristal que había perdido su lustre. Cada botella tenía un corcho diminuto que el hombre sacaba y sostenía con los dientes, mientras mezclaba el contenido de una botella con el de otra, cuyo corcho mantenía también entre los dientes. Se situó con sus alas por encima del quemado cuerpo supino, hundió dos palos profundamente en la arena y después se separó del yugo de dos metros, que ahora se balanceaba entre los dos soportes. Salió de debajo de su tenderete. Se dejó caer de rodillas, se acercó al piloto quemado, le colocó sus frías manos en el cuello y las mantuvo en él.

Era conocido por todos los que hacían la ruta de camellos del Sudán septentrional a Giza, la de los Cuarenta Días. Iba al encuentro de las caravanas, vendía especias y líquidos y se desplazaba entre oasis y campamentos con agua. Caminaba por entre tormentas de arena con aquella cota de botellas y los oídos taponados con otros dos corchitos, por lo que parecía –aquel doctor mercader, aquel rey de óleos, perfumes y panaceas, aquel bautista– un recipiente, a su vez. Entraba en un campamento e instalaba la cortina de botellas ante quien estuviera enfermo.

Se acuclilló junto al hombre quemado. Formó un cáliz de piel con las plantas de sus pies y se echó hacia atrás para coger, sin mirar siquiera, algunas botellas. Al descorcharlas, de cada una de ellas emanaba perfume, un aroma de mar, olor a herrumbre, índigo, tinta, lodo de río, viburno, formaldehído, parafina, éter: caótica marea de aires. A lo lejos se oían los chillidos que lanzaban los camellos al percibir las fragancias.

El hombre empezó a untarle las costillas con una pasta verdinegra. Era hueso molido de pavo real, producto de un trueque en una medina occidental o meridional: el remedio más potente para la piel.

Entre la cocina y la destruida capilla, una puerta daba paso a una biblioteca ovalada. Su interior parecía seguro, excepto un gran agujero, a la altura del rostro, en la pared más lejana, causado por un ataque con proyectiles de mortero que la villa había sufrido dos meses atrás. El resto de la sala se había adaptado a su herida y había aceptado las oscilaciones del clima, las estrellas vespertinas, los sonidos de los pájaros. Había un sofá, un piano tapado con una tela gris y una cabeza de oso disecada y las paredes estaban cubiertas con altas estanterías de libros. Los estantes más próximos a la pared rota estaban combados, porque la lluvia había duplicado el peso de los libros. También entraban rayos en la sala, una y otra vez, que caían sobre el piano tapado y la alfombra.

En el extremo había puertas acristaladas, recubiertas con tablas. Si hubieran estado abiertas, habría podido ir de la biblioteca al pórtico y de éste, tras bajar los treinta y seis peldaños de penitente, pasar por delante de la capilla y llegar a un antiguo prado, ahora devastado por las bombas de fósforo y las explosiones. El ejército alemán había minado muchas casas de las que se retiraba, por lo que se habían precintado la mayoría de las habitaciones innecesarias, como aquélla, clavando las puertas a sus marcos.

La joven conocía esos peligros cuando se introdujo en la sala y caminó por ella en la penumbra de la tarde. Se detuvo, consciente de pronto de su peso sobre el entarimado, y pensó que probablemente fuese suficiente para activar el mecanismo que pudiera haber en él. Tenía los pies sobre el polvo. Sólo entraba luz por el mellado círculo dejado por el mortero, por el cual se veía el cielo.

Sacó *El último mohicano*, acompañado de un chasquido, como si lo hubiera separado de una pieza compacta, y al ver, aun con tan poca luz, el cielo y el lago de color aguamarina en la ilustración de la portada, con un indio en primer plano, se sintió animada. Y después, como si hubiera alguien en el cuarto a quien no debiese molestar, retrocedió pisando sus propias huellas, para mayor seguridad, pero también como si se lo impusiera un juego secreto, a fin de que pareciese que había entrado en la habitación y después su cuerpo había desaparecido. Cerró la puerta y volvió a colocar el precinto que avisaba del peligro.

Se sentó en el hueco de la ventana del paciente inglés, con las paredes pintadas a un lado y el valle al otro. Abrió el libro. Las páginas estaban pegadas en una ondulación rígida. Se sintió como Crusoe al encontrar un libro arrojado por el mar a la playa y secado al sol. *Relato de 1757*. Ilustrado por N.C. Wyeth. Como en los mejores libros, tenía la importante página con la lista de ilustraciones, cada una de ellas acompañada de una línea de texto.

Se introdujo en la historia sabiendo que saldría de ella con la sensación de haber estado inmersa en las vidas de otros, en tramas que se remontaban hasta veinte años atrás, con todo su cuerpo lleno de frases y momentos, como si se hubiera despertado con una pesantez causada por sueños que no pudiese recordar.

El pueblo italiano en el que se encontraban, encaramado, como un centinela, en una colina desde la que dominaba la ruta nordoccidental, había sufrido asedio por más de un mes y con el fuego centrado en las dos villas y el monasterio, rodeado de manzanos y ciruelos. Una era la Villa Médicis, donde vivían los generales. Justo encima de ella estaba situada la Villa San Girolamo, antiguo convento de monjas, cuyas almenas, semejantes a las de un castillo, la habían convertido en el último baluarte del ejército alemán. Había albergado cien soldados. Cuando los proyectiles incendiarios empezaron a desintegrar el pueblo, como un acorazado en el mar, los soldados se trasladaron de las tiendas instaladas en el huerto a las habitaciones, ahora atestadas, del antiguo convento. Secciones de la capilla volaron por los aires. Partes del piso superior de la villa se desplomaron por efecto de las explosiones. Tras tomar por fin el edificio, los aliados lo convirtieron en hospital y cerraron el paso a la escalera que conducía a la tercera planta, pese a que había sobrevivido un trozo de la chimenea y del techo.

Cuando los otros pacientes y enfermeras se trasladaron a un lugar meridional y más seguro, el inglés y ella se empeñaron en quedarse. Durante ese tiempo habían pasado mucho frío, pues carecían de electricidad. Algunas habitaciones que daban al valle se habían quedado sin paredes. La joven abría una puerta y veía una cama empapada, pegada a un rincón y cubierta de hojas. Las puertas daban al paisaje. Otras habitaciones se habían convertido en pajareras abiertas.

La escalinata había perdido sus peldaños inferiores durante el incendio provocado por los soldados antes de marcharse. Ella había sacado veinte libros de la biblioteca y los había clavado al suelo y después unos a otros para reconstruir los dos peldaños inferiores. La mayoría de las sillas habían servido para hacer fuego. El sillón de la biblioteca se había salvado, porque siempre estaba mojado, empapado con las tormentas nocturnas que entraban en el boquete dejado por el proyectil de mortero. En aquel mes de abril de 1945, todo lo que estaba mojado se libró del fuego.

Habían quedado pocas camas. Ella prefería hacer de nómada por la casa con su jergón o hamaca y dormía ora en el cuarto del paciente inglés ora en el pasillo, según la temperatura, el viento o la luz. Por la mañana enrollaba su colchón y lo ataba con una cuerda. Ahora que el tiempo era más cálido, abría más habitaciones, para airear los rincones más obscuros y dejar que el sol secara la humedad. Algunas noches abría puertas y dormía en cuartos a los que faltaban paredes. Se tumbaba en el jergón al borde mismo del cuarto, de cara al errante paisaje de estrellas y nubes de paso, y se despertaba con el retumbar de rayos y truenos. En aquella época tenía veinte años y era una inconsciente, no se preocupaba por la seguridad, no pensaba en el peligro que podían representar la biblioteca, tal vez minada, o el trueno que la sobresaltaba por la noche. Pasados los meses fríos, en los que se había visto reducida a los obscuros espacios protegidos, no podía estarse quieta. Entraba en habitaciones que los soldados habían ensuciado, cuyos muebles habían quemado en su interior. Limpiaba hojas, excrementos, orina y mesas chamuscadas. Vivía como una vagabunda, mientras el paciente inglés descansaba en su cama como un rey.

Desde fuera, la casa parecía devastada. Una escalera exterior acababa en el aire, con la barandilla colgando. Su vida consistía en proveerse y protegerse como podían. Por la noche usaban sólo las velas indispensables, porque los bandidos destruían todo lo que encontraban. Estaban protegidos por el simple hecho de que la villa parecía una ruina. Pero ella se sentía segura allí, a medias adulta y a medias niña. Después de lo que le había ocurrido durante la guerra, se había trazado sus propias reglas mínimas de conducta. No volvería a acatar órdenes ni cumpliría tareas por el bien general. Iba a ocuparse sólo del paciente quemado. Le leería, lo bañaría y le daría sus dosis de morfina: su única comunicación era con él.

Trabajaba en el jardín y en el huerto. Cargó con el crucifijo de casi dos metros que había en la capilla quemada y lo utilizó para hacer sobre su plantel un espantapájaros, del que colgó latas de sardinas vacías que, cuando se levantaba viento, producían un ruidoso golpeteo. Dentro de la villa, pasaba por encima de los escombros hasta un hueco iluminado con una vela, en el que tenía su ordenadita maleta con poco más que unas cartas, un poco de ropa enrollada y una caja de metal con material médico. Había limpiado sólo pequeños rincones de la villa y, si lo deseaba, podía quemar todo lo demás.

Encendió una cerilla en el pasillo a obscuras y la acercó a la mecha de la vela. La luz se elevó hasta sus hombros. Estaba arrodillada. Apoyó las manos en los muslos e inhaló el olor del azufre. Se imaginaba que inhalaba también la luz.

Retrocedió unos pasos y con un trozo de tiza blanca dibujó un rectángulo en el entarimado. Después siguió hacia atrás, dibujando más rectángulos que iban formando una –pirámide sencillo, después doble, luego sencillo, con la mano izquierda extendida sobre el suelo, la cabeza gacha y expresión seria–. Se alejó cada vez más de la luz. Después volvió a apoyarse en los talones y se acuclilló.

Se guardó la tiza en el bolsillo del vestido. Se puso de pie y, tras recogerse la falda, se la ató en torno a la cintura. Se sacó de otro bolsillo un trozo de metal y lo lanzó delante de ella para que cayera justo detrás del cuadro más alejado.

Saltó hacia adelante, sus piernas golpearon con fuerza el suelo y su sombra serpenteó tras ella hasta el fondo del pasillo. Iba muy rápida y sus zapatillas de tenis se deslizaban por los números que había escrito en cada rectángulo, primero con un pie, luego con los dos, después con uno otra vez, hasta que llegó al último cuadro.

Se agachó, recogió el trozo de metal y permaneció en aquella posición, inmóvil, con la falda aún recogida por encima de los muslos, las manos caídas y jadeando. Cogió aire, sopló y apagó la vela.

Ahora estaba a obscuras. Sólo olor a humo.

Saltó y en el aire giró para caer mirando en sentido contrario, después avanzó saltando con más fuerza por el pasillo a obscuras, siguió cayendo encima de los cuadrados y sus zapatillas de tenis golpearon con estrépito en el obscuro suelo, por lo que el sonido resonó en los extremos más remotos de la desierta villa italiana y se prolongó hacia la luna y el barranco, cicatriz que a medias circundaba el edificio.

A veces, de noche, el hombre quemado oía un tenue temblor en el edificio. Subía el volumen de su audífono y percibía un ruido de golpes que seguía sin poder reconocer ni situar.

Cogió el cuaderno de notas que había sobre la mesita contigua a la cama del hombre quemado. Era el libro que éste llevaba consigo cuando salió de entre las llamas: un ejemplar de la *Historia* de Herodoto, en el que había pegado páginas recortadas de otros libros y había escrito sus propios comentarios, todo ello entremezclado con el texto de Herodoto.

Empezó a leer su diminuta y retorcida caligrafía.

En el sur de Marruecos hay un viento en forma de torbellino, el *aajej*, contra el que los *fellahin* se defienden con cuchillos. Otro es el *africo*, que a veces ha llegado hasta la ciudad de Roma. El *alm*, viento otoñal, procede de Yugoslavia. El *arifi*, también llamado *aref* o *rifi*, abrasa con numerosas lenguas. Ésos son vientos permanentes, que viven en el presente.

Hay otros menos constantes, que cambian de dirección, pueden derribar a un caballo y su jinete y se reorientan en sentido contrario al de las agujas del reloj. El *bist roz* azota el Afganistán durante ciento setenta días... y entierra aldeas enteras. Otro es el caliente y seco *ghibli*, procedente de Túnez, que da vueltas y más vueltas y ataca el sistema nervioso. El *haboob* es una repentina tormenta de polvo procedente del Sudán que se adorna con brillantes cortinas doradas de mil metros de altura y va seguida de lluvia. El *harmattan* sopla y después se pierde en el Atlántico. *Imbat* es una brisa marina del África septentrional. Algunos vientos se limitan a suspirar hacia el cielo. Hay tormentas nocturnas de polvo que llegan con el frío. El *jamsin*, bautizado con la palabra árabe que significa «cincuenta», porque sopla durante cincuenta días, es un polvo que se levanta en Egipto de marzo a mayo: la novena plaga de Egipto. El *datoo* procede de Gibraltar y va acompañado de fragancias.

Otro es el ———, viento secreto del desierto, cuyo nombre suprimió un rey después de que su hijo muriera arrastrado por él. El *nafhat* es una ráfaga procedente de Arabia. El *mezzarifoullousen*, violento y frío, procede del sudoeste; los bereberes lo llaman «el que despluma las aves de corral». El *beshabar* –«viento negro»– es otro viento sombrío y seco procedente del nordeste, del Cáucaso. El *samiel* –«veneno y viento»– procede de Turquía y se aprovecha a menudo en las batallas. Tampoco hay que olvidar los otros «vientos envenenados»: el *simoom*, del norte de África, y el *solano*, cuyo polvo arranca pétalos preciosos y causa vahídos.

Otros son vientos locales, vientos que pasan a ras del suelo como una inundación, descascarillan la pintura, derriban postes de teléfono y transportan piedras y cabezas de estatuas. El *harmattan* recorre el Sahara con polvo rojo, polvo como fuego, como harina, que entra y se coagula en los cerrojos de los fusiles. Los marineros llamaron a ese viento el «mar de las tinieblas». Brumas de arena roja procedentes del Sahara han llegado hasta lugares tan lejanos como Cornualles y Devon y han producido lluvias de lodo tan intensas, que se han confundido con sangre. «En 1901 se habló de lluvias de sangre en muchos lugares de Portugal y España.»

En el aire hay siempre millones de toneladas de polvo, como también hay millones de metros cúbicos de aire en la Tierra y más seres vivos dentro del suelo (gusanos, escarabajos, criaturas subterráneas) que pastando y viviendo sobre él. Herodoto registra la muerte de diversos ejércitos envueltos en el *simoom*, a los que no se volvió a ver. Una nación «se enfureció tanto con ese perverso viento, que le declaró la guerra y avanzó en perfecto orden de batalla para resultar rápida y completamente sepultada».

Las tormentas de polvo revisten tres formas: el remolino, la columna y la cortina. En el primero desaparece el horizonte. En la segunda te ves rodeado de «djinns danzantes». La tercera, la cortina, «aparece teñida de cobre: la naturaleza parece arder».

Levantó la vista del libro y vio que el hombre, con los ojos clavados en ella, empezaba a hablar en la penumbra.

Los beduinos tenían una razón para mantenerme con vida. Yo, verdad, era útil. Cuando mi avión se estrelló en el desierto, uno de ellos supuso que yo poseía dotes particulares. Puedo reconocer una ciudad sin nombre por su croquis en un plano. Siempre he sido un pozo de conocimientos. Soy una persona que, si se queda sola en la casa de alguien, se acerca a la librería, saca un volumen y lo absorbe. Así entra la Historia en nosotros. Conocía mapas del fondo del mar, mapas que representan los puntos débiles de la corteza terrestre, mapas pintados en piel con las diversas rutas de las Cruzadas.

Conque conocía su país antes de estrellarme entre ellos, sabía cuándo lo había cruzado Alejandro en el pasado por tal o cual motivo o interés. Conocía las costumbres de los nómadas obsesionados con la seda o los pozos. Una tribu tiñó el suelo de todo un valle, lo ennegreció para aumentar la convección y, por tanto, la posibilidad de precipitaciones y construyó altas estructuras desde las que perforar el vientre de una nube. Los miembros de algunas tribus, cuando comenzaba a levantarse viento, alzaban la palma abierta y creían que, si lo hacían en el momento oportuno, podían desviar una tormenta hacia una esfera adyacente del desierto, hacia otra tribu rival. Había desapariciones continuas, tribus que entraban en la Historia de repente al ahogarse en la arena.

En el desierto es fácil perder el sentido de la orientación. Cuando me precipité desde el aire en el desierto, en aquellas depresiones doradas, no cesaba de pensar: debo construir una balsa... debo construir una balsa.

Y, pese a estar rodeado de arenas secas, sabía que estaba entre gente de mar.

En Tassili he visto pinturas rupestres de una época en que los habitantes del Sahara cazaban hipopótamos desde barcas hechas con cañas. En Wadi Sura vi grutas cuyas paredes estaban cubiertas con pinturas que representaban a nadadores. Allí había habido un lago. Podía dibujarles su forma en una pared. Podía guiarlos hasta su ribera, seis mil años atrás.

Si preguntas a un marinero cuál es la más antigua vela conocida, te describirá una trapezoidal colgada del mástil de un barco hecho de caña que puede verse en los dibujos rupestres de Nubia: predinástica. Aún se encuentran arpones en el desierto. Eran gente de mar. Todavía hoy las caravanas parecen un río. Aun así, hoy lo extraño allí es el agua. El agua es la exiliada, que regresa transportada en latas y frascos, el fantasma entre tus manos y tu boca.

Cuando estaba perdido entre ellos, sin saber dónde me encontraba, lo único que necesitaba era el nombre de una pequeña loma, una costumbre local, una célula de aquel animal histórico, y el mapa del mundo volvía a encajar en su sitio.

¿Qué sabíamos la mayoría de nosotros de aquellas partes de África? Los ejércitos del Nilo avanzaban y retrocedían en el desierto por un campo de batalla de mil doscientos kilómetros de profundidad. Tanques ligeros, bombarderos Blenheim de mediano alcance, cazas biplanos Gladiator, ocho mil hombres. Pero, ¿quién era el enemigo? ¿Quiénes eran los aliados de aquel país: las fértiles tierras de la Cirenaica, las marismas saladas de El Agheila? Toda Europa guerreaba en el África septentrional, en Sidi Rezegh, en Baguoh.

Durante cinco días viajó a obscuras, cubierto con una capota, en una rastra detrás de los beduinos. Iba envuelto en aquella tela empapada en aceite. Después la temperatura bajó de repente. Habían llegado al valle encajonado entre las altas paredes rojas del cañón y se habían reunido con el resto de la tribu del desierto que se desparramaba deslizándose por la arena y las piedras con sus azules túnicas, que oscilaban en el aire como leche pulverizada o como un ala. Le desprendieron la suave tela, pegada al cuerpo. Estaba dentro del útero mayor del cañón. Los buitres, encaramados en el aire por encima de ellos, se abatían, como desde hacía mil años, hasta la grieta de piedra en que habían acampado.

Por la mañana, lo llevaron hasta el extremo del *siq*. Hablaban en voz alta en torno a él. De repente se aclaraba el dialecto. Querían que viera los fusiles enterrados.

Lo llevaron hacia algo, con su vendada cara mirando al frente, y le estiraron la mano un metro más o menos. Después de días de viaje, lo hicieron avanzar aquel único metro, inclinarse y tocar algo para algún fin, sin que le soltaran el brazo y con la palma extendida y hacia abajo. Tocó el cañón del Sten y la mano que guiaba la suya la soltó. Una pausa entre las voces. Querían que les descifrara los fusiles.

«Fusil ametrallador Breda de 12 milímetros: italiano.»

Tiró del cerrojo, insertó el dedo y no encontró bala alguna, lo cerró y apretó el gatillo. *Puht.* «Un fusil excelente», murmuró. Volvieron a inclinarlo hacia adelante.

«Fusil ametrallador ligero Châttelerault de 7,5 milímetros: francés, 1924.

»MG 15 de 7,9 milímetros: del Ejército del Aire alemán.»

Lo colocaron delante de cada uno de los fusiles. Las armas parecían ser de diferentes períodos y de muchos países: un museo en el desierto. Pasaba la mano por la caja y la recámara o tocaba con los dedos la mira. Decía el nombre del fusil y después lo llevaban ante otro. Ocho le presentaron ceremoniosamente. Decía los nombres en voz alta, en francés y después en la propia lengua de la tribu. Pero, ¿para qué les interesaba? Tal vez lo importante para ellos no fuera el nombre, sino saber que conocía el fusil.

Volvieron a sujetarlo de la muñeca y le metieron la mano en una caja de cartuchos. En otra caja, a la derecha, había más, de siete milímetros. Y después otros.

En cierta ocasión, de niño, su tía, con la que se había criado, había desparramado las cartas de una baraja sin descubrirlas y le había enseñado a jugar a las parejas. Cada jugador podía descubrir dos cartas e ir emparejándolas de memoria. Era otro paisaje: ríos con truchas, voces de aves que sabía reconocer a partir de un fragmento vacilante, un mundo en el que todo tenía nombre. Ahora, con la cara cubierta por una mascarilla de fibras de hierba, cogía un cartucho y avanzaba con sus porteadores, los guiaba hacia un fusil, introducía la bala, echaba el cerrojo y, sosteniéndolo en el aire, disparaba. Se oía un restallar de mil demonios por todo el cañón. «*Pues el eco es el alma de la voz que se excita en las oquedades.*» Un hombre considerado taciturno y loco había anotado esa frase en un hospital inglés y ahora, en aquel desierto, estaba en sus cabales y, con la cabeza clara, cogía cartas, las emparejaba sin dificultad, al tiempo que dedicaba una sonrisa a su tía, y disparaba cada combinación lograda y los hombres que lo rodeaban iban respondiendo con vítores a cada disparo. Se volvía a mirar en una dirección y después regresaba de nuevo hasta el Breda, esa vez con su extraño palanquín humano, seguido de un hombre con un cuchillo que tallaba un código paralelo en la caja de cartuchos y en la del fusil. Después de la soledad, disfrutaba con el movimiento y los vítores. Con su destreza compensaba a los hombres que lo habían salvado para ese fin.

Viajó con ellos a aldeas en las que no había mujeres. Se transmitían sus conocimientos como prendas de una tribu a otra, compuestas de ocho mil individuos. Se inició en costumbres y música específicas. Con los ojos vendados la mayoría de las veces, oyó las jubilosas canciones de la tribu *mzina* encaminadas a atraer el agua y acompañadas de danzas *dahjiya*, sones de zampoñas, utilizadas para transmitir mensajes en casos de emergencia, y de la flauta doble *makruna* (una de las cuales emite un zumbido constante). Después, en el territorio de las liras de cinco cuerdas, una aldea u oasis de preludios e interludios, palmas, danza antifonal.

No le quitaban la venda de los ojos hasta el crepúsculo, momento en que podía ver a sus captores y salvadores. Ahora sabía dónde estaba. A unos les dibujaba mapas que superaban los límites de su territorio y a otros les explicaba el mecanismo de los fusiles. Los músicos se sentaban frente a él, al otro lado del fuego. Las notas de la lira *simsimiya*, arrastradas por una ráfaga de brisa, se perdían en la distancia o se dirigían hacia él por sobre el fuego. Bailaba un muchacho que, con aquella luz, era el ser más deseable que había visto. Sus delgados hombros eran blancos como el papiro, la luz del fuego reflejaba el sudor en su estómago y por las aberturas de la tela azul que lo cubría, como un señuelo, desde el cuello hasta los tobillos se vislumbraba su desnudez, se revelaba como una línea de relámpago carmelita.

El desierto nocturno, atravesado por un impreciso orden de tormentas y caravanas, los rodeaba. Siempre había secretos y peligros en torno a él, como cuando movió a ciegas la mano y se cortó con un cuchillo de doble filo que había en la arena. A veces no sabía si se trataba de sueños; el corte, limpio, no le dolía y hubo de enjugarse la sangre en el cráneo (el rostro seguía siendo intocable) para señalar la herida a sus captores. La aldea sin mujeres a la que lo habían llevado en completo silencio o el mes entero en que no vio la luna, ¿los habría imaginado? ¿Los habría soñado cuando estaba envuelto en el fieltro empapado en aceite y en la obscuridad?

Habían pasado ante pozos cuya agua estaba maldita. En ciertos espacios abiertos había ciudades ocultas y, mientras excavaban en la arena para llegar a recintos enterrados o a bolsas de agua, él esperaba. Y la pura belleza de un muchacho inocente que bailaba, como la voz de un niño cantor de coro, que recordaba como el más puro de los sonidos, la más clara de las aguas de río, la más transparente profundidad del mar. Allí, en el desierto, que antiguamente había sido un mar, nada era estable ni permanente, todo evolucionaba: como la tela por el cuerpo del muchacho, como si abrazara un océano o su propia placenta azul o se liberase de ellos. Un muchacho excitándose a sí mismo, con los genitales recortándose sobre el fondo de fuego.

Después apagaron las llamas con arena y su humo se disipó en torno a ellos. La cadencia de los instrumentos musicales como un pulso o la lluvia. El muchacho extendió el brazo por sobre el fuego apagado para acallar las zampoñas. Había desaparecido sin dejar huellas, sólo los harapos prestados. Uno de los hombres avanzó reptando y recogió el semen caído en la arena. Se lo llevó al hombre blanco experto en fusiles y lo depositó en sus manos. En el desierto el único objeto digno de exaltación es el agua.

La enfermera estaba ante la pila, la tenía asida, y miraba la pared de estuco. Había retirado todos los espejos y los había apilado en una habitación vacía. Se agarró a la pila y movió la cabeza a un lado y a otro, seguida por la sombra en movimiento. Se mojó las manos y se peinó el cabello con los dedos hasta que estuvo completamente húmedo. Eso la refrescó y, cuando salió, agradeció con fruición el azote de la brisa, que apagaba el retumbar del trueno.

II. CASI UNA RUINA

El hombre de las manos vendadas llevaba más de cuatro meses en un hospital de Roma, cuando por casualidad oyó hablar del paciente quemado y la enfermera, oyó el nombre de ésta. Al llegar al portal, dio media vuelta y volvió hasta el grupo de médicos por delante del cual acababa de pasar para averiguar el paradero de aquella muchacha. Llevaba mucho tiempo allí recuperándose y lo tenían por asocial. Pero ahora les habló, les preguntó por la persona de ese nombre, cosa que les sorprendió. Hasta aquel momento no había pronunciado palabra, sino que se comunicaba por señas y muecas y de vez en cuando una sonrisa. No había revelado nada, ni siquiera su nombre, se había limitado a escribir su número de identificación, prueba de que había combatido con los Aliados.

Habían verificado su filiación y los mensajes llegados de Londres la habían confirmado. Tenía un cúmulo de cicatrices en el cuerpo, conque los médicos habían vuelto a reconocerlo y habían asentido con la cabeza ante las vendas. Al fin y al cabo, era una celebridad que quería guardar silencio, un héroe de guerra.

Así se sentía de lo más seguro, sin revelar nada, ya se acercaran a él con ternura, subterfugios o cuchillos. Por más de cuatro meses no había dicho ni una palabra. Cuando lo habían llevado ante ellos y le habían dado dosis periódicas de morfina para calmarle el dolor de las manos, era un gran animal, casi una ruina. Se sentaba en un sillón en la obscuridad y contemplaba el flujo y reflujo de pacientes y enfermeras que entraban y salían de los pabellones y los depósitos.

Pero ahora, al pasar ante el grupo de doctores en el vestíbulo, oyó el nombre de aquella mujer, aminoró el paso, se volvió, se acercó a ellos y les preguntó en qué hospital trabajaba. Le dijeron que en un antiguo convento, ocupado por los alemanes y convertido en hospital después de que los Aliados lo hubieran asediado, en las colinas al norte de Florencia. Sólo una pequeña parte había sobrevivido a los bombardeos. Carecía de seguridad. Había sido un simple hospital de campaña provisional. Pero la enfermera y el paciente se habían negado a marcharse.

¿Por qué no les obligaron a hacerlo?

La enfermera decía que aquel hombre estaba demasiado enfermo para trasladarlo. Desde luego, podríamos haberlo traído aquí sin riesgos, pero en estos tiempos no podemos ponernos a discutir. Ella tampoco estaba para muchos trotes.

¿Está herida?

No. Supongo que algo traumatizada por los bombardeos. Deberían haberla devuelto a su casa. El problema es que aquí ya se ha acabado la guerra. Ya no se puede conseguir que nadie haga nada. Los pacientes se marchan de los hospitales. Los soldados desertan antes de que los envíen de vuelta a casa.

¿Qué villa?, preguntó.

Una que, según dicen, tiene un fantasma en el jardín: San Girolamo. En fin, la muchacha tiene su propio fantasma: un paciente quemado. Tiene cara, pero resulta irreconocible. No le queda ningún nervio activo. Aunque le pasen una cerilla por la cara, no se le dibuja expresión alguna. Tiene el rostro insensibilizado.

¿Quién es?, preguntó.

No sabemos cómo se llama.

¿Se niega a hablar?

El grupo de médicos se echó a reír. No, sí que habla, no para de hablar, pero es que no sabe quién es.

¿De dónde procede?

Los beduinos lo llevaron al oasis de Siwa. Después estuvo un tiempo en Pisa y luego... Es probable que uno de esos árabes lleve puesto el marbete con su nombre. Tal vez lo venda y algún día lo recuperaremos o puede que nunca lo venda. Para ellos son valiosos amuletos. Ningún piloto que cae en el desierto regresa con su chapa de identificación. Ahora está alojado en una villa toscana y la muchacha se niega a abandonarlo. Se niega pura y simplemente. Los Aliados alojaron a cien pacientes en ella. Antes la habían ocupado los alemanes con un pequeño ejército, su último baluarte. Algunas habitaciones están pintadas, cada una con una estación diferente. Cerca de la villa hay una quebrada. Queda a unos treinta kilómetros de Florencia, en las colinas. Necesitará usted un permiso, desde luego. Probablemente podamos conseguir que alguien lo lleve en un vehículo hasta allí. Aún está espantoso todo aquello: ganado muerto, caballos sacrificados a tiros y medio devorados, gente colgada por los pies en los puentes. Los últimos horrores de la guerra. No hay la menor seguridad. Aún no han ido los zapadores a limpiar la zona. Los alemanes fueron enterrando e instalando minas a medida que se retiraban. Un lugar espantoso para un hospital. Lo peor es la fetidez de los muertos. Necesitamos una buena nevada para limpiar este país. Necesitamos la labor de los cuervos.

Gracias.

Salió del hospital al sol, al aire libre, por primera vez desde hacía meses, dejando tras sí las vitreoverdosas habitaciones que tenía como alojadas en la cabeza. Se quedó ahí aspirándolo todo, el ajetreo de todo el mundo. Primero, pensó, necesito zapatos con suela de goma y también un *gelato*.

En el tren, bamboleándose de acá para allá, le resultó difícil conciliar el sueño. Los demás viajeros del compartimento no cesaban de fumar. Se golpeaba con la sien en el marco de la ventana. Todo el mundo iba vestido de negro y el vagón parecía arder con todos los cigarrillos encendidos. Observó que, siempre que el tren pasaba ante un cementerio, todos los viajeros de su compartimento se santiguaban. *Ella tampoco está para muchos trotes.*

Gelato para las amígdalas, recordó. En cierta ocasión había acompañado a una niña a la que iban a extirpar las amígdalas, y a su padre. Tras echar un vistazo a la sala llena de niños, se negó de plano. Aquella niña, la más dócil y afable que cabía imaginar, se volvió de repente como una roca de firmeza en su negativa, inflexible. Nadie le iba a arrancar nada de la garganta, aunque la ciencia así lo aconsejara. Viviría con ello, fuera cual fuese su aspecto. Él seguía sin saber lo que eran las amígdalas.

Qué extraño, pensó, en ningún momento me tocaron la cabeza. Los peores momentos fueron cuando se puso a imaginar qué le harían, qué le cortarían. En aquellos momentos siempre pensaba en la cabeza.

Una carrerita en el techo, como de ratón.

Apareció con su equipaje en el extremo del pasillo. Dejó la bolsa en el suelo y agitó los brazos por entre la obscuridad y las zonas iluminadas por la luz de las velas. Cuando se acercó a ella, no se oyeron ruidosas pisadas ni sonido alguno en el suelo y eso le sorprendió, le resultó en cierto modo familiar y reconfortante que se acercara así, en silencio, a la intimidad en que se encontraba con el paciente inglés.

Las lámparas del largo pasillo, cuando pasaba ante ellas, proyectaban su sombra por delante de él. La muchacha subió la mecha del quinqué, con lo que aumentó el diámetro de luz a su alrededor. Estaba sentada, inmóvil y con el libro en el regazo, cuando él se acercó y se acuclilló a su lado, como si fuera un tío suyo.

«Dime qué son las amígdalas.»

Ella lo miraba fijamente.

«Todavía recuerdo cómo saliste disparada del hospital y seguida por dos adultos.»

Ella asintió con la cabeza.

«¿Está tu paciente ahí? ¿Puedo entrar?»

Negó con la cabeza y no se detuvo hasta que él volvió a hablar.

«Entonces, mañana lo veré. Dime tan sólo dónde puedo instalarme. No necesito sábanas. ¿Hay una cocina aquí? He hecho un viaje muy extraño para encontrarte.»

Cuando él se hubo marchado por el pasillo, la muchacha volvió temblando hasta la mesa y se sentó. Necesitaba aquella mesa, aquel libro a medio acabar para serenarse. Un hombre, un conocido suyo, había hecho todo el viaje en tren y había caminado pendiente arriba los seis kilómetros desde el pueblo y por el pasillo hasta aquella mesa tan sólo para verla. Unos minutos después, fue a la habitación del inglés y se quedó ahí, mirándolo. Por entre el follaje de las paredes se veía la luz de la luna. Era la única luz que hacía parecer convincente el trampantojo. Podía, enteramente, arrancar aquella flor y ponérsela en el vestido.

El hombre llamado Caravaggio abrió todas las ventanas del cuarto para poder oír los sonidos de la noche. Se desvistió, se pasó con suavidad las palmas de las manos por el cuello y se quedó un rato tumbado en la cama deshecha. Oyó los árboles, vio los reflejos de la luna como pececillos plateados que saltaban sobre las hojas de los asteres.

La luna lo cubría como una piel, como un haz de agua. Una hora después, estaba en el tejado de la villa. Desde allí arriba veía las partes bombardeadas a lo largo del declive formado por los tejados, la hectárea de jardines y huertos destruidos junto a la villa. Contemplaba el lugar en que se encontraban, en Italia.

Por la mañana, junto a la fuente, probaron, cautos, a hablar.

«Ahora que estás en Italia, deberías aprender más cosas sobre Verdi.»

«¿Cómo?» Ella levantó la vista de las sábanas que estaba lavando en la fuente.

Se lo recordó. «Una vez me dijiste que estabas enamorada de él.»

Hana inclinó la cabeza, violenta.

Caravaggio dio una vuelta, miró el edificio por primera vez, se asomó al jardín desde el pórtico.

«Sí, lo adorabas. Nos volvías locos a todos con tus nuevas informaciones sobre Giuseppe. ¡Qué hombre! El mejor en todos los sentidos, según decías. Teníamos que darte la razón todos, dársela a aquella engreída muchacha de dieciséis años.»

«Me gustaría saber qué ha sido de ella.» Extendió la sábana lavada por el borde de la fuente.

«Tenías una voluntad indomable.»

Hana caminó por las losas, en cuyos intersticios crecía la hierba. Él le miró los pies enfundados en medias negras, el fino vestido carmelita. Ella se inclinó sobre la barandilla.

«En efecto, creo que vine aquí impulsada, debo reconocerlo, por una idea, la de Verdi. Y, además, tú, claro, te habías marchado y mi padre se había ido a la guerra... Mira los halcones. Vienen todas las mañanas. Aquí todo lo demás está averiado y destrozado. La única agua corriente en toda la villa es la de esta fuente. Los Aliados desmontaron las cañerías cuando se marcharon. Pensaron que así me obligarían a marcharme.»

«Deberías haberlo hecho. Aún tienen que limpiar esta región. Hay bombas sin detonar por todas partes.»

Ella se le acercó y le puso los dedos en los labios.

«Me alegro de verte, Caravaggio. A ti y a nadie más. No vayas a decirme que has venido para intentar convencerme de que debo marcharme.»

«Quisiera encontrar una taberna con un Wurlitzer y beber sin que estallara una puta bomba, oír cantar a Frank Sinatra. Tenemos que conseguir música», dijo él. «A tu paciente le sentará bien.»

«Aún está en África.»

Él la miró, esperó que dijera algo más, pero no había nada más que decir sobre el paciente inglés. Murmuró. «A algunos ingleses les gusta África. Una parte de su cerebro refleja el desierto precisamente, conque no se sienten extraños en él.»

La veía asentir con un ligero movimiento de la cabeza. Su cara era delgada y llevaba el pelo corto; había perdido la máscara y el misterio que le infundía su larga cabellera. Ahora bien, parecía tranquila en aquel universo suyo: la fuente que gorgoteaba ahí detrás, los halcones, el jardín asolado de la villa.

Tal vez sea ésa la forma de recuperarse de una guerra, pensó él. Un hombre quemado al que cuidar, unas sábanas que lavar en una fuente, una habitación pintada como un jardín. Como si todo lo que queda fuera una cápsula del pasado, mucho antes de Verdi: los Médicis contemplando, de noche y con una vela en la mano, una barandilla o una ventana delante de un arquitecto –el mejor del siglo XV– invitado, de quien desean algo más satisfactorio para enmarcar esa vista.

«Si te quedas, vamos a necesitar más comida. He plantado verduras y tenemos un saco de alubias, pero necesitamos gallinas», dijo ella con la vista puesta en Caravaggio y aludiendo a su arte del pasado.

«Ya no me atrevo», dijo él.

«Entonces, yo te acompaño», se ofreció Hana. «Lo hacemos juntos. Tú me enseñas a robar, me muestras lo que hay que hacer.»

«No me has entendido. He perdido el valor.»

«¿Por qué?»

«Me atraparon. Estuvieron a punto de cortarme estas puñeteras manos.»

Algunas noches, cuando el paciente inglés estaba dormido o incluso después de haber estado un rato leyendo sola junto a su puerta, iba a buscar a Caravaggio. Estaba en el jardín, tumbado junto al borde de la fuente y mirando las estrellas, o se lo encontraba en una de las terrazas inferiores. Con aquel clima de comienzos del verano le resultaba difícil quedarse dentro de la casa por la noche. Pasaba la mayor parte del tiempo en el tejado junto a la chimenea rota, pero, cuando veía la figura de ella cruzar la terraza en su busca, bajaba sin hacer ruido. Ella lo encontraba cerca de la estatua decapitada de un conde, sobre cuyo cuello truncado solía sentarse uno de los gatos del lugar, solemne y complacido cuando aparecían seres humanos. La hacía pensar siempre que había sido ella quien lo había encontrado, a aquel hombre que conocía la obscuridad, el que, cuando se emborrachaba, solía decir que se había criado en una familia de lechuzas.

Ellos dos en un promontorio, Florencia y sus luces a lo lejos. A veces le parecía exaltado o bien demasiado sereno. De día observaba mejor cómo se movía, observaba los rígidos brazos sobre las manos vendadas, cómo giraba todo su cuerpo y no sólo el cuello, cuando ella señalaba algo en lo alto de la colina. Pero no le había dicho nada al respecto.

«Mi paciente cree que con el hueso de pavo real pulverizado se logran curaciones maravillosas.»

Él levantó la vista hacia el cielo nocturno. «Sí.»

«Entonces, ¿fuiste espía?»

«No exactamente.»

Se sentía más cómodo, menos reconocible por ella en el jardín a obscuras, hasta el que bajaba muy tenue, desde el cuarto del paciente, la lucecita de un quinqué. «A veces nos enviaban a robar. Allí me tenían, italiano y ladrón. No acababan de creerse su buena suerte, perdían el culo para aprovechar mi arte. Éramos cuatro o cinco. Por un tiempo me fue bien. Hasta que un día me hicieron una foto fortuita. ¿Te imaginas?

»Por una vez me había vestido de esmoquin para entrar en aquella fiesta y robar unos documentos. La verdad es que seguía siendo un ladrón, no un gran patriota, un gran héroe. Simplemente habían conferido carácter oficial a mi arte, pero una de las mujeres había llevado una cámara y, mientras tomaba instantáneas de los oficiales alemanes, me retrató, con un pie en el aire, cuando cruzaba el salón de baile (con un pie en el aire y la cara, que había girado al oír el disparador, mirando a la cámara), conque de pronto el futuro se presentaba cargado de peligros. Era la amante de un general.

»Todas las fotografías tomadas durante la guerra se revelaban en laboratorios oficiales, inspeccionados por la Gestapo, conque allí iba a aparecer yo, que, evidentemente, no formaba parte de la lista de invitados, y un oficial me iba a archivar, cuando la película llegara al laboratorio de Milán. Tenía, pues, que intentar robar aquella película de algún modo.»

Hana miró al paciente inglés, cuyo cuerpo dormido probablemente estuviera a kilómetros de distancia, en el desierto, recibiendo el tratamiento de un hombre que seguía metiendo los dedos en el tazón formado por las plantas juntas de sus pies y después se inclinaba hacia adelante y untaba la quemada cara con aquella pasta obscura. Ella se imaginó el peso de la mano en su propia mejilla.

Recorrió el pasillo y se subió a la hamaca, que, en cuanto ella abandonaba el suelo, se balanceaba.

Justo antes de dormirse era cuando se sentía más viva: saltaba de un retazo de la jornada a otro, se llevaba a la cama cada uno de los momentos, como un niño los textos escolares y los lápices. El día no parecía tener orden hasta aquel momento, que era como un libro mayor para ella, para su cuerpo lleno de historias y situaciones. Caravaggio, por ejemplo, le había dado algo: su motivo, un drama, y una imagen robada.

Abandonó la fiesta en un coche, que crujía sobre la grava de la senda, suavemente curvada, por la que se salía de la mansión y zumbaba tan sereno como la noche estival. Había pasado el resto de la velada en la Villa Cosima sin apartar la vista de la fotógrafa y dándole la espalda, siempre que levantaba la cámara para fotografiar a alguien junto a él. Ahora que sabía de su existencia, podía eludirla. Se mantenía a poca distancia para captar sus conversaciones: se llamaba Anna y era amante de un oficial que iba a pasar la noche en la villa y por la mañana viajaría hacia el norte pasando por la Toscana. La muerte de aquella mujer o su desaparición repentina habría levantado sospechas al instante. En aquellos días se investigaba todo lo que resultara fuera de lo común.

Cuatro horas después, corría por la hierba en calcetines con su sombra –voluta pintada por la luna– debajo. Se detuvo en la senda de grava y avanzó despacio por ella. Alzó la vista para contemplar la Villa Cosima, las lunas cuadrangulares de las ventanas: un palacio de guerreras.

Los chorros de luz que lanzaban –como agua una manguera– los faros de un coche iluminaron la alcoba en la que se encontraba y se detuvo –con un pie en el aire una vez más– al ver los ojos de la misma mujer clavados en él, mientras un hombre se movía encima de ella y le pasaba los dedos por entre la rubia cabellera. Y sabía que ella lo había visto: aunque ahora estuviese desnudo, era el mismo hombre que había fotografiado antes en la multitudinaria fiesta, pues el azar había querido que ahora se encontrara en la misma posición, volviéndose hacia la luz que había revelado por sorpresa su cuerpo en la obscuridad. Las luces del coche barrieron la alcoba hasta el ángulo y desaparecieron.

Después, la obscuridad. No sabía si moverse, si ella

susurraría al hombre que la estaba follando la presencia de una persona en la alcoba: un ladrón desnudo, un asesino desnudo. ¿Debía avanzar –con las manos listas para estrangular– hacia la pareja que estaba en la cama?

Oyó al hombre, que seguía entregado al amor, oyó el silencio de la mujer –ni un susurro–, la oyó recapitular, con los ojos clavados en él a obscuras, o, mejor dicho, *capitular*. La cabeza de Caravaggio se sumió en la reflexión sobre la carga de significado que entraña la simple supresión de una sílaba. Las palabras son, como le dijo un amigo, delicadas, mucho más delicadas que violines. Recordó la rubia cabellera de la mujer, recogida en una cinta negra.

Oyó girar el coche y esperó a que reapareciera la luz por otro instante. La mirada que surgió de la obscuridad seguía clavada en él como una flecha. La luz bajó de su cara al cuerpo del general, a la alfombra, y después tocó a Caravaggio y resbaló por su cuerpo una vez más. Él ya no podía verla. Movió la cabeza y después remedó con gestos su propio degüello. Tenía la cámara en la mano para que ella entendiera. Luego volvió a quedar sumido en la sombra. Oyó un gemido de placer destinado a su amante y supo que era la conformidad para con él –sin palabras, sin asomo de ironía, un simple contrato con él, el morse del entendimiento–, conque ya sabía que podía salir sin miedo al mirador y desaparecer en la noche.

Encontrar la alcoba de la mujer había sido más difícil. Había entrado en la villa y había pasado en silencio ante los murales medio en penumbra del siglo XVII que decoraban los pasillos. En algún sitio debía de haber alcobas, como bolsillos obscuros en un traje dorado. La única forma de pasar por delante de los guardias era mostrarse como un cándido. Se había desnudado por entero y había dejado la ropa en una era de flores.

Subió desnudo las escaleras hasta el segundo piso, donde estaban los guardias, riéndose, doblado en dos, de un asunto secreto, con lo que la cabeza le caía a la altura de la cadera, insinuando a los guardias su invitación nocturna: ¿era *al fresco*? ¿O seducción *a cappella*?

Un largo pasillo en el tercer piso, un guardia junto a la escalera y otro en el extremo, a veinte metros, demasiados, de distancia. Era, por tanto, una larga caminata teatral la que Caravaggio debía representar ahora, ante la mirada suspicaz y desdeñosa de los dos guardias, hieráticos y mudos como cariátides, la caminata en pelota viva, haciendo un alto ante una sección del mural para contemplar, curioso, un borrico representado en un huerto. Reclinó la cabeza contra la pared, como si fuera a caerse de sueño, y después volvió a caminar, tropezó y al instante se irguió y adoptó paso militar. La mano izquierda, libre, se alzó hacia los querubines del techo, con el culo al aire como él –saludo de un ladrón, breve vals–, mientras desfilaban ante él retazos de la escena representada en el mural –castillos, *duomos* blancos y negros, santos extáticos– en aquel martes de guerra, para salvar el disfraz y la vida. Caravaggio había salido de parranda para buscar su propia fotografía.

Se dio palmadas en el desnudo pecho como buscándose el salvoconducto, se cogió el pene e hizo ademán de usarlo de llave para introducirse en la alcoba custodiada. Retrocedió riendo y tambaleándose, irritado ante su lamentable error, y se coló canturreando en la habitación contigua.

Abrió la ventana y salió a la galería: una noche obscura y hermosa. Después se descolgó balanceándose hasta la galería del piso inferior. Ahora podía entrar por fin en la alcoba de Anna y su general. Era un simple perfume entre ellos, un pie que no dejaba huella, un ser sin sombra. La historia que contó años atrás al hijo de un conocido sobre la persona que buscaba su sombra, como él ahora su imagen en una película fotográfica.

En la alcoba advirtió inmediatamente los inicios del movimiento sexual. Sus manos hurgaron en la ropa de la mujer, tirada sobre respaldos de sillas y por el suelo. Se tumbó y rodó por la alfombra, tocando la piel del cuarto, para ver si notaba algo duro como una cámara. Rodó en silencio formando un abanico, pero no encontró nada. No había ni pizca de luz.

Se puso en pie y buscó a tientas y con cautela, tocó un torso de mármol. Su mano recorrió una mano de piedra –ahora entendía la mentalidad de la mujer–, de la que colgaba la cámara. Entonces oyó el vehículo y al tiempo, cuando se volvió, lo vio la mujer en el súbito haz de luz de los faros.

Caravaggio observó a Hana, que estaba sentada frente a él y lo miraba, intentaba leer, imaginar el raudal de sus pensamientos, como solía hacer su esposa. Observó cómo lo olfateaba, buscaba su rastro, ella. Lo ocultó y volvió a mirarla con ojos –lo sabía– impecables, más claros que río alguno, intachables como un paisaje. La gente –no se le escapaba– se perdía en ellos, porque sabía velarlos a la perfección. Pero la muchacha lo miraba burlona, ladeando, inquisitiva, la cabeza, como haría un perro al que hablaran en tono impropio de un ser humano. Estaba sentada frente a él, delante de las obscuras paredes, de color rojo sangre, que a él desagradaba, y con su pelo negro y aquella mirada, su flaco cuerpo y la tez olivácea que había adquirido con la luz de aquel país, le recordaba a su esposa.

Ahora ya no pensaba en ella, pero sabía que podía cerrar los ojos y evocar hasta el menor de sus gestos, describir hasta el menor detalle de su aspecto, el peso de su muñeca sobre su corazón por la noche.

Estaba sentado con las manos bajo la mesa y miraba a la muchacha comer. Aunque siempre se sentara con Hana durante las comidas, él aún prefería comer solo. Vanidad –pensó–, vanidad mortal. Ella lo había visto desde una ventana comer con las manos, sentado en uno de los treinta y seis escalones contiguos a la capilla, sin tenedor ni cuchillo a la vista, cual si estuviera aprendiendo a hacerlo como un oriental. En su grisácea barba de tres días, en su chaqueta obscura, veía ella por fin al italiano que era. Lo advertía cada vez más.

Él contempló su obscura silueta recortada sobre las paredes de color carmelita rojizo, su piel, su corto cabello negro. La había conocido, junto a su padre, en Toronto, antes de la guerra. Después había sido ladrón, había estado casado, se había movido como pez en el agua en su mundo predilecto, con confianza indolente, con maestría para engañar a los ricos, hechizar a su esposa, Giannetta, o congeniar con la joven hija de su amigo.

Pero ahora apenas si quedaba un mundo a su alrededor y se veían obligados a ensimismarse. Durante aquellos días en el pueblo encaramado en una colina cerca de Florencia, encerrado en la casa cuando llovía, soñando despierto en la única silla cómoda de la cocina, en la cama o en el tejado, no tenía que pensar en montar conspiraciones, sólo le interesaba Hana y parecía que ésta se había encadenado al moribundo que yacía en el piso superior.

Durante las comidas, se sentaba frente a la muchacha y la observaba comer.

Medio año antes, desde una ventana, al final del largo pasillo del Hospital Santa Chiara de Pisa, Hana había visto un león blanco. Se alzaba solitario en lo alto de las almenas, emparentado en color con el blanco mármol del Duomo y del Camposanto, si bien su tosquedad y su sencilla forma parecían de otra era, como un regalo del pasado que había de aceptarse. Y, sin embargo, para ella era lo más aceptable de todo lo que rodeaba aquel hospital. A medianoche, miraba por la ventana y sabía que se alzaba en la obscuridad del toque de queda y que, como ella, aparecería al alba, con el relevo. A las cinco o las cinco y media y después a las seis, alzaba la vista para ver su silueta, cada vez más precisa. Todas las noches era su centinela, mientras ella se movía entre los pacientes. El ejército, mucho más preocupado por el resto del fabuloso edificio –con la disparatada lógica de su torre inclinada, como una persona traumatizada por la guerra–, lo había dejado allí, incluso durante los bombardeos.

Los edificios del hospital se encontraban en terrenos de un antiguo monasterio. Los arbustos esculpidos durante miles de años por monjes más que meticulosos poco tenían ya que ver con formas animales y, durante el día, las enfermeras paseaban en sillas de ruedas a los pacientes por entre las formas desaparecidas. Parecía que sólo la piedra blanca fuese permanente.

También las enfermeras resultaban traumatizadas por el espectáculo de tantos moribundos a su alrededor. O por algo tan pequeño como una carta. Llevaban un brazo cortado por un pasillo o enjugaban sangre que no cesaba de manar, como si la herida fuera un pozo, y empezaban a no creer en nada, no confiaban ya en nada. Se quebraban como un hombre al desactivar una mina en el preciso segundo en que su geografía estallaba. Como Hana en el Hospital Santa Chiara, cuando un oficial recorrió el corredor entre cien camas y le entregó una carta en la que le anunciaban la muerte de su padre.

Un león blanco.

Poco después se había encontrado con el paciente inglés: alguien que parecía un animal quemado, tenso y obscuro, para ella como un estanque. Y ahora, meses después –acabada ya la guerra para ellos por haberse negado los dos a regresar con los demás a la seguridad de los hospitales de Pisa–, era su último paciente en la Villa San Girolamo. En todos los puertos, como Sorrento y Marina di Pisa, multitudes de soldados norteamericanos y británicos esperaban ahora a que los enviaran de vuelta a casa. Pero ella lavó su uniforme, lo plegó y se lo devolvió a las enfermeras que se marchaban. La guerra no ha acabado en todas partes, le dijeron. La guerra ha acabado. Esta guerra ha acabado. Esta guerra de aquí. Le dijeron que equivaldría a una deserción. No es una deserción. Me voy a quedar aquí. Le advirtieron que quedaban minas por desactivar, que no había agua ni comida. Subió al piso superior y dijo al hombre quemado, el paciente inglés, que también ella se quedaría.

Él no dijo nada, pues ni siquiera podía mover la cabeza hacia ella, pero deslizó sus dedos en la blanca mano de Hana y, cuando ésta se inclinó hacia él, metió sus obscuros dedos por entre su cabello y sintió frescor en el valle que formaban.

¿Qué edad tienes?

Veinte años.

Él le contó que un duque, cuando estaba agonizando, quiso que lo llevaran hasta media altura de la torre de Pisa para morir contemplando la lejanía.

Un amigo de mi padre quería morir bailando el Shanghai. No sé lo que es. Él mismo acababa de oír hablar de ello.

¿Qué hace tu padre?

Está... está en la guerra.

Tú también estás en la guerra.

Aun después de un mes, más o menos, de cuidarlo y administrarle las inyecciones de morfina, no sabía nada de él. Al principio se sentían cohibidos los dos, tanto más cuanto que ahora estaban solos. Después vencieron de repente la timidez. Los pacientes, los doctores, las enfermeras, el equipo, las sábanas y las toallas: todo regresó, colina abajo, a Florencia y después a Pisa. Ella había ido haciendo acopio de morfina y tabletas de codeína. Contempló la partida, la fila de camiones. Bueno, pues adiós. Agitó la mano desde la ventana para despedirse y después cerró las contraventanas.

Detrás de la villa, se alzaba una pared de piedra por encima de la casa. Al oeste del edificio había un largo jardín cercado y, a unos treinta kilómetros, se encontraba, como una alfombra, la ciudad de Florencia, que con frecuencia desaparecía bajo la bruma del valle. Corría el rumor de que uno de los generales que vivían en la antigua Villa Médicis contigua se había comido un ruiseñor.

La Villa San Girolamo, construida para proteger a los habitantes de la diabólica carne, tenía el aspecto de una fortaleza asediada y los bombardeos de los primeros días habían arrancado las extremidades a la mayoría de sus estatuas. Apenas parecía haber línea divisoria entre la casa y el paisaje, entre el edificio dañado y los restos, quemados y bombardeados, de la tierra. Para Hana, los jardines, invadidos por la vegetación, eran como otros cuartos de la casa. Trabajaba en sus lindes, atenta siempre a las minas sin estallar. En una zona de suelo fértil contigua a la casa, pese a la tierra quemada, pese a la falta de agua, se puso a cultivar con una pasión frenética que sólo podía asaltar a quien se hubiera criado en una ciudad. Un día habría una enramada de tilos, habitaciones de luz verde.

Caravaggio entró en la cocina y encontró a Hana sentada e inclinada sobre la mesa. No podía verle la cara ni los brazos, remetidos bajo su cuerpo, sólo la espalda y los brazos desnudos.

No estaba inmóvil ni dormida. Con cada estremecimiento, su cabeza se agitaba sobre la mesa.

Caravaggio se quedó ahí. Quienes lloran consumen más energía que con ningún otro acto. Aún no había amanecido. Su cara se recortaba sobre la obscura madera de la mesa.

«Hana», dijo y ella se inmovilizó, como si la inmovilidad pudiera camuflarla. «Hana.»

Ella empezó a gemir para que el sonido fuese una barrera entre ellos, un río cuya orilla opuesta no pudiese él alcanzar.

Al principio, él vaciló ante la idea de tocarla, desnuda como estaba, dijo «Hana», y después le posó su vendada mano en el hombro. Ella no cesó de estremecerse. La pena más profunda, pensó él. Cuando la única forma de sobrevivir es excavarlo todo.

Se levantó con la cabeza aún gacha y después se apretó contra él, como para vencer la atracción –como de imán– de la mesa.

«Si vas a intentar follarme, no me toques.»

Tenía pálida la piel por encima de la falda, su única

vestimenta en aquel momento, como si se hubiera levantado de la cama, se hubiese vestido a medias y hubiera ido a la cocina, donde la hubiese arropado el aire fresco procedente de las colinas que entraba por la puerta.

Tenía la cara roja y mojada.

«Hana.»

«¿Entiendes?»

«¿Cómo es que lo adoras tanto?»

«Le quiero.»

«No es que le quieras, le adoras.»

«Vete, Caravaggio, por favor.»

«No sé por qué te has atado a un cadáver.»

«Es un santo. Estoy convencida. Un santo desesperado. ¿Existe cosa semejante? Nos inspira el deseo de protegerlo.»

«¡A él ni siquiera le importa!»

«Soy capaz de quererle.»

«¡Una muchacha de veinte años que se aparta del mundo para amar a un espectro!»

Caravaggio hizo una pausa. «Tienes que protegerte de la tristeza. La tristeza está muy próxima al odio. Déjame decirte algo que he aprendido. Si te tomas el veneno de otro, por creer que compartiéndolo puedes curarlo, lo único que conseguirás es almacenarlo dentro de ti. Aquellos hombres del desierto fueron más listos que tú. Consideraron que podía ser útil y lo salvaron, pero, cuando dejó de ser útil, lo abandonaron.»

«Déjame en paz.»

Cuando estaba sola, se sentaba y notaba un cosquilleo en el tobillo, humedecido por las altas hierbas del huerto. Peló una ciruela que había encontrado y se había guardado en el bolsillo de su vestido de algodón obscuro. Cuando estaba sola, intentaba imaginar quién podría llegar por la antigua carretera bajo la verde cúpula de los dieciocho cipreses.

Cuando el inglés se despertó, ella se inclinó sobre su cuerpo y le colocó un tercio de la ciruela en la boca. Él la sujetó con la boca abierta, como si fuera agua, sin mover la mandíbula. Parecía que iba a echarse a llorar de placer. Ella sintió cómo tragaba la ciruela.

Él alzó la mano y se enjugó la última gota del labio, hasta la que no llegaba su lengua, y se llevó el dedo a la boca para chuparlo. Te voy a contar una historia sobre ciruelas, dijo. Cuando yo era niño...

Después de las primeras noches, después de haber quemado la mayoría de las camas para protegerse del frío, Hana había cogido la hamaca de un muerto y había empezado a usarla. Clavaba escarpias en cualquier pared que le apeteciera, en la habitación en que deseara despertar, flotando por encima de toda la suciedad: la cordita y el agua de los suelos, las ratas que habían empezado a bajar del tercer piso. Todas las noches trepaba a la fantasmal línea caqui de la hamaca que había pertenecido a un soldado muerto, uno de los que ella había atendido.

Un par de zapatillas de tenis y una hamaca eran su único botín en aquella guerra. Se despertaba bajo la transparencia de la luz de la luna en el techo, envuelta en la vieja camisa que siempre se ponía para dormir, tras dejar su vestido colgado de un clavo junto a la puerta. Ahora hacía más calor y podía dormir así. Antes, cuando arreciaba el frío, habían tenido que quemar algunas cosas.

Su hamaca, sus zapatillas y su vestido. Se sentía segura en el mundo en miniatura que se había construido: los otros dos hombres parecían planetas distantes, cada cual en su esfera de recuerdos y soledad. Caravaggio, que había sido amigo gregario de su padre en el Canadá, podía en aquellos días, sin mover un dedo, causar estragos en la cohorte de mujeres a las que parecía haberse entregado. Ahora yacía en su obscuridad. Se había hecho ladrón a fin de no trabajar para los hombres, de los que no se fiaba; aunque hablaba con ellos, prefería hacerlo con las mujeres y, tan pronto como cambiaba unas palabras con una mujer, quedaba prendido en las redes de una relación. Cuando, al amanecer, Hana volvía a casa a hurtadillas, se lo encontraba dormido en el sillón de su padre, agotado con los robos profesionales o personales.

Pensaba en Caravaggio: había personas a las que no se podía por menos de abrazar, de un modo o de otro, por menos de morder en el músculo, para conservar la salud mental en su compañía. Había que agarrarlas del cabello y mantenerse aferrado a él como un náufrago, para que te llevaran consigo. De lo contrario, podrían venir caminando por la calle hacia ti y, estando casi a punto de saludar con la mano, saltarse una tapia y desaparecer durante meses. Para ella, él había sido el tío que no cesaba de desaparecer.

Caravaggio te perturbaba con el simple gesto de envolverte en sus brazos, en sus alas. Te abrazaba una personalidad. Pero ahora yacía en la obscuridad, como ella, en algún punto recóndito de la gran casa. Conque allí estaba Caravaggio y también el inglés del desierto.

Durante toda la guerra, con todos sus pacientes más graves, Hana había sobrevivido manteniendo una frialdad oculta bajo su papel de enfermera. Sobreviviré a esto. No me desmoronaré ante esto. Durante toda la guerra, por todas las ciudades hacia las que se habían acercado lentísimamente y habían dejado atrás –Urbino, Anghiari, Monterchi–, hasta que entraron en Florencia y continuaron adelante y, por último, alcanzaron la otra orilla del mar, cerca de Pisa, no dejó de repetirse esas palabras para sus adentros.

En el hospital de Pisa había visto por primera vez al paciente inglés: un hombre sin rostro, una poza de ébano. Toda posible identificación había quedado consumida por las llamas. Habían rociado algunas partes de su cuerpo y su rostro quemados con ácido tánico, que, al endurecerse, formaba un caparazón protector sobre su piel en carne viva. La zona alrededor de los ojos estaba cubierta por una capa de violeta de genciana. No le quedaba nada reconocible.

A veces se arrebujaba debajo de varias mantas y disfrutaba más con su peso que con el calor que le daban. Y, cuando la luz de la luna se deslizaba por el techo y la despertaba, se quedaba en la hamaca y dejaba errar sus pensamientos. El reposo en vela le resultaba el estado más placentero. Si hubiera sido escritora, habría cogido sus lápices y libretas y su gato preferido y habría escrito en la cama. Los extraños y los amantes nunca traspasarían la puerta cerrada.

Descansar era aceptar todos los aspectos del mundo sin juzgarlos. Bañarse en el mar, follar con un soldado que nunca sabía tu nombre. Ternura para con lo desconocido y anónimo, es decir, ternura para consigo misma.

Sus piernas se movían bajo el peso de las mantas militares. Nadaba en la lana, como el paciente inglés se movía en su placenta de tela.

Lo que echaba de menos allí era el atardecer lento, el sonido de los árboles familiares. Durante su adolescencia en Toronto, había aprendido a descifrar las noches estivales. Tumbándose en una cama, saliendo a sentarse en la escalera para incendios con un gato en los brazos se sentía en su elemento.

Durante su infancia, Caravaggio había sido su escuela. Le había enseñado a dar el salto mortal. Ahora, con las manos siempre en los bolsillos, se limitaba a gesticular con los hombros. A saber en qué país le habría obligado la guerra a vivir. Ella había recibido su capacitación en el hospital universitario femenino y después la habían enviado a Europa durante la invasión de Sicilia. Había sido en 1943. Mientras la primera división de infantería canadiense iba abriéndose camino hacia el norte de Italia, los cuerpos destrozados hacían el recorrido inverso hacia los hospitales de campaña, como el barro que los constructores de túneles se van pasando hacia atrás en la obscuridad. Cuando las tropas de primera línea retrocedieron después de la batalla de Arezzo, se encontró rodeada noche y día de soldados heridos. Después de tres días enteros sin descansar, se tumbó por fin en el suelo, junto a un colchón en el que yacía un cadáver, cerró los ojos para no ver lo que la rodeaba y durmió doce horas seguidas.

Cuando se despertó, cogió unas tijeras del cuenco de porcelana, se inclinó hacia adelante y empezó a cortarse el pelo, sin preocuparse de la forma ni la longitud, sin poder olvidar su presencia en los días anteriores, cuando se había inclinado hacia adelante y su pelo había tocado la sangre de una herida. No quería tener nada que la vinculara, la atase, a la muerte. Tiró del pelo para cerciorarse de que no le quedaban mechas largas y se volvió para afrontar de nuevo las salas llenas de heridos.

No volvió a mirarse en ningún espejo. A medida que arreciaba la guerra, se iba enterando de la muerte de personas a las que había conocido. Temía el día en que, al limpiar de sangre la cara de un paciente, reconociera a su padre o a alguien que le hubiese servido la comida en la barra de un establecimiento de Danforth Avenue. Se fue volviendo dura consigo misma y con los pacientes. Se había perdido lo único que podía salvarlos a todos: la razón. El nivel del termómetro de sangre subía país arriba. ¿Dónde estaba Toronto y qué representaba a aquellas alturas para ella? Se encontraba inmersa en una ópera engañosa. La gente se iba mostrando cada vez más dura con sus semejantes: soldados, médicos, enfermeras, civiles. Hana se acercaba cada vez más a los heridos a los que cuidaba y les hablaba en susurros.

Llamaba «compa» a todo el mundo y se reía al oír este retazo de canción:

> Siempre que a Roosevelt veía,
> «Hola, compa», iba y me decía.

Limpiaba brazos que no cesaban de sangrar. Había extraído tantas esquirlas de metralla, que tenía la sensación de haber sacado una tonelada de metal del gigantesco cuerpo humano que cuidaba, mientras el ejército avanzaba hacia el norte. Una noche en que murió uno de los pacientes, se saltó todas las reglas: cogió las zapatillas de tenis que el difunto tenía en su mochila y se las puso. Le venían un poco grandes, pero se encontraba cómoda.

El rostro –el rostro con el que se iba a encontrar Caravaggio más adelante– se le fue volviendo más duro y flaco. Estaba delgada, más que nada del cansancio. Tenía hambre permanente y la exasperaba tener que dar la comida a un paciente que no podía o no quería comer y ver desmigajarse el pan y enfriarse la sopa, que ella habría devorado en un segundo. No deseaba nada exótico, sólo pan, carne. El hospital de una de las ciudades tenía una panadería adosada y en sus ratos libres Hana se paseaba entre los panaderos y aspiraba el polvo y la promesa de la comida. Más adelante, cuando se encontraban al este de Roma, alguien le regaló una aguaturma.

Resultaba extraño dormir en las basílicas o los monasterios o dondequiera que hubiesen alojado a los heridos, sin dejar de avanzar hacia el norte. Cuando uno de ellos moría, Hana rompía la banderita de cartón para que los camilleros lo viesen desde lejos. Después salía del macizo edificio y se iba a pasear, ya fuese primavera, invierno o verano, temporadas todas que parecían arcaicas, como caballeros ancianos que se pasaran la guerra sentados. Hiciera el tiempo que hiciese, salía. Quería aspirar aire que no oliera a nada humano, ver la luz de la luna, aun cuando tuviese que soportar un aguacero.

Hola, compa; adiós, compa. Los cuidados eran breves. El contrato sólo era válido hasta la muerte. Ni su carácter ni su pasado la habían preparado para ser enfermera. Pero el corte del cabello fue un contrato y duró hasta que los instalaron en la Villa San Girolamo, al norte de Florencia. En ella había otras cuatro enfermeras, dos médicos y cien pacientes. La guerra se desplazó más al norte de Italia y ellos quedaron atrás.

Después, durante la celebración de una victoria local, un poco mustia en aquel pueblo encaramado en las colinas, dijo que no regresaría a Florencia ni a Roma ni a ningún otro hospital, la guerra se había acabado para ella. Se quedaría ella sola con el hombre quemado, al que llamaban «el paciente inglés», porque, dada la fragilidad de sus miembros, no era aconsejable –ahora le resultaba claro– trasladarlo. Le pondría belladona en los ojos, le daría baños de sal para la piel, cubierta de queloides y quemaduras extensas. Le dijeron que el hospital –un convento que durante meses había sido un puesto defensivo alemán y que los Aliados habían bombardeado con granadas y bengalas– no era seguro. Se iba a quedar sin nada, sin protección contra los bandidos. Aun así, se negó a marcharse, se quitó el uniforme de enfermera, sacó el vestido estampado de color carmelita que durante meses había llevado en su equipaje y se lo puso junto con las zapatillas de tenis. Se apartó de la guerra. Había ido de acá para allá, a su dictado. Permanecería en aquella villa con el inglés hasta que las monjas la reclamaran. Había algo en él que quería aprender, hacer suyo, algo que podía servirle de escondrijo, permitirle abandonar la vida adulta. La forma en que él le hablaba y pensaba le recordaba a un vals. Quería salvarlo, a aquel inglés sin nombre, casi sin rostro, que había sido uno de los cien heridos, más o menos, confiados a sus cuidados durante la invasión del norte.

Se marchó de la celebración, a la que había asistido con su vestido estampado. Fue a la habitación que compartía con las demás enfermeras y se sentó. Al hacerlo, vislumbró un parpadeo, que atrajo su atención: era un espejito redondo. Se levantó despacio y se acercó a él. Era muy pequeño, pero, aun así, parecía un lujo. Hacía más de un año que había decidido no mirarse a un espejo, tan sólo veía su sombra de vez en cuando en las paredes. El espejo sólo mostraba su mejilla y tuvo que sostenerlo, con mano temblorosa, en el extremo del brazo extendido. Se vio como retratada en un medallón. Era ella. Por la ventana se oía a los pacientes, que reían y gritaban de entusiasmo en sus sillas, y al personal que los sacaba a la luz del sol. Sólo permanecían dentro los más graves. Se sonrió. Hola, compa, dijo. Miró su imagen para intentar reconocerse.

La obscuridad se interponía entre Hana y Caravaggio, mientras paseaban por el jardín. Él empezó a hablar con su lento deje habitual.

«Era una fiesta de cumpleaños, a las tantas de la noche, en Danforth Avenue. En el restaurante The Night Crawler. ¿Recuerdas, Hana? Todo el mundo –tu padre, Gianetta, yo, los amigos– tenía que levantarse y entonar una canción y tú dijiste que también querías hacerlo: por primera vez. Todavía ibas al colegio y habías aprendido aquella canción en una clase de francés.

»Lo hiciste muy en serio: te pusiste de pie en el banco y después diste otro paso y te subiste a la mesa, entre los platos y las velas encendidas.

»*"Alonson fon!"*

»Cantaste con la mano en el corazón. *Alonson fon!* La mitad de los presentes no sabían qué diablos estabas cantando y tal vez tú tampoco supieras el significado exacto de las palabras, pero sabías de qué trataba la canción.

»La brisa que llegaba de la ventana hacía ondear tu falda hasta casi tocar una vela y tus tobillos parecían estar al rojo blanco. Tu padre tenía la vista alzada hacia ti, que, como por milagro, expresabas en aquella nueva lengua, sin fallos ni vacilaciones y con todo el fervor requerido, el ideal revolucionario, mientras las velas oscilaban y por muy poco no tocaban tu vestido. Al final nos pusimos en pie y saltaste de la tabla a sus brazos.»

«Debería quitarte esas vendas de las manos. Ya sabes que soy enfermera.»

«Son cómodas. Como guantes.»

«¿Cómo ocurrió?»

«Me sorprendieron saltando de la ventana de una mujer. La mujer de que te hablé, la que tomó la foto. No fue culpa suya.»

Ella le cogió el brazo y le dio friegas en el músculo. «Déjame hacerlo.» Le sacó las manos vendadas de los bolsillos de la chaqueta. A la luz del día las había visto grises, pero con aquella luz resultaban casi luminosas.

Mientras Hana deshacía las vendas, él iba retrocediendo, con lo que el blanco salía de sus brazos, como si fuera un truco de magia, hasta que quedó liberado de ellas. Ella se acercó al tío de su infancia, vio en sus ojos la esperanza de que se cruzaran con los suyos para instarla a aplazarlo, por lo que ella lo miró directamente a los ojos.

Caravaggio tenía las manos juntas formando un cuenco. Ella se las cogió, mientras acercaba la cara a su mejilla, y después la apretó contra su cuello. Al tacto parecían firmes, curadas.

«La verdad es que tuve que negociar para que me dejaran esto.»

«¿Cómo?»

«Con las habilidades que entonces tenía.»

«Ah, ya recuerdo. No, no te muevas. No te apartes de mí.»

«Es un momento extraño, el final de una guerra.»
«Sí. Un período de adaptación.»
«Sí.»
Él alzó las manos como para introducir el cuarto de luna en el cuenco que formaban.
«Me cortaron los dos pulgares, Hana. Mira.»
Le colocó las manos delante de los ojos para enseñarle lo que ella tan sólo había vislumbrado. Volvió una mano como para mostrarle que no era un truco, que lo que parecía una branquia era el punto en el que habían cortado el pulgar. Le acercó la mano a la blusa.
Ella sintió que la tela se levantaba por debajo del hombro, cuando él la cogió con dos dedos y tiró de ella despacio hacia sí.
«Así es como aprecio el algodón.»
«Cuando era niña, siempre te imaginaba como Pimpinela Escarlata y en mis sueños subía de noche a los tejados contigo. Llegabas a casa con fiambres en los bolsillos, estuches de lápices y partituras de piano para mí.»
Hablaba a la cara de él, sumida en la obscuridad, con la boca oculta por la sombra de unas hojas, como el encaje de una mujer rica. «Te gustan las mujeres, ¿verdad? Te gustaban.»
«Me gustan. ¿A qué viene el pretérito?»
«Ahora parece algo carente de importancia, con la guerra y demás.»
Él asintió con la cabeza y la sombra de las hojas dejó de recortarse en su cara.
«Eras como esos artistas que sólo pintan de noche y su luz es la única encendida en la calle. Como los buscadores de gusanos con sus viejas latas de café atadas a los tobillos y la linterna del casco enfocando la

hierba: por todos los parques de la ciudad. Me llevaste a aquel sitio, aquel café en el que los vendían. Según dijiste, era como la Bolsa, porque el precio de los gusanos no cesaba de bajar y subir: cinco centavos, diez centavos. La gente se arruinaba o amasaba fortunas. ¿Recuerdas?»

«Sí.»

«Acompáñame hasta la casa, que empieza a hacer frío.»

«Los grandes carteristas nacen con los dedos índice y medio casi de la misma longitud. No necesitan introducirlos demasiado en un bolsillo. ¡Qué diferencia supone media pulgada!»

Se dirigían hacia la casa, bajo los árboles.

«¿Quién te lo hizo?»

«Buscaron a una mujer, una de sus enfermeras, para hacerlo. Les pareció más tajante. Me ataron las muñecas a las patas de la mesa. Cuando me cortaron los pulgares, mis manos los dejaron escapar, impotentes. Como un deseo en un sueño. Pero el hombre que la mandó llamar (Ranuccio Tommasoni) fue el auténtico responsable. Ella era inocente, nada sabía de mí, ni mi nombre ni mi nacionalidad ni lo que podía haber hecho.»

Cuando llegaron a la casa, el paciente inglés estaba gritando. Hana se apartó de Caravaggio, que la vio subir corriendo la escalera, con sus zapatillas de tenis centelleando, mientras ascendía y giraba a lo largo de la barandilla.

La voz resonaba en toda la casa. Caravaggio entró en la cocina, arrancó un trozo de pan y siguió a Hana escalera arriba. Al acercarse, los gritos se volvieron más intensos. Cuando entró en el cuarto, el inglés estaba mirando un perro, que tenía la cabeza vuelta hacia atrás, como aturdido por los gritos. Hana miró a Caravaggio y sonrió.

«Llevaba años sin ver un perro. En toda la guerra no he visto ninguno.»

Ella se acuclilló y abrazó el animal, le olfateó el pelaje y percibió dentro de él el olor a hierbas de las colinas. Dirigió el perro hacia Caravaggio, que le ofrecía el trozo de pan. Entonces el inglés vio a Caravaggio y se quedó boquiabierto. Debió de parecerle que el perro –ahora oculto por la espalda de Hana– se había convertido en un hombre. Caravaggio cogió en brazos el perro y salió del cuarto.

He estado pensando, dijo el paciente inglés, que ésta debió de ser la habitación de Poliziano y esta que ocupamos su villa. El agua que sale por esa pared es aquella fuente antigua. Es una habitación famosa. Todos ellos se reunían aquí.

Era un hospital, dijo ella en voz baja. Antes, mucho antes, fue un convento. Después lo ocuparon los ejércitos.

Creo que ésta era la Villa Bruscoli. Poliziano: el gran *protégé* de Lorenzo. Hablo de 1483. En Florencia, en la iglesia de la Santa Trinità, se puede ver el retrato de los Médicis con Poliziano, ataviado con capa roja, en primer plano. Un hombre tan brillante como terrible. Un genio que se abrió camino hasta la cima de la sociedad.

Hacía rato que habían dado las doce de la noche y volvía a estar completamente despierto.

Muy bien, cuéntame, pensó ella, llévame a alguna parte, sin poder quitarse aún de la cabeza las manos de Caravaggio, quien probablemente estuviera ahora dando algo de comer al perro vagabundo en la cocina de la Villa Bruscoli, si es que se llamaba así.

Era una vida terrible. Dagas, política, sombreros pomposos, medias guateadas y pelucas. ¡Pelucas de seda! Naturalmente, después, poco después, apareció Savonarola y encendió su Hoguera de las Vanidades. Poliziano tradujo a Homero. Escribió un gran poema sobre Simonetta Vespucci, ¿sabes quién es?

No, dijo Hana riendo.

Hay retratos de ella por toda Florencia. Murió de tuberculosis a los veintitrés años. Poliziano la hizo famosa con *Le Stanze per la Giostra* y después Botticelli pintó escenas de esa obra y Leonardo también. Todos los días Poliziano daba dos horas de clase en latín por la mañana y dos en griego por la tarde. Tenía un amigo llamado Pico de la Mirandola, personaje desaforadamente mundano que de repente se convirtió y se unió a Savonarola. Ése era mi apodo de niño: Pico.

Sí, creo que sucedieron muchas cosas aquí. La fuente en la pared. Pico, Lorenzo, Poliziano y el joven Miguel Ángel. Sostenían el nuevo mundo en una mano y en la otra el viejo. En la biblioteca figuraban los cuatro últimos libros de Cicerón, tenazmente buscados. Importaron una jirafa, un rinoceronte, un dodó. Toscanelli trazó mapas del mundo basados en la correspondencia con los mercaderes. Se sentaban en este cuarto junto a un busto de Platón y pasaban toda la noche discutiendo.

Y después se elevaron por las calles los gritos de Savonarola: «*¡Arrepentíos, que se acerca el diluvio!*». Barrió con todo: el libre albedrío, la aspiración a la elegancia, la fama, el derecho a venerar a Platón tanto como a Cristo. Llegaron las hogueras: la quema de pelucas, libros, pieles de animales, mapas. Más de cuatrocientos años después abrieron las tumbas. Los huesos de Pico se habían conservado. Los de Poliziano habían quedado reducidos a polvo.

Hana escuchaba al inglés, que pasaba las páginas de su cuaderno de apuntes y leía los pasajes de otros libros que había pegado en ellas: sobre los grandes mapas perdidos en las hogueras y la quema de la estatua de Platón, cuyo mármol se exfolió con el calor, las grietas en el saber cuyas detonaciones en forma de crónicas precisas les llegaban desde la vertiente opuesta del valle, mientras Poliziano olfateaba el futuro en las colinas cubiertas de hierba. También Pico, en algún punto de allá abajo, en su gris celda, lo observaba todo con el tercer ojo de la salvación.

Vertió un poco de agua en un cuenco para el perro, un chucho viejo, más viejo que la guerra.

Se sentó con la garrafa de vino que los monjes del monasterio habían dado a Hana. Era la casa de Hana y él se movía por ella con cautela, sin alterar nada. Advertía su refinamiento en las florecillas silvestres, los regalitos que se hacía a sí misma. Incluso en el jardín invadido por la vegetación se encontraba con medio metro cuadrado cortado con sus tijeras de enfermera. Si él hubiese sido más joven, ese detalle le habría bastado para enamorarse.

Ya no era joven. ¿Cómo lo vería ella? Con sus heridas, su desequilibrio, sus rizos grises en la nuca. Nunca se había considerado un hombre al que la edad pudiera aportar la sabiduría. Habían envejecido todos, pero él seguía considerándose desprovisto de la sensatez que acompaña a la edad.

Se acuclilló para observar cómo bebía el perro. Al erguirse, perdió el equilibrio, se agarró *in extremis* a la mesa y volcó la garrafa de vino.

Te llamas David Caravaggio, ¿verdad?

Lo habían esposado a las gruesas patas de una mesa de roble. En determinado momento, se incorporó abrazando la mesa y chorreando sangre por la mano izquierda e intentó cruzar corriendo con ella la estrecha puerta, pero se cayó. La mujer se detuvo, tiró el cuchillo y se negó a seguir. El cajón de la mesa se deslizó y cayó contra su pecho, con todo lo que contenía, y él pensó que tal vez hubiera una pistola con la que defenderse. Entonces Ranuccio Tommasoni recogió el cuchillo y se le acercó. *Caravaggio, ¿verdad?* Aún no estaba seguro.

Estando bajo la mesa, le cayó en la cara la sangre de las manos y tuvo una súbita idea práctica. Deslizó una esposa fuera de la pata de la mesa, lanzó la silla lejos de un golpe para ahogar el dolor y después se inclinó hacia la izquierda y se sacó la otra esposa. Ahora todo estaba cubierto de sangre. Sus manos habían quedado ya inutilizadas. Durante los meses siguientes se dio cuenta de que sólo miraba los pulgares de la gente, como si el único cambio producido por aquel incidente hubiera sido el de volverlo envidioso. Pero, en realidad, le había hecho envejecer, como si durante la noche que había pasado sujeto a aquella mesa le hubieran administrado una solución que hubiese reducido su rapidez mental.

Se quedó aturdido junto al perro, junto a la mesa empapada de vino tinto. Dos guardias, la mujer, los teléfonos sonando e interrumpiendo a Tommasoni, quien soltó el cuchillo, murmuró, cáustico: *Disculpadme*, y, tras levantar el auricular con su ensangrentada mano, escuchó. Nada había dicho, pensaba Caravaggio, que pudiera resultarles útil, pero, en vista de que lo dejaron marcharse, tal vez anduviera errado.

Después se había dirigido por la Via di Santo Spirito al único lugar que mantenía oculto en su cabeza. Pasó por delante de la iglesia de Brunelleschi, camino de la biblioteca del Instituto Alemán, donde conocía a alguien que lo atendería. De repente comprendió que ésa era la razón por la que lo habían dejado marcharse y caminar en libertad: para que les revelara ese contacto. Giró por una calle lateral sin mirar atrás en ningún momento. Buscaba una fogata callejera para restañar sus heridas, mantenerlas por encima de una caldera de alquitrán a fin de que el negro humo le envolviese las manos. Se encontraba en el puente de la Santa Trinità. A su alrededor, no había tráfico ni nada, cosa que le extrañó. Se sentó en la tersa balaustrada del puente y después se tumbó. No se oía sonido alguno. Antes, cuando iba caminando con las manos en los bolsillos, había advertido un gran movimiento de tanques y jeeps.

Estando así tumbado, estalló el puente minado y él salió despedido hacia arriba y después cayó, víctima del fin del mundo. Cuando abrió los ojos, vio una cabeza gigantesca a su lado. Aspiró y el pecho se le llenó de agua. Estaba bajo el agua. Tenía a su lado, en las aguas poco profundas del Arno, una cabeza con barba. Alargó la mano hasta ella, pero ni siquiera pudo empujarla. La luz se filtraba dentro del río. Salió nadando a la superficie, parcialmente en llamas.

Cuando contó esa historia a Hana horas más tarde, aquella misma noche, ella dijo:

«Dejaron de torturarte porque se acercaban los Aliados. Los alemanes estaban abandonando la ciudad, al tiempo que volaban los puentes.»

«No sé. Tal vez yo les contara todo. ¿De quién sería aquella cabeza? No cesaba de sonar el teléfono en aquella habitación. Se hacía el silencio, aquel hombre se alejaba de mí y todos ellos lo miraban escuchar el silencio de la *otra* voz, que no podíamos oír. ¿De quién era la voz? ¿De quién la cabeza?»

«Se marchaban, David.»

Hana abrió *El último mohicano* por la página en blanco del final y se puso a escribir en ella.

Está aquí un hombre llamado Caravaggio, un amigo de mi padre. Siempre le he querido. Es mayor que yo, unos cuarenta y cinco años, me parece. Está sumido en las tinieblas. Por una razón que desconozco, este amigo de mi padre me cuida.

Cerró el libro y después bajó a la biblioteca y lo escondió en uno de los estantes superiores.

El inglés se había quedado dormido y –como siempre, despierto o dormido– respiraba por la boca. Hana se levantó de la silla y le quitó con suavidad la vela encendida que sujetaba en las manos. Se acercó a la ventana y la apagó fuera, para que no entrara el humo en el cuarto. No le gustaba verlo ahí tumbado con una vela en las manos, remedando una postura fúnebre y con la cera cayéndole en la muñeca sin que lo notara. Como si estuviera preparándose, como si desease meterse en su propia muerte imitando su atmósfera y su luz.

Se quedó junto a la ventana y se agarró el pelo con fuerza y tiró de él. Si cortas una vena en la obscuridad, en cualquier momento después del anochecer, la sangre parece negra.

Tenía que salir del cuarto. De repente se sintió rebosante de energía y claustrofobia. Recorrió el pasillo a grandes zancadas, bajó la escalera saltando y salió a la terraza de la villa, luego alzó la vista, como si intentara divisar la figura de la muchacha de la que acababa de alejarse. Volvió a entrar en el edificio. Empujó la rígida y alabeada puerta, entró en la biblioteca, quitó las tablas que tapaban las puertas vidrieras en el otro extremo de la sala y las abrió para dejar correr el aire de la noche. Ignoraba dónde estaría Caravaggio. Ahora pasaba fuera la mayoría de las noches y solía regresar unas horas antes del amanecer. En cualquier caso, no había rastro de él.

Asió la tela gris que cubría el piano y la arrastró hasta un rincón de la sala, como si fuera un rollo de tela, una red de pesca.

No había luz. Oyó el estruendo lejano de un trueno.

Ahora estaba de pie delante del piano. Sin bajar la vista, sólo las manos, empezó a tocar acordes reduciendo la melodía a un esqueleto. Después de cada grupo de notas, hacía una pausa, como si sacara las manos del agua para ver lo que había atrapado, y después proseguía colocando los huesos principales de la melodía. Aminoró aún más los movimientos de sus dedos. Cuando dos hombres se introdujeron por las puertas vidrieras, colocaron sus fusiles en el extremo del piano y se plantaron delante de ella, tenía la vista clavada en el teclado. Los acordes siguieron resonando en la alterada atmósfera de la sala.

Con los brazos pegados a los costados y un pie descalzo en el pedal de los bajos, siguió interpretando la canción que su madre le había enseñado, que había practicado en cualquier superficie: una mesa de cocina, una pared, mientras subía al piso superior, su propia cama antes de quedarse dormida. En su casa no tenían piano. Solía ir los domingos por la mañana a tocar en el centro comunitario, pero durante la semana practicaba dondequiera que estuviese, aprendía las notas que su madre había dibujado con tiza en la mesa de la cocina y más tarde había borrado. Pese a llevar en la villa tres meses, era la primera vez que tocaba aquel piano, cuyas formas había vislumbrado el primer día a través de las puertas vidrieras. En el Canadá los pianos necesitaban agua. Se levantaba la tapa trasera y se dejaba un vaso lleno de agua y un mes después el vaso estaba vacío. Su padre le había hablado de los enanitos que bebían sólo en los pianos, nunca en los bares. Ella nunca lo había creído, pero al principio había pensado que tal vez se tratara de ratones.

A la luz de un destello de relámpago que recorrió el valle –la tormenta llevaba toda la noche acercándose–, vio que uno de los hombres era un sij. Entonces se detuvo y sonrió, un poco asombrada, pero aliviada, en cualquier caso. El ciclorama de luz detrás de ellos fue tan breve, que sólo pudo vislumbrar su turbante y los lustrosos fusiles mojados. Unos meses antes se habían llevado la tapa trasera para usarla de mesa de hospital, por lo que los fusiles se encontraban sobre el hueco de las cuerdas. El paciente inglés habría podido identificar las armas. ¡Huy! Estaba rodeada de extraños. Ninguno italiano puro. Idilio en una villa. ¿Qué habría pensado Poliziano de aquella escena de 1945, dos hombres y una mujer a ambos extremos de un piano, con la guerra casi acabada y los fusiles mojados brillando, cuando la luz de los relámpagos se colaba en la sala, cada medio minuto ahora, acompañada del crepitar de los truenos por todo el valle, y la inundaba de color y sombras, y la música antifonal, la insistencia de los acordes, *When I take my sugar to tea...*?

¿Conocen la letra?

No se movieron. Abandonó los acordes y dejó en libertad los dedos para que se sumieran en la complejidad melódica y se lanzaran desenfrenados a interpretarla, audaces, al modo del jazz: partiendo las notas y los ángulos del tronco melódico.

Cuando llevo a mi cielito a tomar el té,
Todos los chicos sienten envidia de mí,
Conque nunca la llevo adonde la pandilla va,
Cuando llevo a mi cielito a tomar el té...

Cuando los destellos de relámpago invadían la sala, los hombres, con la ropa empapada, contemplaban sus manos, que ahora acompañaban los relámpagos y truenos o les hacían contrapunto en los intervalos de obscuridad. Había tal concentración en su rostro, que los soldados se sentían invisibles, mientras ella se esforzaba por recordar la mano de su madre rasgando un periódico, mojándolo bajo un grifo de la cocina y usándolo para borrar de la mesa las notas dibujadas, el infernáculo de notas, tras lo cual iba a su clase semanal en la sala de actos del centro comunitario, donde tocaba sin alcanzar aún los pedales con los pies, estando sentada, por lo que prefería permanecer de pie con la sandalia veraniega en el pedal izquierdo, mientras el metrónomo marcaba el compás.

No quería terminar, renunciar a aquellas palabras de una canción antigua. Veía los lugares a los que iban, que la pandilla no conocía, invadidos por la aspidistra. Alzó la vista y les hizo una seña con la cabeza para indicar que ya estaba a punto de concluir.

Caravaggio no vio aquella escena. Cuando volvió, encontró a Hana y los dos soldados de una unidad de zapadores preparándose bocadillos en la cocina.

III. CIERTA VEZ UN FUEGO

La última guerra medieval fue la que tuvo por escenario Italia en 1943 y 1944. Los ejércitos de nuevos reyes se lanzaron irreflexivos contra ciudades fortificadas, encaramadas en altos promontorios, que diferentes bandos se habían disputado desde el siglo VIII. En torno a los afloramientos de rocas, el trasiego de camillas arrasó los viñedos, donde, si se excavaba bajo los surcos dejados por los tanques, se encontraban hachas y lanzas. Monterchi, Cortona, Urbino, Arezzo, Sansepolcro, Anghiari y después la costa.

Los gatos dormían en las torretas de los cañones mirando hacia el sur. Ingleses, americanos, indios, australianos y canadienses avanzaban hacia el norte y las granadas estallaban y, tras dejar un rastro, se disolvían en el aire. Cuando los ejércitos se agruparon en Sansepolcro, ciudad cuyo símbolo es la ballesta, algunos soldados compraron esas armas y las dispararon de noche y en silencio por encima de las murallas de la inexpugnable ciudad. El mariscal de campo Kesselring, del ejército alemán en retirada, acarició en serio la idea de verter aceite hirviendo desde las almenas.

Fueron a buscar a medievalistas en las facultades de Oxford y los enviaron por avión a Umbría. Frisaban en los sesenta años por término medio. Los alojaron con la tropa y, en las reuniones con el mando estratégico, aquellos ancianos olvidaban una y otra vez que se había inventado el aeroplano. Hablaban de las ciudades en función del arte que encerraban. En Monterchi estaba la *Madonna del Parto* de Piero della Francesca, situada en la capilla contigua al cementerio de la ciudad. Cuando por fin se tomó el castillo del siglo XIII durante la lluviosa primavera, la tropa, alojada bajo la alta cúpula de la iglesia, durmió junto al púlpito de piedra en el que aparece representada la muerte de la Hidra a manos de Hércules. El agua no era potable. Muchos murieron de tifus y otras fiebres. Al mirar hacia arriba con sus prismáticos militares en la iglesia gótica de Arezzo, los soldados se encontraban con los rostros de sus contemporáneos en los frescos de Piero della Francesca. La reina de Saba conversando con el rey Salomón. Al lado, una ramita del Árbol del Bien y del Mal en la boca de Adán muerto. Años después, aquella reina iba a comprender que el puente sobre el Siloé estaba hecho con madera de aquel árbol sagrado.

La lluvia y el frío no cesaban y el único orden era el de los grandes mapas del arte, que mostraban manifestaciones de juicio, piedad y sacrificio. El VIII Ejército se tropezaba con un río tras otro cuyos puentes estaban destruidos y sus unidades de zapadores se veían obligadas a descolgarse, desafiando el fuego enemigo, por los declives de las orillas con escalas de cuerda y cruzar el río a nado o vadeándolo. El agua arrastraba tiendas y provisiones. Algunos hombres desaparecían atados a su equipo. Tras haber cruzado el río, intentaban lanzarse fuera del agua. Hundían las manos y las muñecas en la pared de lodo del terraplén y se quedaban así, colgados y esperando que el lodo, al endurecerse, los sostuviese.

El joven zapador sij apoyó la mejilla contra el lodo y pensó en la cara de la reina de Saba, la textura de su piel. El único consuelo en aquel río era el deseo que sentía por ella, que en cierto modo mantenía el calor en su interior. Le alzaría el velo del pelo. Introduciría su mano derecha entre su cuello y la blusa verde olivo. También él estaba cansado y triste, como el rey sabio y la reina culpable que había visto en Arezzo dos semanas antes.

Colgaba por encima del agua con las manos trabadas en el banco de lodo. El carácter, arte sutil, los abandonaba en aquellos días y noches, existía sólo en un libro o una pared pintada. ¿Quién era el más triste en aquel fresco de la cúpula? Enamorado de los ojos abatidos de aquella mujer que un día descubriría la sacralidad de los puentes, se inclinó para descansar en la piel de su delicado cuello.

Por la noche, en el catre, sus brazos se estiraban apuntando a la lejanía, como dos ejércitos. No había promesa de solución ni de victoria, excepto el pacto temporal entre él y los reyes de aquel fresco, que lo olvidarían, nunca tendrían noticia de la existencia de él, un sij, colgado a media altura de una escala de zapador y en plena lluvia, levantando un puente provisional para el ejército que venía tras él. Pero recordó el cuadro en que aparecía representada la historia de aquellos reyes. Y, cuando un mes después llegaron al mar los batallones, tras haber sobrevivido a todo y haber entrado en la ciudad costera de Cattolica, y después de que los ingenieros hubiesen limpiado de minas una franja de playa de veinte metros para que los hombres pudieran meterse desnudos en el mar, se acercó a uno de los medievalistas que había tenido un detalle con él –el de haberle hablado, sencillamente, y haberle cedido parte de una lata de carne– y prometió enseñarle algo a cambio de su amabilidad.

El zapador pidió prestada una moto Triumph, se ató una lámpara roja de emergencia al brazo –con el anciano bien abrigado y abrazado a él– y en dirección opuesta recorrieron el camino por el que habían venido, pasando por las ciudades ahora inocentes, como Urbino y Anghiari, a lo largo de la tortuosa cresta de la cordillera que recorría Italia de norte a sur como una espina dorsal y bajaron por la ladera occidental hacia Arezzo. De noche no había soldados en la plaza y el zapador aparcó delante de la iglesia. Ayudó a apearse al medievalista, recogió su equipo y entró en la iglesia. Una obscuridad más fría, un vacío mayor, por lo que el ruido de sus botas retumbaba en todo el recinto. Volvió a oler la piedra y la madera antiguas. Encendió tres bengalas. Colgó de las columnas y por encima de la nave un aparejo de polea y después disparó un remache con la cuerda ya enganchada a una alta viga de madera. El profesor lo observaba confuso y de vez en cuando alzaba la vista hacia las alturas en tinieblas. El joven zapador lo ciñó por la cintura y los hombros como con un arnés y le fijó en el pecho con cinta adhesiva una pequeña bengala encendida.

Lo dejó ahí, junto al reclinatorio de la comunión y subió con gran estruendo la escalera hasta el nivel en que se encontraba el extremo de la cuerda. Sujeto a ella, se dejó caer desde la balaustrada a la obscuridad y, simultáneamente, el anciano resultó izado a toda velocidad hasta que, cuando el zapador tocó el suelo, quedó suspendido en el aire y balanceándose tan tranquilo a un metro de los frescos y rodeado por el halo que formaba la bengala. Sin soltar la cuerda, el zapador avanzó hacia adelante para hacer oscilar al anciano hacia la derecha hasta dejarlo delante de *El vuelo del emperador Majencio*.

Cinco minutos después, lo bajó. Encendió una bengala e izó su propio cuerpo hasta la cúpula, hasta el intenso azul del cielo artificial. Recordaba sus estrellas doradas de cuando lo había contemplado con prismáticos. Miró hacia abajo y vio al medievalista sentado en un banco y exhausto. Ahora podía apreciar no la altura, sino la profundidad de aquella iglesia, su dimensión líquida. El vacío y la obscuridad de un pozo. La bengala esparcía luz desde su mano como una varita mágica. Maniobró la polea para izarse hasta el rostro, su Reina de la Tristeza, y su carmelita mano extendida resultaba diminuta contra el gigantesco cuello.

El sij instaló una tienda en la parte más lejana del jardín, donde, según creía Hana, en tiempos había crecido lavanda. Había encontrado hojas secas en esa zona y, tras apreciarlas al tacto, las había identificado. De vez en cuando, reconocía su perfume después de la lluvia.

Al principio, el zapador se negaba rotundamente a entrar en la casa. Pasaba por delante de ella camino de algún cometido relacionado con la desactivación de minas. Siempre cortés, saludaba con una ligera inclinación de la cabeza. Hana lo veía lavarse con agua de lluvia en una palangana ceremoniosamente colocada sobre un reloj de sol. Por el grifo del jardín, que en tiempos se había usado para regar los semilleros, ya no salía agua. Veía su desnudo torso carmelita en el momento en que se echaba agua por encima, como un ave con el ala. Durante el día lo que veía sobre todo eran sus brazos, que sobresalían de la camisa de manga corta del uniforme, y el fusil, del que, pese a que las batallas parecían haber tocado ya a su fin para ellos, nunca se separaba.

Adoptaba diversas posturas con el fusil: media asta, en ángulo para dejar libres los codos cuando lo llevaba al hombro. Se volvía de repente, al darse cuenta de que ella lo estaba mirando. Era un superviviente de sus miedos, daba un rodeo ante todo lo que le inspiraba sospechas, respondía a la mirada de ella en aquel panorama como indicando que podía afrontarlo todo.

Su actitud, tan independiente, era un alivio para ella, para todos los de la casa, aunque Caravaggio se quejaba de que el zapador no cesaba de tararear las canciones occidentales que había aprendido en los tres últimos años de la guerra. El otro zapador, que había llegado con él durante la tormenta, un tal Hardy, estaba alojado en otra parte, más cerca del pueblo, si bien ella los había visto trabajando juntos, entrando en un jardín con sus varillas y aparatos para limpiarlo de minas.

El perro se había apegado a Caravaggio. El joven soldado, que corría y saltaba con el perro por el sendero, se negaba a darle comida alguna, porque consideraba que debía sobrevivir por sí solo. Si encontraba comida, se la comía él. Su cortesía llegaba sólo hasta cierto límite. Algunas noches dormía en el parapeto que dominaba el valle y sólo si llovía se metía a gatas en su tienda.

Observaba, a su vez, el deambular nocturno de Caravaggio. En dos ocasiones, el zapador había seguido los pasos de Caravaggio a distancia. Pero dos días después Caravaggio lo detuvo y le dijo: No vuelvas a seguirme. Empezó negándolo, pero el hombre mayor le puso la mano en la boca, que mentía, y lo hizo callar. De modo que Caravaggio había notado –comprendió– su presencia dos noches antes. En cualquier caso, aquel seguimiento era un vestigio de un hábito que le habían inculcado durante la guerra, igual que seguía sintiendo deseos de apuntar el fusil y disparar a algún blanco preciso. Apuntaba una y otra vez a la nariz de una estatua o a uno de los halcones carmelitas que evolucionaban por el cielo del valle.

Seguía mostrando actitudes en gran medida juveniles. Se zampaba la comida, a la que sólo dedicaba media hora, con voracidad y se levantaba de un brinco para ir a lavar el plato.

Hana lo había visto trabajar, cauteloso y sin prisas como un gato, en el huerto y dentro del jardín invadido por la vegetación que se extendía pendiente arriba detrás de la casa. Había notado que tenía más obscura la piel de la muñeca y que se le deslizaba con holgura dentro del brazalete que a veces, cuando tomaba una taza de té delante de ella, tintineaba.

Nunca hablaba del peligro que entrañaba esa clase de búsqueda. De vez en cuando una explosión hacía salir precipitadamente de la casa a Hana, con el corazón encogido por el estallido amortiguado, y a Caravaggio. Salía corriendo de la casa o hasta una ventana y veía –junto con Caravaggio, al que vislumbraba por el rabillo del ojo– al zapador en la terraza cubierta de hierbas saludando tan tranquilo, sin siquiera volverse, con la mano.

En cierta ocasión, Caravaggio entró en la biblioteca y vio al zapador encaramado en el techo junto al trampantojo –sólo a Caravaggio se le podía ocurrir entrar en una habitación y mirar a los rincones del techo para ver si estaba solo– y el joven soldado, sin apartar la vista de su objetivo, hizo detenerse a Caravaggio alargando una mano y chasqueando los dedos: era un aviso para que, por su seguridad, saliese del cuarto, mientras desconectaba y cortaba una mecha que había rastreado hasta aquel rincón, oculta encima de la cenefa.

Siempre estaba canturreando y silbando. «¿Quién silba?», preguntó una noche el paciente inglés, que no conocía ni había visto siquiera al recién llegado. Tumbado en el parapeto, éste no cesaba de cantar, mientras contemplaba el desplazamiento de las nubes.

Cuando entraba en la villa, que parecía vacía, siempre hacía ruido. Era el único de ellos que seguía llevando uniforme. Salía de su tienda muy limpio, con las hebillas relucientes, las fajas del turbante perfectamente simétricas y las botas, que retumbaban en los pisos de madera o de piedra de la casa, cepilladas. En una fracción de segundo interrumpía el trabajo que estuviera haciendo y estallaba en carcajadas. Al inclinarse para recoger una rebanada de pan y rozar la hierba con los nudillos, al hacer girar incluso, distraído, el fusil, como si fuera una enorme maza, mientras se dirigía por la vereda bordeada de cipreses a reunirse con los demás zapadores en el pueblo, parecía inconscientemente enamorado de su cuerpo, de su físico.

Parecía despreocupado y contento con el grupito de la villa, como una estrella independiente en la linde de su sistema. Después de lo que había pasado en la guerra con el lodo, los ríos y los puentes, aquella vida era como unas vacaciones para él. Entraba en la casa, simple visitante cohibido, sólo cuando le invitaban, como la primera noche cuando había seguido el vacilante sonido del piano de Hana, se había internado por la vereda de los cipreses y había entrado en la biblioteca.

Lo que lo había movido a acercarse a la villa aquella noche de la tormenta no había sido la curiosidad por la música, sino el peligro que podía correr quien tocaba el piano. El ejército en retirada dejaba con frecuencia minas diminutas dentro de instrumentos musicales. Al regresar a sus casas, los propietarios abrían los pianos y perdían las manos. Volvían a poner en marcha el reloj de un abuelo y una bomba de cristal volaba media pared y a quien se encontrara cerca.

Había seguido, corriendo pendiente arriba con Hardy, el sonido del piano, había saltado la tapia y había entrado en la villa. Mientras no hubiera una pausa, el intérprete no se inclinaría hacia adelante para sacar la lengüeta metálica y con ello poner en marcha el metrónomo. La mayoría de las bombas estaban ocultas en esos aparatos, porque resultaba muy fácil soldar en ellos el hilo metálico. Fijaban bombas en los grifos, en los lomos de los libros, las introducían en los árboles frutales para que una manzana, al caer sobre una rama inferior, o una mano, al agarrar la rama, hicieran estallar el árbol. No podía mirar una habitación o un campo sin pensar en la posibilidad de que encerraran explosivos.

Se había detenido junto a las puertas vidrieras y había apoyado la cabeza contra el marco, antes de introducirse en la sala y permanecer –excepto cuando destellaban los relámpagos– en la obscuridad. Había una muchacha de pie, como esperándole, con la vista clavada en las teclas que estaba tocando. Sus ojos, antes de fijarse en ella, escudriñaron la sala, la barrieron como las ondas de un radar. El metrónomo estaba ya en marcha, oscilando, inocente, adelante y atrás. No había peligro, no había un hilo metálico diminuto. Se quedó ahí, con el uniforme empapado, sin que al principio la joven advirtiera su presencia.

De los árboles cercanos a su tienda colgaba la antena de un receptor de radio. Mirando con los gemelos de Caravaggio, Hana veía de noche el verde fosforescente del dial, que a veces tapaba de repente el cuerpo del zapador, al cruzar el campo de visión. Durante el día, llevaba encima el aparato portátil, con un auricular en el oído y el otro colgando bajo la barbilla para escuchar ecos del resto del mundo que podían ser importantes para él. Se presentaba en la casa para transmitir alguna información que podía interesar a quienes en ella vivían. Una tarde anunció que había muerto el director de orquesta Glenn Miller, al estrellarse su avión en el trayecto de Inglaterra a Francia.

De modo que se movía entre ellos. Hana lo veía a lo lejos con su varita de zahorí en un jardín abandonado o, si había encontrado algo, desenmarañando el nudo de cables y mechas que, como una carta diabólica, alguien le había dejado.

Se lavaba las manos continuamente. Al principio, Caravaggio pensó que era demasiado escrupuloso. «¿Cómo has podido sobrevivir a una guerra?», le decía riendo.

«Me crié en la India. Allí te lavas las manos todo el tiempo. Antes de todas las comidas. Es una costumbre. Nací en el Punjab.»

«Yo soy de la zona más septentrional de América», dijo ella.

Dormía con medio cuerpo fuera de la tienda. Hana vio que se quitaba el auricular y lo dejaba caer sobre su regazo.

Entonces bajó los gemelos y se volvió.

Estaban bajo la enorme bóveda. El sargento encendió una bengala y el zapador se tumbó en el suelo, miró hacia arriba por la mira telescópica del fusil y fue examinando los rostros de color ocre, como si estuviera buscando a un hermano suyo entre la multitud. El retículo de la mira temblaba al recorrer las figuras bíblicas, mientras la luz bañaba las vestiduras de colores y la carne, obscurecidas por la acción del humo de aceite y velas durante centenares de años. Y ahora aquel humo amarillo del gas, que resultaba –de sobra lo sabían– monstruoso en el santuario, motivo suficiente para expulsar a aquellos soldados y recordarlos por haber abusado del permiso obtenido para ver la Gran Sala, hasta la que habían llegado después de vadear cabezas de playa y pasar por mil escaramuzas, el bombardeo de Monte Cassino, recorrer en respetuoso silencio las *Stanze* de Rafael y acabar por fin allí, diecisiete hombres que habían desembarcado en Sicilia y se habían abierto paso combatiendo por la bota italiana hasta allí, donde les habían mostrado una simple sala en gran parte a obscuras. Como si la simple presencia en el lugar fuera suficiente.

Y uno de ellos había dicho: «¡Maldita sea! ¿Y si pusiéramos un poco más de luz, sargento Shand?». Y el sargento soltó la lengüeta de la bengala y la sostuvo con el brazo extendido, mientras el niágara de luz se derramaba desde su puño, y se quedó ahí, así, hasta que se consumió. Los demás contemplaron con la vista hacia arriba las figuras y los rostros apiñados en el techo que aparecían a la luz, pero el joven zapador ya estaba tumbado boca arriba y con el fusil apuntado y su ojo casi rozaba las barbas de Noé y Abraham y los diversos demonios hasta que la visión del gran rostro –un rostro como una lanza, sabio, implacable– lo dejó paralizado.

Oyó gritar a los guardas en la entrada y después acudir corriendo, cuando ya sólo faltaban treinta segundos para que se apagara la bengala. Se revolvió y pasó el fusil al capellán. «Ése. ¿Quién es? En las tres en punto, noroeste. ¿Quién es? Rápido, que se apaga la bengala.»

El capellán se colocó el fusil en el hombro y lo giró hacia el rincón y en aquel momento se apagó la bengala.

Devolvió el fusil al joven sij.

«La verdad es que vamos a tener un disgusto todos por haber iluminado con estas armas la Capilla Sixtina. Yo no debería haber venido aquí, pero también debo dar las gracias al sargento Shand, ha sido una heroicidad por su parte. Supongo que no habremos causado ningún daño.»

«¿La ha visto? La cara. ¿Quién era?»

«Ah, sí, es un rostro admirable.»

«Lo ha visto.»

«Sí. Era Isaías.»

Cuando el VIII Ejército llegó a Gabicce, en la costa oriental, el zapador iba al mando de una patrulla nocturna. La segunda noche recibió por radio la comunicación de que había movimientos del enemigo en el agua. La patrulla lanzó una granada, que produjo una erupción en el agua, una severa advertencia. No acertaron, pero con el haz blanco de la explosión distinguió una silueta más obscura en movimiento. Alzó el fusil y la tuvo en la mira durante todo un minuto, pero prefirió no disparar y ver si había otros movimientos cerca. El enemigo seguía acampado más al norte, a las afueras de Rímini. Tenía la sombra en la mira, cuando se iluminó de repente la aureola de la Virgen María. Salía del mar.

Iba de pie en una barca. Dos hombres remaban. Otros dos la sostenían derecha y, cuando tocaron la playa, los habitantes de la ciudad empezaron a aplaudir desde sus obscuras ventanas abiertas.

El zapador veía la cara blanca y la aureola que formaban las lamparitas, alimentadas con pilas. Estaba tumbado en el fortín de hormigón, entre la ciudad y el mar, y la miraba, cuando los cuatro hombres bajaron de la barca y alzaron la estatua de yeso de metro y medio de altura. Cruzaron la playa sin detenerse, sin vacilar por miedo a las minas. Tal vez hubieran visto cómo las enterraban los alemanes y supiesen dónde se encontraban. Sus pies se hundían en la arena. Era en Gabicce Mare, el 29 de mayo de 1944: la fiesta de la Virgen María, Reina de los Mares.

Las calles estaban invadidas de adultos y niños. También habían aparecido hombres con uniformes de la banda, aunque ésta no tocaba para no violar el toque de queda, pero los instrumentos, inmaculados y brillantes, formaban también parte de la ceremonia.

Salió de la obscuridad, con el cañón del mortero atado a la espalda y el fusil en las manos. Su turbante y sus armas los sobresaltaron. No se esperaban que fuese a surgir también él de la tierra de nadie que era la playa.

Alzó el fusil y enfocó la cara de la Virgen en el punto de mira: sin edad, asexuada, las obscuras manos de los hombres en primer plano intentando llegar hasta su luz, la graciosa inclinación de las veinte bombillitas. La figura llevaba un manto azul pálido y tenía la rodilla izquierda ligeramente alzada para sugerir el efecto del ropaje.

No eran gente romántica. Habían sobrevivido a los fascistas, los ingleses, los galos, los godos y los alemanes. Habían estado sometidos tan a menudo, que ya nada significaba para ellos. Pero aquella cara de yeso azul y blanco había llegado del mar y la colocaron en un camión de la vendimia lleno de flores, mientras la banda la precedía en silencio. Fuera cual fuese la protección que había de dar el zapador a aquella ciudad, carecía de sentido. No podía pasearse con sus armas por entre los niños vestidos de blanco.

Se trasladó a una calle paralela y caminó al paso de la procesión para llegar al mismo tiempo a los cruces, donde alzaba el fusil y encuadraba una vez más el rostro de la Virgen en el punto de mira. Acabaron en un promontorio desde el que se dominaba el mar y donde la dejaron y regresaron a sus hogares. Ninguno de ellos advirtió la constante presencia del zapador en la periferia.

Su rostro seguía iluminado. Los cuatros hombres que la habían traído en la barca estaban sentados alrededor de ella, como centinelas. La pila que llevaba fijada a la espalda empezó a fallar; se descargó hacia las cuatro y media de la mañana. En aquel momento el zapador miró su reloj. Observó a los hombres con el telescopio del fusil. Dos estaban dormidos. Alzó la mira hasta el rostro de la Virgen y lo escrutó de nuevo. Con la luz que se iba apagando a su alrededor, tenía expresión diferente: una cara que en la obscuridad se parecía más a la de alguien que conocía, una hermana, algún día una hija. Si hubiera podido llevársela, el zapador habría dejado algo a modo de ofrenda. Pero, al fin y al cabo, tenía su propio credo.

Caravaggio entró en la biblioteca. Ahora pasaba la mayoría de las tardes en ella. Como siempre, los libros eran seres místicos para él. Sacó uno y lo abrió por la página del título. Cuando llevaba cinco minutos en la sala, oyó un ligero gemido.

Se volvió y vio a Hana dormida en el sofá. Cerró el libro y se recostó contra la consola situada bajo los anaqueles. Hana estaba acurrucada, con la mejilla izquierda sobre el polvoriento brocado y el brazo derecho dirigido hacia su rostro, como un puño contra su mejilla. Se le movieron las cejas, mientras su rostro se concentraba en el sueño.

Cuando la había vuelto a ver después de todo ese tiempo, tenía expresión tensa y recursos físicos apenas suficientes para afrontar la situación con eficacia. Su cuerpo había pasado por una guerra y, como en el amor, había usado todo su ser.

Caravaggio estornudó ruidosamente y, cuando volvió a alzar la cabeza, la vio despierta, con los ojos abiertos y clavados en él.

«Adivina qué hora es.»

«Sobre las cuatro y cinco. No, las cuatro y siete», respondió ella.

Era un antiguo juego entre un hombre y una niña. Él salió de la sala para ir a buscar el reloj y, por la seguridad de sus movimientos, ella comprendió que acababa de tomar morfina y se sentía nuevo y entero, con su aplomo habitual. Cuando volvió moviendo la cabeza de admiración por su exactitud, ella se irguió y sonrió.

«Nací con un reloj de sol en la cabeza, ¿verdad?»

«¿Y de noche?»

«¿Existirán relojes de luna? ¿Habrán inventado uno? Tal vez todos los arquitectos, al construir una villa, oculten un reloj de luna para los ladrones, como un diezmo obligatorio.»

«Menuda preocupación para los ricos.»

«Nos vemos en el reloj de luna, David, lugar en el que los débiles pueden codearse con los ricos.»

«¿Como el paciente inglés y tú?»

«Hace un año estuve a punto de tener un hijo.»

Ahora que la droga despejaba y daba precisión a su mente, Caravaggio podía seguir a Hana en sus escapadas, acompañarla con el pensamiento. Ella se estaba mostrando muy abierta, sin darse cuenta del todo de que estaba despierta y charlando, como si aún hablara en sueños, como si el de él hubiera sido un estornudo en un sueño.

Caravaggio conocía ese estado. Se había reunido a menudo con gente en el reloj de luna, al molestarla a las dos de la mañana con el desplome, provocado por un falso movimiento, de todo un ropero en una alcoba. Esos sobresaltos –según había descubierto– contribuían a que se mostraran menos temerosos y violentos. Cuando los dueños de casas en las que estaba robando lo descubrían, se ponía a dar palmas y a hablar a la desesperada, al tiempo que lanzaba al aire un reloj caro y volvía a atraparlo con las manos y los asediaba a preguntas sobre la ubicación de las cosas que le interesaban.

«Perdí el niño. Quiero decir que hube de perderlo. El padre ya había muerto. Estábamos en guerra.»

«¿Estabas en Italia?»

«En Sicilia, más o menos cuando sucedió eso. No dejé de pensar en ello durante todo el período en que subimos Adriático arriba detrás de las tropas. Conversaba sin cesar con el niño. Trabajaba denodadamente en los hospitales y me aparté de todos los que me rodeaban, excepto el niño, con el que lo compartía todo: en mi cabeza. Hablaba con él mientras bañaba y cuidaba a los pacientes. Estaba un poco loca.»

«Y después murió tu padre.»

«Sí. Después murió Patrick. Cuando me enteré, estaba en Pisa.»

Estaba completamente despierta y sentada.

«Lo sabías, ¿eh?»

«Recibí una carta de casa.»

«¿Por eso viniste aquí? ¿Porque lo sabías?»

«No.»

«Mejor. No creo que Patrick creyera en velatorios y demás. Según solía decir, quería que, cuando muriese, dos mujeres interpretaran un dúo con instrumentos musicales (concertina y violín) y nada más. Era tan rematadamente sentimental.»

«Sí. Podías conseguir de él lo que quisieras. Si le ponías delante una mujer en apuros, estaba perdido.»

El viento que se alzó en el valle llegó hasta su colina y agitó los cipreses que bordeaban los treinta y seis escalones contiguos a la capilla. Las primeras gotas de lluvia empezaron a insinuarse con su tictac sobre ellos, sentados en la balaustrada contigua a la escalera. Era bastante después de la medianoche. Ella estaba tumbada en el antepecho de hormigón y él se paseaba o se asomaba al valle. Sólo se oía el sonido de la lluvia que caía.

«¿Cuándo dejaste de hablar con el niño?»

«De repente, anduvimos de cabeza. Las tropas estaban entrando en combate en el puente sobre el Moro y después en Urbino. Tal vez fuera en Urbino donde dejé de hacerlo. Tenías la sensación de que en cualquier momento podía acertarte un disparo, aunque no fueras soldado, aunque fueses sacerdote o enfermera. Aquellas calles estrechas y en pendiente eran como conejeras. No cesaban de llegar soldados con el cuerpo hecho trizas, se enamoraban de mí durante una hora y morían. Era importante recordar sus nombres. Pero yo no dejaba de ver al niño, siempre que morían, siempre que los barrían. Algunos se erguían e intentaban desgarrarse todas las vendas para poder respirar mejor. Algunos, cuando morían, estaban preocupados por pequeños rasguños en los brazos. Y después venía el borboteo en la boca: la burbuja final. Una vez me incliné a cerrar los ojos de un soldado y los abrió y dijo con una mueca de desprecio: "¿Es que no puedes esperar a que me haya muerto? *¡Cacho puta!*". Se irguió y tiró al suelo de un manotazo todo lo que llevaba en la bandeja. ¡Lo furioso que estaba! ¿Quién desearía morir así? Morir con esa rabia. *¡Cacho puta!* Después, siempre esperaba al borboteo en la boca. Ahora conozco la muerte, David. Conozco todos los olores. Sé cómo hacerles olvidar la agonía, cuándo ponerles una rápida inyección de morfina en una vena grande, o la solución salina para hacerlos evacuar el vientre antes de morir. Todo puñetero general debería haber pasado por mi trabajo. Todo puñetero general. Debería haber sido el requisito previo para dar la orden de cruzar un río. ¿Quién demonios éramos nosotros para que se nos encomendara aquella responsabilidad? ¿Para que se esperase que tuviéramos el saber de sacerdotes ancianos para guiarlos hacia algo que ninguno deseaba y en cierto modo consolarlos? Nunca pude creerme los servicios que se oficiaban por los muertos, su vulgar retórica. ¡Cómo se atrevían! ¡Cómo podían hablar así sobre la muerte de un ser humano.»

No había luz, todas las lámparas estaban apagadas y casi todo el cielo cubierto de nubes. Más valía olvidarse de que existía un mundo civilizado y con casas confortables. Estaban habituados a moverse por la casa a obscuras.

«¿Sabes por qué el ejército no quería que te quedaras aquí, con el paciente inglés?»

«¿Un matrimonio desconcertante? ¿Mi complejo de Electra?» Le sonrió.

«¿Cómo está ese hombre?»

«Sigue nervioso por lo del perro.»

«Dile que lo traje yo.»

«Tampoco está seguro de que tú vayas a quedarte aquí. Cree que podrías marcharte con la vajilla.»

«¿Crees que le gustaría tomar un poco de vino? Hoy he conseguido agenciarme una botella.»

«¿Dónde?»

«¿La quieres o no?»

«Vamos a tomárnosla ahora. Olvidémonos de él.»

«¡Ah, el gran paso!»

«Nada de gran paso. Me hace mucha falta una bebida de verdad.»

«Veinte años de edad. Cuando yo tenía veinte años...»

«Sí, sí, ¿por qué no te agencias un gramófono un día? Por cierto, creo que eso se llama saqueo.»

«Mi país me enseñó todo eso. Es lo que hice por él durante la guerra.»

Entró en la casa por la capilla bombardeada.

Hana se irguió, un poco mareada, le costaba conservar el equilibrio. «Y mira lo que te hizo», se dijo.

Durante la guerra apenas hablaba, ni siquiera con aquellos con los que trabajaba más estrechamente. Necesitaba a un tío, a un miembro de la familia. Necesitaba al padre del niño, mientras esperaba a emborracharse por primera vez en varios años, mientras en el piso superior un hombre quemado se había sumido en sus cuatro horas de sueño y un antiguo amigo de su padre estaba ahora desvalijándole el botiquín, rompiendo la punta de la ampolla de cristal, ciñéndose un cordón al brazo e inyectándose la morfina rápidamente, en el tiempo que tardaba en darse la vuelta.

Por la noche, en las montañas que los rodeaban, incluso a las diez, sólo la tierra estaba obscura. Un cielo gris claro y colinas verdes.

«Estaba harta de pasar hambre, de no inspirar otra cosa que deseo carnal. Conque me retiré: de las citas, los paseos en jeep, los amoríos. Los últimos bailes antes de que murieran... me consideraban una esnob. Trabajaba más que los demás. Turnos dobles y bajo el fuego: hacía lo que fuera por ellos, vaciaba todos los orinales. Me volví una esnob porque no quería salir a gastar su dinero. Quería volver a mi tierra y ya no tenía a nadie en ella. Y estaba harta de Europa, harta de que me trataran como a un objeto precioso por ser mujer. Salí con un hombre que murió y el niño murió. La verdad es que el niño no murió precisamente, sino que acabé yo con él. Después de aquello, me retraje tanto, que nadie podía acercárseme. Y menos con charlas de esnobs. Ni con la muerte de alguien. Entonces lo conocí, al hombre quemado y con la piel renegrida, que, visto de cerca, resultó ser inglés.

»Hace mucho tiempo, David, que no he pensado en el contacto con un hombre.»

Cuando el zapador llevaba una semana por los alrededores de la villa, se adaptaron a sus hábitos alimentarios. Estuviera donde estuviese –en la colina o en el pueblo–, hacia las doce y media regresaba y se reunía con Hana y Caravaggio, sacaba de la bolsa el hatillo hecho con su pañuelo azul y lo extendía sobre la mesa junto a la comida de ellos: sus cebollas y sus hierbas, que fue cogiendo –sospechaba Caravaggio– en el huerto de los franciscanos, cuando estuvo rastreándolo en busca de minas. Pelaba las cebollas con el mismo cuchillo que utilizaba para pelar el revestimiento de una mecha. Después venía la fruta. Caravaggio sospechaba que, desde que habían desembarcado, no había probado ni una sola vez el rancho de las cantinas.

En realidad, siempre había hecho cola, como Dios manda, al amanecer, con la taza en la mano para recoger el té inglés, que le encantaba y al que añadía leche condensada de sus provisiones particulares. Se lo bebía despacio, de pie y al sol, para poder contemplar el lento movimiento de los soldados, que, si no iban a proseguir la marcha aquel día, a las nueve de la mañana estaban ya jugando a la canasta.

Ahora, al amanecer, bajo los devastados árboles de los jardines semidestruidos de la Villa San Girolamo, bebía un trago de agua de su cantimplora. Echaba polvo dentífrico en el cepillo de dientes e iniciaba una calmosa sesión de higiene dental, al tiempo que se paseaba y miraba el valle, aún envuelto en la bruma, más curioso que embelesado ante la vista sobre la que el azar lo había llevado a vivir. Desde su infancia, el cepillado de los dientes había sido para él una actividad al aire libre.

El paisaje que lo rodeaba era algo temporal, carecía de permanencia. Se contentaba con registrar la posibilidad de que lloviera o apreciar cierto olor de un arbusto. Como si, aun en reposo, fuese su mente un radar y sus ojos localizaran la coreografía de los objetos inanimados en un radio de cuatrocientos metros, es decir, aquel en que resultan mortales los proyectiles de armas pequeñas. Examinaba con cuidado las dos cebollas que había sacado de la tierra, pues sabía que los ejércitos en retirada habían minado también los huertos.

En el almuerzo, Caravaggio miraba con expresión afectuosa los objetos situados sobre el pañuelo azul. Probablemente existiera, pensaba, algún raro animal que comiese los mismos alimentos que aquel joven soldado, quien se los llevaba a la boca con los dedos de la mano derecha. Sólo utilizaba el cuchillo para pelar la piel de la cebolla y para trocear la fruta.

Los dos hombres bajaron en carro hasta el valle para recoger un saco de harina. Además, el soldado tenía que entregar en el cuartel general de San Domenico los mapas de las zonas limpiadas. Como les resultaba difícil hacerse preguntas personales, hablaron de Hana. El zapador hubo de hacer muchas preguntas antes de que el de más edad reconociera que la había conocido antes de la guerra.

«¿En el Canadá?»

«Sí. La conocía allí.»

Pasaron ante numerosas hogueras al borde de la carretera y Caravaggio aprovechó para cambiar de conversación. El apodo del zapador era Kip. «Llamad a Kip.» «Aquí llega Kip.» Le habían puesto ese apodo en circunstancias curiosas. En su primer informe sobre desactivación de bombas en Inglaterra el papel tenía una mancha de mantequilla y el oficial había exclamado: «¿Qué es esto? ¿Grasa de arenque *(kipper)*?» Y todo el mundo se echó a reír. El joven sij no tenía idea de lo que era un arenque, pero había quedado metamorfoseado en un pescado salado inglés. Al cabo de una semana, todo el mundo había olvidado su nombre auténtico: Kirpal Singh. No le importó. Lord Suffolk y su equipo de demolición se aficionaron a llamarlo por su apodo, cosa que él prefería a la costumbre inglesa de llamar a las personas por su apellido.

Aquel verano el paciente inglés tenía puesto el audífono, gracias al cual podía estar al corriente de todo lo que sucedía en la casa. La concha ambarina fijada en su oído le transmitía los ruidos casuales: el chirrido de la silla en el pasillo, las pisadas del perro junto a su alcoba, que le hacían aumentar el volumen y oír hasta su puñetera respiración, o los gritos del zapador en la terraza. De modo que, pocos días después de la llegada del joven zapador, se había enterado de su presencia en los alrededores de la casa, si bien Hana los mantenía separados, pues suponía que no harían buenas migas.

Pero un día, al entrar en el cuarto del inglés, se encontró con el zapador. Estaba al pie de la cama, con los brazos colgados del fusil, que descansaba en sus hombros. No le gustó esa forma negligente de sostener el arma ni el modo como se había girado, como con desgana, al oírla entrar, como si su cuerpo fuera el eje de una rueda, como si tuviese cosida el arma a los hombros y los brazos y a sus obscuras muñequitas.

El inglés se volvió hacia ella y dijo: «¡Nos estamos entendiendo de maravilla!».

Le molestó que el zapador hubiera entrado como si tal cosa en aquel ámbito, que pareciese rodearla, estar en todas partes. Al enterarse por Caravaggio de que el paciente sabía de fusiles, Kip había subido a su cuarto y se había puesto a hablar con él de la búsqueda de bombas. Había descubierto que el inglés era un pozo de información sobre el armamento aliado y el del enemigo. No sólo conocía las absurdas espoletas italianas, sino también la topografía detallada de aquella región de Toscana. No tardaron en ponerse a ilustrar sus afirmaciones dibujando croquis de bombas y a exponer los aspectos teóricos de cada circuito concreto.

«Las espoletas italianas parecen ir colocadas verticalmente y no siempre en la cola.»

«Eso depende. Las fabricadas en Nápoles son así, pero las fábricas de Roma siguen el sistema alemán. Naturalmente, si nos remontamos al siglo XV, Nápoles...»

Como el joven soldado no estaba acostumbrado a permanecer quieto y callado, se impacientaba, al escuchar la tortuosa forma de hablar del inglés, y no dejaba de interrumpir las pausas y silencios que el inglés se concedía para intentar acelerar la cadena de ideas. El soldado echaba la cabeza hacia atrás y miraba al techo.

«Lo que deberíamos hacer es fabricarle un arnés», dijo pensativo y dirigiéndose a Hana, que acababa de entrar, «para trasladarlo por la casa.»

Ella los miró a los dos, se encogió de hombros y salió del cuarto.

Cuando Caravaggio se cruzó con ella en el pasillo, Hana iba sonriendo. Se quedaron escuchando la conversación que se estaba produciendo en el cuarto.

¿Te he contado mi concepción del hombre virgiliano, Kip? Mira...

¿Tienes puesto el audífono?

¿Qué?

Ponlo en marcha...

«Creo que ha encontrado a un amigo», dijo Hana a Caravaggio.

Hana salió al sol del patio. Al mediodía, los grifos vertían agua en la fuente de la villa durante veinte minutos. Se quitó los zapatos, se subió al pilón y esperó.

A aquella hora todo quedaba invadido por el olor del heno. Los moscardones vacilaban en el aire y chocaban con las personas, como contra una pared, y después se retiraban indiferentes. Advirtió que las arañas de agua habían anidado bajo la pila superior de la fuente, cuyo saledizo dejaba en la sombra su rostro. Le gustaba sentarse en aquella cuna de piedra, le gustaba el olor a aire fresco y oculto que emanaba del caño aún vacío que tenía a su lado, como el aire de un sótano abierto por primera vez al final de la primavera, que contrasta con el calor exterior. Se sacudió el polvo de los brazos y de los dedos de los pies, se acarició la marca que le había dejado la presión de los zapatos y se estiró.

Demasiados hombres en la casa. Se acercó la boca

al hombro desnudo. Olió su piel, su intimidad, sus propios sabor y aroma. Recordó cuándo había tenido por primera vez conciencia de ellos, en algún punto de su adolescencia –más que una época le parecía un lugar–, al aplicarse los labios al antebrazo para practicar el arte de besar, al olerse las muñecas o inclinarse hasta su muslo, al respirar en sus propias manos juntas en forma de taza para que el aliento rebotara hacia su nariz. Se frotó su blanco pie desnudo contra el revestimiento moteado de la fuente. El zapador le había hablado de estatuas que había conocido durante la guerra, le había contado que había dormido junto a una que representaba a un ángel abatido, mitad hombre y mitad mujer, que le había parecido hermoso. Se había recostado a mirar el cuerpo y por primera vez en toda la guerra se había sentido en paz.

Olfateó la piedra, su fresco olor a polilla.

¿Se habría debatido su padre al morir o habría muerto en calma? ¿Habría descansado con actitud tan imponente como la del paciente inglés en su catre? ¿Lo habría cuidado una persona a la que no conociera? Un hombre que no es de tu misma sangre puede hacer que te abras a las emociones más que alguien de tu familia. Como si, al caer en brazos de un extraño, descubrieras el reflejo de tu elección. A diferencia del zapador, su padre nunca estuvo del todo cómodo en el mundo. Al hablar, la timidez le hacía comerse algunas sílabas. De las frases de Patrick siempre te perdías –se había quejado su madre– dos o tres palabras decisivas. Pero a Hana le gustaba eso: no parecía tener el menor rasgo de un espíritu feudal. Había en él una vaguedad, una incertidumbre, que le infundían cierto encanto. No se parecía a la mayoría de los hombres. Incluso el herido paciente inglés tenía la habitual resolución del estilo feudal. Pero su padre era un espectro hambriento y le gustaba que quienes lo rodeaban fueran decididos, estridentes incluso.

¿Se habría acercado a su muerte con la misma sensación fortuita de asistir a un accidente? ¿O con furia? Era el hombre menos violento que había conocido, detestaba las discusiones: si alguien hablaba mal de Roosevelt o de Tim Buck o elogiaba a ciertos alcaldes de Toronto, se limitaba a salirse de la habitación. Nunca en su vida había intentado convertir a nadie, sino que se limitaba a amortiguar o celebrar los acontecimientos que se producían a su alrededor y nada más. La novela es un espejo que se pasea por un camino. Había leído esa frase en uno de los libros recomendados por el paciente inglés y así recordaba –siempre que repasaba los recuerdos de él–: a su padre deteniendo a medianoche el coche bajo determinado puente de Toronto, al norte de Pottery Road, y contándole que allí era donde los estorninos y las palomas compartían, incómodos y no precisamente contentos, las vigas por la noche. Conque una noche de verano habían hecho un alto allí y habían sacado la cabeza para apreciar la barahúnda de ruidos y piídos soñolientos.

Me dijeron que Patrick murió en un palomar, comentó Caravaggio.

Su padre amaba una ciudad inventada por él mismo, cuyas calles, paredes y límites habían pintado sus amigos y él. Nunca salió del todo de aquel mundo. Hana comprendió que todo lo que sabía del mundo real lo había aprendido por su cuenta o por Caravaggio o –durante el tiempo en que vivieron juntas– por su madrastra, Clara, que, como sabía –por haber sido en tiempos actriz– expresarse con claridad, había manifestado su rabia cuando todos partieron para la guerra. Durante todo su último año en Italia había llevado consigo las cartas de Clara, que había escrito –lo sabía– sobre una roca rosada de una isla de Georgian Bay, contra el viento que llegaba del agua y agitaba las hojas de su cuaderno, hasta que por fin arrancaba las páginas y las metía en un sobre para Hana. Las llevaba en su maleta, cada una de ellas con una esquirla de aquella roca rosada y un recuerdo de aquel viento. Pero nunca las había contestado. Había echado de menos a Clara con pesar, pero, después de todo lo que le había sucedido, no podía escribirle. No podía soportar la idea de hablar de la muerte de Patrick ni la de aceptar siquiera su evidencia.

Y ahora, en aquel continente, como la guerra se había desplazado a otras zonas, los conventos y las iglesias, convertidos por un breve período en hospitales, estaban solitarios, aislados en las colinas de Toscana y Umbría. Conservaban los restos de las sociedades guerreras, pequeñas morrenas dejadas por un vasto glaciar. Ahora los rodeaba completamente el bosque sagrado.

Se metió los pies bajo su ligero vestido y descansó los brazos a lo largo de los muslos. Todo estaba en calma. Oía el habitual borboteo sordo, incansable, del caño enterrado en la columna central de la fuente. Después silencio. Luego, al irrumpir el agua a su alrededor, hubo de repente un estrépito.

Las historias que Hana había leído al paciente inglés, los viajes con el viejo vagabundo en *Kim* o con Frabrizio en *La cartuja de Parma*, los habían embriagado y los habían arrastrado a un torbellino de ejércitos, caballos y carretas: los que huían de una guerra y los que se dirigían a ella. Apilados en un rincón de su alcoba, tenía Hana otros libros que le había leído y por cuyos paisajes ya habían paseado.

Muchos libros se iniciaban con una garantía de orden por parte del autor. Entrabas en sus aguas con el quedo movimiento de un remo.

Comienzo mi obra en la época en que era cónsul Servio Galba. (...) Las historias de Tiberio, Calígula, Claudio y Nerón escritas cuando ocupaban el poder fueron falsificadas mediante el terror y, después de su muerte, se escribieron otras inspiradas por el odio.

Así iniciaba Tácito sus *Anales*.

Pero las novelas comenzaban con indecisión o en pleno caos. Los lectores nunca disfrutaban de equilibrio. Se abría una puerta, un cerrojo, una esclusa, y de súbito aparecían con la borda en una mano y un sombrero en la otra.

Cuando Hana comenzaba un libro, entraba por

pórticos en amplios patios. Parma, París y la India extendían sus alfombras.

Estaba sentado –contraviniendo las ordenanzas municipales– a horcajadas sobre el cañón Zam-Zammah, que se alzaba en su plataforma de ladrillo frente al antiguo Ajaib-Gher, la Casa de las Maravillas, como llamaban los nativos el Museo de Lahore. Quien tuviera en su poder el Zam-Zammah, el «dragón del aliento de fuego», tenía en su poder el Punjab, pues ese gran cañón de bronce verde era siempre el primer botín de los conquistadores.

«Léelo despacio, querida niña; a Kipling hay que leerlo despacio. Fíjate bien en dónde se encuentran las comas y descubrirás las pausas naturales. Era un autor que escribía con pluma y tintero. Como la mayoría de los escritores que viven solos, levantaba con frecuencia, según tengo entendido, la vista de la página, miraba por la ventana y escuchaba los pájaros. Algunos no saben los nombres de los pájaros, pero él sí. Tus ojos son demasiado rápidos, norteamericanos. Piensa en el ritmo de su pluma. De lo contrario, parecerá un primer párrafo ampuloso y anticuado.»

Ésa fue la primera lección del paciente inglés sobre la lectura. No volvió a interrumpirla. Si se quedaba dormido, Hana proseguía, sin levantar la vista ni un momento, hasta que ella misma se sentía cansada. Si el inglés se había perdido la trama de la última media hora, simplemente iba a quedar a obscuras una habitación en una historia que probablemente ya conociera. Se sabía el mapa de la historia. Al este quedaba Benarés y al norte del Punjab Chilianwallah. (Todo aquello ocurría antes de que el zapador entrara, como procedente de ese relato, en sus vidas. Como si hubieran frotado las páginas de Kipling por la noche, al modo de una lámpara maravillosa: un remedio prodigioso.)

Había pasado del final de *Kim*, con sus exquisitas y sagradas frases –ahora leídas con dicción clara–, al cuaderno de notas del paciente, el libro que, a saber cómo, había logrado salvar del fuego. Así abierto, el libro tenía casi el doble de su grosor original.

Había una fina página arrancada de una Biblia y pegada en el texto.

El rey David era ya viejo y entrado en años y, por más que lo cubrían con ropas, no lograba entrar en calor.

Entonces sus servidores dijeron: «Hay que buscar para el Rey, nuestro señor, una joven virgen que lo cuide y duerma en sus brazos para que el Rey, nuestro señor, entre en calor».

Conque buscaron por toda la tierra de Israel una muchacha hermosa, hallaron a la sunamita Abisag y la llevaron ante el Rey. Y la muchacha cuidó al Rey y le sirvió, pero el Rey no la conoció.

La tribu ———, que había salvado al piloto quemado, lo llevó a la base británica de Siwa en 1944. Lo trasladaron del Desierto Occidental a Túnez en el tren ambulancia de medianoche y después por barco a Italia. En aquel momento de la guerra, había centenares de soldados que habían perdido la conciencia de su identidad, sin que se tratara de un engaño. Los que afirmaban no estar seguros de su nacionalidad fueron agrupados en un campamento en Tirrenia, donde se encontraba el hospital del mar. El piloto quemado era un enigma más: sin identificación e irreconocible. En el cercano campamento para criminales, se encontraba –encerrado en una jaula– el poeta americano Ezra Pound, quien ocultaba en su cuerpo y en sus bolsillos –y la cambiaba de sitio todos los días para, según creía, mayor seguridad– la vaina de eucalipto que había recogido, cuando lo detuvieron, en el jardín de quien lo traicionó. *«El eucalipto es bueno para la memoria.»*

«Deberían intentar confundirme», dijo el piloto quemado a sus interrogadores, «hacerme hablar alemán, lengua que, por cierto, domino, preguntarme por Don Bradman, preguntarme por Marmite, la gran Gertrude Jekyll». Sabía dónde se hallaban todos y cada uno de los cuadros de Giotto en Europa y la mayoría de los lugares en que podían encontrarse trampantojos convincentes.

Habían instalado el hospital del mar en las cabinas de baño que los turistas alquilaban en la playa a finales de siglo. Cuando apretaba el calor, colocaban una vez más las antiguas sombrillas con anuncios de Campari en los huecos de las mesas y los vendados, los heridos y los comatosos se sentaban bajo ellas a tomar la brisa marina, mientras hacían lentamente algún comentario, se quedaban con la mirada perdida o hablaban por los codos. El hombre quemado se fijó en la joven enfermera, separada de las demás. Conocía aquellas miradas mortecinas, sabía que era más paciente que enfermera. Cuando necesitaba algo, sólo hablaba a ella.

Volvieron a interrogarlo. Todo en él era muy inglés, excepto su piel negra como el alquitrán, una momia histórica entre los oficiales que lo interrogaban.

Le preguntaron en qué parte de Italia se encontraban los Aliados y dijo que habrían tomado –suponía– Florencia, pero no habrían podido superar los pueblos encaramados en las colinas, al norte de sus posiciones: la línea gótica. «Su división está bloqueada en Florencia y no puede superar bases como Presto y Fiésole, por ejemplo, porque los alemanes se han atrincherado en villas y conventos excelentemente defendidos. Es algo que viene de lejos: los cruzados cometieron el mismo error contra los sarracenos. Y, como ellos, ustedes necesitan ahora las ciudades fortificadas. Nunca han quedado abandonadas, excepto cuando ha habido epidemias de cólera.»

Había seguido así, volviéndolos locos con sus divagaciones, y nunca podían estar seguros de si se trataba de un traidor o un aliado.

Ahora, meses después, en la Villa San Girolamo, en el pueblo encaramado en una colina al norte de Florencia, en el cuarto decorado como un cenador que le servía de alcoba, descansaba como la escultura del caballero muerto en Rávena. Hablaba fragmentariamente de pueblos situados en oasis, de los últimos Médicis, del estilo de Kipling, de una mujer que lo había mordido. Y en su libro de citas, su edición de la *Historia* de Herodoto de 1890, había otros fragmentos: mapas, entradas de diario, escritos en numerosas lenguas, párrafos recortados de otros libros. Lo único que faltaba era su nombre. Seguía sin haber una clave para averiguar quién podía ser en realidad: sin nombre ni grado, batallón ni escuadrón. Todas las referencias que figuraban en su libro databan de antes de la guerra, los desiertos de Egipto y Libia en el decenio de 1930, entremezcladas con referencias al arte rupestre o al arte de los museos o notas de diario de su diminuta caligrafía. «Ninguna de las Madonnas florentinas», dijo el paciente inglés a Hana, cuando ésta se inclinó sobre él, «es morena».

Se había quedado dormido con el libro en las manos. Ella lo recogió y lo dejó en la mesilla de noche. Lo dejó abierto y se quedó ahí, de pie, leyéndolo. Se prometió no pasar la página.

Mayo de 1936.

Te voy a leer un poema, dijo la esposa de Clifton, con su voz de persona muy cumplida, que es lo que siempre parece, a no ser que seas un íntimo. Estábamos todos en el campamento meridional, junto al fuego.

Caminaba por un desierto.
Y grité:
«¡Ay, Dios, sácame de aquí!»
Una voz dijo: «No es un desierto».
Yo grité: «Ya, pero...
La arena, el calor, el horizonte vacío».
Una voz dijo: «No es un desierto».

Nadie dijo nada.

Ella dijo: «Es de Stephen Crane, quien nunca visitó el desierto».

«Sí que lo visitó», dijo Madox.

Julio de 1936.

En la guerra hay traiciones que, comparadas con nuestras traiciones humanas en época de paz, resultan infantiles. El nuevo amor irrumpe en los hábitos del otro. Todo queda destruido y se ve desde una nueva perspectiva. Para ello se recurre a frases nerviosas o tiernas, aunque el corazón es un órgano de fuego.

Una historia de amor no versa sobre aquellos cuyos

corazones se extravían, sino sobre quienes tropiezan con ese hosco personaje interior y comprenden que el cuerpo no puede engañar a nadie ni nada: ni la sabiduría del sueño ni el hábito de la cortesía. Es un consumirse de uno mismo y del pasado.

La habitación verde estaba casi sumida en la obscuridad. Hana se volvió y advirtió que tenía el cuello entumecido por la inmovilidad. Había estado concentrada y absorta en la enrevesada caligrafía del grueso volumen de mapas y textos. Había incluso un pequeño helecho pegado. *Los nueve libros de la Historia.* No cerró el libro, no lo había tocado después de dejarlo sobre la mesilla. Se alejó de él.

Cuando encontró la gran mina, Kip estaba en un campo al norte de la villa. Al cruzar el huerto, se torció el pie con el que estuvo a punto de pisar el cable verde, perdió el equilibrio y cayó de rodillas. Levantó el cable hasta tensarlo y después lo recorrió, zigzagueando entre los árboles.

Al llegar al punto del que partía el cable, se sentó con la bolsa de lona en las rodillas. Aquella mina le impresionó. La habían cubierto con hormigón. Habían derramado cemento líquido sobre el explosivo para camuflar su mecanismo y su potencia. A unos cuatro metros de distancia, había un árbol desnudo y otro a unos diez metros. La bola de hormigón estaba cubierta por la hierba crecida durante dos meses.

Abrió la bolsa, sacó unas tijeras y cortó la hierba. Rodeó la bomba con una pequeña malla de cuerda y, después de atar una cuerda y una polea a una rama del árbol, alzó despacio la bola en el aire. Dos cables la unían a la tierra. Se sentó, se recostó en el árbol y la examinó. Ya no había razón para apresurarse. Sacó de la bolsa el receptor de radio y se colocó los auriculares. La música americana de la emisora AIF no tardó en llenarle los oídos: dos minutos y medio, por término medio, para cada canción o número de baile. Recibía la música de fondo subconscientemente, pero, si rememoraba *A String of Pearls*, *C-Jam Blues* y otras melodías, podía calcular cuánto tiempo llevaba allí.

El ruido no importaba. Con aquella clase de bomba no iba a haber débiles tictacs ni chasquidos que indicaran el peligro. La distracción de la música lo ayudaba a discurrir con claridad sobre la posible estructura de la mina, sobre la personalidad que había dispuesto la red de hilos y después había vertido cemento líquido sobre ella.

La estabilización de la bola de hormigón en el aire, reforzada con una segunda cuerda, garantizaba que, por fuerte que la golpease, no arrancaría los dos cables. Se puso en pie y empezó a raspar suavemente con un escoplo la mina camuflada; soplaba la cascarilla o la apartaba con el plumero y desportillaba el hormigón. Sólo se interrumpía cuando había una variación en la longitud de las ondas y tenía que mover el dial para volver a oír con claridad las melodías de *swing*. Sacó muy despacio el haz de cables. Había seis cables enmarañados, atados entre sí y pintados todos de negro.

Quitó el polvo de la tabla sobre la que descansaban los cables.

Seis cables negros. Cuando era niño, su padre había juntado los dedos y, dejando al descubierto sólo las puntas, le había preguntado cuál era el más largo. Tocó con su meñique el elegido, su padre desplegó la mano como una flor y reveló el error del niño. Desde luego, se podía hacer que un cable rojo fuera negativo. Pero su oponente no sólo los había cubierto de hormigón, sino que, además, había pintado de negro todos los indicativos. Kip se veía arrastrado a un torbellino psicológico. Empezó a raspar la pintura con el cuchillo y aparecieron uno rojo, otro azul y otro verde. ¿Los habría invertido también su oponente? Iba a tener que preparar un puente con su propio cable negro para averiguar si el circuito era positivo o negativo. Después comprobaría en qué punto fallaba la corriente y sabría dónde radicaba el peligro.

Hana estaba trasladando un gran espejo por el pasillo. Hizo un alto por el peso y después reanudó la marcha con el gastado rosa obscuro del pasillo reflejado en el espejo.

El inglés quería verse. Antes de entrar en el cuarto, Hana volvió con cuidado el reflejo hacia ella para que la luz de la ventana no se reflejase indirectamente en la cara del paciente.

Los únicos colores claros que se le veían, tumbado ahí con su obscura piel, eran la palidez del auricular en el oído y la aparente llamarada del almohadón. Apartó las sábanas con sus manos. Sigue, hasta abajo, dijo, al tiempo que las empujaba, y Hana las recogió hasta la base de la cama.

Se subió a una silla al pie de la cama e inclinó despacio el espejo hacia él. Estaba en esa posición, con las manos estiradas delante de sí, cuando oyó unos gritos apagados.

Al principio, no atendió. Con frecuencia llegaban hasta la casa ecos del valle. Cuando vivía sola con el paciente inglés, siempre la desconcertaban los megáfonos utilizados por los militares que daban instrucciones.

«Mantén el espejo inmóvil, mi amor», dijo él.

«Me ha parecido oír gritos. ¿Los oyes?»

Con la mano izquierda aumentó el volumen del audífono.

«Es el muchacho. Más vale que vayas a ver qué le pasa.»

Apoyó el espejo contra la pared y salió corriendo por el pasillo. Se detuvo fuera a esperar el próximo grito. Cuando lo oyó, se lanzó por el jardín hacia los campos situados por encima de la casa.

El zapador tenía las manos alzadas por encima de su cabeza, como si sostuviera una gigantesca tela de araña. Agitaba la cabeza para soltarse los auriculares. Al verla correr hacia él, le gritó que diera un rodeo por la izquierda, porque había cables de minas por todos lados. Ella se detuvo. Muchas veces había paseado por allí sin tener sensación de peligro. Se alzó la falda y avanzó con la vista clavada en sus pies, que se introducían por entre la alta hierba.

Cuando llegó hasta él, tenía aún las manos levantadas. Había caído en una trampa y había acabado sosteniendo dos cables activos, que no podía soltar sin la protección de un elemento de contrapunto. Necesitaba una tercera mano para anular uno de ellos y tenía que volver de nuevo hasta la espoleta. Le pasó los cables con cuidado y bajó los brazos, por los que volvió a circular la sangre.

«Dentro de un momento vuelvo a cogerlos.»

«No te preocupes.»

«Sobre todo no te muevas.»

Abrió la mochila para buscar el contador Geiger y

el imán. Pasó el cuadrante a lo largo de los cables que ella sostenía. No hubo oscilación alguna de la aguja hacia el polo negativo, ninguna pista, nada. Retrocedió, al tiempo que se preguntaba dónde estaría la trampa.

«Mira, voy a pegar ésos con cinta adhesiva al árbol y ya puedes marcharte.»

«No. Te los sostengo. No van a llegar hasta el árbol.»

«No.»

«Kip... puedo sostenerlos.»

«Estamos en un callejón sin salida. Vaya broma. No sé por dónde seguir. No sé hasta dónde llegará la trampa.»

Se separó de ella y corrió hasta el punto en el que había visto por primera vez el cable. Lo levantó y esa vez lo siguió por todo su recorrido con el contador Geiger. Luego se acuclilló a unos diez metros de ella y se puso a pensar: de vez en cuando levantaba la vista hacia ella, sin verla, y miraba sólo los dos ramales de cable que sostenía. No sé, dijo en voz alta y lenta, *no sé*. Creo que debo cortar el cable de tu mano izquierda. Tienes que marcharte. Se puso los auriculares para que volviera a llegarle el sonido enteramente y lo ayudara a pensar con claridad. Se representó los diferentes trayectos del cable y se desvió por las circunvoluciones de sus nudos, los giros repentinos, los interruptores enterrados que lo convertían de positivo en negativo: un polvorín. Recordó el perro con ojos como platos. Recorrió, al ritmo de la música, los cables, sin dejar de mirar las manos de la muchacha, que los sostenían muy quietas.

«Más vale que te vayas.»

«Necesitas otra mano para cortarlo, ¿no?»

«Puedo atarlo al árbol.»

«Yo te lo sostengo.»

Le cogió el cable de la mano izquierda como si fuera una víbora muy delgada y después el otro. Ella no se apartó. Él no dijo nada más, ahora tenía que pensar con la mayor claridad posible, como si estuviera solo. Ella se le acercó y volvió a coger uno de los cables. Él no se dio cuenta de ello, se le había borrado la presencia de Hana. Volvió a recorrer todo el camino hasta la espoleta, acompañado por la mente que había imaginado aquella coreografía, tocando todos los puntos decisivos, radiografiando todo el conjunto, mientras la música invadía todos los demás resquicios.

Antes de que se le desdibujara el teorema, se acercó a ella y cortó el cable que colgaba de su mano izquierda con un chasquido como de mordisco. Vio el obscuro estampado de su vestido a lo largo de su hombro y contra su cuello. La bomba estaba desactivada. Dejó caer las cizallas y le puso la mano en el hombro, porque necesitaba tocar algo humano. Ella estaba diciendo algo que él no podía oír, por lo que alargó la mano y le quitó los auriculares y entonces se hizo el silencio: la brisa y un murmurio. Kip se dio cuenta de que no había oído el ruido seco del corte, sólo lo había sentido, al quebrarse, como la rotura de un huesecillo de conejo. No retiró la mano, sino que se la bajó por el brazo y tiró de los quince centímetros de cable que ella tenía aún apretados en la mano.

Lo miraba inquisitiva, mientras esperaba la respuesta a lo que acababa de decir, pero él no la había oído. Hana movió la cabeza y se sentó. Él se puso a recoger diversos objetos a su alrededor y a guardarlos en su mochila. Ella levantó la vista hacia el árbol y después, sólo por azar, la bajó y vio que estaba en cuclillas y que le temblaban las manos, tensas y rígidas como las de un epiléptico, y tenía la respiración acelerada.

«¿Has oído lo que te he dicho?»

«No. ¿Qué?»

«Pensaba que iba a morir. Quería morir. Y he pensado que, si iba a morir, lo haría contigo. Alguien como tú, joven como yo, como tantos que he visto morir en el pasado año. No he sentido miedo, pero no ha sido por valentía, desde luego. He pensado para mis adentros: tenemos esta villa, esta hierba, deberíamos habernos tumbado juntos, abrazados, antes de morir. Quería tocar ese hueso que tienes en el cuello, la clavícula, y que es como una alita dura bajo tu piel. Quería tocarlo con los dedos. Siempre me ha gustado la carne del color de los ríos y las rocas o como la mota central de las margaritas amarillas, ¿sabes a cuáles me refiero? ¿Las has visto alguna vez? Estoy tan cansada, Kip, quiero dormir. Quiero dormir bajo este árbol, pegar mis ojos a tu clavícula, sólo quiero cerrar los ojos y no pensar en los demás. Quiero encontrar un hueco en un árbol, subirme a él y dormir. ¡Qué capacidad de concentración! Saber qué cable cortar. ¿Cómo lo has sabido? No cesabas de decir: no sé, no sé, pero lo has sabido. ¿Verdad? No tiembles, tienes que ser un lecho tranquilo para mí, déjame acurrucarme, como si fueras un tierno abuelo al que pudiese abrazar, me gusta la palabra "acurrucar", una palabra que no se puede decir precipitadamente...»

Hana tenía la boca pegada a la camisa de él, que estaba tumbado junto a ella con toda la quietud necesaria y los ojos despejados y clavados en una rama y oía su profunda respiración. Cuando le rodeó el hombro con el brazo, ya estaba dormida, pero lo había agarrado y lo había apretado contra sí. Al bajar la vista, Kip vio que aún tenía el cable en la mano, debía de haberlo cogido de nuevo.

Lo más vivo en ella era la respiración. Su peso parecía tan leve, que debía de haber desplazado la mayor parte de su cuerpo. ¿Cuánto tiempo iba a poder estar tumbado así, sin poder moverse ni volver al trabajo? Era esencial permanecer quieto, como las estatuas de las que se había valido durante los meses en que avanzaban costa arriba combatiendo hasta ocupar y rebasar cada una de las ciudades fortificadas que ya no se distinguían unas de otras, con las mismas calles estrechas en todas que se convertían en alcantarillas de sangre, lo que le hacía pensar que, si perdía el equilibrio, resbalaría con el líquido rojo de aquellas pendientes y se precipitaría por el barranco hacia el valle. Todas las noches había entrado, indiferente al frío, a una iglesia capturada y había encontrado una estatua para que fuera su centinela durante la noche. Sólo había otorgado su confianza a esa raza de piedras, se acercaba lo más posible a ella en la obscuridad: un ángel abatido cuyo muslo era un muslo perfecto de mujer y cuyas formas y sombras parecían muy suaves. Reclinaba la cabeza en el regazo de aquellos seres y se entregaba al alivio del sueño.

De repente se volvió más pesada sobre él. Y ahora su respiración se hizo más profunda, como el sonido de un violonchelo. Contempló la cara dormida de ella. Seguía molesto porque la muchacha se hubiese quedado con él, cuando desactivó la bomba, como si con ello lo hubiera puesto en deuda para con ella, lo hubiese hecho sentirse retrospectivamente responsable de ella, aunque en el momento no lo había pensado, como si *eso* pudiera influir positivamente en su manipulación de una mina.

Pero ahora se sentía parte de algo, tal vez un cuadro que había visto en algún sitio el año anterior: una pareja tranquila en un campo. Cuántas había visto durmiendo, perezosas, sin pensar en el trabajo ni en los peligros del mundo. A su lado tenía los movimientos como de ratón que provocaba la respiración de Hana; sus cejas se encrespaban como en una discusión, una ligera irritación en sueños. Apartó la vista y la alzó hacia el árbol y el cielo de nubes blancas. Su mano se aferraba a él como el barro en la orilla del río Moro, cuando tenía hundido el puño en la tierra mojada para no volver a resbalar hasta el torrente que acababa de cruzar.

Si hubiera sido la figura de un cuadro, habría podido aspirar a un merecido sueño. Pero, como había dicho incluso ella, él era el color carmelita de una roca, de un cenagoso río crecido con la tormenta y algo en su interior lo incitaba a retraerse incluso ante la ingenua inocencia de semejante comentario. La desactivación con éxito de una bomba ponía fin a una novela. Hombres blancos, juiciosos y paternales, estrechaban manos, recibían agradecimientos y se retiraban cojeando a su soledad, de la que los habían sacado con halagos tan sólo para esa ocasión especial. Pero él era un profesional y seguía siendo el extranjero, el sij. Su único contacto humano y personal era con el enemigo que había fabricado aquella bomba y se había marchado barriendo tras sí sus huellas con ayuda de una rama.

¿Por qué no podía dormir? ¿Por qué no podía volverse hacia la muchacha y dejar de pensar que todo seguía medio encendido, que acechaba el fuego en rescoldo? En un cuadro por él imaginado, el campo que rodeaba aquel abrazo habría estado en llamas. En cierta ocasión había seguido con prismáticos la entrada de otro zapador en una casa minada. Lo había visto rozar, al pasar, una caja de cerillas al borde de una mesa y quedar envuelto por la luz medio segundo antes de que el atronador ruido de la bomba llegara hasta él. A eso recordaban los relámpagos en 1944. ¿Cómo iba a poder confiar siquiera en aquella cinta elástica que ceñía la manga del vestido al brazo de la muchacha? ¿Ni en el resonar de su respiración más íntima, tan profunda como los cantos en el lecho de un río?

Cuando la oruga pasó del cuello de su vestido a su mejilla, se despertó y abrió los ojos y lo vio acuclillado a su lado. El zapador quitó la oruga de la cara, sin tocarle la piel y la dejó en la hierba. Hana advirtió que ya había recogido todo su instrumental. Kip retrocedió y se sentó, apoyado en el árbol, y la observó volverse boca arriba y después estirarse y prolongar aquel instante lo más posible. Por la posición del sol, debía de ser la tarde. Echó la cabeza hacia atrás y lo miró.

«¡Debías tenerme abrazada!»

«Lo he hecho. Hasta que te has apartado.»

«¿Cuánto tiempo me has tenido abrazada?»

«Hasta que te has movido, hasta que has necesitado moverte.»

«No te habrás aprovechado de mí, ¿verdad?» Y, al ver que él empezaba a ruborizarse, añadió: «Hablaba en broma».

«¿Quieres volver a la casa?»

«Sí, tengo hambre.»

Cegada por el sol como estaba y con las piernas cansadas, apenas si podía sostenerse en pie. Seguía sin saber cuánto tiempo habían estado allí. No podía olvidar la profundidad de su sueño, la levedad de la caída.

Cuando Caravaggio exhibió el gramófono que había encontrado en algún sitio, improvisaron una fiesta en el cuarto del paciente inglés.

«Voy a enseñarte a bailar con él, Hana, ritmos que ese joven amigo tuyo no conoce. He visto bailes a los que he dado la espalda. Pero esta canción, *How Long Has This Been Going On*, es una de las más hermosas, porque la melodía introductoria es más pura que la propia canción. Y sólo los grandes del jazz lo han entendido. Bien, podemos celebrar esa fiesta en la terraza, lo que nos permitiría invitar al perro, o podemos invadir el cuarto del inglés. Ayer tu joven amigo, que no bebe, consiguió botellas de vino en San Domenico. No tenemos sólo música. Dame el brazo. No. Primero hemos de marcar el suelo con tiza y practicar. Tres pasos principales: uno-dos-tres. Bien, dame el brazo. ¿Qué te ha ocurrido hoy?»

«Kip ha desactivado una bomba, una muy difícil. Que te lo cuente él.»

El zapador se encogió de hombros, no por modestia, sino como dando a entender que era demasiado complicado para explicarlo. La noche cayó deprisa, invadió el valle y después las montañas y los obligó una vez más a recurrir a las linternas.

Se dirigieron por los pasillos hacia la alcoba del paciente inglés. Caravaggio llevaba el gramófono y con una mano sujetaba el brazo y la aguja.

«Mira, antes de que empieces con tus historias», dijo a la estática figura tumbada en la cama, «te voy a presentar *My Romance*».

«Escrita, según creo, en 1935 por Lorenz Hart», murmuró el inglés.

Kip estaba sentado en el alféizar de la ventana y Hana dijo que quería bailar con el zapador.

«Primero tengo que enseñarte, sinvergonzona.»

Hana miró extrañada a Caravaggio: ésa era la calificación cariñosa que le daba su padre. Él la estrechó con su pesado abrazo de oso, al tiempo que volvía a llamarla «sinvergonzona», y comenzaron la clase de baile.

Ella se había puesto un vestido limpio, pero sin planchar. Siempre que giraban, veía al zapador cantando la letra por lo bajito. Si hubiera habido electricidad, habrían podido tener una radio, habrían podido recibir noticias de la guerra. Lo único que tenían era el receptor de Kip, pero había tenido la cortesía de dejarlo en su tienda. El paciente inglés estaba hablando de la desgraciada vida de Lorenz Hart. Tras asegurar que le habían cambiado algunas de sus mejores estrofas de *Manhattan*, se puso a recitar estos versos:

> Nos bañaremos en Brighton,
> los peces huirán de espanto,
> al vernos entrar.
> Ante tu bañador, tan fino,
> almejas y langostillos
> se sonreirán.

«Unos versos admirables, y eróticos, pero Richard Rodgers debía de desear –es de suponer– más seriedad.»

«Mira, tienes que adivinar mis movimientos.»

«¿Y por qué no adivinas tú los míos?»

«Lo haré cuando sepas lo que debes hacer. De momento soy yo el único que lo sabe.»

«Seguro que Kip lo sabe.»

«Puede que lo sepa, pero no lo hará.»

«Me gustaría tomar un poco de vino», dijo el paciente inglés.

El zapador cogió un vaso de agua, tiró su contenido por la ventana y sirvió vino para el inglés.

«Hacía un año que no tomaba una copa.»

Se oyó un ruido amortiguado y el zapador se volvió raudo y miró por la ventana a la obscuridad. Los otros se quedaron paralizados. Podría haber sido una mina. Se volvió y les dijo: «No hay problema, no era una mina. Parecía proceder de una zona limpiada.»

«Da la vuelta al disco, Kip. Ahora os voy a presentar *How Long Has This Been Going On*, escrita por...»

Calló para que interviniera el paciente inglés, pero éste, que lo ignoraba, negó con la cabeza, al tiempo que sonreía con la boca llena de vino.

«Este alcohol seguramente acabará conmigo.»

«Nada puede acabar contigo. Eres puro carbón.»

«¡Caravaggio!»

«George e Ira Gershwin. Escuchad.»

Hana y él se deslizaban hacia la tristeza del saxo. Tenía razón Caravaggio. Un fraseo tan lento, tan prolongado, que Hana tenía la sensación de que el músico no deseaba salir del diminuto vestíbulo de la introducción y entrar en la melodía, quería permanecer y permanecer allí, donde aún no había empezado la historia, como enamorado de una criada en el prólogo. El inglés murmuró que esa clase de introducciones se llamaban «estribillos».

Tenía apoyada la mejilla en los músculos del hombro de Caravaggio. Sentía aquellas terribles zarpas en la espalda, contra su vestido limpio, mientras se movían en el limitado espacio comprendido entre la cama y la puerta, entre la cama y el hueco de la ventana, en el que seguía sentado Kip. De vez en cuando, al girar, le veía la cara. Tenía las rodillas levantadas y los brazos descansando sobre ellas. O lo veía mirar por la ventana a la obscuridad.

«¿Conoce alguno de vosotros un baile llamado "el abrazo del Bósforo"?», preguntó el inglés.

«En mi vida he oído hablar de semejante cosa.»

Kip contempló las grandes sombras desplazarse por el techo, por la pared pintada. Se levantó con gran esfuerzo, se acercó al paciente inglés para llenarle la copa y tocó, a modo de brindis, el borde de la suya con la botella. El viento del oeste se colaba en el cuarto. Y de repente se volvió, irritado. Le había llegado un tenue tufo de cordita, que aún impregnaba ligeramente el aire, y después salió del cuarto, haciendo gestos de cansancio, y dejó a Hana en brazos de Caravaggio.

Ninguna luz lo alumbraba mientras corría por el pasillo en penumbra. Recogió rápido la mochila, salió de la casa, bajó corriendo los treinta y seis peldaños hasta la carretera y siguió corriendo y apartando de su cuerpo la idea de agotamiento.

¿Habría sido un zapador o un civil? Sentía el olor a flores y hierbas a lo largo de la pared de la carretera y las punzadas que comenzaban en el costado. Había sido obra del azar o una actuación equivocada. Los zapadores se relacionaban muy poco con los demás. Eran un grupo de carácter extraño, semejantes en parte a los que trabajaban las joyas o las piedras; eran duros y clarividentes y sus decisiones asustaban incluso a otros de su gremio. Kip había advertido esa característica entre los talladores de gemas, pero nunca en sí mismo, si bien sabía que otros la notaban. Los zapadores nunca intimaban entre sí. Cuando hablaban, sólo transmitían informaciones: sobre nuevos artefactos y hábitos del enemigo. Entraban en el Ayuntamiento, donde estaban alojados los demás zapadores, y sus ojos advertían las tres caras y la ausencia del cuarto. O bien estaban los cuatro y en un campo yacía el cadáver de un anciano o una niña.

Al entrar en el ejército, Kip había aprendido diagramas, esquemas cada vez más complicados, como grandes nudos o partituras musicales. Descubrió que estaba dotado de una visión tridimensional, la mirada astuta que podía centrarse en un objeto o una página de información y reordenarla, captar todos los datos superfluos. Era cauteloso por naturaleza, pero también podía imaginar los peores artefactos, las posibilidades de accidentes en una habitación: una ciruela en una mesa, un niño que se acercaba y se tragaba el hueso asesino, un hombre que entraba en una habitación a obscuras y, antes de reunirse con su mujer en la cama, rozaba un quinqué de petróleo y lo hacía caer de su repisa. Cualquier habitación estaba llena de semejante coreografía. La mirada astuta podía ver el cable oculto bajo la superficie, acertar con la urdimbre de un nudo invisible. Dejó de leer novelas de intriga, porque le irritaba la facilidad con que descubría a los criminales. Con quienes más a gusto se encontraba era con los hombres que tenían la locura de la abstracción, propia de los autodidactas, como su mentor, lord Suffolk, como el paciente inglés.

Aún no tenía fe en los libros. Recientemente, Hana lo había visto sentado junto al paciente inglés y esa escena le había parecido una inversión de *Kim*. Ahora el joven estudiante era un indio y el anciano y sabio maestro era un inglés. Pero quien se quedaba por la noche con el anciano, quien lo guiaba por las montañas hasta el río sagrado, era Hana. Habían leído incluso ese libro juntos y la voz de Hana aminoraba la marcha cuando el viento movía la llama de la vela que tenía a su lado y la página quedaba momentáneamente en penumbra.

Se acuclilló en un rincón de la bulliciosa sala de espera, ajeno a cualquier otro pensamiento y con las manos juntas en el regazo y las pupilas contraídas como puntas de alfiler. Tenía la sensación de que al cabo de un minuto –de medio segundo más– iba a encontrar la solución para el tremendo rompecabezas (...)

Y en cierto modo, durante aquellas largas noches dedicadas a leer y escuchar, se habían preparado –suponía ella– para la llegada del joven soldado, el niño convertido en adulto, que iba a reunirse con ellos. Pero Hana era el muchacho de la historia y Kip, de ser alguien, era el oficial Creighton.

Un libro, un mapa de nudos, un tablero con espoletas, una habitación con cuatro personas en una villa abandonada e iluminada sólo por velas y de vez en cuando los destellos de los relámpagos o el posible resplandor de una explosión. Las montañas, las colinas y Florencia a ciegas, sin electricidad. La luz de las velas no llega más allá de cincuenta metros. Desde una distancia mayor nada había allí que perteneciera al mundo exterior. Con el breve baile de aquella noche en el cuarto del paciente inglés habían celebrado sus sencillas aventuras: Hana, su sueño; Caravaggio, su «hallazgo» del gramófono; Kip, una desactivación difícil, aunque ya casi había olvidado semejante trance. Era de los que se sentían incómodos en las celebraciones, en las victorias.

A apenas cincuenta metros de distancia carecían de representación ante el mundo, ni un sonido ni una visión de ellos llegaba al ojo del valle, mientras las sombras de Hana y Caravaggio se deslizaban por las paredes, Kip permanecía sentado en el cómodo hueco de la ventana y el paciente inglés sorbía su vino y sentía que el alcohol se filtraba en su desacostumbrado cuerpo, por lo que lo emborrachaba rápidamente y su voz emitía el silbido de un zorro del desierto, el aleteo del tordo inglés que, según decía, sólo se encontraba en Essex, pues medraba junto a la lavanda y el ajenjo. El zapador, sentado en el hueco de piedra, pensó para sus adentros que todo el deseo del hombre quemado se localizaba en el cerebro. Después giró la cabeza de pronto y, al oír el sonido, comprendió perfectamente, sin la menor duda. Había vuelto a mirarlos y por primera vez en su vida había mentido («No hay problema, no era una mina. Parecía proceder de una zona limpiada») y se dispuso a esperar a que llegara hasta él el olor a cordita.

Horas después, Kip estaba sentado de nuevo en el hueco de la ventana. Si hubiera podido recorrer los siete metros del cuarto del inglés y tocar a Hana, se habría sentido en sus cabales. Había muy poca luz en el cuarto, tan sólo la vela en la mesa a la que estaba sentada, pero aquella noche no leía; pensó que tal vez estuviera achispada.

Había vuelto del lugar en el que había estallado la mina y había encontrado a Caravaggio dormido en el sofá de la biblioteca con el perro en brazos. Éste lo miró, cuando se detuvo en la puerta abierta, y movió el cuerpo sólo lo necesario para que se viera que estaba despierto y guardando el lugar. Su apagado gruñido se oía un poquito más que los ronquidos de Caravaggio.

Se quitó las botas, ató los cordones y se las colgó del hombro, mientras subía al piso superior. Había empezado a llover y necesitaba una lona para su tienda. Desde el pasillo vio la luz aún encendida en el cuarto del paciente inglés.

Hana estaba sentada en el sillón, con un codo apoyado en la mesa, sobre la que derramaba su luz un cabo de vela, y la cabeza echada hacia atrás. Kip dejó las botas en el suelo y entró en silencio en el cuarto, donde se había celebrado la fiesta tres horas antes. El aire olía a alcohol. Al verlo entrar, ella se llevó un dedo a los labios, y después señaló al paciente, pero éste no podía oír los sigilosos pasos de Kip. El zapador volvió a sentarse en el hueco de la ventana. Si hubiera podido cruzar el cuarto y tocarla, se habría sentido en sus cabales. Pero entre ellos mediaba un trayecto traicionero y complicado, un mundo muy amplio, y el inglés se despertaba con el menor sonido, pues, para poder sentirse seguro, ponía al máximo el volumen de su audífono. Los ojos de la muchacha recorrieron rápidos el cuarto y, al dar con él en el hueco de la ventana, se detuvieron.

Había localizado el cadáver de Hardy, su segundo,

y lo que quedaba por allí y lo habían enterrado. Y después siguió pensando en lo que había hecho la muchacha aquella tarde, aterrado por ella de repente, irritado con ella por haber participado en la operación. Había puesto en peligro su vida como si tal cosa. Ella lo miraba fijamente. Su última comunicación había sido con el dedo en los labios. El zapador se inclinó hacia adelante y se limpió la mejilla contra el cordón que le pasaba por el hombro.

Había vuelto caminando por el pueblo y bajo la lluvia que caía en los desmochados árboles de la plaza, sin podar desde el comienzo de la guerra, y había pasado por delante de la extraña estatua de dos hombres a caballo y dándose la mano. Y ahora estaba en aquel cuarto, en el que las oscilaciones de la luz de la vela alteraban el aspecto de Hana, por lo que no podía saber qué sentimientos traslucía: si sabiduría o tristeza o curiosidad.

Si hubiera estado leyendo o inclinada sobre el inglés, le habría hecho una seña con la cabeza y probablemente se habría marchado, pero ahora estaba mirando a Hana y la veía joven y sola. Aquella noche, al contemplar la escena resultante de la explosión de la mina, había empezado a temer la presencia de ella durante la desactivación de aquella tarde. Tenía que apartarla de su cabeza o, si no, la tendría a su lado cada vez que se acercara a una espoleta. La llevaría dentro de sí. Cuando trabajaba, se henchía de claridad y música y el mundo humano se extinguía. Ahora la tenía dentro de sí o sobre su hombro, como la cabra viva que un oficial llevaba cargada –había visto en cierta ocasión– para sacarla de un túnel que intentaban inundar.

No.

No era cierto. Quería el hombro de Hana, quería colocar su palma sobre él, como había hecho a la luz del sol, cuando estaba dormida y él había estado tumbado ahí, como en el punto de mira de un fusil, cohibido ante ella: en el cuadro del pintor imaginario. No deseaba solicitud alguna para sí, pero deseaba colmar a la muchacha de atenciones, guiarla fuera de aquel cuarto. Se negaba a creer en sus propios defectos y en ella no había encontrado defecto alguno al que amoldarse. Ninguno de los dos deseaba dejar traslucir semejante posibilidad al otro. Hana estaba sentada y muy quieta. Lo miró y la vela osciló y alteró su aspecto. Él no sabía que no era para ella sino una silueta, que su esbelto cuerpo y su piel formaban parte de la obscuridad.

Antes, cuando ella había visto que Kip había abandonado el hueco de la alcoba, se había enfurecido. Sabía que los estaba protegiendo de la mina como a niños. Se había apretado más a Caravaggio. Había sido un insulto. Y aquella noche la excitación en aumento de la velada le había impedido leer después de que Caravaggio se hubiera ido a la cama, no sin antes detenerse a desvalijarle el botiquín, y de que el paciente inglés la hubiese llamado con el dedo y le hubiera besado, cuando ella se inclinó, en la mejilla.

Había apagado las demás velas, había encendido sólo el cabo de la mesilla de noche y se había sentado ahí, con el cuerpo del inglés delante y en silencio, tras apaciguarse el frenesí de sus peroratas embriagadas. *Un día caballo seré y otro día perro, cerdo, oso decapitado, y un día fuego.* Oía la cera derramarse en la bandeja de metal que tenía al lado. El zapador había ido hasta el punto de la colina en el que se había producido la explosión, pasando por el pueblo, y su innecesario silencio seguía irritándola.

No podía leer. Permanecía sentada en el cuarto con su eterno agonizante y seguía sintiéndose dolorida la rabadilla por el golpe que se había dado contra la pared, mientras bailaba con Caravaggio.

Si ahora se le hubiera acercado él, lo habría mirado fijamente y le habría pagado con un silencio semejante. Que adivinara, que diese el primer paso. No era el primer soldado que se le insinuaba.

Pero él hizo lo siguiente. Estaba en el centro del cuarto, con la mano metida hasta la muñeca en la mochila abierta y aún colgada del hombro. Avanzó sin hacer ruido. Giró y se detuvo junto a la cama. Cuando el paciente inglés concluyó una de sus largas exhalaciones, cortó el cable de su audífono con las cizallas y volvió a guardarlas en la mochila. Se volvió y le sonrió.

«Mañana por la mañana volveré a conectarlo.»

Le puso la mano izquierda en el hombro.

«David Caravaggio: ¡qué nombre más absurdo para ti!»

«Al menos tengo un nombre.»

«Sí.»

Caravaggio estaba sentado en la silla de Hana. El sol vespertino inundaba el cuarto y revelaba las motas de polvo que en él flotaban. La obscura y flaca cara del inglés, con su descarnada nariz, parecía la de un halcón envuelto en sábanas. El ataúd de un halcón, pensó Caravaggio.

El inglés se volvió hacia él.

«Hay un cuadro de Caravaggio, pintado al final de su vida, *David con la cabeza de Goliat*, en el que el joven guerrero sostiene en el extremo de su brazo extendido la cabeza, devastada por los años, de un Goliat anciano. Pero lo más triste de ese cuadro no es eso. Se supone que la cara de David es un retrato de Caravaggio de joven y la de Goliat es su retrato de viejo, del momento en que lo pintó. La juventud juzgando a la vejez en el extremo de su mano extendida. El juicio de su propia mortalidad. Cuando veo a Kip al pie de mi cama, pienso que es mi David.»

Caravaggio estaba ahí sentado en silencio y sus pensamientos se perdían entre las motas de polvo suspendidas. La guerra lo había desequilibrado y, tal como se encontraba, con aquellos brazos falsos prometidos por la morfina, no tenía un mundo al que regresar. Era un hombre de mediana edad que nunca se había acostumbrado a la vida familiar. Durante toda su vida había eludido la intimidad permanente. Hasta aquella guerra había sido mejor amante que marido. Había sido un hombre que se escabullía, como los amantes que dejan tras sí el caos, como los ladrones que dejan tras sí casas desvalijadas.

Contemplaba al hombre que estaba en la cama. Necesitaba saber quién era aquel inglés procedente del desierto y revelarlo, por consideración para con Hana, o quizás inventarle una piel, como el ácido tánico camufla la carne viva de un hombre quemado.

Cuando trabajaba en El Cairo, en los primeros días de la guerra, lo habían adiestrado para inventarse agentes dobles o fantasmas que debían cobrar vida. Tuvo a su cargo a un agente mítico llamado «Cheese» y pasó semanas atribuyéndole aventuras, confiriéndole rasgos caracteriales, como codicia y debilidad por la bebida, cuando propalaba rumores falsos entre el enemigo. Igual que algunos para los que trabajaba en El Cairo inventaban pelotones enteros en el desierto. Había vivido un período de guerra en el que lo único que había ofrecido a quienes lo rodeaban había sido una mentira. Se había sentido como un hombre en la obscuridad de un cuarto imitando los reclamos de un pájaro.

Pero allí se despojaban de la piel. No podían imitar sino lo que eran. La única defensa era buscar la verdad en los otros.

Hana sacó el ejemplar de *Kim* de su estante en la biblioteca y, apoyada en el piano, se puso a escribir en una de las guardas posteriores.

Dice que el cañón –el Zam-Zammah– sigue allí, delante del Museo de Lahore. Había dos cañones, hechos con el metal de tazas y cuencos recogidos en todas las casas hindúes de la ciudad, como jizya *o tributo. Los fundieron y con su metal se hicieron los cañones. Los utilizaron en muchas batallas de los siglos* XVIII *y* XIX *contra los sijs. El otro cañón se perdió en una batalla, en el cruce del río Chenab...*

Cerró el libro y, tras subirse a una silla, lo colocó en su alto anaquel invisible.

Entró en la alcoba pintada con un nuevo libro y anunció el título.

«Dejemos los libros de momento, Hana.»

Ella lo miró. Aun ahora, le parecían hermosos sus ojos. Todo sucedía ahí, en esa gris mirada que sobresalía de entre su obscuridad. Como si numerosas miradas parpadearan ante ella por un momento, antes de apagarse como los sucesivos destellos de un faro.

«Dejemos los libros. Dame el de Herodoto simplemente.»

Puso el grueso y sucio volumen en sus manos.

«He visto ediciones de las *Historias* con un retrato del autor en la portada, cierta estatua encontrada en un museo francés. Pero yo nunca me he imaginado a Herodoto así. Lo veo más bien como uno de esos enjutos hombres del desierto que viajan de oasis en oasis comerciando con leyendas, como si se tratara de semillas, consumiéndolo todo sin recelo, juntando las piezas de un espejismo. "Esta historia mía", dice Herodoto, "ha buscado desde el principio el complemento del asunto principal". Lo que encontramos en él es callejones sin salida en el movimiento de la Historia: cómo se traicionan los hombres en pro de las naciones, cómo se enamoran... ¿Qué edad me has dicho que tenías?»

«Veinte años.»

«Yo tenía muchos más cuando me enamoré.»

Hana hizo una pausa. «¿De quién?»

Pero ahora sus ojos se habían apartado de ella.

«Los pájaros prefieren los árboles con ramas muertas», dijo Caravaggio. «Disfrutan de panoramas completos desde sus alcándaras. Pueden lanzarse al vuelo en cualquier dirección.»

«Si te refieres a mí», dijo Hana, «no soy un pájaro. El que lo es de verdad es ese hombre de ahí arriba».

Kip intentó imaginarla como un pájaro.

«Dime: ¿es posible amar a alguien que no sea tan inteligente como tú?» Caravaggio, al que los efectos de la morfina habían puesto de talante combativo, tenía ganas de discutir. «Eso es algo que me ha preocupado en la mayor parte de mi vida sexual, que, por cierto, empezó –debo anunciar a esta selecta compañía– tarde. Del mismo modo que no conocí el placer sexual de la conversación hasta que estuve casado. Nunca me habían parecido eróticas las palabras. A veces me gusta más, la verdad, hablar que follar. Frases: montones sobre esto, montones sobre aquello y después montones sobre esto otra vez. Lo malo de las palabras es que puedes acabar arrinconándote a ti mismo, mientras que follando no puedes acabar así.»

«Ésa es una opinión típica de un hombre», murmuró Hana.

«La verdad es que a mí no me ha ocurrido», prosiguió Caravaggio, «tal vez a ti sí, Kip, cuando bajaste a

Bombay de las montañas, cuando fuiste a Inglaterra para recibir la formación militar. Me gustaría saber si habrá acabado alguien acorralado follando. ¿Qué edad tienes, Kip?».

«Veintiséis años.»

«Más que yo.»

«Más que Hana. ¿Podrías enamorarte de ella, si no fuese más inteligente que tú? No quiero decir que no sea menos inteligente que tú. Pero, ¿es importante para ti *pensar* que es más inteligente que tú para enamorarte? Piénsalo. Puede estar obsesionada con el inglés, porque éste sabe más. Cuando hablamos con ese tipo, nos desborda. Ni siquiera sabemos si es inglés. Probablemente no lo sea. Mira, creo que es más fácil enamorarse *de él* que *de ti*. ¿Por qué? Porque lo que queremos es *saber* cosas, cómo encajan las piezas. Los conversadores seducen, las palabras nos arrinconan. Más que ninguna otra cosa, queremos crecer y cambiar. Un mundo feliz.»

«No lo creo», dijo Hana.

«Yo tampoco. Te voy a hablar de la gente de mi edad. Lo peor es que los demás dan por sentado que a esta edad ya has desarrollado del todo tu personalidad. Lo malo de la edad mediana es que creen que estás del todo formado. Mirad.»

Entonces Caravaggio alzó las manos con las palmas vueltas hacia Hana y Kip. Ella se levantó, fue detrás de él y le rodeó el cuello con su brazo.

«No sigas con eso. ¿Vale, David?»

Envolvió suavemente las manos de Caravaggio con las suyas.

«Ya tenemos ahí arriba un charlatán disparatado.»

«Míranos... aquí sentados, como los asquerosos ricos en sus asquerosas villas encaramadas en asquerosas colinas, cuando en la ciudad hace demasiado calor. Son las nueve de la mañana: ese de ahí arriba está durmiendo. Hana está obsesionada con él. Yo estoy obsesionado con la salud mental de Hana, estoy obsesionado con mi "equilibrio", y Kip probablemente salga volando un día de éstos. ¿Por qué? ¿A beneficio de qué? Tiene veintiséis años. El ejército británico le ha enseñado unas técnicas y los americanos le han enseñado otras y el equipo de zapadores ha asistido a conferencias, ha recibido condecoraciones y después lo han enviado a las colinas de los ricos. Te están utilizando, chaval. No me voy a quedar aquí mucho tiempo. Quiero llevarte a casa. Echando leches de Dodge City.»

«Basta ya, David. Kip va a sobrevivir.»

«¿Cómo se llamaba el zapador que salió volando la otra noche?»

Kip no abrió la boca.

«¿Cómo se llamaba?»

«Sam Hardy.» Kip abandonó la conversación, se acercó a la ventana y se asomó.

«El problema de todos nosotros es que estamos donde no debemos. ¿Qué estamos haciendo en África, en Italia? ¿Qué hace Kip desactivando bombas en huertos, por el amor de Dios? ¿Qué hace participando en guerras inglesas? Un agricultor del frente occidental no puede podar un árbol sin destrozar la sierra. ¿Por qué? Por la cantidad de metralla que le metieron dentro en la *última* guerra. Hasta los árboles están cargados de enfermedades que hemos provocado. Los ejércitos te adoctrinan y te dejan aquí y se van a tomar por culo y a armar follón en otra parte, *inky-dinky parlez-vous*? Deberíamos largarnos todos juntos.»

«No podemos abandonar al inglés.»

«El inglés se marchó hace meses, Hana: está con los beduinos o en algún jardín inglés con su césped y toda la leche. Probablemente no recuerde siquiera a la mujer que da vueltas por su cabeza, aquella de la que intenta hablarnos. No sabe dónde cojones se encuentra.

»Crees que estoy enfadado contigo, ¿verdad?, porque te has enamorado. ¿No? Un tío celoso de su sobrina. Me da terror tu situación. Quiero matar al inglés, porque eso es lo único que puede salvarte, sacarte de aquí. Y está empezando a caerme bien. Deserta de tu puesto. ¿Cómo va a poder amarte Kip, si no eres lo bastante lista para hacer que deje de arriesgar la vida?»

«Porque sí, porque cree en un mundo civilizado. Es un hombre civilizado.»

«Primer error. La iniciativa correcta es la de montar a un tren, largaros y tener hijos. ¿Queréis que vayamos a preguntar al inglés, el pájaro, qué le parece?

»¿Por qué no eres más lista? Los ricos son los únicos que no pueden permitirse el lujo de ser listos. Están comprometidos. Quedaron encerrados hace años en una vida de privilegio. Tienen que proteger sus posesiones. Nadie es más mezquino que los ricos. Te lo digo yo. Pero tienen que seguir las normas de su putrefacto mundo civilizado. Declaran la guerra, tienen honor y no pueden marcharse. Pero vosotros dos, nosotros tres, somos libres. ¿Cuántos zapadores mueren? ¿Por qué no has muerto tú aún? No seas responsable. La suerte no es eterna.»

Hana estaba vertiendo leche en su taza. Cuando acabó, pasó el borde de la jarra sobre la mano de Kip y siguió vertiendo la leche sobre su carmelita mano y por su brazo hasta el codo. Él no la apartó.

Había dos niveles de jardín, largo y estrecho, al oeste de la casa: una terraza propiamente dicha y, más arriba, el jardín más obscuro, en el que los peldaños de piedra y las estatuas de cemento casi desaparecían bajo el verde moho provocado por la lluvia. En él tenía montada su tienda el zapador. Caía la lluvia y la bruma se alzaba del valle y de las ramas de ciprés y abeto caía otra lluvia sobre ese trecho medio despejado en la ladera de la colina.

Sólo las hogueras podían secar el jardín superior, permanentemente húmedo y umbrío. Los desechos de tablas y vigas resultantes de anteriores bombardeos, las ramas arrastradas, la maleza que Hana arrancaba por las tardes, la hierba y las ortigas segadas: todo eso lo llevaban allí y lo quemaban al atardecer. Las húmedas hogueras humeaban y ardían y el humo con olor a plantas se metía entre los arbustos, subía hasta los árboles y después se extinguía en la terraza delante de la casa. Llegaba a la ventana del paciente inglés, que oía retazos de la charla y de vez en cuando risas procedentes del jardín humeante. Identificaba el olor y se remontaba hasta lo que habían quemado. Romero, pensaba, vencetósigo, ajenjo, había ahí algo más, sin aroma, tal vez diente de perro o el falso girasol, que gustaba del suelo, ligeramente ácido, de aquella colina.

El paciente inglés aconsejaba a Hana lo que debía cultivar.

«Pide a tu amigo italiano que te consiga semillas, parece apto para eso. Lo que necesitas es hojas de ciruelo. También claveles de la India y claveles reventones: si quieres el nombre latino para decírselo a tu amigo latino, es *Silene virginica*. También va bien la ajedrea roja. Si quieres que acudan pinzones, planta avellanos y cormieras.»

Hana lo anotó todo. Después metió la estilográfica en el cajón de la mesita en que guardaba el libro que le estaba leyendo, dos velas y cerillas. En aquel cuarto no había material médico. Lo escondía en otros cuartos. No quería que Caravaggio molestara al inglés, al buscarlo. Se metió la hoja de papel con los nombres de las plantas en el bolsillo del vestido para dársela a Caravaggio. Ahora que la atracción física había alzado la cabeza, había empezado a sentirse incómoda en compañía de los tres hombres; si es que era atracción física, si es que todo aquello tenía algo que ver con el amor a Kip.

Le gustaba descansar la cara contra la parte superior de su brazo, río carmelita obscuro, y despertarse sumergida en él, contra el pulso de una vena no visible en su carne junto a ella. La vena que tendría que localizar y en la que tendría que inyectar una solución salina, si estuviera agonizando.

A las dos o las tres de la mañana, después de separarse del inglés, se dirigía cruzando el jardín hasta donde se encontraba el quinqué del zapador, colgado del brazo de San Cristóbal. Entre la luz y ella había una absoluta obscuridad, pero conocía cada arbusto y cada matorral por el camino, la situación de la hoguera junto a la que pasaba, baja y rosada y a punto de extinguirse. A veces cubría con la mano el cristal del quinqué, soplaba y apagaba la llama y otras veces la dejaba ardiendo, pasaba por debajo de ella, entraba a gatas en la tienda y se apretaba contra el cuerpo de él, el brazo que deseaba, y le ofrecía su lengua en lugar de un algodón, su diente en vez de una aguja, su boca en lugar de la máscara con las gotas de codeína para dormirlo, para aminorar el inmortal tictac de su cerebro hasta reducirlo al sopor. Doblaba su vestido estampado y lo colocaba sobre sus zapatillas de tenis. Sabía que para él el mundo se consumía en llamas a su alrededor con arreglo a unas mínimas reglas decisivas. Había que substituir el TNT por vapor, había que drenarlo, había que... sabía que todo eso daba vueltas en la cabeza de él, mientras dormía junto a él, virtuosa como una hermana.

La tienda y el obscuro bosque los rodeaban.

Sólo habían avanzado un paso respecto del consuelo que había dado ella a otros en los hospitales provisionales de Ortona o Monterchi. Su cuerpo como último calor, su susurro como consuelo, su aguja para dormir. Pero el cuerpo del zapador no permitía que entrara en él nada procedente de otro mundo. Un muchacho enamorado que se negaba a comer los alimentos que ella recolectaba, que no necesitaba ni deseaba la droga en una aguja que ella podría haberle inyectado en el brazo, como hacía Caravaggio, o los ungüentos inventados en el desierto que el inglés anhelaba, ungüentos y polen para que se recuperara, como los que le había preparado el beduino. Tan sólo para que gozara del consuelo que aporta el sueño.

Kip disponía ornamentos a su alrededor. Ciertas hojas que ella le había dado, un cabo de vela y, en su tienda, el receptor de radio y la bolsa, llena con el instrumental de su disciplina, que llevaba al hombro. Había salido de los combates con una calma que, aun cuando fuera falsa, significaba orden para él. Continuaba dando muestras de rigor, seguía el halcón que flotaba por el valle en la V de su punto de mira, abriendo una bomba y nunca apartando la vista de lo que estaba escudriñando, al tiempo que se acercaba un termo, lo destapaba y bebía, sin mirar siquiera una sola vez la taza de metal.

Los demás somos simple periferia –pensaba ella–, sus ojos sólo están atentos al peligro, su oído a lo que esté ocurriendo en Helsinki o en Berlín y que le llega por la onda corta. Incluso cuando se comportaba como un amante tierno y ella lo sujetaba con su mano izquierda por encima del *kara*, donde se tensaban los músculos de su antebrazo, ella se sentía invisible ante aquella mirada perdida hasta que llegaba el gemido y su cabeza caía contra el cuello de ella. Todo lo demás, aparte del peligro, era periférico. Ella le había enseñado a manifestarse así, ruidosamente, había deseado que lo hiciera y, si en algún momento, pasados los combates, estaba relajado, por poco que fuese, era sólo en ése, como si por fin estuviese dispuesto a indicar su posición en la obscuridad, manifestar su placer con un sonido humano.

No sabemos hasta qué punto estaba enamorada ella de él o él de ella o hasta qué punto se trataba de un juego de secretos. A medida que intimaban, aumentaba el espacio que los separaba durante el día. A ella le gustaba la distancia que él le dejaba, el espacio que, a su juicio, les correspondía. Infundía a los dos una energía particular, un código de aire entre ellos, cuando él pasaba bajo su ventana y sin decir palabra camino del pueblo, donde se reunía con los otros zapadores. Él le pasaba un plato o comida en las manos. Ella le colocaba una hoja en su carmelita muñeca. O trabajaban con Caravaggio en la cimentación de un muro a punto de derrumbarse. El zapador cantaba sus canciones occidentales, con las que Caravaggio, aunque no lo reconociera, disfrutaba.

«*Pennsylvania six-five-oh-oh-oh!*», cantaba jadeando el joven soldado.

Ella iba aprendiendo a distinguir todas las variedades de su obscura piel, el color de su antebrazo en comparación con el de su cuello, el color de sus palmas, su mejilla, la piel bajo el turbante, la obscuridad de los dedos al separar cables rojos y negros o en contraste con el pan que cogía de la bandeja de bronce que aún utilizaba para la comida. Después se ponía en pie. Su independencia les parecía descortés, aunque él la consideraba sin lugar a dudas el colmo de la educación.

Los que más le gustaban eran los colores que cobraba su cuello con el agua, cuando se bañaba, y el de su pecho cubierto de sudor, al que se aferraban los dedos de ella cuando lo tenía encima, y el de los obscuros y fuertes brazos en las tinieblas de su tienda o, cierta vez, en el cuarto de ella, cuando entre ellos surgió, como el crepúsculo, la luz procedente del pueblo situado en el valle, al fin liberada del toque de queda, e iluminó el color de su cuerpo.

Más adelante Hana iba a comprender que ni él ni ella habían accedido nunca a verse comprometidos el uno para con el otro. Vería esa palabra en una novela, la sacaría del libro e iría a consultarla en un diccionario. *Comprometido: que ha contraído un compromiso u obligación.* Y él nunca había accedido –y Hana lo sabía– a eso. Si ella cruzaba los doscientos metros de jardín obscuro para reunirse con él, lo hacía por su propia voluntad y podía encontrarlo dormido, no por falta de amor, sino por necesidad, para afrontar con la mente despejada los objetos traicioneros del día siguiente.

A él ella le parecía extraordinaria. Se despertaba y la veía en el haz de luz de la lámpara. Lo que más le gustaba era la expresión inteligente de su cara. O por las noches le gustaba su voz, cuando discutía una tontería de Caravaggio. Y la forma como entraba a gatas en su tienda y se apretaba contra su cuerpo, como una santa.

Hablaban y la voz ligeramente cantarina de él resonaba entre el olor a lona de la tienda que lo había acompañado durante toda la campaña italiana y que tocaba alargando sus finos dedos como si formara también parte de su cuerpo, un ala de color caqui que plegaba sobre sí durante la noche. Era su mundo. Durante aquellas noches, ella se sentía muy lejos del Canadá. Él le preguntaba por qué no podía dormir. Ella estaba tumbada ahí e irritada por su independencia, por la facilidad con la que se apartaba del mundo. Ella quería un techo de hojalata para guarecerse de la lluvia, dos álamos que se estremecieran ante su ventana, un ruido que acunara su sueño, los árboles y los techos bajo los que dormía en el extremo oriental de Toronto, donde se crió, y después, durante un par de años, con Patrick y Clara a orillas del río Skootamatta y posteriormente en la Georgian Bay. Ni siquiera en la densidad de aquel jardín había encontrado un árbol bajo el que dormir.

«Bésame. De tu boca es de lo que estoy más puramente enamorada, de tus dientes.» Y más tarde, cuando su cabeza había caído a un lado, hacia la corriente que entraba por la abertura de la tienda, le había susurrado en voz alta estas palabras, que sólo había oído ella misma: «Tal vez deberíamos preguntar a Caravaggio. Mi padre me dijo una vez que Caravaggio estaba siempre enamorado. No sólo caía en el amor, sino que, además, se hundía dentro de él. Siempre confuso, siempre feliz. ¿Kip? ¿Me oyes? Me siento tan feliz contigo, tan feliz de estar contigo así».

Lo que más deseaba ella era un río en el que pudieran nadar. En la natación había un ceremonial que le parecía como el de una pista de baile. Pero él tenía una idea diferente de los ríos, se había metido en el Moro en silencio tirando del arnés de cables atados al puente portátil y los paneles de acero remachados se deslizaban tras él dentro del agua como un ser vivo y entonces se había iluminado el cielo con el fuego de obuses y alguien estaba hundiéndose a su lado en el centro del río. Los zapadores se sumergían una y otra vez en busca de las poleas perdidas y recogían los garfios en el agua y las llamaradas del fósforo en el cielo iluminaban el barro, la superficie y los rostros.

Durante toda la noche lloraron, gritaron y se ayudaron mutuamente a no volverse locos. Con la ropa empapada en el río invernal, consiguieron que el puente fuera encarrilándose poco a poco por encima de sus cabezas y dos días después otro río. Todos los ríos a los que llegaban carecían de puentes, como si hubieran borrado sus nombres, como si el cielo no tuviese estrellas ni las casas puertas. Las unidades de zapadores se metían con cuerdas en ellos, trasladaban cables sobre los hombros, encajaban los pernos, cubiertos de grasa para que no chirriara el metal, y después pasaba el ejército. Pasaba con sus vehículos y los zapadores seguían en el agua.

Con mucha frecuencia los sorprendían en plena corriente los obuses, que fulguraban en las cenagosas orillas y hacían trizas el acero y el hierro. Entonces nada había para protegerlos, el río resultaba tan fino como la seda contra los metales que lo rasgaban.

Kip se lo quitaba de la cabeza. Se daba maña para dormirse al instante y apartarse de aquella mujer, que tenía sus propios ríos y se perdía en ellos.

Sí, Caravaggio le explicaría cómo podía hundirse en el amor, cómo hundirse incluso en el amor cauto. «Quiero llevarte al río Skootamatta, Kip», decía Hana. «Quiero enseñarte el lago Smoke. La mujer a la que mi padre amó vive en los lagos, se desplaza más en canoa que en coche. Añoro los truenos que cortaban la electricidad. Quiero que conozcas a Clara, la mujer de las canoas, la única de mi familia que aún vive. Ya no queda nadie más. Mi padre la abandonó para irse a la guerra.»

Caminaba sin dar un paso en falso ni vacilar hacia la tienda en la que él pasaba la noche. Los árboles tamizaban la luz de la luna, como si se encontrara bajo un globo de luces de una sala de baile. Entraba en la tienda, pegaba el oído a su pecho dormido y escuchaba los latidos de su corazón, igual que él escuchaba el reloj de una mina. Las dos de la mañana. Todo el mundo dormía, menos ella.

IV. EL CAIRO MERIDIONAL, 1930-1938

Después de Herodoto, durante centenares de años el mundo occidental se interesó poco por el desierto. Desde 425 a.C. hasta comienzos del siglo XX no se fijó en él. Hubo silencio. El siglo XIX fue una época de exploradores de ríos y, después, en el decenio de 1920, hubo un epílogo positivo de esa historia en ese rincón de la Tierra, compuesto sobre todo de expediciones financiadas por particulares y a las que seguían conferencias modestas en la Sociedad Geográfica de Londres, en Kensington Gore. Las pronunciaban hombres quemados por el sol y exhaustos que, como los marinos de Conrad, no se sentían demasiado cómodos con el ceremonial de los taxis y el ocurrente, pero pesado, humor de los cobradores de autobús.

Cuando viajaban en trenes de cercanías desde los suburbios hacia Knightsbridge para asistir a las sesiones de la Sociedad, se perdían con frecuencia, extraviaban los billetes, atentos exclusivamente a no perder sus viejos mapas y sus notas para la conferencia, escritas lenta y laboriosamente y guardadas en las omnipresentes mochilas que siempre serían como partes de sus cuerpos. Aquellos hombres de todas las nacionalidades viajaban a última hora de la tarde, las seis, iluminados por la luz de los solitarios. Era una hora anónima, cuando la mayoría de los habitantes de la ciudad volvían a sus casas. Los exploradores llegaban demasiado temprano a Kensington Gore, cenaban en Lyons Corner House y después entraban en la Sociedad Geográfica, donde se sentaban en la sala del primer piso, junto a la gran canoa maorí, a repasar sus notas. A las ocho comenzaban las sesiones.

Cada dos semanas había una conferencia. Una persona hacía una presentación y otra expresaba agradecimiento. El orador final solía poner objeciones o someter a prueba la consistencia de la exposición, se mostraba pertinentemente crítico, pero nunca impertinente. Los oradores principales se atenían –según daban todos por descontado– a los hechos y presentaban con modestia hasta las hipótesis más osadas.

Mi viaje por el desierto de Libia, desde Sokum, en la costa mediterránea, hasta El Obeid, en el Sudán, trascurrió por una de las pocas rutas de la superficie terrestre que presentan diversos problemas geográficos interesantes.

En aquellas salas revestidas de madera de roble nunca se mencionaban los años de preparación, investigación y acopio de fondos. El conferenciante de la semana anterior había citado la pérdida de treinta vidas en el hielo de la Antártida. Se anunciaban con panegíricos mínimos pérdidas similares a consecuencia del calor extremo o de los huracanes. Toda consideración relativa al comportamiento humano y financiero resultaba absolutamente ajena a la cuestión que se examinaba, a saber, la superficie de la Tierra y sus «interesantes problemas geográficos».

¿Pueden considerarse otras depresiones de esa región, además de la tan debatida de Wadi Ryan, susceptibles de utilización con vistas al riego o al drenaje del delta del Nilo? ¿Están disminuyendo gradualmente los recursos hídricos procedentes de pozos artesianos? ¿Por dónde hemos de buscar la misteriosa Zerzura? ¿Queda algún otro oasis perdido por descubrir? ¿Dónde están las marismas de las tortugas de que habla Ptolomeo?

John Bell, director de estudios sobre el desierto en Egipto, formuló esas preguntas en 1927. En el decenio de 1930 las comunicaciones se volvieron aún más modestas. «*Quisiera añadir unas observaciones a algunas de las tesis expuestas en el interesante debate sobre la "Geografía prehistórica del oasis de Jarga".*» A mediados del mismo decenio, Ladislaus de Alamásy y sus compañeros encontraron el oasis de Zerzura.

En 1939 tocó a su fin el gran decenio de expediciones por el desierto de Libia y esa vasta y silenciosa zona de la Tierra pasó a ser uno de los escenarios de la guerra.

En la alcoba decorada como un cenador, el paciente quemado podía contemplar un panorama muy lejano. Igual que el caballero muerto de Rávena, cuyo cuerpo de mármol parece vivo, casi líquido, tiene la cabeza alzada sobre un cojín de piedra para que pueda contemplar el panorama por encima de sus pies. Más allá de la lluvia, tan deseada, en África, hacia todas sus vidas en El Cairo, sus trabajos y sus días.

Hana, sentada junto a su cama, lo acompañaba, como un escudero, en aquellos viajes.

En 1930 habíamos empezado a cartografiar la mayor parte de la meseta del Gilf Kebir en busca del oasis perdido llamado Zerzura: la Ciudad de las Acacias.

Éramos europeos del desierto. En 1917, John Bell había avistado el Gilf, luego Kermal el Din, después Bagnold, que se abrió paso por el Sur hasta el Mar de Arena. Otros eran Madox, Walpole, del departamento de estudios sobre el desierto, Su Excelencia Wasfi Bey, el fotógrafo Casparius, el geólogo Dr. Kadar y Bermann. Y el Gilf Kebir –la gran meseta del tamaño de Suiza, como gustaba de recordar Madox, situada en el desierto de Libia– era nuestro meollo y sus escarpas se precipitaban hacia el este y el oeste, mientras que la meseta descendía gradualmente hacia el norte. Se alzaba en medio del desierto a setecientos kilómetros al oeste del Nilo.

Los antiguos egipcios suponían que al oeste de las ciudades-oasis no había agua. El mundo acababa allí. El interior carecía de agua. Pero en el vacío de los desiertos siempre estás rodeado por la historia perdida. Las tribus tebu y senussi habían recorrido esas regiones y poseían pozos que conservaban en gran secreto. Corrían rumores sobre tierras fértiles situadas en el interior del desierto, escritores árabes del siglo XIII hablaron de Zerzura. «El Oasis de los Pajaritos.» «La Ciudad de las Acacias.» En *El libro de los tesoros ocultos*, el *Kitab al Kanuz*, Zerzura aparece descrita como una ciudad blanca, «blanca como una paloma».

Si se observa un mapa del desierto de Libia, se ven nombres: Kemal el Din, que en 1925 llevó a cabo, prácticamente solo, la primera gran expedición moderna; Bagnold, 1930-1932; Almásy-Madox, 1931-1937. Un poco al norte del Trópico de Cáncer.

Éramos un grupito perteneciente a una misma nación que entre las dos guerras mundiales cartografiaba y recorría las rutas de exploraciones anteriores. Nos reuníamos en Dajla y Kufra, como si fueran bares o cafés: una sociedad de los oasis, como la llamaba Bagnold. Conocíamos nuestras respectivas vidas íntimas, nuestras capacidades y fallos mutuos. Perdonábamos todo a Bagnold por su descripción de las dunas. *«Las estrías y la arena ondulada se parecen a la cavidad del paladar de un perro.»* Ése era el Bagnold auténtico, un hombre capaz de meter su investigadora mano entre las fauces de un perro.

1930. Nuestro primer viaje desde Jaghbub hacia el sur y por el interior del desierto, por entre el territorio de las tribus zwaya y majabra. Un viaje de siete días hasta El Taj. Madox y Bermann y cuatro más. Unos camellos, un caballo y un perro. Cuando partimos, nos contaron el viejo chiste: «Comenzar un viaje con una tormenta de arena trae buena suerte».

La primera noche acampamos a unos treinta kilómetros al sur. La mañana siguiente nos despertamos y salimos de nuestras tiendas a las cinco. El frío era tan intenso, que nos impedía dormir. Nos acercamos a los fuegos y nos sentamos ante su luz en la obscuridad más extensa. Sobre nosotros estaban las últimas estrellas. El amanecer iba a tardar aún dos horas más. Nos pasábamos vasos de té caliente. Dábamos de comer a los camellos, que masticaban, aún medio dormidos, los dátiles con sus huesos y todo. Desayunábamos y después bebíamos tres vasos más de té.

Horas después, nos encontrábamos envueltos en una tormenta de arena procedente de la nada que nos ocultaba la clara mañana. La brisa había ido refrescando y arreciando gradualmente. Cuando por fin pudimos mirar más abajo, la superficie del desierto había cambiado. Pásame el libro... aquí. Ésta es la maravillosa crónica que de semejantes tormentas de arena hace Hassanein Bey:

Es como si la superficie descansara sobre conductos de vapor con miles de orificios que despidieran diminutos chorros de vapor. La arena salta con brinquitos y remolinos mínimos. La pertubación aumenta pulgada a pulgada a medida que arrecia el viento. Parece como si toda la superficie del desierto se alzase obedeciendo a cierta fuerza subterránea que la impulsara hacia arriba. Los guijarros te golpean en las espinillas, las rodillas, los muslos. Los granos de arena te suben por el cuerpo hasta azotarte la cara y seguir por encima de la cabeza. El cielo está cubierto, todos los objetos, menos los más cercanos, desaparecen de la vista, el universo está colmado.

Teníamos que continuar en movimiento. Si te paras, la arena se va acumulando, como en torno a todo lo que esté inmóvil, y te encierra. Te pierdes para siempre. Una tormenta de arena puede durar cinco horas. Hasta cuando, en años posteriores, viajábamos en camiones, teníamos que seguir avanzando sin ver nada. Los peores terrores sobrevenían de noche. En cierta ocasión, al norte de Kufra, nos asaltó una tormenta en la obscuridad, a las tres de la mañana. La tormenta arrancó las tiendas de sus amarras y rodamos con ellas, al tiempo que nos llenábamos de arena –como un barco, al hundirse, se llena de agua–, abrumados, sofocándonos, hasta que un camellero cortó las ataduras y nos liberó.

Pasamos por tres tormentas durante nueve días. No dimos con las aldeas del desierto en las que esperábamos obtener más provisiones. El caballo desapareció. Tres de los camellos murieron. Durante los dos últimos días carecimos de comida, sólo teníamos té. El último vínculo con cualquier otro mundo era el tintineo de la tetera ennegrecida por el fuego, la larga cuchara y el vaso que llegaban hasta nosotros en la obscuridad de las mañanas. Después de la tercera noche, dejamos de hablar. Lo único que importaba era el fuego y el mínimo líquido carmelita.

Por pura suerte nos topamos con El Taj, un pueblo del desierto. Me paseé por el zoco, por la avenida en la que resonaban los carillones de los relojes, hasta la calle de los barómetros, pasé por delante de los puestos de venta de cartuchos para fusil, los de salsa de tomate italiana y otros alimentos enlatados procedentes de Benghazi, percal de Egipto, adornos hechos con cola de avestruz, los dentistas callejeros, los vendedores de libros. Seguimos mudos y cada cual por su camino. Tardamos en reaccionar ante aquel nuevo mundo, como si hubiéramos estado a punto de ahogarnos. En la plaza central de El Taj nos sentamos a comer cordero, arroz y pasteles de *badawi* y bebimos leche con pulpa de almendra machacada. Todo ello después de la larga espera de los tres vasos de té ceremoniales, aromatizados con ámbar y menta.

En 1931, me uní a una caravana de beduinos y me dijeron que había otro de nuestro grupo en ella. Resultó ser Fenelon-Barnes. Fui a su tienda. Había salido a pasar el día fuera, una pequeña expedición para catalogar árboles fosilizados. Eché un vistazo a su tienda: el fajo de mapas, las fotos de su familia que siempre llevaba consigo, etcétera. Cuando me marchaba, vi un espejo colgado en lo alto de la pared de piel y en él reflejada la cama. Parecía haber un bultito, un perro tal vez, bajo las sábanas. Levanté la chilaba y debajo había una niñita árabe atada y dormida.

Hacia 1932, Bagnold había acabado y Madox y los demás andábamos por doquier: buscando el ejército perdido de Cambises, buscando Zerzura. 1932, 1933 y 1934. Sin vernos durante meses. Sólo los beduinos y nosotros cruzando y volviendo a cruzar la Ruta de los Cuarenta Días. Las tribus del desierto, los seres humanos más hermosos que he conocido en mi vida, formaban como ríos. Nosotros éramos alemanes, ingleses, húngaros, africanos, insignificantes todos para ellos.

Gradualmente nos fuimos despegando de las naciones. Llegué a odiar las naciones. Los Estados-nación nos deforman. Madox murió por culpa de las naciones.

El desierto no podía reclamarse ni poseerse: era un trozo de tela arrastrado por los vientos, nunca sujeto por piedras y que mucho antes de que existiera Canterbury, mucho antes de que las batallas y los tratados redujesen Europa y el Este a un centón, había recibido cien nombres efímeros. Sus caravanas, extraños vagabundeos compuestos de fiestas y culturas, nada dejaban detrás, ni una pavesa. Todos nosotros, incluso los que teníamos hogares e hijos lejos, en Europa, deseábamos quitarnos la ropa de nuestros países. Era un lugar en el que reinaba la fe. Desaparecíamos en el paisaje. Fuego y arena. Abandonábamos los puertos de los oasis, los lugares a los que llegaba y tocaba el agua... *Ain, Bir, Wadi, Foggara, Jottara, Shaduf.* No quería que mi nombre sonase junto a nombres tan hermosos. ¡Borrar el apellido! ¡Borrar las naciones! Ésas fueron las enseñanzas que me aportó el desierto.

Aun así, algunos querían dejar su huella en él: en aquel lecho de río, en este montículo pedregoso; pequeñas vanidades en aquella parcela de terreno al noroeste del Sudán, al sur de la Cirenaica. Fenelon-Barnes quería que los árboles fosilizados que descubría llevaran su nombre. Quería incluso que una tribu llevase su nombre y pasó un año celebrando negociaciones para ello. Después Bauchan lo superó, al hacer que se bautizara con su nombre un tipo de arena. Pero yo quería borrar mi nombre y el lugar del que procedía. Cuando llegó la guerra, después de diez años en el desierto, me resultaba fácil cruzar las fronteras clandestinamente, no pertenecer a nadie, a ninguna nación.

1933 o 1934. He olvidado el año. Madox, Casparius, Bermann y yo, más dos conductores sudaneses y un cocinero. Entonces viajábamos ya en coches cubiertos Ford modelo A y en aquella ocasión utilizamos por primera vez grandes neumáticos hinchables llamados ruedas de aire. Eran mejores para la arena, pero estaba por ver si resistirían los campos pedregosos y las rocas astilladas.

Partimos de Jarga el 22 de marzo. Bermann y yo habíamos lanzado la hipótesis de que Zerzura estaba compuesta por tres *wadis* sobre los que había escrito Williamson en 1838.

Al sudoeste del Gilf Kebir había tres macizos graníticos aislados que se alzaban en la llanura: Gebel Arkanu, Gebel Uweinat y Gebel Kissu. Distaban veinte kilómetros unos de otros. En varias de las gargantas había agua potable, aunque la de los pozos de Gebel Archanu era amarga y se reservaba sólo para casos de emergencia. Williamson dijo que Zerzura estaba formada por tres *wadis*, pero nunca los localizó y su teoría acabó considerada una leyenda. Sin embargo, un solo oasis de lluvia en aquellas colinas con forma de cráteres habría resuelto el enigma de cómo es que Cambises y su ejército pudieron emprender la travesía de semejante desierto y el de las incursiones de los senussi durante la Gran Guerra, cuando aquellos gigantescos jinetes negros cruzaban un desierto que, según se decía, carecía de agua y pasto. Era un mundo civilizado desde hacía siglos, con miles de sendas y caminos.

En Abu Ballas encontramos tinajas con la forma clásica de las ánforas griegas. Herodoto habla de esas jarras.

Bermann y yo hablamos con un misterioso anciano que se parecía a una serpiente en la fortaleza de El Jof: en el vestíbulo de piedra que en tiempos había sido la biblioteca del gran jeque senussi. Un viejo tebu, guía de caravanas de profesión, que hablaba árabe con acento. Más adelante Bermann dijo, citando a Herodoto: «Como los chillidos de los murciélagos». Hablamos con él todo el día y toda la noche y no soltó prenda. El credo senussi, su doctrina primordial, seguía siendo el de no revelar los secretos del desierto a los extranjeros.

En Wadi el Melik vimos aves de una especie desconocida.

El 5 de mayo, escalé un risco de piedra y me acerqué a la meseta de Uweinat desde una nueva dirección. Llegué a un gran *wadi* lleno de acacias.

Hubo un tiempo en que los cartógrafos bautizaban los lugares por los que viajaban con los nombres de sus amantes y no con los suyos: una mujer de una caravana del desierto a la que había visto bañarse, mientras ocultaba su desnudez con muselina sujeta ante sí por una de sus manos, la mujer de un anciano poeta árabe, cuyos hombros de blanca paloma lo incitaron a bautizar un oasis con su nombre. El odre vertió el agua sobre la mujer, que se envolvió en la tela, y el anciano escriba apartó la vista de ella para ponerse a describir Zerzura.

Así, en el desierto un hombre puede deslizarse en un nombre como en un pozo que haya descubierto y en el frescor de su sombra sentir la tentación de no abandonar nunca semejante recinto. Yo sentí el profundo deseo de permanecer allí, entre aquellas acacias.

No estaba paseando por un lugar por el que nadie se hubiera paseado antes, sino por un lugar en el que había habido poblaciones repentinas y breves a lo largo de los siglos: un ejército del siglo XIV, una caravana tebu, los jinetes senussi de 1915. Y entre esos períodos... nada había. Cuando no llovía, las acacias se marchitaban, los *wadis* se secaban... hasta que, cincuenta o cien años después, reaparecía el agua de repente. Apariciones y desapariciones esporádicas, como las leyendas y los rumores a lo largo de la Historia.

En el desierto las aguas más amadas, como el nombre de una amante, cobran color azul en las manos que las recogen, entran en la garganta. Tragas ausencia. Una mujer en El Cairo alza la sinuosa blancura de su cuerpo y se asoma a la ventana para que su desnudez reciba la lluvia de una tormenta.

Hana se inclinó hacia adelante, al sentir su desvarío, y lo contempló sin decir palabra. ¿Quién era esa mujer?

Los confines de la Tierra nunca son los puntos en un mapa que los colonizadores hacen retroceder para ampliar su esfera de influencia. Por una parte, sirvientes y esclavos, el flujo y el reflujo del poder y la correspondencia con la Sociedad Geográfica. Por otra, el primer paso de un blanco en la otra orilla de un gran río, la primera visión –por los ojos de un blanco– de una montaña que ha estado ahí desde siempre.

Cuando somos jóvenes, no nos miramos en los espejos. Lo hacemos cuando somos viejos y nos preocupa nuestro nombre, nuestra leyenda, lo que nuestras vidas significarán en el futuro. Nos envanecemos con nuestro nombre, con nuestro derecho a afirmar que nuestros ojos fueron los primeros en ver determinado panorama, que nuestro ejército fue el más fuerte, nuestro astuto comerciar el más provechoso. Al envejecer es cuando Narciso desea una imagen esculpida de sí mismo.

Pero nos interesaba saber en qué sentido podían significar nuestras vidas algo para el pasado. Éramos jóvenes. Sabíamos que el poder y las grandes finanzas eran cosas pasajeras. Herodoto era el libro de cabecera de todos nosotros. *«Pues las ciudades que fueron grandes en épocas pasadas han de haber perdido su importancia ahora y las que eran grandes en mi época eran pequeñas en la anterior. (...) La buena fortuna del hombre nunca permanece en el mismo lugar.»*

En 1936 un joven llamado Geoffrey Clifton se encontró en Oxford con un amigo que le habló de lo que estábamos haciendo. Se puso en contacto conmigo, se casó el día siguiente y dos semanas después se trasladó en avión a El Cairo con su esposa.

Aquella pareja entró en nuestro mundo, el formado por nosotros cuatro: Príncipe Kemal el Din, Bell, Almásy y Madox. El nombre que aún no nos quitábamos de la boca era Gilf Kebir. En algún punto del Gilf se encontraba Zerzura, cuyo nombre aparece en escritos árabes en época tan temprana como el siglo XIII. Cuando se viaja hasta tan lejos en el tiempo, se necesita un avión y el joven Clifton, que era rico, tenía un avión y sabía pilotarlo.

Clifton se reunió con nosotros en El Jof, al norte de Uweinat. Estaba sentado en su avión de dos plazas y nos dirigimos hacia él desde el campamento. Se puso en pie en la carlinga y se sirvió un trago de su frasco. Su esposa estaba sentada a su lado.

«Bautizo este lugar con el nombre de Club de Campo Messaha», anunció.

Vi una afable incertidumbre en la cara de su esposa, que, cuando se quitó el casco de cuero, reveló una melena de leona.

Eran jóvenes, podrían haber sido nuestros hijos. Saltaron del avión y nos dimos la mano.

Era 1936, el comienzo de nuestra historia...

Saltaron desde el ala del Moth. Clifton se dirigió hacia nosotros con el frasco de licor en la mano y todos probamos el alcohol caliente. Le encantaban las ceremonias. Había bautizado su avión con el nombre de *Rupert Bear*. No creo que le gustara el desierto, pero sentía hacia él un afecto inspirado por la admiración hacia nuestro austero orden, en el que quería encajar: como un alegre universitario que respeta el silencio de una biblioteca. No esperábamos que trajera a su esposa, pero nos mostramos –supongo– corteses al respecto. Ahí la teníamos recogiendo arena en su melena.

¿Qué éramos para aquella joven pareja? Algunos de nosotros habíamos escrito libros sobre la formación de las dunas, la desaparición y reaparición de los oasis, la cultura perdida de los desiertos. Parecía que sólo nos interesaban cosas que no podían comprarse ni venderse, carentes de interés para el mundo exterior. Debatíamos sobre latitudes o sobre un acontecimiento sucedido setecientos años atrás. Los teoremas de la exploración: como el de que Abd el Malik Ibrahim el Zaya, quien vivía en el oasis de Zuck dedicado al pastoreo de camellos, había sido el primer hombre de aquellas tribus que había entendido el concepto de fotografía.

La luna de miel de los Clifton tocaba a su fin. Yo

me separé de ellos y de los demás, fui a ver a un hombre de Kufra y pasé días con él poniendo a prueba teorías que no había expuesto a los demás miembros de la expedición. Regresé al campamento de El Jof tres noches después.

El fuego del desierto estaba entre nosotros: los Clifton, Madox, Bell y yo. Si uno de nosotros se echaba hacia atrás unos centímetros, desaparecía en las tinieblas. Katharine Clifton se puso a recitar y mi cabeza abandonó la aureola que rodeaba el fuego de ramitas en el campamento.

Su rostro tenía reminiscencias clásicas. Sus padres eran famosos, al parecer, en el mundo de la historia del derecho. Yo soy una persona que no disfrutó con la poesía hasta que oyó a una mujer recitárnosla. Y en aquel desierto ella revivió su época universitaria ante nosotros para describir las estrellas, del mismo modo que Adán se las enseñó con ternura a una mujer valiéndose de metáforas elegantes.

Esos astros, aun invisibles en lo profundo de la noche,
No brillan, pues, en vano; no pienses que, aunque hombres
No hubiera, carecería de espectadores el Cielo y de
Alabanzas; millones de criaturas espirituales recorren la
Tierra invisibles, cuando en vela estamos y cuando
Dormimos; todas ellas sin cesar de alabarlo día y noche
Sus obras contemplan: cuántas veces desde la falda de
Una colina o un bosquecillo en que el eco resuena voces
Hemos oído celestiales en el aire de la medianoche,
Solas o respondiéndose, que cantaban a su Creador...

Aquella noche me enamoré de una voz. Sólo una voz. No quería oír nada más. Me levanté y me marché.

Aquella mujer era un sauce. ¿Qué aspecto tendría en invierno, a mi edad? La veo aún, siempre, con los ojos de Adán: sus torpes miembros al saltar de un avión, al agacharse entre nosotros para avivar el fuego, su codo alzado y apuntado hacia mí al beber de una cantimplora.

Unos meses después, un día en que habíamos salido en grupo, estaba bailando conmigo un vals en El Cairo. Aunque ligeramente bebida, la expresión de su cara era impenetrable. Incluso ahora creo que nunca se mostró su rostro más revelador que en aquella ocasión, en que los dos estábamos medio bebidos y no éramos amantes.

Durante todos estos años he estado intentando descubrir qué quería transmitirme con aquella mirada. Parecía desprecio. Ésa fue mi impresión. Ahora creo que estaba estudiándome. Era una persona inocente y algo en mí le extrañaba. Yo estaba comportándome como suelo hacerlo en los bares, pero aquella vez no con la compañía idónea. Soy de los que no mezclan los códigos de comportamiento. Me había olvidado de que ella era más joven que yo.

Estaba *estudiándome*, pura y simplemente. Y yo la observaba para descubrir un falso movimiento en su mirada como de estatua, algo que la traicionara.

Dame un mapa y te construiré una ciudad. Dame un lápiz y te dibujaré una habitación en El Cairo meridional, con mapas del desierto en la pared. El desierto estaba siempre entre nosotros. Al despertar, podía alzar los ojos y ver el mapa de los antiguos asentamientos a lo largo de la costa mediterránea –Gazala, Tobruk, Mersa Matruth– y al sur los *wadis* pintados a mano, rodeados por los matices de amarillo que invadíamos, en los que intentábamos perdernos. *«Mi tarea consiste en describir brevemente las diversas expediciones que han abordado el Gilf Kebir. Después el doctor Bermann nos trasladará al desierto, tal como era hace miles de años.»*

Así hablaba Madox a otros geógrafos en Kensigton Gore. Pero en las actas de la Sociedad Geográfica no se menciona el adulterio. Nuestro cuarto nunca apareció en los detallados informes en que se describía cada montículo y cada incidente de la historia.

En la calle de El Cairo en que se vendían los loros importados, aves exóticas y casi dotadas de la palabra amonestaban a los transeúntes. Gritaban y silbaban en filas, como una avenida emplumada. Yo sabía qué tribu había recorrido determinada ruta de la seda o de los camellos y las había traído en sus pequeños palanquines por los desiertos. Viajes de cuarenta jornadas, después de que las hubieran capturado los esclavos o las hubiesen recogido, como si fueran flores, en jardines ecuatoriales y después las hubiesen metido en jaulas de bambú para que entraran en el río del comercio. Parecían novias en un cortejo medieval.

Nos paseábamos entre ellos. Estaba enseñándole una ciudad que ella no conocía.

Me tocó la muñeca con la mano.

«Si te ofreciera mi vida, la rechazarías, ¿verdad?»

No dije nada.

V. KATHARINE

La primera vez que soñó con él, despertó chillando junto a su marido.

Se quedó ahí, en su alcoba, boquiabierta y mirando fijamente la sábana. Su marido le puso la mano en la espalda.

«Una pesadilla. No te preocupes.»

«Sí.»

«¿Te traigo un vaso de agua?»

«Sí.»

No quería moverse. No quería volver a tumbarse en esa parte de la cama que habían ocupado.

El sueño había ocurrido en aquella habitación: la mano de él en su cuello (ahora ella la tocaba), la ira que había sentido en él las primeras veces que se habían visto. No, ira no, falta de interés, irritación porque hubiera entre ellos una mujer casada. Estaban doblados como animales y él le había tirado del cuello hacia atrás y no le dejaba respirar en plena excitación.

Su marido le trajo el vaso sobre un platillo, pero ella no pudo levantar las brazos: los tenía débiles y temblorosos. Él le llevó torpemente el vaso hasta la boca para que pudiera tragar el agua clorada, parte de la cual le corrió por la barbilla y le cayó en el estómago. Cuando volvió a tumbarse, apenas tuvo tiempo de pensar en lo que había presenciado, se quedó al instante profundamente dormida.

Ésa había sido la primera señal. El día siguiente, lo recordó en algún momento, pero, como estaba ajetreada, se negó a demorarse largo rato preguntándose por su significado y lo desechó; era una colisión accidental en una noche muy concurrida, nada más.

Un año después, aparecieron los otros sueños, más peligrosos, plácidos, y durante el primero de ellos recordó incluso las manos en su cuello y esperó a que la calma entre ellas se mudara en violencia.

¿Quién arrojaba aquellas migas tentadoras? Respecto de un hombre que nunca le había interesado. Un sueño y más adelante otra serie de sueños.

Posteriormente, él explicó que se trataba de la proximidad: la proximidad en el desierto. Es lo que ocurre aquí, dijo. Le gustaba esa palabra: la proximidad del agua, la proximidad de dos o tres cuerpos en un coche recorriendo el Mar de Arena durante seis horas. La rodilla sudada de ella junto a la caja de cambios del camión, su rodilla apartándose, alzándose con los baches. En el desierto tienes tiempo para mirar a todas partes, para teorizar sobre la coreografía de todas las cosas que te rodean.

Cuando hablaba así, ella lo odiaba: su mirada seguía siendo cortés, pero sentía deseos de abofetearlo. Siempre deseaba abofetearlo y comprendió que hasta eso tenía carácter sexual. Para él, todas las relaciones respondían a categorías. La proximidad o la distancia te marcaba. De igual modo que las historias de Herodoto ilustraban, para él, todas las sociedades. Se imaginaba que era experto en los usos del mundo que esencialmente había abandonado años atrás para esforzarse desde entonces por explorar un mundo, a medias inventado, del desierto.

En el aeródromo de El Cairo cargaron el equipo en los vehículos, mientras su marido se quedaba a comprobar el circuito del carburante del Moth antes de que los tres hombres partieran, la mañana siguiente. Madox fue a una de las embajadas a enviar un cable. Y *él* iba a ir a la ciudad a emborracharse, la habitual velada de despedida en El Cairo: iría al Casino Opera de Madame Badin y después desaparecería en las calles situadas detrás del hotel Pasha. Antes de iniciar la velada haría el equipaje, lo que le permitiría subir al camión la mañana siguiente, aun con la resaca.

Conque la llevó en coche a la ciudad. El aire estaba húmedo y el tráfico, a esa hora, denso y lento.

«Hace tanto calor que necesito una cerveza. ¿Quieres una también?»

«No, he de hacer muchos recados en las dos próximas horas. Tendrás que disculparme.»

«No te preocupes», dijo ella. «No quiero entretenerte.»

«Cuando vuelva, me tomaré una cerveza contigo.»

«Dentro de tres semanas, ¿verdad?»

«Más o menos.»

«Me gustaría acompañaros.»

Él no respondió nada a eso. Cruzaron el puente Bulaq y el tráfico empeoró: demasiados carros, demasiados peatones, dueños de las calles. Tomó un atajo bordeando el Nilo hacia la zona meridional, donde se encontraba, justo después del cuartel, el hotel Semíramis, en el que se alojaba ella.

«Esta vez vas a encontrar Zerzura, ¿verdad?»

«Esta vez la voy a encontrar.»

Se estaba comportando como en las primeras ocasiones en que se habían visto. Apenas la miraba mientras conducía, ni siquiera cuando el tráfico los obligaba a permanecer parados más de cinco minutos.

En el hotel estuvo excesivamente educado. Cuando se comportaba así, a ella le gustaba aún menos; todos tenían que aparentar que se trataba de cortesía, elegancia. Le recordaba a un perro vestido. Que se fuera a paseo. Si su marido no hubiese tenido que trabajar con él, habría preferido no volver a verlo.

Sacó la maleta de ella del maletero y ya se disponía a llevarla hasta el vestíbulo.

«Dame, ya puedo llevarla yo.» Cuando bajó del asiento del pasajero, ella tenía la camisa empapada.

El portero se ofreció a llevar la maleta, pero él dijo: «No, quiere llevarla ella». Ella volvió a sentirse irritada por su presunción. El portero se separó de ellos. Ella se volvió hacia él, quien le pasó la bolsa, y se quedó mirándolo, al tiempo que con las dos manos alzaba torpemente su pesada maleta.

«Bueno, pues adiós. Buena suerte.»

«Sí. No temas por ellos, yo me encargo de que no les ocurra nada.»

Ella asintió con la cabeza. Estaba en la sombra y él –como si no notara su violencia– en el sol.

Entonces se acercó un poco más a ella, lo que la hizo pensar por un instante que iba a abrazarla, pero se limitó a adelantar el brazo derecho y retirarlo al instante, al tiempo que rozaba ligeramente el cuello de ella con todo su húmedo antebrazo.

«Adiós.»

Volvió hasta el camión. Ella sentía ahora su sudor,

como sangre dejada por una cuchilla que el gesto del brazo de él parecía haber imitado.

Ella tomó un cojín y se lo colocó en el regazo, como para escudarse de él. «Si me haces el amor, no mentiré para ocultarlo y, si te lo hago yo, tampoco.»

Se llevó el cojín al corazón, como si deseara sofocar esa parte de sí que se había desmandado.

«¿Qué es lo que más detestas?», preguntó él.

«La mentira. ¿Y tú?»

«La posesividad», dijo él. «Cuando me dejes, olvídame.»

El puño de ella salió disparado hacia él y le golpeó con fuerza en el hueso debajo del ojo. Se vistió y se marchó.

Todos los días, al volver a casa, se miraba el cardenal en el espejo. Le entró curiosidad, no tanto por el cardenal cuanto por la forma de su cara. Las largas cejas en las que nunca se había fijado en realidad, las primeras canas en su cabello rojizo. Llevaba años sin mirarse así en un espejo. ¡Qué ceja más larga!

Nada podía apartarlo de ella.

Cuando no estaba en el desierto con Madox o con Bermann en las bibliotecas árabes, se reunía con ella en el parque Groppi, junto a los jardines de ciruelos, abundantemente regados. Allí era donde ella se encontraba más a gusto, pues echaba de menos la humedad, siempre le habían gustado los setos verdes y los helechos, mientras que para él tanta verdura era como un carnaval.

Desde el parque Groppi daban un rodeo para entrar en la ciudad antigua, El Cairo meridional, mercados a los que pocos europeos acudían. Las paredes de sus cuartos estaban cubiertas de mapas y, pese a sus intentos de amueblar el piso, seguía dando la impresión de un campamento.

Yacían abrazados, con el pulso y la sombra del ventilador por encima de ellos. Había pasado toda la mañana trabajando con Bermann en el museo arqueológico, cotejando textos árabes e historias europeas para intentar reconocer ecos, coincidencias, cambios de nombre: remontándose desde Herodoto hasta el *Kitab al Kanuz*, en el que Zerzura recibe el nombre de la mujer que se baña junto a una caravana del desierto. Y también allí había el lento parpadeo de la sombra de un ventilador y aquí también el intercambio íntimo y el eco de una historia de la infancia, una cicatriz, una forma de besar.

«No sé qué hacer. ¡No sé qué hacer! ¿Cómo puedo ser tu amante? Él se va a volver loco.»

Una lista de heridas.

Los diversos colores del cardenal: de rojizo intenso a carmelita. El plato que, tras cruzar el cuarto con él y tirar su contenido, ella le rompió en la cabeza, de la que brotó la sangre y tiñó su azafranado cabello. El tenedor que le entró por detrás del hombro y le dejó marcas que el médico supuso causadas por un zorro.

Antes de abrazarla, se paraba a mirar primero qué objetos arrojadizos había en las inmediaciones. Se reunía en público con ella y con otros, cubierto de cardenales o con la cabeza vendada, y explicaba que el taxi había dado un frenazo repentino y se había golpeado con el deflector. O con yodo en la frente que cubría un verdugón. A Madox le preocupaba que se hubiera vuelto de pronto tan propenso a los accidentes. Ella se mofaba en silencio de la inconsistencia de sus explicaciones. Tal vez sea la edad, tal vez necesite gafas, decía su marido, al tiempo que daba un codazo a Madox. Tal vez sea una mujer que haya conocido, decía ella. Mirad, ¿no es eso un arañazo o un mordisco de mujer?

Fue un escorpión, decía él. *Androctonus australis*.

Una tarjeta postal con el rectángulo dedicado al texto ocupado por una caligrafía pulcra.

> La mitad de los días no soporto no poder tocarte. El resto del tiempo tengo la sensación de que no me importaría no volver a verte. No es cosa de moralidad, sino de capacidad de resistencia.

Sin fecha ni firma.

A veces, cuando ella podía pasar la noche con él, los despertaban los tres minaretes de la ciudad, que iniciaban las plegarias antes del amanecer. Recorrían juntos los mercados de añil situados entre El Cairo meridional y la casa de ella. Los hermosos cantos de fe entraban en el aire como flechas, un minarete respondía a otro, como si se transmitieran un rumor sobre ellos dos, mientras paseaban en el fresco aire matutino, ya cargado con el olor a carbón y cáñamo. Pecadores en una ciudad santa.

Barría con el brazo los platos y los vasos de una mesa de restaurante para que ella levantara la vista en algún otro punto de la ciudad e intentase averiguar la causa de ese ruido. Cuando estaba sin ella. Él, que nunca se había sentido solo en toda la distancia que separaba los pueblos del desierto. Un hombre en un desierto puede recoger la ausencia en las manos juntas en forma de cuenco, porque sabe que lo sostiene más que el agua. Conocía una planta cerca de El Taj, cuyo corazón, si se corta, es substituido por un fluido que tiene propiedades medicinales. Todas las mañanas se puede beber el líquido que cabe en el hueco dejado por el corazón. La planta sigue floreciendo durante un año hasta que por fin muere por falta de algún nutriente.

Estaba tumbado en su cuarto y rodeado de mapas descoloridos. Estaba sin Katharine. El hambre le inspiraba deseos de acabar con todas las normas sociales, toda cortesía.

La vida de ella con otros ya no le interesaba. Sólo quería su majestuosa belleza, el teatro de sus expresiones. Quería la diminuta y secreta imagen que había entre ellos, la profundidad de campo mínima, su intimidad de extraños, como dos páginas de un libro cerrado.

Ella lo había desmembrado.

Y si ella lo había reducido a eso, ¿a qué la había reducido él?

Cuando ella estaba atrincherada tras la muralla de su clase y él estaba a su lado en un grupo más amplio, contaba chistes que a él mismo no le hacían gracia. Presa de la locuacidad –cosa rara en él–, se ponía a atacar la historia de la exploración. Lo hacía cuando se sentía desgraciado. Sólo Madox había advertido ese hábito. Pero ella ni siquiera lo miraba. Sonreía a todo el mundo, a los objetos que había en la habitación, elogiaba una disposición floral, cosas impersonales e insignificantes. Se equivocaba al interpretar el comportamiento de él, al suponer que era eso lo que él quería, y duplicaba el espesor de la muralla para protegerse.

Pero ahora no podía soportar esa muralla en ella. Tú también construyes tus murallas –le decía ella–, conque yo tengo la mía. Al decirlo, su belleza resplandecía hasta un punto que le resultaba insoportable. Con su preciosa ropa, su pálida cara que se burlaba de todos cuantos le sonreían, con su sonrisa desconcertada ante los airados chistes de él, quien continuaba con sus consternadoras afirmaciones sobre tal o cual detalle de alguna expedición de todos conocida.

En el preciso momento en que ella se separó de él a la entrada del bar del Groppi, después de que la hubiera saludado, se sintió enloquecido. Sabía que la única forma como podía aceptar perderla era poder seguir abrazándola o viéndose abrazado por ella, poder ayudarse mutuamente a poner en cierto modo fin a aquello con mimos, no con una muralla.

El sol inundaba su cuarto de El Cairo. Su mano reposaba fláccida –con toda la tensión acumulada en el resto de su cuerpo– sobre el diario de Herodoto y garabateaba las palabras, como si la pluma careciera de consistencia. Apenas pudo escribir la palabra *sol*, la palabra *enamorado*.

La única luz que entraba en el piso era la procedente del río y del desierto, más allá. Caía sobre el cuello de ella, su pie, la cicatriz de la vacuna en su brazo derecho, que tanto le gustaba a él. Se sentó en la cama abrazando su desnudez. Él deslizó la palma de la mano abierta por el sudor de su hombro. Este hombro es mío, pensó, no de su marido, es mío. Como amantes se habían ofrecido así partes de sus cuerpos mutuamente, en aquel cuarto, a orillas del río.

En las pocas horas de que habían dispuesto, el cuarto había ido obscureciéndose hasta albergar sólo esa luz: mera luz de río y de desierto. Sólo cuando se producían las escasas descargas de lluvia se acercaban a la ventana y sacaban los brazos, se estiraban para bañarse la mayor parte posible del cuerpo en ella. La gente en las calles acogía con gritos el breve chaparrón.

«Nunca volveremos a amarnos. No podemos volver a vernos.»

«Ya lo sé», dijo él.

La noche en que ella insistió en que rompieran.

Estaba sentada, encerrada en sí misma, en la armadura de su terrible conciencia. Él no podía llegar hasta ella. Sólo su cuerpo estaba próximo a ella.

«Nunca más, pase lo que pase.»

«De acuerdo.»

«Creo que se va a volver loco. ¿Entiendes?»

Él guardó silencio, abandonó los intentos de hacerla abrirse a él.

Una hora después, caminaban en la noche serena. Oían a lo lejos las canciones de gramófono procedentes del cine Música para Todos, con las ventanas abiertas por el calor. Iban a tener que separarse antes del fin de la sesión, por si salía alguien que la conociera.

Estaban en el jardín botánico, cerca de la catedral de Todos los Santos. Ella vio una lágrima y se inclinó hacia adelante, la lamió y se la metió en la boca. Como había lamido la sangre en la mano de él, cuando se cortó al preparar la comida para ella. Sangre. Lágrima. Él se sentía el cuerpo vacío, tenía la sensación de que sólo contuviese humo. Lo único que estaba vivo era la conciencia del deseo y la necesidad futuros. Lo que le habría gustado decir no podía decirlo a aquella mujer, cuya apertura era como una herida, cuya juventud aún no era mortal. No podía alterar lo que más adoraba en ella: su falta de compromiso, gracias a la cual la sensibilidad de los poemas que amaba aún no chocaba con el mundo real. Él sabía que sin esas cualidades no podía haber orden en el mundo.

La noche en que ella había insistido tanto: veintiocho de septiembre. La cálida luz de la luna ya había secado la lluvia en los árboles. Ni una gota fresca podía caer sobre él, como una lágrima. Aquella separación en el parque Groppi. No le había preguntado si su marido estaba en casa, en aquel cuadrado de luz de allá arriba, al otro lado de la calle.

Vio la alta fila de palmeras por encima de ellos, como brazos extendidos. Como la cabeza y el cabello de ella estaban encima de él, cuando era su amante.

Aquella vez no se besaron, tan sólo un abrazo. Se soltó de ella y se alejó y después se volvió. Ella no se había movido. Él regresó hasta pocos metros de ella con un dedo alzado para hacer un comentario.

«Sólo quiero que sepas que aún no te echo de menos.» Con una expresión horrible, pese a que intentaba sonreír.

Ella apartó la cabeza y se golpeó con un poste de la puerta. Él vio que se había hecho daño, notó la mueca de dolor. Pero ya se habían separado y encerrado en sí mismos, habían alzado las murallas, a insistencia de ella. Su espasmo, su dolor, era accidental, intencionado. Se había llevado la mano a la sien.

«Ya me echarás de menos», dijo.

A partir de este punto en nuestras vidas, le había susurrado ella antes, o encontraremos nuestras almas o las perderemos.

¿Cómo puede ocurrir una cosa así? Enamorarse y quedar desmembrado.

Yo estaba en sus brazos. Le había subido la manga de la blusa hasta el hombro para poder verle la cicatriz de la vacuna. Me encanta, dije. Aquella pálida aureola en su brazo. Veo cómo la raspó el instrumento, inoculó el suero después y luego salió de su piel, años atrás, cuando tenía nueve años, en el gimnasio de un colegio.

VI. UN AVIÓN ENTERRADO

El paciente paseó la mirada por la larga cama, en cuyo extremo se encontraba Hana. Después de haberlo bañado, la muchacha rompió la punta de una ampolla y se volvió hacia él con la morfina. Una efigie, una cama. El inglés bogaba en el barco de morfina. Ésta corría por sus venas e implosionaba el tiempo y la geografía del mismo modo que un mapa comprime el mundo en una hoja de papel de dos dimensiones.

Las largas veladas de El Cairo. El mar de cielo nocturno, halcones en filas hasta que los soltaban al atardecer y se lanzaban formando un arco hacia el último color del desierto: al unísono, como un puñado de semillas arrojado a la tierra.

En 1936 podías comprar cualquier cosa en aquella ciudad: desde un perro o un ave que acudía a golpe de silbato hasta aquellas terribles traíllas que se ajustaban al dedo meñique de una mujer para que no se te perdiera en un mercado atestado.

En el sector nordoriental de El Cairo se encontraba el gran patio de los estudiantes religiosos y, más allá, el bazar Jan el Jalili. Mirábamos desde lo alto gatos encaramados a techos de hojalata ondulada, que, a su vez, miraban la calle y los puestos de abajo. Nuestro cuarto dominaba todo aquel panorama. Por las ventanas abiertas se veían minaretes, falúas, gatos, y entraba el estruendo. Ella me hablaba de los jardines de su infancia. Cuando no podía dormir, dibujaba el jardín de su madre para mí palabra a palabra, arriate a arriate, el hielo de diciembre sobre el estanque con peces, el crujido de los espaldares rosados. Me cogía la muñeca en la confluencia de las venas y la guiaba hasta la depresión de su cuello.

Marzo de 1937, Uweinat. Madox estaba irritable por la falta de aire. Estábamos a trescientos metros sobre el nivel del mar, pero, aun a aquella mínima altura, se encontraba incómodo. Al fin y al cabo, era un hombre del desierto, pues había abandonado Marston Magna, la aldea de su familia, en Somerset, y había cambiado todas sus costumbres y hábitos para vivir lo más cerca posible del nivel del mar y en un clima seco.

«Madox, ¿cómo se llama ese hueco en la base del cuello de una mujer? Por delante. *Aquí.* ¿Qué es? ¿Tiene un nombre oficial? ¿Ese hueco del tamaño aproximado de la huella de un pulgar?»

Madox me miró un momento a la deslumbrante luz del mediodía.

«Cálmate», murmuró.

«Te voy a contar una historia», dijo Caravaggio a Hana. «Érase una vez un húngaro llamado Almásy, que trabajó para los alemanes durante la guerra. Voló un tiempo con el Afrika Korps, pero era más valioso para otras tareas. En los años treinta, había sido uno de los grandes exploradores del desierto. Conocía todos los puntos donde había agua y había colaborado en la realización de los mapas del Mar de Arena. Lo sabía todo sobre el desierto. Lo sabía todo sobre los dialectos. ¿Te suena? Entre las dos guerras siempre estaba de expedición fuera de El Cairo. Una de ellas en busca de Zerzura: el oasis perdido. Después, cuando estalló la guerra, se unió a los alemanes. En 1941 pasó a hacer de guía para los espías, los llevaba por el desierto hasta El Cairo. Lo que pretendo decirte es que me parece que el paciente inglés no es inglés.»

«Claro que lo es. ¿Qué me dices de todos esos arriates de flores en Gloucestershire?»

«Precisamente. Todo ello constituye un telón de fondo perfecto. Anteanoche, cuando estábamos buscando un nombre para el perro. ¿Recuerdas?»

«Sí.»

«¿Cuáles fueron sus propuestas?»

«Estaba extraño esa noche.»

«Estaba muy extraño porque le di una dosis extra

de morfina. ¿Recuerdas los nombres? Propuso unos ocho. Cinco de ellos eran bromas evidentes. Quedan tres: Cicerón, Zerzura, Dalila.»

«¿Y qué?»

«Cicerón era el nombre en clave de un espía. Los británicos lo descubrieron. Un agente doble y después triple que se escapó. Zerzura es más complicado.»

«Sé lo que es. Lo ha mencionado. También habla de jardines.»

«Pero ahora, más que nada, del desierto. El jardín inglés sale a relucir cada vez menos. Ese hombre se está muriendo. Creo que ahí arriba tienes al guía de espías Almásy.»

Estaban sentados en los viejos cestos de mimbre del lavadero y mirándose. Caravaggio se encogió de hombros. «Es posible.»

«Yo creo que es inglés», dijo Hana, al tiempo que se mordía los carrillos, como siempre que pensaba o examinaba algo relativo a ella.

«Sé que quieres a ese hombre, pero no es inglés. Al principio de la guerra, yo trabajé en El Cairo: el Eje de Trípoli. El espía Rebecca de Rommel...»

«¿Qué quieres decir con "el espía Rebecca"?»

«En 1942, antes de la batalla de El Alamein, los alemanes enviaron a un espía llamado Eppler a El Cairo. Utilizaba un ejemplar de la novela *Rebecca* de Daphne du Maurier como libro de claves para enviar mensajes a Rommel sobre los movimientos de tropas. Mira, se convirtió en libro de cabecera del servicio de inteligencia británico. Hasta yo lo leí.»

«¿Que tú leíste un libro?»

«Eres muy amable. El hombre que guió a Eppler por el desierto hasta El Cairo (desde Trípoli hasta El

Cairo) por orden personal de Rommel era el conde Ladislaus de Almásy. Se suponía que nadie podía cruzar aquel trecho del desierto.

»Entre las dos guerras, Almásy tuvo amigos ingleses, grandes exploradores. Pero, cuando estalló la guerra, se fue con los alemanes. Rommel le pidió que guiara a Eppler por el desierto hasta El Cairo, porque por avión o en paracaídas habría llamado demasiado la atención. Cruzó el desierto con ese tipo y lo dejó en el delta del Nilo.»

«Sabes mucho de todo eso.»

«Estuve destinado en El Cairo. Les seguíamos la pista. Desde Gialo guió a un grupo de ocho hombres por el desierto. Constantemente tenían que desembarrancar los camiones en los montículos de arena. Los dirigió hacia Uweinat y su meseta de granito para que pudiesen conseguir agua y refugiarse en las grutas. Era un punto que quedaba a mitad de camino. En los años treinta había descubierto allí grutas con pinturas rupestres. Pero la meseta estaba infestada de Aliados y no podía utilizar los pozos que había en ella. Volvió a internarse en el desierto. Pillaron reservas de petróleo británicas para llenar sus depósitos. En el oasis de Jarga se vistieron con uniformes británicos y pusieron matrículas del ejército británico en sus vehículos. Cuando los divisaban desde el aire, se escondían en *wadis* y permanecían inmóviles por períodos de hasta tres días, asándose en la arena.

»Tardaron tres semanas en llegar a El Cairo. Almásy estrechó la mano a Eppler y se separó de él. A partir de ahí le perdimos la pista. Dio media vuelta y regresó solo al desierto. Creemos que volvió a cruzarlo, de vuelta hacia Trípoli, pero ésa fue la última vez que se lo vio. Los británicos acabaron deteniendo a Eppler y utilizaron el código Rebecca para enviar información falsa a Rommel sobre El Alamein.»

«Sigo sin creerlo, David.»

«El hombre que ayudó a atrapar a Eppler en El Cairo llevaba el nombre de Sansón.»

«Dalila.»

«Exactamente.»

«Tal vez sea Sansón.»

«Eso es lo que pensé al principio. Era muy parecido a Almásy. También era un enamorado del desierto. Había pasado la infancia en el Levante y conocía a los beduinos. Pero lo que distinguía a Almásy es que sabía pilotar un avión. Estamos hablando de alguien que se estrelló con un avión. Ahí tenemos a ese hombre, irreconocible a consecuencia de las quemaduras, que a saber cómo acabó en manos de los ingleses en Pisa. Además, habla inglés a la perfección. Almásy fue a la escuela en Inglaterra. En El Cairo lo llamaban el espía inglés.»

Hana, sentada en la cesta, miraba a Caravaggio. Dijo: «Creo que debemos dejarlo tranquilo. No importa en qué bando estuviera, ¿no?».

«Me gustaría hablar más con él», respondió Caravaggio. «Cuando haya tomado más morfina. Soltarlo todo, los dos. ¿Entiendes? Para ver hasta dónde podemos llegar. Dalila, Zerzura. Vas a tener que darle una inyección alterada.»

«No, David. Estás demasiado obsesionado. No importa quién sea. Ya ha acabado la guerra.»

«Entonces lo haré yo. Prepararé un cóctel Brompton: morfina y alcohol. Lo inventaron en el Hospital Brompton de Londres para los pacientes con cáncer. No te preocupes, no lo matará. El cuerpo lo absorbe muy rápido. Puedo prepararlo con lo que tenemos.

Dale a beber un sorbo. Después vuelves a darle morfina pura.»

Ella lo observaba sentado en el cesto: tenía la mirada clara y sonreía. Durante las últimas fases de la guerra, Caravaggio se había hecho, como tantos otros, ladrón de morfina. A las pocas horas de su llegada, ya había olfateado dónde tenía Hana el material médico. Ahora los tubitos de morfina –como tubos de dentífrico para muñecas, había pensado Hana la primera vez que los había visto y le habían parecido de lo más pintorescos– eran su fuente de aprovisionamiento. Llevaba en el bolsillo dos o tres durante todo el día y se los inyectaba en la carne. En cierta ocasión en que se lo había encontrado vomitando por haberse inyectado una dosis excesiva, acurrucado y temblando en uno de los rincones obscuros de la villa, alzó la vista y apenas si la reconoció. Había intentado hablar con él, pero se había limitado a mirarla fijamente. Había encontrado el botiquín de metal y lo había roto, a saber con qué fuerzas. En otra ocasión, en que el zapador se había hecho una raja en la palma de la mano con una verja de hierro, Caravaggio rompió la puntita de cristal con los dientes, chupó y escupió la morfina en la mano carmelita antes de que Kip supiese siquiera de qué se trataba. Kip lo apartó de un empujón con expresión indignada.

«Déjalo en paz. Es paciente mío.»

«No voy a hacerle daño. La morfina y el alcohol le quitarán el dolor.»

(3 CC. DE CÓCTEL BROMPTON. 15.00 HORAS.)

Caravaggio cogió el libro de las manos del paciente.

«Cuando te estrellaste en el desierto, ¿de dónde procedías?»

«Había salido del Gilf Kebir. Había ido allí a recoger a alguien, a finales de agosto de 1942.»

«¿Durante la guerra? Todo el mundo debía de haberse marchado ya.»

«Sí. Sólo había ejércitos.»

«El Gilf Kebir.»

«Sí.»

«¿Dónde está?»

«Dame el libro de Kipling... Mira...»

En el frontispicio de *Kim* había un mapa con una línea de puntos que representaba la ruta seguida por el muchacho y el Santo. Mostraba sólo una porción de la India, el Afganistán envuelto en sombras y Cachemira en la falda de las montañas.

Recorrió con su negra mano el río Numi hasta su desembocadura en el mar, por la latitud 23° 30'. Siguió deslizando el dedo diez centímetros al Oeste, fuera de la página, hasta su pecho; se tocó una costilla.

«Aquí, el Gilf Kebir, un poco al norte del Trópico de Cáncer, en la frontera entre Libia y Egipto.»

¿Qué ocurrió en 1942?

Había hecho el viaje hasta El Cairo y estaba de regreso. Me dirigía a Uweinat y, gracias a que recordaba los mapas antiguos, pude escabullirme entre las líneas enemigas y pasar por los escondrijos de petróleo y agua de la preguerra. Como iba solo, me resultaba más fácil. A un centenar de kilómetros del Gilf Kebir, el camión explotó y volcó y yo rodé automáticamente en la arena, pues no quería que me tocara una chispa. En el desierto siempre aterra el fuego.

El camión estalló, víctima probablemente de un sabotaje. Había espías entre los beduinos, cuyas caravanas seguían errando, como ciudades que transportaban especias, alojamientos y asesores gubernamentales adondequiera que fuesen. En aquellos días de guerra, había constantemente ingleses y alemanes entre los beduinos.

Abandoné el camión y empecé a caminar hacia Uweinat, donde sabía que había un avión enterrado.

Espera. ¿Qué quieres decir con eso de un avión enterrado?

Madox tenía un avión viejo en los primeros tiempos, que había reducido a los elementos esenciales: el único «extra» era la burbuja cerrada de la carlinga, decisiva para los vuelos en el desierto. En el tiempo que pasamos juntos en el desierto, me había enseñado a pilotar, mientras dábamos vueltas los dos en torno a aquel chisme atado con cuerdas y teorizábamos sobre cómo planeaba o giraba con el viento.

Cuando Clifton llegó con su avión –*Rupert*–, el viejo aparato de Madox se quedó donde estaba, cubierto con una lona y fijado al suelo en uno de los huecos de Uweinat. Durante los años siguientes se fue acumulando arena sobre él. Ninguno de nosotros pensaba volver a verlo. Era otra víctima del desierto. Unos meses después, cuando pasamos por el barranco septentrional, ya ni siquiera se veía su silueta. Entonces ya había aterrizado en nuestra historia el avión, diez años más joven, de Clifton.

Entonces, ¿fuiste caminando hasta donde se encontraba?

Sí, cuatro noches de caminata. Había dejado a aquel hombre en El Cairo y había vuelto al desierto. Por todas partes había guerra. De repente había «bandos». Bermann, Bagnol, Slatin Pasha –que en diferentes ocasiones se habían salvado la vida mutuamente– estaban ahora en bandos opuestos.

Caminé hacia Uweinat. Llegué hacia el mediodía y subí a las grutas de la meseta. Por encima del pozo llamado Ain Dua.

«Caravaggio cree saber quién eres», dijo Hana.

El hombre acostado no dijo nada.

«Dice que no eres inglés. Trabajó por un tiempo para los servicios de inteligencia en El Cairo y en Italia, hasta que lo capturaron. Mi familia conocía a Caravaggio antes de la guerra. Era un ladrón. Creía en "el movimiento de las cosas". Algunos ladrones son coleccionistas, como algunos de los exploradores que tú desprecias, como algunos hombres con las mujeres y algunas mujeres con los hombres, pero Caravaggio no era de ésos. Era demasiado curioso y espléndido para triunfar como ladrón. La mitad de las cosas que robaba nunca llegaban a casa. Le parece que no eres inglés.»

Mientras hablaba, observaba su inmovilidad; no parecía escuchar con atención lo que ella decía, sólo su pensamiento distante: con la misma expresión pensativa con que Duke Ellington interpretaba *Solitude*.

Dejó de hablar.

Llegó al pozo profundo llamado Ain Dua. Se quitó toda la ropa y la remojó en el pozo, metió la cabeza y después su delgado cuerpo en el agua azul. Tenía los miembros exhaustos por las cuatro noches de caminata. Extendió la ropa en las rocas y siguió ascendiendo por los cantos rodados, alejándose del desierto, que entonces, en 1942, era un vasto campo de batalla y se metió desnudo en la obscuridad de la gruta.

Se encontró entre las pinturas que había descubierto años atrás: jirafas, ganado, los hombres con los brazos alzados y un tocado de plumas, varias figuras en la inconfundible postura de nadadores. Bermann había estado en lo cierto al hablar de la existencia de un lago antiguo. Penetró aún más en el frescor, en la Gruta de los Nadadores, donde la había dejado. Aún seguía allí. Se había arrastrado hasta un rincón, se había envuelto en la tela del paracaídas. Él había prometido volver a recogerla.

Él habría preferido morir en una gruta, en su intimidad, con los nadadores en la roca alrededor de ellos. Bermann le había contado que en los jardines asiáticos podías mirar una roca e imaginar agua, contemplar un estanque inmóvil y creer que era tan duro como una roca. Pero ella se había criado dentro de jardines, entre la humedad, con palabras como *espaldar* y *erizo*. Su pasión por el desierto era temporal. Había llegado a amar su austeridad gracias a él, pues quería entender por qué se sentía tan a gusto él en su soledad. Ella se sentía siempre más contenta en la lluvia, en baños saturados de vapor, en la humedad del sueño, como en aquella noche de lluvia en El Cairo en que se había retirado de la ventana de su cuarto y sin secarse se había puesto la ropa para retener la humedad. De igual modo que amaba las tradiciones familiares y la etiqueta y los poemas antiguos que sabía de memoria. Habría detestado morir sin un nombre. Para ella, había una línea tangible que se remontaba hasta sus antepasados, mientras que él había borrado la senda de la que procedía. Se sentía asombrado de que ella lo hubiera amado, pese a la importancia que él atribuía al anonimato.

Estaba tumbada boca arriba, en la posición en que yacen los muertos medievales.

Me acerqué desnudo a su cuerpo, como lo habría hecho en un cuarto de la zona meridional de El Cairo, con el deseo de desnudarla, aún con el deseo de amarla.

¿Qué tiene de terrible lo que hice? ¿Acaso no perdonamos todo a un amante? Perdonamos el egoísmo, el deseo, el engaño, siempre y cuando seamos la causa de ello. Se puede hacer el amor a una mujer con un brazo roto o con fiebre. En cierta ocasión ella me chupó la sangre de un corte en la mano, como yo había probado y tragado su sangre menstrual. Hay palabras europeas que no pueden traducirse correctamente a otra lengua. *Félhomály*: el polvo de las tumbas. Con la connotación de intimidad entre los muertos y los vivos en ellas.

La cogí en brazos y la levanté de la repisa del sueño. Parecía vestida de telarañas. Perturbé todo aquello.

La saqué al sol. Me vestí. Mi ropa estaba seca y rígida por el calor de las piedras.

Con las manos juntas formé una silla para que descansara. En cuanto llegué a la arena, le di la vuelta para que mirara hacia abajo sobre mi hombro. Noté que pesaba tan poco como una pluma. Estaba acostumbrado a tenerla así, en mis brazos, a verla girando a mi alrededor en mi cuarto como un reflejo humano del ventilador, con los brazos extendidos y los dedos como estrellas de mar.

Avanzamos así hacia el barranco septentrional, donde estaba enterrado el avión. No necesitaba un mapa. Llevaba conmigo el depósito de combustible que había acarreado desde el camión volcado, porque tres años antes nos habíamos visto impotentes sin él.

«¿Qué ocurrió tres años antes?»

«Ella resultó herida. En 1939. Su marido había estrellado el avión. Lo había planeado como un suicidio-asesinato que acabaría con los tres. En aquella época ni siquiera éramos amantes. Supongo que le habrían llegado rumores de nuestra historia.»

«Entonces, ¿sus heridas eran demasiado graves y no podías llevártela contigo?»

«Sí. La única posibilidad de salvarla era la de que yo intentara conseguir ayuda solo.»

En la gruta, tras todos aquellos meses de desesperación e ira, se habían sentido unidos y habían hablado una vez más como amantes, habían apartado rodando la roca que habían colocado entre ellos en aras de una ley social en la que ninguno de los dos creía.

En el jardín botánico, ella se había golpeado la cabeza contra un poste de la entrada, como señal de determinación y furia. Demasiado orgullosa para ser una amante, un secreto. No quería que hubiera compartimentos en su mundo. Él había vuelto hasta ella con un dedo alzado, *Todavía no te echo de menos.*

Ya me echarás de menos.

Durante los meses de separación él se había vuelto cada vez más resentido y suficiente. La rehuía. No podía soportar la calma de ella, cuando lo veía. Si telefoneaba a su casa y hablaba con su marido, oía su risa en el fondo. En público ella tenía un encanto que tentaba a todo el mundo. Eso era algo que había adorado de ella. Ahora empezaba a no confiar en nada.

Sospechaba que lo había substituido por otro amante. Interpretaba todos y cada uno de sus gestos como una promesa secreta. En cierta ocasión ella cogió de las solapas de la chaqueta a Roundell en un vestíbulo y lo zarandeó, al tiempo que se reía de algo que le había susurrado, y él siguió durante dos días al inocente funcionario para ver si había algo más entre ellos. Ya no confiaba en las últimas muestras de cariño de ella. O estaba con él o contra él. Estaba contra él. No podía soportar ni siquiera las sonrisas indecisas que le dedicaba. Si ella le pasaba una copa, no la bebía. Si en una cena le indicaba un cuenco en el que flotaba un lirio del Nilo, apartaba la mirada. Otra simple flor de los cojones. Ella tenía un nuevo grupo de íntimos que excluían a él y a su marido. Ninguna vuelve con su marido. Del amor y la naturaleza humana sabía por lo menos eso.

Compró papeles de fumar de color carmelita y los pegó en las secciones de las *Historias* relativas a guerras que no le interesaban. Anotó todos los argumentos de ella contra él: pegados en el libro, con lo que él quedaba reducido a la voz del observador, del oyente, en tercera persona.

Durante los últimos días antes de la guerra, había ido por última vez al Gilf Kebir para levantar el campamento. Su marido debía recogerlo. El marido al que habían querido los dos antes de empezar a quererse.

Clifton voló el día señalado hasta Uweinat para recogerlo y sobrevoló el oasis perdido a tan poca altura, que los arbustos de acacia perdían las hojas al paso del avión, el Moth, que se metía en las depresiones, mientras él le hacía señales con una lona azul desde el risco más alto. Después el avión giró hacia abajo y se dirigió recto hacia él y luego se estrelló en la tierra a cincuenta metros de distancia. Una línea de humo azul se elevó en espiral del tren de aterrizaje. No hubo fuego.

Un marido enloquecido, que los mataba a todos. Se mataba y mataba a su mujer... y a él, dado que ya no había posibilidad de salir del desierto.

Sólo, que ella no había muerto. Él liberó su cuerpo, lo sacó de las estrujadas garras del avión, las garras de su marido.

¿Cómo es que llegaste a odiarme?, susurró ella en la Gruta de los Nadadores, sobreponiéndose al dolor que le causaban las heridas: una muñeca rota, costillas destrozadas. Te portaste muy mal conmigo. Entonces fue cuando mi marido sospechó de ti. Todavía detesto eso en ti: que desaparezcas en desiertos o bares.

Tú me dejaste *a mí* en el parque Groppi.

Porque tú sólo me querías así.

Porque tú dijiste que tu marido se iba a volver loco. Y la verdad es que enloqueció.

No por mucho tiempo. Yo enloquecí antes que él, me dejaste muerta por dentro. Bésame, anda. Deja de defenderte. Bésame y llámame por mi nombre.

Sus cuerpos se habían juntado entre perfumes, entre el sudor, ansiosos por entrar bajo esa fina película con la lengua o los dientes, como si los dos pudieran captar ahí la personalidad y arrancársela mutuamente durante los abrazos amorosos.

Ahora no había talco en el brazo de ella ni agua de rosas en su muslo.

Te consideras un iconoclasta, pero no lo eres. Te limitas a marcharte a otro sitio o substituir lo que se te niega. Si fracasas en algo, te retiras y te dedicas a otra cosa. Nada te cambia. ¿Cuántas mujeres has tenido? Te dejé porque sabía que nunca podría cambiarte. A veces te quedabas tan inmóvil en el cuarto, tan mudo, como si la mayor traición a ti mismo fuera revelar otro mínimo rasgo de tu carácter.

En la Gruta de los Nadadores hablamos. Estábamos a sólo dos grados de latitud de Kufra, lugar seguro.

Hizo una pausa y alargó la mano. Caravaggio colocó una tableta de morfina en su negra palma, que desapareció en la obscura boca del paciente inglés.

Crucé el lecho seco del lago hacia el oasis de Kufra y sólo llevaba conmigo ropa para protegerme del calor y del frío nocturno, dejé hasta mi Herodoto con ella. Y tres años después, en 1942, me dirigí hacia el avión enterrado cargando con su cuerpo como si fuera la armadura de un caballero.

En el desierto, las herramientas para la supervivencia están bajo tierra: grutas troglodíticas, agua depositada en una planta enterrada, armas, un avión. A 25 grados de longitud y 23 de latitud, excavé en busca de la lona y fue apareciendo el viejo avión de Madox. Era de noche y, pese al aire frío, estaba sudando. Me acerqué a ella con la lámpara de petróleo y me senté un rato, junto a la silueta de su seña de asentimiento. Dos amantes y el desierto: luz de las estrellas o de la luna, no recuerdo. En todos los demás sitios había guerra.

Salió de la arena el avión. No había comido nada y me sentía débil. La lona era tan pesada, que no pude apartarla, tuve que cortarla.

Por la mañana, después de dormir dos horas, la trasladé a la carlinga. Arranqué el motor y se puso en marcha. Avanzamos y después nos lanzamos, con años de retraso, hacia el cielo.

La voz calló. El hombre quemado miraba hacia adelante con la concentración infundida por la morfina.

Ahora tenía el avión a la vista. Su lenta voz lo hacía elevarse con esfuerzo por encima de la tierra, el motor tenía fallos, como si le faltara algún diente en el engranaje, y el sudario de ella se desplegaba en el aire de la ruidosa carlinga, un estruendo terrible después de tantos días de caminar en silencio. Bajó la vista y vio que le caía aceite en las rodillas. Una rama se soltó de la blusa de ella: acacia y hueso. ¿A qué altura volaría por encima de la tierra? ¿A qué profundidad por debajo del cielo?

El tren de aterrizaje rozó la cresta de una palmera, por lo que lo hizo ascender, el aceite se deslizó sobre el asiento y el cuerpo de ella resbaló y se hundió en él. Saltó una chispa de un corto circuito y las ramitas en una de las rodillas de ella se prendieron. Volvió a colocarla derecha en el asiento contiguo al suyo. Empujó con las manos el cristal de la carlinga, pero éste no se movió. Se puso a dar puñetazos, lo agrietó y después lo rompió y el aceite y el fuego se derramaron y extendieron por todos lados. ¿A qué profundidad se encontraba por debajo del cielo? Ella se desplomó: ramitas y hojas de acacia, las ramas que habían recibido forma de brazos se desprendían a su alrededor. Sus miembros empezaban a desaparecer absorbidos por el aire. Su lengua olía a morfina. Caravaggio se reflejaba en el negro lago de sus ojos. Ahora subía y bajaba como un cubo de pozo. Tenía sangre por toda la cara. Volaba en un avión carcomido, las lonas de las alas se desgarraban con la velocidad. Eran carroña. ¿Qué distancia había recorrido desde que había rozado la palmera? ¿Cuánto tiempo hacía? Intentó levantar las piernas del aceite, pero pesaban demasiado. En modo alguno podría volver a levantarlas. Estaba viejo de repente, cansado de vivir sin ella. No podía tumbarse en sus brazos y confiar en que ella velara todo el día y toda la noche, mientras él dormía. No tenía a nadie. Estaba exhausto, no por el desierto, sino por la soledad. Madox desaparecido, la mujer metamorfoseada en hojas y ramitas, el cristal roto por el que se veía el cielo como una mandíbula por encima de él.

Se deslizó en el arnés del paracaídas empapado de aceite y giró el avión boca abajo y, tras vencer la resistencia del viento, salió por entre el cristal roto. Después tenía las piernas completamente libres y estaba en el aire, brillante, sin saber por qué, hasta que comprendió que estaba ardiendo.

Hana oía las voces en el cuarto del paciente inglés y se quedó en el pasillo para intentar captar lo que decían.

¿Qué tal es?
¡Maravillosa!
Ahora me toca a mí.
¡Ah! Espléndida, espléndida.
El invento más extraordinario.
Un gran descubrimiento, joven.

Cuando entró, vio a Kip y al paciente inglés pasándose una lata de leche condensada. El inglés chupaba la lata y después la apartaba para mascar el espeso líquido. Sonreía alegre a Kip, que parecía irritado por no tenerla en su poder. El zapador miró a Hana, se cernió sobre la cama, chasqueó los dedos un par de veces y por fin logró apartar la lata del rostro obscuro.

«Hemos descubierto un placer que compartimos, el muchacho y yo: yo en mis viajes por Egipto; él, en la India.»

«¿Has tomado alguna vez bocadillos de leche condensada?», preguntó el zapador.

Hana miraba primero a uno y luego al otro.

Kip miró el interior de la lata. «Voy a buscar otra», dijo y salió del cuarto.

Hana miró al hombre acostado.

«Kip y yo somos bastardos internacionales: nacimos en un lugar y nos fuimos a vivir en otro. Hemos pasado toda la vida luchando para volver a nuestra patria o alejarnos de ella, si bien Kip aún no lo reconoce. Por eso nos llevamos tan bien.»

En la cocina, Kip hizo dos agujeros con la bayoneta, que ahora utilizaba cada vez más –se daba cuenta– sólo para eso, en la nueva lata de leche condensada y volvió corriendo a la alcoba.

«Debes de haberte criado en otra parte», dijo el zapador. «Los ingleses no la chupan así.»

«Viví varios años en el desierto. Allí aprendí todo lo que sé. Todo lo importante que me ha sucedido en mi vida me sucedió en el desierto.» Sonrió a Hana. «Uno me suministra morfina; el otro, leche condensada. ¡Tal vez hayamos descubierto una dieta equilibrada!» Se volvió hacia Kip. «¿Cuánto tiempo llevas de zapador?»

«Cinco años: la mayor parte en Londres, después en Italia con las unidades de artificieros.»

«¿Quién fue tu profesor?»

«Un inglés en Woolwich, estaba considerado un excéntrico.»

«El mejor tipo de profesor. Debió de ser lord Suffolk. ¿Conociste a Miss Morden?»

«Sí.»

En ningún momento intentaron hacer participar a Hana en la conversación. Pero ella quería oírle hablar de su profesor, ver cómo lo describiría.

«¿Cómo era, Kip?»

«Trabajaba en investigación científica. Dirigía una unidad experimental. Miss Morden, su secretaria, estaba siempre con él, y también su conductor, Mr. Fred

Harts. Miss Morden tomaba notas, que él le dictaba, mientras trabajaba con una bomba, y Mr. Harts lo ayudaba con los instrumentos. Era un hombre extraordinario. Los llamaban la Santísima Trinidad. En 1941 volaron por los aires, los tres: en Erith.»

Hana miró al zapador recostado contra la pared, con un pie levantado y la suela de la bota contra un arbusto pintado. No tenía la menor expresión de tristeza, nada que interpretar.

Algunos hombres habían desatado el último lazo de su vida en sus brazos. En la ciudad de Anghiari había levantado a hombres vivos para descubrir que ya los estaban consumiendo los gusanos. En Ortona había llevado cigarrillos a la boca del muchacho sin brazos. Nada la había detenido. Había continuado con sus obligaciones, mientras apartaba su yo en secreto. Muchas enfermeras, enfundadas en sus uniformes amarillos y carmesíes con botones de hueso, se habían convertido en criadas de la guerra, emocionalmente desequilibradas.

Vio a Kip apoyar la cabeza contra la pared. Conocía la expresión neutra de su rostro, sabía interpretarla.

VII. *IN SITU*

Westbury, Inglaterra, 1940

Kirpal Singh se puso de pie en el punto del lomo del caballo en el que debería haber estado la silla de montar. Al principio se limitó a permanecer de pie en el lomo del caballo y detenerse a saludar a quienes no podía ver, pero estarían mirándolo, lo sabía. Lord Suffolk lo observó con los prismáticos y vio al joven saludar con los dos brazos en alto.

Después bajó por el gigantesco y blanco caballo de creta de Westbury, por la blancura del caballo labrado en la colina. Ahora era una figura negra, pues el fondo intensificaba la obscuridad de su piel y su uniforme caqui. Si los prismáticos estaban bien enfocados, lord Suffolk vería la fina línea del cordón rojo en el hombro de Singh, que indicaba su unidad de zapadores. A ellos debía de parecerles que bajaba por un mapa de papel recortado en forma de animal, pero Singh sólo tenía conciencia de sus botas, que arañaban la áspera creta blanca, al bajar la pendiente.

También Miss Morden bajaba despacio, tras él, la colina, con una mochila al hombro y apoyándose en una sombrilla plegada. Se detuvo a tres metros del caballo, abrió la sombrilla y se sentó a su sombra. Después abrió sus cuadernos de notas.

«¿Me oye?», preguntó Singh.

«Sí, perfectamente.» Se limpió la creta de las manos con la falda y se ajustó las gafas. Alzó la vista a lo lejos, como había hecho Singh, y saludó a quienes no podía ver.

Singh la apreciaba. En efecto, era la primera inglesa con la que había hablado de verdad desde que había llegado a Inglaterra. Había pasado la mayor parte del tiempo en el cuartel de Woolwich. En los tres meses que llevaba allí sólo había conocido a otros indios y a oficiales ingleses. En la cantina de la NAAFI una mujer respondía, si se le hacía una pregunta, pero las conversaciones con las mujeres se limitaban a dos o tres frases.

Era el segundo hijo. El hijo mayor iba al ejército, el segundo se hacía médico y el siguiente comerciante. Una antigua tradición en su familia. Pero todo había cambiado con la guerra. Se incorporó a un regimiento sij y lo enviaron a Inglaterra. Después de los primeros meses en Londres, se había ofrecido voluntario para una unidad de ingenieros destinada a la desactivación de las bombas de acción retardada y las que no hubieran estallado. En 1939 las órdenes de las autoridades eran ingenuas: *De las bombas que no hayan estallado se hará cargo el Ministerio del Interior, que encargará su recogida a agentes del ARP y de la policía para que las entreguen en los depósitos oportunos, donde miembros de las fuerzas armadas las detonarán en su momento.*

Hasta 1940 no se encargó el Ministerio de la Guerra de la desactivación de bombas, tarea que después delegó, a su vez, en el Real Cuerpo de Ingenieros. Se crearon veinticinco unidades de artificieros. Carecían de equipo técnico y sólo disponían de martillos, escoplos y herramientas de peones camineros. No había especialistas.

Una bomba se compone de las siguientes partes:

1. *Un recipiente o caja de la bomba.*
2. *Una espoleta.*
3. *Una carga de iniciación o multiplicador.*
4. *Una carga principal de explosivo instantáneo.*
5. *Accesorios superestructurales: aletas, agarraderas,* Kopfrings, *etc.*

El 80 por ciento de las bombas arrojadas por aviones sobre Gran Bretaña eran de paredes finas, bombas de uso general. Por lo general, pesaban entre cincuenta y cien kilos. Las bombas de una tonelada se llamaban *Hermann* o *Esau*; las de dos toneladas, *Satán*.

Después de las largas jornadas de adiestramiento, Singh se quedaba dormido con los diagramas y los gráficos en las manos. Entraba medio dormido en el laberinto de un cilindro, pasaba junto al ácido pícrico, el multiplicador y los condensadores y llegaba a la espoleta, en lo más profundo del cuerpo principal. Entonces se despertaba de repente.

Cuando una bomba daba en el blanco, la resistencia hacía que un temblador activara y encendiera el fulminante de la espoleta. La miniexplosión saltaba al multiplicador y hacía que la pentrita detonara, lo que liberaba el ácido pícrico, que, a su vez, explosionaba la carga principal de TNT, amatol y polvo de aluminio. El trayecto desde el temblador hasta la explosión duraba un microsegundo.

Las bombas más peligrosas eran las lanzadas desde

baja altitud, pues no se activaban hasta que tocaban el suelo. Esas bombas no detonadas quedaban enterradas en las ciudades y los campos y permanecían inactivas hasta que algo –el bastón de un agricultor, la rueda de un coche, el choque de una pelota de tenis contra la caja– activaba los contactos y estallaban.

Singh fue trasladado en un camión con los demás voluntarios al departamento de investigación de Woolwich. En aquella época el porcentaje de víctimas en las unidades de artificieros era espantosamente elevado, si tenemos en cuenta que había muy pocas bombas que no explotasen. En 1940, después de que Francia cayera y Gran Bretaña se encontrara en estado de sitio, la situación empeoró.

Los bombardeos comenzaron en agosto y de repente, en un mes, hubo que hacerse cargo de 2.500 bombas que no habían estallado. Se cerraron carreteras, se abandonaron fábricas. En septiembre, el número de bombas activas había llegado a 3.700. Se crearon cien nuevas brigadas de artificieros, pero aún no se entendía cómo funcionaban las bombas. La esperanza de vida en esas unidades era de diez semanas.

Fue la época heroica de la desactivación, un período de proezas individuales, en el que la urgencia y la falta de conocimientos y equipo hacía que se corrieran riesgos fantásticos. (...) Sin embargo, fue una época heroica cuyos protagonistas permanecieron en la obscuridad, pues por razones de seguridad se ocultaban al público sus acciones. Evidentemente, no era conveniente publicar informes que podían ayudar al enemigo a calibrar la capacidad para afrontar las bombas.

En el coche, camino de Westbury, Singh se había sentado en el asiento delantero con Mr. Harts, mientras que Miss Morden iba detrás con lord Suffolk. El Humber pintado de caqui era famoso. Los guardabarros estaban pintados de un rojo vivo –como todos los vehículos de las unidades de artificieros– y por la noche un filtro azul cubría el faro de posición izquierdo. Dos días antes, un hombre que pasó cerca del famoso caballo de creta en los Downs había volado por los aires. Cuando los ingenieros llegaron al lugar, descubrieron que otra bomba había aterrizado en el centro de aquel paraje histórico: en el estómago del gigantesco caballo blanco de Westbury, labrado en las onduladas colinas de creta en 1778. Poco después de aquel suceso, todos los caballos de creta de los Downs –había siete– habían quedado cubiertos con redes de camuflaje, no tanto para protegerlos cuanto para que dejaran de ser evidentes puntos de referencia para las incursiones de los bombarderos sobre Inglaterra.

En el asiento trasero, lord Suffolk iba hablando sobre la migración de los petirrojos desde las zonas de guerra de Europa, la historia de la desactivación de bombas, la crema de Devon. Informaba al joven sij sobre las costumbres de Inglaterra, como si fuera una cultura recién descubierta. Pese a ser lord Suffolk, vivía en Devon y hasta el estallido de la guerra su pasión había sido el estudio de *Lorna Doone* y la profunda autenticidad histórica y geográfica de esa novela. Pasaba la mayoría de los inviernos recorriendo las aldeas de Brandon y Porlock y había convencido a las autoridades de que Exmoor era un lugar ideal para el adiestramiento de los artificieros. Tenía a sus órdenes a doce hombres, talentos procedentes de diversas unidades de zapadores e ingenieros, y Singh era uno de ellos. Pasaban la mayor parte de la semana en el Richmond Park de Londres, donde mientras los gamos corrían a su alrededor, les enseñaban los nuevos métodos de desactivación o trabajaban con bombas no detonadas. Pero los fines de semana iban a Exmoor, donde seguían recibiendo formación por el día y después lord Suffolk los llevaba a la iglesia en la que habían disparado a Lorna Doone durante la ceremonia de su boda. «Le dispararon desde esta ventana o desde la puerta trasera... cuando avanzaba por la nave lateral... y le acertaron en el hombro. Un disparo espléndido, la verdad, si bien reprensible, desde luego. El criminal fue atrapado en los brezales y descuartizado.» A Singh le recordó a uno de los cuentos indios que conocía.

El amigo más íntimo de lord Suffolk en esa región era una mujer aviadora que odiaba la sociedad, pero apreciaba a lord Suffolk. Iban a cazar juntos. Vivía en una casita de campo en Countisbury, sobre un acantilado desde el que se dominaba el canal de Bristol. Lord Suffolk les describía los detalles pintorescos de cada aldea por la que pasaban con el Humber. «Éste es el sitio ideal para comprar bastones de endrino.» Como si Singh estuviera pensando en entrar, con su uniforme y su turbante, en la tienda estilo Tudor de la esquina para ponerse a charlar, como si tal cosa, con los propietarios sobre bastones. Más adelante dijo a Hana que lord Suffolk era el inglés más inglés y mejor que había conocido. Si no hubiera habido guerra, nunca se habría animado a salir de Countisbury y de su retiro, llamado Home Farm, donde, a sus cincuenta años, casado, pero con carácter esencialmente de soltero, meditaba, mientras envejecía, junto con el vino y las moscas del antiguo lavadero, y recorría todos los días los farallones para ir a visitar a su amiga aviadora. Le gustaba reparar aparatos: viejas tinas de lavandería, generadores para instalaciones de fontanería o asadores accionados por ruedas hidráulicas. Había estado ayudando a Miss Swift, la aviadora, a acopiar información sobre los hábitos de los tejones.

Así, pues, el trayecto hasta el caballo de creta de Westbury estuvo jalonado de anécdotas e informaciones. Incluso en guerra lord Suffolk conocía el mejor sitio para parar a tomar el té. Entró con mucha solemnidad en el Salón de Té de Pamela, con un brazo en cabestrillo resultante de un accidente con fulmicotón, e introdujo a los miembros de su clan –secretaria, conductor y zapador–, como si fueran sus hijos. Nadie sabía exactamente cómo había convencido al comité encargado de las bombas no detonadas para que le permitiera crear su equipo experimental de artificieros, pero con sus antecedentes de inventor probablemente tuviese más cualidades que nadie para ello. Era un autodidacta y estaba convencido de que podía entender los motivos y los principios que inspiraban cualquier invento. Había inventado enseguida una camisa con bolsillos que permitía al zapador en pleno trabajo tener espoletas y accesorios al alcance de la mano.

Tomaron el té y esperaron a que les trajeran los bollos charlando sobre la desactivación de bombas *in situ*.

«Sabe usted, señor Singh, que le tengo confianza, ¿verdad?»

«Sí, señor.» Singh lo adoraba. En su opinión, lord Suffolk era el primer caballero auténtico que había conocido en Inglaterra.

«Ya sabe que lo considero apto para hacerlo tan bien como yo. Miss Morden lo acompañará para tomar notas. Mr. Harts estará un poco más atrás. Si necesita más equipo o más fuerza, toque el silbato de policía y se le unirá. No da consejos, pero entiende perfectamente. Si se niega a hacer algo, querrá decir que no está de acuerdo con usted y yo seguiría su consejo, pero tiene usted autoridad total *in situ*. Aquí tiene mi pistola. Ahora probablemente sean más complejas las espoletas, pero, nunca se sabe, podría acompañarlo la suerte.»

Lord Suffolk se refería a un incidente que lo había hecho famoso. Había descubierto un método para inhibir la espoleta de una bomba de acción retardada: sacaba su revólver reglamentario y disparaba a la cabeza de la espoleta, con lo que detenía el movimiento del aparato de relojería. Cuando los alemanes introdujeron una nueva espoleta en la que la parte superior estaba ocupada por la cápsula de percusión y no por el aparato de relojería, se abandonó aquel método.

Kirpal Singh nunca olvidaría la amistad que se le había brindado. Desde que había entrado en filas, había pasado la mitad del período de guerra en la estela de aquel lord que nunca había salido de Inglaterra y, una vez acabada la guerra, no pensaba salir nunca de Countisbury. Cuando Singh había llegado a Inglaterra, tan lejos de su familia en Punjab, no conocía a nadie. Tenía veintiún años y no había conocido a nadie, salvo soldados. Por eso, cuando leyó el anuncio en el que se pedían voluntarios para una brigada experimental de artificieros, pese a haber oído a otros zapadores hablar de lord Suffolk como de un loco, ya había llegado a la conclusión de que en una guerra había que hacerse con el control y junto a una personalidad o un individuo había más posibilidades de elección y supervivencia.

Era el único indio entre los candidatos. Como lord Suffolk se retrasó, la secretaria condujo a los quince a la biblioteca y les pidió que esperaran. Ella se quedó en el escritorio, copiando nombres, mientras los soldados hacían bromas sobre la entrevista y el examen. No conocía a nadie. Singh se acercó a una pared y observó un barómetro, estuvo a punto de tocarlo, pero se contuvo y se limitó a acercar la cara junto a él. *Muy seco, buen tiempo, tormenta*. Susurró las palabras para sus adentros con su nueva pronunciación inglesa. Se volvió a mirar a los otros, paseó la mirada por la sala y se cruzó con la de la secretaria de mediana edad, quien lo miró con expresión severa. Un muchacho indio. Él sonrió y se acercó a las estanterías. Tampoco tocó nada. En determinado momento acercó la nariz a un volumen titulado *Raymond o la vida y la muerte de sir Oliver Hodge*. Encontró otro título similar: *Pierre o las ambigüedades*. Se volvió y vio que la mujer tenía otra vez los ojos clavados en él. Se sintió tan culpable como si se hubiera metido el libro en el bolsillo. Probablemente fuese la primera vez que ella veía un turbante. ¡Hay que ver cómo son los ingleses! Les parece normal que luches por ellos, pero se niegan a hablarte. Singh y las ambigüedades.

Durante el almuerzo conocieron a un lord Suffolk muy campechano, que sirvió vino a todos los que lo desearon y rió con ganas de todos los chistes de los reclutas. Por la tarde todos fueron sometidos a un examen extraño, consistente en volver a montar una pieza de maquinaria sin información previa sobre su función. Les dieron dos horas, pero podían salir en cuanto hubieran resuelto el problema. Singh acabó el examen rápidamente, pero pasó el resto del tiempo inventando otros objetos que podían hacerse con los diversos componentes. Tuvo la sensación de que, de no ser por su raza, sería fácil que lo admitiesen. Procedía de un país en el que las matemáticas y la mecánica eran capacidades innatas. Nunca se destruían los coches. Se cogían las piezas y se readaptaban en una máquina de coser o una bomba de agua de la misma aldea. Se volvía a tapizar el asiento trasero de un Ford y se lo convertía en un sofá. La mayoría de los habitantes de su aldea llevaban encima con más probabilidad una llave inglesa o un destornillador que un lápiz. De modo que las piezas no imprescindibles de un coche pasaban a formar parte del reloj de pared de un abuelo, de una polea para riego o del mecanismo de rotación de una silla de oficina. Se encontraban con facilidad antídotos para los desastres mecanizados. No se enfriaba un motor recalentado con nuevos manguitos de goma, sino recogiendo excremento de vaca y aplicándolo en torno al condensador. Con la superabundancia de piezas que vio en Inglaterra se habría podido mantener en marcha el continente indio durante doscientos años.

Fue uno de los tres candidatos seleccionados por lord Suffolk. Aquel hombre que no le había hablado (y no se había reído con él, por la sencilla razón de que no había hecho ningún chiste) cruzó la sala y le pasó el brazo por el hombro. La severa secretaria resultó ser Miss Morden, quien acudió con una bandeja y dos grandes copas de jerez, entregó una a lord Suffolk y, tras decir: «Sé que usted no bebe», se quedó con la otra y, al tiempo que brindaba por Singh, le dijo: «Enhorabuena, su examen ha sido espléndido, si bien, antes de que lo hiciera, ya estaba segura de que iba a resultar usted seleccionado».

«Miss Morden tiene un don para apreciar el carácter de las personas. Tiene olfato para reconocer a las personas brillantes y con carácter.»

«¿Carácter, señor?»

«Sí. Desde luego, no es necesario, en realidad, pero es que vamos a trabajar juntos. Aquí somos en muchos sentidos como una familia y antes del almuerzo Miss Morden ya lo había seleccionado a usted.»

«He tenido que hacer un gran esfuerzo para no guiñarle un ojo, Mr. Singh.»

Lord Suffolk volvió a pasar el brazo por el hombro de Singh y lo llevó hasta la ventana.

«He pensado que, como no tenemos que empezar hasta mediados de la próxima semana, me gustaría invitar a algunos miembros de la unidad a visitar mi Home Farm. En Devon podremos compartir nuestros conocimientos y conocernos mejor. Puede usted venir con nosotros en el Humber.»

De modo que había conseguido el ingreso y se había liberado de la caótica maquinaria de la guerra. Después de un año en el extranjero, entró en una familia, como si fuera el hijo pródigo de regreso, le ofrecieron un puesto a la mesa y le brindaron conversación.

Cuando cruzaron los lindes de Somerset y entraron en Devon por la carretera costera que dominaba el canal de Bristol, era casi de noche. Mr. Harts se internó por la estrecha senda bordeada de brezo y rododendros, que la mortecina luz teñía de púrpura. La distancia hasta la casa era de cuatro kilómetros.

Aparte de la trinidad formada por Suffolk, Morden y Harts, había seis zapadores, que componían la unidad. Durante el fin de semana se pasearon por los brezales en torno a la casa de piedra. Miss Swift, la aviadora, que se había unido a la Miss Morden, lord Suffolk y su esposa, dijo a Singh que siempre había deseado sobrevolar la India. Singh, alejado de su cuartel, no tenía idea de dónde se encontraba. En lo alto del techo había un mapa enrollado. Una mañana en que estaba solo, desplegó el mapa hasta tocar el suelo. *Countisbury y su región. Cartografiado por R. Fornes. Trazado por encargo de Mr. James Halliday.*

«Trazado por encargo de...» Los ingleses estaban empezando a encantarle.

Estaba con Hana en la tienda nocturna, cuando le contó la explosión en Erith. Una bomba de 250 kilos estalló en el momento en que lord Suffolk intentaba desactivarla. Mató también a Mr. Fred Harts y Miss Morden y a cuatro zapadores a los que lord Suffolk estaba adiestrando. Corría mayo de 1941. Singh llevaba un año en la unidad de Suffolk. Aquel día estaba trabajando con el teniente Blackler, desactivando una bomba *Satán* en la zona de Elephant and Castle. Habían estado trabajando juntos con la bomba de dos toneladas y estaban exhaustos. Recordó que en plena tarea había levantado la vista y había visto a dos oficiales de artificieros que lo señalaban y se había preguntado qué sucedería. Probablemente significara que habían encontrado otra bomba. Eran más de las diez de la noche y estaba peligrosamente cansado. Había otra esperándolo. Reanudó su tarea.

Cuando hubieron acabado con la *Satán*, se dirigió, para ahorrar tiempo, hacia uno de los oficiales, que al principio se había vuelto a medias, como si fuera a marcharse.

«Sí, dígame. ¿Dónde está?»

El hombre le cogió la mano derecha y Singh comprendió que algo grave había sucedido. El teniente Blackler estaba detrás de él y, cuando el oficial les contó lo que había ocurrido, puso las manos en los hombros de Singh y las apretó.

Se trasladó en coche a Erith. Había adivinado lo que el oficial no se atrevía a pedirle. Sabía que aquel hombre no habría ido hasta allí sólo para notificarle las muertes. Al fin y al cabo, estaban en guerra. Eso quería decir que en algún punto cercano había otra bomba, probablemente del mismo modelo, y ésa era la única oportunidad de averiguar la causa del accidente.

Quería hacerlo solo. El teniente Blackler se quedaría en Londres. Eran los únicos que quedaban de la unidad y habría sido imprudente arriesgar la vida de los dos. Si lord Suffolk había fallado, debía de haber algún elemento nuevo. En cualquier caso, quería hacerlo solo. Cuando dos hombres trabajaban juntos, tenía que haber un fundamento lógico. Tenían que compartir y transigir sobre las decisiones.

Durante el viaje nocturno, mantuvo a raya sus emociones. Para que pudiese mantener la mente despejada, era necesario que estuviesen aún vivos. Miss Morden bebiendo un whisky doble y fuerte, antes de pasar al jerez. Así podría beber más despacio, mantener la compostura de una dama durante el resto de la velada. «Usted, Mr. Singh, no bebe, pero, si lo hiciera, debería seguir mi ejemplo: un whisky bien servido y después se puede tomar a sorbitos como un buen cortesano.» Y luego había lanzado una de sus secas risitas. Era la única mujer que iba a conocer en su vida que llevara siempre consigo dos botellitas de plata.

Conque estaba aún bebiendo y lord Suffolk mordisqueando sus bizcochos de estilo Kipling.

La otra bomba había caído a ochocientos metros de distancia, otra SC-250 kg. Parecía de la clase habitual. Habían desactivado centenares de ellas, la mayoría de memoria. Así avanzaba la guerra: cada seis meses más o menos, el enemigo cambiaba algo, aprendían el truco, el capricho, el contrapunto, y se lo enseñaban al resto de las unidades. Ahora se encontraban en una fase nueva.

No llevó a nadie con él. Iba a tener que recordar todos los pasos. El sargento que lo había llevado, llamado Hardy, se iba a quedar en el jeep. Le habían insinuado que esperara hasta la mañana siguiente, pero preferían –lo sabía– que lo hiciese en aquel momento. La SC-250 kg era muy común. Si había algún cambio, tenían que saberlo enseguida. Les pidió que telefonearan por adelantado para que tuvieran preparadas las luces. No le importaba trabajar cansado, pero quería hacerlo con luces adecuadas y no con los simples faros de dos jeeps.

Cuando llegó a Erith, ya estaba iluminada la zona de la bomba. A la luz del día –de un día inocente–, habría sido un campo: setos, tal vez un estanque. Ahora era un coso. Tenía frío y pidió prestado el jersey a Hardy y se lo puso sobre el suyo. De todos modos, las luces daban calor. Cuando se acercó a la bomba, todavía estaban vivos en su cabeza. Examen.

A la potente luz, se apreciaba con precisión la porosidad del metal. Entonces se olvidó de todo, excepto la desconfianza. Lord Suffolk había dicho que puede existir un jugador brillante de ajedrez de diecisiete años, de trece incluso, que podría vencer a un gran maestro, pero a esa edad no puede existir un jugador brillante de bridge. El bridge depende del carácter, del propio y del de los oponentes. Hay que tener en cuenta el carácter del contricante. Lo mismo se puede decir de la desactivación de bombas. Es una partida de bridge a dos manos. Tienes un enemigo y no tienes compañero. A veces, para los exámenes les hago jugar al bridge. La gente cree que una bomba es un objetivo mecánico, un enemigo mecánico, pero se ha de tener en cuenta que alguien la hizo.

La pared de la bomba se había abierto al estrellarse contra el suelo y Singh veía el material explosivo dentro. Tuvo la sensación de que lo estaban mirando y se negó a optar por Suffolk o por el inventor de aquel artefacto. La intensidad de la luz artificial lo había reanimado. Dio vueltas alrededor de la bomba, al tiempo que la observaba desde todos los ángulos. Para extraer la espoleta, iba a tener que abrir la cámara principal y pasar junto a la carga explosiva. Desabrochó la mochila y, con una llave universal, giró y sacó con cuidado la placa de la parte trasera de la envoltura de la bomba. Miró en su interior y vio que, con el golpe, el estuche de la espoleta se había soltado de la envoltura. Podía ser buena suerte... o mala; aún no podía saberlo. El problema estribaba en que aún no sabía si estaba ya en marcha el mecanismo, si se había accionado ya. Se encontraba de rodillas, inclinado sobre la bomba, contento de estar solo, de vuelta en el mundo de las opciones claras –girar a la derecha o a la izquierda, cortar aquí o allá–, pero estaba cansado y aún sentía rabia.

No sabía de cuánto tiempo disponía. Esperar demasiado entrañaba más peligro. Al tiempo que sujetaba firmemente la nariz del cilindro entre las botas, metió la mano, arrancó el estuche de la espoleta y lo sacó de la bomba. Tan pronto lo hubo hecho, se echó a temblar. Ya lo tenía fuera. Ahora la bomba era prácticamente inofensiva. Colocó en la hierba la espoleta con su maraña de cables, que, a aquella luz, se veían claros y brillantes.

Empezó a arrastrar la envoltura principal hacia el camión, a unos cincuenta metros de allí, para que sus compañeros vaciaran su contenido explosivo puro. Mientras lo hacía, una tercera bomba estalló a unos cuatrocientos metros de distancia y el cielo se iluminó, con lo que hasta las lámparas de arco parecieron sutiles y humanas.

Un oficial le dio una taza de Horlicks que contenía algún alcohol y volvió solo hasta el estuche de la espoleta. Inhaló los vapores de la bebida.

Ya no había peligro grave. Si se equivocaba, la pequeña explosión podía arrancarle la mano, pero, de no tenerla pegada al corazón en el momento del impacto, no moriría. Ahora el problema era simplemente el problema: la espoleta, la nueva «bromita» que había en la bomba.

Iba a tener que deshacer el laberinto de cables para devolverles su disposición original. Volvió hasta donde estaba el oficial y le pidió el termo con el resto de la bebida caliente. Después regresó otra vez junto a la espoleta y se sentó. Era la una de la mañana más o menos. Lo suponía, porque no llevaba reloj. Durante media hora, se limitó a mirarla con una lupa, como un monóculo que le colgaba del ojal. Se dobló y observó el metal para ver si tenía algún indicio de otras marcas que hubiera podido dejar una laña. Nada.

Más adelante iba a necesitar distracciones. Más adelante, cuando tuviera en la cabeza toda una historia personal de acontecimientos e instantes, iba a necesitar algo equivalente al ruido blanco para que eliminara o enterrase todo, mientras pensaba en los problemas que tenía delante. El receptor de radio y su música de orquesta a todo volumen vendrían después, como una lona que lo protegería contra la lluvia de la vida real, pero ahora algo le llamaba la atención a lo lejos, como el reflejo de un relámpago en una nube. Harts, Morden y Suffolk estaban muertos, de repente eran meros nombres ya. Sus ojos volvieron a centrarse en la caja de la espoleta.

Empezó a dar vueltas a la espoleta en su cabeza, mientras examinaba las posibilidades lógicas. Después la puso horizontal otra vez. Tras inclinarse y acercarle el oído hasta tocar el metal, desatornilló el multiplicador. No se oyó ningún clic. Se desprendió en silencio. Separó con tacto las secciones de relojería de la espoleta y las dejó aparte. Cogió el tubo de la cavidad de la espoleta y lo examinó. No vio nada. Estaba a punto de dejarlo sobre la hierba, cuando vaciló y volvió a llevarlo ante la luz. No había notado nada extraño, excepto el peso. Si no hubiera estado buscando una trampa, nunca se le habría ocurrido pensar en el peso. Por lo general, lo único que hacían era escuchar o mirar. Ladeó el tubo con cuidado y el peso cayó hacia la abertura. Era otro multiplicador –todo un artefacto distinto– para frustrar cualquier intento de desactivación.

Sacó despacio el artefacto y desatornilló el multiplicador. El artefacto emitió un destello blanco-verdoso y un chasquido. La segunda espoleta se había disparado. La sacó y la colocó junto a las otras partes sobre la hierba. Volvió hasta el jeep.

«Había otro multiplicador», murmuró. «He tenido mucha suerte de poder separar esos cables. Llama al cuartel general y averigua si hay otras bombas.»

Apartó a los soldados del jeep, colocó un banco poco estable y pidió que apuntaran las lámparas de arco hacia él. Se inclinó, recogió los tres componentes y los colocó a treinta centímetros uno de otro sobre el improvisado banco. Ahora tenía frío y, al exhalar el aire, más caliente, de su cuerpo, sus labios dibujaron una pluma. Levantó la vista. A lo lejos se veía a unos soldados que seguían vaciando el explosivo principal. Escribió unas notas rápidas y entregó a un oficial la solución para la nueva bomba. Naturalmente, no la entendía del todo, pero esa información les resultaría útil.

Cuando el sol entra en una habitación en la que hay fuego, éste desaparece. Había adorado a lord Suffolk y las insólitas enseñanzas que le impartía, pero su ausencia allí, en la medida en que todo dependía ahora de Singh, significaba que en adelante habría de encargarse de todas las bombas de aquella variedad por desactivar en la ciudad de Londres. De pronto tenía un panorama preciso de su responsabilidad, algo inherente, comprendió, a la personalidad de lord Suffolk. Esa comprensión fue lo que más adelante le inspiró la necesidad de interrumpir prácticamente el contacto con el exterior, mientras trabajaba con una bomba. Era de los que nunca sentían interés por la coreografía del poder. Se sentía incómodo con el trasiego de planes y soluciones. Sólo se sentía capaz para el reconocimiento del terreno, el hallazgo de una solución. Cuando tomó conciencia de la muerte de lord Suffolk, concluyó la labor que tenía asignada y volvió a alistarse en la anónima maquinaria de la guerra. Iba a bordo del buque de transporte *Macdonald*, que trasladaba a otros cien zapadores a la campaña italiana. En ella los utilizaron no sólo para las bombas, sino también para construir puentes, limpiar escombros e instalar vías para el paso de ferrocarriles blindados. Allí se ocultó durante el resto de la guerra. Pocos recordaban al sij que había pertenecido a la unidad de Suffolk. Al cabo de un año disolvieron la unidad, que quedó olvidada, y el teniente Blackler fue el único que ascendió a oficial gracias a su talento.

Pero aquella noche, mientras Singh pasaba por Lewisham y Blackheath camino de Erith, sabía que había asimilado mejor que ningún otro zapador los conocimientos de lord Suffolk. Esperaban de él que fuera su clarividente sucesor.

Estaba aún delante del camión cuando oyó el silbato que indicaba que iban a apagar las lámparas de arco. Al cabo de treinta segundos, habían substituido la luz metálica por bengalas de azufre en la parte trasera del camión: otra incursión de bombarderos. Aquellas luces menos intensas podían apagarlas, cuando oyeran los aviones. Se sentó en la lata de gasolina vacía frente a los tres componentes que había sacado de la SC-250 kg, rodeado por los siseos de las bengalas, que, tras el silencio de las lámparas de arco, resultaban ruidosos.

Se sentó a observar y escuchar y en espera de que le revelaran de repente su misterio. Los otros hombres, a cincuenta metros, se mantenían en silencio. Sabía que por el momento era un rey, que manejaba los hilos y podía pedir lo que quisiera, un cubo de arena, un pastel de fruta o lo que necesitara y aquellos hombres, que, no estando de servicio, habrían sido incapaces de cruzar un bar vacío para hablar con él, harían lo que deseara. Le resultaba extraño.

Como si le hubieran entregado un traje muy grande en el que pudiese moverse con demasiada holgura y cuyas mangas fuesen arrastrando tras él. Pero sabía que no le gustaba. Estaba acostumbrado a su invisibilidad. En los diversos cuarteles por los que había pasado en Inglaterra no le habían hecho el menor caso y había llegado a preferirlo. La independencia y el celo por la intimidad que Hana vio en él más adelante no se debían sólo a que fuese un zapador en la campaña italiana. Eran también consecuencia de que fuese un anónimo miembro de otra raza, parte del mundo invisible. Se había forjado defensas de carácter contra todo aquello y sólo confiaba en quienes le brindaban su amistad, pero aquella noche en Erith se sentía como si tuviera hilos conectados a él que ponían en acción a todos cuantos a su alrededor carecían de su talento técnico.

Unos meses después había escapado a Italia, había empaquetado la sombra de su profesor en una mochila, como en su primer permiso por Navidad había visto hacer al muchacho vestido de verde en el Hippodrome. Lord Suffolk y Miss Morden se habían ofrecido para llevarlo a ver una obra de teatro inglesa. Seleccionó *Peter Pan* y ellos aceptaron sin rechistar y lo acompañaron a una función en una sala llena de niños que no cesaban de gritar. Ésos eran los recuerdos fantasmales que lo acompañaban cuando estaba tumbado en su tienda con Hana en el pueblecito italiano encaramado en una colina.

Revelar su pasado o rasgos de su carácter habría sido un gesto demasiado estridente. De igual modo que nunca habría podido dirigirse a ella y preguntarle cuál era la razón más profunda de aquella relación. Sentía por ella la misma intensidad de cariño que por aquellos tres ingleses extraños, a cuya mesa comía, que habían contemplado su placer, sus risas y su entusiasmo, al ver al muchacho vestido de verde alzar los brazos y volar en la obscuridad por encima del escenario y regresar a enseñar semejantes prodigios también a la muchacha de la familia condenada a permanecer en la tierra.

En la obscuridad iluminada con bengalas de Erith, había de interrumpir, siempre que, al oírse aviones, hundían, una tras otra, las bengalas de azufre en cubos de arena. Permanecía sentado en la obscuridad colmada de zumbidos y adelantaba la silla para poder inclinarse y colocar el oído junto a los mecanismos de relojería y seguía contando con gran esfuerzo los clics bajo la vibración de los bombarderos alemanes que pasaban por encima.

Entonces sucedió lo que había estado esperando. Al cabo de una hora exactamente, el aparato de relojería se detuvo y la cápsula del percutor explotó. Al quitar el multiplicador principal, se soltaba un percutor invisible que activaba el segundo multiplicador oculto. Estaba programado para que explotara sesenta minutos después: mucho después de que un zapador hubiera supuesto normalmente que la bomba, ya desactivada, no representaba un peligro.

Aquel nuevo artefacto iba a cambiar toda la orientación de la desactivación de bombas de los Aliados. En adelante, toda bomba de acción retardada entrañaría la amenaza de un segundo multiplicador. Los zapadores ya no iban a poder considerar desactivada una bomba tras quitarle la espoleta simplemente. Iban a tener que neutralizar las bombas con la espoleta intacta. Antes, rodeado de lámparas de arco y presa de la rabia, había retirado la segunda espoleta cizallada de la trampa. En la obscuridad sulfurosa bajo la incursión de los bombardeos presenció el destello blancoverdoso del tamaño aproximado de su mano. Una hora después. Había sobrevivido por pura suerte. Volvió junto al oficial y dijo:

«Necesito otra espoleta para asegurarme.»

De nuevo encendieron las bengalas a su alrededor. Una vez más se derramó la luz en el círculo de obscuridad en que se encontraba. Siguió probando las nuevas espoletas durante dos horas más. El desfase de sesenta minutos resultó constante.

Pasó en Erith la mayor parte de aquella noche. Por la mañana, al despertarse, se encontró en Londres. No recordaba que lo hubieran traído de vuelta en coche. Se levantó, se acercó a una mesa y se puso a dibujar el esquema de la bomba, los multiplicadores, las espoletas, todo el problema que representaba el ZUS-40, desde la espoleta hasta los anillos de sujeción. Después cubrió el dibujo básico con todas las líneas de ataque posibles para desactivarla: las flechas, dibujadas con precisión, el texto, escrito con claridad, como le habían enseñado.

Lo que había descubierto la noche anterior seguía teniendo validez. Había sobrevivido por pura suerte. No había forma de desactivar semejante bomba *in situ* sin hacerla estallar. Dibujó y escribió todo lo que sabía en la gran hoja de fotocalco. Al pie escribió: *Dibujado, por encargo de lord Suffolk, por su alumno el teniente Kirpal Singh, 10 de mayo de 1941.*

Después de la muerte de Suffolk, trabajó sin descanso, como un loco. Las bombas iban cambiando rápidamente con las nuevas técnicas y artefactos. Estaba destinado en el cuartel de Regent's Park, junto con el teniente Blackler y otros tres especialistas, dedicados a encontrar soluciones y confeccionar diagramas de cada nueva bomba, a medida que llegaban.

Al cabo de doce días de trabajo en la Dirección de Investigación Científica, dieron con la solución: no tener en cuenta la espoleta para nada, olvidar el principio, hasta entonces fundamental, de «desactivar la bomba». Una solución brillante. Rieron, aplaudieron y se abrazaron en el comedor de oficiales. No tenían idea de cuál sería el método substitutorio, pero sabían que en teoría estaban en lo cierto. No se podía resolver el problema abordándolo directamente. Ése era el razonamiento del teniente Blackler.

«Si te encuentras en un cuarto con un problema, no le hables.»

Una ocurrencia repentina. Singh se le acercó y lo expresó de otro modo.

«Entonces lo que debemos hacer es no tocar la espoleta para nada.»

Una vez que llegaron a esa conclusión, alguien dio con la solución al cabo de una semana: un estirilizador de vapor. Se podía abrir un agujero en la envoltura principal de una bomba y después emulsionar el explosivo principal inyectando vapor y hacerlo salir. Con eso quedaba resuelto el problema de momento. Pero entonces Singh se encontraba ya en un barco con destino a Italia.

«Siempre hay garabatos escritos con tiza amarilla en la parte lateral de las bombas. ¿Lo has notado? Como las inscripciones que hacían en nuestros cuerpos con tiza amarilla, cuando estábamos en fila en el patio de Lahore.

»Cuando nos alistamos, formábamos una línea que avanzaba despacio desde la calle hacia el dispensario. Un médico aceptaba o rechazaba nuestros cuerpos con sus instrumentos, nos exploraba el cuello con las manos. Sacaba las tenacillas del Dettol y recogía muestras de nuestra piel.

»Los aceptados iban agrupándose en el patio, con los resultados cifrados escritos en la piel con tiza amarilla. Luego, en la formación, después de una breve entrevista, un oficial indio escribía más inscripciones amarillas en la pizarrita que llevábamos atada al cuello: nuestro peso, edad, distrito, nivel de estudios, estado de la dentadura y la unidad para la que éramos más idóneos.

»No me sentí ofendido. Estoy seguro de que mi hermano sí que se habría ofendido, se habría acercado furioso al pozo, habría subido el cubo y se habría lavado las marcas de tiza. Yo no era como él, aunque lo quería, lo admiraba. Yo tenía la facultad de ver una razón de ser en todas las cosas. Era el que adoptaba una actitud seria y formal en la escuela, que él remedaba y de la que se burlaba. Claro, que yo era mucho menos serio que él; sólo que detestaba la confrontación. Lo que no me impedía hacer lo que me apetecía o salirme con la mía. Muy pronto había descubierto un espacio del que disfrutábamos sólo los que llevábamos una vida reservada. No discutía con el policía que me impedía circular en bicicleta por determinado puente o entrar por determinada puerta del fuerte, me limitaba a quedarme ahí, inmóvil, hasta que me volvía invisible y entonces entraba: como un grillo, como una taza de agua escondida. ¿Entiendes? Eso fue lo que me enseñaron las batallas públicas de mi hermano.

»Pero, para mí, mi hermano fue siempre el héroe de mi familia. Yo iba a remolque de él, de su fama de agitador. Presenciaba el agotamiento que le sobrevenía después de cada protesta, cuando todo su cuerpo se tensaba para responder a tal o cual insulto o ley. Rompió la tradición de nuestra familia y, pese a ser el hermano mayor, se negó a entrar en el ejército. Se negaba a aceptar situación alguna en la que los ingleses tuvieran poder, conque lo metieron en sus prisiones: primero en la cárcel central de Lahore; después, en la de Jatnagar. De noche yacía en el catre con el brazo enyesado en alto, el que le habían roto sus amigos para protegerlo, para impedir que intentara escapar. En la cárcel se volvió más sereno y astuto, más parecido a mí. No se sintió ofendido cuando se enteró de que yo me había alistado para substituirlo y no iba a estudiar Medicina, se echó a reír simplemente y me envió por mediación de mi padre el mensaje de que tuviera cuidado. Nunca combatiría contra mí ni contra lo que yo hiciese. Estaba seguro de que yo tenía un don para la supervivencia, de que era sigiloso y sabía ocultarme.»

Estaba sentado en el mostrador de la cocina hablando con Hana. Caravaggio la cruzó camino del exterior, cargado con cuerdas pesadas que, como decía cuando alguien le preguntaba por ellas, eran asunto suyo. Las llevaba arrastrando y, al cruzar la puerta, dijo: «El paciente inglés quiere verte, chaval».

«Vale, chaval.»

El zapador se levantó de un brinco del mostrador.

«Mi padre tenía un pájaro –un pequeño vencejo, creo– que conservaba a su lado, tan esencial para su bienestar como un par de gafas o un vaso de agua durante la comida. Lo llevaba consigo por toda la casa, hasta cuando entraba a su alcoba. Cuando se iba al trabajo, llevaba colgada la jaulita en el manillar de la bicicleta.»

«¿Vive aún tu padre?»

«Oh, sí. Creo que sí. Hace tiempo que no recibo carta. Y es probable que mi hermano siga en la cárcel.»

Seguía recordando una cosa. Se encontraba en el caballo blanco. Sentía calor en la colina de creta y el blanco polvo se arremolinaba en torno a él. Estaba trabajando con el artefacto, que era bastante sencillo, pero por primera vez lo hacía solo. Miss Morden se encontraba a veinte metros de distancia de él, en un punto más alto de la pendiente y tomaba notas sobre lo que él hacía. Sabía que abajo, al otro lado del valle, lord Suffolk lo observaba con los prismáticos.

Trabajaba despacio. El polvo de creta que se levantaba se posaba en todas partes, en sus manos, en el artefacto, por lo que tenía que soplar continuamente las cápsulas de la espoleta y los cables para poder ver los detalles. La guerrera le daba calor. No cesaba de llevarse las sudorosas muñecas a la espalda para secárselas. Tenía llenos los diferentes bolsillos del pecho con las piezas sueltas y las que había desmontado. Estaba cansado y comprobaba cada cosa una y otra vez. Oyó la voz de Miss Morden.

«¿Kip?» «Sí.» «Interrumpa por un rato lo que está haciendo, que bajo.» «Más valdría que no lo hiciera, Miss Morden.» «Ya lo creo que sí.»

Se abrochó los botones de los diferentes bolsillos del chaleco y cubrió la bomba con una tela; ella bajó torpemente hasta el caballo blanco y después se sentó junto a él y abrió su mochila. Humedeció un pañuelo de encaje con el contenido de un frasquito de agua de colonia y se lo pasó. «Enjúguese la cara con esto. Lord Suffolk lo usa para refrescarse.» Tras una vacilación, él lo cogió y se frotó la frente, el cuello y las muñecas, como le había indicado. Ella desenroscó la tapa del termo y sirvió té para los dos. Abrió el paquete de papel encerado y sacó unos bizcochos.

Miss Morden no parecía tener prisa por volver a lo alto de la pendiente y recuperar la seguridad y habría resultado grosero recordarle que debía hacerlo. Se puso a comentar, como si tal cosa, el espantoso calor y menos mal que habían reservado habitaciones con baño en la ciudad, lo que era un consuelo por anticipado para todos. Se puso a contar con todo lujo de divagaciones una historia sobre cómo había conocido a lord Suffolk. Ni una palabra sobre la bomba que tenían junto a ellos. El ritmo de trabajo de Kip había aminorado, como cuando medio dormidos releemos una y otra vez el mismo párrafo para intentar encontrar la conexión entre las oraciones. Miss Morden lo había sacado del vórtice del problema. Guardó cuidadosamente todas las cosas en su mochila y, tras poner una mano en el hombro derecho de Kip, volvió a su posición sobre la manta más arriba del caballo de Westbury. Le prestó unas gafas de sol, pero no veía con suficiente claridad con ellas, por lo que las dejó a un lado. Después reanudó el trabajo. El aroma de agua de colonia. Recordó que lo había olido una vez de niño. Tenía fiebre y alguien le había frotado el cuerpo con colonia.

VIII. EL BOSQUE SAGRADO

Kip salió del campo en el que había estado cavando con la mano izquierda levantada delante de él, como si se la hubiera torcido.

Pasó por delante del espantapájaros del huerto de Hana, el crucifijo con sus latas de sardinas colgadas, y subió hacia la villa. Juntó la otra mano a la que mantenía delante de sí, como para proteger la llama de una vela. Hana se reunió con él en la terraza y él le cogió la mano y la mantuvo dentro de la suya. La mariquita que giraba en torno a la uña de su meñique pasó corriendo a la muñeca de ella.

Hana volvió a la casa. Ahora era ella la que llevaba la mano levantada delante de sí. Pasó por la cocina y subió la escalera.

El paciente se volvió hacia ella, cuando entró. Tocó el pie de él con la mano en la que llevaba la mariquita y la dejó moviéndose por la piel negra. La mariquita eludió el mar de la blanca sábana e inició la larga caminata por el resto de su cuerpo: una manchita de un rojo vivo sobre una carne que parecía volcánica.

En la biblioteca, la caja de la espoleta salió despedida por el aire, cuando Caravaggio, al oír el grito de alegría de Hana en el pasillo, se volvió y le dio un codazo. Antes de que llegara al suelo, el cuerpo de Kip se deslizó por debajo y la atrapó en la mano.

Caravaggio bajó la vista y vio al joven soltar rápidamente todo el aire que había contenido en la boca.

De repente pensó que le debía la vida.

Kip perdió la timidez ante aquel hombre mayor que él y se echó a reír, mientras sostenía en alto la caja de cables.

Caravaggio no iba a olvidarlo nunca. Podía marcharse, no volver a verlo y nunca lo olvidaría. Años después, en una calle de Toronto, Caravaggio se apearía de un taxi y sujetaría la puerta abierta a un indio que estaba a punto de montar y entonces recordaría a Kip.

Ahora el zapador reía levantando la vista hacia el rostro de Caravaggio y, más arriba, hacia el techo.

«Soy un experto en sarongs», dijo Caravaggio a Kip y Hana, al tiempo que les hacía un expresivo gesto con la mano. «En Toronto conocí a unos indios. Estaba robando en una casa y resultó que pertenecía a una familia india. Se levantaron de la cama y llevaban puesta esa ropa, los sarongs, para dormir, cosa que me intrigó. Pasamos un largo rato hablando y al final me convencieron para que lo probara. Me quité la ropa y me puse uno y al instante se lanzaron sobre mí y me echaron medio desnudo a la calle.»

«¿Es una historia real?», preguntó Hana sonriendo.

«¡Una de tantas!»

Lo conocía lo suficiente como para casi creérsela.

El elemento humano distraía constantemente a Caravaggio durante sus robos. Al allanar una casa durante la Navidad, le molestaba ver que no habían abierto las casillas del calendario de Adviento hasta los corrientes. Con frecuencia celebraba conversaciones con los diversos animales domésticos que estaban solos en las casas, en las que comentaba retóricamente las comidas con ellos y les daba grandes raciones, animales que, si regresaba a la escena del delito, lo recibían con mucha alegría.

Se acercó a las estanterías de la biblioteca, con los ojos cerrados, y cogió un libro al azar. Encontró una página en blanco entre dos secciones de un libro de poesía y se puso a escribir en ella.

Dice que Lahore es una ciudad antigua. Comparada con Lahore, Londres es una ciudad reciente. Le digo: «Pues yo soy de una ciudad aún más reciente». Dice que siempre han conocido la pólvora. Ya en el siglo XVII los fuegos artificiales aparecían representados en las pinturas de la corte.

Es bajo, apenas más alto que yo. Tiene una sonrisa íntima que, vista de cerca, puede seducir a cualquiera, una tenacidad que no se aprecia a simple vista. El inglés dice que es uno de los santos guerreros. Pero tiene un sentido del humor peculiar, más bullicioso de lo que sugieren sus modales. Recuerda: «Mañana por la mañana volveré a conectarlo». Ooh la la!

Dice que en Lahore hay trece puertas, que llevan nombres de santos y emperadores o del lugar al que conducen.

La palabra *bungalow* procede del bengalí.

A las cuatro de la tarde bajaron a Kip al foso en un arnés hasta que se encontró con el lodo hasta la cintura y su cuerpo rodeando la bomba *Esau*. Medía tres metros desde la aleta hasta la punta y tenía la nariz hundida en el barro, junto a sus pies. Bajo el agua carmelita, los muslos de Kip aferraban la envoltura de metal, de forma muy parecida a como –según había visto– aferraban los soldados a las mujeres en un rincón de la pista de baile de la NAAFI. Cuando se le cansaban los brazos, los colgaba de los puntales de madera destinados a impedir que el barro se desmoronara a su alrededor y que quedaban a la altura de sus hombros. Los zapadores habían cavado el foso en torno a la *Esau* y habían instalado las paredes y los puntales de madera antes de que él llegara al lugar. En 1941, habían empezado a llegar bombas *Esau* con una nueva espoleta *Y*; aquélla era la segunda que desactivaba.

En las sesiones preparatorias, se llegó a la conclusión de que la única forma de neutralizar la nueva espoleta era inmunizarla. Era una bomba enorme en postura de avestruz. Kip había bajado descalzo y ya se estaba hundiendo despacio, quedando atrapado en la arcilla, sin un punto de apoyo firme ahí abajo, en la fría agua. No llevaba botas: habrían quedado aprisionadas en la arcilla y después, cuando lo izaran, la sacudida, al desprenderse, habría podido romperle los tobillos.

Pegó la mejilla izquierda a la envoltura de metal, al tiempo que intentaba imaginarse que a su alrededor hacía calor, se concentraba en la pizquita de sol que llegaba hasta el fondo del foso de siete metros y le acariciaba la nuca. Lo que tenía abrazado podía explotar en cualquier momento, en cuanto el temblador vibrara o se incendiase el multiplicador. No existía magia ni rayos X para indicar que una pequeña cápsula se había roto, que un cable había dejado de oscilar. Aquellos pequeños semáforos mecánicos eran como un soplo en el corazón o un ataque dentro del hombre que cruza, inocente, la calle delante de nosotros.

¿En qué ciudad estaba? Ni siquiera lo recordaba. Oyó una voz y levantó la vista. Hardy le pasó el equipo en una mochila atada a una cuerda, que quedó ahí colgada, mientras Kip empezaba a meterse las diversas abrazaderas y herramientas en los numerosos bolsillos de su guerrera. Tarareaba la canción que Hardy iba cantando en el jeep cuando se dirigían a ese lugar:

> Están relevando a la guardia en Buckingham Palace,
> pero Christopher Robin se ha marchado con Alice.

Secó la zona de la cabeza de la espoleta y empezó a moldear como una taza de arcilla a su alrededor. Después abrió la bombona y vertió el oxígeno líquido en ella. Fijó la taza al metal con cinta adhesiva. Ahora tenía que esperar otra vez.

Había tan poco espacio entre la bomba y él, que ya sentía el cambio de temperatura. Si hubiera estado sobre tierra seca, habría podido marcharse y volver al cabo de diez minutos. Ahora tenía que quedarse allí, junto a la bomba. Eran dos seres recelosos en un espacio cerrado. El capitán Carlyle había estado trabajando en un pozo con oxígeno líquido y de pronto se había prendido fuego todo el foso. Lo izaron a toda prisa, ya inconsciente en su arnés.

¿Dónde estaba? ¿Lisson Grove? ¿Old Kent Road?

Kip mojó un trozo de algodón en el lodo y tocó con él la envoltura a unos treinta centímetros de la espoleta. Se cayó, lo que significaba que debía seguir esperando. Cuando el algodón se quedaba pegado, significaba que una parte suficiente de la zona en torno a la espoleta estaba helada y podía continuar. Vertió más oxígeno en la taza.

El círculo de hielo en aumento tenía ya unos treinta centímetros de radio: unos minutos más. Miró el recorte que alguien había pegado con cinta adhesiva a la bomba. Se habían reído mucho al leerlo aquella mañana, cuando lo habían recibido con el equipo actualizado que se enviaba a todas las unidades de artificieros.

¿Cuándo es aconsejable la explosión?

Suponiendo que X represente una vida humana, Y el riesgo que corre y V el riesgo que, según se calcula, puede causar la explosión, un lógico sostendría que, si V es menor que X partido por Y, debe explosionarse la bomba, pero, si V partido por Y es mayor que X, debe intentarse evitar la explosión in situ.

¿Quién habría escrito semejante cosa?

Llevaba ya más de una hora en el foso con la bomba. Siguió vertiendo oxígeno líquido. A la altura del hombro, justo a su derecha, había una manguera que bombeaba aire normal para que no lo mareara el oxígeno. (Había visto a soldados curarse la resaca con oxígeno.) Volvió a probar con el algodón y esa vez se congeló. Disponía de unos veinte minutos. Después, la temperatura de la batería dentro de la bomba empezaría a elevarse otra vez. Pero de momento la espoleta estaba congelada y podía empezar a desmontarla.

Recorrió la bomba con las palmas de las manos para ver si había alguna fisura en el metal. La parte sumergida estaba a salvo, pero, si el oxígeno entraba en contacto con el explosivo expuesto al aire, podía incendiarse: el error cometido por Carlyle, X partido por Y. Si había fisuras, tendrían que utilizar nitrógeno líquido.

«Es una bomba de una tonelada, mi teniente: una *Esau*», dijo Hardy desde lo alto del foso de lodo.

«De la clase Cincuenta, en un círculo, B. De dos espoletas, con toda probabilidad. Pero no nos parece probable que la segunda esté armada. ¿De acuerdo?»

Ya habían hablado de todo eso, pero así confirmaban y recordaban todo por última vez.

«Conéctame un micrófono y retírate.»

«Sí, señor.»

Kip sonrió. Tenía diez años menos que Hardy y no era inglés, pero Hardy se encontraba en la gloria encerrado en la disciplina militar. Los soldados siempre vacilaban antes de llamar «señor» a Kip, pero Hardy lo vociferaba con entusiasmo.

Ahora trabajaba rápido para levantar la espoleta, con todas las baterías inactivas.

«¿Me oyes? Silba... Vale, lo he oído. Voy a verter oxígeno por última vez. Lo dejaré burbujear treinta segundos. Después empezaré. Añadiré más hielo. Bien, voy a quitar esta *maldita*... Listo, ya está fuera de una puta vez.»

Hardy escuchaba y lo grababa todo, por si algo salía mal. Una chispa y Kip se encontraría en un foso de llamas. O podía haber una trampa en la bomba. La siguiente persona tendría que plantearse otras opciones.

«Estoy utilizando la llave revestida de aislante.» La había sacado del bolsillo del pecho. Estaba fría y tuvo que frotarla para calentarla. Empezó a quitar el anillo de cierre. Cedía sin esfuerzo y se lo dijo a Hardy.

Kip silbó:

«Están relevando a la guardia en Buckingham Palace.»

Sacó el anillo de cierre y el de localización y los dejó hundirse en el agua. Notó cómo rodaban despacio a sus pies. Toda la operación iba a tardar cuatro minutos más.

«Alice se va a casar con uno de la guardia. ¡La vida de un soldado es muy dura, dice Alice!»

Cantaba en voz alta para intentar entrar en calor, pues tenía el pecho helado y dolorido. Procuraba apartarse lo más posible del helado metal que tenía delante y había de llevarse constantemente las manos a la nuca, donde aún le daba el sol, y después frotárselas para quitarse el barro, la grasa y el hielo. Resultaba difícil llegar hasta la cabeza. Entonces vio horrorizado que la cabeza de la espoleta se había roto y se había desprendido completamente.

«Un problema, Hardy. Se ha roto toda la cabeza de la espoleta. Respóndeme, ¿vale? El cuerpo principal de la espoleta está atascado ahí abajo. No puedo llegar hasta él. No hay ningún saliente al que agarrarse.»

«¿Cómo está el hielo?» Hardy estaba justo encima de él. Había tardado unos segundos, pero había corrido hasta el foso.

«Quedan seis minutos de hielo.»

«Suba y la volaremos.»

«No, bájame un poco más de oxígeno.»

Levantó la mano derecha y sintió que le colocaban en ella un bote metálico helado.

«Voy a hacerlo gotear en la parte de la espoleta que está al descubierto (donde se ha desprendido la cabeza) y después entraré en el metal. Lo mellaré hasta que pueda agarrar algo. Ahora retírate y te lo iré contando.»

Apenas podía contener la rabia por lo sucedido. El oxígeno le chorreaba por toda la ropa y siseaba al entrar en contacto con el agua. Esperó a que apareciera el hielo y después se puso a arrancar metal, con un escoplo. Vertió más, esperó e intentó penetrar más con el escoplo. Al ver que no se desconchaba, se arrancó un trozo de la camisa, lo colocó entre el metal y el escoplo y después se puso a golpear –operación muy peligrosa– con un mazo y a arrancar fragmentos. La tela de la camisa era su única protección contra una chispa. Más grave era el frío en los dedos. Habían perdido la agilidad, estaban inertes como las baterías. Siguió cortando de lado en el metal alrededor del punto del que se había desprendido la cabeza de la espoleta, arrancando capas de metal, con la esperanza de que el hielo resistiera esa clase de cirugía. Si cortaba directamente, existía la posibilidad de que golpeara la cápsula del percutor que activaba el multiplicador.

Tardó cinco minutos más. Hardy no se había movido del borde del foso y le indicaba el tiempo aproximado que faltaba para que se derritiera el hielo. Pero, a decir verdad, ninguno de los dos podía estar seguro. Como se había roto la cabeza de la espoleta, estaban congelando una zona diferente y la temperatura del agua, pese a resultarle fría a él, estaba más caliente que el metal.

Entonces vio algo. No se atrevió a agrandar más el agujero. El contacto del circuito temblaba como un zarcillo de plata. ¡Si hubiera podido alcanzarlo! Se frotó las manos para intentar calentárselas.

Exhaló el aire, permaneció inmóvil unos segundos y con los alicates de aguja cortó el contacto en dos antes de tomar aliento otra vez. Lanzó un resuello cuando el hielo le quemó parte de la mano al sacarla de los circuitos. La bomba estaba desactivada.

«Espoleta fuera, multiplicador desconectado. Me merezco un besito.»

Hardy estaba ya haciendo girar el torno y Kip intentaba agarrarse a la cuerda; apenas podía hacerlo con la quemadura y el frío, tenía todos los músculos helados. Oyó la sacudida de la polea y se agarró con fuerza a las tiras de cuero medio atadas aún en torno a su cuerpo. Sintió que sus carmelitas piernas se iban liberando del barro que las atenazaba, salían como un antiguo cadáver de una ciénaga. Sus pequeños pies se alzaron por encima del agua. Emergió, alzado del foso a la luz del sol, primero la cabeza y después el torso.

Quedó ahí colgado y girando lento bajo el *tepee* de postes que sujetaban la polea. Ahora Hardy lo abrazaba y al tiempo lo desamarraba, lo liberaba. De repente vio una multitud observando a unos veinte metros de distancia, muy cerca, demasiado cerca para su seguridad; habría resultado aniquilada. Pero, claro, Hardy no había estado allí para hacerla retroceder.

Lo contemplaban en silencio, al indio colgado del hombro de Hardy y que apenas podía caminar hasta el jeep con todo el equipo: herramientas, latas, mantas y los instrumentos de grabación que aún giraban, escuchaban el vacío en el fondo del foso.

«No puedo andar.»

«Sólo hasta el jeep, unos metros más, mi teniente. Yo recogeré todo lo demás.»

Se detenían y después caminaban despacio. Tenían que pasar por delante de las caras que miraban a aquel hombre ligeramente carmelita, sin zapatos, con la guerrera mojada, miraban la cara agotada que no conocía ni reconocía nada ni a ninguno de ellos. Todos guardaban silencio. Se limitaron a dar un paso atrás para dejar espacio a Hardy y a él. En el jeep empezó a temblar. Sus ojos no soportaban la reverberación del parabrisas. Hardy tuvo que levantarlo para instalarlo poco a poco en el asiento contiguo al del conductor.

Cuando Hardy se marchó, Kip se quitó despacio los pantalones mojados y se envolvió en la manta. Después se quedó ahí sentado, demasiado enfriado y molido para desenroscar siquiera el termo de té caliente que se encontraba sobre el asiento contiguo. Pensó: ni siquiera tenía miedo allá abajo, sólo estaba irritado... por mi error o la posibilidad de que hubiese una trampa. Tan sólo era un animal que reaccionaba para protegerse.

Ahora sólo Hardy, comprendió, me ayuda a seguir siendo humano.

Cuando hacía un día caluroso en la Villa San Girolamo, todos se lavaban la cabeza, primero con queroseno para eliminar los posibles piojos y después con agua. Kip, tumbado y con el cabello extendido y los ojos cerrados al sol, parecía de repente vulnerable. Cuando adoptaba esa frágil postura, había timidez en él, parecía más un cadáver de un mito que algo vivo o humano. Hana estaba sentada a su lado, con su obscuro cabello castaño ya seco. Ésos eran los momentos en que él hablaba de su familia y de su hermano encarcelado.

Se sentaba, se echaba el pelo hacia adelante y se ponía a restregarlo de arriba abajo con una toalla. Ella imaginaba Asia entera en los gestos de aquel hombre: la indolencia con la que se movía, su silencioso refinamiento. Hablaba de santos guerreros y ahora ella lo consideraba uno de ellos, austero y visionario, alguien que sólo en aquellos raros momentos en que brillaba el sol se olvidaba de Dios y de la solemnidad, con la cabeza apoyada de nuevo en la mesa para que el sol le secara el cabello extendido como el grano en una cesta de paja en forma de abanico, si bien era un asiático que en aquellos últimos años de guerra había adoptado a unos ingleses como padres y había observado sus códigos como un hijo obediente.

«Ah, pero mi hermano me considera un idiota por confiar en los ingleses.» Se volvió hacia ella con la luz del sol en los ojos. «Dice que algún día abriré los ojos. Asia no es aún un continente libre y le consterna vernos participar con entusiasmo en guerras inglesas. Es una discusión que siempre hemos tenido. Mi hermano no cesa de decirme: "Algún día abrirás los ojos".»

Lo dijo con los ojos cerrados y muy apretados, como para burlarse de esa metáfora. «Japón es parte de Asia y en Malasia los japoneses han cometido atrocidades contra los sijs. Pero mi hermano no se fija en eso. Dice que ahora los ingleses están ahorcando a sijs que luchan por la independencia.»

Ella se apartó de él, con los brazos cruzados. Los odios del mundo. Entró en la penumbra diurna de la villa y fue a sentarse con el inglés.

Por la noche, cuando ella le soltaba el pelo, Kip era una vez más otra constelación, los brazos de mil ecuadores sobre su almohada, oleadas entre ellos en su abrazo y en las vueltas que daban dormidos. Ella tenía en sus brazos una diosa india, trigo y cintas. Cuando se inclinaba, se derramaba sobre ella. Podía atárselo a la muñeca. Ella mantenía los ojos abiertos para contemplar las chispas de electricidad de su pelo en la obscuridad de la tienda.

Él se movía siempre en relación con las cosas, junto a las paredes, los setos de las terrazas. Exploraba la periferia. Cuando miraba a Hana, veía un fragmento de su flaca mejilla en relación con el paisaje que había tras ella. Igual que contemplaba el arco que dibujaba un pardillo en función del espacio que cubría sobre la superficie de la tierra. Había subido por Italia intentando ver con los ojos todo, excepto lo temporal y humano.

En lo único en que nunca se fijaba era en sí mismo: ni en su sombra en el crepúsculo, ni en su brazo extendido hacia el respaldo de una silla, ni en el reflejo de su figura en una ventana, ni en cómo lo observaban los otros. En los años de la guerra había aprendido que la única seguridad estaba en uno mismo.

Pasaba horas con el inglés, que le recordaba a un abeto que había visto en Inglaterra, con su única rama enferma, vencido por el peso de los años y sostenido con un soporte de madera de otro árbol. Se encontraba en el jardín de lord Suffolk, en el borde del farallón que dominaba el canal de Bristol, como un centinela. Sentía que el ser que había dentro de él era, pese a su debilidad, noble, un ser cuya memoria sobrepujaba la enfermedad.

Él, por su parte, no tenía espejos. Se enrollaba el turbante fuera, en su jardín, al tiempo que contemplaba el musgo en los árboles. Pero había advertido los tajos que las tijeras habían asestado al cabello de Hana. De tanto pegar la cara al cuerpo de ésta, a la clavícula, donde el hueso afinaba la piel, conocía su aliento. Pero, si ella le hubiese preguntado de qué color eran sus ojos, pese a haber llegado a adorarla, no habría podido –pensaba– contestar. Se habría reído y habría intentado adivinarlo, pero si ella, cuyos ojos eran negros, los hubiese cerrado y hubiese dicho que eran verdes, la habría creído. Podía mirar con intensidad en los ojos, pero no advertir de qué color eran, de igual modo que la comida, una vez en su garganta o su estómago, era simple textura y no sabor ni objeto alguno.

Cuando alguien hablaba, le miraba la boca, no los ojos y sus colores, que, según le parecía, siempre cambiarían con la luz de un cuarto, el minuto del día. Las bocas revelaban la inseguridad o la suficiencia o cualquier otro punto del espectro del carácter. Para él, eran el aspecto más intricado de los rostros. Nunca estaba seguro de lo que revelaban los ojos. Pero sabía interpretar cómo se ensombrecían las bocas con la crueldad o sugerían ternura. Muchas veces se podían interpretar erróneamente unos ojos por su reacción ante un simple rayo de sol.

Lo acopiaba todo como parte de una armonía mutable. Veía a ella en horas y lugares diferentes que variaban su voz y su naturaleza, su belleza incluso, como la fuerza subyacente del mar acuna o gobierna el sino de los botes salvavidas.

Tenían la costumbre de levantarse al amanecer y cenar con la última luz del día. Por la noche había una sola vela encendida junto al paciente inglés o un quinqué a medias lleno, en caso de que Caravaggio se hubiera agenciado petróleo, pero los pasillos y las demás alcobas estaban sumidos en las tinieblas, como en una ciudad enterrada. Se habían acostumbrado a caminar en la obscuridad, con las manos extendidas y tocando las paredes a ambos lados con la punta de los dedos.

«Se acabó la luz. Se acabó el color.» Hana tarareaba esas frases una y otra vez. Había que poner fin a la exasperante costumbre de Kip de saltar la escalera con una mano en la mitad de la barandilla. Se imaginaba sus pies volando por el aire y golpeando en el estómago a Caravaggio, en el momento en que éste entraba.

Hacía una hora que había apagado la vela en el cuarto del inglés. Se había quitado las zapatillas de tenis y llevaba el vestido desabrochado en el cuello por el calor del verano y también en las mangas, sueltas, en la parte superior del brazo: un desorden delicioso.

En la planta baja del ala, aparte de la cocina, la biblioteca y la capilla abandonada, había un patio interior acristalado: cuatro paredes de cristal y una puerta, también de cristal, por la que se entraba a un recinto con un pozo cubierto y estanterías llenas de plantas muertas y que en tiempos debían de haber medrado con el calor del cuarto. Ese patio interior le recordaba cada vez más a un libro que, al abrirse, dejaba al descubierto flores disecadas, un lugar que contemplar al pasar y en el que no se debía entrar nunca.

Eran las dos de la mañana.

Cada uno de ellos entró en la villa por una puerta diferente: Hana por la de la capilla, junto a los treinta y seis peldaños, y él por el patio que daba al Norte. En cuanto entró en la casa, se quitó el reloj y lo dejó en un nicho a la altura del pecho en el que había la figurita de un santo. El patrón de aquella villa-hospital. Ella no pudo ver ni rastro de fósforo, pues se había quitado ya los zapatos y llevaba sólo pantalones. La lámpara atada al brazo estaba apagada. No llevaba nada más y se quedó un rato en la obscuridad: un chico flaco, un turbante obscuro, el *kara* suelto en su muñeca contra la piel. Se reclinó contra el ángulo del vestíbulo como una lanza.

Después se coló por el patio interior. Llegó a la cocina e inmediatamente sintió el perro en la obscuridad, lo atrapó y lo ató con una cuerda a la mesa. Cogió la leche condensada del estante y volvió al cuarto acristalado en el patio interior. Pasó las manos por la base de la puerta y encontró los palitos apoyados en ella. Entró y cerró la puerta tras él, al tiempo que deslizaba la mano fuera en el último momento para apuntalarla con los palos otra vez, por si los hubiera visto ella. Después se metió en el pozo. A un metro de profundidad había una tabla cruzada de cuya firmeza tenía constancia. Cerró la tapa sobre sí y se acurrucó ahí, al tiempo que imaginaba a Hana buscándolo o escondiéndose, a su vez. Se puso a chupar la lata de leche condensada.

Hana sospechaba algo así de él. Tras haber llegado hasta la biblioteca, encendió la linterna que llevaba al brazo y avanzó junto a las estanterías que se extendían desde sus tobillos hasta alturas invisibles por encima de ella. La puerta estaba cerrada, por lo que nadie que pasara por los pasillos podía ver la luz. Kip sólo podría ver la luz al otro lado de las puertas acristaladas, en caso de que estuviese fuera. Daba un paso y se detenía a buscar una vez más por entre los libros –italianos la mayoría– uno de los pocos volúmenes ingleses que podía regalar al paciente inglés. Había llegado a estimar aquellos libros acicalados con sus encuadernaciones italianas, los frontispicios, las ilustraciones en color pegadas y cubiertas con papel de seda, su olor, incluso el crujido que emitían, si se abrían demasiado rápido, como si se hubieran roto una serie invisible de huesos diminutos. Dio otro paso y volvió a detenerse. *La cartuja de Parma.*

«Si salgo airoso», dijo a Clelia, «iré a ver las hermosas pinturas de Parma y después, ¿tendrá usted a bien recordar este nombre: Fabrizio del Dongo?».

Caravaggio estaba tumbado en la alfombra en el extremo de la biblioteca. Desde la obscuridad que lo envolvía parecía que el brazo izquierdo de Hana fuera fósforo puro, que iluminara los libros y reflejase el rojo en su obscuro cabello, que ardiera pegado al algodón de su vestido y su manga fruncida a la altura del hombro.

Kip salió del pozo.

La luz se extendía desde su brazo en un diámetro de un metro y después quedaba absorbida por la obscuridad, por lo que Caravaggio tenía la sensación de que había un valle de tinieblas entre ellos. Hana se metió bajo el brazo derecho el libro con la cubierta carmelita. A medida que avanzaba, aparecían nuevos libros y otros desaparecían.

Se había hecho mayor y él la quería ahora más que en otra época en que, por ser producto de sus padres, la entendía mejor. Ahora era lo que ella misma había decidido llegar a ser. Sabía que, si se hubiera cruzado con Hana en una calle de Europa, le habría recordado a alguien, pero no la habría reconocido. La noche en que llegó a la villa había disimulado su estupor. El ascético rostro de Hana, que al principio parecía frío, no carecía de mordacidad. Comprendió que durante los dos últimos meses él mismo había experimentado una evolución que lo aproximaba a la nueva personalidad de ella. Apenas podía creer el placer que le daba su transformación. Años antes, había intentado imaginarla como adulta, pero había inventado a alguien con características moldeadas por su comunidad, no aquella maravillosa extraña a la que podía querer más profundamente, porque nada había en ella que hubiera aportado él.

Estaba tumbada en el sofá, había girado la linterna hacia adentro para poder leer y ya estaba absorta en el libro. Un poco después, levantó la vista, escuchó y se apresuró a apagar la linterna.

¿Se habría dado cuenta de su presencia en el cuarto? Caravaggio sabía que le resonaba la respiración, que le estaba costando mantener una respiración ordenada y discreta. Se encendió un momento la linterna y volvió a apagarse rápidamente.

Entonces todo en la habitación pareció ponerse en movimiento, menos Caravaggio. Lo oía todo a su alrededor, sorprendido de poder permanecer oculto. El muchacho estaba allí dentro. Caravaggio se acercó al sofá y extendió la mano hacia Hana. No estaba ahí. Al erguirse, un brazo le rodeó el cuello, lo aferró y lo tiró hacia atrás. Una luz intensa aplicada a su cara lo deslumbró y los dos lanzaron un resuello al caer al suelo. El brazo con la linterna seguía teniéndolo sujeto del cuello. Entonces apareció un pie descalzo a la luz, que pasó por sobre la cara de Caravaggio y pisó el cuello del muchacho a su lado. Se encendió otra linterna.

«Ya te tengo. *Ya te tengo.*»

Los dos cuerpos en el suelo levantaron la vista hacia la obscura silueta de Hana por encima de la luz. Estaba cantándolo:

«Ya te tengo. Ya te tengo. He utilizado a Caravaggio... ¡que tiene un resuello tremendo, la verdad! Sabía que estaría aquí. Él ha sido la trampa.»

Apretó aún más el pie en el cuello del muchacho. «Ríndete. *Confiesa.*»

Caravaggio empezó a agitarse bajo las garras del muchacho, cubierto ya todo él de sudor e incapaz para luchar y liberarse. Ahora la deslumbradora luz de las dos linternas lo enfocaba a él. Tenía que alzarse y escabullirse de algún modo de aquella pesadilla. *Confiesa.* La muchacha se reía. Necesitaba calmar la voz antes de hablar, pero ellos, excitados con su aventura, apenas escuchaban. Se zafó del brazo del muchacho, que iba cediendo, y, sin decir palabra, salió del cuarto.

Volvían a estar en la obscuridad. «¿Dónde estás?», preguntó ella. Y después se movió rápida. Él se situó de modo que ella chocara contra su pecho y cayera en sus brazos. Ella le puso la mano en la nuca y después llevó la boca hasta la suya. «¡Leche condensada! ¿Durante nuestra lucha? ¿Leche condensada?» Ella llevó la boca al cuello de él, todo sudado, lo cató allí donde ella había mantenido su pie descalzo. «Quiero verte.» Se encendió la linterna de él y la vio, con la cara veteada de churretes, el cabello erizado en un torbellino por la transpiración y una sonrisa dirigida a él.

Él le introdujo las manos por las sueltas mangas del vestido y se las colocó sobre los hombros. Ahora, si ella se hacía a un lado, las manos de él la seguirían. Empezó a inclinarse, a dejarse caer con todo su peso hacia atrás, con la esperanza de que él la acompañara, de que sus manos suavizasen la caída. Después él se hizo un ovillo, con los pies en el aire y sólo las manos, los brazos y la boca en ella y el resto de su cuerpo como la cola de una mantis. Seguía llevando la linterna pegada al músculo y al sudor de su brazo izquierdo. La cara de ella entraba en la luz para besar, lamer y catar. La frente de él se frotaba contra el húmedo cabello de ella.

Después él se encontraba de repente en el otro extremo del cuarto y se veía su lámpara de zapador recorriéndolo, seguro ahora, después de que pasara semanas limpiándolo de toda clase de posibles espoletas: como si aquel cuarto hubiera salido por fin de la guerra y no fuese ya una zona o un territorio. Movió sólo la lámpara haciendo oscilar el brazo e iluminando el techo y la sonriente cara de ella, cuando la luz la reveló junto al respaldo del sofá contemplando su brillante y esbelto cuerpo. La siguiente vez que pasó la luz, la mostró agachada y limpiándose la cara con la falda. «Pero yo te he cogido, te he cogido», exclamó Hana. «Soy el mohicano de Danforth Avenue.»

Después se encontraba a horcajadas sobre la espalda de él y la luz de su linterna oscilaba por los lomos de los libros en los estantes más altos, al subir y bajar sus brazos, mientras él la hacía girar y ella se vencía hacia adelante como muerta, cayó y lo cogió de los muslos y después se volteó, se desprendió de él y se quedó tumbada en la vieja alfombra, que aún desprendía el olor de la antigua lluvia, y con los brazos humedecidos y cubiertos de polvo y arenilla. Él se inclinó sobre ella y ella alargó la mano y apagó la linterna. «Yo he ganado, ¿eh?» Él aún no había dicho nada desde que había entrado en el cuarto. Con la cabeza hizo el gesto que ella adoraba, en parte asentimiento y en parte indicación de un posible desacuerdo. La luz lo deslumbraba y no podía verla. Apagó la linterna de ella para que estuvieran iguales en la obscuridad.

Aquél fue el mes de sus vidas en que Hana y Kip durmieron uno junto al otro. Un solemne celibato entre ellos. Descubrieron que en el galanteo podía haber toda una civilización, todo un territorio por explorar. El amor por la idea que de él tenía ella y viceversa. No quiero que me folles. No quiero follarte. ¿Dónde lo habría aprendido él –o ella, ¿quién sabe?–, pese a su juventud? Tal vez de Caravaggio, que durante aquellas veladas había hablado a Hana de la juventud de él, de la ternura hacia todas y cada una de las células de un amante que desencadena el descubrimiento de la mortalidad propia. Al fin y al cabo, era una época caracterizada por la omnipresencia de la muerte. El deseo del muchacho sólo se satisfacía en la profundidad del sueño en brazos de Hana y su orgasmo tenía más que ver con el ascendiente de la Luna, con la sacudida de la noche en su cuerpo.

Todas las noches, Kip reposaba su delgada cara en las costillas de Hana, quien, escudriñando en círculos su espalda con sus uñas, le había recordado el placer que se siente al ser rascado. Era algo que un aya le había enseñado años atrás. Durante su infancia, todo el bienestar y la paz los había recibido –recordaba Kip– de ella, nunca de su amada madre, ni de su hermano ni de su padre, con quienes jugaba. Cuando sentía miedo o no podía dormir, el aya –aquella íntima extraña procedente de la India meridional, que vivía con ellos, ayudaba a llevar la casa, cocinaba y les servía las comidas y criaba a sus hijos bajo la protección de la familia– era quien lo advertía y lo ayudaba a conciliar el sueño pasándole la mano por su pequeña y fina espalda y años atrás había aliviado de forma similar a su hermano mayor, pues probablemente conociera el carácter de todos los niños mejor que sus padres auténticos.

Era un afecto mutuo. Si a Kip le hubieran preguntado a quién quería más, habría nombrado a su aya antes que a su madre. Su amor y su consuelo habían sido mayores que ningún amor consanguíneo o sexual. Durante toda su vida se sintió –iba a comprender más adelante– inclinado a buscar esa clase de amor fuera de la familia: la intimidad platónica –o a veces sexual– de una persona extraña. Iban a pasar muchos años antes de que lo comprendiera, antes de que pudiese formularse siquiera a sí mismo la pregunta de a quién quería más.

Aunque ella ya sabía que la quería, sólo en una ocasión le parecía haberle devuelto algo de consuelo. Cuando murió la madre de su aya, él entró a hurtadillas en la habitación de ésta y abrazó su cuerpo, repentinamente envejecido. Se tumbó a su lado en silencio y la acompañó en su duelo en su cuartito de criada, en el que lloraba muy exaltada y al tiempo ceremoniosa. La observó recoger sus lágrimas en una tacita pegada a la cara. Sabía que las llevaría al entierro. Estaba detrás de su encogido cuerpo y tenía puestas sus manitas de niño de nueve años en los hombros de ella y, cuando por fin se calmó y sus estremecimientos fueron cada vez menos frecuentes, empezó a rascarla sobre el sari y después lo apartó y le rascó la piel, como Hana recibía ahora –en 1945, en su tienda, cerca del pueblo encaramado en las colinas en el que sus continentes se habían juntado– el tierno arte de sus uñas en los millones de células de su piel.

IX. LA GRUTA DE LOS NADADORES

Te prometí contarte cómo se enamora uno.

Un joven llamado Geoffrey Clifton se había encontrado con un amigo en Oxford, que le había hablado de lo que estábamos haciendo. Se puso en contacto conmigo, se casó el día siguiente y dos semanas después se trasladó en avión a El Cairo. Eran los últimos días de su luna de miel. Ése fue el comienzo de nuestra historia.

Cuando conocí a Katharine, estaba casada. Una mujer casada. Clifton bajó del avión y después, sin que nos lo esperáramos, pues al preparar la expedición habíamos pensado que acudiría solo, apareció ella, con sus pantalones cortos de color caqui y sus huesudas rodillas. En aquella época, era demasiado fogosa para el desierto. Me gustó más la juventud de él que el entusiasmo de su joven esposa. Él era nuestro piloto, mensajero, explorador del terreno. Representaba la Nueva Era: pasaba volando y dejaba caer mensajes en forma de largas cintas de colores para indicarnos a dónde debíamos dirigirnos. Constantemente nos hacía partícipes de su adoración por ella. Éramos cuatro hombres y una mujer y su marido, entregado al gozo verbal de su luna de miel. Regresaron a El Cairo y, cuando volvieron, un mes después, fue casi lo mismo. Aquella vez ella estaba más calmada, pero él seguía siendo la juventud en persona. Mientras Clifton se deshacía en elogios de ella, Katharine estaba sentada en unas latas de gasolina, con la barbilla entre las manos y los codos en las rodillas y se quedaba mirando una lona que no cesaba de agitarse con el viento. Intentamos disuadirlo a base de bromas, pero pretender que se mostrara más discreto habría equivalido a una agresión, lo que no era la intención de ninguno de nosotros.

Después de aquel mes en El Cairo, ella se mostraba silenciosa, leía constantemente, se mantenía más encerrada en sí misma, como si hubiera ocurrido algo o hubiese comprendido de repente esa característica prodigiosa del ser humano: la de que puede cambiar. No tenía que seguir siendo la persona mundana que se había casado con un aventurero. Estaba descubriéndose a sí misma. Era penoso de contemplar, porque Clifton no advertía el proceso de autoeducación de ella, que leía todo lo relativo al desierto, podía hablar de Uweinat y del desierto perdido e incluso había buscado con afán artículos marginales.

Yo, verdad, tenía quince años más que ella. Había llegado a esa fase de la vida en que me identificaba con los personajes perversos y cínicos de los libros. No creo en la permanencia, en las relaciones que se prolongan durante siglos. Tenía quince años más, pero ella era más inteligente. Tenía más deseos de cambiar de lo que yo pensaba.

¿Qué sería lo que la hizo cambiar durante su aplazada luna de miel en el estuario del Nilo, en las afueras de El Cairo? Los habíamos visto unos días: habían llegado dos semanas después de su boda en

Cheshire. Clifton se había traído a la novia, pues no podía separarse de ella ni romper el compromiso con nosotros: con Madox y conmigo. Lo habríamos matado. Conque las huesudas rodillas de Katharine surgieron del avión aquel día. Así comenzó nuestra historia, nuestra situación.

Clifton celebraba la belleza de sus brazos, las finas líneas de sus tobillos. La describía nadando. Hablaba de los nuevos bidets de la suite del hotel, de su hambre canina en el desayuno.

Ante todo aquello, yo no decía ni palabra. A veces alzaba la vista, mientras él hablaba, y mi mirada se cruzaba con la de ella, testigo de mi muda exasperación, y entonces aparecía su sonrisa recatada. La situación no dejaba de resultar irónica. Yo era el mayor. Era el hombre de mundo, que había caminado diez años antes desde el oasis de Dajla al Gilf Kebir, había cartografiado el Farafra, conocía la Cirenaica y se había perdido más de dos veces en el Mar de Arena. Cuando me conoció, yo tenía todas esas distinciones o podía girar la vista unos pocos grados y ver las de Madox. Y, sin embargo, aparte de la Sociedad Geográfica, nadie nos conocía, éramos la franja marginal de un círculo que había conocido por su matrimonio.

Las palabras de elogio de su marido no significaban nada para ella, pero yo soy una persona cuya vida en muchos sentidos, incluso como explorador, ha estado regida por las palabras, por rumores y leyendas, mapas, trozos de loza con inscripciones, el tacto de las palabras. En el desierto repetir algo habría equivalido a tirar más agua en la tierra. Allí un matiz daba para cien kilómetros.

Nuestra expedición se encontraba a unos sesenta kilómetros de Uweinat y Madox y yo íbamos a salir solos de reconocimiento. Los Clifton y los demás iban a quedarse atrás. Ella había consumido toda su lectura y me pidió libros. Yo sólo llevaba conmigo mapas. «¿Y ese libro que hojea usted por las noches?» «Herodoto. ¡Ah! ¿Quiere ése?» «Si figuran en él asuntos íntimos, nunca me tomaría esa libertad.» «Tengo anotaciones en él y recortes. Necesito llevarlos conmigo.» «Ha sido un atrevimiento por mi parte, discúlpeme.» «Cuando vuelva, se lo enseñaré. No estoy acostumbrado a viajar sin él.»

Todo ello con mucha elegancia y cortesía. Le expliqué que era más que nada un libro de anotaciones y lo aceptó. Pude marcharme sin sentirme en modo alguno egoísta. Le agradecí su cortesía. Clifton no estaba. Estábamos solos. Cuando ella se había dirigido a mí, me encontraba en mi tienda preparando el equipaje. Soy una persona que ha dado la espalda a gran parte de las convenciones sociales, pero a veces agradezco los modales delicados.

Regresamos una semana después. Habíamos hecho muchos descubrimientos y habíamos atado muchos cabos. Estábamos de buen humor e hicimos una pequeña celebración en el campamento. Clifton siempre estaba dispuesto para celebrar a los demás. Era contagioso.

Ella se acercó con un vaso de agua. «Enhorabuena, ya he sabido por Geoffrey...» «¡Sí!» «Tenga, beba esto.» Extendí la mano y ella me dejó la taza en la palma. El agua estaba muy fría en comparación con la que habíamos estado bebiendo de nuestras cantimploras. «Geoffrey ha preparado una fiesta en su honor. Está escribiendo una canción y quiere que yo lea un poema, pero a mí me gustaría hacer otra cosa.» «Mire, tenga el libro y échele un vistazo.» Lo saqué de la mochila y se lo entregué.

Después de la comida y el té de hierbas, Clifton sacó una botella de coñac que había mantenido oculta hasta aquel momento. Había que beber toda la botella aquella noche durante el relato de Madox y la interpretación de la chistosa canción de Clifton. Después ella se puso a leer un pasaje de las *Historias*: el de Candaulo y su reina. Yo siempre me salto esa historia. Está al principio del libro y tiene poco que ver con los lugares y la época que me interesan, pero es, desde luego, una historia famosa. También era el tema del que ella había decidido hablar.

Aquel Candaulo se había enamorado apasionadamente de su esposa, por lo que la consideraba más bella, con mucha diferencia, que ninguna otra mujer. Solía describir a Giges, hijo de Daskilo (pues de todos sus lanceros era el que más apreciaba), la belleza de su esposa y la elogiaba sobremanera.

«¿Oyes, Geoffrey?»
«Sí, cariño.»

Dijo a Giges: «Giges, me parece que no me crees, cuando te hablo de la belleza de mi esposa, ya que los oídos de los hombres son menos aptos para creer que sus ojos. Así, pues, idea algún medio para verla desnuda».

Se pueden hacer varias observaciones, sabiendo que con el tiempo yo llegaría a ser su amante, de igual modo que Giges sería el amante de la reina y el asesino de Candaulo. Con frecuencia abría yo el libro de Herodoto para aclarar una duda geográfica, pero, al hacer eso mismo, Katharine había abierto una ventana por la que asomarse a su vida. Leía con voz cautelosa. Tenía los ojos clavados en la página, como si, mientras hablaba, estuviera hundiéndose en arenas movedizas.

«Creo que es, en verdad, la más hermosa de todas las mujeres y te ruego que no me pidas que haga algo ilícito.» Pero el Rey le contestó así: «Ten valor, Giges, y no temas que yo diga estas palabras para ponerte a prueba ni que mi esposa pueda causarte daño alguno, pues idearé de antemano un medio para que no se dé cuenta de que has estado viéndola».

Ésta es la historia de cómo me enamoré de una mujer que me leyó determinada historia de Herodoto. Oí las palabras que ella pronunciaba al otro lado del fuego y en ningún momento levanté la vista, ni siquiera cuando importunaba a su marido. Tal vez estuviera leyéndola sólo para él. Tal vez no hubiese un motivo oculto en la selección de aquel pasaje, salvo para ellos. Era simplemente una historia que le había chocado por la similitud con su situación, pero de repente se le reveló una senda en la vida real, aun cuando no lo hubiera concebido –estoy seguro– como un primer paso al azar.

«Te llevaré a la alcoba en que dormimos, detrás de la puerta abierta, y, después de que entre yo, llegará también mi esposa. Junto a la entrada de la alcoba, hay una silla, sobre la cual deja sus vestiduras, a medida que se las va quitando, una tras otra; de modo que podrás contemplarla con toda tranquilidad.»

Pero la reina vio a Giges, cuando abandonaba la alcoba. Entonces entendió lo que había hecho su marido y, pese a sentirse avergonzada, no puso el grito en el cielo... mantuvo la calma.

Es una historia extraña. ¿No te parece, Caravaggio? La vanidad de un hombre que lo mueve a desear ser envidiado o a ser creído, porque no le parece que le crean. En modo alguno era un retrato de Clifton, pero éste pasó a ser parte de esta historia. El acto del marido resulta muy escandaloso, humano. Nos sentimos movidos a creerlo.

El día siguiente, la esposa llamó a Giges y lo colocó ante una disyuntiva.

«Tienes dos opciones y te voy a dejar elegir la que prefieras: o bien matas a Candaulo y tomas posesión de mí y del reino de Lidia o bien recibirás muerte inmediata aquí mismo para que en el futuro no puedas ver, obedeciendo a Candaulo ciegamente, lo que no debes. Ha de morir o quien concebió ese plan o tú, que me has visto desnuda.»

Conque el rey es asesinado. Comienza una nueva era. Hay poemas sobre Giges escritos en trímetros yámbicos. Fue el primero de los bárbaros que consagró ofrendas en Delfos. Reinó en Lidia durante veintiocho años, pero aún lo recordamos como un simple eslabón en una historia de amor inhabitual.

Cesó de leer y levantó la vista, fuera de las arenas movedizas. Estaba evolucionando. Conque el poder cambió de manos. Entretanto, con la ayuda de una anécdota, yo me enamoré.

Así son las palabras, Caravaggio. Tienen poder.

Cuando los Clifton no estaban con nosotros, vivían en El Cairo. Clifton hacía otros trabajos para los ingleses. Sólo Dios sabe qué: tenía un tío en alguna oficina del Gobierno. Todo aquello sucedió antes de la guerra. Pero en aquella época la ciudad rebosaba de ciudadanos de todas las nacionalidades, que celebraban veladas musicales en el Groppi y bailaban hasta las tantas de la noche. Ellos eran una joven pareja muy popular y honorable y yo estaba en la periferia de la sociedad de El Cairo. Ellos vivían bien; una intensa vida social en la que yo participaba de vez en cuando: cenas, recepciones, actos que normalmente no me habrían interesado, pero a los que ahora asistía porque ella estaba presente. Soy un hombre que ayuna hasta que ve lo que desea.

¿Cómo podría explicarte cómo era ella? ¿Utilizando las manos? ¿Igual que puedo describir en el aire la forma de una colina o de una roca? Ya hacía un año que ella formaba parte de la expedición. Yo la veía, conversaba con ella. Habíamos estado continuamente en presencia uno del otro. Más adelante, cuando tomamos conciencia de nuestro mutuo deseo, aquellos momentos anteriores volvieron, cargados de sugerencias, a inundar nuestros corazones: aquel asirse nervioso a un brazo en un precipicio, ciertas miradas no percibidas o malinterpretadas.

En aquella época yo iba poco por El Cairo, solía pasar uno de cada tres meses en esa ciudad. Trabajaba en mi libro, *Récentes explorations dans le désert lybique*, en el departamento de Egiptología y con el paso de los días me sentía cada vez más cerca del texto, como si el desierto estuviera ahí, en la página, con lo que podía oler incluso la tinta, a medida que salía de la estilográfica. Y, al mismo tiempo, luchaba con la presencia cercana de ella, más obsesionado, a decir verdad, con las virtudes de su boca, la tiesura junto a su rodilla, la blanca planicie de su estómago, mientras escribía mi breve libro –setenta páginas–, sucinto y sin divagaciones, completado con mapas de viaje. No conseguía eliminar su cuerpo de la página. Deseaba dedicarle aquella monografía a ella –a su voz, a su cuerpo, que imaginaba blanco y rosado, al salir de la cama, como un largo arco–, pero se la dediqué a un rey, pues estaba convencido de que a ella semejante obsesión la habría movido a burla, le habría inspirado un condescendiente gesto de la cabeza, cortés y azorado.

Empecé a mostrarme doblemente ceremonioso –un rasgo de mi carácter–, como violento por una desnudez revelada antes. Es un hábito europeo. Ahora –tras haberla transpuesto extrañamente en mi texto del desierto– me resultaba natural enfundarme en una armadura ante ella.

> El poema exaltado es un substituto
> De la mujer a la que se ama o se debería amar,
> Una rapsodia exaltada, una impostura por otra.

En el césped de Hassanein Bey –el augusto anciano de la expedición de 1923–, se me acercó junto con el agregado de la embajada Roundell y me dio la mano, pidió a su acompañante que trajera una copa, volvió a mirarme y me dijo: «Quiero que me embelese usted». Y volvió Roundell. Era como si me hubiese entregado un cuchillo. Al cabo de un mes, era su amante. En aquel cuarto que daba al zoco, al norte de la calle de los loros.

Caí de rodillas en el vestíbulo embaldosado con

mosaico, con la cara pegada a la cortina de su vestido y el salado sabor de estos dedos en su boca. Formamos una estatua extraña nosotros dos, antes de que empezáramos a dar rienda suelta a nuestra hambre. Sus dedos rascaban la arena en mi ralo cabello. Nos rodeaban El Cairo y todos sus desiertos.

¿Sería el deseo de su juventud, de su fino y hábil cuerpo de muchacho? Sus jardines eran aquellos a los que me refería cuando te hablé de jardines.

Tenía en el cuello ese huequito que llamábamos el Bósforo. Me zambullía desde su hombro en el Bósforo. Descansaba la vista en él. Me arrodillaba y ella me miraba burlona, como si fuera yo de otro planeta. La de la mirada burlona. Su fresca mano, que sentí de repente en el cuello en un autobús de El Cairo, el amor a toda prisa en un trayecto de taxi cubierto, desde el puente Jedive Ismail hasta el Tipperary Club, o el sol que se filtraba entre sus uñas en el vestíbulo del tercer piso del museo, cuando me cubrió la cara con la mano.

Sólo debíamos procurar que no nos viese una persona.

Pero Geoffrey Clifton era un hombre inmerso en la máquina inglesa. Tenía una genealogía familiar que se remontaba a Canuto. La máquina no necesariamente habría revelado a Clifton, quien sólo llevaba dieciocho meses casado, la infidelidad de su esposa, pero empezó a cercar el fallo, la enfermedad en el sistema. Conocía todos los movimientos que ella y yo hicimos desde nuestro primer contacto cohibido en la *porte cochère* del hotel Semíramis.

Yo no había hecho caso de los comentarios de ella sobre los parientes de su marido y Geoffrey Clifton era tan inocente como nosotros sobre la gran red inglesa que se cernía sobre nosotros, pero el club de guardaespaldas vigilaba a su esposo y lo mantenía protegido. Sólo Madox, que era un aristócrata y había pertenecido a círculos militares, conocía aquellas discretas circunvoluciones. Sólo Madox me puso en guardia –y con considerable tacto– sobre aquel mundo.

Yo llevaba conmigo a Herodoto y Madox –santo en su matrimonio– llevaba *Ana Karenina* y no cesaba de leer esa historia de amor y engaño. Un día, demasiado tarde para eludir el mecanismo que habíamos puesto en marcha, intentó explicarme el mundo de Clifton mediante el ejemplo del hermano de Ana Karenina. Pásame mi libro. Escucha esto.

La mitad de los habitantes de Moscú y San Petersburgo eran parientes o amigos de Oblonsky. Había nacido entre gentes que eran o habían llegado a ser los poderosos de este mundo. Una tercera parte de los funcionarios de mayor edad habían sido amigos de su padre y lo habían conocido en mantillas. (...) Por consiguiente, todos los repartidores de los bienes terrenales eran amigos suyos y no podían por menos de tomarse interés por él. (...) Lo único que tuvo que hacer fue no contradecir, no sentir envidia, no discutir ni ofenderse, cosas que su innata bondad nunca le había inspirado.

He llegado a coger cariño al toque de tu uña en la jeringa, Caravaggio. La primera vez que Hana me dio morfina delante de ti, estabas junto a la ventana y, al oír el toque de su uña, diste un respingo con el cuello hacia nosotros. Sé reconocer a un camarada, igual que un amante reconoce siempre el camuflaje de otros amantes.

Las mujeres lo quieren todo de un amante y con demasiada frecuencia yo me hundía bajo la superficie. Así desaparecen los ejércitos bajo la arena. Y no hay que olvidar su miedo a su marido, su fe en su honor, mi antiguo deseo de independencia, mis desapariciones, sus sospechas, mi incredulidad de que me quisiera: la paranoia y la claustrofobia del amor oculto.

«Creo que te has vuelto inhumano», me dijo.

«No soy yo el único que traiciona.»

«No creo que te importe... que haya ocurrido esto entre nosotros. Te escabulles de todo con tu miedo y aversión a la posesividad, a que te posean, a que te nombren. Crees que se trata de una virtud. Me pareces inhumano. Si te dejo, ¿a quién recurrirás? ¿Encontrarás otra amante?»

No respondí.

«Niégalo, desgraciado.»

Siempre había querido palabras, le encantaban, se había criado con ellas. Las palabras le daban claridad, le aportaban razón y forma. En cambio, yo pensaba que las palabras deformaban los sentimientos, como ocurre con los bastones, al introducirlos en el agua.

Volvió con su marido.

A partir de este momento –susurró–, o encontramos nuestras almas o las perderemos.

Si los mares se alejan, ¿por qué no habrían de hacerlo los amantes? Los puertos de Éfeso, los ríos de Heráclito desaparecen y son substituidos por estuarios de aluvión. La esposa de Candaulo pasa a ser la esposa de Giges. Arden las bibliotecas.

¿Qué había sido nuestra relación? ¿Una traición a quienes nos rodeaban o el deseo de otra vida?

Volvió a su casa, junto a su marido, y yo me retiré a las tabernas.

Miraré a la luna,
pero te veré a ti.

Esa idea del viejo Herodoto. No cesaba de tararear y cantar aquella canción y de tanto machacar sus versos acababa acoplándolos a su propia vida. La gente se recupera de las pérdidas secretas de diversas formas. Alguien de su círculo me vio sentado con un comerciante de especias, el que en cierta ocasión le había regalado un dedal de peltre que contenía azafrán: como tantos millares de otras cosas.

Y si Bagnold –que me había visto sentado junto al comerciante de azafrán– lo sacó a relucir durante la cena en la mesa a la que estaba sentada ella, ¿qué sentí yo al respecto? ¿Me consolaría que ella recordara al hombre que le había dado un regalito, un dedal de peltre que llevó colgado al cuello de una cadenita obscura durante los dos días en que su marido estuvo ausente de la ciudad? El azafrán que contenía le dejaba una mancha dorada en el pecho.

¿Cómo se tomaría ella aquella historia relativa a mí –paria para el grupo después de tal o cual escena en la que me había desacreditado– y ante la cual Bagnold se había reído, su esposo, que era buena persona, se había sentido preocupado por mí y Madox se había levantado y se había acercado a una ventana para ponerse a mirar hacia el sector meridional de la ciudad? Tal vez la conversación pasara a versar sobre otras cosas que hubiesen visto. Al fin y al cabo, eran cartógrafos. Pero, ¿bajaría ella al pozo que habíamos cavado juntos y permanecería en él, del mismo modo que yo expresaba mi deseo con la mano extendida hacia ella?

Ahora cada uno de nosotros tenía su propia vida, protegida por el más secreto de los tratados con el otro.

«¿Qué haces?», me preguntó, al tropezarse conmigo por la calle. «¿Es que no ves que nos estás volviendo locos a todos?»

Yo había dicho a Madox que estaba cortejando a una viuda. Pero ella aún no estaba viuda. Cuando Madox volvió a Inglaterra, ella y yo ya no éramos amantes. «Saluda de mi parte a tu viuda de El Cairo», murmuró Madox. «Me habría gustado conocerla.» ¿Estaría enterado? Siempre me sentí más desleal ante él –aquel amigo con el que llevaba diez años trabajando, el hombre por el que más afecto sentía– que ante nadie. Estábamos en 1939 y todos íbamos a abandonar aquel país, en cualquier caso, para participar en la guerra.

Madox regresó a la aldea de Marston Magna, en Somerset, donde había nacido, y un mes después estaba sentado en la congregación de una iglesia escuchando el sermón dedicado a la guerra, cuando sacó el revólver que había llevado en el desierto y se pegó un tiro.

Yo, Herodoto de Halicarnaso, he expuesto mi historia para que el tiempo no desdibuje las creaciones de los hombres ni las grandiosas y prodigiosas hazañas de los griegos y los bárbaros (...) junto con las razones por las que se enfrentaron.

El desierto siempre había inspirado sentimientos poéticos a los hombres. Y Madox había expuesto –en la Sociedad Geográfica– hermosas relaciones de nuestras caminatas y jornadas. Bermann reducía la teoría a pavesas. ¿Y yo? Yo era el técnico, el mecánico. Los otros ponían por escrito su amor de la soledad y meditaban sobre lo que allí encontraban. Nunca estuvieron seguros de lo que yo pensaba de todo aquello. «¿Te gusta esa luna?», me preguntó Madox, cuando hacía diez años que me conocía. Lo hizo indeciso, como si hubiera violado mi intimidad. Para ellos, yo era demasiado astuto para ser un amante del desierto: más parecido a Odiseo. Y, sin embargo, lo amaba. Para mí, el desierto, es como para otros hombres un río o la ciudad de su infancia.

Cuando nos separamos por última vez, Madox recurrió a la antigua fórmula de despedida. «Que Dios te conceda la seguridad por compañía.» Y yo me alejé de él, al tiempo que decía: «Dios no existe». Éramos tan diferentes como la noche y el día.

Madox decía que Odiseo nunca escribió una palabra, no llevaba un diario. Tal vez se sintiera ajeno a la falsa rapsodia del arte. Y mi monografía tenía –debo reconocerlo– la austeridad de la precisión. El miedo a describir la presencia de ella, mientras escribía, me hizo eliminar todo sentimiento, toda retórica del amor. Aun así, describí el desierto con la misma pureza con la que habría hablado de ella. El día en que Madox me hizo la pregunta sobre la Luna fue uno de los últimos días en que estuvimos juntos antes de que comenzara la guerra. Nos separamos y él se marchó a Inglaterra, pues la probabilidad de que estallara la guerra lo interrumpió todo, nuestro lento desenterrar la historia en el desierto. Adiós, Odiseo, dijo sonriendo, aunque sabía que Odiseo nunca había sido santo de mi devoción precisamente y menos aún Eneas, si bien habíamos llegado a la conclusión de que Bagnold era Eneas. Pero la verdad es que Odiseo no era un gran santo de mi devoción. Adiós, dije.

Recuerdo que se volvió riendo. Señaló con su grueso dedo el punto junto a su nuez y dijo: «Esto se llama sinoide vascular.» Y dio a ese hueco de su cuello un nombre oficial. Regresó con su mujer a la aldea de Marston Magna y sólo se llevó su volumen favorito de Tolstói: me dejó todas sus brújulas y mapas. Nuestro afecto siguió inexpresado.

Y Marston Magna, en Somerset, que había evocado para mí una y mil veces en nuestras conversaciones, había convertido sus verdes campos en un aeródromo. Los aviones arrojaban sus gases de escape sobre castillos artúricos. No sé lo que lo movería al suicidio. Tal vez fuera el permanente ruido de los vuelos, tan intenso para él después de haberse acostumbrado al sencillo zumbido de la lagarta, que había puntuado nuestros silencios en Libia y Egipto. Una guerra ajena estaba desgarrando el delicado tapiz que formaban sus compañeros. Yo era Odiseo y entendía los cambios y los vetos temporales que entrañaba la guerra. Pero él era un hombre al que no le resultaba fácil hacer amistades, un hombre que había conocido a dos o tres personas en su vida y ahora resultaban ser el enemigo.

Estaba en Somerset solo con su mujer, que nunca nos había conocido. A él le bastaban pequeños gestos. Una bala puso fin a la guerra.

Sucedió en julio de 1939. Fueron en autobús desde la aldea a Yeovil. El autobús había ido muy lento, por lo que habían llegado con retraso al oficio. En la parte trasera de la atestada iglesia, decidieron separarse para encontrar asientos. Cuando, media hora después, comenzó el sermón, resultó patriotero y partidario sin vacilación de la guerra. El predicador entonó alegre su salmodia sobre la batalla y bendijo al Gobierno y a los hombres que estaban a punto de entrar en la guerra. Madox escuchó el sermón, que se fue haciendo cada vez más exaltado, sacó la pistola que llevaba en el desierto, se inclinó y se disparó en el corazón. Murió en el acto. Se hizo un gran silencio, un silencio propio del desierto, un silencio sin aviones. Oyeron desplomarse su cuerpo contra el banco. Ninguna otra cosa se movió. El predicador quedó paralizado en su gesto. Fue como los silencios que se producen cuando se parte la opalina en torno a una vela y todas las caras se vuelven. Su esposa bajó por la nave central, se detuvo ante su fila, murmuró algo y le dejaron pasar junto a él. Se arrodilló y lo rodeó con los brazos.

¿Cómo murió Odiseo? Un suicidio, ¿no? Me parece recordarlo, ahora. Tal vez el desierto, aquella época en que nada teníamos que ver con el mundo, hubiera acostumbrado mal a Madox. No puedo dejar de pensar en el libro ruso que siempre llevaba consigo. Rusia siempre ha estado más próxima a mi país que al suyo. Sí, Madox fue un hombre que murió por culpa de las naciones.

Me encantaba la calma que mantenía en todo momento. Yo discutía furioso sobre las ubicaciones en un mapa y sus informes hablaban de nuestro «debate» con expresiones razonables. Escribía con calma y gozo, cuando había gozos que describir, sobre nuestros viajes, como si fuéramos Ana y Vronski en un baile. Sin embargo, nunca quiso acompañarme a una de aquellas salas de baile de El Cairo y yo era el que se enamoraba bailando.

Se movía con paso lento. Nunca lo vi bailar. Era un hombre que escribía, que interpretaba el mundo. Su sabiduría se alimentaba con la menor pizca de emoción que se le brindara. Una mirada podía inspirarle párrafos enteros de teoría. Si descubría un nuevo tipo de nudo en una tribu del desierto o encontraba una palmera rara, quedaba encantado durante semanas. Cuando dábamos con mensajes en nuestros viajes –cualquier texto, contemporáneo o antiguo, una inscripción árabe en una pared de barro, una nota en inglés escrita con tiza en el guardabarros de un jeep–, los leía y después les pasaba la mano por encima, como para tocar sus posibles significados más profundos, para lograr la mayor intimidad posible con las palabras.

Extendió el brazo, con las magulladas venas horizontales vueltas hacia arriba, para recibir la dosis de morfina. Mientras ésta lo inundaba, oyó a Caravaggio dejar caer la aguja en la cajita esmaltada y con forma de riñón. Vio su canosa figura darle la espalda y después reaparecer, también enganchado, ciudadano del reino de la morfina como él.

Había días en que volvía a casa después de una árida jornada de escritura y lo único que me salvaba era *Honeysuckle Rose* de Django Reinhardt y Stéphane Grappelly en su actuación con el Hot Club de Francia. 1935, 1936, 1937: grandes años para el jazz, los años en que salía del hotel Claridge y se difundía por los Campos Elíseos, llegaba hasta los bares de Londres, del sur de Francia y de Marruecos y después pasaba a Egipto, adonde una orquesta de baile anónima de El Cairo introdujo a la chita callando el rumor sobre tales ritmos. Cuando regresé al desierto, me llevé conmigo las veladas de baile en los bares al ritmo de *Souvenirs*, grabado en discos de 78 rpm, en las que las mujeres se movían como galgos y se inclinaban sobre ti, cuando les susurrabas algo con la cara pegada a sus hombros, mientras sonaba *My Sweet*. Cortesía de la compañía de discos Société Ultraphone Française. 1938, 1939. Murmullos de amor en una cabina. La guerra estaba al caer.

Durante aquellas últimas noches en El Cairo, meses después de que hubiera concluido nuestra historia de amor, logramos convencer por fin a Madox para que celebrara su despedida en una taberna. Asistieron ella y su marido. Una última noche, un último baile. Almásy estaba borracho e intentó interpretar un antiguo paso de baile que había inventado, llamado el Abrazo del Bósforo, levantó a Katharine Clifton en sus nervudos brazos y atravesó la pista hasta caer con ella sobre unas aspidistras crecidas en el Nilo.

¿Por quién hablará ahora?, pensó Caravaggio.

Almásy estaba borracho y su baile parecía a sus acompañantes una serie de movimientos brutales. En aquellos días ella y él no parecían llevarse bien. Él la balanceaba de un lado para otro, como si fuera una muñeca anónima, ahogaba con la bebida su pena por la marcha de Madox. Cuando se sentaba en nuestras mesas, hablaba a gritos. Cuando Almásy se comportaba así, solíamos dispersarnos, pero, como aquélla era la última noche de Madox en El Cairo, nos quedamos. Un mal violinista egipcio imitaba a Stéphane

Grappelly y Almásy era como un planeta sin control. «Por nosotros, que somos de otro planeta», brindó. Quería bailar con todo el mundo, hombres y mujeres. Dio palmas y anunció: «Y ahora el Abrazo del Bósforo. ¿Tú, Bernhardt? ¿Hetherton?» La mayoría se echaron hacia atrás. Se volvió hacia la joven esposa de Clifton, que lo contemplaba con furia cortésmente contenida y –cuando le hizo la seña y después la embistió, con el cuello apoyado ya en el hombro de ella, en aquella meseta desnuda por encima de las lentejuelas– se adelantó. Siguió un tango de maníacos hasta que uno de ellos perdió el paso. Ella no quiso disipar su irritación, se negó a dejarle ganar marchándose y volviendo a la mesa. Se limitó a mirarlo fijamente y con expresión severa, cuando él irguió la cabeza, y actitud carente de solemnidad, pero belicosa. Él bajó la cabeza y le susurró algo, tal vez le espetara la letra de *Honeysuckle Rose*.

En El Cairo, en los intervalos entre expediciones, nadie veía apenas a Almásy. Parecía distante o inquieto. Trabajaba en el museo durante el día y frecuentaba los bares del mercado, por la zona meridional de El Cairo. Estaba perdido en otro Egipto. Sólo por Madox habían acudido aquella noche todos. Pero ahora Almásy estaba bailando con Katharine Clifton. La hilera de plantas rozaba el esbelto cuerpo de ella. Giró con ella, la levantó y después cayó. Clifton permaneció sentado y contemplando la escena por el rabillo del ojo. Almásy había caído encima de ella y después intentó levantarse despacio, al tiempo que se alisaba su rubio pelo, y se arrodilló por encima de ella en el rincón más alejado de la sala. En tiempos había sido un hombre delicado.

Era la medianoche pasada. Los presentes –excepto los clientes habituales, acostumbrados a aquellas ceremonias de los europeos del desierto, que les resultaban graciosas– no estaban divirtiéndose. Había mujeres con largos y serpenteantes pendientes de plata colgados de las orejas, mujeres cubiertas de lentejuelas, gotitas de metal cálidas por el calor del bar a las que Almásy siempre había sido muy aficionado, mujeres que al bailar hacían oscilar sus dentados pendientes de plata contra su cara. Otras noches bailaba con ellas y, cuando estaba bastante bebido, las hacía girar sobre sus costillas. Sí, les hacía gracia, se reían de la tripa que dejaba al descubierto la camisa suelta de Almásy; menos gracia les hacía, en cambio, que descargase todo su peso sobre sus hombros, cuando hacía una pausa durante el baile, y más adelante acabara desplomándose en la pista en pleno *schottische*.

Durante semejantes veladas era importante meterse en el ambiente de la velada, mientras la constelación humana se arremolinaba y resbalaba alrededor, sin reflexiones ni ideas preconcebidas. Las observaciones sobre la velada venían más adelante, en el desierto, en los accidentes geográficos entre Dajla y Kufra. Entonces recordaba el gañido canino que le había hecho buscar un perro por la pista y comprendía, mientras observaba el disco de la brújula flotando en aceite, que debía de haberse tratado de una mujer a la que había pisado. Cuando avistaba un oasis, se enorgullecía de su forma de bailar, agitando los brazos y el reloj de pulsera hacia el cielo.

Noches frías en el desierto. Arrancó un hilo del enjambre de noches y se lo llevó a la boca, como si fuera comida. Sucedía durante los dos primeros días de una expedición, cuando estaba en la zona del limbo entre la ciudad y la meseta. Pasados seis días, nunca se acordaba de El Cairo ni de la música, las calles, las mujeres; se movía ya en el tiempo antiguo. Se había adaptado al lento ritmo de las aguas profundas. Su única conexión con el mundo de las ciudades era Herodoto, su prontuario, antiguo y moderno, de supuestas mentiras. Cuando descubría la verdad de lo que había parecido una mentira, cogía el bote de cola y pegaba un mapa o un artículo o utilizaba un espacio en blanco del libro para esbozar hombres con faldas junto a animales desaparecidos. Pese a lo que afirmaba Herodoto, los antiguos habitantes de los oasis no solían dibujar ganado. Adoraban a una diosa encinta y sus figuras rupestres eran sobre todo de mujeres encinta.

Transcurridas dos semanas, ni siquiera concebía la idea de una ciudad. Era como si hubiese caminado bajo el milímetro de neblina justo por encima de las fibras cubiertas de tinta de un mapa, esa zona pura entre la tierra y el gráfico, entre las distancias y la leyenda, entre la naturaleza y el narrador. Sandford la llamaba geomorfología: el lugar que habían elegido para visitar, para dar lo mejor de sí, para olvidar a sus antepasados. Allí, aparte de la brújula solar, el kilometraje del odómetro y el libro, estaba solo, era su propia invención. En esos momentos sabía cómo funcionaba el espejismo, el *fatamorgana*, pues se encontraba dentro de él.

Se despertó y descubrió que Hana estaba lavándolo. Había una cómoda que le llegaba a la cintura. Ella se inclinó y con las manos cogió agua de la palangana de porcelana y se la pasó por el pecho. Cuando acabó, se pasó varias veces los húmedos dedos por el cabello, que se humedeció y obscureció. Alzó la vista, le vio los ojos abiertos y sonrió.

Cuando volvió a abrir los ojos, estaba ahí Madox, con aspecto andrajoso y cansado, con la inyección de morfina y obligado a usar las dos manos, porque carecían de pulgares. ¿Cómo se la pondrá a sí mismo?, pensó. Reconoció sus ojos, el hábito de pasarse la lengua por los labios, la lucidez de su cabeza, que captaba todo lo que decía. Dos viejos chiflados.

Caravaggio observaba el color rosado de la boca del hombre que hablaba. Las encías tenían tal vez el pálido color de yodo de las pinturas rupestres descubiertas en Uweinat. Había más cosas que descubrir, que adivinar en aquel cuerpo en la cama, inexistente, salvo una boca, una vena en el brazo y unos ojos grises como de lobo. Seguía asombrado ante la claridad y la disciplina de aquel hombre, que unas veces hablaba en primera y otras en tercera persona y seguía sin reconocer que era Almásy.

«¿Quién hablaba, entonces?»

«*La muerte significa estar en tercera persona.*»

Habían pasado todo el día compartiendo las ampollas de morfina. Para hacerlo devanar la historia, Caravaggio se atenía al código de señales. Cuando el hombre quemado aminoraba o cuando Caravaggio tenía la sensación de no enterarse de todo –la historia de amor, la muerte de Madox–, cogía la jeringa de la caja esmaltada con forma de riñón y, tras romper la punta de una ampolla con la presión de un nudillo, la cargaba. Ahora, después de haber desgarrado completamente la manga de su brazo izquierdo, ya no se molestaba en disimular ante Hana. Almásy tenía puesta sólo una camiseta gris, por lo que tenía desnudo el brazo extendido bajo la sábana.

Cada absorción de morfina por el cuerpo abría otra puerta o lo hacía remontarse a la historia de las pinturas de la gruta o a la del avión enterrado o entretenerse una vez más con la mujer a su lado bajo un ventilador y la mejilla de ella sobre su estómago.

Caravaggio cogió el volumen de Herodoto. Pasó una página, trepó por una duna y descubrió el Gilf Kebir, Uweinat, Gebel Kissu. Cuando Almásy hablaba, se quedaba a su lado reordenando los sucesos. Sólo al deseo se debía que la historia errara, vacilase como la aguja de una brújula. Y, en cualquier caso, se trataba del mundo de los nómadas, una historia apócrifa: una mente viajando por el este y por el oeste disfrazada de tormenta de arena.

En el suelo de la Gruta de los Nadadores, después de que su marido estrellara su avión, él había cortado y extendido el paracaídas que ella había traído. Ella se agachó y se arrebujó con él, al tiempo que hacía muecas de dolor por las heridas. Él le pasó suavemente los dedos por el cabello en busca de otras heridas y después le tocó los hombros y los pies.

Ahora, en la gruta, lo que no quería perder era su belleza, su gracia, aquellas formas. Ya tenía –eso lo sabía– su ser en sus manos.

Era una mujer que, cuando se maquillaba, transformaba su rostro. Al entrar en una fiesta, al meterse en la cama, se había pintado los labios de color sangre y los ojos de bermellón.

Él alzó la vista hacia la única pintura rupestre que había en la gruta y le robó los colores. En la cara le puso ocre y en torno a los ojos azul. Cruzó la gruta con las manos impregnadas de rojo y le pasó los dedos por los cabellos y después por toda la piel, por lo que la rodilla que había asomado del avión el primer día pasó a tener color de azafrán. El pubis. Aros de color alrededor de las piernas para que la protegieran de los seres humanos. En Herodoto había descubierto tradiciones en las que los viejos guerreros celebraban a sus seres queridos situándolos y manteniéndolos en un mundo en el que cobraban eternidad: un líquido de color, una canción, una pintura rupestre.

Ya hacía frío en la gruta. La envolvió en el paracaídas para que entrara en calor. Encendió un pequeño fuego, quemó las ramitas de acacia y dispersó el humo hacia los cuatro rincones de la gruta. Se dio cuenta de que no podía hablarle directamente, por lo que habló con comedimiento y procurando superponer su voz a la resonancia de las paredes de la gruta. *Ahora me voy a buscar ayuda, Katharine. ¿Entiendes? Cerca de aquí hay otro avión, pero no tiene combustible. Tal vez me encuentre una caravana o un jeep y en ese caso regresaré antes. No sé.* Sacó el volumen de Herodoto y lo dejó junto a ella. Era septiembre de 1939. Salió de la gruta, del resplandor del fuego, y penetró en la obscuridad y en el desierto inundado por la luna.

Bajó la pendiente de cantos rodados hasta la base de la meseta y esperó.

Sin camión ni aeroplano ni brújula. Sólo la luna y su propia sombra. Encontró el antiguo hito de piedra que indicaba la dirección de El Taj: nornoroeste. Se grabó en la mente el ángulo de su sombra y empezó a caminar. A cien kilómetros de allí se encontraba el zoco con su calle de los relojes. Colgado del hombro llevaba –chapoteando como en una placenta– un odre que había llenado de agua en el *ain*.

Había dos momentos del día en los que no podía moverse: al mediodía, cuando la sombra quedaba a su espalda, y en el crepúsculo, entre el ocaso y la salida de las estrellas. Entonces todo en el disco del desierto era lo mismo. Si se movía, podía desviarse hasta noventa grados de su rumbo. Esperaba a que apareciera el mapa vivo de las estrellas y después avanzaba leyéndolas a cada hora. En el pasado, cuando habían tenido guías del desierto, colgaban una linterna de un palo largo y los demás seguían la luz que oscilaba por encima del lector de las estrellas.

Un hombre camina tan rápido como un camello: cuatro kilómetros por hora. Si tenía suerte, podía encontrar huevos de avestruz. Si no, una tormenta de arena lo borraría todo. Caminó tres días sin comer nada. Se negaba a pensar en ella. Si llegaba a El Taj, comería *abra*, que las tribus del desierto preparaban con coloquíntida: hirviendo las pepitas para eliminar el amargor y después machacándolas junto con dátiles y langostas. Caminaría por la calle de los relojes y el alabastro. Que Dios te conceda la seguridad por compañía, le había dicho Madox. Adiós. Un gesto con la mano. Sólo en el desierto hay Dios, ahora estaba dispuesto a reconocerlo. Fuera de él, sólo había comercio y poder, dinero y guerra. Los déspotas financieros y militares gobernaban el mundo.

Se encontraba en una zona de terreno quebrado, había pasado de la arena a la roca. Se negaba a pensar en ella. Después surgieron colinas como castillos medievales. Caminó hasta entrar con su sombra en la sombra de una montaña. Arbustos de mimosa, coloquíntidas. Gritó el nombre de ella a las rocas.

Pues el eco es el alma de la voz que se excita en las oquedades.

Y después El Taj. Durante la mayor parte del viaje había imaginado la calle de los espejos. Cuando llegó a los alrededores de la colonia, lo rodearon jeeps militares ingleses y se lo llevaron, sin acceder a escuchar su historia de la mujer herida en Uweinat, a sólo cien kilómetros, ni a escuchar, de hecho, nada de lo que decía.

«¿Me estás diciendo que los ingleses no te creyeron? ¿Nadie te escuchó?»

«Nadie me escuchó.»

«¿Por qué?»

«No les di un nombre satisfactorio.»

«¿El tuyo?»

«Les di el mío.»

«Entonces, ¿qué...?»

«*El de ella*. Su nombre. El de su marido.»

«¿Qué dijiste?»

Guardó silencio.

«¡Despierta! ¿Qué dijiste?»

«Dije que era mi *esposa*. Dije *Katharine*. Su marido había muerto. Dije que estaba gravemente herida, en una gruta en el Gilf Kebir, en Uweinat, al norte del pozo de Ain Dua, que necesitaba agua y comida y que yo volvería con ellos para guiarlos. Dije que lo único que necesitaba era un jeep, uno de sus dichosos jeeps... Tal vez pareciera, después del viaje, uno de aquellos locos profetas del desierto, pero no creo. Ya estaba empezando la guerra. Estaban deteniendo a espías en el desierto. Toda persona con nombre extranjero que vagara por aquellos pueblecitos de los oasis resultaba sospechosa. Ella estaba a sólo cien kilómetros y se negaron a escucharme. Una unidad inglesa aislada en El Taj. Entonces debí de perder los estribos. Utilizaban unas cárceles de mimbre, del tamaño de una ducha. Me metieron en una de ellas y me trasladaron en un camión. Empecé a dar tumbos en él hasta que caí a la calle, todavía dentro. Gritaba el nombre de Katharine y el Gilf Kebir, cuando, en realidad, el único nombre que debería haber gritado, que debería haber soltado como una tarjeta de visita en sus manos, era el de Clifton.

»Volvieron a subirme al camión. Era simplemente un posible espía de segunda categoría, otro cabrón internacional simplemente.»

Caravaggio quería levantarse y marcharse de aquella villa, del país, los detritos de una guerra. Lo que Caravaggio quería era rodear con sus brazos al zapador y a Hana o, mejor, a personas de su edad, en un bar en el que conociera a todo el mundo, en el que pudiese bailar y hablar con una mujer, descansar la cabeza en su hombro, reclinar la cabeza en su frente, lo que fuera, pero sabía que primero había de salir de aquel desierto, su arquitectura de morfina. Tenía que alejarse de la carretera invisible que llevaba a El Taj. Aquel hombre –Almásy, según suponía– se había valido de él y de la morfina para regresar a su mundo, para tristeza suya. Ya no importaba en qué bando estuviera durante la guerra.

Pero Caravaggio se inclinó hacia adelante.

«Necesito saber una cosa.»

«¿Qué?»

«Si asesinaste tú a Katharine Clifton. Es decir, si asesinaste a Clifton y, al hacerlo, la mataste a ella.»

«No, ni siquiera se me ocurrió semejante cosa.»

«Te lo pregunto porque Geoffrey Clifton trabajaba para el Servicio de Inteligencia británico. No era un simple inglés inocente, la verdad, vuestro simpático muchacho. Vigilaba a vuestro extraño grupo en el desierto egipciolibio para informar a los ingleses. Sabían que el desierto sería un día escenario de la guerra. Era un fotógrafo aéreo. Su muerte les preocupó y sigue preocupándoles. Todavía abrigan dudas al respecto. Y el Servicio de Inteligencia estaba enterado de tu historia amorosa con su mujer, desde el principio. Aunque Clifton no lo supiera. Pensaban que su muerte pudo haberse planeado como una protección, para alzar el puente levadizo. Te estaban esperando en El Cairo, pero, claro, tú volviste al desierto. Más adelante, cuando me enviaron a Italia, me perdí la última parte de tu historia. No sabía qué había sido de ti.»

«Conque por fin me has encontrado.»

«Vine por la muchacha. Conocía a su padre. La última persona a la que pensaba encontrar aquí, en este convento bombardeado, era el conde Ladislaus de Almásy. Para ser sincero, he de decir que te he tomado más cariño que a la mayoría de la gente con la que trabajé.»

El rectángulo de luz que había ido subiendo poco a poco por la silla de Caravaggio enmarcaba ahora su pecho y su cara, por lo que al paciente inglés el rostro le parecía un retrato. Con luz mortecina su cabello parecía obscuro, pero ahora su desgreñada cabellera resplandecía, brillante, y las ojeras quedaban eclipsadas por la rosada luz del atardecer.

Había vuelto la silla para poder reclinarse hacia adelante sobre el respaldo, enfrente de Almásy. A Caravaggio no le salían las palabras fácilmente. Se frotaba la mandíbula, arrugaba la cara, cerraba los ojos, para pensar en la obscuridad y sólo entonces soltaba algo, se forzaba a sí mismo a desprenderse de sus pensamientos. Esa obscuridad era la que se percibía en él, sentado ahí, en el romboidal marco de la luz, encorvado sobre una silla junto a la cama de Almásy. Uno de los dos hombres de mayor edad de esta historia.

«Contigo, Caravaggio, puedo hablar, porque tengo la sensación de que los dos somos mortales. La chica, el muchacho, pese a lo que han pasado, no son aún mortales. Cuando conocí a Hana, estaba muy afligida.»

«A su padre lo mataron en Francia.»

«Comprendo. No quería hablar de ello. Se mostraba distante con todo el mundo. La única forma como conseguí comunicar con ella fue pidiéndole que me leyera... ¿Te das cuenta de que ninguno de nosotros tiene hijos?»

Hizo una pausa, como examinando una posibilidad.

«¿Tienes esposa?», preguntó Almásy.

Caravaggio estaba sentado a la rosada luz, con las manos en la cara para borrarlo todo y poder pensar con precisión, como si se tratara de otro de los dones de la juventud del que ya no disfrutaba tan fácilmente.

«Tienes que hablarme, Caravaggio. ¿O es que soy sólo un libro, algo que leer, un ser al que tentar para que salga de un lago y atracarlo a base de morfina, a base de pasillos, mentiras, vegetación, montículos de piedras?»

«A los ladrones nos han utilizado mucho durante

esta guerra. Nos legitimaron. Robábamos. Después algunos de nosotros empezamos a asesorar. Sabíamos por naturaleza desentrañar el disimulo y el engaño mejor que los servicios oficiales de inteligencia. Engañábamos por partida doble. De la dirección de campañas enteras se encargaba una combinación de estafadores e intelectuales. Estuve por todo el Oriente Medio, allí fue donde oí hablar de ti por primera vez. Tú eras un misterio, un vacío en sus mapas. Habías puesto tus conocimientos sobre el desierto en manos de los alemanes.»

«En 1939, cuando me rodearon creyendo que era un espía, sucedieron muchas cosas en El Taj.»

«O sea, que fue entonces cuando te pasaste a los alemanes.»

Silencio.

«¿Y seguiste sin poder volver a la Gruta de los Nadadores y a Uweinat?»

«No pude hasta que me ofrecí voluntario para guiar a Eppler por el desierto.»

«Tengo que decirte una cosa, relacionada con tu expedición en 1942 para guiar a aquel espía hasta El Cairo...»

«Operación Salaam.»

«Sí. Cuando trabajabas para Rommel.»

«Un hombre brillante... ¿Qué ibas a decirme?»

«Iba a decir que cruzar el desierto, como lo hiciste, con Eppler evitando a las tropas de los Aliados... fue una auténtica heroicidad. Del oasis de Gialo hasta El Cairo. Sólo tú podías haber introducido al hombre de Rommel en El Cairo con su ejemplar de *Rebecca*.»

«¿Cómo te enteraste de eso?»

«Lo que quiero decir es que no descubrieron sólo a Eppler en El Cairo. Estaban enterados de todo lo relativo al viaje. Hacía mucho que se había descifrado un código de claves alemanas, pero no podíamos permitir que Rommel se enterara, porque en ese caso habrían descubierto a nuestros informadores, conque hubimos de esperar hasta que Eppler llegara a El Cairo para capturarlo.

»Te vigilamos durante todo el trayecto, por todo el desierto, y, como los del Servicio de Inteligencia tenían tu nombre y sabían que tú participabas, estaban aún más interesados. Querían atraparte también a ti. Había orden de matarte... Por si no me crees, te diré que saliste de Gialo y tardaste veinte días. Seguiste la ruta de los pozos enterrados. No podías acercarte a Uweinat por la presencia de las tropas de los Aliados y eludiste Abu Ballas. Hubo momentos en que Eppler contrajo la fiebre del desierto y tuviste que cuidarlo, atenderlo, aunque, según dices, no lo apreciabas...

»Los aviones te "perdieron", supuestamente, pero se te seguía el rastro muy concienzudamente. No erais vosotros los espías, sino nosotros. Los del Servicio de Inteligencia pensaban que tú habías matado a Geoffrey Clifton por la mujer. Habían encontrado su tumba en 1939, pero no había rastro de su esposa. Tú habías pasado a ser el enemigo, no cuando te pusiste de parte de Alemania, sino cuando comenzó tu historia de amor con Katharine Clifton.»

«Comprendo.»

«Después de que abandonaras El Cairo en 1942, te perdimos. Tenían que atraparte y matarte en el desierto, pero te perdieron: al tercer día. Debiste de enloquecer, no debías de actuar racionalmente; de lo contrario, te habríamos encontrado. Habíamos minado el jeep escondido. Más adelante lo encontramos destrozado por la explosión, pero ni rastro de ti. Te habías esfumado. Aquél debió de ser tu gran viaje, cuando debiste de enloquecer, no el otro, con destino a El Cairo.»

«¿Estabas tú en El Cairo siguiéndome la pista con ellos?»

«No, pero vi los archivos. Salía para Italia y pensaron que podías estar allí.»

«Aquí.»

«Sí.»

El romboide de luz se desplazó pared arriba y dejó a Caravaggio en la sombra, con el cabello obscuro otra vez. Se echó hacia atrás y apoyó el hombro en el follaje.

«Supongo que no importa», murmuró Almásy.

«¿Quieres morfina?»

«No. Estoy intentando entender. Siempre he sido muy celoso de mi intimidad. Me resulta difícil creer que se hablara tanto de mí.»

«Estabas viviendo una historia de amor con una persona conectada con el Servicio de Inteligencia. Había personas de ese Servicio que te conocían personalmente.»

«Probablemente Bagnold.»

«Sí.»

«Un inglés muy inglés.»

«Sí.»

Caravagggio hizo una pausa.

«Tengo que hablar contigo de una última cosa.»

«Ya lo sé.»

«¿Qué fue de Katharine Clifton? ¿Qué ocurrió justo antes de la guerra para que todos volvierais al Gilf Kebir, después de que Madox se marchara a Inglaterra?»

Yo tenía que hacer un viaje más al Gilf Kebir, para recoger lo que quedaba del campamento en Uweinat. Nuestra vida allí se había acabado. Pensaba que nada más sucedería entre nosotros. Hacía más de un año que no me había reunido con ella como amante. En alguna parte se estaba gestando una guerra, como una mano que entra por la ventana de un ático. Y ella y yo nos habíamos retirado ya tras los muros de nuestros hábitos anteriores, a la aparente inocencia de la falta de relación. Ya no nos veíamos con demasiada frecuencia.

Durante el verano de 1939 había de acompañar por tierra a Gough hasta el Gilf Kebir y recoger el campamento y Gough regresaría en camión. Clifton iba a ir a recogerme en el avión. Después nos dispersaríamos, desharíamos el triángulo que se había formado entre nosotros.

Cuando oí y vi el avión, ya estaba yo bajando por las rocas de la meseta. Clifton siempre llegaba puntual.

Un pequeño avión de carga tiene una forma muy peculiar de aterrizar deslizándose desde la línea del horizonte. Ladea las alas en la luz del desierto y después cesa el sonido y flota hasta tocar tierra. Nunca he entendido del todo cómo funcionan los aviones. Los he visto acercárseme en el desierto y siempre he salido de mi tienda con miedo. Cruzan la luz inclinados hacia abajo y después entran en ese silencio.

El Moth pasó casi rozando la meseta. Yo agitaba la lona azul. Clifton perdió altura y pasó rugiendo por encima de mí, tan bajo, que a los arbustos de acacia se les cayeron las hojas. El avión viró hacia la izquierda, describió un círculo y, tras volver a localizarme, enderezó el rumbo y se dirigió recto hacia mí. A cincuenta metros de mí, se inclinó de repente y se estrelló y yo eché a correr hacia él.

Pensaba que iba solo. Había de ir solo. Pero, cuando llegué hasta allí para sacarlo, estaba ella a su lado. Estaba muerto. Ella estaba intentando mover la parte inferior de su cuerpo, al tiempo que miraba hacia adelante. Por la ventana de la carlinga había entrado arena, que le cubría el regazo. No parecía tener ni un rasguño. Había adelantado la mano izquierda para amortiguar el desplome del avión. La saqué del avión que Clifton había bautizado *Rupert* y la llevé hasta las grutas en la roca, hasta la Gruta de los Nadadores, la de las pinturas. En la latitud 23° 30' y la longitud 25° 15' del mapa. Aquella noche enterré a Geoffrey Clifton.

¿Fui una maldición para ellos? ¿Para ella? ¿Para Madox? ¿Para el desierto, violado por la guerra, bombardeado como si fuese mera arena? Los bárbaros contra los bárbaros. Los dos ejércitos cruzaron el desierto sin la menor idea de lo que era. *Los desiertos de Libia*. Si eliminamos la política, se trata de la frase más encantadora que conozco. *Libia*. Una palabra evocadora, erótica, un pozo sin fondo para quien sepa descubrirlo. La *b* y las dos *íes*. Madox decía que era una de las pocas palabras en que oías la lengua dar un viraje. ¿Recuerdas a Dido en los desiertos de Libia? *Un hombre debe ser como raudales de agua en un erial...*

No creo que entrara en una tierra maldita ni que me viese atrapado en una situación funesta. Todos los lugares y las personas fueron dádivas para mí: el hallazgo de las pinturas en la Gruta de los Nadadores, cantar «estribillos» con Madox durante las expediciones, la aparición de Katharine entre nosotros en el desierto, acercarme a ella por el rojo suelo de cemento encerado, caer de rodillas y pegar mi cabeza a su vientre, como si fuera un niño, las curas que me prodigó la tribu de los fusiles, nosotros cuatro incluso: Hana, tú y el zapador.

Me he visto privado de todo lo que amé y valoré.

Me quedé junto a ella. Descubrí que tenía tres costillas rotas. Seguí esperando a que sus ojos se animaran, a que su muñeca rota se doblase, a que su boca muda hablara.

¿Cómo es que me odiabas?, susurró. Me dejaste casi muerta por dentro.

Katharine... tú no...

Abrázame. Deja de defenderte. A ti nada te cambia.

La ferocidad de su mirada no se disipaba. No podía escaparme de aquella mirada. Yo iba a ser la última imagen que viera, el chacal en la gruta que la guiaría y protegería, que nunca la defraudaría.

Existen cien deidades asociadas con animales, le dije. Unas son las vinculadas a los chacales: Anubis, Duamutef, Wepwawet. Otras son seres que te guían al otro mundo, como mi fantasma me acompañaba antes de que nos conociéramos. Todas aquellas fiestas en Londres y Oxford. Observándote. Estaba sentado frente a ti, mientras hacías los deberes escolares con un gran lápiz. Yo estaba presente cuando conociste a Geoffrey Clifton, a las dos de la madrugada, en la biblioteca de la Unión de Oxford. Todos los abrigos estaban esparcidos por el suelo y tú descalza como una garza abriéndote paso entre ellos. Él estaba observándote, pero yo también, aunque no advertiste mi presencia, no te fijaste en mí. Tenías una edad en la que sólo veías a los hombres apuestos. Aún no te fijabas en quienes no perteneciesen a la esfera de personas de tu agrado. En Oxford no se suele salir con el chacal, mientras que yo soy un hombre que ayuna hasta que ve lo que desea. La pared situada detrás de ti estaba cubierta de libros. Con la mano izquierda sujetabas un largo collar que te colgaba del cuello. Tus descalzos pies se iban abriendo paso. Buscabas algo. En aquella época estabas más llenita, pero tenías la belleza idónea para la vida universitaria.

En la biblioteca de la Unión de Oxford éramos tres, pero tú sólo viste a Geoffrey Clifton. Iba a ser un idilio rapidísimo. Él tenía trabajo con unos arqueólogos en el norte de África, nada menos. «Estoy trabajando con un tipo estrambótico.» Tu madre estuvo encantada con tu aventura.

Pero el espíritu del chacal, «el que abría los caminos», cuyo nombre era Wepwawet o Almásy, estaba en aquella sala junto con vosotros dos. Observé, con los brazos cruzados, vuestros intentos de entablar con entusiasmo una charla trivial, cosa que os resultaba difícil, porque los dos estabais borrachos, pero lo maravilloso fue que, a las dos de la mañana y pese a la borrachera, cada uno de vosotros vio en cierto modo un valor y un placer perdurables en el otro. Puede que llegarais con otros, tal vez os acostaseis con otros aquella noche, pero los dos habíais encontrado vuestro destino.

A las tres de la mañana, sentiste la necesidad de marcharte, pero no lograste encontrar un zapato. Llevabas el otro en la mano, una zapatilla rosada. Yo vi una medio enterrada a mi lado y la recogí. Su brillo. Era, evidentemente, uno de tus pares de zapatos favoritos, con la marca de tus dedos. Gracias, dijiste al cogerla, y te marchaste sin siquiera mirarme a la cara.

Estoy convencido de que, cuando conocemos a las personas de las que nos enamoramos, hay un aspecto de nuestro espíritu que hace de historiador, un poquito pedante, que imagina o recuerda una ocasión en que el otro pasó por delante con total inocencia, del mismo modo que Clifton podría haberte abierto la puerta de un coche un año antes y no haber advertido el sino de su vida. Pero todas las partes del cuerpo deben estar preparadas para el otro, todos los átomos deben saltar en una dirección para que se produzca el deseo.

Yo he vivido años en el desierto y he llegado a creer en cosas así. Es un lugar lleno de bolsas. El trampantojo del tiempo y del agua. El chacal con un ojo que mira hacia atrás y otro que mira el camino que estás pensando tomar. En sus mandíbulas hay trozos del pasado que te entrega y, cuando descubres enteramente todo ese tiempo, resulta que ya lo conocías.

Sus ojos me miraban, cansados de todo. Un hastío terrible. Cuando la saqué del avión, su mirada había intentado abarcar todas las cosas que la rodeaban. Ahora los ojos se mostraban cautelosos, como protegiendo algo dentro. Me acerqué más y me senté en los talones. Me incliné hacia adelante y pasé la lengua por el azul ojo derecho: sabor a sal. Polen. Transmití ese sabor a su boca. Y después el otro ojo: mi lengua contra la fina porosidad del globo ocular, borrando el azul; cuando me erguí, un reguero blanco cruzaba su mirada. Esa vez dejé que los dedos entraran más a fondo y le abrí los dientes, tenía la lengua «replegada» y tuve que sacarla hacia adelante. Su vida pendía de un hilo, de un hálito. Ya casi era demasiado tarde. Me incliné hacia delante y con la lengua le transmití el polen azul a la boca. Nos tocamos así una vez. No hubo nada. Me retiré, cogí aire y me incliné otra vez. Al tocar la lengua, hubo una contracción en ella.

Y entonces soltó un terrible gruñido, violento e íntimo, que me embistió. Un estremecimiento por todo su cuerpo, como una descarga eléctrica. Salió despedida contra la pared pintada. El animal había entrado en ella y saltaba y se tiraba contra mí. Parecía haber cada vez menos luz en la gruta. Su cuello sufría sacudidas a un lado y a otro.

Conozco las estratagemas de un demonio. De niño aprendí lo que era el demonio del amor. Me hablaron de una hermosa tentadora que se presentaba en la alcoba de un joven y, si éste era avisado, le pedía que se diese la vuelta, porque los demonios y las brujas no tienen espalda, sólo lo que quieren mostrarte. ¿Qué había yo hecho? ¿Qué animal le había transmitido? Creo que llevaba más de una hora hablándole. ¿Habría sido yo su demonio del amor? ¿Habría sido yo el demonio de la amistad de Madox? ¿Habría cartografiado aquel país para convertirlo en un escenario de guerra?

Es importante morir en lugares sagrados. Ése era uno de los secretos del desierto. Por eso, Madox entró en una iglesia de Somerset, lugar que había perdido –tuvo la sensación– su carácter sagrado, y cometió un acto que consideraba sagrado.

Cuando le di la vuelta, tenía todo el cuerpo cubierto de una pigmentación brillante. Hierbas, piedras, luz y cenizas de acacia para volverla eterna. El cuerpo impregnado de un color sagrado. Sólo el azul del ojo había desaparecido, reducido al anonimato, mapa desnudo en el que nada aparecía representado: ni la signatura de un lago ni la mancha obscura de una montaña como la que hay al norte del Borkou-Ennedi-Tibesti, ni el abanico, verde de limo, donde el río Nilo entra en la palma abierta de Alejandría, el borde de África.

Y todos los nombres de las tribus, los nómadas de la fe, que caminaban en la monotonía del desierto y veían claridad, fe y color, de igual modo que una piedra o una caja de metal hallada o un hueso pueden llegar a ser objetos de amor y volverse eternos en una plegaria. La gloria del país en el que ella estaba entrando y del que pasaba a formar parte. Morimos con un rico bagaje de amantes y tribus, sabores que hemos gustado, cuerpos en los que nos hemos zambullido y que hemos recorrido a nado, como si fueran ríos de sabiduría, personajes a los que hemos trepado como si fuesen árboles, miedos en los que nos hemos ocultado, como en cuevas. Deseo que todo eso esté inscrito en mi cuerpo, cuando muera. Creo en semejante cartografía: las inscripciones de la naturaleza y no las simples etiquetas que nos ponemos en un mapa, como los nombres de los hombres y las mujeres ricos en ciertos edificios. Somos historias comunales, libros comunales. No pertenecemos a nadie ni somos monógamos en nuestros gusto y experiencia. Lo único que yo deseaba era caminar por una tierra sin mapas.

Llevé a Katharine Clifton al desierto, donde está el libro comunal de la luz de la Luna. Estábamos entre los rumores de los pozos, en el palacio de los vientos.

La cabeza de Almásy se inclinó hacia la izquierda, con la mirada perdida: en las rodillas de Caravaggio tal vez.

«¿Quieres un poco de morfina ahora?»

«No.»

«¿Quieres que te traiga algo?»

«Nada.»

X. AGOSTO

Caravaggio bajó las escaleras a obscuras y entró en la cocina. En la mesa había apio y unos nabos con las raíces aún cubiertas de barro. La única luz procedía de un fuego que Hana acababa de encender. Estaba vuelta de espaldas y no había oído sus pasos, al entrar. Su estancia en la villa había relajado el cuerpo de Caravaggio y lo había liberado de la tensión, por lo que parecía más alto, más desahogado en sus gestos. Sólo conservaba el sigilo de los movimientos. Por lo demás, ahora había en él una tranquila ineficiencia, un aletargamiento en los gestos.

Arrastró la silla para que Hana se volviera y viese que él había entrado.

«Hola, David.»

Él levantó el brazo. Tenía la sensación de haber estado en desiertos durante demasiado tiempo.

«¿Cómo está?»

«Dormido. Le he hecho hablar por los codos.»

«¿Era lo que pensabas?»

«Es igual. Podemos dejarlo tranquilo.»

«Eso pensaba yo. Kip y yo estamos seguros de que es inglés. Kip cree que las mejores personas son las excéntricas, él trabajó con una así.»

«Yo creo que el excéntrico es Kip. Por cierto, ¿dónde está?»

«Está tramando algo en la terraza para mi cumpleaños y no quiere que vaya a verlo.» Hana abandonó la posición en cuclillas junto al hogar y se secó la mano en el antebrazo opuesto.

«Para tu cumpleaños voy a contarte una pequeña historia», dijo él.

Ella lo miró.

«Pero no sobre Patrick, ¿eh?»

«Un poco sobre Patrick y la mayor parte sobre ti.»

«Todavía no puedo escuchar esas historias, David.»

«Los padres mueren y seguimos amándolos como podemos. No puedes esconderlo en tu corazón.»

«Ya hablaremos cuando se te haya pasado el efecto de la morfina.»

Ella se acercó a él y lo rodeó con el brazo, se alzó y le besó en la mejilla. Cuando la apretó en su abrazo, sintió su barba de tres días como si le restregaran arena por la piel. Ahora le encantaba eso de él; en el pasado había sido siempre escrupuloso. Según había dicho Patrick, su raya en el pelo era como Yonge Street a medianoche. En el pasado Caravaggio se había movido como un dios delante de ella. Ahora, con la cara y el cuerpo más llenos y los tonos grisáceos, resultaba más humanizado.

Aquella noche estaba preparando la cena Kip. A Caravaggio no le hacía ilusión precisamente. Para su gusto, una de cada tres comidas era un desastre. Kip encontraba verduras y se las ofrecía apenas hechas, tan sólo las hervía brevemente en una sopa. Iba a ser otra comida purista, no lo que Caravaggio deseaba después de un día como aquél, en que había estado escuchando al hombre del piso superior. Abrió la alacena bajo la pila. En ella había, envuelta en un paño húmedo, carne seca, que Caravaggio cortó y se guardó en el bolsillo.

«Mira, yo puedo sacarte de la morfina. Soy una buena enfermera.»

«Estás rodeada de locos...»

«Sí, creo que estamos todos locos.»

Cuando los llamó Kip, salieron de la cocina a la terraza, cuya linde, con su baja balaustrada de piedra, estaba cercada de luz.

A Caravaggio le pareció una sarta de bombillitas eléctricas encontradas en iglesias polvorientas y pensó que, aun cuando fuera para el cumpleaños de Hana, el zapador había ido demasiado lejos al sacarlas de una capilla. Ella se acercó despacio con las manos sobre la cara. No soplaba viento. Sus piernas y muslos se movían en la falda de su vestido como por aguas poco profundas y sus zapatillas de tenis no sonaban en la piedra.

«No he dejado de encontrar conchas en todos los sitios donde he cavado», dijo el zapador.

Seguían sin entender. Caravaggio se inclinó sobre las luces pestañeantes. Eran conchas de caracol rellenas de aceite. Observó toda la hilera: debía de haber unas cuarenta.

«Cuarenta y cinco», dijo Kip, «los años transcurridos de este siglo. En mi país, además de nuestra edad, celebramos la era».

Hana se movía a su lado, ahora con las manos en los bolsillos, como le gustaba a Kip verla caminar, tan relajada, como si se hubiera guardado los brazos por aquella noche, con un simple movimiento sin brazos ahora.

La atención de Caravaggio se desvió hacia la asombrosa presencia de tres botellas de vino tinto sobre la mesa. Se acercó, leyó las etiquetas y movió, atónito, la cabeza. Sabía que el zapador no iba a beber ni una gota. Estaban ya abiertas las tres. Kip debía de haber dado con un libro de etiqueta en la biblioteca. Entonces vio el maíz, la carne y las patatas. Hana pasó el brazo por el de Kip y se acercó con él a la mesa.

Comieron y bebieron y el inesperado espesor del vino en la lengua les recordaba a la carne. No tardaron en decir tonterías al brindar por el zapador –«el gran rastreador»– y por el paciente inglés. Brindaron mutuamente por su salud y Kip se les unió con su vaso de agua. Entonces se puso a hablar de sí mismo. Caravaggio lo instaba a continuar, si bien no siempre escuchaba, sino que a veces se levantaba y se paseaba en torno a la mesa, encantado con todo aquello. Quería que aquellos dos se casaran, estaba deseando forzarlos verbalmente a hacerlo, pero parecían haber impuesto reglas extrañas a su relación. ¿Qué hacía él desempeñando *ese* papel? Volvió a sentarse. De vez en cuando veía que se apagaba una luz, cuando se le acababa el aceite. Kip se levantaba y volvía a llenarlas con parafina rosada.

«Debemos mantenerlas encendidas hasta la medianoche.»

Entonces se pusieron a hablar de la guerra, tan lejana. «Cuando acabe la guerra con el Japón, todo el mundo volverá por fin a casa», dijo Kip.

«¿Y adónde irás tú?», preguntó Caravaggio. El zapador balanceó la cabeza, a medias asintiendo y a medias negando, al tiempo que sonreía. Conque Caravaggio se puso a hablar, más que nada a Kip.

El perro se acercó con cautela a la mesa y reposó la cabeza en las rodillas de Caravaggio. El zapador le pidió que le contara más historias de Toronto, como si fuera un lugar de particulares maravillas: nieve que inundaba la ciudad y helaba el puerto, transbordadores en los que en verano se escuchaban conciertos. Pero lo que le interesaba en realidad eran las claves para entender el carácter de Hana, aunque ella se mostraba evasiva y procuraba apartar a Caravaggio de las historias que versaran sobre algún momento de su vida. Quería que Kip la conociera sólo en el presente: una persona tal vez más imperfecta, más compasiva, más dura o más obsesionada que la niña o la joven que había sido entonces. En su vida contaban su madre –Alice–, su padre –Patrick–, su madrastra –Clara– y Caravaggio. Ya había mencionado esos nombres a Kip, como si fuesen sus credenciales, su dote. Eran intachables y no requerían explicación. Los usaba como autoridades en un libro en el que podía consultar la forma correcta de cocer un huevo o añadir ajo al cordero. No se podían poner en discusión.

Y entonces Caravaggio, que estaba bastante bebido, contó la historia de cómo cantó Hana la *Marsellesa*, que ya le había contado a ella. «Sí, he oído esa canción», dijo Kip y probó a cantarla. «No, tienes que cantarla en voz alta y fuerte», dijo Hana. «¡Tienes que cantarla de pie!»

Se levantó, se quitó las zapatillas de tenis y se subió a la mesa, donde, junto a sus pies descalzos, había cuatro luces pestañeantes, casi extintas, en conchas de caracol.

«Te lo dedico a ti. Tienes que aprender a cantarla así, Kip. Te lo dedico *a ti.*»

Su canto se elevó en la penumbra, por encima de las conchas encendidas, por encima del marco de luz que salía del cuarto del paciente inglés, y en el obscuro cielo en el que se agitaban las sombras de los cipreses. Sacó las manos de los bolsillos.

Kip había oído aquella canción en los campamentos, cantada por grupos de hombres, muchas veces en momentos extraños, como, por ejemplo, antes de un partido de fútbol improvisado. Y a Caravaggio, cuando la había oído en los últimos años de la guerra, nunca le había gustado en realidad, nunca le había apetecido ponerse a escucharla. En su corazón llevaba la versión que Hana había cantado muchos años atrás. Ahora escuchaba con placer, porque la estaba cantando ella de nuevo, pero no tardó en agriársele por la forma como la interpretaba. No era la pasión de cuando tenía dieciséis años, sino un eco del trémulo círculo de luz que la rodeaba en la penumbra. Estaba cantándola como si fuese algo ajado, como si nunca más se pudiera abrigar la esperanza expresada por la canción. Había quedado alterada por los cinco años que habían precedido a aquella noche de su vigésimo primer cumpleaños en el cuadragésimo quinto año del siglo XX. Cantándola con la voz de un viajero cansado, solo contra todo. Un nuevo testamento. La canción carecía ya de seguridad, la cantante sólo podía ser una voz contra todas las montañas de poder. Ésa era la única certeza. Esa sola voz era lo único que quedaba intacto. Una canción a la luz de las conchas de caracol. Caravaggio comprendió que estaba cantando con el corazón del zapador y haciéndole eco.

En la tienda había noches en que no conversaban y noches en que no cesaban de hablar. Nunca estaban seguros de lo que sucedería, qué fracción del pasado surgiría o si su contacto sería anónimo y quedo en su obscuridad. La intimidad del cuerpo de ella o el cuerpo de sus palabras en el oído de él: tumbados en el almohadón de aire que él insistía en inflar y usar todas las noches. Aquel invento occidental le había encantado. Todas las mañanas soltaba el aire y lo plegaba, como Dios manda, y así lo había hecho durante todo el avance por Italia.

En la tienda Kip se apretaba contra el cuello de ella. Se deshacía con el contacto de las uñas de ella por su piel o tenía pegada su boca a la de ella, su estómago a la muñeca de ella.

Ella cantaba y tarareaba. Lo imaginaba, en la obscuridad de su tienda, como a medias pájaro: por algo en él que recordaba a una pluma, por el frío metal en su muñeca. Siempre que estaba en aquella tiniebla con ella, se movía como un sonámbulo, un poco descompasado con el ritmo del mundo, mientras que durante el día se deslizaba por entre todos los fenómenos fortuitos que lo rodeaban, igual que el color se desliza por sobre el color.

Pero de noche encarnaba el sopor. Ella necesitaba

verle los ojos para apreciar su orden y su disciplina. No había una clave para entenderlo. Se tropezaba por doquier con portales en braille. Como si los órganos, el corazón, las filas de costillas, pudieran verse bajo la piel y la saliva se le hubiera vuelto color en la mano. Él había levantado el plano de su tristeza mejor que nadie. Del mismo modo que ella conocía la extraña senda del amor que él sentía por su peligroso hermano. «Llevamos en la sangre el gusto del vagabundeo. Por eso, lo que le resulta más difícil de sobrellevar es la encarcelación y sería capaz de arriesgar la vida para liberarse.»

Durante las conversaciones nocturnas, recorrían su país de cinco ríos: Sutlej, Jhelum, Ravi, Chenab, Beas. La guiaba hasta el interior del gran *gurdwara*, tras haberla visto quitarse los zapatos, lavarse los pies y cubrirse la cabeza. El templo en el que entraban, construido en 1601, fue profanado en 1757 y reconstruido inmediatamente después. En 1830 lo cubrieron de oro y mármol. «Si te llevara allí antes del amanecer, lo primero que verías sería la bruma sobre el agua. Después se alza y revela el templo a la luz. A esa hora ya se habrán iniciado los himnos de los santos: Ramananda, Nanak y Kabir. Los cánticos son la esencia misma del culto. Oyes el canto y hueles la fruta de los jardines del templo: granadas, naranjas. El templo es un abrigo en la corriente de la vida, accesible a todos. Es la nave que cruzó el océano de la ignorancia.»

Avanzaban en la noche, pasaban por la puerta de plata al altar sobre el que se encontraba la Sagrada Escritura bajo un baldaquín de brocado. Los *ragis* cantaban los versículos de la Escritura acompañados por músicos: desde las cuatro de la mañana hasta las once de la noche. Abrían al azar el Granth Sahib y seleccionaban una cita y durante tres horas, antes de que la bruma se alzara del lago y revelase el Templo Dorado, los versículos se mezclaban y mecían en una lectura ininterrumpida.

Kip la llevaba, bordeando un estanque, hasta el árbol sagrado junto al cual está enterrado Baba Gujhaji, el primer sacerdote del templo, árbol de supersticiones, de cuatrocientos cincuenta años de antigüedad. «Mi madre vino aquí a atar una cuerda en una rama y suplicó al árbol que le concediera un hijo y, cuando nació mi hermano, volvió y pidió que se le concediera la dicha de tener otro. Por todo el Punjab hay árboles sagrados y agua mágica.»

Hana permanecía en silencio. Él conocía la profundidad de sus tinieblas interiores, su carencia de hijos y de fe. No cesaba de procurar alejarla de la linde de sus campos desolados: un hijo y un padre perdidos.

«Yo también he perdido a alguien que era como un padre», había dicho Kip. Pero ella sabía que aquel hombre que tenía a su lado era uno de los afortunados, que se había criado como un desarraigado y, por tanto, podía substituir una lealtad por otra, compensar la pérdida. Hay quienes resultan destruidos por la injusticia y quienes no. Si ella se lo hubiera preguntado, le habría contestado que no tenía queja de su vida: su hermano en la cárcel, sus compañeros lanzados por el aire en explosiones y él arriesgándose diariamente en aquella guerra.

Pese a la bondad de esa clase de personas, representaban una injusticia terrible. Podía pasarse todo el día en un foso de arcilla desactivando una bomba que podía matarlo en cualquier momento o volver a casa, entristecido pero entero, del entierro de otro zapador, pero, fueran cuales fuesen las aflicciones a su alrededor, siempre había solución y luz. Mientras que ella no veía la menor solución. Para él, existían los diferentes planos del destino y en el templo de Amritsar los representantes de todos los credos y todas las clases recibían la misma acogida y comían juntos. Ella misma podía dejar una moneda o una flor en la tela extendida en el suelo y después unirse al gran cántico permanente.

Lo deseaba. Su introversión era consecuencia de su tristeza interior. Por su parte, él la dejaría entrar por las trece puertas de su carácter, pero ella sabía que él, de estar en peligro, nunca recurriría a ella. Podía crear un espacio en torno a sí y concentrarse. Era su arte. Según decía, los sijs eran brillantes en materia de tecnología. «Tenemos una proximidad mística... ¿cómo se llama?» «Afinidad.» «Sí, afinidad, con las máquinas.»

Se perdía entre ellas durante horas, mientras el compás de la música en el receptor de radio le martilleaba en la frente y en el cabello. Ella no pensaba que pudiera entregarse totalmente a él y ser su amante. Él se movía a una velocidad que le permitía compensar la pérdida. Era su forma de ser. Ella no se lo iba a tener en cuenta. ¿Qué derecho tenía? Kip salía todas las mañanas con su mochila colgada del hombro izquierdo y se alejaba por el sendero de la Villa San Girolamo. Todas las mañanas lo veía, veía su animosa actitud ante el mundo, quizá por última vez. Al cabo de unos minutos, alzaba la vista para contemplar los cipreses mutilados por la metralla, sin ramas a media altura, arrancadas por los bombardeos. Plinio debía de haberse paseado por un sendero como aquél o también Stendhal, porque algunos pasajes de *La cartuja de Parma* sucedían también en aquella parte del mundo.

Kip –un joven con la profesión más extraña que su siglo había inventado, un zapador, un ingeniero militar que detectaba y desactivaba minas– alzaba la vista por aquel sendero medieval y contemplaba el arco de los altos árboles heridos por encima de él. Todas las mañanas salía de la tienda, se bañaba y se vestía en el jardín y se alejaba de la villa y sus alrededores, sin entrar siquiera en la casa –tal vez saludara con la mano, si veía a Hana–, como si el lenguaje, la humanidad, fueran a confundirlo, a introducirse, cual la sangre, en la máquina que había de entender. Ella lo veía a cincuenta metros de la casa, en un claro del sendero.

Ése era el momento en que los dejaba a todos atrás, el momento en que se cerraba el puente levadizo tras el caballero y éste se encontraba a solas, acompañado tan sólo por la calma de su estricto talento. En Siena había un mural que ella había visto, un fresco que representaba una ciudad. Unos metros fuera de las murallas de la ciudad, se había desprendido la pintura, por lo que, al abandonar el castillo, el viajero no podía contar siquiera con el consuelo –en forma de huerto en los alrededores– aportado por el arte. Allí era, le parecía a Hana, a donde iba Kip durante el día. Todas las mañanas salía de la escena pintada y se encaminaba hacia los obscuros riscos del caos: el caballero, el santo guerrero. Ella veía el caqui uniforme pasar entre los cipreses. El inglés lo había llamado *fato profugus*: fugitivo del hado. Ella suponía que aquellas jornadas comenzaban para él con el placer de alzar la vista hacia los árboles.

A comienzos de octubre de 1943, habían llevado a Nápoles a los zapadores en avión, tras seleccionar a los mejores del cuerpo de ingenieros que ya se encontraba en la Italia meridional. Kip fue uno de los treinta hombres transportados hasta la ciudad sembrada de explosivos.

Los alemanes habían coreografiado en la campaña italiana una de las retiradas más brillantes y terribles de la Historia. El avance de los Aliados, que debería haber durado un mes, se prolongó durante un año. Su ruta estaba cubierta de fuego. Mientras los ejércitos avanzaban, los zapadores, subidos a los guardabarros de los camiones, buscaban con la vista los puntos en que el suelo aparecía removido recientemente y que indicaban la presencia de minas. El avance resultaba lentísimo. Más al norte, en las montañas, los grupos de guerrilleros comunistas –los «garibaldinos»–, que llevaban pañuelos rojos para identificarse, ponían también bombas por las carreteras y las explosionaban al paso de los camiones alemanes sobre ellas.

La escala de colocación de minas en Italia y en el África del Norte resulta inconcebible. En el cruce de carreteras de Kismaayo-Afmadu se encontraron 260 minas. En la zona del puente sobre el río Omo había 300. El 30 de junio de 1941, zapadores sudafricanos colocaron en una jornada 2.700 minas del tipo Mark II en Mersa Matruh. Cuatro meses después, los británicos retiraron 7.806 minas de Mersa Matruh y las colocaron en otros puntos.

Hacían minas con toda clase de materiales. Llenaban con explosivos tubos galvanizados de cuarenta centímetros y los dejaban en las rutas militares. En las casas dejaban las minas dentro de cajas de madera. Llenaban las minas de tubo con gelignita, trozos de metal y clavos. Los bidones de combustible de veinte litros que los zapadores sudafricanos llenaban con hierro y gelignita podían destruir vehículos blindados.

En las ciudades era peor. Desde El Cairo y Alejandría transportaron unidades de artificieros, mínimamente capacitadas. La Octava División llegó a ser famosa. En octubre de 1941, desactivó durante tres semanas 1.403 bombas de explosivo instantáneo.

En Italia fue peor que en África: espoletas de relojería espeluznantemente excéntricas, diferentes de los artefactos alemanes con los que se había adiestrado a las unidades, pues sus mecanismos se activaban con muelle. Cuando los zapadores entraban en las ciudades, recorrían avenidas de cuyos árboles o de los balcones de cuyas casas colgaban cadáveres. Con frecuencia los alemanes se vengaban matando a diez italianos por cada alemán muerto. Algunos de los cadáveres colgados estaban minados y habían de explosionarse en el aire.

Los alemanes evacuaron Nápoles el 1.º de octubre de 1943. Durante un bombardeo de los Aliados ocurrido en septiembre de aquel año, centenares de ciudadanos habían abandonado la ciudad y habían empezado a vivir en las cuevas de los alrededores. En su retirada, los alemanes bombardearon la entrada de las cuevas y obligaron a los ciudadanos a permanecer bajo tierra. Se declaró una epidemia de tifus. En el puerto echaron a pique barcos y los volvieron a minar bajo el agua.

Los treinta zapadores entraron en una ciudad sembrada de trampas explosivas. Había bombas de acción retardada alojadas ex profeso en las paredes de los edificios públicos. Casi todos los vehículos estaban trucados. Los zapadores pasaron a sospechar permanentemente de cualquier objeto, en apariencia dejado al azar en una habitación. Desconfiaban de todo lo que veían en una mesa, a no ser que estuviera orientado hacia la posición de las «cuatro en punto». Años después de acabada la guerra, cuando un zapador colocaba un bolígrafo en una mesa, dejaba el extremo más grueso orientado hacia la posición de las cuatro en punto.

Nápoles siguió siendo zona de guerra durante seis semanas y Kip estuvo en ella todo aquel tiempo con la unidad. Al cabo de dos semanas, descubrieron a los ciudadanos en las cuevas, con la piel obscurecida por la mierda y el tifus. Cuando se dirigían hacia los hospitales de la ciudad, parecían una procesión de fantasmas.

Cuatro días después, explotó la oficina central de Correos y setenta y dos personas resultaron muertas o heridas. Ya había ardido, en los archivos de la ciudad, la colección de documentos medievales más rica de toda Europa.

El 20 de octubre, tres días antes de la fecha en que se había de restablecer el suministro de electricidad, un alemán se entregó y dijo a las autoridades que había miles de bombas ocultas en el barrio portuario de la ciudad y conectadas con el inactivo sistema eléctrico. Cuando se restableciera la corriente, la ciudad desaparecería presa de las llamas. Las autoridades, pese a los más de siete interrogatorios a los que –con actitud que osciló entre el tacto y la violencia– lo sometieron no pudieron cerciorarse totalmente de la veracidad de su confesión. Aquella vez evacuaron todo un barrio de la ciudad: los niños y los ancianos, los moribundos, las mujeres encinta, aquellos a los que acababan de sacar de las cuevas, los animales, los jeeps en buen estado, los soldados heridos de los hospitales, los pacientes mentales, los sacerdotes, los monjes y las religiosas de los conventos. Al anochecer del 22 de octubre de 1943, sólo quedaban doce zapadores en ella.

A las 15 horas del día siguiente, iba a restablecerse el suministro de electricidad. Ninguno de los zapadores se había encontrado nunca en una ciudad vacía, por lo que aquellas horas iban a ser las más extrañas e inquietantes de sus vidas.

Al anochecer, las tormentas recorrían la Toscana. Caían rayos sobre cualquier metal o aguja que se alzara por sobre el paisaje. Kip volvía siempre a la villa por el sendero amarillo entre los cipreses hacia las siete de la tarde, hora hacia la que, los días de tormenta, comenzaban los truenos: una experiencia medieval.

Parecían gustarle aquellos hábitos temporales. Hana o Caravaggio veían su figura a lo lejos: hacía un alto en su camino a casa para volverse a mirar hacia el valle y ver a qué distancia quedaba la lluvia de él. Hana y Caravaggio volvían a la casa y Kip seguía su recorrido de ochocientos metros por el sendero que serpenteaba lentamente hacia la derecha y después hacia la izquierda. Se oía el ruido de sus botas en la gravilla. El viento llegaba hasta él en ráfagas que azotaban los cipreses de costado y los hacían ladearse y se le metían por las mangas de la camisa.

Seguía caminando durante diez minutos sin saber nunca si lo alcanzaría la lluvia. La oía antes de sentirla: chasquidos en la hierba seca, en las hojas de los olivos. Pero de momento se encontraba en la refrescante ventolera de la colina, en el primer plano de la tormenta.

Si lo alcanzaba la lluvia antes de llegar a la villa, se echaba la capa de caucho sobre la mochila y seguía caminando al mismo paso.

En la tienda oía el puro sonido del trueno: sus estridentes chasquidos en lo alto y como un traqueteo de carreta, al perderse en las montañas. Un súbito resplandor de relámpago que iluminaba la tela de la tienda y le parecía siempre más brillante que la luz del sol, un destello de fósforo, algo en cierto modo mecánico, relacionado con la nueva palabra que había oído en las clases teóricas y en su receptor de cristal: «nuclear». En la tienda se deshacía el turbante húmedo, se secaba el pelo y se trenzaba otro en torno a la cabeza.

La tormenta abandonaba el Piamonte y se desplazaba hacia el sur y el este. Caían rayos sobre los campanarios de las capillitas alpinas, en cuyos retablos se representaban de nuevo las Estaciones de la Cruz o los Misterios del Rosario. En los pueblecitos de Varese y Varallo, aparecían brevemente figuritas de terracota de tamaño mayor que el natural talladas en el siglo XVI y que representaban escenas bíblicas: Cristo azotado y con los brazos atados a la espalda, el látigo en el aire, un perro que ladraba y, en el siguiente retablo de la capilla, tres soldados que alzaban el crucifijo hacia las nubes pintadas.

La Villa San Girolamo, por su situación, recibía también aquellos destellos: los obscuros pasillos, el cuarto en el que yacía el inglés, la cocina en la que Hana estaba preparando un fuego y la bombardeada capilla quedaban de repente iluminados, sin sombra. Durante semejantes tormentas, Kip se paseaba sin miedo bajo los árboles de su tramo de jardín, pues –en comparación con los peligros que corría en su vida diaria– el de morir fulminado por un rayo resultaba patéticamente mínimo. Lo acompañaban en la penumbra las ingenuas imágenes católicas que había visto en aquellos santuarios de montaña, mientras contaba los segundos entre el relámpago y el rayo. Tal vez aquella villa fuera un retablo semejante, con sus cuatro habitantes iluminados fugazmente en un gesto íntimo, irónicamente destacados sobre el fondo de aquella guerra.

Los doce zapadores que se habían quedado en Nápoles se desplegaron por la ciudad. Pasaron toda la noche abriendo túneles cegados, bajando a las alcantarillas, buscando cables de espoletas que pudieran estar conectados con los generadores centrales. Habían de abandonar la ciudad a las dos de la tarde, una hora antes de que se reanudara el suministro de electricidad.

Una ciudad de doce habitantes, cada uno de ellos en zonas distintas de ella: uno en el generador, otro en el embalse, aún sumergiéndose en él, pues las autoridades estaban más que convencidas de que los daños más importantes los causaría la inundación. Cómo minar una ciudad. Resultaba amedrentador más que nada por el silencio. Lo único que oían del mundo humano eran los ladridos de perros y los cantos de pájaros procedentes de algunas ventanas. Llegado el momento, entraría en una de aquellas habitaciones con pájaro, algo humano en aquel vacío. Pasó por delante del Museo Archeologico Nazionale, que albergaba los restos de Pompeya y Herculano y en el que había visto el antiguo perro petrificado en ceniza blanca.

Mientras caminaba, llevaba encendida en el brazo izquierdo la linterna escarlata de zapador, único foco de luz en la Strada Carbonara. La búsqueda nocturna lo había dejado exhausto y ahora no parecía haber gran cosa que hacer. Cada uno de ellos llevaba un radioteléfono, pero sólo debían utilizarlo si descubrían algo que debiesen comunicar urgentemente. Lo que más lo agotaba era el terrible silencio en los patios y las fuentes secas.

A la una de la tarde, se dirigió hacia la bombardeada iglesia de San Giovanni a Carbonara, que ya conocía y en la que había una capilla del Rosario. Unas noches antes, se había paseado por aquella iglesia, cuando los relámpagos anulaban la obscuridad y había visto grandes figuras humanas en el retablo: un ángel y una mujer en una alcoba. Cuando volvió a hacerse la obscuridad, se sentó a esperar en un banco, pero no iba a recibir ninguna otra revelación.

Entró en el ángulo de la iglesia en el que se encontraban las figuras de terracota pintadas con el color de seres humanos blancos. La escena representaba una alcoba en la que una mujer conversaba con un ángel. Bajo la azul esclavina suelta se transparentaba el rizado y castaño cabello de la mujer, que con los dedos de la mano izquierda se tocaba el esternón. Cuando entró en el recinto, se dio cuenta de que todas las figuras eran de tamaño mayor que el natural: la cabeza de él llegaba apenas al hombro de la mujer, el brazo alzado del ángel alcanzaba una altura de cinco metros. Aun así, Kip se sentía acompañado por ellas. Era un cuarto habitado y él se paseaba por entre aquellos seres, cuyo coloquio representaba una fábula sobre la Humanidad y el Cielo.

Se quitó la mochila del hombro y se quedó mirando la cama. Sentía deseos de tumbarse en ella y, si no lo hizo, fue sólo por la presencia del ángel. Ya había rodeado el etéreo cuerpo y había advertido las polvorientas bombillitas que tenía sujetas a la espalda, bajo las obscuras alas de color, y sabía que, pese a su deseo, no iba a poder dormir fácilmente ante semejante presencia. Había tres pares de zapatillas –sutileza del artista–, que sobresalían bajo la cama. Eran las dos menos veinte, aproximadamente.

Extendió su capa en el suelo, aplastó la mochila para que hiciera de almohada y se tumbó sobre la piedra. Durante la mayor parte de su infancia en Lahore había dormido en una estera en el suelo de su alcoba. Y, a decir verdad, nunca había llegado a acostumbrarse a las camas occidentales. En su tienda utilizaba sólo un jergón y una almohada inflable, mientras que en Inglaterra, cuando se alojaba en casa de lord Suffolk, sentía claustrofobia al hundirse en la masa del colchón y permanecía cautivo y despierto hasta que saltaba de la cama y se dormía en la alfombra.

Se tumbó junto a la cama. También los zapatos eran –advirtió– de tamaño mayor que el normal. Habrían cabido en ellos los pies de las amazonas. Sobre su cabeza se encontraba el vacilante brazo derecho de la mujer; más allá de sus pies, el ángel. Pronto uno de los zapadores conectaría la electricidad de la ciudad y, si hubiere de explotar, lo haría en compañía de aquellos dos. Morirían o quedarían a salvo. Nada más podía hacer, en cualquier caso: había pasado toda la noche en pie dedicado a la búsqueda final de escondrijos de dinamita y mecanismos de relojería. O se desplomarían las paredes a su alrededor o se pasearía por una ciudad iluminada. Al menos había encontrado aquellas figuras de padres. Podía relajarse en medio de aquel remedo de conversación.

Tumbado y con las manos debajo de la cabeza, advirtió una inflexibilidad en la cara del ángel que antes le había pasado inadvertida. La flor blanca que sostenía lo había confundido. El ángel era también un guerrero. En medio de aquella serie de pensamientos, se le cerraron los ojos y cedió al cansancio.

Estaba tumbado cuan largo era y con una sonrisa en el rostro, como aliviado de estar por fin durmiendo, de disfrutar de semejante lujo. La palma de su mano izquierda descansaba sobre el cemento. El color de su turbante era el mismo que el del cuello de encaje de María. A sus pies, junto a las seis zapatillas, el pequeño zapador indio, de uniforme. Allí no parecía existir el tiempo. Cada uno de ellos había elegido la posición más cómoda para olvidarlo. Así nos recordarán los otros: disfrutando sonrientes de la comodidad que entraña la confianza en lo que nos rodea. Ahora aquella escena, con Kip a los pies de las dos figuras, sugería un debate sobre su sino. El alzado brazo de terracota parecía indicar un aplazamiento de la ejecución, la promesa de un futuro prometedor para aquel extranjero, dormido como un niño. Los tres estaban casi a punto de adoptar una decisión, de llegar a un acuerdo.

Bajo su fina capa de polvo, el rostro del ángel reflejaba una intensa alegría. Sujetas a la espalda tenía las seis bombillitas, dos de las cuales estaban fundidas. Pero, aun así, el prodigio de la electricidad iluminó de repente sus alas desde abajo y sus colores –rojo de sangre, azul y oro, semejante al de los campos de mostaza– brillaron llenos de vida en aquellas últimas horas de la tarde.

Dondequiera que estuviese ahora Hana, en el futuro, era consciente de la trayectoria que había seguido el cuerpo de Kip para alejarse de su vida, el sendero por el que había irrumpido en sus vidas y tan marcadas las había dejado, volvía a verlo mentalmente. Recordaba todo lo que había ocurrido aquel día de agosto en que se había vuelto mudo como una piedra para con ellos: cómo estaba el cielo, cómo obscurecía la tormenta los objetos que tenía delante de ella en la mesa.

Lo vio en el campo, con las manos juntas por encima de la cabeza, y comprendió que no era un gesto provocado por el dolor, sino por la necesidad de mantener los auriculares apretados contra su cráneo. El zapador estaba a cien metros de distancia de ella en la terraza inferior, cuando Hana oyó el grito que emitió su cuerpo, que nunca había alzado la voz delante de ellos. Cayó de rodillas, como si se hubieran roto los hilos que lo sujetaban. Se quedó así y después se levantó despacio y se dirigió en diagonal hacia su tienda, entró en ella y cerró la abertura tras sí. Se oyó un seco restallido de trueno y Hana vio cómo se le obscurecían los brazos.

Kip salió de la tienda con el fusil. Entró en la Villa San Girolamo y pasó por delante de ella, raudo como una bola de acero en una máquina de juegos, cruzó el umbral y subió los escalones de tres en tres, con la respiración acompasada como un metrónomo y golpeando con las botas las secciones verticales de los peldaños. Sentada en la cocina, con el libro delante de ella y el lápiz petrificados y obscurecidos por la mortecina luz que precede a la tormenta, Hana oyó sus pasos por el pasillo.

Entró en el cuarto y se quedó al pie de la cama en que yacía el paciente inglés.

Hola, zapador.

Tenía la culata del fusil pegada al pecho y la correa tensada por el brazo, que formaba un triángulo.

¿Qué sucedía fuera?

Kip tenía expresión de condenado, separado del mundo, y su carmelita rostro lloraba. El cuerpo se giró y disparó a la antigua fuente y el yeso, al saltar, cayó en forma de polvo sobre la cama. Giró sobre sí mismo de nuevo y el fusil quedó apuntando al inglés. Empezó a temblar y después intentó controlarse con todo su ser.

Baja el arma, Kip.

Apoyó la espalda con fuerza contra la pared y dejó de temblar. El polvo de yeso suspendido en el aire los envolvía.

He estado sentado aquí, al pie de esta cama, escuchándote estos últimos meses, porque eras como un tío para mí. De niño, hacía lo mismo. Creía que podía absorber todo lo que los mayores me enseñaban. Creía que podía conservar ese saber, modificarlo despacio, pero, en cualquier caso, transmitirlo a otros.

Me crié con las tradiciones de mi país, pero después, más que nada, con las de *tu* país, tu frágil isla blanca que con costumbres, modales, libros, prefectos y razón convirtió en cierto modo al resto del mundo. Representabais el comportamiento estricto. Yo sabía que, si me equivocaba de dedo al levantar una taza, quedaría proscrito. Si no hacía el nudo correcto en una corbata, resultaría excluido. ¿Serían los barcos simplemente los que os conferían tal poder? ¿Sería, como decía mi hermano, porque teníais las historias y las imprentas?

Vosotros y después los americanos nos convertisteis: con vuestras normas misioneras. Y soldados indios perdieron sus vidas como héroes para poder ser *pukkah*. Hacíais la guerra como si estuvieseis jugando al críquet. ¿Cómo pudisteis embaucarnos para participar en esto? Mira... escucha lo que ha hecho tu pueblo.

Arrojó el fusil sobre la cama y se acercó al inglés. Llevaba a un lado el receptor de radio, colgado del cinturón. Se lo soltó y colocó los auriculares en la negra cabeza del paciente, que hizo una mueca de dolor. Pero el zapador se los dejó puestos. Después volvió atrás y, al recoger el fusil, vio a Hana en la puerta.

Una bomba y después otra. Hiroshima, Nagasaki.

Desvió el fusil hacia el hueco de la ventana. El halcón parecía flotar intencionadamente hacia el punto de mira por el aire del valle. Si Kip cerraba los ojos, veía las calles de Asia envueltas en llamas. El fuego laminaba ciudades como un mapa reventado, el huracán de calor marchitaba los cuerpos al entrar en contacto con ellos, las súbitas sombras humanas se disolvían en el aire. Una sacudida de la ciencia occidental.

Contempló al paciente inglés, que escuchaba con

los auriculares puestos y los ojos enfocados hacia dentro. La mira del fusil bajó de la fina nariz a la nuez, por encima de la clavícula. Kip contuvo la respiración. Se quedó rígido formando un ángulo recto con el fusil Enfield, sin la menor vacilación.

Entonces los ojos del inglés volvieron a mirarlo.

Zapador.

Entró Caravaggio en el cuarto y alargó la mano hacia él, pero Kip giró el fusil y le golpeó con la culata en las costillas: un zarpazo de animal. Y después, como si formara parte del mismo movimiento, volvió a situarse en la rígida posición en ángulo recto de los pelotones de ejecución, que le habían enseñado en diversos cuarteles de India e Inglaterra, con el cuello quemado en el punto de mira.

Kip, háblame.

Ahora su cara era un cuchillo. Contenía el llanto por la conmoción y el horror, al ver todo y a todos transformados a su alrededor. Aunque cayera la noche entre ellos, aunque cayese la niebla, los obscuros ojos del joven verían al nuevo enemigo que se le había revelado.

Me lo dijo mi hermano. Nunca des la espalda a Europa: los negociantes, los contratantes, los cartógrafos. Nunca confíes en los europeos, me dijo. Nunca les des la mano. Pero nosotros, oh, nos dejamos impresionar fácilmente... por los discursos y las medallas y sus ceremonias. ¿Qué he estado haciendo estos últimos años? Cortando, desactivando, vástagos diabólicos. ¿Para qué? ¿Para que sucediera esto?

¿Qué ha sucedido? ¡Por el amor de Dios, dínoslo!

Te voy a dejar la radio para que te empapes con tu lección de historia. No vuelvas a moverte, Caravaggio. Todos esos discursos de reyes, reinas y presidentes, ejemplos de civilización... esas voces del orden abstracto. Huélelo. Escucha la radio y huele la celebración en ella. En mi país, cuando un padre comete una injusticia, se mata al padre.

Tú no sabes quién es este hombre.

La mira del fusil siguió apuntada sin la menor vacilación al cuello quemado. Después el zapador la desvió hacia los ojos de aquel hombre.

Hazlo, dijo Almásy.

Las miradas del zapador y del paciente se cruzaron en aquel cuarto en penumbra y atestado ahora con el mundo.

Movió la cabeza hacia el zapador en señal de asentimiento.

Hazlo, repitió con calma.

Kip expulsó el cartucho y lo atrapó en el momento en que caía. Arrojó a la cama el fusil, serpiente ya sin veneno y vio a Hana por el rabillo del ojo.

El hombre quemado se quitó los auriculares de la cabeza y los apartó despacio delante de él. Después levantó la mano izquierda y se quitó el audífono y lo dejó caer al suelo.

Hazlo, Kip. No quiero oír nada más.

Cerró los ojos y se coló en la obscuridad, lejos del cuarto.

El zapador se recostó contra la pared con las manos enlazadas y la cabeza gacha. Caravaggio oía el aire que entraba y salía por su nariz, rápido y con fuerza: un pistón.

No es inglés.

Americano, francés, me da igual. Quien se pone a

bombardear a las razas de color carmelita del mundo es inglés. Teníais al rey Leopoldo de Bélgica y ahora tenéis al Harry Truman de Estados Unidos de los cojones. Todos vosotros lo aprendisteis de los ingleses.

No. Él, no. Estás en un error. Probablemente él, más que nadie, esté de tu parte.

Lo que él diría es que no tiene importancia, comentó Hana.

Caravaggio se sentó en la silla. Siempre estaba, pensó, sentado en aquella silla. En el cuarto se oyó el rumor del receptor de radio, que seguía sonando con su voz subacuática. No tenía valor para volverse y mirar al zapador o hacia el borroso vestido de Hana. Sabía que el joven zapador tenía razón. Ellos nunca habrían lanzado una bomba sobre una nación blanca.

El zapador salió del cuarto y dejó a Caravaggio y a Hana junto a la cama. Había abandonado a los tres en su mundo, ya no era su centinela. En el futuro, cuando el paciente inglés muriera, si es que moría, Caravaggio y la muchacha lo enterrarían: que los muertos enterraran a los muertos. Nunca había estado seguro de lo que eso –esas pocas y crueles palabras de la Biblia– significaba.

Enterrarían todo –el cuerpo, las sábanas, la ropa, el fusil–, excepto el libro. Pronto se quedaría sólo con Hana. Y el motivo de todo aquello estaba en la radio, un acontecimiento terrible que comunicaban las emisiones de onda corta: una nueva guerra, la muerte de una civilización.

Noche serena. Oía chotacabras, sus gritos apagados, los quedos ruidos de las alas, cuando giraban. Los cipreses se alzaban por sobre su tienda, inmóviles en aquella noche sin viento. Estaba tumbado y miraba el obscuro ángulo de la tienda. Cuando cerraba los ojos, veía fuego, gente que saltaba a ríos, a depósitos, para huir de la llama o el calor que en unos segundos lo quemaba todo, lo que tuvieran en la mano, sus propios cabellos y piel, incluso el agua a la que saltaban. La brillante bomba transportada hasta el verde archipiélago por un avión que surcó el aire por sobre el oceáno, pasó por delante de la luna, al Este, y la arrojó.

No había comido ni bebido, no podía tragar nada. Antes de que se hiciera de noche, sacó de la tienda todos los objetos militares, todo su equipo de artificiero, y se arrancó todas las insignias del uniforme. Antes de tumbarse, se deshizo el turbante, se peinó el pelo y después se lo ató en un moño, se tumbó y vio la luz en la tela de la tienda desaparecer poco a poco, mientras sus ojos se aferraban a la última y azul pincelada de luz y oía amainar el viento hasta desaparecer y después el ruido seco que hacían los halcones con las alas al virar y todos los sonidos delicados del aire.

Tenía la sensación de que todos los vientos del mundo habían resultado aspirados hacia Asia. Las cavilaciones sobre aquella bomba del tamaño –al parecer– de una ciudad, tan vasta, que permitía a los vivos presenciar la muerte de la población a su alrededor, le hicieron olvidar las numerosas bombas pequeñas de su carrera. No sabía nada sobre aquella arma: si se trataría de un repentino ataque de metal y explosión o si el aire en ebullición embestiría y laminaría a todo ser humano. Lo único que sabía era que ya no podía permitir que nada se acercase a él, no podía comer nada ni beber siquiera en un charco de un banco de piedra en la terraza, no podía sacar una cerilla de la bolsa y encender el quinqué, pues estaba convencido de que éste lo incendiaría todo. En la tienda, antes de que se disipara la luz, había sacado la fotografía de su familia y la había contemplado. Su nombre era Kirpal Singh y no sabía qué hacía allí.

Ahora estaba bajo los árboles en pleno calor de agosto, sin turbante y vestido sólo con una *kurta*. No llevaba nada en las manos, caminaba simplemente bordeando la línea de los setos, descalzo sobre la hierba, la piedra de la terraza o la ceniza de una antigua hoguera. Su cuerpo insomne estaba vivo en un extremo de un gran valle de Europa.

Por la mañana temprano, Hana lo vio de pie junto a la tienda. Durante la noche había mirado por si veía alguna luz entre los árboles. Aquella noche, el inglés no había cenado y cada uno de los demás habitantes de la villa lo había hecho a solas. Ahora Hana vio el brazo del zapador dar un tirón y las paredes de lona se desplomaron sobre sí mismas como la vela de un barco. Se volvió y se dirigió hacia la casa, subió por la escalera a la terraza y desapareció.

En la capilla, pasó por delante de los bancos quemados y se dirigió hacia el ábside, donde, bajo una lona sujetada por ramas, se encontraba la motocicleta. Empezó a destapar la máquina. Se acuclilló junto a la moto y se puso a lubricar con aceite los piñones y los dientes de la cadena.

Cuando Hana entró en la capilla sin techo, estaba sentado ahí, con la espalda y la cabeza apoyadas contra la rueda.

Kip.

Él no dijo nada, la miró como si no la viera.

Kip, soy *yo*. ¿Qué teníamos nosotros que ver con eso?

Era como una roca delante de ella.

Se agachó hasta su nivel, se inclinó hacia él, apoyó la cara en su pecho y se quedó en esa posición.

Un corazón palpitante.

Al ver que seguía inmóvil, se retiró y se dejó caer sobre las rodillas.

En cierta ocasión, el inglés me leyó este pensamiento de un libro: «El amor es tan pequeño, que puede pasar por el ojo de una aguja».

Él se inclinó hacia un lado para apartarse de ella y la cara le quedó a pocos centímetros de un charco de lluvia.

Un muchacho y una chica.

Mientras el zapador sacaba la motocicleta de debajo de la lona, Caravaggio se inclinó sobre el pretil, con la barbilla sobre el antebrazo. Después sintió que no podía soportar el ambiente de la casa y se marchó. No estuvo presente, cuando el zapador hizo revivir la motocicleta acelerando y se sentó en ella, en el momento en que se alzaba a medias, como un caballo lleno de vida bajo su jinete, y Hana permanecía a su lado.

Singh le tocó el brazo y dejó que la máquina rodara cuesta abajo y sólo entonces aceleró.

A mitad de camino de la verja, estaba esperándolo Caravaggio con el fusil. Ni siquiera lo alzó hacia la moto, cuando el muchacho aminoró la velocidad, al ver que Caravaggio se interponía en su camino. Caravaggio se le acercó y lo rodeó con los brazos. Un gran abrazo. El zapador sintió por primera vez el picor de la barba en la piel. Se sintió aspirado y envuelto por aquellos músculos. «Voy a tener que aprender a resignarme a tu ausencia», dijo Caravaggio. Entonces el muchacho se apartó y Caravaggio volvió a la casa.

El repentino brío del motor parecía extenderse a su alrededor. El humo del escape de la Triumph y el polvo y la gravilla que levantaba se perdían entre los árboles. Al llegar a la verja, saltó por encima de la rejilla horizontal destinada a impedir el paso del ganado y después, tras pasar por delante de los aromáticos jardines colgados de los pronunciados taludes a ambos lados de la carretera, salió serpenteando del pueblo.

Su cuerpo adoptó la posición habitual: el pecho, paralelo al depósito de gasolina, casi tocándolo; los brazos, horizontales, para disminuir la resistencia. Se dirigió hacia el Sur –por Greve, Montevarchi y Ambra, pueblecitos preservados de la guerra y la invasión– sin pasar por Florencia. Después, cuando aparecieron las nuevas colinas, empezó a trepar por su espinazo hacia Cortona.

Viajaba en sentido contrario al de la invasión, como si estuviera rebobinando el carrete de la guerra, por una ruta ahora libre de la tensión militar. Tomaba sólo carreteras que conocía, guiándose por las siluetas a lo lejos de las ciudades amuralladas que había visitado. Se mantenía estático en la Triumph, lanzada a todo tren bajo su cuerpo por las carreteras rurales. Llevaba poco equipaje, pues había dejado todas las armas en la villa. La moto pasaba por todos los pueblos como una exhalación, sin aminorar la velocidad ante pueblo o recuerdo alguno de la guerra. «*La tierra dará tumbos como un borracho y quedará borrada del mapa como un simple caserío.*»

Hana abrió la mochila de Kip. En su interior había una pistola envuelta en hule, que, cuando deshizo el paquete, desprendió su olor, un cepillo de dientes y polvo dentífrico, bocetos a lápiz en un cuaderno, entre ellos un dibujo de ella –sentada en la terraza y vista desde el cuarto del inglés–, dos turbantes, una botella de almidón y una linterna de zapador con sus correas de cuero para atársela en situaciones de emergencia. La encendió y la mochila se llenó de luz roja.

En los bolsillos laterales encontró piezas del equipo de artificiero, que no quiso tocar. Envuelta en otro trozo de tela estaba la cuña de metal que ella le había regalado y que en su país se utilizaba para sangrar los arces y obtener su azúcar.

De debajo de la tienda desplomada sacó un retrato que debía de ser de su familia y lo sostuvo en la palma de la mano: un sij y su familia.

Un hermano mayor, que en aquella foto sólo tenía once años, y Kip a su lado, con ocho años. «*Cuando estalló la guerra, mi hermano se puso de parte de quienes estuvieran contra los ingleses.*»

También había una pequeña guía con un mapa de zonas minadas y un dibujo de un santo acompañado de un músico.

Volvió a guardarlo todo, excepto la fotografía, que sostuvo en la mano libre. Regresó con la bolsa por entre los árboles y entró en la casa por el pórtico.

Cada hora, más o menos, hacía un alto, escupía en las gafas y les quitaba el polvo con la manga de la camisa. Volvía a mirar el mapa. Iba a dirigirse hacia el Adriático y después hacia el sur. La mayoría de las tropas estaban en las fronteras septentrionales.

Ascendió hacia Cortona envuelto en las agudas detonaciones del motor. Subió con la Triumph los escalones hasta la puerta de la iglesia y después se apeó y entró. Había una estatua rodeada de andamios. Quería acercarse más a la cara, pero no tenía un fusil con mira telescópica y se sentía el cuerpo demasiado rígido para escalar por los tubos del andamio. Dio vueltas abajo, como alguien excluido de la intimidad de una casa. Bajó a pie los escalones de la iglesia sosteniendo la moto con las manos y después se deslizó –pendiente abajo y sin encender el motor– por entre los viñedos destrozados y continuó hacia Arezzo.

En Sansepolcro se internó por una carretera tortuosa que subía hacia las montañas, hacia su niebla, por lo que hubo de reducir la velocidad al mínimo. La Bocca Trabaria. Tenía frío, pero se concentró mentalmente para no sentirlo. Por fin, la carretera se elevó por encima de la capa blanca y dejó atrás el lecho que formaba la niebla. Rodeó Urbino, donde los alemanes habían quemado todos los caballos del enemigo. Habían pasado un mes allí, combatiendo en aquella región; ahora atravesó la zona en unos minutos y sólo reconoció los santuarios de la Madonna Negra. La guerra había vuelto similares todos los pueblos y las ciudades.

Bajó hacia la costa. Entró en Gabicce Mare, donde había visto a la Virgen emerger del mar. Durmió en la colina que dominaba el acantilado y el agua, cerca del punto hasta el que habían llevado la imagen. Así acabó su primera jornada.

Querida Clara, querida maman:

Maman es una palabra francesa, Clara, una palabra circular, que sugiere abrazos, una palabra personal que incluso puede gritarse en público, algo tan consolador y eterno como una gabarra, aunque tú, en espíritu, sigues siendo –lo sé– una canoa, que con sólo dos paletadas puede entrar en un riachuelo en cuestión de segundos, aún independiente, aún celosa de su intimidad, y no una gabarra responsable de todos los que la rodean. Ésta es la primera carta que escribo en varios años, Clara, y no estoy acostumbrada a respetar las reglas epistolares. He pasado los últimos meses con tres personas y nuestras charlas han sido lentas, fortuitas. Ahora ya no estoy acostumbrada a hablar de ninguna otra forma.

Estamos en 194... ¿y cuántos? Por un segundo se me ha olvidado. Pero sé el mes y el día. Un día después de que nos enteráramos de que habían arrojado esas bombas sobre el Japón, por lo que parece que fuera el fin del mundo. Creo que de ahora en adelante lo personal va a estar en guerra para siempre con lo público. Si podemos racionalizar eso, podemos racionalizarlo todo.

Patrick murió en un palomar de Francia, donde en los siglos XVII y XVIII los construían muy grandes, mayores que la mayoría de las casas. Así:

La línea horizontal que separa el tercio superior del resto se llamaba cornisa para las ratas: su función era la de impedir que las ratas treparan por la pared de ladrillos y mantener a salvo, así, a las palomas. Seguro como un palomar, un lugar sagrado, como una iglesia en muchos sentidos, un lugar destinado a aliviar. En un lugar así murió Patrick.

A las cinco de la mañana, arrancó la Triumph y la rueda trasera arrojó gravilla en forma de abanico. Era de noche y no podía distinguir aún el mar desde el acantilado. Para el viaje desde allí hacia el Sur no tenía mapas, pero podía reconocer las carreteras por las que había pasado la guerra y seguir la ruta costera. Cuando salió el sol, pudo aumentar la velocidad. Aún no había llegado a los ríos.

Hacia las dos de la tarde, llegó a Ortona, donde los zapadores habían instalado los puentes provisionales y habían estado a punto de ahogarse con la tormenta en el centro de la corriente. Empezó a llover y se detuvo para ponerse una capa de goma. Inmerso en la humedad ambiente, dio una vuelta en torno a la máquina. Ahora, mientras avanzaba, el sonido en sus oídos resultaba distinto. En lugar de los gemidos y los aullidos, oía un *chuf chuf chuf* y la rueda delantera le salpicaba agua en las botas. Todo lo que veía a través de las gafas era gris. No quería pensar en Hana. En todo el silencio, en medio del ruido de la moto, no pensaba en ella. Cuando aparecía su cara, la borraba, daba un tirón del manillar para hacer un viraje y tener que concentrarse. Si tenía que haber palabras, no serían las de Hana, sino los nombres en aquel mapa de Italia que estaba recorriendo.

Tenía la sensación de que transportaba el cuerpo del inglés en aquella huida. Iba sentado en el depósito de gasolina mirando hacia él, con el negro cuerpo abrazado al suyo y mirando por encima de su hombro al pasado, el paisaje del que huían, aquel palacio de extranjeros que se perdía en la lejanía en la colina italiana y que nunca se reconstruiría. *«Y las palabras que he puesto en tu boca no saldrán de tu boca ni de la de tus descendientes ni de la de los descendientes de tus descendientes.»*

La voz del paciente inglés le recitaba las palabras de Isaías al oído, como ya había hecho la tarde en que el muchacho le había hablado de aquel rostro en el techo de la capilla de Roma. «Desde luego, hay cien Isaías. Un día desearás verlo de anciano: en los monasterios del sur de Francia aparece representado como un anciano con barba, pero su mirada sigue teniendo la misma energía.» El inglés había recitado en el cuarto pintado: *«Mira, el Señor te llevará a un terrible cautiverio y ten por seguro que te subyugará. Ten por seguro que te sacudirá y lanzará de acá para allá como una pelota por una gran extensión de terreno»*.

A medida que avanzaba, la lluvia iba haciéndose más densa. Como le había gustado la cara en el techo, también le habían gustado aquellas palabras, del mismo modo que había creído en el hombre quemado y en los henares de civilización a los que tantos mimos prodigaba. Isaías, Jeremías y Salomón figuraban en el libro de cabecera del hombre quemado, su libro sagrado, en el que había pegado y había hecho suyo todo lo que adoraba. Había pasado su libro al zapador y éste le había dicho: también nosotros tenemos un Libro Sagrado.

La juntura de goma de las gafas se había agrietado en los últimos meses y ahora el agua estaba empezando a llenar las cámaras de aire delante de sus ojos. Seguiría su ruta sin ellas, con el *chuf chuf chuf* en los oídos, tan permanente como el rumor del mar, y su doblado cuerpo rígido, frío, pues de aquella máquina que tan íntimamente montaba emanaba tan sólo la idea del calor y la rociada blanca que levantaba al cruzar los pueblos como una estrella fugaz, una aparición que duraba medio segundo y durante la cual se podía formular un deseo. *«Pues los cielos desaparecerán como el humo y la tierra se volverá vieja como un vestido y los que en ella viven morirán de igual modo, pues las polillas darán cuenta de ellos como de un vestido y los gusanos los devorarán como lana.»* Un secreto de desiertos desde Uweinat hasta Hiroshima.

Estaba quitándose las gafas, cuando salió de la curva y entró en el puente sobre el río Ofanto. Y en el momento en que alzaba el brazo izquierdo con las gafas empezó a patinar. Las tiró y contuvo la moto, pero no estaba preparado para el salto provocado por el reborde metálico del puente, que hizo caer la moto a la derecha y debajo de él. De repente se encontró resbalando con ella en la capa de agua de lluvia por el centro del puente, al tiempo que del metal raspado saltaban chispas azules en torno a sus brazos y su cara.

Trozos de pesado acero salieron volando, tras rozar su cuerpo. Después la moto y él dieron un viraje a la izquierda y, como el puente carecía de pretil, salieron despedidos de costado –el zapador con los brazos echados hacia atrás por encima de su cabeza– y describieron una trayectoria paralela a la del agua. La capa se soltó de él y de todo elemento maquinal o ser mortal y pasó a formar parte del aire.

La motocicleta y el soldado se inmovilizaron en el aire y después –sin que el cuerpo metálico se escabullera de entre las piernas que lo montaban– giraron y cayeron al agua en ruidosa plancha que dejó un trazo blanco en ella antes de desaparecer –junto con la propia lluvia– en el río. «*Te lanzará de acá para allá como una pelota por una gran extensión de terreno.*»

¿Cómo es que Patrick acabó en un palomar, Clara? Su unidad lo había abandonado, quemado y herido como estaba, tan quemado, que los botones de su camisa formaban parte de su piel, parte de su querido pecho: el que yo besé y tú también. ¿Y cómo es que mi padre resultó quemado? Él, que podía serpentear cual una anguila o tu canoa para escabullirse, como por arte de magia, del mundo real. Con su deliciosa y complicada inocencia. Era el hombre menos locuaz que imaginarse pueda y siempre me extrañó que gustara a las mujeres. Nosotras somos las racionalistas, las cuerdas, y nos suele gustar tener a un hombre locuaz al lado. En cambio, a él se lo veía con frecuencia perdido, inseguro, mudo.

Era un hombre quemado y yo era enfermera y habría podido cuidarlo. ¿Entiendes la tristeza que entraña la geografía? Podría haberlo salvado o al menos haber permanecido con él hasta el final. Sé mucho sobre quemaduras. ¿Cuánto tiempo permanecería a solas con las palomas y las ratas, en las últimas fases de la sangre y la vida, con palomas por encima de él, revoloteando a su alrededor, sin posibilidad de dormir en la obscuridad, que siempre había detestado, y solo, sin la compañía de una amante o un familiar?

Estoy harta de Europa, Clara. Quiero volver a casa, a tu cabañita en la roca rosada de Georgian Bay. Tomaré un autobús hasta Parry Sound y desde la zona continental enviaré un mensaje por onda corta hacia las Pancakes y te esperaré, esperaré a ver tu silueta en una canoa acudiendo a rescatarme de este panorama, en el que todos nos metimos y con ello te traicionamos. ¿Cómo llegaste a ser tan lista, tan resuelta? ¿Cómo es que no te dejaste embaucar como nosotros? Tú, que tan dotada estabas para los placeres, qué sabia te volviste: la más pura de todos nosotros, la alubia más obscura, la hoja más verde.

HANA.

La cabeza descubierta del zapador emergió del agua y su boca aspiró todo el aire que flotaba sobre el río.

Caravaggio había fabricado una pasarela con una cuerda de cáñamo hasta el techo de la villa contigua. En el extremo más próximo estaba atada a la cintura de la estatua de Demetrio y después, para mayor seguridad, al pozo. Pasaba justo por encima de las copas de los dos olivos cercanos a su trayectoria. Si hubiera perdido el equilibrio, habría caído en los toscos y polvorientos brazos de los olivos.

Adelantó hacia ella el pie –enfundado tan sólo en el calcetín–, que se aferró al cáñamo. ¿Es valiosa esa estatua?, había preguntado en cierta ocasión a Hana, como si tal cosa, y ella le había respondido que, según el paciente inglés, ninguna estatua de Demetrio tenía valor.

Hana pegó el sobre, se levantó y cruzó el cuarto para cerrar la ventana y en ese momento un rayo cruzó el valle. Vio a Caravaggio en el aire por sobre el barranco que se extendía junto a la villa, como una profunda cicatriz. Se quedó ahí, como en un sueño, y después trepó al hueco de la ventana y se sentó a contemplarlo.

Cada vez que se veía un rayo, la lluvia quedaba paralizada en la noche repentinamente iluminada. Veía los halcones elevarse como flechas por el aire y buscaba a Caravaggio.

Cuando Caravaggio se encontraba a medio camino, sintió el olor a lluvia, que poco después empezó a caerle por todo el cuerpo, a pegársele, y de repente notó que la ropa le pesaba mucho más.

Hana sacó las manos juntas por la ventana y se echó la lluvia recogida en ellas por el cabello, al tiempo que se lo alisaba.

La villa se fue hundiendo poco a poco en la obscuridad. En el pasillo contiguo al cuarto del paciente inglés ardía la última vela, viva aún en la noche. Siempre que se despertaba y abría los ojos, veía la trémula, casi extinta, luz amarilla.

Ahora el mundo carecía de sonido para él e incluso la luz parecía algo innecesario. La mañana siguiente diría a la muchacha que no quería que lo acompañara la llama de una vela, mientras dormía.

Hacia las tres de la mañana, sintió una presencia en el cuarto. Vio, por un instante, una figura al pie de su cama, contra la pared o tal vez pintada en ella, apenas perceptible en la obscuridad del follaje que quedaban detrás de la vela. Susurró algo, algo que deseaba decir, pero siguió el silencio y la ligera figura carmelita, que podía ser una simple sombra nocturna, no se movió: un álamo, un hombre con plumas, una figura nadando. No iba a tener la suerte de volver a hablar con el joven zapador –pensó.

En cualquier caso, aquella noche permaneció despierto para ver si la figura avanzaba hacia él. Permanecería despierto –y sin recurrir a la tableta que suprimía el dolor– hasta que se apagara la vela y su olor se difundiera por su cuarto y el de la muchacha, pasillo abajo. Si la figura se hubiese dado la vuelta, se le habría visto pintura en la espalda, donde, movido por el dolor, se había golpeado contra el mural de los árboles. Cuando la vela se extinguiera, iba a poder verlo.

Alargó despacio la mano, que tocó el libro y volvió a su obscuro pecho. Nada más se movió en el cuarto.

Y ahora, años después, ¿dónde se encontraba, cuando pensaba en ella? Una historia que recordaba a un canto rodado saltando por el agua y rebotando, con lo que, antes de que volviese a tocar la superficie y se hundiera, ella y él habían madurado.

¿Dónde se encontraba, en su jardín, pensando una vez más en que debería entrar en su casa y escribir una carta o ir un día a la oficina de teléfonos, rellenar un formulario e intentar ponerse en contacto con ella, en otro país? Aquel jardín, aquel terreno cuadrado cubierto de hierba seca y cortada, era el que lo hacía remontarse a los meses que había pasado con Hana, Caravaggio y el paciente inglés en la Villa San Girolamo, al norte de Florencia. Era médico, tenía dos hijos y una mujer risueña. Estaba siempre muy ocupado en aquella ciudad. A las seis de la tarde, se quitaba la bata blanca de facultativo, debajo de la cual llevaba pantalones obscuros y camisa de manga corta. Cerraba la clínica, en la que todos los documentos estaban sujetos por pisapapeles de diversos tipos –piedras, tinteros, un camión de juguete con el que su hijo ya no jugaba– para impedir que volaran con el ventilador. Montaba en su bicicleta y recorría pedaleando los seis kilómetros hasta su casa, pasando por el bazar. Siempre que podía, dirigía la bicicleta hacia la parte de la calle cubierta por la sombra. Había llegado a una edad en la que advertía de repente que el sol de la India lo agotaba.

Se deslizaba bajo los sauces bordeando el canal y después se detenía en una pequeña urbanización, se quitaba las pinzas de los pantalones y bajaba la bicicleta por la escalera hasta el jardincito, del que se ocupaba su esposa.

Y aquella tarde algo había hecho salir la piedra del agua y le había permitido regresar por el aire hasta el pueblo encaramado en una colina de Italia. Tal vez fuese la quemadura química en el brazo de la niña a la que había atendido en aquella jornada o la escalera de piedra, en cuyos peldaños crecían tenaces hierbas marrones. Estaba subiendo la bicicleta y a la mitad de la escalera le había venido el recuerdo. Era el momento en que se dirigía al trabajo, por lo que, cuando llegó al hospital e inició el constante ajetreo con los pacientes y la administración de su jornada de siete horas, el mecanismo que desencadenaba el recuerdo se detuvo. O podría haber sido también la quemadura en el brazo de aquella niña.

Estaba sentado en el jardín y veía a Hana, con el pelo más largo, en su propio país. ¿Y qué hacía Hana? La veía siempre, su rostro y su cuerpo, pero no sabía su profesión ni sus circunstancias, aunque veía sus reacciones ante las personas a su alrededor, inclinarse ante los niños con una blanca puerta de nevera detrás de ella y, en segundo plano, tranvías silenciosos. Era una relativa dádiva que se le había concedido, como si la película de una cámara la revelara, pero sólo a ella, en silencio. No podía distinguir la compañía entre la que se movía, sus pensamientos; lo único que podía presenciar era su persona y el crecimiento de su obscuro cabello, que le caía una y otra vez sobre la cara.

Ella siempre iba a tener –comprendía ahora– un rostro serio. La mujer joven que había sido había adquirido el anguloso aspecto de una reina, alguien que había labrado su rostro con el deseo de ser cierta clase de persona. A él seguía gustándole ese rasgo de ella. Su inteligente elegancia, pues ese aspecto y esa belleza no eran heredados, sino buscados, y siempre reflejarían una fase actual de su personalidad. Parecía que, cada uno o dos meses, la veía así, como si esos momentos de revelación fueran una continuación de las cartas que ella le había escrito durante un año, sin recibir respuesta, hasta que, al sentirse rechazada por su silencio –por su forma de ser, supuso él–, dejó de enviarlas.

Y ahora lo asaltaba ese deseo apremiante de hablar con ella durante una comida y volver a aquella fase de máxima intimidad entre ellos en la tienda o en el cuarto del paciente inglés, espacios ambos por los que discurría el turbulento río que los separaba. Al recordar aquella época, se sentía tan fascinado por su propia presencia allí como por ella: un chico serio, cuyo ágil brazo cruzaba el aire hacia la muchacha de la que se había enamorado. Sus botas húmedas estaban junto a la puerta –allí, en Italia– con los cordones atados entre sí y su brazo se alargaba hacia el hombro de ella, la figura tumbada boca abajo en la cama.

Durante la cena, contemplaba a su hija luchar con los cubiertos, intentando sostener tan grandes armas en sus manitas. En aquella mesa todas las manos eran de color carmelita. Se desenvolvían todos ellos con soltura en sus usos y hábitos y su esposa les había enseñado a todos un humor feroz, que su hijo había heredado. Le encantaba encontrarse con el ingenio de su hijo en aquella casa, que le sorprendía constantemente, superaba incluso los conocimientos y el humor de sus padres: su actitud ante los perros en la calle, cuyos andares y mirada imitaba. Le encantaba que aquel niño pudiera casi adivinar los deseos de los perros a partir de sus diversas expresiones.

Y probablemente Hana se relacionara con gente que no había elegido. Incluso a su edad –treinta y cuatro años– no había encontrado su compañía ideal, la que deseaba. Era una mujer honorable e inteligente, cuyos impetuosos amores excluían la suerte, eran siempre arriesgados, y ahora había señales en su semblante que sólo ella podía reconocer en un espejo. ¡Ideal e idealista con aquel brillante cabello obscuro! Los hombres se enamoraban de ella. Aún recordaba los versos que el inglés tenía copiados en su libro de citas y que le leía en voz alta. Se trata de una mujer que no conozco lo suficiente para cobijarla bajo mis alas, en caso de que los escritores tengan alas, por el resto de mi vida.

Conque Hana se movió, su cara se transformó y, embargada por la pena, inclinó la cabeza y el cabello le cayó sobre la cara. Tocó con el hombro el borde de una alacena y un vaso se movió de su sitio. La mano izquierda de Kirpal bajó rauda y atrapó el tenedor que caía a un centímetro del suelo y volvió a colocarlo con ternura entre los dedos de su hija, al tiempo que se le dibujaban unas arruguitas en las comisuras de los ojos, tras las gafas.

AGRADECIMIENTOS

Si bien algunos de los personajes que aparecen en este libro están basados en figuras históricas y muchas de las zonas descritas –por ejemplo, el Gilf Kebir y el desierto circundante– existen y fueron exploradas en el decenio de 1930, es importante subrayar que esta historia es una ficción y que los retratos de los personajes que aparecen en ella son ficticios, como también algunos de los sucesos y los viajes.

Quisiera dar las gracias a la *Royal Geographical Society* de Londres por permitirme leer material de archivo y recoger de sus *Geographical Journals* datos sobre el mundo de los exploradores y sus viajes, muchos de ellos descritos por sus autores en hermosos relatos. He citado un pasaje del artículo «De Kufra a Darfur» de Hassanein Bey (1924) y me he basado en sus descripciones y en las de otros exploradores para evocar el desierto en el decenio de 1930. Quisiera agradecer la información obtenida en «Problemas históricos del desierto libio» del Dr. Richard A. Bermann (1934), y la recensión que R. A. Bagnold hizo de la monografía de Almásy sobre sus exploraciones en el desierto.

Muchos libros fueron importantes para mis investigaciones. *Unexplored Bomb* del comandante A. B. Hartley me resultó particularmente útil para recrear la construcción de las bombas y describir la unidad de artificieros británica a comienzos de la Segunda Guerra Mundial. He citado textualmente de su libro (los párrafos en cursiva que figuran en el capítulo *In situ*) y he basado algunos de los métodos de desactivación de Kirpal Singh en las técnicas descritas por Hartley. La información que figura en el cuaderno de notas del paciente inglés sobre la naturaleza de ciertos vientos procede del maravilloso libro *Heaven's Breath* de Lyall Watson y las citas textuales aparecen entre comillas. La sección de las *Historias* de Herodoto relativa a la historia de Candaulo y Giges corresponde a la traducción de 1890, obra de G. C. McCauley (Macmillan). Otras citas de Herodoto corresponden a la traducción de David Grene (University of Chicago Press). El pasaje en cursiva que figura en la pág. 32 es de Christopher Smart; el que figura en la pág. 169 corresponde al *Paraíso perdido* de John Milton; el pensamiento que Hana recuerda en la pág. 330 es de Anne Wilkinson. También quisiera expresar mi agradecimiento a *The Villa Diana* de Alan Moorehead, que versa sobre la vida de Poliziano en Toscana. Otros libros importantes fueron *The Stones of Florence* de Mary McCarthy, *The Cat and the Mice* de Leonard Mosley, *The Canadians in Italy 1943-1945* y *Canada's Nursing Sisters* de G. W. I. Nicholson, *The Marshall Cavendish Encyclopaedia of World War II*, *Martial India* de F. Yates Brown y otros tres libros sobre el ejército indio: *The Tiger Strikes* y *The Tiger Kills* (1942, Dirección de Relaciones Públicas, Nueva Delhi) y *A Roll of Honor*.

Mi agradecimiento al departamento de inglés del Glendon College de la Universidad de York, la Villa Serbelloni, la Fundación Rockefeller y la Biblioteca Metropolitana de Toronto.

Quisiera agradecer a las siguientes personas su generosa ayuda: Elisabeth Dennys, quien me dejó leer las cartas que escribió desde Egipto durante la guerra; Sor Margaret, de la Villa San Girolamo; Michael Williamson, de la Biblioteca Nacional del Canadá en Ottawa; Anna Jardine; Rodney Dennys; Linda Spalding; Ellen Levine. Y también a Lally Marwah, Douglas LePan, David Young y Donya Peroff.

Por último, gracias especiales a Ellen Seligman, Liz Calder y Sonny Mehta.

ÍNDICE

Título de la edición original: *The English Patient*
Traducción del inglés: Carlos Manzano,
cedida por Plaza & Janés Editores, S.A.
Diseño: Winfried Bährle
Ilustración de la sobrecubierta: *Expedición Almásy (1932)*,
cortesía de la Royal Geographical Society, Londres
Foto de solapa: © Camera Press

Círculo de Lectores, S.A. (Sociedad Unipersonal)
Valencia, 344, 08009 Barcelona
3 5 7 9 7 9 0 6 8 6 4 2

Licencia editorial para Círculo de Lectores
por cortesía de Plaza & Janés Editores, S.A.
Está prohibida la venta de este libro a personas que no
pertenezcan a Círculo de Lectores.

© 1992, Michael Ondaatje
© de la traducción: Carlos Manzano
© 1995, Plaza & Janés Editores, S.A.

Depósito legal: B. 17140-1997
Fotocomposición: APG, Barcelona
Impresión y encuadernación: Printer industria gráfica, s.a.
N. II, Cuatro caminos s/n, 08620 Sant Vicenç dels Horts
Barcelona, 1997. Impreso en España
ISBN 84-226-6617-0
N.° 28043

The Arkville Dragon

A LARRY THE LAMB STORYBOOK

S. G. Hulme Beaman

The Arkville Dragon

Illustrations by Claire Upsdale-Jones

A DRAGON BOOK

GRANADA
London Toronto Sydney New York

Published by Granada Publishing Limited in 1980

ISBN 0 583 30408 7

This edition copyright © 1980 by Larry the Lamb Ltd
Illustrations copyright © 1980 by Claire Upsdale-Jones

Granada Publishing Limited
Frogmore, St Albans, Herts AL2 2NF
and
3 Upper James Street, London W1R 4BP
866 United Nations Plaza, New York, NY 10017, USA
117 York Street, Sydney, NSW 2000, Australia
100 Skyway Avenue, Rexdale, Ontario, M9W 3A6, Canada
PO Box 84165, Greenside, 2034 Johannesburg, South Africa
61 Beach Road, Auckland, New Zealand

Set, printed and bound in Great Britain by
Cox & Wyman Ltd, Reading
Set in Monotype Times

This book is sold subject to the condition that it shall not, by way of trade or otherwise, be lent, re-sold, hired out or otherwise circulated without the publisher's prior consent in any form of binding or cover other than that in which it is published and without a similar condition including this condition being imposed on the subsequent purchaser.

Granada ®
Granada Publishing ®

Larry the Lamb Storybooks

The Arkville Dragon
Larry the Plumber
The Mayor's Sea Voyage
The Showing Up of Larry the Lamb
The Tale of the Inventor
The Toytown Mystery

Some distance from Toytown, and away to the right as one travels by coach towards Arkville, lies a dense forest. Seen from the top of the coach it appears very dark and mysterious; strange-looking birds occasionally rise above the trees, curious rumblings are sometimes heard proceeding from the depths of the forest, and often travellers on the coach nudge each other and point to where, above the foliage, pencils of mist rise like smoke from hidden fires.

The only persons who ever go into the forest are the woodcutters, and they do not venture far, for one never knows what one might meet in a forest of that description.

One day the coach was rolling briskly along the Arkville Road; upon the roof sat Larry the Lamb and his friend Dennis the Dachshund, for animals are not allowed to ride inside the coach. The aged driver turned to them and pointed with his whip towards the forest.

'They *do* say that away over there lives a dragon; nobody's ever seen it, but I

remember when I was a boy there was a lot of talk about a dragon. They used to say that the smoke you could see was the dragon breathing.'

'It must be a very old dragon by this time,' remarked Larry.

'Old!' cried the driver. 'What do you mean old?'

'Well, you said he was there when you were a boy,' replied Larry. 'And that must be a long time ago. He must be very feeble by this time.'

'Feeble!' cried the driver. 'Here, you mind what you're saying, my lamb. You animals have too much to say for yourselves! I ain't as young as I was, I know, but that ain't no reason for you to start making rude remarks. There ain't many people what could drive this coach as careful as I can.'

'Oh, no, of course not,' said Larry hastily. 'Of course, everyone knows that you're not a bit old. But I expect the dragon was grown up when you were small. He couldn't have been a little boy dragon then, else he wouldn't have breathed smoke.'

'And why not?' asked the driver. 'Why shouldn't a little boy dragon breathe smoke?'

'Well, everyone knows that only grown-up people smoke. Little boys are not allowed to. It makes them sick. My friend Dennis tried to buy some cigarettes once, and they wouldn't serve him.'

'But you don't understand,' said the driver. 'Dragons don't smoke cigarettes; they smoke natural-like. It's their breath that smokes; they're all hot inside.'

'Like when you swallow a mouthful of very hot tapioca?' Larry suggested.

'Oh, much hotter than that,' replied the driver. 'So hot, their breath is, that you can't go near them. That's what makes it so difficult to kill dragons. And that's why knights always put on armour when they go after dragons; it protects them from the hot breath.'

'Have you ever seen a dragon?' Larry asked.

'I haven't what you might call actually *seen* one,' the driver admitted. 'But I know what they look like. They're very long things, just like your friend Dennis there, only more so. If he hadn't got those long, floppy ears, and had wings and horns, and was green-coloured instead of brown, he might easily be mistook for a dragon. Only, of course, dragons are bigger. But mark my words; one day everybody will see the dragon – because why? Because he'll get tired of being in that forest all by himself, and he'll come out to see where he is. And then that great fat policeman of ours will have to get to work and catch him.' He broke into a shrill laugh. 'I'd like to see Ernest trying to catch a dragon; better than the theatre it would be!'

Just then the coach rattled into the square at Arkville, and pulled up before the sweet-shop. Larry and Dennis climbed down, and then Dennis, who had been listening silently to the conversation on the coach, spoke.

'That's all nonsense about dragons. That driver is a silly old man. If he had seen the book I had in my sock last Christmas, he would know there are no such things as dragons. The book said so. It had a picture of a dragon with a knight fighting it; and underneath the picture it said the dragon was nothing but imagination.'

'What's imagination?' Larry asked.

'Something that you think is, but really isn't,' Dennis explained.

'Oh,' said Larry.

'But I've got an idea,' Dennis continued. 'I expect a lot of people don't know that a dragon is all imagination, because not many people have seen that book. I don't expect Ernest the Policeman has.'

'Ernest had a whistle in his sock last Christmas,' remarked Larry, 'not a book. He told me so.'

'Then I expect he doesn't know about there being no such things as dragons,' said Dennis. 'And that's why I have an idea. You see, Ernest has been very rude to me. He called me a sausage dog, just because I'm very long. Though, of course, it's very fashionable to be long and graceful.'

'It certainly *sounds* very rude,' Larry agreed.

'I've been thinking about that rude remark ever since,' said Dennis, 'and all this talk about dragons has given me this splendid idea.'

'Yes, but what *is* the idea?' Larry asked.

'Bend down,' said Dennis. 'I want to whisper.'

The police station, Toytown, stands in a street just off the square, and within easy

reach of the Town Hall. It is a small, red building with a blue light outside, and over the door is a long, white board with the word 'Police' painted upon it. Before the window of the police station stands another board upon which are pasted lists of lost umbrellas and other property, and descriptions of desperate characters for whose arrest rewards are offered. These descriptions often include portraits drawn by Ernest, who is a conscientious policeman, and spares no trouble.

One morning he sat in his little office. It was rather dark on account of the notice-board before the window, and round the walls ran shelves stacked with dozens and dozens of notebooks containing names and addresses which Ernest had taken in the course of his duties. Now he was bent over a sheet of paper, his tongue out and his helmet tilted back. He was drawing a picture of a highwayman for the notice-board.

Suddenly there came a clatter of hoofs, and into the police station dashed Larry the Lamb.

'Oh, sir; oh, Mr Ernest, sir!' he cried.

POLICE
NOTICES

'What is it *now*?' asked Ernest, looking up. 'Can't you see I'm busy? Oh, it's you, is it? I never saw such a lamb for dashing about and running in and out, and disturbing people.'

'Oh, Mr Ernest, sir,' cried Larry. 'I'm sorry to wake you, but I must tell you.'

'Wake me!' said Ernest. 'But I wasn't

asleep. I never have time to sleep. What an idea! I was just finishing this picture of a highwayman I am after, so that people will know him when they meet him.'

'Is it like him?' Larry asked, peering at the drawing.

'I've never seen him, but it must be,' said Ernest. 'I've given him a mask – that black thing is the mask – and a cocked hat; and highwaymen always wear masks and cocked hats. And there's his horse in the background. That's the horse; prancing, he is.'

'Why has it only got two legs?' Larry inquired.

'Don't be silly,' replied the policeman. 'Two of the legs are in front of the other two. Horses always look like that in pictures. That's art, that is. And now, what do you want?'

'Oh, sir,' cried Larry. 'There's an awful great big dragon running about in the Arkville Road.'

'A great big what-er?' asked Ernest.

'A dragon,' Larry repeated. 'He's come out of the forest where he used to live. And he's breathing smoke. Do you know what it's like to have your mouth full of very hot tapioca pudding?'

'No, I never eat tapioca. Horrid stuff. Why – has the dragon got his mouth full of pudding?'

'Oh, no, sir; but he breathes like that, only hotter. Oh, Mr Ernest, sir, don't you think you ought to see about it?'

'How do you know all this?' Ernest asked.

'Well, Mr Ernest, it was like this. Yesterday I went to Arkville with my friend Dennis. Mrs Goose had given me threepence for minding her shop while she went to the theatre. So I said to Dennis, "Let's go to Arkville." Because, you see, I had a penny each for the coach fare and a penny to spend on sweets when we got there.'

'I don't want to hear all your private affairs, you know,' said Ernest.

'No, sir, of course not. Well, we went. And on the way the driver of the coach told us all about a dreadful great dragon that lived in the forest. He's known about it for years.'

'The driver of that coach is a silly old man,' Ernest interrupted.

'Yes, that's what we thought. Well, when we got to Arkville we bought as many sweets as we could for a penny, and then we started to walk back to Toytown. Because, you see, I only had threepence. And just as we were passing the forest we heard an awful roaring, and a funny sizzling noise like a kettle makes when it boils over. And there was the dragon rolling its eyes, and flapping its wings, and twitching its horns. So we both ran. And Dennis said to me: "We must notify the police" – meaning I must tell you. And then he gave me this picture, out of a book, showing how to fight a dragon which, he thought, might be useful to you. There was something written under the picture; but Dennis seems to have torn that off.'

'Ah, that's a very useful picture,' said Ernest. 'Of course, everyone knows you must have armour to fight dragons in, but I might have forgotten it without the picture. You have done quite right, my lamb, to tell me about this dragon. I shall proceed to arrest him as soon as I can make the necessary arrangements. You can rest easy in your bed, or your manger or wherever you sleep, my lamb; the police have the matter in hand.'

A short time later Ernest the Policeman was shown into the Mayor's study at the Town Hall.

'Mr Mayor, sir,' he said, 'I regret to have to say as how the Town will have to spend some money. A certain expense has arose – arisen – in connection with my duties, as you might say. I require a suit of armour.'

'A suit of armour!' cried the Mayor. 'Did you say armour?'

'Armour,' repeated Ernest firmly.

'But I never heard of such a thing!' the Mayor cried. 'Whoever heard of a policeman going on his beat in armour. It's – it's ridiculous; and most unsuitable. You expect too much, officer. Just because you received a tin medal you are beginning to forget yourself. Armour indeed; you'll want a gold chain next.'

'I require only armour, your worship, in which to perform my duty. I have to arrest a very desperate character; I hope I know my duty, but I consider myself too valuable to the Town to attempt to do it in my blue uniform. The desperate character referred to is nothing more nor less than a dragon.'

'A dragon!' cried the Mayor. 'I didn't know we had any dragons about here;

I'm sure I've never seen one. I should have noticed it particularly.'

'From information received, I gather that this one has just come out of the forest. It's very fierce and ferocious. It's a-gallivanting about on the Arkville Road a-breathing hot – hot smoke, and being a danger to peaceful travellers. Knowing my duty as I do, I'm a-going to arrest that dragon. I want a suit of armour to do it in, and I want it quick.'

'You shall have it, officer; you shall have it. You are a brave fellow. Of course, now I understand the position . . . I will give you a note for the Inventor; he will fit you out, I'm sure. Call on me for anything else you require. You will want a horse for one thing; take one of the coach horses. Come and see me before you go. And if – that is to say when – you return, I have no doubt the Town will feel inclined to present you with some slight mark of esteem, such as a new silver whistle or – or something.'

'Thank you, your worship,' replied Ernest. 'That will be something to look forward to.'

The news of the dragon spread through the Town like wildfire, and when it became known that Ernest the Policeman was boldly setting out to arrest the creature a large crowd collected in front of the Town Hall to see him off. He appeared on the steps enclosed in bright tin armour, and walked down into the square with a loud clanking and clattering. A cheer went up.

Ernest seemed to find his armour very awkward and he looked hot and uncomfortable: but he bowed in a dignified manner to the crowd and then walked to the horse which awaited him and beside which stood the Mayor.

'You see, your worship, I am wearing my armlet,' said Ernest, 'so that although

I am all dressed up like this people can still see I'm an officer of the law on duty.'

'Quite right, officer, quite right,' replied the Mayor. 'Very proper.'

'And this here chain is to fasten round the dragon's neck. I thought very likely the handcuffs wouldn't fit.'

'Splendid,' said the Mayor. 'You think of everything. And now I have a suggestion to offer. I have been thinking the matter over and reading some books on dragons and hunting, and so on. And it occurs to me that when the dragon sees you he may retreat into the forest and hide; and that would be very inconvenient. But it appears that dragons are very fond of sheep, and if you took a sheep with you the dragon would probably be tempted to come and sniff at it; then you could arrest him without difficulty. Well, we haven't any sheep, but we have a very public-spirited lamb.'

And he pointed to Larry, who had just

wriggled his way into the front rank of the crowd.

'Ha! Larry!' said Ernest. 'Where is your friend Dennis today?'

'He's – he's busy,' Larry stammered.

'Busy, is he? And how is it you're looking so untidy? You've got green paint all over your fleece. You've been messing about with paint pots, I'll be bound.'

'Paint?' said Larry. 'Why, it does look something like paint, doesn't it? That's funny; I wonder how it got there.'

'Now, Larry, my lamb,' said the Mayor. 'Never mind the paint. Are you prepared to accompany our brave policeman and tempt the dragon?'

'Oh, Mr Mayor, sir!' Larry bleated, 'I don't think I could do that. I don't think I could tempt a dragon. Besides, I'm very timid. All lambs are timid.'

'You would be quite safe,' Ernest pointed out. 'I should be there to protect

you. The dragon would only sniff at you; I shouldn't let him start nibbling.'

'And think of the honour and glory!' cried the Mayor.

'Oh, yes; of course, sir. That would be very nice. But I don't *really* think I should be much help. And it might be very – very awkward!'

'Nonsense,' the Mayor said. 'Then that

is quite settled. You shall accompany the officer.'

'Very well, sir. If you say I must I suppose I must. I'll try to be brave. But if I run away when I see the dragon you must excuse me. And you won't hurt the dragon, Mr Ernest, will you?'

'I shall not hurt him,' Ernest replied, 'unless he gets very ferocious; in which case it will be my duty to give him a smart rap over the head with my truncheon. And as for you running away, I am going to tie this rope round your neck so that you can't.'

Then Ernest fastened the rope to Larry, mounted his horse and, amidst the cheers of the crowd, rode clanking out of the square with Larry trotting behind. Along the Arkville Road they went, the policeman's armour clattering and Larry's little hoofs padding behind in the dust; and at last they reached the edge of the forest. Ernest looked cautiously about him and then suddenly pulled up his horse with a jerk.

'There he is!' he shouted.

Out from the trees dashed a long green object. It seemed to have horns and little

wings which flapped, and it leapt about in the middle of the roadway and made a noise very like a bark.

'Why, it's only a baby dragon!' cried Ernest. 'And it barks. I never knew dragons barked before. Come along then, dragon; I won't hurt you.' And he made a chirruping noise.

'Yap, yap!' said the dragon.

'There, there!' said Ernest. 'Come along then!'

The dragon gave another bark and jumped back amongst the trees. Ernest immediately climbed down from his horse and ran clumsily after it into the forest, while Larry sat down by the roadside and listened to the sounds of the chase. He heard barking, and the shouts of Ernest, and the clatter of Ernest's armour and, as far as he could judge, the baby dragon appeared to be having quite a game with his pursuer. But then Larry's eyes grew round with astonishment; a loud roaring suddenly arose in the forest.

The horse looked at Larry and spoke. 'I don't like this; I'm going home.' And, turning, he trotted back towards Toy-town.

The roaring grew louder, and then from between the trees rushed the baby dragon. One of his wings had come off and was hanging by a piece of string; his horns had gone and he looked very frightened.

'There's a real one!' he shouted breathlessly. 'Run!' And he, too, set off towards Toytown at full speed.

But Larry was too overcome to run; he stood there with his little hoofs clattering with fright. With a roar and a crashing of branches a large green dragon jumped out on to the roadway; round its neck was a chain, and hanging to the other end of the chain was Ernest the Policeman.

'I've got him,' he cried. 'Don't be alarmed; he's not a bit fierce, only nervous. Come and catch hold of this chain and lend me a hand. There, there, dragon; it's all right. I shan't hurt you.'

'Oh, Mr Ernest, sir. I don't think I had better come too close,' said Larry. 'Not after what the Mayor said about dragons liking sheep. I'll run on to Toytown and tell them you are coming.'

A crowd was assembled in the square at Toytown anxiously awaiting the policeman's return when Larry came clattering over the cobblestones, waving his front hoofs and shouting.

'He's got it!' he bleated. 'Mr Ernest has caught the dragon! Where is the Mayor? Tell the Mayor!'

'Here I am, my lamb,' said the Mayor. 'Now, take your time; take your time. Do I understand that the constable has arrested the dragon?'

'Oh, yes, sir!' cried Larry. 'He's arrested it. With his chain. He's bringing it along now; he'll be here in a minute.'

'Ha! A very competent officer,' said the Mayor. 'Very competent indeed.'

'Here he is!' shouted the crowd, and began to cheer.

Into the square marched Ernest the Policeman leading the dragon behind him. The dragon appeared to be quite tame and trotted along behind Ernest, its tail curled over its back and its tongue hanging out. It stopped and hesitated when it saw the crowd, but Ernest made a chirruping noise to encourage it, and the

dragon allowed itself to be led forward towards the Mayor.

'I have to report dragon duly arrested,' said Ernest, saluting. 'This is it. It was very desperate at first, but has now quieted down, as you can see.'

'Splendid!' said the Mayor. 'You have done well, officer. We shall not forget it. But I cannot help feeling that the creature is a trifle disappointing. For one thing, its

breath is not at all fiery; not even smoky. And it is not as large as I had expected. But still, you can't be blamed for that. I wonder whether it likes milk.'

'Oh, Mr Mayor, sir, shall I fetch it a saucer of milk?' Larry asked.

'Bring some milk by all means,' said the Mayor. 'But bring it in a pail.'

When the milk arrived the dragon lapped it up eagerly and then wagged its tail for more. Several townspeople then came forward and offered it carrots, buns and pieces of sugar, all of which the dragon took. It appeared to be hungry.

'And now,' said the Mayor, 'the question arises: what are we going to do with the creature? You can't keep it in the police station, and it is too big for a kennel.'

'I thought of that coming along, your worship,' Ernest replied, 'and it seems to me the best thing we can do with it is to present it to Mr Noah. No doubt it would soon settle down with the other animals, and very likely Mr Noah could teach it to beg. And now, your worship, I have other duties to attend to if you will excuse me. I must get the Inventor to remove this armour; it's all soldered on and I can't get to my pockets. Larry, my lad, I want a word with you.'

'Yes, sir; certainly, Mr Ernest,' said Larry nervously. And he followed the policeman round the corner.

'Now, my lamb,' Ernest continued, 'I seem to remember seeing something in the nature of a baby dragon over there by the forest.'

'That's funny,' replied Larry. 'I thought I saw one too.'

'Things having turned out satisfactory-like,' said Ernest, gazing sternly at Larry, 'and me likely to be presented with a silver whistle for my services, I am not prepared to inquire too closely into that matter of the baby dragon. But I have my ideas!'

'Yes, sir,' Larry murmured, shifting from one hoof to the other.

'But,' Ernest went on, 'if you should happen to see a certain friend of yours whose name I need not mention, you may give him a hint. A joke's a joke (you can say) but playing practical jokes on the police is trifling with the law, and a very serious matter. Many a person has had his name and address took for less. And in case you don't know it let me tell you, my lad, that to assist the practical joker in any way whatsoever – such as telling the police what isn't true with intent to deceive – is also a very serious matter. We'll let it go at that. Good day to you, my lamb.'

Larry scurried home to the barn where he lived, and there, as he had expected, lay Dennis the Dachshund. He was hiding behind a barrel. He was sticky with green paint and his ears were tied back with string.

'Is it safe to come out?' he asked when he caught sight of Larry. 'Because, if so, I wish you would untie my ears and help to rub this paint off. I had an awful

fright when I saw that dragon; I never thought there was a real dragon. Whoever would have thought that old coach-driver knew what he was talking about!'

'Let this be a lesson to you,' said Larry severely. 'It is very wrong to play jokes on the police; I can see that now. You might have been eaten by that dragon, and then you would only have had yourself to blame. It would have served you right. And it would have served me right, too, for telling all those awful stories to Mr Ernest. I'll never do it again.'

'We've had a lucky escape,' Dennis admitted. 'But, after all, it was a splendid idea.'

Enid Blyton is Granada's best selling children's author. Her books have sold millions of copies throughout the world and have delighted children of many nations. Here is a list of some of her books available in paperback from Granada.

CHILDREN'S LIFE OF CHRIST	30p	☐
THE BOY WHO TURNED INTO AN ENGINE	50p	☐
THE BOOK OF NAUGHTY CHILDREN	50p	☐
TEN-MINUTE TALES	50p	☐
TWENTY-MINUTE TALES	50p	☐
MORE TWENTY-MINUTE TALES	50p	☐
THE LAND OF FAR BEYOND	60p	☐
BILLY-BOB TALES	50p	☐
TALES OF BETSY MAY	50p	☐
NAUGHTY AMELIA JANE	50p	☐
AMELIA JANE AGAIN	50p	☐
BIMBO AND TOPSY	50p	☐
EIGHT O'CLOCK TALES	50p	☐
THE YELLOW STORY BOOK	50p	☐
THE RED STORY BOOK	50p	☐
THE BLUE STORY BOOK	50p	☐
THE GREEN STORY BOOK	50p	☐
TRICKY THE GOBLIN	50p	☐
THE ADVENTURE OF BINKLE AND FLIP	60p	☐
THE ADVENTURES OF MR PINK-WHISTLE	50p	☐
MR PINK-WHISTLE INTERFERES	60p	☐
MR PINK-WHISTLE'S PARTY	50p	☐
MERRY MR MEDDLE	50p	☐
MR MEDDLE'S MUDDLES	60p	☐
MR MEDDLE'S MISCHIEF	50p	☐
DON'T BE SILLY MR TWIDDLE	60p	☐
ADVENTURES OF THE WISHING CHAIR	50p	☐

Some other books from Granada in paperback

INVISIBLE MAGIC Elisabeth Beresford 60p ☐
What happens when a boy half-releases a centuries old spell.

DANGEROUS MAGIC Elisabeth Beresford 60p ☐
Sammy and Eleanor pledge themselves to help the Unicorn get back to its own Place and Time. But where is that? And when?

VANISHING MAGIC Elisabeth Beresford 60p ☐
Edward desparately wanted to save Farthing Row where he and his grandfather lived. It seemed that nothing could be done, until he met the Witcham sisters who were . . . well . . . witchy.

THE NOSE KNOWS E. W. Hildick 50p ☐
McGurk forms a detective agency. One of his staff is Willie whose nose is more accurate than a bloodhound's. He proves invaluable in solving the case of the missing glove.

DEADLINE FOR MCGURK E. W. Hildick 50p ☐
McGurk and his friends have to solve the mystery of the stolen dolls. When the ransom note comes in they know something fishy is going on.

THE CASE OF THE CONDEMNED CAT
E. W. Hildick 50p ☐
The Organisation must prove that Ray William's cat did not kill and eat one of the neighbour's doves, before the death sentence is carried out.

THE MENACED MIDGET E. W. Hildick 50p ☐
The Organisation uses disguise to help the circus midget escape from the Strong Man and the Lion Tamer, who are out to get him.

THE CASE OF THE NERVOUS NEWSBOY
E. W. Hildick 60p ☐
The local newsboy vanishes while on his rounds. McGurk and friends find some clues and their suspicion falls on a young woman in the neighbourhood.

THE GREAT RABBIT ROBBERY E. W. Hildick 60p ☐
Nearly all the gardens on the McGurk territory have their own plaster rabbit. One morning all the rabbits are found painted red. Clearly someone is up to no good.

Here are some new full colour picture stories from Granada which you might also like to collect.

A. MAZING MONSTER BOOKS by Jim and Christopher Slater

THE GREAT GULPER	40p	☐
WEBFOOT	40p	☐
THE TRICKY TROGGLE	40p	☐
WORMBALL	40p	☐
BIGNOSE	40p	☐
DIMMO	40p	☐
GREENEYE	40p	☐
THE WINKY BIRD	40p	☐
KLEENUM	40p	☐
BIG SNOWY	40p	☐
SWIGGO	40p	☐
SNUGGLY	40p	☐
SEND FOR THE GULPER	40p	☐
CRAMMUS	40p	☐
RAINBOW	40p	☐
GRINNO	40p	☐

All these books are available at your local bookshop or newsagent, or can be ordered direct from the publisher. Just tick the titles you want and fill in the form below.

Name...

Address..

....

Write to Granada Cash Sales, PO Box 11, Falmouth, Cornwall TR10 9EN.

Please enclose remittance to the value of the cover price plus:

UK: 30p for the first book, 15p for the second book plus 12p per copy for each additional book ordered to a maximum charge of £1.29.

BFPO and EIRE: 30p for the first book 15p for the second book plus 12p per copy for the next 7 books, thereafter 6p per book.

OVERSEAS: 50p for the first book and 15p for each additional book.

Granada Publishing reserve the right to show new retail prices on covers, which may differ from those previously advertised in the text or elsewhere.

The Black Panther Story

STEVEN VALENTINE

NEW ENGLISH LIBRARY
TIMES MIRROR

A New English Library Original Publication 1976
© by Steven Valentine 1976

*

FIRST NEL PAPERBACK EDITION AUGUST 1976

*

Conditions of sale: This book is sold subject to the condition that it shall not, by way of trade or otherwise, be lent, re-sold, hired out, or otherwise circulated without the publisher's prior consent in any form of binding or cover other than that in which it is published and without a similar condition including this condition being imposed on the subsequent purchaser.

NEL Books are published by
New English Library Limited from Barnard's Inn, Holborn, London EC1N 2JR.
Made and printed in Great Britain by Hunt Barnard Printing Ltd., Aylesbury, Bucks.

45003099 7

To Lo

Contents

Introduction

He is a small man, barely five feet six inches, dark haired and wiry. Almost nothing about his personal appearance is worthy of note, except for his eyes which at times of stress smoulder and penetrate. There is the feeling of a coiled spring about him, the hint of alertness and sudden energy, the certainty of instant reflex which typifies a vast class of men of less than average height.

But Donald Neilson had something few men have or would want to have. Call it a character flaw, an oversight of nature, or just the accumulative effect of brutalising influences we don't understand. What Donald Neilson had was a total disregard of the lives of other people – he was a killer without remorse. He killed with the speed and fury of a cat and with the same feline cunning he almost, but not quite, out-ran and out-manoeuvred all who were pitted against him.

Neilson declared a one-man war on society, not for political reasons, and not with any view to changing the world for better or for worse, but simply to change his *own* world. All Neilson wanted to do was to take other people's money, to live on his wits and his guns, to take what he wanted when he wanted it. As mass killers go his score was by no means a record – five dead – but there is a lot more to the rise and fall of Donald Neilson than a few dry statistics. The hunt for him was the biggest and most costly ever undertaken in this country.

After the year of the Panther, as Neilson will always be remembered by those unlucky enough to cross his path and by those who hunted him, one major question stands out. How can one petty crook (his total earnings from crime in four years are estimated to have grossed him just £18,000) have monopolised the waking lives of 100 policemen for nearly a year, cost the taxpayers of Britain more than £1¼ million, and tested the credibility of the massed forces of law and order as they have never been tested before?

In the years ahead it is doubtful if Neilson will be remembered, if he is remembered at all, as anything more than the man who kidnapped and killed a seventeen-year-old Shropshire heiress called Lesley Whittle. That is because he was caught. He could have been remembered, if things had turned out differently, as the man who finally tipped the scales and changed Britain from a nation of safe streets where the rule of law is respected, into an archipelago of urban jungles. For Neilson was close to proving that he was more than a match for the law, and that the police forces of the country were completely powerless to stop him.

Neilson arrived on the scene at a crucial time for the police when confidence in them was, no matter how unjustifiably, already at a very low point. The breathalyser laws, necessary though they were, had firmly placed any person who drank more than two pints of ale, and then drove, into the criminal classes. The fashion among students and the young generally to smoke pot and take soft drugs brought many more into conflict with the police. It had also been alleged that for years pornographers and strip-club owners in Soho had been bribing senior officers. People in high places, top officials on huge city councils, were suddenly discovered to have been 'getting away with it', operating systems of bribery and corruption to line their own pockets. Even a former Cabinet Minister, Mr John Stonehouse, was alleged to have been involved in frauds. On the streets the IRA were busy with their campaign of murderous pub bombings and, even if they were usually caught, it was obvious that the police were incapable of preventing their outrages in the first place.

This, then, was the situation that existed when one man, Donald Neilson, arrived on the scene and looked set to prove he could do just as he wished, at a time when the police seemed powerless to stop him, incapable of protecting anybody from him. Thus, Donald Neilson had to be put behind bars, no matter how much it cost, no matter how long it took. For the victims of the Black Panther, the five dead, the widows, the orphans, and the grieving relatives, the nightmarish events of his brief and savage reign will hopefully be diluted by time. But, though the nation breathed a collective sigh of relief when Neilson was detained in December 1975, the question cannot be begged. How could one small man cause so much suffering to so many and almost get away with it?

The answer, I believe, is not very hopeful for the future. Put bluntly, police forces throughout the world are geared up for a fight against a criminal class which is mostly fairly stupid and fairly predictable. Given an adversary who is neither, they are in trouble. The Panther was neither.

There are ways of increasing efficiency in the police force but the answer is not as simple as that, for any extra power given to the constabularies automatically reduces the freedom of the individual. We could all be forced to carry identity cards, we could all be made to have our fingerprints and blood groups filed away, everyone could be photographed for police files, but any government which suggested implementing these restrictions would be unpopular. Now, because Donald Neilson is in gaol, because the forces of law and order can be seen to be coping with crime, none of those measures need even be considered. This is why the hunt for the Black Panther is worth documenting.

1

Shadow of the Panther

The Black Panther had existed on police files since 1972. He was not a man, just an idea. He was born, as many criminals are, in the minds of the police as a pattern. A senior officer at the Preston Headquarters of the Lancashire Constabulary had extracted the files on about twenty unsolved post office break-ins and was playing the crime-busters equivalent of chess. First he listed every known fact about the first break-in, then he turned to the second and did the same and so on, until he had twenty lists of known facts on the twenty separate crimes. Next he looked for similarities, then dissimilarities. At the end he was left with seven post office break-ins which could be the work of the same man. It didn't mean that they were, but it was a start. The similarities were that all were committed between 3am and 5am, every entry had been gained by the fairly unusual method of drilling holes in the window-frames with a $\frac{1}{2}$ in or $\frac{5}{8}$ in brace and bit drill, and in each case the telephone wire had been cut by the burglar. This was a start, though admittedly not much of one – a modus operandi was emerging.

The first person to see the Black Panther was Mr Leslie Richardson, the sub-postmaster at Rochdale Road, Heywood, Lancashire. He discovered an intruder on his premises in the early morning of 16th February 1972, and in the ensuing fight Mr Richardson came close to being killed. The raider, a small wiry man, was dressed entirely in black and wore a black hood over his head with slits cut for the eyes. He carried a shotgun. He demanded the keys to the safe, but Mr Richardson grappled with him, and as he did so the gun went off, blasting a hole in the ceiling. The two men fought down a staircase and at the bottom the sub-postmaster was able to rip the intruder's hood off. He was astonished to discover that the intruder was a white man because he had spoken with a West Indian accent. The struggle continued, but the raider broke loose and escaped through the back door.

The raid was one of the seven linked together as 'similar'. The Panther had not yet killed but the police knew he existed, they even had a photo-fit picture of him made up by the sub-postmaster. It was to be one of six photo-fits made up of Neilson and sadly none of them is truly identifiable with the man himself. But the Panther had almost been caught before his real career of unbelievable violence had even begun. Perhaps that was why he never again gave anyone a chance to come to grips with him – he shot them immediately he was challenged.

It was improbable that Donald Skepper should meet a violent death. For ten years he had run the small 'corner shop' sub post office at New Park, Harrogate. He was a pillar of the local Methodist chapel, he had a doting wife, a daughter who was a doctor, a twenty-two-year-old son studying at Manchester University and an eighteen-year-old son, the youngest of his family, still living at home. Mr Skepper had survived the Second World War as a pilot in the Fleet Air Arm and his idea of a fight now was to campaign for improvements at a local major road junction which he considered dangerous. He had always lived in the area, had gone to school there, and had taken over the job of sub-postmaster from his father. At the age of fifty life must have seemed fairly sweet.

But it was to Mr Skepper's sub post office that the Black Panther made his way in the early hours of 15 February 1974, dressed entirely in black, carrying his gun and a knife and wearing his shoulder-length black mask, bent on burglary. The Panther carefully drilled three holes in the frame of the casement window at the rear of the building and released the securing catch. He climbed through the window, crept upstairs, and entered the room where Richard, the youngest son, was sleeping.

The first thing the young man knew on awakening was that he was being shaken by the left shoulder. The Panther stood over him, holding a shotgun to his face, and demanded to know where the keys to the safe were kept. Richard had no doubt that the masked intruder meant business, and told him he would find the keys in a cupboard downstairs. The Panther then stuck a pre-cut piece of sticking-plaster over Richard's mouth, tied his wrists together and bound his ankles to the foot of the bed. Silently the Panther went downstairs to look for the keys but shortly he returned to the bedroom and removed the young man's bonds. Pointing the gun at him the intruder indicated that he could not find the keys and motioned at the young man to go downstairs. The pair searched desperately but there was no sign of the keys.

Then the Panther told Richard to go upstairs again and followed him with the gun pointed at his back. He motioned for him to go into his parent's room and look for the keys. Richard protested that it could not be done without waking his parents, but the Panther insisted. The boy entered the room while the Panther waited at the door and Mr Skepper and his wife, Johanna, woke up. Donald Skepper switched the light on, but at this point the intruder stepped into the room and told him to switch it off again. It was then that the sub-postmaster made a fatal error, although a brave one. He shouted: 'Let's get him,' and moved as if to get out of bed. Without hesitation, warning or compunction the gunman fired; the sub-postmaster fell back on to the bed, dying. He died shortly after in the arms of his wife. Richard said afterwards: 'My mother woke up first and then my father sat up in bed. The intruder came into the room carrying his gun in his right hand. He was not pointing it at anyone in particular, just generally around the room. My father said something like "what do you want?" to the intruder, and I said he wanted the keys. My father made as if to get out of bed, swinging his legs around to face the man. He said, "Let's get him." At that point the man who was holding the gun pointed it at my father. The next thing I saw was a flash of the gun going off and then I heard the explosion. My father fell back on to the bed.'

While his anguished wife tried to stop her husband's bleeding the Panther fled downstairs and away. Richard Skepper went straight to the telephone and dialled 999. He told the police later that the man had been about five feet eight inches tall or less, athletic looking but not particularly well built. He described the dark clothing and the black hood with the two eye-holes cut out and he told the police, that apart from the gun, the killer had also been carrying a wooden-handled knife with a double-sided 4 in blade. The police, however, failed to find any trace of the Panther on the premises. At the subsequent inquest Dr Ian Barclay, Director of the Harrogate Forensic Laboratories, said the shot that had killed Mr Skepper had been fired from only 2 to 3ft away and from slightly above.

Within a few minutes of the killing, armed police had blocked roads over a wide area around the post office but the Panther had made his escape. Detective Superintendent William Dolby, in charge of the hunt for the killer, was already aware of the pattern that had emerged at Preston from studying the earlier post office break-ins. Nearly 200 police were drafted on to the hunt. Inch by inch searches were made of the area around the post office, 400 army apprentices with metal detectors were used in the search, police frogmen dragged the rivers Wharfe and Nidd and, exactly a week after the killing, road checks were set up by police at four points in Harrogate and points to the south and north of the nearby junctions with the A1, in the hope of finding someone who might have seen the killer coming or going one week earlier.

Within a few days of the killing 1000 people had been interviewed and seventy-five miles of roads, ditches and verges had been searched for the mask the killer wore, his gun, or even a spent cartridge case. A reward of £5000 was immediately offered by the Post Office for information leading to the arrest and conviction of the person who killed the sub-postmaster. Eight months later, 30,000 people had been interviewed by the police in connection with the murder and still not one clue had been found. Almost two years after the killing, when the Panther was eventually caught, Superintendent Dolby was still leading a team looking for the man responsible for Mr Skepper's death.

The Lancashire Constabulary were co-operating to the full with the North Yorkshire police but soon they were to have problems of their own. On 6 September 1974, at the village of Higher Baxenden, near Accrington, the Panther was to kill for a second time. The victim this time was the forty-four-year-old sub-postmaster, Mr Derek Astin, who was gunned down when he awoke and confronted the Panther, again in the early hours of the morning, in the flat above his shop. Sleeping in the flat that morning were Mr Astin, his wife, Marion, and their two children, Susan, aged thirteen, and Stephen, aged ten. No one will ever know what made the sub-postmaster wake up, for when his wife awoke he was already half out of bed. It was 4am when Mrs Astin saw her husband and she glimpsed another figure in the room by the wardrobe. As the postmaster tried to bundle the man out of the bedroom towards the bathroom, Mrs Astin picked up a vacuum cleaner and tried to assist him. In Mrs Astin's own words: 'Then I heard a shot and saw the man trying to get downstairs. Derek somehow managed to push him backwards down the stairs but, as he fell, he seemed as light as a feather and as he reached the bottom he got up immediately.' Two shots had been fired. The first had been from a shotgun, the second from a .22. Susan, sadly, had seen the whole grim struggle from her open bedroom door; had watched her father dying.

It must have been a terrible scene. After an initial scream of shock Susan rushed to the aid of her mother and together they tried to staunch the flow of blood with a bedsheet. The two children then went out into the night to find help. Their own telephone wire had been cut, so they hammered on neighbours' doors until they found one who had a telephone and the police were called. Mr Astin died in hospital soon afterwards.

There were still a hundred police working on the Harrogate murder, now another incident room was set up at Accrington manned by 130 police officers under the leadership of Detective Chief Superintendent Joe Mounsey. There was no doubt, in the minds of the police, that both sub-postmasters had been killed by the man unmasked by Mr Leslie Richardson at Heywood. In the window frame at the rear of the shop in Higher Baxenden was a tell-tale hole drilled by the Panther's brace and bit. The ensuing police activity was intense. There were house-to-house searches, roadblocks, appeals for anyone who knew anything, however unimportant it might seem, to come forward. The photo-fit picture made by Mr Richardson was re-issued and the Panther's hood, made from part of a child's pleated skirt, was put on display. Now the police had two more pieces of potential evidence against the Panther. One was the bullet taken from Mr Astin, the other was a spent .22 cartridge case, found at the bottom of the stairs.

A picture of the Panther was beginning to emerge, albeit at a terrible price. He was small, slim, very agile, cruel and callous. So far Donald Neilson had confined his criminal activities to the north of England. The rest of the country was unaware that anything was amiss. The national news media had recorded the two apparently isolated killings of sub-postmasters, which provincial police were, for some reason, trying to link together, but there was no hue and cry of the scale that was to follow. Two men, Superintendents Joe Mounsey and Bill Dolby could see a monster in the making, but the kind of national publicity that they then needed was not forthcoming.

The national press can be surprisingly parochial at times, their parish being London. It is trite but true to say that anything that happens north of Watford is looked at with little enthusiasm. Though Britain had a new monster in her midst, rapidly reaching for the title of Public Enemy Number One, nobody on a London news desk was going to take him seriously. It was all happening in some strange place up north wasn't it? Perhaps it was, but soon the Panther was to move south.

For me, as a journalist, the story of the Black Panther began quietly and fairly cynically in mid-November 1974. Early in the week a sub-postmaster, Sidney Grayland had been shot and his wife had been beaten almost to death as they worked late in their little shop.

It was not a major story. The daily newspapers had run a few paragraphs on it and the only way it was going to get into a national newspaper again was if the wife died or was able to recover enough to make a photo-fit picture they could carry.

It was the very efficiency of the police in Lancashire and Yorkshire that had passed the death sentence on Mr Grayland. Donald Neilson, the Black Panther, had travelled south to their little shop because of the 'heat' that was being generated in his usual stamping grounds of Lancashire and Yorkshire by the constabularies of those two counties.

The Graylands, like the other post office victims of the Panther, were not young and they were not rich. Mr Grayland had been a bread round manager. It was his wife, Margaret, who was the sub-postmistress. They lived in a council house and had been running the little shop for two years. Sidney, who was fifty-five, had given up his job to help his wife. In another few months their shop was to be demolished to make way for a re-development scheme.

The crime was discovered by two sharp-eyed policemen, constables Roger Toghill and Philip Rich, at 10.55pm, more than four hours after it had been committed. They noticed lights on at the shop and thought they had better take a look. In a storeroom in a pool of blood lay the sub-postmistress. One wrist was bound with cord and she was bleeding heavily from the head. Subsequent medical examinations revealed three depressed fractures of the skull. Near her lay the body of her husband. He had been shot once in the stomach with a .22 bullet and was dead.

At Oldbury Police Station, Detective Inspector Charles Slater, one of the senior officers on the case said later that the Graylands had been stock-taking at around seven in the evening. They were just about to leave for home. Mr Grayland went out into the yard through the back door and discovered the Panther, dressed in his black clothes and wearing his black mask. There was a shot and Mr Grayland fell dying on the storeroom floor. The sub-postmistress rushed out to see what the noise was. She discovered her husband on the storeroom floor. He tried to warn her. 'Watch it, Peg, I have been hit,' he said. It was no use. For a second Mrs Grayland saw the Panther, then he struck. Brutally he clubbed her around the head, and left her inert body to lie in the ever-widening pool of blood that flowed from her terrible wounds. He scooped up postal orders and £800 in cash and left the woman to live or to die. The postmistress's next recollection was of waking in hospital.

Mr Slater was not very hopeful of an early arrest. He had the blood-soaked cord that had bound Mrs Grayland. It was his major clue. He also had the .22 bullet that had killed Mr Grayland, six unused .22 bullets, five spent cartridges and a piece of the finger of a rubber glove they thought belonged to the killer. Mrs Grayland was unable to give any descriptions for she had not regained consciousness at that time. Indeed, she was not expected to regain consciousness at all. It was to be a week before she could even be told that her husband was dead. It was a horrific and squalid crime.

The police desperately wanted any publicity that might bring any witnesses forward. But they got very little. It looked like another isolated crime. Even Chief Superintendent Joe Mounsey, who suspected from the start that this was another Panther killing and treated it as such would not say as much in public. In private he said that the wanton brutality, the very futility of the crime shouted 'Panther' but the modus operandi was otherwise quite different. Only one newspaper, *The News of the*

World, publicly linked the killings. It pointed out that Britain was being buffeted by a force eight crime wave and on the receiving end of it were sub-postmasters.

There are 23,000 sub-postmasters in Britain. They are mostly middle aged and they handle more than eighty per cent of all the cash business done by the Post Office. In the months before November 1974 the Post Office had spent more than £2,000,000 on their security. The money went towards the cost of installing bullet-proof glass, safety locks and alarms in the little shops but it now seemed to be having little effect.

According to figures produced by the National Federation of Sub-postmasters every week for the past year an average of three men or women had been injured during corner shop raids. Norman Taylor, General Secretary of the Federation called the situation a 'nightmare' but he did not know what to do about it, except to call for reinforcement of the police force.

It was at this time that a professor of psychiatry was shown a dossier on the Panther and described the man as a psychopath. He predicted from the pattern that the killer was likely to turn his gun on anybody who displeased him, on a woman because she did not satisfy him in bed, or did not cook his food the way he liked it, on a workmate or friend who did not fall in with his wishes quickly enough. It was a frightening picture that had been drawn. A man to whom the lives of others meant nothing, on the loose, and likely to strike again at any place on any day.

2
The Kidnap

For 215 miles the river Severn slips between hills and meadowland carrying the rains of the North Wales mountains to the Bristol Channel. It cuts west of the teeming towns and cities of the West Midlands, like Wolverhampton and Birmingham, and apart from providing convenient spots for angling enthusiasts from the towns and cities it acts as a very real physical barrier between the countryside that Brummies consider their playground and lands that are truly pastoral.

This is a rural river. There are no bridges every few hundred yards. In fact the only bridges that cross the Severn west of Birmingham are those at Bridgnorth in the north and Bewdley to the south, fifteen miles apart. It is to the river Severn that the village of Highley in Shropshire owes its peace and quiet, for it lies exactly halfway between the two bridges on the bank of the river furthest from Birmingham.

There is a footbridge at Highley, but today's travellers don't seem to like leaving their cars very much, so Highley is an extremely quiet place. Nothing much happens there, though it has a certain local fame as a place where major fishing competitions are held. There is a caravan site, a couple of social clubs and three or four pubs. There used to be a thriving coal mine until a few years ago when the price of coal slumped and the National Coal Board closed it down. Now there is no industry at all. But the long straggling village still has the grim appearance of a mining area.

The only time the average Midlander ever sees the name Highley is when he meets one of Ronald Whittle's fleet of seventy coaches on the road. Highley is the kind of place there is every reason to be coming from but very little reason to be going to. Once away from the river the land is agricultural and pleasant but the village itself is dreary. Often when villages like Highley get into the national newspapers it is purely for curiosity value. Country folk, isolated from what is going on in the cities, often find themselves in situations a city person would never be in.

When that situation became public it often seems so astonishing to the city dweller that for oddity value alone it is worth a few lines in a newspaper. That is how Highley and the Whittle family got into the press in May 1972 and what drew the attention of the Black Panther to luckless Lesley Whittle, then fifteen years old.

The story in a national newspaper was about the meanness of her father, George Whittle. He died in 1970 at the age of sixty-five. George, who started life as a bus driver, and built up the thriving coach business now run by his son Ronald, Lesley's brother, left £106,000 when he died. Mrs Selena Whittle, George's estranged wife for thirty years, read about the will in a local Coventry newspaper. She was amazed. During all those years George had never paid her more than £2 a week separation money. He always maintained he could not afford to increase the allowance. Mrs Selena Whittle went to a High Court to ask for an increase in her allowance. The court was told that the £106,000 left by George was by no means all his fortune. At an earlier date he had given £70,000, a house and two other properties, which were rented, to his common law wife, Mrs Dorothy Whittle, whom he had met on his bus twenty-five years before. She was the mother of both Ronald and Lesley and she lived with George until the time of his death.

It was also said that during his lifetime, George had given his son Ronald £107,000 and it was said, fatally, that he had made a settlement of £82,500 on Lesley. But Mrs Selena Whittle was left nothing in the will. She was living on £6 widows pension and £1.55p supplementary benefit. The judge awarded Mrs Selena Whittle all that her counsel asked for; £1,500 a year for the rest of her life backdated to her husband's death, and that seemed to be the end of the affair.

Unhappily it was not. Although Lesley's money was in trust, she had been publicly named as an heiress. In fact, Lesley was very different from the common conception of a little rich girl. At the time of her kidnap she was studying for A levels in pure and applied mathematics and for an O level in geography at a technical college in Wolverhampton. She travelled there every day by public transport and she was hoping to be accepted for a place at Sheffield University where her boyfriend was already studying.

Lesley never gave the impression of being rich. And of course she wasn't. There was no way she could get her hands on the money. Her lunch usually consisted of a pint of bitter and a sandwich at the local pub and often, by Thursday or Friday, she could not even afford that. Some evenings too she would go to one of the pubs in the nearest towns, Bewdley, Kidderminster or Bridgnorth, or in one of the villages near her home, usually in the company of girls and boys of her own age and of roughly her own social class.

The class structure of a village like Highley is probably quite difficult for a city bred person to understand. The Whittle family home, for instance, a 1930s type villa on the main road through Highley, was certainly the biggest in the village but transplanted to any of the richer suburbs of London, like Finchley, or of Birmingham, like Solihull, it would have looked small and insignificant. Lesley lived there with her mother. Ronald, who is married, lived in a fairly modest house at the other end of the village. And while Ronald clearly owned and ran the village's biggest business he was by no means a tycoon. In order to keep things going he had to work as hard as anybody else at the company. Often he drove coaches himself. The Whittles were not of the idle rich.

When one considers how many richer people there were about it was surprising that Lesley was considered as a kidnap victim at all. In the early days after her abduction, this consideration led to a certain amount of cynicism. It was hard to attribute, in view of this, a motive of gain.

It is worthwhile to note that kidnapping for ransom is one of the rarest crimes in Britain. The last major kidnap case involved Mrs Muriel McKay, wife of a newspaper executive, taken from her home in Wimbledon in December 1969 and later murdered by two brothers who were gaoled for life for their crime. They demanded a ransom of £1,000,000 from her husband.

Before that, kidnapping for ransom in this country was virtually unknown. It is, after all, a very dangerous and complicated crime to commit, it requires a lot of organisation and it attracts severe sentences for those indulging in it. We are very lucky in

Britain. Italy is the modern home of kidnapping. In the two years preceding Lesley's abduction more than fifty people had been kidnapped in that country and a collosal £20 million had been paid in ransoms.

One does not have to look very far through what was published about kidnapping in May 1972 to discover how the Black Panther, a small struggling crook, conceived his idea for one big crime that would put him on easy street; no further than *The Readers' Digest.* The condensed book it carried in May, the same month in which the *Daily Express* ran the story of the Whittle will case, was an account of one of the most dramatic kidnappings ever staged.

It told the story of the abduction from a motel room of a young American heiress, Barbara Mackle, and her imprisonment in an underground cell. The Panther should have read it more carefully. If he had he would have seen that the kidnapping was a failure, that its perpetrators Gary Krist and Ruth Eisemann Schier ended up in prison. But he seems to have missed that point.

Whether the Panther ever admits that he got the idea of kidnapping Lesley from the Mackle case does not matter. The similarities are so striking that the assumption must be that he did. Both girls were heiresses, both were students, both were snatched at gun point in the early hours of the morning when only their mothers were present; both were held in underground cells and in both cases ransom demands were made with express instructions that the police must not be informed.

There were other similarities that nobody could have predicted. In both cases there were near catastrophic leaks to the press, in both cases members of the families failed at one time to deliver the ransoms, because they got lost, and happily in both cases the kidnapper was caught.

Barbara Mackle was twenty and a student at Emory University, Atlanta, Georgia at the time of her abduction. She was staying, temporarily, at a motel with her mother when the armed kidnappers burst into their room in the early hours of 17 December 1968, chloroformed her mother and dragged her away. They held her for eighty-three hours in an elaborately constructed but tiny underground cell while the FBI worked with the girl's multi-millionaire father to get the ransom of £190,000 to them and save her life. Many mistakes were made, there was a press leak, then the father got lost trying to deliver the ransom for the first time, then it seemed that disaster had struck when the money was eventually handed over. The local police, who had not been told about the operation, saw the kidnapper's car and suspected him of being a housebreaker. A running gunfight followed ending in the police recovering the cash that it had taken so long to get to him and finally allowing him to escape. But all ended well. The girl was recovered alive from her underground cell and the kidnappers were later detained.

So much was learned from the FBI's handling of the case that it was to become the model on which all modern kidnap for ransom recovery operations were to be based which provides the greatest irony of the Panther affair. The kidnapping the Black Panther was choosing as a model was also the model police forces throughout the world used.

British police, particularly those at the Yard, had attended international conferences to study anti-kidnapping methods but outside of London no local force had any actual experience of dealing with the crime. That was the scene that existed as Donald Neilson prepared for his attempt.

He had a victim in mind, Lesley. And he was no amateur at breaking into houses. He travelled to Highley on several occasions and studied the Whittle home. An ideal place to have done that from would have been the miner's welfare club across the street. It affords an excellent concealed point from which to observe the comings and goings at the house.

There was a car to steal, false number plates to be fitted and a 'dropping point' to find, where the victim could be held and if all went well be exchanged for the ransom. How he discovered Bathpool Park, Kidsgrove, with its labyrinth of tunnels, is hard to say.

He had certainly visited a similar site at Redditch New Town, Worcestershire, and examined its possibilities. But that was not suitable. It had a disused railway tunnel like the one at Kidsgrove and it had a new drainage system, but the pipes in the drainage system were too narrow to crawl through, let alone hold a hostage in.

The Kidsgrove set-up was ideal. It was near a motorway, the M6, for a quick getaway. It was isolated in a small park and there was an underground escape route. This could put a fit and athletic man prepared to run one mile away, still underground, from the cell in which the victim was being held.

Neilson did not intend to suffer in his underground hideout. He bought two sleeping bags and, from a market stall, probably at Newcastle-Under-Lyme, Staffordshire, two off-cuts of foam rubber to serve as mattresses. He laid in a store of food and cooking utensils and buried them in a shallow pit amongst some trees in an isolated spot near the kidnap hideout. He covered them with polythene sheeting to keep out wet weather.

He also bought torches for signalling, half a bottle of brandy for medicinal use, and some wire rope with which to secure his captive. At Boots he purchased a plastic Dymo tape machine which embosses letters on to a plastic strip, which he used to print the ransom instructions. Sending the instructions is always a tricky business since a typewriter and handwriting which can never really be disguised can both easily be identified after forensic examination. By the night of 13-14 January 1975 he had everything in readiness, and he made his way to Highley in his stolen car.

Lesley spent that evening at home alone. Her mother went out at about 8.30pm and spent the evening with friends. She returned at about 1.30am and looked into Lesley's room. She saw that her daughter was asleep and went to bed herself.

But at 7pm next morning Lesley had vanished, so had her dressing-gown and a pair of her mother's slippers. Nothing else was missing except for a few items of costume jewellery which Lesley usually wore in bed anyway.

Mrs Whittle was not alarmed at first, she thought her daughter must be in another part of the house. She called her name and got no reply. She became worried and drove around to see her son Ronald and his wife Gaynor at the other end of the village. The two women drove around the village and finally went back to the house where the younger Mrs Whittle made a startling discovery. On a candy box, on a vase in the lounge, was a coil of Dymo tape. There were three messages on it; three ransom demands.

The first read: 'No police £50,000 ransom to be ready to deliver wait for telephone call at Swan shopping centre telephone box 6pm to 1pm if no call return following evening when you answer call give your name only and listen you must follow instructions without argument from the time you answer you are on a time limit if police or tricks death.'

The second read: 'Swan shopping centre Kidderminster deliver £50,000 in a white suitcase.'

The third message read: '£50,000 all in old notes £25,000 in £1 notes and £25,000 in £5 notes there will be no exchange only after £50,000 has been cleared will victim be released.'

Gaynor Whittle was stunned. She would not show the tapes to her mother-in-law. She went to the telephone to call her husband but found that it didn't work. She went on foot to see Ronald at his office.

Although the world will never know it for a fact since Lesley's story can never be told and Neilson's is suspect, we can surmise what probably happened at the house during those first few hours of 14 January. The house was in darkness, the village sleeping, when the Panther arrived in his stolen car, dressed presumably in his black clothes with his black hood. He presents a frightening picture but none are to see him. His black shape merges with the night. He carries a hold-all. In it are his gun and his tools, a brace and bit, a screwdriver, probably a jemmie, and cords to bind Lesley.

After reconnoitring the house on foot he parks his car in a lane beside the house and carefully walks up the drive and approaches a side door to the garage. The outer door is not locked but the inner door connecting the garage to the house is. The key is still in the lock but on the inside. He removes the door handle and with a pair of pliers turns the key from his side. The door opens. Silently he enters and crosses the hall and the lounge. Anybody else could be expected to trip over a coffee table, to knock over an ornament, to make one clumsy mistake that will wake the sleeping women upstairs. Not the Panther. The night is his friend. He is used to being in other people's houses while they are asleep.

His heartbeat scarcely increases. He has done this too many times before. He has nothing to fear, even if somebody does wake he will simply shoot them and flee. He has done that before twice already, at night in strange houses and there is no reason for him to think that a third shooting would put him any closer to a prison cell. Slowly he climbs the stairs, and walks along the landing that leads to Lesley's bedroom in the front of the house. He knows exactly which of the six bedrooms is hers. It is in the front of the house and he has watched her. She awakes to find his shape bending over her. She is terrified but she is a sensible young woman. There is a gun pointing at her and he leaves her in no doubt that if she does not do as she is told she will be shot. She feels his menace and knows that it is real. He tells her to go with him and that everything will be all right. He will not hurt her.

Under his instructions, she puts on her dressing gown and her mother's slippers. She leaves the house at gun point. The Panther takes her to his car. He probably binds her wrists and ankles and gags her. We know he put sticking plaster over her eyes. She is placed either in the car's boot on the foam rubber mattress that has been laid there, or she is made to lie on the back seat covered with the foam. The Panther removes his hood. He puts on an ordinary jacket and he is just an ordinary man driving a very ordinary car. There is no reason for anyone to suspect his sinister mission.

His route takes him along what is virtually a country lane, twisting between high hedgerows for the first few miles until he reaches the B4363, an unclassified road. The countryside becomes hilly. Soon he is at the market town of Bridgnorth and crosses the bridge over the river Severn, then heads for Wolverhampton on the A454.

Perhaps by coincidence, perhaps not, that is the same number as the false plates on his car, TTV 454. In half an hour or less he is driving through the deserted streets of Wolverhampton, where he picks up the A449. There is no chance of him getting lost. He has made the trip several times before. Everything he has done that morning, except for actually entering the house, he has carefully rehearsed. North of the West Midlands conurbation, at Gailey Corner, he picks up the M6 and he is clear.

He has made sure all his lights are working, he keeps within the speed limit. Nobody is going to stop him now. The motorway trip takes less than 40 minutes. He leaves it at Junction 16, and is now within five miles of Bathpool Park. The Panther drives into the park. He releases Lesley's leg bonds and walks with her a few yards to a manhole cover. This is the entrance to the thirty feet-deep central shaft of the Bathpool drainage system. He lifts the cover and somehow bullies or forces her to follow him down the rusting iron ladder inside. It is dark apart from the light of his torch, and there is the sound of running water.

At the base of the ladder is a five foot step over which water flows. They jump down into the main tunnel which is five feet in diameter. Neilson picks up Lesley as he would a child and tries to carry her, but there is not enough room in the tunnel. He puts her down and makes her walk. She has only slippers on her feet. They are walking in six inches of freezing cold water.

For a hundred yards they press on until they come to a waterfall which plunges downwards into a disused canal tunnel, the legging tunnel. Just above the fall is a dry culvert and Neilson forces the terrified girl along it. They emerge into another shaft which is to serve as Lesley's prison. It is sixty-two feet beneath the surface but there is plenty of room now. They are standing on the second of three five by two feet iron platforms in the sixty-two feet-deep main shaft of the complex. The platforms, put there for the use of workmen, are linked by steel ladders.

Neilson forces Lesley down the ladder to the deepest of the platforms. It is just five feet from the bottom of the shaft. On the platform is a foam rubber mattress, the mate to the one in the car, and a sleeping bag. Attached to the ladder is a five foot wire noose. With a spanner he fastens it with three wire clamps around the girl's neck. Without tools there is no way she can remove it. The only concession he had made to the girl's comfort is to bind the noose with adhesive tape. For some reason he does not even cut off the rest of the thirty foot coil of the wire but leaves it dangling next to her skin. Presumably he reassures her that she will come to no harm if she does what she is told. At any rate he manages to persuade or bully the terrified girl into making a tape-recorded message to her mother saying she is all right, that she is being looked after, that her mother should do what the kidnapper asks.

Soon the Panther will leave his victim, he has other things to do. He has to arrange for the delivery and the collection of the ransom.

That, horrifyingly, is roughly what happened.

The first forty-eight hours of any kidnapping are the most vital to the police. This is because statistics, taken from countries where kidnapping for ransom is a more common crime, show that in the vast majority of cases where the victim is killed by the captor, the murder is committed during that period. Although most ransom notes contain open threats against the life of the victim, stipulating that on no account must the police be informed of the crime, the only sensible course of action open to the recipient of a ransom note is to ignore that threat and bring the police in as soon as possible, before too many of those forty-eight hours have ticked away.

This is what Mrs Whittle and her son Ronald did. Detective Chief Superintendent Booth, head of West Mercia Criminal Investigation Department, was at Wellington in Shropshire investigating a murder when he was informed of Lesley's disappearance. He immediately drove to the house at Highley. At that point in time the detective was by no means sure that he was facing a genuine kidnapping but he quickly decided to treat the case as genuine whether it was or not. Those forty-eight hours were already beginning to slip away. If the whole thing turned out to be a hoax by a spoilt little rich girl he could always go back to his murder enquiry afterwards. If the girl really had been kidnapped he could not afford to waste a second.

The chances of the kidnapping being genuine seemed at this time fairly thin. Thousands of ordinary teenage girls go missing from their ordinary British homes every year. The seventeen-year-old miss of today is by no means a child. For dozens of reasons, but mainly just out of boredom, and Highley was a pretty boring village, they are likely to suddenly leave home.

In most cases, of course, they find that, compared with the rigours of the outside world, having to earn one's own living, cook one's own food and wash one's own clothes, Mum was not as bad as she seemed, and within a few days they are back. Often, and this is a clear indication, they take their favourite clothes with them and usually there is some money missing too. But that is by no means the rule in all the cases of girls who go missing from home. It is not beyond the imagination of a seventeen year old who feels she has been hard done by by her family, to deliberately set out to give them the fright of their lives. And if the child has an accomplice, a boyfriend, or a girlfriend, it is not too difficult to obtain and keep hidden a set of clothes the parents are unaware of. No matter how much the police deny that these considerations played any part in their thinking during those first few vital hours, in private most would admit that these are the kind of factors they have to bear in mind when called in to look for any missing girl. Bob Booth admits this quite openly.

And the Whittle family themselves had to be prime suspects. I know that sounds hard to swallow in the light of what is now known, but it is a fact that a great deal of major crime is committed within the family circle. It is also a fact that, in a large percentage of cases, crimes are committed by the person who reports them.

Of course Lesley's case had certain sinister pointers for all to see. The ransom message and the cut telephone wires. Those were two factors that brought Detective Chief Superintendent Bob Booth hurrying to the scene. The fact that he came when he did, on the first day, shows that he at least took the possibility that she really had been kidnapped very seriously indeed. Had he not, he would not have gone anywhere near the Whittle home. Superintendent Booth was the head of West Mercia CID, and girls missing from home do not usually interest him, but he dropped his work on a murder enquiry to go to Highley that day.

Ronald and Mrs Whittle obviously took the ransom demand and the Panther's threat seriously for they immediately set about raising the sum of £50,000 in used notes from their bank at Bridgnorth, as the Panther had demanded. No business, except a bank, has that kind of money lying around in loose change. If everybody had taken the kidnapping as seriously as Bob Booth and the Whittles things might have turned out very differently, but some people did not. Some people who knew all about the kidnapping and should with hindsight have kept it very close to their chests indeed talked about Lesley's disappearance and the ransom note to a representative of the press, and at a time when Chief Superintendent Booth should have had the opportunity to decide whether or not to keep the whole thing secret, that option was taken from him. It could have cost Lesley her life.

But those who failed to realise the gravity of the situation cannot really be blamed. There were at least three strong factors to mislead them. Firstly, Lesley was a student and the simple explanation that the whole thing was an elaborate rag stunt must have appealed more than the reality. Secondly, it did not seem likely that anyone would kidnap a girl for a mere £50,000 ransom. Thirdly, although Lesley did not take any cash or clothes with her, she had certainly taken her jewellery of which she was most fond. This consisted of a stainless steel man sized watch on a leather strap, a plain gold signet ring, a silver ring made of seven separate fine silver rings clipped together, a fine silver chain link necklace with a modern art work silver pendant and a bracelet made up of five or six silver bands clipped together. One explanation for this was that Lesley always slept in her jewellery, but how many people do that? It seemed far more reasonable to suspect that it was the one thing Lesley could not bear to part with if she had made a decision of her own free will to run away from home, and to get her own back on her family for some real or imagined wrong, by pretending that she had been kidnapped.

The police now had two clear yet conflicting duties. The first and most immediate was to treat the incident as a genuine kidnapping and to guide the family's actions towards gaining Lesley's safe return and the kidnapper's capture. Their second duty was to establish that the girl had in fact been kidnapped and that they were not being hoaxed, and involved in a long and expensive police operation for no good reason. The search of the Whittle house proved unfruitful, for the Panther was a professional. Some glove prints were found on furniture, two unexplained footprints, of different sizes, were found in the garden. The only real evidence that could help the police apart from the ransom tape were the testimonies of Mrs Whittle and Lesley's brother, Ron. They were certain that Lesley would never have staged such an event as her own kidnapping. But as every mother and brother would have said the same to the police, that wouldn't have helped very much.

Police continued to search for clues then followed the only course of action really open to them. They tapped the telephone box, arranged for a tail to be put on Ron, and waited to see what happened. Scotland Yard was also informed.

Obviously, people like Lesley's boyfriend were interviewed, in an attempt to establish that Lesley's kidnapping was genuine. Detective Chief Superintendent Bob Booth realised that he was facing one of the toughest jobs in his career as a policeman. He had never dealt with a case of kidnapping for ransom before although he was of course conversant with modern methods of dealing with the crime. Alarmed by the rapid increase in the number of kidnappings in the United States and in Italy, in particular, the Home Office had sent teams to those countries to study their methods of combatting it. There had also been seminars on the subject in Britain. The findings of all the experts involved had been made available to police officers of the rank of Chief Superintendent and above in all provincial police forces in England and Wales and to the Metropolitan forces. The contents of these memoranda is obviously a closely guarded secret. If a criminal is allowed to study in advance the methods that will be used to thwart him after he has committed his crime then he is already one jump ahead of the police. Neilson had in fact made a close study of kidnapping before snatching Lesley Whittle.

A fair idea of the rules of the deadly game that Bob Booth was getting set to play can be obtained from a study of methods used in America as in the Mackle and other cases. There the FBI are empowered to move on to a kidnapping case after seven days, whether the local police force handling the investigation like it or not. The time is set as a reasonable period in which it might be assumed that the criminal or the victim might have crossed a state line, thus making it a federal offence. The FBI's record is impressive. Out of 400 cases of abduction in the past four years they have notched up 240 convictions.

Broadly speaking, Bob Booth followed the same formula as the FBI would have done. His priorities were to get Lesley back first and only then to go after the kidnapper. The FBI advise the victim's family to co-operate fully with the kidnapper, to pay the ransom and obtain the victim's release. They then pursue the criminal. Usually, once the victim is freed, the American police are not only likely to catch the culprit but also to recover all, or at least part, of the ransom. But one rule is that absolute secrecy must be maintained and, perhaps tragically, that rule was to be impossible to impose in the Whittle kidnapping.

It has been said since that Bob Booth should not have attempted to handle the case himself, that Scotland Yard detectives experienced in handling the crime should have been called in. It was to be months before the public were to be told that on the first day of the kidnapping Commander Ernest Bond of the Yard offered Bob Booth the use of a team of twelve experts and that the West Mercia detectives immediately accepted his offer. When things went wrong the Yard at first would not even admit they were involved. This was to cause much bitterness but the most important thing was that nobody at the Yard, in any case, had any practical experience in dealing with a major case of kidnapping, any more than had Bob Booth, unless one wanted to count the officers who dealt with the McKay kidnapping, and in that case the victim had died anyway. The reason there was nobody around with practical experience was simply that there had not been any major kidnappings to give them the experience. Nevertheless, the policeman did take up a Yard offer of assistance and detectives arrived on the scene from London.

Whether the Panther ever intended to eventually hand over Lesley in exchange for the £50,000 ransom was soon to become an academic question, or a problem that would have to be gone into when Neilson eventually faced a court charged with her murder. For despite Neilson's careful planning things were to go very badly wrong. In spite of the best efforts of the Whittle family and Chief Superintendent Booth to get the money to the Panther, they were to fail.

Whether the blame for this failure must lie with Neilson's own bungling, the actions of the press or the omissions of the police is a subject that has already been hotly argued and which will be the subject of bitter argument for many years to come. One of the most authoritative police writers of our time, C. H. Rolph, who has a page of his own in *Police Review* and has written for that magazine for forty years, wrote: 'Lesley Whittle almost certainly died as a result of publicity'. Certainly there was a bizarre and almost unbelievable muddle involving the police and the press that could have been responsible for the first chance to deliver the ransom money being missed. The Panther by now had laid an intricate and, he thought, foolproof plan for collecting the money. Only one eventuality could make it go really wrong for him, he thought. That was if the Whittle family contacted the police.

Part one of the plan was for Ronald to wait in a phone box in the centre of Kidderminster with the ransom. He was then to receive instructions to proceed to another phone box. The Panther must have realised that if the police were aware of which phone box he was to ring, it would be a simple matter for them to go to the telephone exchange and tap into the conversation. He had read about this in *The Reader's Digest.*

From then on they would be able to keep a tail on Ron who would eventually lead them to him. That was his one big fear and that was why he had told the Whittles not to go to the police. He was counting on them not to, counting on the hope that they would have been loath to do so for fear of exposing Lesley to more danger. It was a false hope and there is no doubt that the Whittles made the right decision when they did call in the police. The chances are that if Ron had delivered the money without police cover he would have simply been shot by the Panther anyway.

Even if the police did know all about the ransom route it was necessary for them to keep that fact secret. It was essential that they give the impression that they knew nothing about the kidnapping. Yet, incredibly, news of Lesley's abduction was broadcast on local radio at 8pm and nationwide on BBC's television news at 9pm on the same day that Lesley was kidnapped, four hours before the time given in the ransom demand for Ronald to leave the telephone box. It was a ghastly error. Within an hour ITN had picked up the story and was putting it out. The cat was truly out of the bag and no amount of shoving was going to put it back. Just how disastrous this press leak was cannot be understated, for as a direct result of it Ronald Whittle was twice withdrawn by the police from the Swan Shopping Centre phone box at vital points of time.

The first, and potentially most damaging, was on the night of the kidnapping. Soon after nine o'clock, when the television news item on Lesley appeared, the police decided that, since the story had broken, Ronald should leave the box. The result was that when the kidnapper telephoned at around midnight, police phone-tappers at the telephone exchange could hear the call ringing in, but there was nobody at the box to lift the receiver.

The 64,000 dollar question has to be: if Ronald had still been there to take the call would it have saved Lesley's life?

On the second night too, Ronald was withdrawn from the phone boxes at a time when the kidnapper had intended to call him. This was because of a hoax call which was so earnest and so forceful that police believed it to be the real thing. As a result of it Ronald was rushed to Gloucester for a ransom 'rendezvous' that was totally bogus. Of course, there could have been no hoax calls if secrecy had been maintained. Other events prevented the kidnapper calling that night, but the incident surely shows how unfortunate the press leak was.

To understand what happened that afternoon and evening it is essential to know something about how news is gathered.

Very rarely does a national newspaper reporter stumble on to a 'scoop', off the cinema screen that is. News gathering has its grass roots. There are hundreds of local weekly newspapers throughout Britain and there are also hundreds of local free-lance journalists. They don't often get involved in a big story but when one comes along it usually starts with them. The local newspapermen and the freelancers have quite small areas to cover, their own small town usually, and they have their ears very close to the main stream of what is happening in their areas. They have their contacts at all levels and not much happens that they do not get to know about fairly swiftly.

At least one member of the local newspaper's staff and all freelancers are accredited correspondents of the national press. In other words they have sent several stories to one or more national newspaper, have proved their accuracy and competence and by being accredited can thereafter file copy to national newspapers which will be accepted and printed more or less in good faith.

The local freelance reporter in Kidderminster, the biggest town in the Highley area, is Bill Williams. He is correspondent for all the national newspapers and the BBC and ATV television news services. He is very experienced and has close contacts at every point in the town's social structure, including the local police force, and the local office of Whittle's coaches.

Shortly before 6pm on 14 January 1975, the same day that Lesley was kidnapped, a contact of Bill Williams told him of the Whittle kidnapping. To this day Bill Williams will not name him. This is normal. If journalists could not guarantee absolute confidence to their informants they would never get any information at all. The police use the same system.

On hearing of the kidnapping, Mr Williams says he immediately knew that he was on to a very big story. He also knew he was likely to be asked by the police not to use it. But a story like a kidnapping cannot be put out without a check with the police. No newspaper would be that irresponsible. Bill accordingly went down the road to Kidderminster Police Station where he asked for and met a uniformed superintendent whose job it was to handle press enquiries.

Mr Williams said afterwards: 'I was quite prepared to be told that the story would have to be held. If I had been told that to release the story would have endangered Lesley's life then I would have had to make a decision. I don't know what that decision would have been. I never had to make it. The Superintendent said he couldn't talk about the kidnapping. He said "My instructions are, not to say anything at all about this."' That was the best chance the police had to stop the story going out and they missed it.

We must remember that the reporter's job is to get stories

into newspapers. In the absence of any request to keep a story out, that is just what he is going to do. Bill Williams next went to the Kidderminster office of J. T. Whittle and Sons, where he had a contact. If anybody had been trying to keep the kidnap secret they had not made much of a job of it. The contact, eleven miles from Highley, knew all about what had happened at the house and he told Bill Williams everything he knew.

At about 7.30 that evening Bill Williams telephoned BRMB Radio, the Birmingham-based commercial radio station, with the story. The duty reporter there telephoned Kidderminster police to confirm it, which they did. He was not told to hold the item. The second chance the police had had of keeping the kidnapping secret had been missed and the result was that at 8pm the BRMB news bulletin led off with the story that a Shropshire heiress had been kidnapped and it was believed that a ransom running into many thousands of pounds had been demanded for her safe return. This need not have been disastrous. Although the station can be picked up within a fifty mile radius of Birmingham it had at that time only been operating for eleven months and while its peak period (between 6am and 6pm) was commanding some 800,000 listeners, by eight in the evening when people had turned on their TV sets it was estimated that probably as few as 100,000 were tuned in. It would have been very bad luck if the Panther had been one of those. There are something like 13,000,000 people in the catchment area. But worse was to happen.

Between 7.30pm and 8.15pm that evening, Bill Williams cannot be sure of the exact time, the freelance was on the telephone to the assistant news editor at the BBC's Midland headquarters at Pebble Mill in Birmingham. The police had missed their first and most important opportunity of stopping the news going out, they had missed their second and now they were to miss their third.

The assistant news editor Richard Horobin, himself an ex-newsagency man, asked, 'What do the police say about this?' Bill Williams explained about his meeting with the superintendent and Richard Horobin told him to put the story over anyway. That meant that Mr Williams dictated the story by telephone to a typist at Pebble Mill.

Richard Horobin, then one of two assistant news editors at Pebble Mill, says he first heard of the kidnapping from the police themselves, before Bill Williams came on to him. He had been working late on the 14th and was just about to go home when the telephone in the newsroom rang. It was a policeman speaking from Kidderminster Police Station. He said that a press conference would be held that night at 10.30 at Kidderminster Police Station 'in connection with a major incident'. According to Richard Horobin this was the first call the BBC had had about Lesley.

Sometimes the police's idea of what is a major incident and the news media's are quite different. The decision Richard Horobin had then to make was whether the press conference was important enough to justify the considerable cost of sending a camera team to cover it. He telephoned the police and was told that a teenage girl had been kidnapped from Highley in Shropshire and that a ransom of £50,000 was being demanded for her safe return. There was no suggestion that this information should be withheld or that it was given in confidence. At that stage the BBC just did not have enough information to go on the air with, but if the police had really intended to withhold the information they had missed a third chance to do so. Richard Horobin says: 'It was getting a bit near air time and we had more or less given up any hope of catching the bulletin at 9pm but the incident was obviously important enough to warrant sending a crew to the press conference and that was arranged.'

Then, at about 8.15, the telephone rang again. It was the Kidderminster freelance, Bill Williams, and he had the full story. He was told to 'put it over' and this he did. Although facts in his story had not come officially from the police their source was impeccable, he said. Now everything became a rush. London was contacted and told to expect the story, a sub-editor began working on it, putting it into the form in which it would be broadcast. All the facts were there, Lesley's name, everything. Richard Horobin again telephoned the police. He told them he had the story and that it would probably be in the nine o'clock bulletin. They did not seem very interested, he said. A fourth chance to stop the story had been missed.

'At no stage did anyone suggest that we should not use the story,' says Richard Horobin. 'When Chief Superintendent Bob Booth told press men later that there would have been no press conference if it had not been for the BBC releasing the story he was not being consistent. We knew about the press conference before we even knew that a girl had been kidnapped.

The first call we had on the subject was from the police themselves, giving us the time of the conference at which the details were to be officially released.'

Mr Alan Protheroe, Deputy News Editor of the BBC, was on duty in the news-room in the television centre in London that night. He said: 'The story came in from Pebble Mill and there was never a thought that it should not be used. Our Midland News-room is sound and experienced as was Richard Horobin, who handled the story. If it had not been checked out it would not have been sent to us. Next day when I heard that it had been said that the BBC had acted wrongly in including the story in the bulletin I was naturally very put out. I made immediate enquiries to find out what had happened and learned from Pebble Mill and from the police themselves that the police had never asked us not to use the story. I also learned that the police had planned to have a press conference at 10pm anyway – one hour after our bulletin.

'If the police had wanted us to hold the story we would have expected to get a flash from them saying something like "this has happened but for God's sake don't use it". We get this sort of request from the police all the time and we are usually able to help them. We would certainly have considered withholding this item if the police had asked us to and given us good reasons. That it could have endangered a girl's life would have been a good reason.'

Although one cannot blame the police for initially just sitting tight and hoping that no reporter would pick up the story, once the Press Officer at Kidderminster Police Station had been contacted by Bill Williams, what should have been done right away was very simple and it would have ensured that the story would not have appeared that night. I am not saying that it was that particular officer's job to make the decision, but somebody should have taken it.

All that had to be done was to telephone the Press Association in London, or to telephone Scotland Yard's Press Officer in London and ask them to contact the Press Association. Then put out a brief statement giving the salient facts about the kidnapping, adding a note to all editors that any publication of the item would probably endanger the girl's life, and requesting editors not to publish or broadcast the item. This method of keeping items out of the press is not as strong as a D-notice issued by the Government, which very firmly asks for an item to be kept out on grounds of national security, and does not always give reasons. but it is a tried and proven method. The Press Association would immediately have put out the police message to every newspaper and broadcasting organisation in the country and it is extremely unlikely that the news of Lesley's kidnapping would have been made public that night.

Any decision by the police, or by any government department, to gag the press is taken only after a good deal of heart-searching. The press jealously guards its freedom, its hard won right to tell the people what is happening. But if ever there was a case when a self-imposed gag should have been requested, it was surely this.

To this day Superintendent Booth maintains that the leaking of the news of Lesley's kidnapping may have played a part in bringing about her death, for the Panther never did contact the Whittle family that night as his ransom note suggested he intended. But Bob Booth confirmed the media's claim that they were never asked to hold the item. The Superintendent later revealed that he simply did not allow for the remote possibility that the story would be picked up by a newspaperman. He was already taking active steps to suppress it and it was to this end that he had called the press conference for 10.30pm. 'I knew my contacts with the press and I was sure that if I called them all together and told them of the kidnapping and of the dangers to Lesley of any leak, I could win their full support for keeping the story out,' he said. 'That is what I would have done at 10.30 that night, but when the facts were broadcast we had had it. It was a terrible error.'

The news was allowed to break simply because the police at Kidderminster did not know how to stop it. When they contacted the Chief Superintendent two hours later, he says he immediately took steps for someone to find Bill Williams and to ask him to hold the item, but by that time it was already being broadcast on BRMB Radio and the freelance was not even contacted in time to prevent the BBC broadcasting the full details.

Since passing the story to the BBC Bill Williams had not been idle. He had been given no instruction not to put the story out so he telephoned it to most of the national newspapers in London and news editors were soon telephoning their Midland staff reporters to put them on the story.

Any decision that Fleet Street might have made to withhold

the Whittle kidnap story from the next day's national press was overtaken by events at nine o'clock when the television news went out.

Telephones began ringing at Kidderminster Police Station as if they had just been invented. Realising the horse had bolted, Superintendent Booth refrained from trying to shut the stable door, and instead, bowing to the increasing pressure, he held his press conference at Kidderminster at 10.30pm. This was attended by most of the national press. He was fairly outspoken and bitter about the way the story had broken but realising there was nothing he could now do he filled the press in on what had happened at the Whittle house.

One thing he was careful not to mention, however, was the telephone box arrangement. At the time when Superintendent Booth was talking at Kidderminster there was still more than two hours to go before the Panther's deadline at the telephone box. Ronald Whittle had already been there waiting for a call from the man who was holding his sister to ransom. And now the stage was set for another piece of press muddling, which, even if it did not endanger Lesley's life, though some say it did, was going to lead to a situation that would have been farcical if it had not been so tragic.

During that day Ronald Whittle had been making hasty arrangements to collect £50,000 in used £1 and £5 notes from his bank at Bridgnorth. It is a lot of money to withdraw from a bank, and one assumes that Ronald had to explain to his bank manager what the cash was for and that his story probably had to be backed up by the police. That evening Ronald put the money into the boot of his car and drove to the telephone box mentioned in the ransom note. He stood outside the box from 6pm till 9pm, waiting for a call that never came. When he left, dejected, there was still one hope that the kidnapper might still contact him through the box. The ransom tape had stated that if no call was made on the first night the person with the ransom should return on the second night.

Even though the news of the kidnap had gone out there was a faint possibility that either the kidnapper had not heard the news or that he might be foolish enough to believe that the Whittle family was still not co-operating with the police and had not told them about the phone box. The one thing that could destroy that hope was for the telephone box to be mentioned by the press and of course that is just what happened.

During the night the local evening papers had been busy. They had obtained pictures of Lesley Whittle and had been well briefed by the police. The newspapers involved were the *Birmingham Evening Mail* and the *Wolverhampton Express and Star.* Both carried photographs of the strip of Dymo tape carrying the words 'only after £50,000 has been released' and both had obtained the exact position of the telephone box which they printed in their columns. Soon crowds of rubbernecks were outside the telephone box in Kidderminster's main shopping area waiting for Ronald to arrive to take his call. Any hope of fooling the Panther was now gone and on police advice, after keeping one more vigil at the phone box, Ronald abandoned that line of communication.

Nobody in the press is proud of that day's work, certainly not the *Birmingham Evening Mail.* A year later they were so touchy on the point that they would not let me see a copy of the newspaper that carried that particular story. It was available though at Birmingham Reference Library and still is for anybody who wants to see it. The situation now appeared to be chaotic. The vital link between the kidnapper and the Whittles had been broken. A new one was needed. Superintendent Booth appealed through the press to the kidnapper to telephone the Whittles at their home. He said in his appeal that the telephone wires cut during Lesley's abduction had been repaired. To make matters worse Lesley's boyfriend had spent three hours with the police, who were now satisfied that he had had nothing to do with Lesley's disappearance. That meant the kidnap was for real. Ronald's approach to the situation was simple 'The money is available, we are prepared to do anything to get Lesley back,' he said. There was nothing to do but wait.

3

The Ransom

In the meantime the Panther was also heading for chaos, for in checking the kidnap trail for Ronald to follow he was to run into very deep trouble that would mean his having to abandon his first attempt to collect the ransom.

The Panther's plan for the ransom handover had been meticulously planned and it seemed foolproof. He had coerced Lesley into tape-recording instructions for her brother to follow which would lead Ronald via a roundabout route to a freight-liner depot at Dudley, Worcestershire. The terminal backs on to a limestone hillside topped with the ruins of an ancient castle which now stands at the centre of Dudley Zoo, one of the largest zoological gardens in the Midlands. The limestone is riddled with caves, many of which to this day have not been fully explored. The Panther knew the zoo well.

The recording of Lesley's voice would have told Ronald to proceed to a telephone box near the M6 junction at Walsall, Staffordshire, where he would have found the first of several sets of instructions punched on Dymo tape. That would have sent him to another telephone box. The instructions had been taped underneath the shelves in the telephone boxes and to other objects along the kidnap trail. The Panther intended to rule out the possibility of a casual user of the boxes finding one of the sets of instructions, removing it and breaking the ransom trail.

Duplicate Dymo tape instructions were pre-punched and had been placed in envelopes which the Panther had placed in the boot of his stolen car. Each envelope was marked with the location where it was to be left if necessary. The trail would eventually have led to the high stone outside wall of the zoo. Had all gone according to plan Ronald would have arrived at the wall and would have found a rope dangling there. On the other end of it would have been the Panther. There would be a final Dymo tape instruction for Ronald to tie the suitcase to the rope which the Panther would haul over to his side and then make his getaway in the night through the maze of cages and the scrubland beyond them. He would then have worked his way back behind any persons who might have been pursuing him, and so reached the Midland Red car park where he would have left his stolen car.

But that was not to be. On the night of 15 January he decided to check his plans for the last time. He drove around the route that Ronald would have to take and got as far as the Midland Red car park. He left his car there and walked into the darkened freightliner depot 150 yds away. He had planned to call back later and leave a Dymo tape instruction on a telegraph pole there.

Then disaster struck. He ran into Gerald Smith, a supervisor at the depot who had special responsibilities for security. Mr Smith was making a routine check of the depot. It was late at night and dark. The foreman saw a shadowy figure standing by a telegraph pole in the yard. He approached it. It was a small man, unshaven and unkempt. He wore a cloth cap and a shabby fawn raincoat. On his back was an RAF type webbing pack. He was carrying a hold-all.

Mr Smith asked him what he was doing. The answer, whatever it was, was unsatisfactory. Many tramps frequent the depot at night, perhaps that is why Mr Smith made a ghastly mistake. In hindsight he should have ignored the man or gone away and called the police. He did neither. He told the man he was going to call the police and turned his back on him.

The night exploded. Mr Smith heard a bang and felt a blow on his back. He was on the ground. A figure was leaping around him. There was flashes and bangs and pain. Mr Smith was conscious all the time. He saw the man run off and climb a brick wall as if he were a commando.

With six bullets inside him the foreman crawled to a security hut and raised the alarm. Within minutes the place was swarming with police, but no arrest was made.

A young constable swears he gave chase to a man fitting the

gunman's description in nearby Tipton Road, which runs parallel to and a few yards from the canal. He says the man outran him and disappeared through scrubland that would have taken him either into a scrapyard or to the honeycombed limestone hill on which perches the nearby zoo.

That night a harmless tramp took five hours to walk a quarter of a mile. In that distance he was picked up seven times by seven different police officers, taken to the police station each time and each time dropped back at the spot from which he had been snatched. Nobody got through the police cordon that night – except the Black Panther.

Standing in a car park by the freightliner depot was the Panther's green Morris 1300 car. It contained the slippers Lesley was wearing when she was abducted, ransom mesages on Dymo tape and, on a tape-recorder, the last pathetic words the world would ever hear from Lesley Whittle. If the police had found that car they would have known then that the same man they were hunting had kidnapped Lesley Whittle. But they did not, not for some time to come.

The only killings the police were prepared to lay at the feet of the man they were now calling the Black Panther were those of Donald Skepper and Derek Astin in Harrogate and Accrington. But on 17 January, two days after the Smith shooting, the highest powered conference yet to take place on the subject of the Black Panther was held at Dudley Police Station. Among the leading detectives present were Chief Superintendent Joe Mounsey, head of Lancashire CID, Detective Superintendent William Dolby, head of North Riding CID, and Detective Chief Superintendent William Lewis and Detective Superintendent Arthur Strange, both of the West Midland Force. For six hours they met in closed session and at five in the evening they held a press conference. Surprisingly only three journalists attended it. All the other representatives of the media in that part of the country were at Kidderminster attending a press conference called by Chief Superintendent Booth on the Lesley Whittle kidnapping. As no national daily newspaper was represented at the Dudley conference it was to be two days before the country was told in a Sunday newspaper that the police were now certain that the same man who had shot and killed the sub-postmasters in the north was also responsible for the murder of

Sidney Grayland and of the attempted murders of Mrs Grayland and Mr Gerald Smith, that the most dangerous criminal Britain had known for many a year was on the loose.

In a pub across the road from the police station Superintendent Dolby told me afterwards: 'We're dealing with a man who is cold-blooded and callous. He has utter disregard for the sanctity of human life.' Mr Dolby did not think that the £800 the Panther had taken from the Langley post office would last very long and that was what was worrying him. He did not know of course that the killer was already holding Lesley Whittle but he said: 'If he runs out of money he could strike again in the next few days. That is why we must catch him now.' After the conference, photo-fit pictures of the Panther were sent to every police station and sub post office in Britain and the National Federation of Sub-postmasters, the Post Office and the National Union of Post Office Workers between them offered a reward of £25,000 for information leading to the arrest and conviction of the Panther. It was the largest reward ever offered for the arrest of a killer in this country.

Murder is not a prevalent crime in Britain although its incidence is increasing. In 1974 there were only 535 cases of homicide in England and Wales (Scotland and Ulster compile separate figures). Of those more than sixty per cent were domestic, that is to say they happened within a family group, a jealous husband kills his wife, a mother suffering from post-natal depression commits infanticide. It doesn't take a detective to find the guilty party.

This leaves less than 200 homicides where detection is likely to be needed, but in fact many of these killers simply walk into the nearest police station and give themselves up. This means that top British detectives do not, happily, get as much practice at leading major murder enquiries as say the police in America, where the homicide rate is ten times greater per million of population. Not that Scotland Yard or the provincial forces drag their feet. Their detection record is the envy of many other nations.

Kidnapping for ransom in Britain is virtually unknown. There had been only one major instance of it in the ten years prior to the Whittle case. Both these factors were to be of tremendous value to Neilson in his career. That plus his seeming lack of predictability. I say seeming, because the way he was caught, by trying yet another 'job' was entirely predictable and in fact most policemen on the case thought that is how he would be caught. They would all probably admit in private too that if he had rested at his four murders and gone 'straight' he would never have entered a prison cell.

But his unpredictability did work, to this effect; it never entered anybody's head that the man who killed the three sub-postmasters and gunned down Gerald Smith could possibly have anything to do with the Lesley Whittle kidnap, and police were not looking for an abandoned car at the freightliner depot. Had they been they would have found it and vital clues would have been in their possession nine whole days before they were.

One of the mistakes the Panther made, and he made quite a few, was to use an automatic gun. His weapon at one time was thought to be a German manufactured shot-gun with a .22 rifle barrel under the main barrel known as a drilling gun. That was because Derek Astin had wounds from both a shotgun and a .22 but only one gun had been seen by Mrs Astin. To facilitate rapid fire on automatic guns, spent cartridge cases are ejected from the breech with considerable force. They are thrown many yards and bear the tell-tale mark of the individual firing pin that strikes them which, in the hands of a forensic expert, is as good as a full set of fingerprints.

It was those cartridges, impossible for the gunman to trace and recover in the dark in the time he had available, that police were looking for after the Gerald Smith shooting, when they repeatedly overlooked the car. They found the cartridges as inch by inch they searched the freightliner depot, together with many other items that had to be sifted to see if they were relevant.

There were two reasons they were not looking for a car. First, of course, they did not know they were looking for a kidnapper, who would have had to have a vehicle. But the kind of crook that goes around shooting sub-postmasters does not, according to form, suddenly turn to a sophisticated crime like kidnapping. Normally the two are quite different sorts of animal.

The second was that they had a completely wrong idea of the kind of man they were looking for. There was no way they could have avoided this, they had to work from the descriptions they were given and what they already knew about his character.

Although the brilliant deductions of Sherlock Holmes make very good reading they have very little to do with how crimes are actually solved. And though addicts of TV detective films cannot be blamed for running away with the idea that the instant flash of inspiration, the lucky break, the correctly worked out theory are all a detective needs to catch his criminal, police work in reality is nothing like that. The detective must start with the facts available to him and even if he has doubts about their authenticity they are, after all, all he has to work from. That doesn't mean to say he accepts them blindly, but it does mean he has to act upon them.

Police hunting the gunman who shot Gerald Smith had a very good description of him, and that description pointed to a vagrant of some sort. His shabby raincoat, which impossibly fell almost to his feet, his unkempt appearance, his general demeanour, everything pointed to the vagrant theory. And why does a man carry a pack strapped to his back? He usually does so because he had things to carry but needs the free use of his hands for some other purpose. What it seemed to point to at this stage in the investigation was that the gunman probably needed his hands free for no more dramatic reason than that he had a motorcycle, moped or even a bicycle somewhere near-by as his means of transport.

The tramp theory was backed up very strongly by evidence from other robberies which showed our man's modus operandi. What kind of man breaks into premises for a few pounds? Not the sophisticated criminal. He has to be the kind of person to whom a few pounds represents a considerable gain.

This fitted in very well with the idea of a man sleeping rough, probably content to earn enough from his robberies just to keep body and soul together. Some ten robberies were now definitely down to the Black Panther in the minds of police but even if another twenty which could be his work were attributed to him the pickings had been very small. They were not going to support their perpetrator in a life of idle luxury. For the amount of work the Panther was putting into his criminal career he was getting a very poor return. He could probably have earned a higher income had he put the same amount of effort into going straight. So it seems fair to assume from this that he was unable or unwilling to get a job, that he was a misfit, a vagrant.

It was very far from the truth, but it was a reasonable assumption. There was very little time and the police had to make a snap decision on the kind of man they were looking for. That decision had to be based on the available facts. Although the possibility that the gunman was using disguises had already crossed the minds of the police, it would clearly have been illogical to take men from the hunt for a man that was known to exist, a shabby man who lurked about freightliner depots, presumably in the hope of pilfering some petty item, to put them on a search for another man, an unlikely mixture of killer, petty crook and accomplished actor who in all probability did not exist outside of the minds of the policemen who had dreamed him up.

So the Panther's stolen car continued to stand where it was, only 150 yds from the freightliner depot, gathering dust and containing its vital evidence.

Dudley is a little town in the heart of the Black Country where the industrial revolution flourished and leaves today its terrible scars in crumbling factories, decaying canals and blighted wasteland. Although on the map the conurbation of Birmingham appears to envelope towns like Dudley, it does not. The Black Country is unique. Its people live, think and speak differently from their big city neighbours in Birmingham. They are proud of their individuality, of their local beer and their homespun ways. The town stands on a hill and apart from its main street is rather drab. The buildings are mostly Victorian, there is a street market and a flourishing zoo. Within minutes on the night when Gerald Smith was shot in the freightliner depot the town was sealed off.

Every car, bus and lorry leaving the town was stopped and searched. Particular attention was paid to the two roads that lead from Dudley to the nearby M5 motorway, towards which it was thought the gunman was probably heading, hitch-hiking. Motorways are a godsend to criminals of all types. And none are so useful to them as the Midland Link.

Fifteen minutes away by the M5 from Dudley brings one to Spaghetti Junction just north of Birmingham. This is the centre of the country's entire motorway network. Cumberland, Northumberland, London and the West Country can all be reached and for safety reasons no police force is going to set up a road block on a motorway. Once on the system, provided he is not driving a known stolen vehicle, the criminal can afford a smile and a sigh of relief. He is home and dry.

Covering the possibility that their man was still in Dudley, the police went through the town with minute attention to detail. Wasteland, derelict buildings, railway sidings, the zoo and all open spaces were systematically and rigorously searched. Hotels, boarding houses, anywhere where the gunman could have laid his head, were ruthlessly turned over. Dozens of tramps were marched into the police station, questioned, and released. They were indignant and resentful, probably not without cause, but that made no difference. The police's fervour was that of a holy war.

If the Panther was still in the Black Country, and the police thought he was, he would stay there. Gerald Smith, before the first of the four major operations that almost saved his life, had told police that the man was a local. He spoke with the accent of a native of Tipton, a Black Country district only a mile and a half from Dudley.

To anybody not from the Black Country, it seems incredible that an accent can place a person so exactly. But locals claim they can pinpoint the exact area any Black Country man comes from. Some of these areas, with their own particular accent, amount to no more than a few streets.

Although the roadblock and the first police searches had produced nothing, it must have seemed to the police within a few days that things were going pretty well their way. They had more than a hundred officers on the case and if compared with the numbers of police who would eventually be drawn in, a hundred may not seem many, it seemed a lot at the time. They had cartridge cases that could eventually identify the Black Panther's gun and the Black Panther himself. They thought they knew the precise location of his birthplace, or at least had lived for many years, and they had his description. Soon, thanks to the tremendous toughness and resilience of Gerald Smith they were to have what they thought was a near enough likeness of the Panther himself.

This was produced by one of Britain's leading artists, who often helps the police but for security reasons is never named. He spent a total of eight hours at the bedside of Mr Smith, drawing, rubbing out, starting again, until he produced a picture of the Panther which Mr Smith said was almost exact. It was a great effort for the injured man, who had been pierced by six bullets damaging many major organs, and who was not expected to live.

One thing that particularly pleased Joe Mounsey was that the Panther was still using the same gun. It would have been better for everybody concerned if he did not have a gun at all, but if he was going to have one it was much better that he stay with the same one. Having caught a criminal it is still up to the police to get a conviction. That takes evidence. In America, land of the gun, everybody knows that once a firearm has been used in a crime the best thing to do is to lose it for ever, preferably in very deep water. But Neilson, though bright, was not that bright. He still had the same gun and if he was caught with it he was as good as inside for life.

But by the time newspapers were carrying the Panther's picture, Donald Neilson was far from Dudley and he had already committed another killing, which was to send a shudder of horror through Britain.

A tape-recorder was plugged into the telephone at the Whittle home and all calls were monitored. The instrument was manned day and night. Standing by was the special squad of Scotland Yard officers, many of them armed. They had already laid elaborate plans for following Ronald on the ransom trail. A special squad of vehicles, including vans as well as cars, all fitted with sophisticated electronic equipment, was waiting. So was a mobile headquarters which Chief Superintendent Booth and Chief Superintendent Lovejoy of Scotland Yard would use to control the operation.

And many calls came, mainly hoax calls. Some were from petty crooks who thought they could con the £50,000 out of Ronald Whittle (some happily were trapped by the police and paid for their miserable attempts); others were from real crooks who would have arranged to meet Ronald and then have killed him for the suitcase full of cash he was carrying.

At last the genuine call came, at 11.45pm on 16 January.

There was no doubt about it. Mr Leonard Rudd, the Transport Manager of Whittle's Coaches, was manning the telephone. He heard Lesley's tired and frightened voice giving instructions to go to the telephone box outside the post office at Kidsgrove. Mr Rudd alerted Ronald who telephoned Bob Booth. Ronald then drove to Bridgnorth Police Station, headquarters of the kidnap hunt, to be briefed by Detective Chief Superintendent Lovejoy who was in charge of this part of the operation.

It was between 1.15 and 1.30am when Ronald set out alone in his car to try to buy his sister back from the man who was holding her. In the boot was his white suitcase with the ransom money in it. Every note had been recorded on microfilm by the police.

Scotland Yard detectives drove ahead of Ronald to set up their positions as soon as they knew where the drop was to be made. Other officers from the Yard followed. So did the mobile control centre. A 'long stop' cordon of West Mercia police officers was established, surrounding the town at a distance of about four miles.

But things went very wrong. Despite the fact that Ronald was in radio contact with the police he found it difficult to find the centre of Kidsgrove. It was 3am before he located the telephone box and even then he could not find the Dymo tape. He only found it after a considerable time and on his third attempt. It was 3.30 before he set off for Bathpool Park, looking for a wall mentioned in the instructions. He missed the wall and drove to the wrong end of the park. He searched and searched for the flashing torch mentioned in the instructions but never found it.

Ronald was nervous and that is not surprising. Although he was wired with a personal radio inside his jacket and had another in the car it was the opinion of the police that it was quite possible that the kidnapper would simply shoot him and take the cash. They had warned Ronald there could be a two to three minute lapse before they could come to his assistance. Perhaps that helps to explain something of the mental state Ronald was in when he managed to get lost at that vital point in time.

There was another factor in the disaster that followed. A disc jockey named Mr Peter Shorto, and the girl who is now his wife, by an unhappy chance drove into the park before Ronald and parked in exactly the spot mentioned in the ransom instructions. Then, according to the Shortos, they noticed the flashing torch but thought little of it and they also saw a police car, with its sign illuminated, drive into the park and then leave.

It is almost certain that Neilson thought the Shorto's car was the one following the ransom trail.

It was at this point that the Panther panicked and went back down the shaft to Lesley, and at this point that Lesley met her death. Later Neilson was to tell a story of seeing a helicopter and hearing dogs barking, but no other witness noticed either of these things. They were the kind of dramatic counter measures he could have hoped for. Although it will never be proved it is far more likely that Neilson simply saw a police officer through his night glasses.

It is hard to imagine what must have been going through Ronald's mind on that drive home or how he explained to his mother when he got there how badly things had gone. Later he said that when he set out he had felt certain that he would be bringing his sister home that night. He had been full of hope.

If Lesley was not already dead she died soon after the Panther panicked. And with morning the nightmare had gone above ground in the park, though the drainage shaft still held its grisly secret. Two children playing nearby found the torch and Dymo tapes that perhaps could have saved Lesley's life and took them away, never suspecting their significance. The night was over, the world was not to be told what went on in the park that night for another two months.

What happened next was to lead to a very bitter experience for Chief Superintendent Booth. His position was to be totally misunderstood by the media and through it the general public. Two months later, when Lesley's body was found, the cry was to go up that the policeman should have realised from the start that Lesley could not still be alive and therefore an immediate and massive search of the park, that would have revealed the body, should have been made. The basis for this misconception is the belief held by many people, including some police officers, that one 'rule' in handling a kidnapping case, worked out by experts in other countries who have vast experience on the subject, is that unless police have positive evidence after forty-eight hours that the victim is still alive the assumption must be that he or she is dead and that this changes the emphasis of the police operation from concentrating on achieving the safe release of the victim to an all-out operation aimed at catching the kidnapper and bringing him to justice. What the experts in fact say is that if the victim is going to die that death will almost certainly occur during those first forty-eight hours. But they stress that at all times the assumption must be that the victim may still be alive and that the prime objective of the police operation must always be to achieve the safe release of the victim. In fact

Scotland Yard detectives did search the park and found nothing. Bob Booth refused to run a massive search for fear of the Panther seeing it and realising that Ronald Whittle was working with the police.

After forty-eight hours Bob Booth certainly had no concrete evidence that Lesley was alive. A tape-recorded message does not amount to that, and in fact we now know that she was dead then or soon afterwards. But Bob Booth cannot factually be said to have made the wrong decision when he decided that his first duty was to do everything possible to get Leslie back alive and that any effort to capture the kidnapper must come second.

From cosy positions of hindsight, many people have bitterly criticised the policeman for making this 'wrong' decision and they have loudly pointed out that it would have been much easier to hunt the Panther had he not taken this 'wrong' turn. But I don't think anybody who was actually involved in the case would criticise Bob Booth for taking the stand he did. He has certainly said since that if he had it all to do again he would take a similar course of action. There is no way in which a man like Bob Booth could have abandoned Lesley to her fate, as long as there was even a faint reason for hope, and concentrated on catching her kidnapper.

There was only one justifiable reason for abandoning Lesley though Bob Booth's critics never seized on it. Quite soon Booth was to know that the man who abducted Lesley had already killed three times and, cheated of his ransom money, was extremely likely to kill again, in order to gain more cash. The detective was aware of this. He placed it in the balance along with all the other considerations and still decided that all he wanted to do was to get Lesley back alive.

Now a news blackout was imposed and as if to underline that it should have been brought into force sooner, no newspaper broke it. The police effort was split in two. The first was to stand by and be in instant readiness twenty-four hours a day to assist Ronald in making contact with the kidnapper, to hand over the ransom and get Lesley back alive. There were no thoughts of trying to cheat the abductor. The cash in Ronald Whittle's suitcase was real even if every note had been recorded on microfilm. He was prepared to pay it for the return of his sister and the police were prepared to allow him to. While this part of the operation did not require much manpower it was given first priority and the men involved were of the very top calibre.

The second part of the police operation, though of secondary importance, was far more dramatic. It involved trying to discover the identity of the kidnapper. Once that was known it should have been fairly simple to track him to his hideout and bargain for the release of Lesley. From the available evidence it seemed extremely likely at this stage that whoever had kidnapped Lesley must have had a considerable knowledge of events in Highley. Although the inheritance had been mentioned in a national newspaper that had been nearly two years previously. It seemed more likely to the police that the kidnapper knew of the Whittle's wealth, not from the report of the court case but simply because he knew Highley well. After all, thousands of wealthy people have their names and wealth mentioned in the papers every year and many of them are a good deal more wealthy than the Whittles. Also whoever had abducted Lesley seemed to have an intimate knowledge of the house and its interior.

Since the news leak there was no longer any need for the police to be at all cautious in their investigations. They proceeded to go through the village with a fine toothcomb. Among the list of suspects, apart from the Whittle family, were past and present employees of the coach firm. Each was interviewed for hours by the police about their movements on the night Lesley was taken. Anybody without an alibi was in for a very rough grilling indeed. People who worked for the company in the past were tracked down and questioned by the police. The most common sight in the village became pairs of policemen walking round with clip boards. Every inhabitant of Highley was questioned.

An RAF helicopter whirled above the village manned by a team of detectives searching for a possible hideout in the surrounding countryside where the kidnapper might be imprisoning the girl. Likely places were marked out for search by detectives on the ground.

In the village itself police dogs searched outhouses, garages and business premises. Police search-parties went through every house, looking in cupboards, under beds and in lofts and cellars.

Bob Booth was exceeding his normal powers but no one objected. He told the villagers, 'We will be doing things which in normal police duty we would be called to answer for very closely. But we hope for full co-operation from everybody.' That co-operation was forthcoming but it would not have mattered much if it had not been. Mr Booth had arranged for magistrates to be standing by around the clock, to issue search warrants for any house at which the inhabitants refused to admit the searchers.

At the Whittles home Ronald made an impassioned plea to the kidnapper for the return of his sister. He said: 'I am prepared to travel to Land's End, John o' Groats, even the South Pole if necessary provided Lesley is going to be there. But the people holding her have got to be reasonable with me. They must speak to me directly and give me time to make sure their call is genuine. I will be beside the phone day and night and I am prepared to turn out at any moment. Ideally I would like to hear Lesley's voice but I am not laying that down as a condition. I just want them to answer some questions before I make a move. Then I will know they are genuine.'

The operation was carried out from two police caravans parked in the social club car park opposite the Whittle's home. All the statements taken by the police were rushed to the hunt HQ. Anybody who was questioned and gave as much as one unconvincing answer had a tick put beside their name and they were visited again, this time by more senior officers. Somebody somewhere in Highley must know who had taken Lesley, that was the theory. Somebody must have seen the kidnapper's car or seen him as he 'cased' the house. A special squad of police was given the task of finding and interviewing everybody who had called at the Whittle's home for any reason. Milkmen, bakers, television engineers, carpet fitters, even the dustman and the plumber were seen. Each alibi was meticulously checked. Names of all the people who lived or worked in the village were checked against files in the Criminal Records Office. Anybody with a criminal past was especially scrutinised.

The fervour of the police was almost frightening. There was an urgency about the operation that is rarely seen. By the time the police arrive at the scene of most crimes there is not a lot they can do immediately for the victim. If it is a murder then the victim is dead, if it is a robbery the property has gone. Time is on the side of the police and they have plenty of it. Their job is to discover the identity of the criminal and track him down. Not so in this case. Time was on nobody's side. A quick discovery of the criminal's identity could lead to the girl's release. Failure to find out his identity in time might lead to her death. All the officers on the case were acutely aware of this and they worked at a speed that they probably had never known before. Soon they were to get a jolt that was to make them push forward even harder.

4
The Panther Connection

In Dudley the trail of the man who had shot Gerald Smith in the freightliner depot was going cold. Police there had by now realised that their man must have slipped the net. Then his car was found. The Connaught green Morris 1300 had belonged to Mr Ray Edgson, a forty-nine-year-old export manager who lived in West Bromwich. It was stolen from outside his home on the night of 22 October. Ever since the night after Lesley's kidnapping when Gerald Smith was gunned down it had stood in a car park just 150 yds from where the security guard was shot. In an effort to cover their embarrassment at not noticing the car before, some policemen have said that they had found the vehicle days before and were keeping it under surveillance in the hope that the gunman would return for it. This is not true. In fact the car was not found because the police were not looking for a car. When they did find it they knew the worst, that the man who had shot Gerald Smith and the three sub-postmasters was the same man who had kidnapped Lesley Whittle. The car was full of the kidnapper's equipment.

One of the most annoying questions people all over the country used to ask in those days, was, why are the police so certain that the man who had killed three sub-postmasters and shot Gerald Smith was the same man who had kidnapped Lesley Whittle? Thousands of people wrote to newspapers and the police pointing out that this must be pure conjecture and that the type of person who holds up post offices was unlikely to be a kidnapper as well. The question was annoying because while everybody involved in the case knew the answer it was one they could not give. It was quite simple. The cartridge cases found in the freightliner depot bore the mark of the same firing pin that struck cartridges found in other spots where the Panther had killed. Since people were able to say that the car had been standing in the car park since the night the security guard was shot, the only way the gunman and the kidnapper could be different people was if by a million to one chance both had been within 150 yds of each other on the same night.

Fact is stranger than fiction and this was a possibility, but not a possibility that could be taken very seriously. The reason that police and a few journalists close enough to them to have this information could not tell everybody, was that if they had done so and the Panther had read about it, he would simply have thrown his gun into the canal and stolen another. As it turned out he did eventually get rid of his gun. He would still be armed but the most vital piece of evidence linking him to his crimes would in all probability be lost for ever.

The linking of the Panther with Lesley's kidnapping must have come as a terrible shock to Bob Booth and his team. Now, knowing the type of man who was holding Lesley, the urgency of their position must have been brought home to them very clearly. The finding of the car did however unlock a treasure chest of clues. Why the Panther, who abandoned it, did not go back the next day or the day after to recover it is perhaps another indication of his character; his inability to take any gamble that was not loaded heavily in his favour. Had the car not been found it is hard to guess how long it would have taken the police to link the kidnapper with the Panther. It certainly turned the pressure on the Panther with a new intensity.

The public can be often apathetic when it comes to helping the police with a murder enquiry, but once it was generally known that the Panther was the man who had kidnapped Lesley Whittle and later that he had killed her, they responded wholeheartedly to every police appeal. With this tremendous goodwill from the public, if police detection methods could have caught Neilson then they certainly would have done. The car contained numerous clues. It bore the false registration plates TTV 454 H made from components made by Jepson Limited of Sheffield. And here was another indication that the Panther was not as bright as he thought he was. On the windscreen was a tax disc which did not match up with the number plates. It had been stolen from a car in Leicester. This could have led to disaster for the Panther and it very nearly did. Any routine check of the car would have revealed this discrepancy and the police would have become very interested in it. It would not have been very long before the office for the registration of motor vehicles, in Swansea, came up with the information from its computer that the number TTV 454 H belonged not to a Morris 1300 but to a Saab.

Those number plates did, at the time, look as though they might lead the police straight to the kidnapper in another way. Police immediately went to Jepson Limited in Sheffield where they discovered that the company offered its system for the manufacture of number plates on a franchise basis. The base-plates they supplied were made of metal and the numbers were plastic. If a garage agreed to use the system it was supplied, by Jepson, with a die, spacers and a set of punches. The letters supplied have protusions at the back which fit through holes drilled in the baseplate and they are permanently fixed by washers which are driven on the protusions with a punch and hammer. It is a good and simple system but one would still have to have a certain amount of mechanical ability to make a professional job of a set of Jepson number plates. The plates on the stolen car had been expertly made.

At first the police thought the plates must have been made up at a garage. Jepson told the police there were nearly a thousand main users of their system throughout the country. Starting at the most likely geographical points teams of detectives began calling at all the garages in England which supplied Jepson plates. Had they made the plates? Had they any records of plates they made? Had anybody of the Panther's description had plates made for which there were no records? The big hope was that they would one day call on the garage that had supplied the plates for TTV 454 H and that the staff would either remember who they had been made for or would have records of who paid for them to be made. That would have put the police nearly one step behind the Panther himself.

The exercise devoured thousands of police hours and was to end in failure. The Panther had his own set of Jepson equipment.

Under British law there is no requirement for anybody who makes a car number plate even to note the name and address of the customer. Ironically Jepson had themselves been campaigning to have such a law, which exists in many other countries, introduced to Britain but without success. If we had such a law it would be illegal for back street garages to knock up number plates for anybody with the wherewithall, without making sure they were not aiding and abetting a criminal venture.

The stolen car squad were able to tell the kidnap detectives that there were dozens of garages all over the area which would produce plates with no questions asked. Jepson said quite reasonably, that because there was no law governing the issue of number plates they did not always know what became of their equipment. In certain cases when a customer no longer required the service they wrote to them asking for the equipment back but if it was not sent and if it was not convenient for their representative to collect it, they often just left it there. It was cheaper to do so.

Other sets of missing equipment could be accounted for by companies which had gone out of business. Many sets had been stolen; thefts which had been reported to the police or to Jepsons were re-investigated but without success. When police had finished calling on the thousand large customers of Jepson they started all over again with the thousand plus small garages supplied with equipment. They got nowhere. At the time of the Whittle kidnapping there were thousands of stolen cars unaccounted for in the general area of the Panther's activity. It does seem remarkable when one considers the misery caused by car thieves and the part played in many major crimes by stolen vehicles that a move to enact a law which would place the manufacture of number plates in the hands of legitimate and registered manufacturers or their agencies, should be resisted. Such omissions on the part of Parliament can only make life easier for people like Donald Neilson. A simple law requiring a motorist to produce his log book as proof of ownership before he is supplied with new registration plates does seem long overdue.

In the car's boot were many pieces of evidence. A foam rubber mattress, a pair of men's needlecord cotton trousers unworn with a receipt for their purchase, from C & A Modes of Leeds, dated 20 November 1974, a 90ft rope similar to those used to lash loads on to heavy lorries, a pack of black plastic sheeting, a bag of barley sugar sweets, a bottle of Lucozade and a torch. Directly linking the car with Lesley's abduction were a number of envelopes containing strips of Dymo tapes giving instructions for the delivery of the ransom. Each envelope bore a word or two in the Panther's own handwriting. The Dymo tapes set a trail from one telephone box to another on a roundabout route that would have brought Ronald Whittle at last to the wall of Dudley Zoo. There he would have discovered a message instructing him to tie the suitcase full of cash to a rope which the Panther would have hauled over the wall. Also in the car was a cassette tape recorder containing a tape of Lesley's voice, and the slippers she had been wearing when she was abducted. Forensic examination of the car revealed one of Lesley's hairs and some partial fingerprints of the Panther himself. Also under the back seat was found a scrap of paper with numbers scribbled on it.

How it must have galled Neilson, knowing that all that evidence was standing in full public view in a car park. Had he gone back and driven the car away he would never have been charged with Lesley's death. Apart from the undesirability as far as the Panther was concerned of the police finding his car with its treasure trove of clues, there was another aspect that must have galled him. Certain of the items in the car were things he needed for collection of the ransom. Not the least of these was the tape of Lesley's voice.

The day after he shot Gerald Smith he was going to have to replace that tape-recording and the torch. Had things gone differently, as will become clear later on, that could have led to him being identified very shortly afterwards.

It was to be a long time before Bob Booth saw his wife and family again. He moved out of his home near Cheltenham and into a flat above Bridgnorth Police Station. From there he travelled to Dudley every day to control the joint operation to recover Lesley and to catch the man who had shot Gerald Smith.

It was at about this time that Superintendent Booth employed a very subtle tactic. He wanted the kidnapper to think that he could contact Ronald Whittle without fear of police interference. To that end he pretended to have had a row with Ronald over what should be done. It must have been a very strange role for a senior policeman to play and he only got away with it because Ronald entered wholeheartedly into the spirit of the thing.

When I met Ronald about ten days after Lesley's kidnapping he told me he had had a disagreement with Mr Booth and that he was going his own way. He told me that the police were only interested in catching the kidnapper and had told him not to part with the ransom money. He told me he was going to pay the ransom whether the police liked it or not and that he would do it without their knowledge. He said: 'I am only concerned with getting my sister back. Capturing the kidnappers does not concern me. I feel that the chances of getting her back safely would improve if the police are kept out of it. The kidnappers may not deal with them but may be prepared to deal with me. I have the money ready and I am willing to hand it over. The police have made it quite clear to me that if I act without their knowledge I will have to bear the responsibility for what happens and I am prepared to do that.' The policeman pretended too that he had had a row with Ronald Whittle. He would not say so in so many words but he looked bored when Ronald's name was mentioned as if to say, 'How can you help people who don't want to help themselves?'

It was all an elaborate charade. Bob Booth had already arranged police cover for Ronald to go to Kidsgrove or any other point at which instructions were given for the money to be handed over. But he did not want the kidnapper to know that. When the press blackout ended journalists were to be called to a press conference in the police club at Dudley Police Station. Nobody had to be told twice that they should attend. Even before Bob Booth announced that the car had been found and it was the Panther who was holding Lesley Whittle the journalists had worked it out. The two stories, the Whittle kidnapping and the freightliner shooting had been running side by side. One from Kidderminster, the other from Dudley.

Booth had nothing to do with the Dudley end, but when it was announced that Bob Booth would have a press conference at Dudley everyone put two and two together and made four. Booth was in charge of the Whittle enquiry and Dudley was the headquarters of the hunt for the man who had shot Gerald Smith and one didn't have to be a genius to link the two.

Booth now decided to use the press for his own ends. The situation had changed. He told us: 'This man is a cold, cool, very calculating individual who is ruthless when cornered. Nobody, I repeat nobody, should try and detain this man other than a policeman. I ask the public to tell us their suspicions and what they have found and we will investigate.' From having no clues as to the kidnapper's identity the police now had almost an embarrassment of them. There was the artist's impression, made with the help of Gerald Smith and there was the car and all the items it contained.

Booth now realised that the press could be of great assistance to him. The first thing he wanted was the artist's impression, made with the help of Gerald Smith, of the Panther to get as wide a showing as possible and of course it did. A good policeman can play the press like a violin. If he needs massive publicity then he has to work for it, not to let everything out in one go. A daily release of items of information is bound to tantalise news editors and keep them eager to follow the story. This is what Bob Booth commenced to do and he continued to pretend that he was in no way helping Ronald Whittle to pay over the ransom.

Finding the car was to provide another bonus for the police. After the shooting of Sidney Grayland, the Association of Sub-postmasters announced that they would pay a reward of £25,000 to anybody providing information that might lead to the arrest and conviction of the man who had shot its members. Because the post office killings had not been given massive publicity, except in the *News of the World*, many people who were in a position to help the police on this score did not even know that the reward existed. But when Lesley's abduction was linked with the Black Panther other newspapers and also television, which had previously almost ignored the shootings, reacted with saturation coverage.

Anybody who tells you there is honour among thieves does not know what he is talking about. £25,000 seemed like 25,000 good reasons why any crook who could discover the Panther's identity should 'grass' on him to the police. If they needed to salve their consciences about turning in a fellow crook they could always tell themselves that while they didn't mind a bit of armed robbery, they drew the line at the kidnapping of teenage girls.

Crooks all over the West Midlands turned to bounty hunting. They were not able to dig anything up for the police, as it happened, but they did provide some moments of light relief. One such moment was provided in a public house in Dudley while I was drinking with Chief Superintendent Clifford Taylor, the officer in charge of the Dudley Division. Two small-time crooks came into the bar. Superintendent Taylor suggested I had a word with them to see what they knew. 'I have been trying to put those two behind bars for twenty-five years and I have not managed yet, but as villains go they are not bad sorts.'

I got into conversation with the two men and asked them how their hunt for clues was going. Not very well, they said. Then they spotted the policeman. 'See that guy over there?' one of them said.

'Yes,' I said, 'I do.'

'He's a policeman,' he said. 'His name is Clifford Taylor, he's been trying to put me away for twenty-five years but he can't pin anything on me. Still, he's not a bad bloke for a copper.'

In the days that followed the police were to get dozens of calls from underworld 'characters'. The villains worked very hard. It was not only the thought of the reward that spurred them on but, because of the Panther's depredations, they were all out of business. With police pressure as it was they were finding it impossible to make a dishonest living anymore. The reward would make up for that.

The whole of the local underworld were looking for the Panther. One report was that a man resembling the Panther's photo-fit had been seen in a bar and the villains were going to stake it out for nights. They were quite prepared to run the risk of being shot for the £25,000 reward and the main concern of the police was to impress on them not to try to make their own arrest. The police not only didn't want any more dead bodies around, but it was possible for the crooks to get the wrong man and it was unlikely they would use the same restraint as a policeman while trying to detain a man they believed to be armed.

The effect of the publicity was immediate. Hundreds of ordinary people telephoned the police or went to the police station with pieces of information they thought were valuable.

By now, realising the kind of man they were dealing with, a team of armed police marksmen had been set up at Dudley Police Station and when a tip seemed a very strong one it was they who called on the luckless suspect. One decision that Bob Booth had made was that if possible no policemen were going to be killed, no constable armed with only a truncheon was going to be pitted against the gunman if he could help it. Although three or four guiltless citizens had the shock of being suddenly surrounded by a group of armed policemen who made it perfectly clear that they would shoot unless their instructions were followed to the letter, they all seemed to realise that these desperate measures were necessary. At least none of them complained about it afterwards.

One sensation seeker at Neasden, North West London, was foolish enough to call *The Sun* newspaper and tell a reporter that it was not possible for the post office shootings and the kidnapping to be linked. He had pulled off some of the post office jobs, he said. He had nothing to do with the kidnapping, though. The reporter kept him talking and telephoned the police on another line. Before the conversation was over the reporter heard the line go dead. There was a good reason. The door of the telephone box had suddenly been thrown open and the caller had found himself looking into the barrel of a revolver. The police were taking no chances at all. The man was held for a couple of days, but when it was realised that he knew nothing, he was released.

But a lot of genuine information came to light as well. Several people had actually seen the stolen car and they were able to pass on information to the police, which although it led to nothing seemed very valuable at the time. All the sightings were, however, at least a week before the kidnapping.

One was from a woman traffic warden in the town of Redditch, Worcestershire and it illustrated how close Neilson came to being caught with his stolen car. The warden had actually taken the number of the car and jotted it down in her pad as it stood outside a bank in the centre of the town in a limited waiting area. The car was moved before the legal waiting period was up and so she took no further details. But had the warden looked at the tax disc on the car she would have seen that it did not tally with the number plates and the police would certainly have been called.

Another man saw the car in Redditch later that day. It was parked on a hill leading out of the town and he saw the man we now know to be Neilson behind it. The boot was open and Neilson was doing something with its contents. As the man approached, he told police, Neilson looked at him. The most noticeable thing about him was the menace in his eyes. The look was of hatred and it was so intense that he thought he was going to be attacked for no reason he could understand. The man was a responsible businessman and his story is thought to be true.

What the car was doing in Redditch nobody will ever know but next door to the bank where the car was parked is the public library where one can examine the plans of all the underground drainage works in the town. That was where the police thought Neilson had been because a few days later they arrived at the library and took away all those maps for examination. Perhaps coincidentally, perhaps not, the second place in Redditch where the car was seen that day was the nearest point to the opening of a disused railway tunnel that runs under the town. The Panther may have been reconnoitring for a ransom handover point, but rejected Redditch in favour of Kidsgrove, which was more suitable.

The man who saw the Panther in Redditch was able to give the police a fairly full description of him. So was a middle-aged schoolteacher who lives at Harbourne, Birmingham. The lady lived in a maisonette near to an extremely popular pub called the Sportsman's Arms. The fact that patrons of the public house continually parked on the parking spaces belonging to the maisonettes obsessed her. When she saw the green 1300 parked there she did what she had done several times before, she noted down the number and waited for the owner to come back. And in due course he did. She told him how inconvenient it was for non-residents to use the car park which prevented people who lived there from parking their cars. The man was very polite. He apologised and said that he did not know the spaces were for residents and drove off. When the schoolmistress saw the newspapers later and realised she had been talking to the Panther she rang the police immediately.

A massive door-to-door operation was mounted in the area. The police maintained that the Panther must have parked there for a reason, he must have called on someone and they wanted to find out who. The most obvious place for him to have called at was the public house and for weeks the place was staked out by police waiting for Neilson to return. The regulars, who are mainly middle class, could never get used to the presence of the quiet man who always seemed to be standing in their favourite places and who never seemed to be there for any good reason, but they had to put up with it. Any stranger entering the pub who spoke with a Black Country accent, or was of small stature was rapidly whisked to one side for a quick interview.

Yet another sighting was made by a housewife who lived in Sedgely, on the outskirts of Dudley, next to a vast area of wasteland pockmarked with old mine workings. She said she had seen a man who fitted the Panther's description working on the car. An immediate police search of the area was ordered and carried out in the pouring rain. It took all day. The police were looking for the original number plates of the car or any other clues, but the search was fruitless.

From the sightings two new photo-fit pictures of the Panther were made up. Having seen Neilson it is now obvious that they were both hopelessly wrong. One showed an unshaven man in his mid-forties with an elongated chin. The other showed a much younger man probably in his late twenties, clean shaven, with ears that stuck out. Neither was remotely like Neilson. From these photo-fits, one can see how bad a setback it was that the car was not found earlier. Had the car been found right away and its significance realised the publicity of its finding could have been made almost two weeks sooner, and the memories of those who had seen the Panther would have had less time to blur. Perhaps the photo-fits would have been quite different and would have been more like Neilson. Perhaps others would have come forward having remembered that they too had seen the car. But hindsight is cheap, the car was not found when it could have been and that is that.

These were the days of theories. There was not time to pursue the classic, openminded police enquiry. Chief Superintendent Booth had to find a short cut to his man. He did not have time for the long term approach which could have taken up to a year. Kidnappers do not keep their victims alive that long. What Superintendent Booth was looking for was a link. A chain of objects, events or circumstances that would join all of the places, now marked with pins on the wall map in the incident room of the first floor of Dudley Police Station. Each pin represented a place where the car or its driver had been seen prior to the kidnapping. There was a known common denominator, Neilson had been to all of them. The question was the shortest and most difficult ever asked, why? During all his waking hours and most of his sleeping ones it was the one main question that the policeman was asking himself.

The main points on the map were; Highley, Harbourne, Langley, Dudley, Tipton, Redditch, Accrington and Harrogate. The link was of necessity, purely theoretical. This was the Sherlock Holmes type of police work.

One theory was that the criminal was a travelling salesman and that he called on all these places during the course of his work. A massive police effort was made to find a company which had a representative who called on all these places or to find a company in the north which had recently transferred a representative to the Dudley area or who had recently sacked a salesman who had since taken up a position in the Midlands.

There was the canal theory. Most of the places where the crimes had been committed or where he had been sighted were fairly close to canals. Had he once been a bargee or did he own a small pleasure boat which he used on the canals? There was one theory that the kidnapper might be an operative for a fruit machine company. One such company had machines installed in pubs and clubs near all the spots in the Midlands where the Panther had been seen or was known to have been.

But it is all too easy to find facts to fit a preconceived pattern. If, as was proved in this case, the theory is wrong in the first place no amount of investigation is going to make it right in the end. The police were lashing out in the dark.

There was one very hurtful theory going around as well. This was that Ronald Whittle was responsible for his own sister's kidnapping. Like all the theories there were several facts or circumstances to support it. Ronald would have stood to gain a great deal financially from Lesley's death under the terms of the trust that looked after her money. Although he ran the coach business he did not appear to be personally very rich. Like several people before him in similar circumstances he was determined to put the best face possible on a very unhappy and worrying situation and to try not to look too gloomy.

His apparent lack of anguish was totally misinterpreted in some circles and many people who saw him on television noted this. The situation was not helped when some newspapers ran Ronald's picture side by side with one of the photo-fits of the Panther. There can be no denying it, he bore a striking resemblance to the photo-fit and was more or less the right height and build. This resolved in Ronald, with all his problems, getting dozens of abusive letters from people who didn't even know him, accusing him of arranging the kidnap of his own sister.

One man at least knew that Ronald could not be involved and that was Chief Superintendent Booth. But Superintendent Booth could not say anything. He was trying to give the impression that Ronald would have nothing to do with the police at this stage, in the hope of fooling the kidnapper. In Lesley's best interests, which Ronald always had at heart, the only thing he could do was to suffer in silence and that is what he did.

Another theory which took up thousands of police hours was that the kidnapper had once worked at Dudley Zoo. There were plenty of facts to make that seem likely. The zoo, the largest in that part of the country, uses a vast number of part-time and casual workers in the summer months who could have fitted the Panther's description. The route the Panther was taking on the night he met and shot Gerald Smith led to the wall of the zoo and on one of the Dymo tapes there was a reference to Gate Eight, at the zoo. This gate is a numbered turnstile, and the turnstiles are referred to only by people at the zoo as 'gate 2', 'gate 3', and so on. Outsiders do not call them gates, but turnstiles. Also, the same night that Mr Smith was shot, when the Panther disappeared, he was heading in the direction of the zoo. A hundred officers with thirty-seven dogs combed the area for days and all of the zoo's employees, past and present, were tracked down and interviewed. There was a small zoo on the outskirts of Dudley where the woman had seen a man working on the stolen car.

Like all the other theories it did not work and now we know why. There were to be no easy answers in this case. The fact that the ransom asked was only £50,000 which made the crime look very small indeed, caused the police to repeatedly underestimate their adversary. Neilson was no local yobbo who suddenly got an idea to make a few pounds. Neither was he a travelling salesman who thought he could use his job as a cover to commit crimes. He was a methodical scheming man who before he took almost any action had weighed up in his own mind how the police might react to it. To a great extent he seemed, if not to know how the police operated, to be able to guess how they might, and compared to the average criminal he was very cunning. And it is, I suppose, only fair to say, that had Neilson's undoubted talents been put to a legitimate and worthy use he could have been winning medals instead of being consumed by hatred.

The main problem with the theories was that they all started with the assumption that Neilson only knew about Highley and other places because he had a job which made him mobile. However, Neilson's job was, if it can be called that, that of a full-time professional, if not very successful, criminal. He visited the places he did for the sole purpose of researching the crime he was about to commit and he did not need to have a prior knowledge of the scene any more than any other professional does when he moves into a new area.

But if the police effort from Dudley proved ineffective in the end it is very hard to know what else they could have done. The truth is that a really determined and knowledgeable criminal can keep ahead of the police for a very long time. It is not even certain that they will ever get caught. Neilson, by his character and by the seriousness of his crimes made it certain that one day he would end up in prison.

The days were passing in a flurry of police activity which did not seem to be getting anyone very far. The phone continued to ring at the Whittle house, but the calls all came from cruel hoaxers. It is hard to imagine how anyone can be so despicable as to try to cash in on the misery of the Whittles but that such people exist is just an unpleasant fact we have to accept. Dozens phoned the Whittles in those first few weeks. Ronald had been briefed by Superintendent Booth on how to deal with them. He asked every caller for proof that Lesley was alive, for some token like a fact about her family only she could have known. If no proof was forthcoming they got the sharp end of Ronald's tongue, but not before he had let them speak long enough for police monitoring the incoming calls to try to get a line on the phone they were speaking from. Happily some of these people were brought to justice.

All of this time, of course, Lesley was dead and dozens of clues that could have led to her murderer were in the Kidsgrove area. The area of Bathpool Park had not been massively searched, as by normal police methods it should have been, because, as I have said, Superintendent Booth was pinning all his hopes on getting Lesley back alive. This depended on the kidnapper believing that Ronald was working independently of the police and that if he made a rendezvous with the kidnapper the brother would go alone. The police thought that if the kidnapper had known that the police had been present at that first abortive rendezvous with Ronald, he would certainly never have trusted Ronald again. We now know that he already knew this, that he had seen them with his night glasses, but there was no way the police could know this at that time; the glasses had not yet been found. Superintendent Booth desperately wanted to search the park but he was afraid to do so. He was afraid that the kidnapper may be watching the park and that if he saw any search being made he would then know that Ronald was working with the police and would not be foolish enough to make any further attempt to contact Ronald. Officers from Scotland Yard made a surreptitious search but found nothing.

Police believed that the Kidsgrove 'meeting' might have been nothing more than a dry run planned by the kidnapper for the sole purpose of testing whether the police were giving Ronald cover or not. If he thought they were he could be expected to kill Lesley and get clean away.

What was needed was an apparent slip from Ronald which would let the police know that he had been to Kidsgrove and give them an excuse to search the park. Bob Booth was already in the business of telling white lies to the press and the public to try and get Lesley back alive and now he was about to conspire with Ronald Whittle to attempt to fool everybody including the Panther. Bob Booth would not object to me saying that he lied. He told me at the time that he was prepared to tell any lie under the sun to get Lesley back, but he admitted that telling lies did not come easily to him and this was to let him down badly. It was certainly to lead to him being deeply misunderstood by the press and the public in the very near future.

But before Bob Booth played this hand, which was to lead to the discovery of Lesley's body and take overall responsibility for the case from his hands, he had one major trump to play; one last way to appeal to the public more strongly than he had done before for any information that might lead to bringing Lesley back home safe and alive.

The appeal was the sound of Lesley's own voice, terrified and in a near whimper, that had been found on a tape in the green 1300 car. The Superintendent played it over and over again and the more he played it the more it upset him. It was a difficult decision to make to play this tape of the voice of a girl who may already be dead, on television and radio. The distress that it would bring to all of those near her was bound to be devastating, but there was the slender hope that if the kidnapper had a woman, a wife or a mother, hearing Lesley's frightened voice might bring home to her the real horror of what her man was doing and tip the balance towards the point where she would finally denounce him. It was an avenue that had to be tried.

The tape was first heard in public at a press conference at

Dudley Police Station. Lesley's own voice gave instructions to go to a telephone box where there would be further instructions. The message was repeated four times by Lesley who seemed to be near to tears and fighting to keep clarity in her voice. After the message, Lesley was allowed a few precious last words to her mother. They were to be the last words the world was ever to hear from Lesley and they were tragically simple; 'There is no need to worry Mum, I am OK. I got a bit wet, but I am quite dry now. I am being treated very well.' There then followed a frightened 'OK?' which seemed to be Lesley speaking, not to her mother, but to the kidnapper, pleading, perhaps trying to humour him. We will never know how he had threatened or bullied her to make the tape in the first place.

The same evening Ronald Whittle and Chief Superintendent Booth went on Midland TV. Ronald had a white plastic suitcase with him containing the ransom money. The tape was played and the effect it had on everybody who heard it was upsetting, to say the least. But it had an immediate effect. Hundreds of people who thought they had important information contacted the police and it was just unfortunate that they were mistaken. They did not have the information the police so desperately needed. Ronald Whittle and the policeman made the most of the television appearance to continue the myth that they were not working together. Ronald and Bob Booth were cold towards each other. Ronald told viewers: 'The money is here. If the kidnapper will get in touch he can have the money. I am sure the police have not followed me when I have gone out in the past.'

Bob Booth gave a sterner warning: 'I want the girl back. He can have the money.' But when that was accomplished he warned the kidnapper direct: 'We shall be after you. You don't have to get away scot free. There is no amnesty. Use your own means of communication. Whatever suspicions you might have had in the past, dismiss them from your mind.' The appeal fell on deaf ears if Neilson heard it at all. He certainly did not attempt to contact the Whittles again and the scene was now set for Bob Booth to play out his last charade.

For weeks Bob Booth had been desperately trying to keep Lesley alive in his own mind, in the minds of her family and in the minds of the public. Any suggestion that she might be dead brought a sudden outburst of anger from the policeman. There were good reasons why he should do this. As far as his own men were concerned they would be far more alert and diligent if they thought that their efforts were directed at saving the life of a teenage girl than they would have been had they thought they were merely trying to catch another killer. Hope obviously had to be kept alive in the Whittle family and especially in Ronald so that if the kidnapper did contact him he too would be operating at top efficiency. It was vitally important to make the press, and through them, the public, believe that the girl could still be rescued. Day by day Booth had been doling out clues to the public through the press to keep the story alive and to keep everybody playing what had become the new national game 'find the Panther'. Every time a new clue was released through the papers or on television hundreds of phone calls and letters flooded into the incident room at Dudley and the hope was that one of these letters would contain that tiny piece of information that would lead to the Panther being unmasked. It was thought that as soon as the public thought that Lesley was dead a lot of their enthusiasm would disappear.

Most important, the policeman had to convince himself that Lesley was alive, in order to provide the dynamism for the police operation. Remembering that Superintendent Booth was working eighteen hours a day, seven days a week, it is not really surprising that he managed to do this but as the weeks went by the pressure for a proper search of Bathpool Park, Kidsgrove, where the Panther was known to have been, became irresistible. Superintendent Booth was not prepared to give up the illusion that he and Ronald were operating separately and with different objectives in mind, Ronald to obtain the release of his sister, and Booth to catch the kidnapper.

So once more the two men appeared on television for what was to be an extraordinary programme. Thousands of viewers were to see an apparent head-on clash between Ronald and Superintendent Booth. It happened when Ronald appeared to let slip that within forty-eight hours of Lesley being taken from her home he had received a taped telephone message giving instructions on how to pay the £50,000 ransom. The police were unaware of this he said and without the police knowing he went to the secret rendezvous but there was nobody there. When the question was put to the Superintendent he appeared to fly into a rage and said: 'I am afraid this interview will have to terminate.' The policeman looked very upset and demanded that Ronald give full details of the incidents to the police. It was a good piece of playacting and was designed to lure the kidnapper into making further contact with Ronald and at the same time clear the way for a police search of Bathpool Park.

After the interview Ronald kept up the illusion by telling newsmen: 'It is true that Mr Booth was angry. His reaction was predictable but I have said all along that I wanted to go it alone and I would refuse to reveal to the police if I received calls which I thought were genuinely from the kidnapper. I have felt from the outset that I would have stood a better chance of getting Lesley back safely if I acted alone and I failed to tell the police of the calls I received.' And Ronald claimed that he had acted on his own initiative after the message from the kidnapper was taken by his Highley depot manager. The message stressed that the police should not be told, said Ronald, and he had not told them. He had acted on the instructions and gone to a telephone box in Kidsgrove where he found further instructions attached to a board. They told him to follow a route to a park and to flash his headlights at a man signalling with a torch. He said he had complied with all the instructions.

The whole thing had been stage-managed by the two men from the start, but still some sections of the press and vast sections of the general public came to make a wrong judgement of Bob Booth because of it. They took the programme at face value. It certainly seemed from the programme to anyone who did not know better, that Superintendent Booth had totally mishandled the whole situation. Phone calls had been made to the house that he didn't know about! The kidnapped girl's brother had been driving around the countryside trying to meet the kidnapper and the police did not know that! The brother's confidence in the police appeared to be at such a low ebb that he would not confide in them even the smallest piece of information! In short the policeman had come over as something of a buffoon. This was very far from the truth, but television is a powerful medium.

Very few people have heard the explanation for the programme or of the motives which prompted Bob Booth to make it and even those who later did, still had a bad impression of the Superintendent. Wasn't he the man who had looked so out of his depth on television? Hadn't he somehow mishandled the case? They couldn't quite remember how, but even people in high positions who should have known better could not forget the impact of the programme and its indication that Bob Booth was somehow incompetent.

In fact he is one of the most brilliant policemen in the Midlands which is proved by his murder record alone. Of seventy investigations not one is still outstanding. Only eighteen months from retirement, when he would doubtless have been thinking of looking for a top job in a security organisation or something similar it was a tremendous sacrifice for the police chief to make, and though he made it willingly he may one day have to count the cost. That is the power of television. And the policeman and even his family were soon to be made to suffer for his short career as a television actor.

But now several important events were about to take place. Most importantly, a way had now been made for a proper search of Bathpool Park.

5
The End of Hope

Kidsgrove is an unlovely town of 22,000 inhabitants which stands three miles west of the pottery town of Stoke on Trent and consists mainly of two storey terraces. The people who live there will hate me for saying it and so no doubt would Arnold Bennett who immortalised the area of the five towns of the potteries but the whole area is very drab and grey. Kidsgrove itself, which owes its livelihood to ceramics, metal workings and to a lesser extent the chemical industry, does not even have a café. There are pubs, working men's clubs and a bingo hall. Surprisingly enough, there is also an artificial ski-slope, but that is all.

The people are almost entirely working class and like the Victorian artisan dwellings most of them live in, they have not changed much over the years. The town's only claim to fame is the Harecastle railway tunnel which was considered a masterpiece of railway engineering when it was opened in 1848. It was over a mile and a half long and was built to take the North Staffordshire railway. Alongside it runs another famous tunnel, the Harecastle canal tunnel, built by the famous engineer James Brindley to carry the Trent and Mersey canal, and opened in 1777. Fifty years later a new tunnel was built beside that and the canal was diverted through it.

The only beauty spot in Kidsgrove, if you could call it that, is Bathpool Park, a patch of grass covering some thirty acres with small stands of trees and overlooked by the ski-slope. All the tunnels and the drainage system which the Panther used run directly under the park. The drainage system was built for British Railways in the late sixties to carry excess water from a new railway tunnel that had been built to replace the 1848 one. The old tunnel was not high enough to take overhead power wires and so electrification of the line made the old tunnel obsolete.

Murder is no stranger to the area of the park. Overlooking the park is a pub called the Clough Hall Hotel which was used extensively by police and press during the Whittle murder case. In a prominent place in the lounge bar hangs a framed scroll telling of the park's sombre past. In the year 1890, it recounts, the skeleton of a young woman was found there. She had been murdered but police never even discovered who she was let alone who killed her. In 1911 there was another tragedy. The local squire went berserk, killing his entire family and the servants. It is macabre but inevitable that the notice will now be updated to include Lesley Whittle's murder.

On 6 March, the day after Ronald and Booth appeared on television, a search was carried out in Bathpool Park. Nothing was discovered. Then things began to move. Several weeks before, at about the time that Lesley was kidnapped, two schoolboys who attended nearby Maryhill Primary School, had been playing in the park when they found an orange piece of Dymo tape stuck to a torch. On it were the words 'drop suitcase into hole'. The boys reported their find to the headmaster of the school but no action was taken and no importance was attached to the tape. After all no mention of Lesley Whittle or her kidnapping was made on the tape and Dudley was fifty miles away, Highley seventy. But as soon as the headmaster read in the newspapers that Lesley's brother Ronald had been in Kidsgrove he went straight to the police.

That tape entirely changed the whole aspect of things. Police had been prepared to believe that the Kidsgrove journey had been another dry run, but the tape did not seem to indicate that. Now a search of the area began in earnest and tracker dogs and dozens of policemen went over the ground. At 4.15pm on Friday, 7 March, a young constable climbed into the depths of the dank drainage shaft in the park. Above him was a circle of daylight, below him the wet sides of the shaft were picked out by the beam of his torch. Suddenly he shouted to the officers above. In the beam of his torch was a horrific and pathetic sight. Down at the bottom of the shaft was the naked body of a young girl. It was suspended by a wire rope attached to its neck. Above it was a small shelf on which various coloured items were scattered.

The constable did not stay there. He climbed back up to the surface and senior officers were called for. One went down. After photographs of the body had been taken the entire area of the park was sealed off and a pathologist was sent for. Now everything moved very slowly, as it does on these occasions. A tent was erected over the mouth of the vertical shaft and policemen and a doctor made their examinations. It was not until the next morning that all had finished their work and the body was brought up to the surface. It left the park in a plain wooden coffin.

A post-mortem examination of the body showed that the girl had died from vagal inhibition. This is the cause of death in many cases of strangulation. The two vagal nerves run down either side of the neck, and undue pressure on either can lead to death. The nerves control the speed of heart beat, respiration, and the performance of other important organs of the body. If the slightest pressure is exerted on either nerve the normal result is a slowing of the heart beat. If more pressure is exerted the heart stops altogether. In cases of strangulation, either manual or by ligature, vagal inhibition provides a quick and merciful relief to the victim who would otherwise die the slower death of suffocation. But vagal inhibition can also be caused by a severe shock, by terror. One can literally die of fright. As a Home Office pathologist explained to me: 'A sudden and unexpected shock can be enough to stimulate the vagal nerve and cause death. An example of this is when one is standing relaxed and an unexpected "bang", say someone bursting a balloon, happens behind one. One can actually feel the heart jolt. In the case of the old or the infirm that jolt could kill.'

The small town of Kidsgrove was stunned. People stood among the trees watching the grim play being enacted in their park. Everyone was asking if this was the body of Lesley Whittle. For some reason those involved in the case were futilely hoping that it wasn't. This may seem strange but, although like Superintendent Booth everyone knew that they shouldn't get emotionally involved, somehow they had unwittingly allowed themselves to slip into this very trap. Nobody at the scene was going to tell us, and I wanted to know. My contacts, the policemen I knew and who trusted me enough to tell me, were all at Dudley and that is where I drove that night.

I had intended to ask Bob Booth personally if the dead girl

was Lesley, but I did not have to. I saw him in the corridor of the police station and his face answered the question for me. He looked haggard, tired and deeply upset. I remembered that it was he who told me that a policeman should never get emotionally involved in any case he was handling and I wondered how he had strayed so far from taking his own advice. I did not attempt to speak to him. I felt almost as if it would have been an intrusion into personal grief. Just how emotionally involved Bob Booth had become was to be shown next morning at the most crowded press conference that ever took place at the police club in Dudley. The atmosphere was electric. Well over a hundred press men were crowded into the club room. The Chief Superintendent and his colleagues sat at plastic-topped tables at the end of the room in the harsh glare of the television lights. The press were out for blood. The nation was in a state of shock following the disclosure of the awful way in which Lesley had died and the editors were looking for a scapegoat.

Questions were fired like machine-gun bullets, almost all designed to get the policeman to admit that someone somewhere had slipped up. The policeman was smouldering with anger, not against the press but against the Black Panther, who had killed the girl he, Bob Booth, had kept alive in his own and in everybody else's mind for so long. The Superintendent knew by now of the labyrinth of underground tunnels and drainage shafts at Kidsgrove which the Panther had used and he was stunned not only by the horrible way in which Lesley had died but by the way the killer had tricked everybody. It was suddenly brought home to him how deeply he had underestimated his man. Even if the police had sealed off the entire park that night when Ronald Whittle was there, Neilson would still have escaped underground and come up more than a mile away, behind their lines. But it was Lesley's death which upset him most. 'In my wildest dreams I never dreamed he would do such a thing to the girl. It is terrible,' he said. 'Nothing is more important now than to get him before he murders again. I have said all along how evil, how ruthless, how terribly wicked he is. Lesley was never intended to be returned alive again from the beginning. He could not release a witness who could bring judgement against him.' Then the Superintendent made an amazing statement: 'Within twenty-four hours we will have him if it means pulling out every stop in creation,' he said. It was a remark he was soon to regret.

They were emotional words said in an emotional way and at that point, before being able to put everything into perspective, the Superintendent must have been bitterly rueing the fact that he had chosen to believe that Lesley was still alive throughout the long weeks since she was kidnapped. When he made his remarks about catching the killer within twenty-four hours it was more of an emotional outburst than an expression of heartfelt confidence by the policeman. True, he had a new theory. That was that the killer must have helped to build the underground system at Kidsgrove. Everything seemed suddenly to fall into place. There had recently been major civil engineering works carried out at Highley and at most of the other places marked by pins on the map on the wall of Dudley incident room. Superintendent Booth knew it was just another theory and it must have crossed his mind that major civil engineering works had recently been carried out in nearly every town in Great Britain, but he was clutching at straws now and if all the other theories had failed this certainly looked the best yet. He was angry, and he was hurt and he was saying things he didn't really mean.

Unfortunately words spoken in anger take on a completely different look the next day, captured in cold black print on cold white paper, and the press and the public were illogically to try to hold Bob Booth to his promise. It would be used as another piece of ammunition against him by those looking for a scapegoat for the police's lack of success so far.

It was totally unfair but that didn't seem to matter much. Soon outright control of the kidnap investigation was to pass out of Superintendent Booth's hands. Commander John Morrison, the Head of Scotland Yard's murder squad, had already arrived at Kidsgrove. But the West Mercia CID Chief made one last desperate effort to conclude his case before he lost it. He dropped most other lines of enquiry and put all his men on to the task of finding out the name of any man who had worked on both the civil engineering projects, at Highley and at Kidsgrove. The enquiry was to lead to yet another blind alley.

Much had been made of the fact that Commander Morrison had been called in on the case. The press managed to give the impression that the Commander had been called in to help because Bob Booth had failed. This was not the truth at all. It was more a question of economics and the complicated world of police administration. When Lesley's body was found it was not in the same county from which the girl had been kidnapped. In police terms the one crime became two crimes. The kidnap investigation was still the responsibility of the West Mercia Police and their top criminal investigator, Chief Superintendent Bob Booth, was still in charge of that. But the murder of Lesley Whittle had undoubtedly occurred in Staffordshire and it was down to the Staffordshire Police to investigate it, and to bring her killer to book. This may sound nonsense but it is simply the way the police always work.

Each force is quite autonomous and while they obviously help each other and share information, each force is responsible for clearing up crimes committed on its own patch. One provincial force will not happily allow another to come on to its patch.

When there is a major crime provincial forces may, if they wish, call on the services of Scotland Yard. The Yard cannot suddenly decide to investigate a murder in the provinces, it has to be invited by the force on whose patch the crime was committed. Some forces never call in the Yard, some sometimes do and some always do. The Staffordshire force falls in the last category. They sent for a team from Scotland Yard.

The force has a perfectly capable CID team led by Chief Superintendent Harold Wright and if the impression given is that Arthur Rees, Chief Constable of the County and Harold Wright's boss, lacked confidence in his top detectives then that also is wrong. One of the main reasons that Staffordshire always call in the Yard on a major murder is simply that a large percentage of the costs of any provincial police operation led by the Yard is recoverable from the Home Office and thus cushions the blow to rate-payers in the county.

The experience the Yard has in dealing with major crimes and the forensic and other expertise at their command makes it a very attractive idea to call them in anyway, even if there were no cash incentive. Morrison's arrival was also to solve one major problem which, if all the police involved on the case up to then still deny it, did exist. Even before the body had been found the search for the Panther had become one of the most intensive murder hunts the country had ever known. But the structure of the police operation was really a bit of a shambles. This was caused by the wide-ranging activities of the Panther himself which put no two of his murders in the jurisdiction of the same police force. In North Yorkshire Superintendent Bill Dolby had a team of 100 men looking for the killer of the Harrogate sub-postmaster. At Accrington, Chief Superintendent Joe Mounsey had a further 100 officers on the Accrington murder. Superintendent Bill Lewis over at Langley was in charge of his squad of about 70 men investigating the shooting there and Bob Booth operating from Dudley now had more than 200 officers on the Whittle and Smith cases.

The four crime Chiefs met regularly, at least once a week, to pool information and discuss theories but what was missing was a supremo who could take responsibility for overall control of the forces which totalled 500 even before the body was found.

Three hundred more police were drafted into Kidsgrove from forces all over the Midlands after the discovery of Lesley's body, bringing the total to 800. In calling in the Yard Staffordshire police also brought in an overall leader to co-ordinate the hunt.

Commander Morrison, a dour island Scot who had risen through the ranks from a bobby on the beat at Southwark to become Britain's top homicide investigator and head of Scotland Yard's murder squad, was ideal for the job that was shouting to be filled.

His rank of Commander put him clearly above all the other crime chiefs on the enquiry at least in title and the respect due to the position he held at the Yard meant that he would soon be able to exert control over the other senior officers on the case.

There may have been some friction between the five detectives in the first few hours after Morrison's arrival at Kidsgrove, but this was soon to disappear. Bob Booth in those first few hours would obviously have liked to have retained control. He told one reporter: 'It is my kidnapping but they have got my body over there at Kidsgrove.' There were fears too that Chief Superintendent Joe Mounsey, a blunt Lancashire copper, might not be prepared to be subordinate to the Commander. More than one policeman who knew him well thought it likely that wherever the Panther was picked up Joe Mounsey would be the first at the scene to whisk him back to Accrington to stand trial for the Lancashire murder, before any of the other detectives could get near him.

In the event nothing so drastic happened and the five senior officers dropped whatever differences they may have had to unite against their common enemy, Donald Neilson. Within the first few hours there was no doubt that Commander Morrison and Commander Morrison alone was firmly in charge of the enquiry. And if the press had found Bob Booth difficult to get along with they were in for leaner times ahead.

Morrison was to rule with a rod of iron. Having seen how Bob Booth's brief television career had boomeranged on him the Commander was not about to make the same mistake. At his very first press conference his first ruling was: 'No TV cameras and no tape-recorders', except for the police tape-recorder which played throughout the duration of the conference. Nobody was going to catch him out.

The core of the Yard team was small. There was Commander Morrison, there was his lieutenant, a young detective inspector called Wally Boreham who was a cross between an organisation man and a troubleshooter, and there was Keith Lelliot, a Yard expert in exhibits and forensic evidence who looked more like a homely professor of English Literature than a policeman. Six other Yard men were under the Commander with about 300 officers from various other forces, mostly Staffordshire.

Cdr Morrison immediately called a conference of all the senior officers on the case and made it clear that he was starting from scratch. He listened to all the theories on the case but he was really only interested in proven facts. He began at the beginning. For instance when asked if he was looking for any particular kind of gun, he said that as far as he was concerned there appeared to be no evidence that any gun had been used in Lesley Whittle's murder. He went back beyond the point the investigation had reached where it was generally assumed that the post-office killer and the kidnapper were the same person and said; 'I am only looking for the man who killed Lesley Whittle. If we catch him and he is able to clear up a lot of other serious unsolved crimes that will be a bonus.'

Kidsgrove swarmed with police. The town was in a state of shock. If one went to buy a packet of cigarettes the shopkeeper would try to get one to sign a petition to the Home Secretary to re-introduce the death penalty. Ironmongers sold out of door safety chains in a couple of days. Women would not go out at night and their menfolk were complaining bitterly that they could not even go for a drink because their wives were afraid of being in their houses alone. And if the people of Kidsgrove were suffering as a result of the murder the next people to suffer were the local police themselves. They were hustled out of their nice new centrally heated police station and moved into temporary quarters at the nearby draughty Victoria Hall to make room for the murder squad who took over their entire building. The plush police club over the station was to become the nerve centre of the murder hunt. So many filing cabinets were to be contained there that building inspectors were called in to inspect the floor to see if it would hold the weight.

Commander Morrison had decided to carry out the investigation along classical Yard lines. Agatha Christie would not have approved. There was to be no brilliant deduction, no wild guesses, no hours of theorising, just a cold and relentless gathering of facts. The idea was to drag a net across all the places where the Panther was known to have been by meticulous house-to-house interviewing and to build up a massive cross-reference card index system which would sooner or later contain the name and address of the killer. Having built up the file the Commander then intended to tear it down fact by fact, by a process of elimination until the only name that remained was that of the killer.

Apart from the house-to-house work other information was coming in by letter and telephone from the public and a vital part of the operation was aimed at keeping up and increasing this flow by carefully planned release of information to the press. Other lines of enquiry stemmed from trying to track down all the items that had been found in the Panther's car, and all the new items that were found in the area of Bathpool Park.

Many of the items found in the park had not lain there since the Panther dropped them. They had been taken away by people who found them and who, now realising their importance and not wanting to admit to taking them, dropped them back in the same places in the park where they had found them. Others took clues to the police station knowing they ran the risk of being charged with stealing them. They were so important and the police were so happy to be getting them back that there was of course never any thought of prosecution.

The only theory that survived the arrival of Commander Morrison was Bob Booth's last one, that the Panther had been engaged on civil engineering projects. This became stronger than ever with the discovery that somebody, presumably the killer, had turned off a valve in the system which would ensure that the underground tunnels would not be flooded if it rained hard. It was reckoned that only a person who had actually helped to build the system would have such an intimate knowledge of it.

The items that were found in the park, or in the drainage system were: a pair of green overalls; a pair of brown training shoes size 7; a pair of blue corduroy trousers with a waist measurement of 32 ins and a 29 in inside leg; a dark blue roll neck lightweight pullover with a St Michael label; a pad of blue airmail paper and an unopened packet of 13 blue envelopes; a miniature silver foil emergency blanket of the type used by mountain climbers; an unopened tin of white gloss paint; a length of wire; an expensive pair of Carl Zeiss binoculars; a reporters type notebook; a brown imitation leather jacket; a maroon sleeping bag; a pencil torch; a casette tape recorder and tapes; a mauve and black flash lamp; and a piece of foam mattress identical to that found in the stolen car. With so many clues the police must have felt their job was going to be easy.

A railway worker came forward who had looted a hidden food store which he had found among some trees near the murder scene. The tins of beans and ravioli and other foodstuffs he could not hand over to the police. He and his family had eaten them. But he was able to give back a camping kettle, a Gaz stove and saucepans and to show the police where he had found the hoard, buried in the ground and protected by a black polythene sheet. Now two other items that had been found near the park were to be tied into the case by police who had missed their possible significance when they had been found months before; a blue Ford escort van NCH 622K stolen from Sutton Coldfield, Warwickshire in December 1974 and found abandoned twenty-one months later (three months before the kidnap) at Peacocks Hay, near Bathpool Park; and an army surplus stop-watch found in the park itself in January 1974.

With so many first class exhibits to work with even Commander Morrison was lulled into speaking optimistically and said that the kidnapper had never made so many mistakes as he did when he fled the park. 'We have got all that we need to bring him to light. We have just got to hit on the right combination and he'll come and we'll probably kick ourselves because he has been right under our noses all through.' Although you wouldn't have believed it to see the police scurrying about the Kidsgrove area in those days time was on their side.

Unlike Bob Booth Commander Morrison was under no pressure to save the life of a kidnapped teenager; Lesley was dead before he arrived on the case. And it wasn't the thought that the Panther might kill again or the frightening expense of the police operation that drove the police on. It was the revulsion at the way in which Lesley had been killed.

The pace kept up by Commander Morrison and his men was almost unbelievable. His mornings began at 7am with an early call and coffee in his room at the Post House Hotel at Newcastle Under Lyme, which the Yard men made their home away from home. By 8.30am at the very latest he was at Kidsgrove where he would start work. This consisted of running the Kidsgrove enquiry, co-ordinating the other four police operations, sifting through the scores of statements which came in from the public, interviewing suspects, reading and evaluating all the information which came in from the house-to-house enquiries, sifting through forensic reports and so on.

He was never back at the hotel until well after midnight and then he would put in another couple of hours with the press. Commander Morrison, while shying away from personal publicity, was determined to use the media to the best possible advantage to himself. He wanted the public to keep talking about the case, to keep racking their brains. Publicity, he had decided, was one of the major weapons in his armoury and he intended to control it. For instance, when a picture of one of Neilson's torches was shown the girl who sold it to him actually came forward and was able to say that she could identify the man if she saw him again. All the sightings of the green car were only reported to the police after a picture of the car and its number had been reported in the press and after any major clue released to the media the police usually received about 200 calls from the public, any one of which could be the vital call. Once the public became bored with the case those calls would stop coming in. The Commander ran his own publicity campaign and he ran it more efficiently than any public relations officer.

At these late-night sessions the Commander was able to wind down from his day's work and sort out exactly what the line would be for the next day's press conference in order to produce the maximum amount of publicity in the areas of the hunt where it was most needed.

Kidsgrove, Commander Morrison thought, held the secret

of the Panther's identity, and the way to find it was to shake the town's memory until it fell out. So many clues had been picked up and taken away by people who lived in the town and then returned to the police, but how many were still outstanding?

It was tantalising to think that some frightened schoolchild could be holding a vital piece of evidence he or she had found in the park. Teams of policemen visited all the schools in the area and talked to the pupils, assuring them nobody would get into trouble and to please, please, tell them anything they knew about anything that had been found in the park. The most dramatic exercise of memory jogging laid on by the police was in mid-April, when David Miller, an actor from the local rep dressed in clothes similar to those worn by Neilson and made up to look as much like the photo-fit as possible, drove around the town in the stolen Morris 1300, lurked around the park and walked in and out of telephone kiosks. He was chosen for the part because he was exactly the same size as Neilson. Police knew this from the measurements of the Panther's clothes which they had in their possession.

The exercise was screened on national television and more than a thousand people telephoned the police in the next twenty-four hours naming men they thought could be the Panther. It was hard luck on those named, the police called on every one of them, but the name Donald Neilson was not amongst them.

There were not many light moments during the hunt for the Panther, so perhaps the few there were are worth recording. The actor David Miller figured in one. After the police had finished with him they left him with the press so that they could take pictures. One wag on a national daily persuaded the actor, still made up to look like the killer, to wander into a pub full of lunchtime drinkers to see what reaction he would evoke. When the reporter went in two minutes later, the 'Panther' was happily scowling over a pint of bitter while everybody was pretending not to have noticed him while one man had gone to phone the police. Luckily the call wasn't made or the hoax could have resulted in the pub being stormed by armed police.

The other light moment, proving again that fact can be stranger than fiction, was when two detectives on the door-to-door enquiry knocked on a door and asked the resident his name. He said he was Mr B. Panther. The police had knocked on so many doors that day they did not have much of their sense of humour left. They told the householder the same, and were muttering darkly about wasting police time when the man produced his driving licence. He was Mr Brian Panther and he had been ribbed so much about his name in the past days that he didn't have much of a sense of humour left either, he said. But for the most part there was not much to laugh about. All police leave was cancelled. The officers on the case were working between fourteen and eighteen hours a day, seven days a week, building up the system they thought would catch the killer. They were all cogs in the best and biggest and most expensive machine the police had ever built to catch one small man.

Never before can any detectives engaged in a murder enquiry have had so many clues from which to work, so firm a picture in their minds of the man they were looking for, so many personal pieces of information about him and yet have been so far from tracking down their man. They had just about everything else, but they were not going to get his name in a hurry.

It is interesting to look at what the police knew, or thought they knew, about the Panther within a few days of Lesley's body being discovered and the picture they built it into. Both Commander Morrison and Chief Superintendent Booth confided that they often felt as though they knew him personally, that if they met him they would know him immediately.

Geographically his home had to be in the north Midlands or the southern part of the north of England. This was worked out by drawing a circle around the area in which he operated. The farthest south the Panther had ever been sighted was at Redditch in Worcestershire when the traffic warden had taken the number of his car. The furthest north was at Harrogate where he had murdered Donald Skepper. The furthest west was Heywood in Lancashire and the most easterly point was Mansfield in Nottinghamshire. These last two positions had both involved robberies that bore the distinctive hallmark of his unique modus operandi.

All other sightings of the Panther came within this circle. The fact that he wore a cloth cap, so common in these areas and so rare in other parts of the country, also helped to pinpoint the geographical location of operations.

Facially the police had little to go on since the photo-fits made up by people who had actually seen Neilson varied alarmingly for some inexplicable reason. However one feature *was* fixed in the memory of each of the witnesses who had seen him. That was the dark and staring eyes.

Physically almost everything was known about him. From the clothes the police had in their possession it was known he could not be more than 5ft 6ins tall, that he had a 38in chest, a 32in waist a 29in inside leg and took size 7 shoes. The clothes also told a lot about his personality. He was working class, everything he had bought pointed to that, from the green overalls to the imitation leather jacket. The corduroy trousers, the sweater and the anorak were all inexpensive makes.

From witnesses' descriptions it was known that the Panther was probably bewteen thirty-five and the early forties. This fact etched in another aspect of his personality for it was also known that the Panther was incredibly fit. He could be knocked head over heels down the full length of a flight of house stairs and leap up after that fall as if nothing had happened. This meant the Panther had to be in good physical condition and very agile. There are only two groups of people of that age who would be so fit. The first are manual workers who constantly use their bodies, such as a scaffolding erector or a hod carrier. The second are those who work at keeping fit. The Panther spent so much time robbing people that he would not have had much left to do a job of work. This put him in the second category – he was a physical fitness buff.

What else was known about him? He was a loner. The police had partial fingerprints and they were not on record. Had the Panther been working as a partner, and his modus operandi strongly suggested that he had not, he would almost certainly have been 'shopped' early on in the murder enquiry. Thieves usually fall out when it comes to murder.

The camping equipment found near the shaft and the sleeping bags found in the stolen car and down the shaft itself, pointed to a man who was no stranger to the open life. One who had probably done quite a lot of camping. This fitted in well with the physical fitness quirk in the Panther's character.

Police knew too that the killer had a sympathy for things mechanical. He knew enough about cars to be able to steal them at will, gain entrance to them and do a wiring job that bypassed the ignition system, and he was manually clever enough to produce very professional sets of false number plates.

The gun and the binoculars also helped to define a part of the Panther's personality. He didn't really need a gun for the kind of robberies he was doing, breaking into sub post offices at night, when one considers that most sub-postmasters are middle aged and that the Panther was as fit as he was. It is more likely that he bought the gun in the first place for the same reason he bought the binoculars, that he was one of those people who just like to own precision-built objects.

The police also knew of his passion for extreme attention to detail and careful planning. Everything the Panther did had been meticulously worked out first. When he made a false number plate he didn't just dream up a number in his head, he took it from an actual car. If he had not done that he could have ended up like the luckless Birmingham car thief who stole a vehicle, made up a set of number plates for it and was amazed when he was arrested within an hour of taking it on the road. The luckless rogue had unwittingly given his car a number from a block reserved solely for Midland Red buses. When the Panther decided to deliver a ransom note he did not cut out the words of newspaper headlines and stick them on a brown paper bag as every addict of television drama knows kidnappers do. He had the brilliant idea of buying a Dymo tape machine for under a pound that would produce a perfect message, and be completely untraceable to him once he had destroyed the machine. Neither did he buy the machine from a corner shop where the shopkeeper might later have remembered selling it to him. He chose Boots, a big chain store, selling a huge variety of goods. When he selected a place to use as a kidnap cell, he did not choose some shack on a remote moor or derelict factory as most criminals might have. The Panther waited until he found a perfect set-up.

Once he found the spot he continued to concentrate on minute details. He checked and discovered he would be flooded out if it rained and located and turned off the valve controlling the water level. He laid in supplies of food in case something should go wrong and his stay become prolonged. He bought his foam rubber mattresses and his sleeping bags and he laid in half a bottle of brandy and glucose-containing barley sugar and lucozade for the rapid injection of energy should he need it. The whole operation pointed to a man who very carefully worked out everything in advance.

It seemed highly likely too that the Panther had a woman in his life. Just what their relationship was, mother, girlfriend or wife wasn't clear, but that she existed seemed almost certain.

The medical examination of Lesley's body showed no sign of sexual interference, and on at least one occasion Neilson was known to have shown compassion to one of his women victims – when he loosened her bonds after she had complained they were hurting her. Also a cleaning rag found in his car turned out on forensic examination to have once been part of a pair of ladies panties. Whatever ladies do with their worn-out panties, they do not give them to strangers. It was a fair guess that the panties that became a duster had once belonged to the woman in the Panther's life.

Many of the things Neilson did strongly indicated that he had at some stage served in the armed services even if only as a national serviceman. The pack he wore on his back in Dudley was of RAF type. The precision of his planning resembled a military operation and even the wording of his ransom messages had a military ring to them.

It seemed fairly certain too that the Panther, for all his physical fitness, had a deep fear of physical encounters with other men. Why else would he shoot a middle-aged man who he should have quite easily been able to render unconscious by less drastic means, say with a blow from a club or a cosh?

The fact that he did not care a damn for anybody else's life is only a partial explanation for this. For a first offence of breaking into a post office at night, knocking somebody unconscious and stealing a couple of hundred pounds, one can expect to go to gaol for about three years if caught. Committing the same crime and killing the sub-postmaster is certainly going to mean a life sentence, first offence or not. And the chances of being caught are very much higher because the police will pull out all stops to bring a killer to justice.

The police also knew that the Panther was not making a great deal of money from his chosen occupation, so that he would have a fairly modest life style.

To top all this they also had a tape-recording of what they thought was the Panther's actual voice. This was obtained by Bob Booth's team when they were tapping incoming calls on Ronald Whittle's telephone and it seemed like a peephole into the Panther's soul. In fact the voice did not belong to Neilson but to an impostor who fooled even the police. There were four calls made by the 'Panther' which misled most people into believing that the kidnapper came from the Black Country. One aspect of the voice that convinced people it was the Panther was its total arrogance. It was a voice that would brook no argument, that showed its owner put a very high value on himself and carried a false sense of authority that very few people have. Strangely enough although the voice did not belong to Neilson it would have suited him very well.

To his credit police could say he was hardworking, meticulous, cunning and sometimes ingenious. He kept himself fit, he worked alone and he had never been caught. He knew how to look after himself and he was clever with his hands. He was ruthless and acted instantaneously in a tight corner.

But there was a heavy debt column too. To begin with he was small of mind as well of stature. His victims never had enough money to make his crimes worth while. Even if he had got the £50,000 ransom for Lesley it was a ridiculously low sum for the enormity of the crime he had to commit to get it and for the organisation and work which he put into it. He was even, at times, stupid, as when he used the stolen licence that did not match up with the number plates on his car. Nor did he have the necessary grit to go back and get his abandoned car at Dudley or keep his head when he realised the police were setting a trap for him in Bathpool Park. The total picture showed a very unpleasant person indeed, a cunning petty crook with a gun who had a higher opinion of his own intelligence than was justified. Even if Donald Neilson had never killed anybody he would still have been a very nasty piece of work.

But the police were not in the business of assessing the Panther's character to decide whether he was a nice person to know or not. They were looking for his strengths and weaknesses in order to try to use them against him. One instant assessment they made was that Neilson would not hesitate to shoot down anybody who threatened his freedom. That is why whenever the police thought they were getting near their quarry they armed themselves. It was the constant fear of the Commander that the ordinary constables who were making the door-to-door enquiries would inevitably, over the weeks, loose the keen edge of alertness and drop their guards when they most needed them. A knock on the Panther's door could be the last knock the constable would ever make and for all they knew any door could be the fatal one.

Another assessment the police made was that sooner or later the Panther would pull another job, he had been a criminal too long to go straight, they decided. Many senior officers admitted from the outset that this was still their best chance of snaring the killer. What type of crime he would try they did not know. There were two schools of thought. One was that the Panther, having graduated from post office robberies to a failed kidnapping would opt for some other large-scale sophisticated crime aimed at netting him something in the order of the £50,000 which he had expected to collect from Ronald Whittle. The other school of thought was that having failed so miserably as a kidnapper the Panther would go back to the crime which he knew worked, robbing sub post offices.

With three sub-postmasters dead there was not a police force in the country that was not keeping a special eye open for the small shops but even so they were ordered by their Chief Constables to be even more alert. Each sub-postmaster was issued with photo-fit pictures of the Panther together with a list of numbers of postal orders which he had stolen on previous raids.

There was tremendous excitement at one stage in the investigation when it was discovered that postal orders with these numbers were being cashed by the score in major post offices in the north of England. The Panther was able to pass them because he had stolen rubber stamps from some of the sub post offices he had raided and he was stamping the orders himself. It was not a very clever move and most professional criminals would not have dreamed of doing anything so dangerous. But Neilson's luck held and although he put himself in deadly danger by cashing those pieces of paper he got clean away with it. A special squad of police was set up to try and trap the Panther at a post office, but it had no success. The idea was to form a pattern on a map by joining up points where the postal orders had been cashed and from this to work out where the next lot would be unloaded. The main reason that this failed was that counter clerks at the post offices were under such pressure of business that they had little chance of checking the numbers of the postal orders as they were cashed.

The stolen postal orders did not emerge as stolen until they were fed through the Post Office's main computer, a process that could take anything up to three weeks. The system was speeded up by the Post Office in an attempt to help the police but it never worked fast enough. The Panther was always a few days ahead. That was one aspect of the hunt for the Panther that never got into the newspapers.

Commander Morrison realised at once that if the Panther knew that the police were trying to trap him by these means he would immediately stop cashing his postal orders and probably burn the remainder. The policeman circularised editors putting them in the picture and asking them not to publish that aspect of the case. They complied with this request.

These incidents are worth mentioning because once more they throw light on the unique 'one off' type of criminal that Neilson was. He did not do the sort of things that a professional criminal is supposed to do. He did not take chances he should have taken and did take chances, presumably from ignorance, that he should never have taken. After carefully making sure there was nothing at all that could tie him in to the scene of the crime he then removes property from that scene, rubber stamps and postal orders, that are immediately identifiable and which would make first rate exhibits in any case that was ever brought against him.

Much importance was placed by the police on discovering as much as they possibly could about their quarry's character. The tape-recordings of his voice were sent for analysis by experts. One copy went to the Standard Telephone Laboratory at Harlow in Essex. It was hoped that a decent voice print, which can be almost as good as a fingerprint, could be taken from them but that idea failed because of the poor quality of the recording. The voice had after all been through a telephone and was in any case disguised. Phonetic experts unfortunately could not agree on their findings, half went along with the Black Country accent being genuine, the other half were correct when they said they thought the speaker came from further north. A phonetic team at Aston University, Birmingham, 'correctly' placed him as a Yorkshireman and said the Black Country accent was phoney, but which one of the experts were the police to believe? All the experts agreed that the content of what was said and the arrogance in the voice showed the speaker as cold, contemptuous and dangerous but the police already knew that, they had four dead bodies to prove it. The words themselves, without any accent at all, showed his total contempt and lack of any form of feeling for Lesley's frantic mother when he spoke to her or for Ronald Whittle. This is what he said. (The Whittle side of the conversation was edited out by the police to spare the family's feelings.)

To Mrs Whittle: 'Is your son in? Is your son in? I will ring him again.'

To Ronald: 'You will get further instructions tonight. Further instructions tonight. Have you done what you were asked? Well, you will just have to take it as it is, won't you? Well, this is not a hoax call.'

To Mrs Whittle: 'Tell Ronald to put the small suitcase and the large suitcase in the boot of his car. You'll get further instructions later on this morning. One o'clock. What time do you suggest? There is someone in the room with you. See you later on this afternoon.' Whoever made that call fooled not only the police but the entire nation.

Handwriting experts had already examined the Panther's hand printing on the kidnap trail envelopes found in the green 1300 and they had not been able to add much either except that although he could not spell Walsall (he left the final 'l' off) he was not uneducated. They ventured this opinion too, based on their examination of his writing: he was cold and dangerous.

The people of Highley didn't have to be told that. On a cold bleak day in the middle of March they were cremating Lesley Whittle, a daughter of that village. Only 200 of the 500 mourners could crowd into the little thirteenth-century parish church. The rest stood outside and heard the twenty-five minute funeral service over loudspeakers. The vicar, the Rev John Brittain, officiated and if his words now seem dramatic and emotionally loaded nobody would have called them inappropriate at the time.

Shops in the village were closed and the route the hearse took on its way to Bushbury Crematorium, Wolverhampton, was lined with villagers. One mourner at the church was Detective Chief Superintendent Bob Booth. Another the police thought might attend was the Black Panther. Detectives mingled with the mourners, unobtrusively watching, hoping the killer was there. He was not.

6
Hunt for the Panther

There were now four main means by which the Panther could be caught. First, he might try to commit another crime and bungle it. Second, somebody close to him might be persuaded by the publicity to turn him in. Third, he might be caught in the ever-widening web being spun by the teams of hundreds of policemen engaged in door-to-door enquiries at Kidsgrove, Highley, Dudley and Harbourne. The fourth relied on straight detection work being able to trace one or more items of the Panther's equipment now in the possession of the police back to its owner.

As soon as forensic experts had finished with the exhibits found in the abandoned car and in Bathpool Park they were handed over to Commander Morrison's and Bob Booth's teams of detectives. The first task of the detectives was to trace each item back to its manufacturer, from there on to the retail outlet from which it was sold and then hopefully to whoever had bought it. It was to be an extremely frustrating exercise for the policemen involved.

Some teams were to meet with almost instant failure, others were to pull off imaginative pieces of detective work, bringing them closer and closer to their man, only to be defeated in the end. The teams who failed right away were beaten by the age of mass production and mass retailing. Examples of this were the airmail papers, notebooks, and other items which turned out to be among the most common sold by mass retailers like Woolworths. Thousands of items like them were sold every day and there was no way any shop assistant was going to remember to whom they were sold. Woolworths revealed that twenty-six million of the notebooks had been made. They bore no distinguishing marks that could even say whether they had been sold from a shop in Aberdeen or a shop in London. As clues they were useless.

The simulated leather jacket, the pullover and the corduroy trousers were all from C & A Modes. If anybody has bought items at any of their branches on a busy Saturday morning they will understand that no shop assistant is likely to remember several months later who purchased them.

But there were some impressive results by some of the teams. One such investigation involved the pair of brown canvas and rubber training shoes found in the park. They were made by Bata and since the company is one of Britain's biggest shoe companies that did not seem very promising. Police were not surprised to discover that 30,000 pairs of these shoes had been made and the chances of tracing one pair at first seemed hopeless. Nevertheless by careful detection work and with the full co-operation of Bata police were eventually able to say that those shoes were one of forty-two pairs sold between 1971 and the date of the kidnapping. And they were also able to discover that those shoes had been sold as job lots to a cash and carry warehouse in Coventry, a market trader in Leicester and a company in Leeds, but that is where the trail stopped. Nobody at any of the three outlets could remember who they had sold them to.

Police thought they had hit the jackpot with the 8×10 binoculars found by the shaft. They had serial numbers of course and the company that made them, Carl Zeiss, were able to tell them that these binoculars had been sold as part of a consignment to a camera chain store. The head of the chain was able to say that they were sold on 27 October 1972 at one of the branches in Manchester. They could go even better than that. The man who had bought them had actually filled in the guarantee form giving the name of Turner and an address in Wilmslow, Cheshire.

Police immediately raided it but of course the name turned out to be a false one and although the address existed it was not a private house, but a small commercial company. The trail ended there.

Other teams of detectives were also finding out how fickle seemingly first class exhibits could be. One team that had a particularly frustrating time was trying to pin down the piece of wire that had hung Lesley Whittle. By asking around manufacturers and users of wire rope they were able to discover that the piece they had was manufactured by a company in Redditch. They could scarcely believe their luck when they went to the company and were told that only ten 30ft lengths of the wire rope of that particular gauge had ever been made. It was quite unique, since it had a yellow PVC core. The lengths had been made experimentally and were found to be quite unsuitable for the job they had to do. They were sold off as a job lot to a retail ironmonger in Walsall, Staffordshire. The shop sold them at 90p each between 1 September and 14 October 1973. Police were actually able to trace and speak to two people who had bought the wire but then they came to a grinding halt. The remaining eight lengths had all been cash sales, there were no receipts for them and the staff at the shop could not remember who had bought them.

During the weeks that followed half a dozen people were to call the police saying they had found a piece of this wire rope and each time the excitement was tremendous, but each time disappointment ensued. The pieces of rope produced by members of the public had a PVC yellow core all right, but they were all of the wrong gauge.

Another possibility examined by the police was that inadvertently more than ten pieces of the wire had been made. The Panther's car had been seen at Redditch. Was it possible that he got his length from the scrap bin at the factory that made it? They spent a lot of time following that lead but it just would not work.

It became increasingly obvious that the prize clues left by the Panther were not as valuable as they had at first seemed. One contributory factor was undoubtedly the large time gap between Neilson dumping his equipment and the police taking possession of it. Another was that Neilson had laid his plans with his usual cunning. The police were hoping that some of the objects would turn out to have come from a firm at which Neilson had worked or that they had been things he habitually carried around with him which people would recognise as having belonged to someone they knew who fitted the Panther's description. Or if Neilson had stolen them that would also have helped. By reinvestigating the theft the police would have had another chance of catching their man. But the Panther was too smart to get caught like that.

All of the items had been bought by him, all with cash, and the vast majority had come from chain stores. Even when the police got a break their luck did not seem to last for long.

The green overalls which the Panther had dumped and which a workman had found in the park and actually worn to work until he realised they were a clue to the Whittle kidnapping, originated in Yorkshire. By what was ill luck for the Panther and should have been good luck for the police it turned out that only twelve pairs of these particular overalls were ever made. Detectives managed to track down five of the people who had bought them but the remaining people, perhaps including the Panther, were never found.

One by one as the police investigations of the clues came to nothing Commander Morrison put the objects on display at his morning conferences so that the general public could bring its combined mind and memory to bear on them. On at least one occasion this technique had immediate and dramatic results. When Neilson abandoned his car in Dudley freightliner depot he also abandoned equipment vital to the success of his operation. He had to replace this in a hurry. One thing he had to buy was a sleeping bag and for that he went to one of the branches of a multiple camping shop in the Stoke on Trent area. He also had to buy another torch and for this he went to Boots. Both items were found in Bathpool Park after the Panther had killed Lesley Whittle.

The police attempted to trace the shop from which the torch was purchased but got nowhere. It was the same old story. Boots sold thousands of similar torches every week. But when a picture of the torch appeared in a newspaper things happened very quickly. A woman who had been in Boots in Newcastle under Lyme at the same time as the Panther had good reason to remember him, not only because of his scruffy appearance but because he had kept her waiting to be served while he complained to the assistant that the torch she was selling him did not work. The assistant remembered the man too for when she tested the torch she discovered that he was right, it would not switch on. Being a resourceful young lady she opened the torch up and cleaned the contacts with her sandboard nail file. It worked perfectly after that. It was a bit of luck too that there had been something wrong with the torch because at that time dozens of people from all over the country were phoning in claiming to have seen the Panther in shops, and the police did not know who really had seen him and who was letting their imagination run wild. The torch was sent to Birmingham for forensic examination. Scientists examined the contacts minutely and found tiny specks of sand from the shop assistant's file on them.

From descriptions from the lady customer, the girl who had sold the Panther the torch and other assistants in the shop, police were able to make up another photo-fit picture, the fifth, which, as it turned out, was no more like him than the others had been, though it did have the same dark staring eyes.

Other detectives were working on other aspects of the case. One team led by Detective Inspector Len Barnes of the Staffordshire police was in Nottingham following what looked like a very good lead. It arose from the two false sets of number plates, one from the Ford van and the other from the green 1300. The most sensible thing a criminal wishing to make up a false number plate can do is stop at a motorway bridge, take the number of any of the passing cars with the right year letter and use that. Police thought that that is probably what Neilson had done, but they checked all angles.

They visited the owners of the vehicles that carried the registration numbers borrowed for his false number plates and a very significant fact emerged. It transpired that both men parked their cars most days in the centre of Nottingham, within yards of each other. Did the Panther take the numbers from these parked vehicles? If he did would that mean that he worked in the area or was often in it? Teams of policemen were drafted to try to solve this riddle. They carried out door-to-door enquiries in the area, paying particular attention to factories, shops and offices, anywhere where the Panther might have worked. It was another side of the investigation that was to look very good at the time but was not to lead to Neilson.

There was no shortage of blind alleys. The sleeping bag that the Panther had purchased at roughly the same time as the torch from Boots should have been easy to trace. It was made especially for Wakefields, a chain of retail camping shops with branches in the north Midlands. By a piece of carelessness the Panther had even left the £6.00 price tag on it which was hand written. The writing was continental, the 00s being smaller than the £6 and underlined. It was quite distinctive but still no member of the staff of any of the shops came forward to admit that they had written that ticket.

The sleeping bag produced another blind alley too. On the label of the bag were the initials H./A. It seemed too good to be true, that the Panther had actually left his initials for the police to find but it was too good a chance to miss and a fairly lengthy investigation followed before it was discovered that the initials belonged to the quality controller at the factory where the bags were made and merely signified that he had passed it as up to specifications.

Meanwhile the house-to-house side of the operation was in full swing. The plan was to see every man, woman and child of Kidsgrove's 22,000 population for a start. Little Highley was being checked door by door for the third time and Dudley for the second. The door-to-door people were still busy at Harbourne and there were now other teams in Nottingham. At Kidsgrove Police Station a robophone had been installed which members of the public could ring. It recorded their messages and allowed them to give information without having to identify themselves or to actually have to speak to a policeman. The device was developed in Northern Ireland to provide anonymity to informants against the IRA.

By 17 March 1975, just eleven days after Lesley's body had been found, 2,500 phone calls from members of the public had been received at the Kidsgrove incident room along with 300 letters, all from people who thought they had information that could lead to unmasking the killer. Every call was followed by the police as and when they had time to do so. Some were from people who thought they knew who the Panther was, others concerned the items which had been left behind by the killer which they thought they knew something about. Others thought they recognised the Panther's handwriting and others claimed to have seen the car or the Panther in spots all over the country.

An example of how the public really did try to help is the way they responded when Commander Morrison released pictures of a piece of paper which contained a series of numbers. The crumpled scrap of paper had been found under the rear seat of the stolen green 1300 and the car's real owner was sure it had not been there when the car was stolen. The assumption was that the Panther had written the numbers. They were written vertically:

No 1, 1903, 1909–2, 1928, 1957, 1968, 1969.

Were they dates? Were they reference numbers? Was it a code? The police did not know and they wanted to find out. Locked in that series of numbers could be the answer to the riddle that would at last unmask the Black Panther.

This was real 'whodunit' material and the public responded wholeheartedly. People wrote and phoned in by the hundred. Times on the twenty-four-hour clock were ruled out by the last number, 1969. Armchair detectives variously thought they were coded telephone numbers, important dates in the lives of the Panther and his family, lamp post site numbers, times taken by greyhounds to run a race, racing pigeon's numbers, references on a grid map, dates of major crimes and dates in history, particularly the history of aviation. One of the large petrol companies was at the time giving out medals to customers commemorating the race to the moon and there was a medal for each of these dates, if dates they were, starting with the Wright brothers' first controlled flight by a heavier than air machine at Kitty Hawk in 1903 and finishing with the two American astronauts Armstrong and Aldrin being the first men to land on the moon in 1969. The theory most strongly voiced was that the Panther was collecting these medals and the dates represented those which he did not yet have.

Of all the calls from people who claimed they had seen the Panther or his car, ten were, after investigation, supposed by the police to be genuine. One was from a man who had taken the number of the stolen 1300 after it had 'cut him up' and jumped a red light. The incident happened in the Wolstanton area of Staffordshire, nine miles from Kidsgrove. Two other people who came forward were the couple who had been in Bathpool Park the same night as the Panther and had seen him waving his torch when he had mistaken their van for Ronald Whittle's car. They reported that they had also seen two other courting couples in the park that night but they never came forward. The police's explanation for this lack of public spirit is that they were probably afraid to come forward because they should not have been in the park anyway – that they were engaging in illicit love affairs.

As a result of the calls and letters from the public hundreds of men who were suspected by their neighbours, workmates and even wives of being the killer were interviewed by the police and their names went into the system at the incident room. It couldn't have been very pleasant for them but every call had to be checked out. Every man who fitted the description of the Panther was a suspect until cleared – that is the way the system worked. At one stage it was thought that an enterprising newspaperman might have actually taken a picture of the hunted man. It is by no means unusual for a killer to take a close interest in the police operation set up to catch them.

The Sun cameraman who took the picture saw a man fitting the Panther's description up among some trees on the ski-slope on the day police were bringing Lesley's body up from the death shaft, watching everything with a pair of binoculars. With a telephoto lens the photographer got a good picture of the man who then appeared to run away. At the request of the police the picture was published together with an appeal from Commander Morrison for the man to come forward even if he had nothing to do with the death, to at least eliminate himself from the enquiry. The man did and it was not the Panther. Oddly enough he came from Highley. He was staying with friends in Kidsgrove when Lesley's body was found and because he came from the same village he wanted to know what was going on.

No fact, no matter how trivial, no incident, no matter how unlikely, was ignored. Everything went into the system and before the system was to be considered complete it was to hold more than a quarter of a million index cards. The names, the places, the facts, legion upon legion of them just flooded in. The only check on the flood was the physical capacity of police to deal with the thousands of enquiries they had to make in the time available to them. At one point they knew that if no more facts came in it would still take them two months to check out those they already had and they knew too that every fact they checked would lead to another. The enquiry escalated and this was what the police wanted it to do. The more facts that were stored in the system the more chance they had of catching their man in the end.

There were some herculean feats of detection to be accomplished, often starting with what looked like just another simple, routine enquiry. Possibly the most staggering of these was undertaken by a team led by a Detective Chief Inspector of the Staffordshire Force named Stan Wood. It was the Kidsgrove end of Superintendent Booth's promising construction worker theory. This had shot into a position of even greater importance since it had been discovered that somebody, presumably Lesley's killer, had known enough about the drainage system in

Bathpool Park to shut off the main valve to prevent flooding of the shafts. It did seem that the killer must have helped to build the drains. Stan Wood's brief was to talk to all the men engaged in the construction work and to eliminate each one from the enquiry if possible. It seemed straightforward enough. Initial enquiries revealed that the drains had taken two and a half years to build, from June 1964 to January 1967 and that three main contractors were involved, Tarmac Limited, Cementation Limited and Shellabear and Price Limited. If they had been the only companies involved there would have been few problems. They immediately threw open their books to the police. But Chief Inspector Wood was in for a rapid education in how building work is carried out in this country. He soon found that the system of sub-contracting made his task complicated beyond belief.

One company sub-contracted part of its contract to another company, that company sub-contracted to someone else and so on almost to infinity. Dozens of small companies were involved, some of which no longer even existed. Others only existed to provide men to work for other companies and the men they employed, in order to dodge income tax, did not even use their real names in many cases. They signed on from day to day. An early estimate had been that Mr Wood would have to track down 1,000 men who had worked on the scheme and that would be all. That would have been difficult enough since it was some years since the project had been completed and they were now scattered all over the country, but the figure of 1,000 turned out to be a serious underestimation.

Before the enquiries were completed Chief Inspector Wood and his team had to track down and interview more than three thousand men who had worked on the project, some for only a few days, and they were still by no means sure that they had accounted for everybody. Chief Inspector Woods said: 'It was like piecing together a huge jigsaw puzzle. Each person that we managed to trace led us to another. They were all over the country. We hadn't realised how mobile Britain's building workers were, how they moved from job to job.' One short cut that Chief Inspector Wood took, with the permission of Commander Morrison, was to run pictures of the site under construction and the workers building on it in a Sunday newspaper appealing for information about the men. That resulted in something like a thousand letters and phone calls about the men which was a tremendous help although many of the people identified had already been seen by the police and there was duplication. Another move that helped the Chief Inspector was a publicised agreement by the Commander to deal in confidence with men who were on tax fiddles if they came forward. That could not have made the people at Inland Revenue very happy.

Tarmac was a great help too. They ran a feature in their company magazine which circulated to thousands of their employees all over the world. Many were able to remember meeting or drinking with somebody who had worked on the project and so the enquiry snowballed. But short cuts or not, nothing can detract from the sheer determination and grit used by the police in tracking down and interviewing so many people so quickly and this was nine years after all the teams who built the shafts had split up and gone their separate ways.

An outstanding factor which helped police pull off this kind of huge enquiry in such a short time was the willingness of people to come forward to be identified or with information. There was very little of the more usual attitude of 'If the police want to speak to me, let them find me.' Even criminals who had served long prison sentences, and some who were still behind bars, were eager to help. They contacted the police with information or sometimes just with offers of any help they could give. One detective told me: 'The underworld seem to have turned their back on this killer. They don't want him counted as one of them. They seem to have an intense dislike for him because of the crime he has committed. It takes a bit of getting used to.'

To a large extent this willingness on the part of so many different sectors of the general public to help the police was no accident. It had been carefully engineered by Commander Morrison himself. He had kept the story in front of them and kept it alive through the press and television. At the beginning of the hunt the Commander had enlisted the help of two Scotland Yard public relations men, but he soon sent them home, realising that he could get more mileage out of the media by using his own unique style of public relations. The results were impressive. He undoubtedly got more sustained constructive publicity out of the media than any policeman on any murder enquiry in this country had ever done before.

Normally the press is very fickle when covering murder enquiries. After the first few days the impact and colour of the crime has gone, and it develops into a hard slog for the police, which doesn't make very good reading. Then the press look for another, newer, fresher crime to report on. It is understandable. The job of a newspaper editor is first and foremost to sell newspapers; yesterday's news is old news. Commander Morrison worked very hard at keeping the story alive. Every day there was a press conference, sometimes two, and there were his nightly meetings with the press. More than a month after Lesley's body had been found he was still getting newspapers to publish exactly the type of story that he thought might help him net the killer.

Typical was a page lead in one national daily at this period. It could have been written by a Scotland Yard press officer. It wasn't of course. Releases written by press officers almost always find their way into the wastepaper basket. The headline was:

Quiz that can trap Panther, and after a preamble it asked readers to ask themselves seven questions.

1 Do you know anyone who had a dark green Morris 1300 car TTV 454H, or a dark blue Ford Escort van, NCH 622K, between 1 December 1972 and 15 January this year?
2 Do you know anyone at all who fits the description of the wanted man?
3 If you do know such a man, is there any chance he is responsible for this crime?
4 Has he ever been away from home for unexplained reasons, particularly at night?
5 Can you truthfully account for his movements between 13 and 18 January this year?
6 If you know or suspect he may be the wanted man, and for some reason are protecting him, shouldn't you think again of the consequences?
7 If you do know or suspect anything at all is it not vital and in everybody's interests for you to come forward now?

This was printed on 8 April, three months after Lesley first hit the headlines when she was kidnapped and more than a month after her body had been found. It represents a very nice piece of press relations work indeed. Much of the Commander's publicity effort was aimed at persuading the Panther's woman to turn him in. The Commander said privately at the time that if he could do that through the press it would be the first murderer ever to be brought to justice by a public relations campaign. The campaign was aimed at bringing home to the woman the horror of what her husband, son or lover had done, trying to get across to her that her man had killed four times already and if she now suspected him the next time he killed it would have to be on her conscience as well. It was suggested to the Commander that he might hint to her that she might be the next victim but he was not prepared to go that far. It was important not to force the hand of the killer so that he felt he could no longer run the risk of letting his woman live. The police are there to prevent murders, not cause them.

There were very strong reasons to believe that there was a woman. There had been two telephone calls on the Robophone by a woman whom they thought could be the Panther's mother, wife or sister. The voice was distraught and guilt-laden. What she said the police will never release, but the Commander, who had played tapes of the voice many times, told me she was patently involved in a fearful internal struggle with herself. She wept as her conscience fought with her sense of loyalty to her man, she wanted to tell but she couldn't. Twice she tried to make herself utter the name of the man she suspected but both times she failed, breaking down into sobbing fits and finally ringing off. Police never did trace her. She must have been very relieved when Neilson was caught and she realised that the man she suspected was not the killer. Her fears were ungrounded but at any rate her calls gave a direction to that part of the publicity campaign which later events have revealed were not misguided. Commander Morrison appealed again and again through the press for the woman to come forward.

Another indication that the Panther had a woman was that one was seen on several occasions with a man fitting the killer's description, months before the kidnap, in a van similar to the blue Ford Escort NCH 622K. All sightings were within a few miles of Bathpool Park. The woman was variously described as between twenty-five and thirty with long black hair and brown eyes. The man with her, believed to have been the Panther, was dressed in white overalls like a painter or decorator. This fitted in nicely with the stolen van for tins of paint were found in it. At the time the Commander had high hopes that pressure of publicity could make the woman come forward and he made it a rule never to be far from a telephone so that if she rang, in answer to his appeals for her to do so, he would be able to speak to her personally, and convince her that she must come forward. He told me: 'I feel it in my bones, a lot of us on the case can feel it, there has to be a woman, that is why we are appealing to her. Write in your paper that I am asking her to put herself in the same position as Lesley's mother or the wives of the murdered sub-postmasters and to remember that her man may kill again, and where will she stand if he does?'

Several calls were received from women who wrongly suspected that their husbands or sons were the Black Panther, but the one woman the police were counting on never rang.

A turning point was close at hand. It was the point at which it was no longer practical to feed any more facts into the system. On 26 April Commander Morrison knew that if the name of the killer was not in his system now it probably never would be. He made the decision other police on the case had been waiting for for days; to launch phase two of the operation. Phase one had been the building of the system and Commander Morrison likened it to a net, every strand of which was a fact that fitted in somewhere in the enquiry. Phase two was the pulling of the strands to see what it caught. Every fact had to be re-examined. All those tiny pieces of information had to be minutely investigated and every one of them that was found to be extraneous had to be abandoned.

The system, which is what the men at the Yard call it, was not the Commander's brainchild. It was first used thirty years ago by the Yard and since then generations of policemen have improved and modified it. Phase two was sifting the dross, casting out the red herrings, eliminating and then eliminating again until the only facts that remained should have been the name and address of the killer and the evidence needed to convict him. One detective said, 'From now on we are pulling in the net we have been weaving for the past seven weeks. If we had spread it any wider it would have been too big to handle. Now it is just about right, now the heat goes on like it never has before.' Another two months of work was needed to carry out phase two and the public would just have to be patient, he said. 'Kojak has got to get his man in fifty minutes but in real life it doesn't work like that. You really need two months to build up the kind of machine to catch a killer like this and another two months to find out if it has worked.'

But phase two is not the stuff of which detective fiction is made. The enquiry was suddenly bogged down in a morass of routine enquiries, none of which was in the least bit exciting; checking alibis, reinterviewing people in the hope of finding that one change in their story that would reveal they had been lying, cross-indexing and re-cross-indexing. It went on for weeks and was eventually to lead to the police becoming painfully aware that while they had all the facts necessary to pin the killer down like a butterfly in a collection, once they knew who he was, they were now no nearer to having his name than they had been on the first night that Lesley went missing. He had simply been outside their net when they cast it. The trail was going cold and failure was staring the Yard in the face.

In desperation they turned over their last and most vital clue to the public. Even this failed.

This clue represented the best chance the police ever had of revealing the killer's name by detection methods. It was a Philips Pocket Memo Machine, model number LHF 0085/15 and its serial number was 605928. What made it unique to the police was that they were convinced this was the killer's personal machine, that he had never intended to use it in the commission of a crime. They believed this because it had not been bought recently but some months before. The Panther had it in his possession when he taped Lesley's voice but he did not use it, favouring instead the tape-recorder he later abandoned in the stolen green Morris 1300. And even when he lost that machine he did not use the pocket memo, instead he bought another tape-recorder, probably in Newcastle under Lyme at the same time he bought the replacement torch and sleeping bag.

Both of these tape-recorders had had their serial numbers removed, but not so the pocket machine. The police tried to use the second machine and found that it did not work. The Panther too had discovered this, they reasoned, and as a last resort had used his own personal machine instead, a machine that had not been 'laundered' so as to be untraceable. The pocket memo had come into their possession very late on, in mid-April, several weeks after Lesley's body and the other clues had been found. It was lying in a pool of muddy water on a path which had been searched by the police many times before. As it could not possibly have lain there all that time and not been discovered the assumption was that somebody, probably a schoolchild, had taken it away and played with it and much later, when he or she realised its importance, had thrown it away in the same park from which it had been removed.

There was no doubt that it belonged to the killer, when the police cleaned off a length of tape found in a broken cassette near the machine and played it they heard faintly Lesley Whittle's voice.

By calling on every shop and office equipment supplier in the country who had received similar machines in the same batch, detectives had amazingly been able to trace the owners of the four machines with serial numbers immediately prior to the machine they held and two immediately after, but that was as far as they were able to go. They finally appealed to the person who had taken it to come forward, to at least tell them where exactly they had found it, but that person was not public spirited enough to go to the police.

The dishonesty of the people who removed all those clues from the scene in the first place has got to be reckoned as one major factor that helped the Panther to elude his hunters. Had they all been honest and handed in the articles they found to the police station with no more motivation than that they wanted the person who had lost them to have them back, one would imagine the local police would soon have realised that something very strange indeed had been going on at their local beauty spot and would have investigated. Unfortunately that was not to be.

The pocket memo machine was the last clue the police had to make public and that meant it was the last clue they had. Up until now they had needed the press and the public, they had needed every bit of publicity they could get. Now they needed them no longer. The daily press conferences were cancelled and the Commander met the media only once a week on Saturday mornings in a tiny room at the rear of Kidsgrove Police Station. At Dudley, Harrogate and Accrington the officers in charge had already pulled in their nets and had them aboard. They were empty. And the Yard men did not look as if they were going to have any more luck than their provincial counterparts. The story of the hunt for the killer of Lesley Whittle staggered and died.

The public, whose interest in the case had been kept alive through the press, mistook the silence for failure. They became cynical. The police had failed, the Panther had got clean away and the best brains in Britain's police forces had been unable to do anything about it. Confidence in the police reached an all time low throughout the country. The public started counting the cost, particularly the ratepayers of Staffordshire when they learned that the hunt was going to cost them more than a quarter of a million pounds. Nobody at the beginning would have dreamed of setting a price on the hunt for Britain's most vicious killer. As long as he was brought to justice the cost didn't matter. But when it looked as if all that money had been spent for nothing the police were bound to come in for criticism.

And there was a much more sinister result of the apparent 'failure' of the police. What all the officers who worked on the case had feared all along was now happening. There was a rush of kidnappings. The criminally inclined had seen the Black Panther 'get away' with his crimes and were becoming bold. The five-year-old daughter of a £507,000 pools winner was snatched and held for ransom. The kidnapper was caught and the child released unharmed. Then a farmer attempted to kidnap sixty-seven-year-old Sheila Lady Davenport but the old lady was able to set off an alarm system at her home near Rye and police arrived in time to apprehend the culprit in the very act of dragging her off. He is now serving fifteen years. And finally Aloi Kaloghirou, an eighteen-year-old Greek-Cypriot girl, was kidnapped on her way from college and held for a ransom of £60,000 for ten days before police, who managed to impose a total publicity blackout, were able to set her free.

If kidnapping was not to become a national menace it was essential for the police to capture the Black Panther and make him pay for his crime. But how they were going to do that was another matter. They were now pinning most of their hopes on an incredible new line of enquiry.

Every driving licence application form submitted in the county of Staffordshire for the past five years was being studied by experts against the Panther's writing, which was on the ransom trail envelopes found in the stolen car. It involved hundreds of thousands of comparisons and it would have failed anyway. Neilson's application was not made in Staffordshire.

7
Caught at Gunpoint

Tomorrow they will catch the Black Panther! By December 1975 it had become almost a national joke. Two newspapermen had called at the home of Detective Chief Superintendent Bob Booth while he was out and asked his wife what it was like to be married to a failure. She had had the good sense to set the dog on them so the interview didn't last very long. Commander Morrison and Detective Chief Superintendent Harold Wright had walked into a pub in the centre of Birmingham that was crammed with journalists and only one had recognised who they were. The Panther story was dead, he was home and dry. Two policemen in Mansfield, Nottinghamshire, arrested a man who resembled the Panther. So what? The 'Panther' had been arrested at least three times before and it was getting a bit boring.

The first 'Panther' was one of two men arrested in Leeds and charged with breaking into a post office. They were remanded in custody on 18 March after their defence solicitor had asked Detective Constable Paul Cook who was in charge of the case, 'Are they wanted for questioning because of other post office burglaries and murders?'

'Yes, officers from other forces will come to Leeds to question them,' the detective constable replied.

'One of the accused, it is suggested, might possibly fit the description of the so-called Black Panther?'

'That is so,' said the policeman.

Considering that the oldest of the two men was twenty-seven and the lowest any witness had placed the Panther's age at was thirty-five it was not very convincing. Then on 3 May Chief

Superintendent Bob Booth bounced back into the picture with a second 'Panther' arrest. It began when a sub-postmistress at Coalbrookdale, Shropshire, looked out of her first floor window above the shop at around midday and saw a parked car outside. In it were a man and a woman. The man was wearing rubber gloves and more to the point he was shoving cartridges into the breach of a shotgun. She telephoned the police and went downstairs into the shop. Mrs Margaret Stephens was one of those sub-postmistresses who had taken advantage of the Post Office's security drive. Her counter was built of bullet-proof material.

She locked the door between the shop and the counter area and when the would-be raider came into the shop she told him she had telephoned the police and was about to telephone them again. He fled, but he didn't get very far. He couldn't have chosen a worse place to try a stick-up, it was right in the middle of 'Panther' country. Within minutes every road from the place had been sealed off by 160 policemen, many of them armed. The man was arrested and when Commander Morrison arrived at the police station to question the suspect, that was enough for everybody to assume the murder hunt was at an end. It was not. He was not the Panther.

'Panther' chase number three began at 5am on the first Sunday in November 1975. The sharp-eyed crew of a motorway patrol car on the M1 motorway, north of St Albans, spotted a light blue Mercedes which had been stolen just three hours before from Sutton Coldfield, Warwickshire. The Panther's Ford van had also been stolen from Sutton. The Mercedes was already wearing false number plates and the patrol car gave chase, overtook it and cut in front. The Mercedes dutifully stopped on the hard shoulder but as the police car reversed back towards it the police officers noticed the car was moving forward again, driverless. The thief had leapt over the embankment and fled leaving the car moving forward in automatic first gear. It was a bit of quick thinking.

Before the police could give chase to the man they had first to catch and stop the runaway car before it caused a major accident. A massive 'Panther' hunt started after it was found that the car was showing a false licence as well as plates and when it was discovered that the telephone wires at the house from which it had been stolen had been cut. Seventy policemen, some with dogs scoured the surrounding countryside and one of the dogs actually came to grips with the wanted man, only to be laid out by him when he struck it with a heavy object.

Officers who saw the man described him as five feet seven inches tall, aged between thirty and forty, of medium build and wearing a dark raincoat. Detective Inspector Robert Gould, put in charge of the enquiry, said: 'This man said one sentence which was insufficient for us to know if he had an accent like the Panther, but there is no doubt his general description is the same as Lesley Whittle's killer.' A senior police officer at Kidsgrove murder HQ said: 'This could be just the break we are looking for.' But the public was not impressed and the mystery man was never caught.

The public was not impressed either for the first few hours with what happened at Mansfield but all that was to change, for the man picked up by two young police officers, both of whom were still serving their probationary period in the police force, was in fact Mr Donald Neilson, alias the Black Panther. The highest credit possible has to go to these two young officers, PC Tony White, aged twenty-five and PC Stuart McKenzie, aged twenty-eight, for the ice cool way they handled the situation that confronted them that chilly December night when unarmed they came face to face with the most dangerous criminal this country has known for a very long time.

The fatal mistake that was to lead Donald Neilson to a prison cell was the final error that Chief Superintendent Bob Booth had predicted he was destined to make. He just did not have the good sense to retire from his criminal activities. He had to go on trying to take other people's money from them.

It was 11pm on the black and freezing night of Thursday, 11 December that police constables McKenzie and White, who were patrolling the streets of Mansfield Woodhouse in a Panda car spotted a man acting 'suspiciously' near the Four Ways public house at the corner of Old Mill Lane. They saw that the suspect was wearing a dark blue anorak and that he was carrying a hold-all. To them it was another routine stop and question job. 'There was nothing different about it. We do hundreds of this type of check every week,' PC White said afterwards.

They drove up to see the suspect and PC McKenzie said, 'Good evening sir. At this time of night we would like to check strangers out. Would you mind telling me where you have been this evening.' The stranger said, 'I am just going home from work,' and gave a false name. McKenzie asked him to write it down but the stranger's tone changed. 'Don't move,' he said and suddenly he was holding a sawn-off shotgun. He ordered PC White into the back of the car and PC McKenzie into the driving seat. Neilson sat in the passenger seat with his gun jammed into the driver's armpit. He ordered PC McKenzie to drive to the mining village of Blidworth, six miles distant in Sherwood Forest. There was nothing routine about the situation now. 'Any tricks and you will both be dead,' the gunman said. The policemen knew the route would take them through open countryside except where it cut through the village of Rainworth. That was the only point where they could expect if not actual help from the public, witnesses to their execution.

It was in Southwell Road, outside a fish and chip shop that was still open, that the policemen took their chance. The Panther asked PC White if he had any rope. The constable was pretending to look for some and watching the Panther for the slightest slip. For an instant the gun was not pointing at the driver. PC White lunged for the man with the gun and pushed it up. PC McKenzie stamped on the brakes. To the squealing of the Panda car's brakes was added a shattering explosion as the shotgun was discharged. A shot grazed PC White's hand but he clung on to the Panther.

Two men who had been waiting in a chip shop queue sprinted across to the car in answer to calls for help from PC McKenzie. They grabbed Neilson as he fought to be free and one of the officers managed to get one handcuff on his wrist. Fighting and struggling the Panther was dragged to some iron railings to which the other handcuff was fastened. The chained Panther stood there head bowed and bleeding from blows he had received in the struggle. He said not a word and a patrol car came. A crowd of about thirty people had now gathered. They saw him driven away, and most suspected that he was the Black Panther but there was no way they could be sure.

When Neilson was searched he was found to be wearing a cartridge belt with spare cartridges in it and to be carrying two knives, one in a belt and the other in his shoe. He was also carrying two razors, one embedded in a cigarette lighter and one sewn into his jacket. A two feet six inches strangle cord with toggles at each end and two 'Panther' hoods, one blue, one brown, and a bottle of ammonia. Commander Morrison and Chief Superintendent Joe Mounsey were immediately sent for. When they saw the man they had hunted for so long he was sitting silently huddled in a blanket. Every article of clothing he was wearing on arrest, together with the contents of his hold-all and the bag itself had been rushed to Nottingham for forensic examination. So had samples of his hair and finger nails. His fingerprints had been taken too and throughout he had never spoken a word. In fact the only details he gave to the police in the next twenty-four hours were his name and address and he gave those only after hours of careful persuasion. Late on Friday night Neilson was handcuffed to Chief Inspector Wally Boreham and another officer and bundled into a plain police car for the winding drive across the windswept Derbyshire Dales to Kidsgrove, seventy miles away.

News of the arrest had already been released and outside the police station which for eleven months had been the murder hunt headquarters, hundreds of townspeople had been waiting in the icy wind to jeer at the Panther when he arrived and was hustled up the police station steps. He was shoeless and hooded by a blanket as he walked those last few steps towards the cell that had been kept in readiness to accept him for so many months. As if in a last act of defiance towards the people of the town he answered their jeers by shaking his manacled fists at them.

But Neilson's will to defy was not very strong. Soon after arriving at Kidsgrove he began to talk. Within minutes of Neilson revealing his identity police arrived at the blue-painted Georgian terraced house in Grangefield Avenue, Thornaby, Bradford, that had been home to Neilson, his wife Irene and their sixteen-year-old daughter Cathryn for the past fifteen years. Local police held the fort until murder squad detectives arrived. Hours of hectic police activity followed. Teams of detectives swarmed through the rooms. No item in the house or the three garages behind it was considered too small or unimportant to be examined.

But it was when detectives came to the attic room across the hall from the master bedroom that they found the Panther's lair.

The door was locked and there was no key so the officers broke it down. Inside was an unbelievable assortment of equipment. In the room itself were dozens of anoraks, jackets and pairs of trousers. There were balls of string. Two of the plastic cored coils of wire, similar to that used to hang Lesley, were there. There were seven panther hoods in varying colours, a vice and other tools.

Police tore away a piece of hardboard to gain access to the roof void and the first thing the officers saw inside was the butt of a shotgun. It was a Remington single barrel gun fitted with a home-made silencer. Also in the roof void was a gas mask case containing seven hundred car ignition keys. There was a plastic bag and a biscuit tin containing between them more than a thousand rounds of assorted ammunition. There was a .22 rifle with a telescopic sight. Taped to its barrel were boxes of high velocity shells. Last, but possibly most important, were a number of spent .22 cartridges which on expert examination could be proved to have been fired by the same gun used in the Astin, Grayland and Smith shootings.

Under the floorboards in the same room police found yet another gun, a sawn-off .22 fitted with a silencer and more ammunition. There was also a bottle of ammonia, dozens of drill bits and another panther mask.

For 15 years he had lived in this street and yet nobody had really known him. For months they had been hearing about the horrific career of the Black Panther on their radios, following the progress of the police hunt for him on their television sets and in their newspapers and now everything was suddenly happening on their very own doorstep, and it all fitted in. The descriptions of his personal appearance and his life style, they were all as the police had said they must be.

Neighbours now remembered what a loner Neilson had been, how he didn't have any enemies but didn't have any friends either. Neilson and his family kept themselves to themselves. He had worked off and on as a taxi driver and as a joiner. Until a few days before he had been constructing wooden sheds in his back yard and taking them away on a lorry.

He walked with a spring in his step like a soldier. He would run with his jacket thrown over his shoulder as if training and on a roof he needed nothing to steady him. In high places he was as surefooted as a cat. Now too they remembered the long periods he had worked away from home, periods when they had assumed he was carrying on his trade as a jobbing joiner. And as the police swarmed over the house they became awfully aware of what it was all about. What the true nature of their quiet neighbour's profession had been.

Once the police had found the house it was easy for them to trace the life of the Panther right back to the moment of his birth and that answered a lot of questions that had been outstanding over the months. Everything began to slot into place.

Even the position of the house explained much. The question that had been asked over and over again was how could a man like the Black Panther live and operate in a community without at least one of his neighbours or relatives becoming aware that he was engaged in some illegal trade? The house in Grangefield Avenue supplied the answers. It was not an ordinary street, the kind of street where neighbours live cheek by jowl with each other and know each other's business. It stood on a vast traffic island some two hundred yards long and fifty yards wide. There were no neighbours facing the house to see what was going on, there was just a busy three lane highway and an area of grass. Another significant factor was that the terrace, containing some twenty houses, was almost entirely inhabited by immigrant families. They formed a community within a community and they took very little notice of what their few white neighbours did. They were just not interested.

This was borne out when police questioned the immigrant families. Many did not even know they had a neighbour called Donald Neilson. Others had not seen the man who lived there and some had never even heard of Lesley Whittle's kidnapping. In fact Neilson had been protected by an unconscious barrier between the races in the street where he lived. That was further explained when police talked to the few people who knew Neilson – and discovered that the Black Panther was himself a racialist. He did not have one good word to say for immigrants. The fact that coloured people had been making a legal living in Britain, while he, a native, found it impossible to do so, was given by him as one of the embittering influences that had helped turn him to a life of crime.

Some indications of how the Panther's character had developed over the years can be drawn from looking at his background. Certainly an examination of his past explained in part how he became what he was.

Donald Neilson was in fact born Donald Nappey. He changed his name, though not officially, apparently to save his daughter from the same kind of teasing that his strange name had led to in his own childhood.

He was born and spent his early childhood in a little one up one down terraced house in Henry Place, Morley, Yorkshire. His father was a railway worker. The house was pulled down long ago and the site where it stood is now a car park off the town's main shopping street.

Nappey's childhood could obviously be classified as 'deprived' but at the time in that bleak town poverty was the norm and neighbours who lived in the street when it existed will not admit that Nappey was deprived. They point out that other boys of Nappey's age who lived in the same street didn't turn to crime in later life and that one of them is now a respected doctor. They also point out the fact that while many of the fathers in the street at the time were away fighting a war, Donald's was not, neither was he unemployed. That meant that by the 'norm' the family were not badly off. There were two children. Donald had a sister, Joyce, four years his junior. They both attended the local school and do not seem to be memorable in any way. But life must have turned sour for Donald. When he was just eleven years old his mother died of cancer, and with his father at work, a large part of the responsibility of looking after young Joyce pased on to the boy.

By the time he was seventeen, Donald was an apprentice carpenter working on council houses. His family seems to have broken up by then because he moved in as a lodger with a woman who had once lived four doors from him in Henry Place and who had a son his own age.

She cannot remember anything in his character in those days that would point to the possibility of him turning into a mass killer later. He didn't drink, he didn't smoke. His one vice that she recalls is that he was untidy about the house. He was a hard worker. His great hobby in those days was ballroom dancing and like so many of that generation whose surroundings were so drab, he found the romance and sparkle that was missing from his workaday life by dressing up in his best suit and patent leather shoes one or two nights a week and sweeping around the local ballroom. He was a very good dancer, he won medals for it and it was at the dance hall that he met Irene Tate, his wife to be.

None of this part of his life seems to hold any significance at all as far as his later crimes are concerned, but his life was about to change, suddenly and dramatically. Nappey was called up for National Service. And here we begin to see the key to the whole puzzle.

First as a private and then a lance corporal in the King's Own Yorkshire Light Infantry, he was to be thrust into an environment that was so exciting and so different from anything he had known before that it would change the kind of person he was entirely and irrevocably. He was to get a glimpse of life almost beyond the imagination of a boy from the back streets of Morley and for the first time to be taught how to handle guns, how to be self sufficient and how to live off a strange and hostile environment with nothing more than a gun and his wits. More important still, he learned to enjoy the excitement it brought.

Nappey was not a model soldier. He was the reverse, in fact, but that did not seem to bother him. One of the worst things that could happen to a new recruit in National Service was to be back-squadded. That means that after completing ten gruelling, humiliating weeks of basic training at the complete mercy of shouting, strutting drill instructors, one is told that one is simply not good enough and while the rest of one's contemporaries pass on to the real army, you must stay behind at basic training camp and go through the whole programme again. It was not uncommon for recruits faced with the humiliation of being back-squadded to take the easy way out and commit suicide. Nappey reacted in a completely different way. He must have been a really appalling recruit to be back-squadded, very few people were, but the experience did not make him hate the army. He may not have been able to get used to obeying orders and drilling, he may have been clumsy in his handling of weapons but for some unaccountable reason he was still proud to be a soldier. Proud enough to get married a few weeks later in April 1955 wearing battledress with a white carnation in his lapel. His bride, the girl he met at the dance hall, was twenty and a textile worker.

There were no guests at the wedding at St Paul's Church, Morley, and when his two weeks embarkation leave was over he shipped out to join his regiment who were fighting against the Mau Mau terrorists in Kenya, then a British colony.

Because he had had to do his basic training twice, Nappey arrived in Africa ten weeks after the rest of the boys in his same intake. They were already competent troops fighting a very complicated action and Nappey never really did catch up with them in training. He spent six months in Kenya altogether. Those six months probably had a greater influence on what was to become of him than any other period in his life. They began with an intensive period of jungle warfare training, when he was taught how to fight with the rubber-stocked, short-barrelled

.303 jungle rifle British troops in Kenya were issued with, and which bear a striking resemblance to sawn-off shotguns, and how to operate as a completely independent unit.

The main emergency in Kenya was already over by the time Nappey arrived but what remained of the terrorists bands were still operating as best they could, high in the rain forests of Mount Kenya and the Aberdare Mountains. The tactics of the British were to cut off the terrorist supplies of food by preventing them from reaching the lowland farms of the white settlers which had been their main source of supply hitherto, and to harass and harry them in the forests until they became so weakened they would give themselves up.

Most of the action happened at between ten and twelve thousand feet. At that height in the Kenya mountains the weather is invariably like a clear late spring English day. A huge yellow sun shines from a cloudless sky. Clear streams rush down the mountain sides. They are filled with trout. Game abounds everywhere, from elephants and buffalo to leopard and a dozen varieties of buck. A man with a gun is king. It was in complete contrast to the grey back streets of Yorkshire.

Nappey was usually one of a squad of between four and nine men armed with the short jungle rifle who would patrol the rain forests, often just below the snow line, for up to three weeks at a time. During these sorties the only contact they had with the main force was by radio and by occasional air drops of supplies. The little bands of soldiers were otherwise entirely self-sufficient and the enemy was never a real threat to them. Shooting game was strictly forbidden but there was no one there to enforce the rule. All it took was one bullet and there was meat for dinner. Each man had fifty rounds, carried in a belt around the waist just like the one Neilson was wearing when he was eventually caught. When they returned to base they had to account for each round missing but it was all too easy to explain away the missing bullets by saying they had been fired at what had been thought to be a terrorist. It was like being a super boy scout.

At night the squads slept beneath the stars on beds of ferns and covered by bivouacs constructed from bamboo and other natural materials. One soldier who served with Nappey in Kenya told me afterwards: 'After Morley it was a bit like paradise. The sun was always shining. Wherever we were we could always see the snows of Mount Kenya and we always felt at home in the environment. I would not look any further than Kenya to work out how Nappey learned the tricks of his trade. Any one of us who was there could be dropped anywhere in the world with a gun and the very minimum of supplies and be totally self-sufficient. In a way it is not surprising that one of our number used his training for illegal purposes in later life. The only surprising thing is that it was Nappey. He wasn't really very good at it.'

It was a sad day when the regiment had to say goodbye to the lush life in Kenya. For when they boarded the train at Nairobi for the scenic run to Mombasa they were not bound for home but for Aden, the worst posting in the British Army. It was eight months of flies and sweltering heat with not much action. Occasionally the men would move up to the trouble-torn Yemeni border zone to show the flag and fire a few mortars but the days of those eight months passed mainly in boredom and it was with a sense of relief that the regiment heard of their next posting to Cyprus, another of the world's festering trouble spots.

Here again the regiment took to the mountains, hunting down EOKA terrorists. They did not have the same independence that Nappey had come to love because they operated in much larger groups than before. But here Nappey saw death. He helped at times to guard terrorists awaiting execution and he was present when his company was nearly wiped out by terrorists who fired the tinder dry forest they were patrolling. Nappey's company was alerted by the smoke and fled but eighteen other British soldiers were not so lucky. For them the warning came too late and they were engulfed in a sea of flames. In Cyprus in those days soldiers and even their wives were being gunned down on city streets. In return they showed no quarter to the terrorists they had learned to hate. Nappey learned racialism and there were apparently other lessons to be learned too.

From time to time the soldiers would find EOKA hideaways. They were usually in caves. Everything a terrorist needed to survive would be stored there, guns, food, torches, maps, spare clothes. Nappey never forgot those caches. He borrowed the idea when he equipped the underground drainage system that was to become Lesley Whittle's death chamber.

Few national servicemen can have served in so many trouble spots as Nappey did in his two years with the Queen, or seen so much action. It was perhaps an experience he never really recovered from and the independence he found in the Army was to a large extent to shape his future years of freedom.

Back in Bradford as a civilian he was still the soldier he had once been. He wore boots like those worn by paratroopers, olive green trousers and battledress jackets. He drove a jeep and he walked with a military spring in his step. One of his neighbours, who didn't even know that Neilson had been in the army said: 'I got the feeling he was formerly a military man. When he walks out he walks very fast, like a fast march, swinging his arms as though he was in the light infantry. I met him a number of times. When you saw him he would just nod or ignore you completely. You wouldn't see him for weeks on end – then he comes back for a few days. One time I went into the house. I don't like running people down but it was in such a state. The lounge was boarded off like an office and the rest like a work-room.'

Very few people ever got into Neilson's house in Grangefield Avenue after 1971. Neilson had dreams of becoming rich but luck did not run his way. Most of the time he worked as a jobbing carpenter. Those who worked with him remember him as a tireless worker. But no matter how hard he worked he never quite made enough money to hit the big time. He tried to start a taxi business but that went broke in less than a year. He toyed with the idea of setting up a security firm and bought two ex-army alsatian dogs, but that didn't work either. Always he went back to jobbing carpentry but as one man who worked with him said: 'There is just not a living in it around here. Everybody wants work done but nobody has enough money to pay you to do it. Neilson was always working, he never stopped, while other people were thinking about it he was doing it but still he couldn't make any money. I used to feel sorry for him. He really did try and he was fearless. He would work two storeys up and not give a damn about height – he would do anything to speed the job up and still he wasn't making money.'

Others too remembered his constant urge to work. He would paint and repaint the outside of his house. And if he wasn't doing that he was probably working on or washing his latest form of transport. Of his family few remember anything, except that his wife was always poorly dressed and was rarely seen outside the house and that his daughter hardly left the house at all, except to go to school or to go swimming with her father. Swimming and working seemed to be his life but more and more of his 'work' seemed to take him away from home. Donald Neilson had finally started to make money in the only way he knew how.

Psychiatrists and psychologists examined Neilson. They discovered that he was of above average intelligence, psychopathic and obsessional. His attitude to employers, those in authority, or anybody who had the ability to make money faster than he could, was paranoid. But he was by no means insane, and therefore it was not possible to put his mental state forward in a defence of diminished responsibility.

Neilson spoke glowingly of his life in the army and told one doctor that when he left it he cried. He told the same doctor that he had always wanted to do something good or big, to achieve something, to 'get there'.

But perhaps the biggest window to the soul of the Black Panther was found in his family photograph album. The photographs it contained told the police all they wanted to know. One showed Neilson's wife playing the part of a 'dead' enemy, sprawling from the wreckage of a still burning Champ. Another showed Neilson's little daughter Catherine dressed in combat uniform pulling a sheet over the 'body' of her mother who was supposed to have been killed in action. Yet a third showed Neilson the 'commander' in bush uniform, pointing to maps in a 'jungle' clearing. And when police spoke to Mrs Neilson and her daughter the full story came out. The photographs had been taken in a local wood. Neilson had made both women dress up as soldiers so that he could play his war game, to live out his fantasy. In his mind Neilson had never left the army – he was still fighting a war.

Armed with all this information the police knew they had their man. It was like the Commander had said, once the Black Panther had a name everything else would fall into place.

If the presence of Bob Booth, Joe Mounsey and John Morrison at Mansfield's little police station the next night, Friday, did not convince all of the press that the Black Panther had finally been caged, then any last doubts were dispelled at a press conference next morning at Kidsgrove. Police had not officially said that they were holding the killer but Mr Arthur Rees, the Chief Constable of Staffordshire, for some 'unaccountable' reason took the conference. And he was literally beaming with pleasure. He was delighted, he said, that they were holding 'this gentleman' and he thanked the press and the public for all the help they had given over the long months. There was almost a party atmosphere in that drab church hall.

The arrest, said Mr Rees, had been the result of patience and determination, which was not exactly true but nobody bothered to point that out.

Outside the church hall after the press conference Chief Superintendent Bob Booth was beaming too. He described the arrest as 'the most marvellous day for the police forces of this country'. That was a statement of fact. On Monday, 15 December, Commander Morrison announced that Donald Neilson would be charged with the kidnap and murder of Lesley Whittle. And at 3.30 that afternoon the Black Panther, covered by a blanket and handcuffed to two policemen, was delivered to the magistrates' court at Newcastle under Lyme.

Hundreds of jeering townspeople crushed against the restraining ranks of police officers in attempts to reach the car containing Neilson as it sped to the back door of the court. So many newspapers were covering the charge that only a handful of the people who had been waiting for hours in the bitter cold were able to get seats in the public benches. Neilson was brought into the dock still handcuffed to police officers. He wore an orange jumper, light coloured trousers and wellington boots. His eyes were blacked from the mêlée of his arrest when he fought so desperately for his freedom against two policemen and two coal miners, but he held his head erect and looked straight at the magistrates as the clerk of the court, Mr Philip May, read the charge that he had murdered Lesley Whittle between 13 January and 7 March that year at Kidsgrove in the county of Staffordshire and when asked if he had anything to say Neilson replied in a strong firm voice: 'Not guilty sir.'

A remand for three days was asked for and granted. Asked if he had anything further to say Neilson complained that he had not been allowed to see a lawyer. He asked for the right to name one of his own choosing. It was typical of the man that he had even planned for his possible arrest, for the solicitor he asked for was Mr Barrington Black, one of the most able criminal lawyers in the north of England. Already Neilson was making sure that he was going to have the best possible legal representation available. And before long forty-three-year-old Mr Black, technical adviser for television's 'Main Chance' series, which is all about a solicitor in criminal law, was driving his grey Jensen motor car, complete with personal telephone, towards the most infamous client of his career to date. At once the lawyer, whose last important case had been the defence of the four George Davis campaigners, who dug up the Headingly Test Match wicket, set about planning for the defence of the Black Panther.

On 19 December, Neilson was back in court again. This time it was to be charged with the murders of Donald Skepper, Derek Astin and Sidney Grayland, the attempted murder of PC McKenzie, Mrs Grayland and Mr Smith and with the kidnapping of Lesley Whittle and demanding £50,000 from her family. Two months later, on 19 February 1976 the investigation into the crimes of the Black Panther officially closed. The file was sent to the Director of Public Prosecutions and the incident rooms at Kidsgrove, Dudley, Bridgnorth, Accrington and Harrogate were disbanded.

8
The Trial

A measure of just how confused the public were at this stage is that even when all the charges had been put to Neilson most people still refused to believe that the Panther was finally behind bars. 'They've got the wrong man,' was the cry. It was a cry that meant very little to the police officers on the case because on top of the host of incriminating pieces of evidence they had amassed they had a new ace card – Neilson's own confession.

At 2.45 on the morning of the Saturday following the arrest, Commander Morrison, Detective Chief Superintendent Harold Wright and Detective Chief Inspector Wally Boreham confronted the captive in his cell at Kidsgrove Police Station. They told Neilson that they were investigating Lesley's kidnapping and death and they thought he could help them with their enquiries. For fifteen minutes Neilson was deep in thought, then he said: 'No sir, not me sir, not Lesley Whittle.'

This first interview was not very productive. It lasted for two hours and twenty-two minutes and that time was taken up mostly by long periods of silence between question and answer as Neilson fought to say the right thing. Sometimes he would take up to fifteen minutes to answer a simple question, sometimes he would not answer at all. The policemen played a cat and mouse game, they reasoned that high pressure would get them nowhere and that time was on their side.

Neilson denied that he had ever been to Highley but said he was not sure if he knew Bathpool Park. He was given a cup of tea. He complained of being tired but insisted on carrying on with the interview. 'I need to think,' he told the police officers.

The police switched their line of questioning. At this point they knew nothing about Neilson except his name, and address. They asked about his family, his past and his occupation. He told them he had a wife and a daughter who was sixteen years old, that he was a self-employed carpenter and that he had served in the King's Own Yorkshire Light Infantry abroad for two years. Then they left him to gather his tortured thoughts.

The interview recommenced at 5.20am and when Commander Morrison asked the prisoner if he had had time to gather his thoughts he answered that he had, then he started to cry. It was twenty minutes before the Commander judged Neilson calm enough to continue with the questions and then he asked him, 'Have you been to Highley or Bathpool Park, Kidsgrove?'

After eight minutes Neilson replied: 'I don't know, sir, I been lots of places. I may have been to those places, how can I remember?'

Neilson said he could not remember where he had been on the night that Lesley was kidnapped and when asked again if he was the man responsible for the crime he cried again and when he gathered himself said: 'No, sir, not me, not murder the young girl.' At 8.38am the police left him to sleep.

When the prisoner had slept and eaten he was taken to a cell at Newcastle under Lyme Police Station and at 3.15 that afternoon the three policemen returned to resume the interview. Neilson was still distressed and now he began to crumble. When Detective Chief Superintendent Wright asked him if he had ever been to Highley he replied: 'Once or twice I think.'

It was the first breakthrough. Neilson admitted that he thought he might have been to Bathpool Park as well, once. He was still thinking long and hard before answering any question but when Commander Morrison asked him: 'Did you go into the underground culvert at Bathpool for any reason?' Neilson admitted that he had.

'Yes, I found a manhole cover open and went down and walked through there.' Admission began to follow admission. Neilson confessed that he knew Dudley Zoo and the caves there. He became upset again when the Commander asked him if he had an accomplice. It was a trick question, Neilson had refused to answer when asked again if he had committed the crimes, but now he wanted to know why an accomplice had to be mentioned, had to be brought in.

The Commander sprung his trap: 'Are you saying that you are responsible for the offence? If so, then surely the next logical question must be to ascertain anybody else's involvement.' It was forty minutes before Neilson answered and when he did it was another question: 'Why do you have to bring an accomplice into it, why?'

He thought for another twenty-two minutes and then the flood gates opened. The strain of living with his crimes, the cell, perhaps the thought that some innocent person he knew was going to be wrongly accused of having assisted him, they all became too much. 'I didn't murder her, I didn't even know who I was going to get from the house,' he blurted out.

His resistance had gone and Commander Morrison formally cautioned him that he didn't have to say anything if he didn't wish to but that anything he did say would be taken down and might be used in evidence against him. But there was no stopping the Panther now, he wanted to talk. His first outburst was against the press, about the way his activities and the hunt had been presented by the newspapers. His speech was far from grammatical but that did not interest or worry the police. They wrote down every word. 'People believe all the lies about the Black Panther,' Neilson complained. 'The papers don't tell the truth about the Black Panther, so called, they told lies about him. I read them, he not like they say. I want people to know the truth, I not tell you lies like the newspapers.'

Neilson said he wanted to make a statement, that he wanted everyone to know the truth and he said: 'The girl need not have died if the money was paid.'

One by one the other offences thought to be the work of the Black Panther were put to Neilson.

Of the killing of Donald Skepper in Harrogate he said: 'I told you, no lies, I'll tell you all about it.'

Of the killing of Derek Astin in Accrington he said: 'These look bad for me, but I must let the people know the truth, I did that.'

Asked about the killing of Sidney Grayland and the attempted murder of his wife at Langley, Neilson burst into tears and after ten minutes he was still crying when he said: 'My God, this is a bad one. You might as well know it was me.'

There was one more attempted murder to put to the prisoner and that was the shooting of the Dudley Freightliner foreman, Gerald Smith, and Neilson said: 'Yes, yes, alright, I did all these things, but I must tell you the truth of what happened. I want to make statements about them all. It wasn't how the papers said.'

Neilson began dictating his statements to Chief Inspector Wally Boreham at seven that evening and did not stop until five minutes to midnight. Then he broke off for a rest, restarting to dictate again the next day at 2pm. It was nearly half past nine that night when he finally signed the last of his confessions. They were damning evidence but like so many criminals before it seemed to bring him profound relief, that he had to tell somebody of the crimes he had committed.

As Wally Boreham scribbled, Neilson spoke. His first statement concerned the kidnapping and death of Lesley Whittle and was extremely long and detailed. Most verbatim reported speech makes difficult reading and Neilson's is even less grammatical than average therefore I have paraphrased a great deal of it, but some of his story can only really properly be told in his own stumbling words.

Neilson began by admitting that he got Lesley's name and address from the 1972 newspaper report of her father's contested will. It was to be the final crime, the one to solve all his problems. The figure of £50,000 for the ransom was arrived at by Neilson's weighing up the amounts mentioned in the will and his own estimate of the income of the coach business. He said he didn't mind which member of the Whittle family he abducted: 'I reckoned that the mother would immediately pay a ransom of this amount for the son or alternatively the son for the mother,' he said. Whether the Neilson we know would ever have risked trying to hold a young and able-bodied man prisoner has got to be a matter for conjecture, but this is his statement.

Next, Neilson said, he bought maps and visited both the house and the coach business that summer and began looking for a place where the ransom money could be left. He settled for Dudley Zoo after visiting it several times. From various vantage points on the hill there he had looked out over a clear empty area and he had reasoned that with a good pair of binoculars he could have stayed on the hill and observed his chosen ransom drop-over point at dusk or on a clear night and have made sure that his instructions were carried out to the letter. Being on the hill he would also have been far enough away from the drop point to have made his getaway if things had gone wrong. Next he had started looking for a second drop point in case anything went wrong at the first and he had decided that at this second point the ransom would be delivered by being thrown from a speeding train. He needed a railway line in a large open space with possibly a tunnel nearby. He had bought more maps and followed the railway lines on them, that is how he had found Bathpool Park, he said.

Neilson said he went to the park and walked along a footpath. 'I heard a roaring noise underfoot. I found the noise came from a slightly raised manhole cover. I raised the cover and saw a ladder going down into a shaft. I returned at a later date with a torch and went into the drainage system. After exploring the full complex I decided this could be used in some way for the collection,' he said.

Neilson broke off in his dictation at this point to eat two sandwiches. When he continued he explained how he had gone out and chosen telephone boxes for the ransom trail and went on a shopping spree for his kidnap equipment. The items he bought included binoculars, a Dymo tape machine, sleeping bags, a bottle of brandy, items of clothing, and lengths of wire rope, he said. He bought them all over the Midlands. Over a long period of time he had visited all the places to be connected with the kidnap several times and he stole motor vehicles, including the Ford Escort van, which he had later abandoned near Bathpool Park.

Of the kidnapping itself (these are his actual words as written down by Wally Boreham) Neilson said: 'One night I set off to go to Highley. I arrived late at night. I went through back door of garage to inner back door of house. I removed outer handle and turned spindle with pliers to enter. I went upstairs. Floorboards top of landing made loud creaks.

'I went into first bedroom on right. There was someone in bed. I awoke the person and said, "Don't make any noise I want money." The person replied, "It's in the bathroom." I said, "You show me." A girl got out of bed, she was naked. I said, "Put on some clothes." She took a light coat from the bed and put this on and led towards bathroom.

'The boards on the landing creaked loudly and at the same time I heard a sound from bedroom at the end of the passage at the top of the stairs. The door was open. I pushed the girl into the top step, off the creaking boards and motioned her to go down the steps quickly as I thought someone may be coming from the bedroom at the end of the passage. We went quickly downstairs and out towards back door. I forgot to mention that she had put on a pair of slippers. I also carried a shotgun. We went out of the back door, through the garage and up to near a clothes post in the garden. I then said again: "Where's the money? How much?" She said: "In the bathroom in coin, £200."

'It was cold and she shivered. I said, "You wait in car while I go fetch money." She said, "All right." I put sticking plaster to keep hands together, also a strip on her mouth. I then carried her to the car which was parked in a lane down some steps running along the side of the house. At the same time as I put sticking plaster on her mouth I put sticking plaster on her eyes. She climbed on to the back seat besides some sponge mattresses.

'I said, "Don't make a sound and you OK." She nodded. I closed the door then ran back to the house and left a Dymo tape with instructions and ransom demand on it and ran back to the car.'

Neilson said he covered the girl with the foam and drove off. All this time he had been wearing his hood, he said, and he pulled it off when he reached the main road. The girl could not see his face because of the foam mattresses, he said. 'I drove fast down the road and after a short time the girl started struggling and making noises. She could not get up because of the sponge mattresses. After we were clear of houses and street lights I pulled on my hood, stopped the car and pulled sponge up. She was trying to speak behind the plaster. I removed the plaster from her mouth and said in an unnormal voice: "You have been kidnapped. Be quiet and you will not be harmed. If you do not behave I will put you in the boot. If you are good you can stay there."

'She said. "I'll be quiet." I said, "Are you warm enough?" She said, "Yes." I checked the heater was on warm and drove off to Bathpool.

'We arrived at Bathpool early morning while it was still dark. In the car earlier I put sponge mattress, sleeping bags, tape-recorder, torches, batteries, bottle of brandy, Dymo tape, writing pads, pens, polythene bags, paint and brushes, survival blanket, black plastic sheet, lengths of wire, fasteners, flasks and food and spanners.

'Leaving the girl in the car I took sponge mattress and sleeping bag down shaft and through tunnel, was carrying a torch. I left the mattress and sleeping bag in the short dry tunnel. I then went back to the car for the girl and we went down the ladder and through to the sleeping bag and mattress. I placed the mattress on the steel platform, the sleeping bag on top. Removed sticking plaster from girl, also dressing-gown which had become wet getting there. The girl dried herself with top half of dressing-gown and got into sleeping bag.

'I put on hand lantern left previously. I reassured girl and went to collect other equipment from car. By the time I got equipment below ground it was getting light. I had to move the car a short distance then went back to equipment and took all equipment to far end of tunnel where girl was, put girl in another sleeping bag on top of first. I gave her survival blanket and bottle of brandy and tape-recorder and flask of soup then sorted out equipment and Dymo tapes.

'During the day I made all Dymo tapes as required and the girl taped message on tape-recorder for telephone by reading what I had written in capitals on writing pad. During some of this time I conversed in unnormal voices whilst she talked normally.'

Neilson continued to speak as the detective took his words down. When it was dark he said he took the car and began laying the ransom trail. The instructions were taped in telephone boxes and the last telephone box was outside Dudley bus garage. After laying the trail he went back to the telephone box at the bus garage and dialled the three telephone boxes he had chosen at the Swan shopping centre at Kidderminster. It was approximately midnight and he had with him the tape of Lesley's voice giving instructions. At first the telephones rang normally at the other end but nobody answered them, he said. Then he began getting a discontinued or engaged signal. He dialled again and someone answered and said, 'Who is this?' He rang off, suspecting a trap and returned to Bathpool Park, he said.

He made soup on a stove from the car and they had some and he explained there would be a delay.

The next evening he said he went to Dudley to phone again. He parked the 1300 on the car park opposite the bus garage and crossed the car park and he was startled by a man.

'I shot the man with a .22 gun,' Neilson said. 'He came towards me and I fired again and then he turned running away. I ran the opposite way down along the side of the zoo then crossed some open land and a road and walked up the road towards the parked car. A police van stopped a short distance after passing me. I turned and ran into the hospital grounds and through the streets at far side. I left the car abandoned in the car park.' Neilson broke off his statement here but continued the next afternoon.

Neilson said he made his way back to Bathpool, arriving after dark. He explained to the girl that there would be a delay, his tape-recorder had broken and he couldn't send the message. With the help of the girl he made new instruction tapes of her voice on the Phillips tape-recorder (the pocket memo) and more Dymo tape instructions. Then he left to make the final telephone call, arriving at the telephone box at about midnight.

Neilson said he made the call and played the tape of Lesley's voice into the telephone. He thought at the time that a male member of the Whittle family was on the other end of the telephone. He was told there would be no tricks and from the tone of the voice he fully believed that his instructions would be carried out to the letter, he said. Walking back through the woods he broke up the Phillips pocket memo and left it in the mud. As he got to the top of the hill overlooking Bathpool Park he saw a police car approach from the far end of the park but it was only about 20 minutes from the time he had made the telephone call and he suspected nothing. The police car and other car left almost immediately and he could see no other vehicle near the area, he said, so he returned to the girl and told her they were bringing the money and it would take about two hours for them to get there, then she would be going home.

Neilson said: 'She wanted to come with me then but I explained she would be better waiting there just a little while longer until everything was finalised. I explained I had to get ready to collect the money so no one would be seen and they would not be able to set a trap.'

He then went up and removed the metal grille from the manhole to enable him to descend into the drainage system without anyone being able to follow. He had thought it possible that even if there were no police, a bug might be planted with the money and the depth of the drainage underground would have made it impossible for them to use it, he had reasoned.

Neilson said: 'The tunnel runs into a disused canal system. There is also a disused rail tunnel approximately on top of the drainage system. I reckoned with the many different entrances to all these tunnels and they not knowing location of same this would give me ample time to return with the money to the girl, smash the bug and take out the girl with me for her to wait for them to find her, or alternatively there is a telephone box a short distance away up the path in the estate which is only a few minutes walk from the top of the shaft,' he said, and building his defence, added: 'At no time did the girl see me. She could not possibly have recognised me by sight, description, or from voice. There was positively no reason that the girl would not return to her family.'

There was positively no reason to do the girl any harm, he said. Even if the ransom was not paid.

'If for any reason the money was not collected that night there was no further collection point planned and the girl could not have been moved anywhere by me to give me time to look for and plan a further collection point. If I did not wish to be caught,' he said. 'The girl could have been left where she was or left at the top of the drainage system, whether or not the ransom had been paid and I could have made my escape to safety leaving the girl to be found in a very short time by her family or the police.'

The next part of the statement describes what went wrong: 'I went and removed the grille at the top of the shaft, it was a cold slightly frosty clear night, there was no fog or mist and visibility through my binoculars was excellent. From the top of drainage cover I could see the point where the instructions said the car had to stop. I could also see if there had been anyone on foot, from memory I waited approximately one and a quarter hours. Then a car drove into Bathpool Park from the direction of the instructions. This car stopped and turned lights out. From the time lapse it could have been a car sent by the police if they had phone tap on the Whittle phone, or it could have been a courting couple who I have seen other nights come into Bathpool as late as 4.15am.

'I am presuming that these cars on other nights entering Bathpool as late as 4.15am were courting couples. On this night the car that entered could have been either police or a courting couple. Either of which did not disturb me. I waited and a few minutes later a car came into Bathpool Park and drove in the direction of the instructions I had phoned. It did not, however, carry out the instructions I had passed on telephone. It did a reverse quickly and went past the first car that had pulled in and drove along dead end track which runs parallel to the railway.

'At this point I had a doubt to as if a police trap was in

progress. From my position I fully believed I had no cause for alarm. My safety was not threatened in any way. I waited and began to doubt the sincerity of the man who answered the phone call.

'Approximately 45 minutes later a helicopter passed overhead, nearly directly over me. It approached from the opposite end of Bathpool to the ski-slope travelling at right angles to the railway line. This was travelling towards and over the ski-slope. It must have gone some short distance and then turned south. It came around in half a circle and hovered some miles to the south of me. Its lights were in plain sight to the naked eye as there is total blackness and could be positively identified with binoculars. It seemed from this obvious there was a police trap in operation. I was not panicked but in the next few minutes the car that had driven along the dead end track returned and went out of Bathpool. At this point I realised the money was not going to be paid. Minutes later the first car that entered Bathpool followed the dead end track car out of Bathpool. I decided there was no point in waiting further.

'I entered the shaft through the grille opening and went along the tunnel after climbing into the short pipe leading to the platform. I saw the light from the other side as the girl had on her torch. As I came down out of the short tunnel on to the platform the girl moved to her right to allow me on to the platform beside her. As I stood on the platform she went over the side and was suspended from the wire I had placed there earlier to prevent her leaving the tunnel. I moved to the side of the platform that she had gone over. Her head was below the level of the platform. I saw her face, her eyes seemed to be half closed and stopped moving. I froze, then panicked.

'The next thing I remember is shoving the cover up to get out. I then closed the cover. I stopped there for some moments unable to think what to do. A car came up the road into Bathpool. I started to dash from the top of the mound down towards the disused railway line. I fell and a bag I had in my hand spilled its contents. I lay still for some moments then along the track which runs near the bottom of the ski slope I saw lights of a vehicle slowly moving towards this end of Bathpool. A car drove out of Bathpool down the road towards Kidsgrove. I think the same car came back seconds later with no lights on. At this point I thought I was near to being surrounded. I started to collect the things and put them back into the bag. I heard the sound of dogs coming from as near as I could tell the dead end track. I panicked and fled in the opposite direction.'

That was Neilson's account of what happened and no doubt much of what he said was true but some was not. Remember we are considering the words of a man who only a few hours before had denied that he had anything to do with Lesley Whittle or even with Highley or Bathpool Park. For example, Neilson said that he would have taken any member of the family and yet the first bedroom he entered, and there were six in the house, just happened to contain Lesley. Any gambler knows how rarely six to one chances come off.

He makes no mention of binding her legs but he asks us to believe that twice, when he went back into the house to leave the ransom demand and when he went down the tunnel to prepare it, he left the girl unattended and she stayed free in the back of the car of her own free will.

At another point he says he put sticking plaster over her eyes and then tells us she could not see him because a foam mattress was on top of her. He makes no mention until the point of her death that he had placed a wire noose around her neck and most glaring of all he tells us he shot Gerald Smith only twice when we know that six bullets not only entered his body but stayed there.

Each of Neilson's statements gave some of the facts, and was designed to present the whole matter in the best possible light. Neilson does not want anybody to believe that he chose Lesley as a victim because she was small and weak, that he forced her down dank, water-filled tunnels. But if he did not, if he took her down from the surface, how did she get so wet?

In all his statements Neilson strove to give the impression that there was he, a harmless burglar going about his business with no intentions of hurting anybody when suddenly things went wrong, he was attacked, he was the victim and that is why his gun kept going off.

The best example of this is Neilson's explanation of what happened at Langley. Neilson described how he went to Langley to the post office, checked that the car was in the garage, and waited at the back door for the shopkeeper to leave. He had called at the post office and bought a postal order on another day to see how many people were in the shop. He had a .22 gun and a torch with a small container of ammonia taped to it. He put on his hood.

This is Neilson's version of what then happened:

'My intention was to burst the door open as the shopkeeper unlocked it from the inside,' he said. 'I expected the man to see me in the darkness against the light from the shop. He would see the gun and I would demand the money. I could not be cut off escape-wise as he would be inside and I outside. When the door opened the light was not on in the shop which meant all was in darkness except he had a lantern torch in his hand. I was expecting to see the light come on by the window and was taken unawares by this development. Instead of me bursting into the shop and startling him the door was opened and I found myself looking into a lit torch which dazzled my eyes.

'I made to go into the shop saying something which I cannot remember at this time, at the same time putting my torch hand up with the torch trying to turn the torch to dazzle the shopkeeper. The shopkeeper grabbed this hand strongly and forced the hand back towards me. My hand which was around the ammonia bottle and torch taped together squeezed the ammonia bottle which squirted ammonia into my face. I was blinded by the ammonia. I fired the .22 gun and lashed out with my foot. At the same time my ammonia soaked hood was pulled from my head.

'As well as the shopkeeper there was another person in the shop. I had the ammonia in my eyes and turned to get out of the door but the door had closed to. As I stumbled towards the door some things, either boxes or display racks got in my way. I could not get out at once, being blinded. I panicked at this point, my sense of direction went wild. I turned again and found myself fighting two people. One was attacking me. I lashed out with the gun still in my hand and kicked out. The person went down. I lashed out again and realised I couldn't escape owing to my eyes and the back door being closed to. I knelt on top of the person and lashed out again with the gun. I then grabbed the hands and with a cord I had in my pocket with one hand tried to fasten the hands together. The person kept struggling and I hit again and again. The person stopped struggling and I dashed into the shop to find the cash drawer. The safe was opposite the cash drawer and it was open. I grabbed some notes and went back to the rear door, cleared it, and went out, closing the back door. I went over the fence at the rear and back through the partly constructed shops.'

Note that there is no mention of the fact that the 'other

person' who was attacking Neilson was a fifty-two-year-old woman. If he was so blinded that he could not see that how did he manage to locate the safe and take the money?

In another statement Neilson described how he broke into the post office at Harrogate, entering through a window after drilling holes in the frame and releasing the catches with wire.

In his own words: 'I looked around the downstairs room after making a thorough search for the keys to the safe. I then entered the shop and found the safe. It was locked. I looked for the keys but couldn't find them.'

'I went back through the room and up a staircase and into a bedroom where a young man was asleep. I woke him up and asked for the safe keys after I told him to be quiet. I said: "No trouble and nobody gets hurt." I showed him the shotgun. He said, "All right, I won't give any trouble." I said, "Where are the safe keys?" He said, "Downstairs." I said, "I'll tie your hands, then you show me." I tied his hands and led him the way downstairs.

'He went to a shelf at the bottom of the stairs and said, "They're not there." I said, "Where are they?" He said, "I don't know, my father knows." I said, "Take me to your father." He led the way upstairs and into the bedroom. At this time the parents woke and said: "What's the matter?" to the boy as he entered the room.

'I entered the room, past the door and both parents knelt up in bed switching the light on. I tried to switch the light off. I said: "The safe keys, no trouble, nobody gets hurt, turn light off, turn light off." I think the man said, "Who are you?" The woman made a remark to me. The man said something to the boy. I repeated, "The safe keys." The man said to the boy, "Is he on his own?" or words to that effect. At that I glanced out of the door calling downstairs as though calling an accomplice. As I had glanced out of the door the man grabbed hold of the shotgun, at the same time calling to the boy who was stood beside me: "Go on, finish him off!" He used the boy's name as he spoke to me.

'I was holding the shotgun with both hands. As the man came forward and grabbed the shotgun I pulled away to escape. The gun went off. I dashed down the stairs. As the boy followed me out of the room he used the telephone on the landing. I jumped out of the back window and fled. It was early morning. At the time I first entered the post office I had a hood over my face. As I fled I removed this.'

Neilson's account of what happened at Accrington is this:

'I remember breaking into a post office in the early hours. It was a detached dormer type building near Accrington. After entering the back by drilling a hole in the window and slipping the catches, I put my hood on. I looked around downstairs for the keys to the safe. On not finding them I made my way to the bedroom staircase. On climbing the staircase the steps were creaking. I went back down and removed my boots, then went up again slowly. On the landing a number of boards creaked.

'The front bedroom door was ajar. I opened this and looked in. It was a children's bedroom. I did not enter but made my way over towards the back bedroom. The boards on the landing creaked. I got down on hands and knees intending to look around the door for trousers or handbag to obtain the safe keys.

'The creaking boards must have awakened the occupants of the room. A man jumped out of bed and a woman shouted something. As the man jumped out of bed I stood up and shouted, "Quiet!" The man was practically in front of me. He was a very big man.

'The next thing I recall was being on my feet in the bathroom with the man in the doorway and the woman near us. She said, "Here, hit him with this" or words to that effect. I could see she was handing something about three feet long to the man. I realised I was cut off from the staircase and the man and the woman were in the doorway, with the man about to attack me, I thought.

'I fumbled with the safety catch of the shotgun. In my panic I missed the safety catch the first time. I looked down at the safety catch and released it pointing the barrel upwards as I did so. My intention was to fire a shot into the ceiling in order to frighten the man and woman back to allow me to get out of the bathroom and down the staircase. I was looking down at the shotgun as I found the safety catch. I managed to pull the trigger. As this was happening the man had come at me. As the gun went off the man was on top of me. He had hold of me. I got one hand to a .22 gun which was on a string around my neck, which I had taken in case of guard dogs and fired this. The man reeled back against the wall on the landing, clutching something about three feet long. This made my route clear to escape. I fled down the stairs and out of the back window. When I got to the garden wall I realised I had no boots on. I went back and got them from outside the window where I had left them in case I had to get outside in a hurry.'

These statements, made by Neilson, were to be among the 848 exhibits presented by the prosecution when on 30 March 1976, the proceedings committing Neilson to stand trial before a judge and jury were held at Kidsgrove's Victoria Hall which had to be decked out as a court for the day. There was no hope of cramming all those who needed or wished to attend into the town's tiny magistrates' court.

The proceedings were formal and quickly over but they were none the less dramatic for that. For the first time Ronald Whittle and his mother came face to face with the man who had kidnapped and killed Lesley. They sat, controlling their emotions, a bare ten feet from where Neilson, now in jacket and tie, stood in the improvised dock to hear the charges put once again.

There was an air of sadness too for a few days before Mr Gerald Smith, the Dudley freightliner depot foreman who for fourteen long months had fought so desperately to live with six bullets still inside him, had finally weakened and died. Neilson stood charged with his attempted murder and that charge could not be changed because Mr Smith had lived more than the year and a day after the attack.

On the sweltering morning of 14 June 1976 Donald Neilson, smartly dressed in a bottle green suit, his hair freshly washed, went underground again. This time it was to walk the 140 yards along a tunnel that connects Oxford Gaol with the dock of the adjoining Crown Court in Old County Hall.

Oxford was chosen for the trial because it was rightly thought that the Black Panther was unlikely to find an unprejudiced jury in any of the areas where his crimes had been committed.

The wisdom of choosing the university town was quickly borne out. On the first day, as the proceedings began, hardly any of the townsfolk turned out to see what was going on. They simply didn't realise that Neilson was to be tried there.

The court was packed, nevertheless, with police, barristers and more than seventy press men. It was a strange setting for the most dramatic murder trial of the decade. Local records describe the Old County Hall as 'quite the most abominable pseudo-Gothic assize court in all England, a compound of mock Norman arches, pepperbox turrets, arrow slits in inaccessible places, and large round-topped windows. This triumph of early Victorian architecture must be seen to be believed,' say the records.

In the vast stone-floored hall of the court WVS ladies brewed tea and coffee on trestle tables, in the court itself everyone sweltered. One of the judge's first instructions to the jury was that they might remove their jackets and ties if they wished.

Before the jury was even sworn in it became obvious that Neilson was not only going to receive justice but that justice was going to be seen to be done. Before the charges were put to Neilson Mr Gilbert Gray, QC, for the defence, successfully argued for a severance of the first indictment against Neilson, concerning the charges involving the Lesley Whittle kidnap. It would be unfair, he pleaded, to include the shooting of Gerald Smith and the attempted murder of PC McKenzie, in the first hearing.

Mr Phillip Cox, QC, the prosecutor, argued that since the shooting of Mr Smith had actually occurred while Neilson was laying the kidnap trail and that as the attempted murder of the police constable happened at the time of Neilson's arrest they were part and parcel of the Whittle case. This was overruled by the judge. So the case against Neilson, already cut in half so that the jury to consider the Whittle affair would be unaware of his involvement in the post office shootings was now cut in half again. All he stood trial for at this point was the kidnapping of the girl, the demanding of the ransom, and her murder. The other charges, the judge ruled, must be answered at a second trial.

It had been generally assumed that the trial of Donald Neilson would take something like three months but now it became obvious that this was not to be. Neilson immediately pleaded guilty to the kidnapping and to demanding the £50,000 ransom. He stood by most of the statement made at Kidsgrove, so prosecution did not have to spend much time producing evidence on these scores. He denied, however, that he had pushed Lesley off the ledge and accordingly pleaded not guilty to her murder. This meant that the only point at issue in this first trial was whether Lesley was pushed or whether, as Neilson had already claimed, she had fallen from the ledge and therefore died accidentally.

Since only Lesley herself and Neilson could possibly say what happened deep down in the drainage shaft the burden of the prosecution was to prove by circumstantial evidence that Neilson was lying, to establish beyond a reasonable doubt that when Neilson's plan for collecting the ransom failed he deliberately went down the shaft with the intention of pushing Lesley to her death and did just that.

It was a formidable task for Mr Phillip Cox, particularly since the jury were not allowed to know in advance that Neilson had killed three times before. The prosecution's opening address took up the first two days of the trial.

Meticulously Mr Cox laid his case against Neilson. The first objective in Neilson taking the girl had been to obtain a large sum of money without leaving a clue that could lead to his detection and arrest, Mr Cox said. 'He needed to be sure no positive identification witness would survive to give evidence against him. The prosecution suggest that it was because of this last matter, one of anxiety that anyone would live to identify him, that he took Lesley Whittle's life.'

The prosecutor revealed to the jury in minute detail just how carefully Neilson had planned the kidnap and said: 'From the submission of the prosecution this is important because the prosecution suggest to you (the jury) it was because of the failure of all his carefully laid plans that he took Lesley's life.' There was a tense moment in the opening speech when Mr Cox caused the tape of Lesley's voice, giving her mother ransom directions, to be played in court. For the first time Neilson, who was taking an active interest in his defence, making copious notes and frequently discussing points with his solicitor, Mr Barrington Black, showed signs of emotion. He took a large white handkerchief from his pocket and silently sobbed as the tape was played.

Mr Cox read Neilson's statement made at Kidsgrove and described how the girl's body had been found, hanging by the wire noose attached to the steel ladder above the platform, her head only a little way below the platform. Mr Cox told the jury that the original ransom demand had included the words: 'If police or tricks – death.' Mr Cox said: 'That threat was aimed at the hostage Lesley Whittle. I submit that the evidence points strongly that he went down there in order to push her off the landing before making his escape. I suggest that possibility was on his mind from the time he selected that place for her imprisonment. You will want to ask yourselves why otherwise it was necessary to put that wire round her neck rather than round her wrist, waist or possibly her ankles? Why was it necessary to have that wire so short?'

Two important points were made, which built up the picture of the kind of man Neilson was. Although plenty of clothing, which Lesley could have been given to wear, was found in the abandoned 1300 car and down the shaft itself it appeared that she had remained naked throughout her ordeal save for the protection of a sleeping bag. The post mortem examination had also revealed that she had been given scarcely anything to eat during her period of captivity. Why was she treated so badly? Mr Cox asked the jury.

But perhaps the most damning piece of evidence came from Dr John Hunter Brown, the pathologist who examined the body hanging in the shaft. It was his view, he said, that although 'death' of Lesley's heart from vagal inhibition would have been instant as the noose tightened on her neck, it would have then taken several minutes for her brain to die.

The doctor said that had Lesley been immediately pushed back on to the platform and external cardiac massage applied there would have been a 'good chance' of saving her. The massage would only have involved specialist knowledge of a minor sort, he said. He was also able to say that as far as he was aware no attempt had been made to get Lesley back on to the platform. He formed this opinion because the platform was rusty and rough and any attempts to drag or push the body back on to it would have caused marks on the naked skin, yet there were no such marks.

Day by day in the blazing heatwave the court sweltered. Only Neilson looked cool, his prison pallor contrasting sharply with the sunburned faces all around him.

His only glimpse of the sunlight was for one hour every morning when he was taken from his quarters in the prison hospital block of Oxford Gaol for exercise in the prison yard. Other prisoners looked on amazed as he doubled military style around the quad, never seeming to tire. They would have been more surprised had they known that even before he started his morning run he had done two hundred press-ups on his finger tips. This was another insight to the character of the man.

One by one the witnesses were called to tell their stories. Many did not have to attend court. Their evidence was not contested so it was simply read out.

In a case so inundated with drama it seemed impossible that there would be even more. But that was to come. From the beginning of the trial people could not help noticing how the West Mercia police, headed by Bob Booth, held themselves aloof from the Scotland Yard contingent. The two camps of policemen would not even speak to each other. For months Bob Booth had been taking the blame for the failure of the operation and nobody had ever hinted that the Yard had had anything to do with the case until after Lesley's body was found.

For months Detective Chief Superintendent Booth had nursed his rage and for months the Yard had carefully avoided any suggestion that they were in any way to blame.

It was on the third day of the trial that Ronald Whittle said under cross-examination that before going to Kidsgrove he had been briefed by Detective Chief Superintendent Frank Lovejoy of the Yard. The lid was off and it only took Bob Booth to be called for the whole facts of what really happened to come out.

That happened on the second Monday of the trial. Bob Booth took the stand, and his evidence was electric. He revealed that Bathpool Park had been searched by Scotland Yard officers the day after Ronald's abortive rendezvous, before children had removed all the clues, and that nothing had been found.

Mr Gilbert Gray, QC, asked the West Mercia detective: 'Were you appalled that later so many items of significance were found in Bathpool Park?'

At first it seemed that Mr Booth would not answer. Then he said: 'Yes, of course I was. I was disgusted.'

Mr Gray asked: 'Did they find anything at all?'

'Not a scrap,' said Mr Booth.

'Being the Yard, did you believe they would presumably have carried out a very systematic search?' asked Mr Gray.

'I know my own fellows would,' said the policeman.

Under cross-examination Mr Booth explained the charade of the television programme when he and Ronald Whittle appeared to be at loggerheads. With bitterness, he added: 'Ron Whittle and I have been pilloried.'

But the most amazing evidence given by Mr Booth was that after the local police had been told to keep away from the park a panda car with its sign switched on had actually gone around the park taking down the numbers of the Scotland Yard surveillance vehicles. This was later denied by the Staffordshire Police.

Mr Gray asked the policeman: 'Whose job was it to keep the local police out?'

With a gesture of despair Mr Booth replied: 'Mine, and they were told, "Stay in bed and do nothing." '

The sad saga of police bungling had very little to do with whether Donald Neilson was guilty as charged or not but at last the air was cleared and a tremendous tension was taken out of the atmosphere that had been building up.

Mr Booth's evidence was immediately overshadowed when on that same Monday afternoon Donald Neilson was called to the stand. He calmly took the oath and was immediately asked by Mr Gray: 'Did you kill Lesley Whittle?'

'No, sir,' he replied.

'Did you ever intend or expect any harm would come to Lesley Whittle?'

'No, sir.'

'Do you have a daughter of your own?'

Neilson choked back his tears and said: 'Yes, sir.'

Neilson's poise was for most of the time perfect, he spoke in a loud clear voice addressing Mr Justice Mars-Jones always as 'My Lord' and rarely dropping the word 'Sir' from the end of any statement or answer. His long sensitive fingers drummed on the edge of the witness box and he thought long before making any answer to a question.

The burden of his argument was that he had a 'plan' and that this 'plan' worked out by himself was perfect.

During his evidence in chief, he described how he had got the idea for the kidnap from the newspaper and started planning. But now he began to deviate from his written statement. It was Ronald Whittle he had intended to kidnap, he said, he had believed Lesley to be away at school. Talking of his plan he described how he had looked for a place to keep his victim. 'This was the most difficult part. I needed somewhere soundproof. In that way they would not need to be gagged. I needed somewhere where they would be free to move. In that way they would not have to be bound.' He said he had thought of a boat moored in a disused canal tunnel and discarded the idea. He had hired a garage at Nuneaton and planned to build a soundproof room in it, but had abandoned that idea.

Neilson told how he had gone to Lesley's bedroom and taken her out and to Kidsgrove. 'I went to the kitchen to make sure there were no tins of dog food or a dog bowl. If there had been a dog asleep I would have had to leave it. I would have had to back out. There was a small plate or saucer on the floor, but I didn't connect it with a big dog. Wearing my hood, I went upstairs and crossed the landing – with one board creaking – to a bedroom with an open door. I realised it was a girl in there when she got out of bed. She had nothing on. I said something like, "Money, where's the money?" I wanted to sound gentle, positive. I used an assumed voice. I used sentences of two or three words, spoken as I speak now. If the person had been alarmed . . . if there had been a scream or the woman reacted violently it would have been over. I would have had to back out. I told her to get dressed. She took a robe from the bed. I taped her hands, mouth and eyes before taking her downstairs and then carried her into my car. I told her: "You have been kidnapped. Stay still and you okay. If not behave, you go in boot. Okay?" I checked the car heater was full on, then set off to Bathpool Park.' Neilson described how he took Lesley down the shaft, tethered her to the wire and then went home. 'I got some sleep. I had to keep up appearances at home even though I was working odd hours,' he said. Lesley made no comment as the noose went over her head. Neither did she object when he took off her dressing-gown so that she could dry herself with it, he said.

On his way home to Bradford he bought Polo mints, chewing gum, a copy of *The Times* and half a dozen paperbacks. He also stopped at a fish and chip shop and bought some chicken legs to take to Lesley, he said. He also made a tape-recording of some music for her and took some magazines from home. He took these things to Lesley, he said, because he realised that she would have nothing to occupy her mind.

Explaining the need for two sleeping bags, the survival blanket and the polythene sheeting that was down the shaft he said that he was expecting the victim to be Ronald Whittle. 'From the beginning of the plan I took into consideration the fact that the bloke that would be kidnapped would be possibly used to living a softer, gentler, more pampered life than myself. I also thought it possible or more than likely he would be used to central heating. Therefore my biggest fear was hypothermia or pneumonia, due to the sudden change in temperature that he would be staying in. This was the reason for the number of sleeping bags, survival bags and the polythene survival bag. It was also the reason for the brandy. That was intended entirely as medicinal.'

Neilson told the court that the best the police could have put against him would have been two troops from the SAS. He had planned the whole thing as a military exercise, he said, training by pack running and covering long distances over rough ground for three years. 'At the end I was super-fit,' he said.

Then he told of how things went wrong at the last. How he saw a helicopter, how he saw a car driving in the park without lights on, how he heard dogs barking and thought he was in a police trap. He went back down the hole, he said.

'My last act would be to make sure that she understood fully what was happening and to make sure she was on my side,' he said. 'Throughout the entire plan she was my ace because when she was released she was the person that would have to give any information to the police.' He wanted her to tell them that she had been treated well, he said.

It took thirty-four minutes for Neilson to give his version of how Lesley died. As he spoke his face twitched, his eyes blazed and his voice varied from calm to fury. Neilson gripped the edge of the witness box as he described climbing down the ladder, lantern in hand:

'I came through the tunnel quickly. As I came out of the end I was looking down, I turned around, got on to the ladder and descended about three rungs at a time.

'The time to stop, the time to rest was after I got to the bottom of the ladder. As I came out of the dry culvert I looked down and saw she was there in the usual position.

'At a glance down I saw she started to move as she normally did, to allow me to get on to the platform. She moved away from me and to her right as she was laying.

'As I stepped from the ladder I had one foot on the landing. I was in the act of taking my other foot from the ladder and taking my hand off the ladder and turning to face in her direction.

'As I took my foot off the ladder and while I was turning I came to face front and it was while I was doing this I looked around and she went over.

'The lantern was still lit. I grabbed this and stepped across to the other side of the landing. I put one foot down on the concrete ledge and went down as it were, in a squatting position in front of her.

'I had the lantern in my hand and as I went into the crouching position I held my left hand down towards her with the intention of pulling her back up.

'She was hanging, as it were, partly underneath, her head was lower than the gantry. There was some movement of her right hand and when I first got down there it was stretched out behind her, moving. Her other arm was bent at the elbow. The fist was clenched.

'There was nothing to grab hold of. The torch was pointing into her face. Her eyes flickered and stopped. Everything stopped. There was no movement. It was then I realised she was dead.

'She was dead. There was absolutely nothing I could do, and I am telling this court that from the time that I stepped on to the landing to her being dead would be somewhere in the region of three to four seconds, and as far as I am concerned she died in those four seconds.

'She was dead before I left her. And I say through being there and seeing it, she positively did not take minutes, as has been said by forensic doctors.

'She did not take minutes to die. She was dead before I left her.

'It was my choice to be there and I was there. It was not my choice to see it. If her fist had been upward I could have grabbed it and pulled her up. She was half under the gantry. There was nothing I could do in the time it took for the events to happen.'

Neilson's explanation of the events had seemed unreal enough in his evidence in chief but they seemed even more so under cross-examination by Mr Phillip Cox, QC.

Neilson admitted that when he had gone into Lesley's bedroom he had been carrying a sawn-off shotgun, wearing a mask which showed only his eyes and that he had a cartridge belt around his waist. But he strongly disagreed with Mr Cox that this would have alarmed the girl.

He also wanted the court to believe that while Lesley was naked with him looking on this was quite natural. 'I saw what was there to see without any intention to look,' he said. 'I am in no way ashamed of taking the robe from her. My feelings throughout the time I was with her were feelings of a professional detachment – the same as a doctor accepting a patient in hospital.'

Neilson had difficulty over the guns too. Why, Mr Cox asked, if one only wanted to use a gun to threaten somebody was it necessary to fit it with a silencer? Neilson could only answer that he had never threatened anybody with the gun which was fitted with a silencer.

Mr Cox hit a sore point when he asked Neilson: 'You surely don't say you just regarded this business as a military operation, pitting your wits against the police?

'Surely,' Mr Cox said, 'the whole point of the operation was to obtain the ransom money.'

Neilson's face twisted with emotion when he said: 'The operation itself came first. The most important point to me in any crime is to be free at the end of it. The money, the ransom, was not the most important issue. Freedom at the end of the plan was the most important issue.'

And Neilson also wanted the court to believe that he had not meant the words on the ransom tape, 'Police or tricks – death', to be taken literally.

But it was during the second day of cross-examination that Mr Cox really turned on the pressure. He reminded Neilson that in his evidence he had said that on one occasion as he descended the ladder he had been alarmed and that Lesley knew this from his face, from his expression. Neilson denied that Lesley had ever seen his face but Mr Cox pressed on, putting it to Neilson that during her three days down the shaft Lesley had had ample opportunity to see his face and hear his voice.

Neilson replied: 'This is not so in any way whatsoever.'

Mr Cox said: 'You did not care whether she saw your face or not because you knew from the beginning you were going to kill her.'

Neilson said, 'This is not so, sir.'

Mr Cox: 'If she had seen your face, she would be able to recognise you on a subsequent occasion and you could not have allowed her to live.'

Neilson mentioned his 'plan' several times, he was obviously proud of it. Mr Cox suggested that he could not bear to think that his plan had failed. At one point Neilson said to the judge: 'I am proud of the fact that the plan worked, My Lord. I am talking about the plan and not in relation to the death. This was not part of the plan.' The lawyer asked him if he had thought that he was doing Lesley irreparable mental harm and said he had virtually starved the girl. Neilson said that he had offered the girl meatball, chicken legs, and spaghetti, although he had not seen her eat it.

But what came across strongest of all, and what must surely have struck the jury as it did the pressmen and lawyers present, was that at no point did Neilson show remorse for the girl herself.

His best chance to do this was when Mr Cox asked him: 'Have you any thoughts at all for the feeling of this young girl?'

But Neilson missed the chance and simply said: 'Every feeling. It's not my fault she's dead.'

Mr Cox continued: 'You disclaim all responsibility for her death?'

'Yes,' said Neilson.

'Your conscience is clear?' Mr Cox asked.

'Yes, sir,' said Neilson. 'As far as the act of killing her, I did not.'

And that was Neilson's defence on all the other murder charges. He actually thought that he could convince the jury that four men had died by his hand, one shot six times, another shot twice with different guns, and that the whole thing had simply been a string of unfortunate accidents.

As each witness was called, the plight of Donald Neilson grew worse. In the Skepper case Neilson's claim was that Mr Skepper, the victim, had grabbed hold of the gun and in pulling it towards him had caused it to discharge. But no matter how hard Mr Gilbert Gray tried in cross-examination he could not get young Richard Skepper to deviate from his account of what happened, which was that at no time had his father even tried to reach the gun. He was backed up by a forensic expert who said the shot was probably fired from a range of two-and-a-half feet.

Neilson's defence in the Astin shooting was that he was grappling with the sub-postmaster when first the shotgun and then the .22 were discharged. Again, neither Mrs Astin nor young Susan could be moved from their contention that when the first shot was fired Neilson was in the bathroom and Mr Astin was in the bedroom doorway, at least three feet away. Their stories were also backed by forensic evidence which placed the muzzle of the gun that first wounded Mr Astin at between three and four feet from him.

But perhaps the most damning evidence in the postmaster shootings came from Mrs Margaret Grayland, the Langley sub-postmistress. She told the court how she heard a noise from the storeroom and went to investigate. As she entered she saw the body of her husband on the floor. She went to him and he said: 'Watch it, Peg, I have been hit.' Then, said Mrs Grayland, she caught a glimpse of a man and the next thing she remembered was waking up in hospital.

Neilson asked the court to believe that he was in fact fighting two people in that storeroom and he thought they were both men. The jury obviously refused to believe this. And perhaps the following exchange can explain this. Mr Gray, in cross-examination, asked Mrs Grayland if anybody had ever tried to break into the post office before. It was a fatal question. Mrs Grayland answered: 'We always said that if anyone broke in our life was more precious than the money and I would have been prepared to give it over – but we were not even given that chance.'

As far as the two policemen were concerned, Neilson's story was again that the gun discharged by accident. He even went as far as to claim that the driver had already left the car before the gun went off. What gave the lie to that story was that PC McKenzie's eardrum was perforated by the blast.

In fact the second trial was extremely tedious by reason of the fact that Neilson never had a hope of winning. Perhaps its only rewarding minutes were during Neilson's evidence when he described in detail his criminal methods.

Neilson described his military career and told how he went into business as a self-employed joiner in Bradford. He was undercapitalised, he said, and as money was slow in coming in he did not have enough money to put into new contracts. There was no legitimate way he could make more money so he turned to crime. Neilson explained his penchant for robbing post offices: 'It is Government money. It is no loss to anybody, they could go and print some more.'

He picked post offices which were near to main roads, he said, because the people there would not be disturbed by noise. The premises also had to be near to a motorway because he never used a car and he wanted the police to think that a vehicle was involved. To heighten this illusion he would always take heavy bags of change from the post office, then, while the police were searching for a vehicle, he would make his getaway on foot.

Neilson seems to have been obsessed with the thought of being tracked down by dogs and he took elaborate precautions to avoid this. In his own words: 'If you plan for bloodhounds you will beat the police alsatians.' To this end he liked to operate in rain, which would destroy any scent, and before a 'job' he took precautions: 'I used to bath and go out in clean washed clothes, possibly disinfected in order that there would be no scent for the dogs to follow. You can escape from a man but you cannot escape from a dog,' he said.

Before breaking into a post office Neilson said, he would visit it several times. When he went on the actual break-in he would take a pack containing his gun and his tools, and he would also carry two knives, one on a belt and the other strapped to his leg. In his pack were army type survival foods in case he had to lay low. On his own admission he treated burglary as a military operation.

In his winding-up speech for the defence, Mr Gilbert Gray, QC, asked the jury to believe that Neilson was no killer, that he never set out with murder in his heart and that even at the times when his guns went off with fatal results it was pure accident.

In an eloquent tirade, Mr Gray said: 'The blackest thing about this man is the name, the Black Panther.' But Neilson was not that creature, full of menace and stealth, said Mr Gray. 'He is a jobbing joiner from Bradford. He regards himself as being to crime what Sherlock Holmes was to detection, thorough, painstaking and logical. But whereas Holmes's confidence was well-founded this man's was not. There was conceit in it. There were also mistakes. There was no morality. He went wrong. He was not an intellectual giant, he was a jobbing joiner, failed. He was a little man with big ideas. That's the mark of Donald Neilson, not a super criminal, who went out to kill, but a burglar who blundered for all his intelligence and obsession with detail.'

The jury found Neilson guilty of the murders of Derek Astin,

Donald Skepper and Sidney Grayland. They cleared him of the attempted murder of Mrs Grayland, but found him guilty of the alternative charge of causing her grievous bodily harm with intent. Neilson was also cleared of the attempted murder of PC McKenzie, but found guilty on the alternative charge of possession of a firearm with intent to endanger life.

Before being sentenced to life imprisonment, yet a third indictment was put to Neilson, that involving the attempted murder of security guard Gerald Smith. Again Neilson pleaded not guilty but after Mr Gray had made formal admissions to the court, that Neilson admitted being the man who was holding the gun that discharged six times and that those six shots later result in Mr Smith's death, the judge decided to let the matter lay on the file, not to be proceeded with without his permission or that of the court of appeal.

It was a dramatic moment when Mr Justice Mars-Jones passed sentence. He told Neilson: 'The enormity of the crimes you have been convicted of puts you in a class apart from all other convicted murderers in recent years.

'You were never without a loaded shotgun or other loaded weapons when you went out on your criminal expeditions and you never hesitated to shoot to kill whenever you thought you were in danger of arrest or detection.

'You showed no mercy whatsoever. Further, you decided to embark on the ultimate in villainy, the kidnapping of a young girl of seventeen and the blackmailing of her mother, an enterprise which ended in yet another murder.'

The judge told Neilson that as he understood the law he could not recommend that he never be released from prison, but that no minimum set on the number of years he was to serve would be suitable.

Not a flicker of emotion crossed the Black Panther's face as Mr Mars-Jones pronounced his terrible sentence:

'In your case, life must mean life. If you are ever released from prison it should only be on account of great age or infirmity.'

Neilson will spend the rest of his life in a top security prison. He will be watched constantly since it is inconceivable that he will not try, and try soon, to escape. For in the twisted mind of the Black Panther, the soldier has simply become the prisoner of war and to him the one-man war has not been lost, only a battle. Perhaps it is too early to say that the *Black Panther Story* has come to its final end.

NEL BESTSELLERS

Crime			
T027 821	GAUDY NIGHT	*Dorothy L. Sayers*	75p
T030 180	UNNATURAL DEATH	*Dorothy L. Sayers*	60p
T026 663	THE DOCUMENTS IN THE CASE	*Dorothy L. Sayers*	50p
T025 462	MURDER MUST ADVERTISE	*Dorothy L. Sayers*	50p
Fiction			
T029 522	HATTER'S CASTLE	*A. J. Cronin*	£1.00
T013 944	CRUSADER'S TOMB	*A. J. Cronin*	60p
T026 213	THE CITADEL	*A. J. Cronin*	80p
T029 158	THE STARS LOOK DOWN	*A. J. Cronin*	£1.00
T022 021	THREE LOVES	*A. J. Cronin*	90p
T022 536	THE HARRAD EXPERIMENT	*Robert H. Rimmer*	50p
T022 994	THE DREAM MERCHANTS	*Harold Robbins*	95p
T023 303	THE PIRATE	*Harold Robbins*	95p
T022 986	THE CARPETBAGGERS	*Harold Robbins*	£1.00
T027 503	WHERE LOVE HAS GONE	*Harold Robbins*	90p
T023 958	THE ADVENTURERS	*Harold Robbins*	£1.00
T025 241	THE INHERITORS	*Harold Robbins*	90p
T025 276	STILETTO	*Harold Robbins*	50p
T025 268	NEVER LEAVE ME	*Harold Robbins*	50p
T025 292	NEVER LOVE A STRANGER	*Harold Robbins*	90p
T022 226	A STONE FOR DANNY FISHER	*Harold Robbins*	80p
T025 284	79 PARK AVENUE	*Harold Robbins*	75p
T027 945	THE BETSY	*Harold Robbins*	90p
T017 532	EVENING IN BYZANTIUM	*Irwin Shaw*	60p
Historical			
T023 079	LORD GEOFFREY'S FANCY	*Alfred Duggan*	60p
T024 903	THE KING OF ATHELNEY	*Alfred Duggan*	60p
T023 125	FOX 11: FIRESHIP	*Adam Hardy*	35p
T024 946	FOX 12: BLOOD BEACH	*Adam Hardy*	35p
Science Fiction			
T029 492	STRANGER IN A STRANGE LAND	*Robert Heinlein*	80p
T029 484	I WILL FEAR NO EVIL	*Robert Heinlein*	95p
T027 279	DUNE	*Frank Herbert*	90p
T022 854	DUNE MESSIAH	*Frank Herbert*	60p
War			
T027 066	COLDITZ: THE GERMAN STORY	*Reinhold Eggers*	50p
T025 438	LILLIPUT FLEET	*A. Cecil Hampshire*	50p
T026 299	TRAWLERS GO TO WAR	*Lund & Ludlam*	50p
T018 032	ARK ROYAL	*Kenneth Poolman*	40p
Western			
T020 754	EDGE 15: BLOOS RUN	*George Gilman*	35p
T022 706	EDGE 16: THE FINAL SHOT	*George Gilman*	35p
T024 881	EDGE 17: VENGEANCE VALLEY	*George Gilman*	40p
General			
T017 400	CHOPPER	*Peter Cave*	30p
T021 009	SEX MANNERS FOR MEN	*Robert Chartham*	35p
T023 206	THE BOOK OF LOVE	*Dr David Delvin*	90p

NEL P.O. BOX 11, FALMOUTH TR10 9EN, CORNWALL.

For U.K.: Customers should include to cover postage, 19p for the first book plus 9p per copy for each additional book ordered up to a maximum charge of 73p.

For B.F.P.O. and Eire: Customers should include to cover postage, 19p for the first book plus 9p per copy for the next 6 and thereafter 3p per book.

For Overseas: Customers should include to cover postage, 20p for the first book plus 10p per copy for each additional book.

Name ....

Address...

....

Title ....

(JULY)

Whilst every effort is made to maintain prices, new editions or printings may carry an increased price and the actual price of the edition supplied will apply.